Leyla Ağca

FREIHEITSFLÜSTERN

FSC
www.fsc.org
MIX
Papier aus verantwortungsvollen Quellen
FSC® C083411

CONTENT NOTE

Dieses Buch enthält Themen, die für manche Menschen belastend sein können. Falls ihr euch vorab darüber informieren möchtet, findet ihr auf der vorletzten Seite eine Auflistung. Achtung: Diese enthält Spoiler für die gesamte Geschichte.

Lektorat: Xenia Wucherer – de.equal-writes.com
Korrektorat: Patrizia Spanke – www.tintenweber-lektorat.de
Umschlaggestaltung: Karoline Becker – www.karobecker.com
Umschlagtypographie: Emily Bähr – www.emilybaehr.de
Buchsatz: Emily Bähr
mit Illustrationen von Karoline Becker

Impressum:
Leyla J. Ağca, c/o Vulcavo GmbH, Alte Ziegelei 2-4, 51491 Overath
mail@leylajagca.com
www.leylajagca.com
Instagram: leylajagca_autorin

Herstellung und Druck über tolino media GmbH & Co. KG, München.
Printed in Germany

in ZUKUNFT
VERGANGENHEIT
und GEGENWART:

für mich.

LEYLA J. AĞCA

FREIHEITS FLÜSTERN

XX.

GAZETTE DE COLOGNE

SANS PRIVILÈGE DE SA MAJESTÉ IMPÉRIALE

SAMSTAG, 18. JUNI 1768

Aus dem Kurfürstentum Köln

Es bleibt weiterhin ein Geheimnis, wer das neue Manifest verfasste. Der schlagende Titel *Die männlichen Vorteile der weiblichen Emanzipation* sorgt für Aufregung unter Grafen, Baronen und anderlei hohen Herren. Die einen Männer ergreift es, die anderen werfen diesen Weibischkeit vor. Unseren König, den *Alten Fritz*, soll es sogar zu Tränen gerührt haben. »Das ist alles, was mein Vater mir verwehrte«, so seine angeblichen Worte. »Alles, was ich mir je von ihm wünschte!«

Aus der Reichsunmittelbaren Stadt Triest

Nac
K

NOCH 18 TAGE

Sonntag, 19. Juni 1768

1 Esmeray Weiß

Noch ein letzter Schritt und ich könnte nie wieder zurückkehren.

Unser Gartentörchen stand weit offen, bot keinerlei Schutz mehr vor der Welt. Mit schwitzigen Fingern rückte ich die Gurte meines Rückenbeutels zurecht und das alte Baumwollkleid, das Mutter mir am Morgen geschenkt hatte, kratzte auf meiner Haut. Zugleich hüllte es mich in ihren Geruch von frischen Tomaten, schwarzem Tee und Papier. Von dem Zuhause, das man mir stahl.

Ich straffte die Schultern. Meine Eltern schickten mich zu meinem Wohl fort und ich musste sie glauben lassen, dass ich mich fügte. Stattdessen würde ich aufbrechen, um für unser Zuhause zu kämpfen.

Das viel zu leichte Gewicht meines Beutels hielt mich jedoch zurück. Ich hatte Mutter keines ihrer Bücher wegnehmen wollen, nicht einmal eine winzige Haarnadel. Meine Eltern brauchten alles und sei es noch so klein. Viel lieber hätte ich einen gigantischen Anker eingepackt, der mich unverrückbar in dem sicheren Hafen unseres Gemüsegartens festhielt, damit ich gar keine Gelegenheit hatte, mich im Ozean der Welt zu verlieren.

»Meinst du, sie ist festgewachsen?«

»Ach, gib ihr eine Sekunde, Theo.«

Das Geflüster hinter mir löste meine Starre. Ich atmete tief ein und drehte mich um.

»Nein, Mera!«, sagte Mutter. »Denk nicht mal daran.«

»Ich bleibe hier.« Meine Hände griffen nach den Strängen des Rückenbeutels.

»Esmeray!«

Ich stockte. Nur selten verwendete sie meinen wahren Namen anstatt der deutschfreundlichen Variante.

Sie schritt von der Haustür über den schmalen Pfad und hielt die Gurte auf meinen Schultern fest. Müde Strähnen fielen aus ihren simpel aufgesteckten Haaren. »Wir haben das besprochen.«

»Aber ich will euch helfen! Gleich morgen könnte ich in Karls Mühle anfangen.«

»Hayır, da brauchen sie dich nicht und dein Lohn wäre schlecht.« Sie drückte meine Schultern. »Und alle wissen, wer du bist.«

»Eben deshalb muss ich mich nicht verstellen. Hier im Dorf ist es egal, wer ich bin!« Mein Blick klammerte sich an Mutters Gesicht, als würde ich sonst vergessen, wie sie aussah. Ihre dichten, braunen Wellen, die vollen Brauen, die sanften Augen. Alles an ihr strahlte Wärme und Geborgenheit aus. Es war absurd, dass sie jemandem zuwider sein sollte.

»Ach, Liebes.« Seufzend rieb Vater über seine Stirn. »Moment, ich habe das Richtige hierfür.« Er wandte sich von seinem Gemüsebeet ab und verschwand durch die Haustür.

Ich sah auf das dunkle Holz, in das ich mit Vater mehr oder weniger eindrucksvolle Schnörkel geschnitzt hatte. Jeden einzelnen davon prägte ich mir ein. Auch die Stube rief ich mir in Erinnerung, mit den dunkelroten Sesseln, Mutters selbst geknüpftem Teppich und dem steinernen Kamin. Mein Blick kletterte die berankte Hauswand hinauf zu dem runden Fensterchen, aus dem ich immerzu den Nachthimmel betrachtet hatte. Als Vater mit einem breiten Grinsen ein Tablett durch die Tür balancierte, brannten Tränen in meinen Augen.

»Börek?«, fragte Mutter.

»Börek!«, bestätigte er und präsentierte uns die Teigrollen. Er hatte sie gestern Abend unter ihrer Anleitung zubereitet. Dabei hatte ich einen Sessel vor den Kamin gerückt, um ihnen hinter einem Buch versteckt zuzusehen. Für einen letzten Blick auf ihre Unbeschwertheit.

Der deftige Geruch von Spinat, Teig und Petersilie stieg in meine Nase.

Vaters Lächeln verging. »Ich dachte, es würde helfen … Emmi?«

Nickend brach ich ein Stück ab und schluckte damit meine Tränen hinunter. Einmal noch breitete sich der Geschmack meiner Kindheit auf meiner Zunge aus. Meine Eltern tauschten einen Blick und griffen schließlich auch zu.

Ich hatte keine Wahl. Ich musste weggehen, damit ich zurückkehren konnte.

Hufgeklapper durchbrach unsere Stille.

»Wer kann das sein?« Hastig knöpfte Mutter ein Tuch von ihrer Schürze und band es behelfsmäßig über ihr dichtes Haar, während Vater das Tablett zwischen seinen gehegten Tomaten- und Bohnenpflanzen versteckte. Ich sah über die wilden Blumenwiesen, die sich rundherum bis zum Wald erstreckten. Zwischen den Bäumen trabte ein schwarzer Kaltblüter mit mächtigen Hufen heran. Er zog eine geschlossene Kutsche auf unsere Lichtung. Das dunkle Holz schimmerte in der frühen Mittagssonne und die goldenen Verzierungen blitzten bei jeder Erschütterung.

Sobald der Kutscher uns entdeckte, hob er einen massigen Arm. »Guten

Tag!« Er winkte, als könnten wir ihn übersehen. Vor unserem Törchen brachte er das Pferd zum Stehen. Ein merkwürdiger Anblick, eine so pompöse Kutsche vor unserem gemütlichen Häuschen.

Vater trat zum Zaun. »Habt Ihr Euch verfahren?«

Der Mann hob seinen Dreispitz von der weißen Perücke, doch bevor er etwas erwidern konnte, öffnete sich die Kutschtür.

Auf dem Tritt landeten seidene Schuhe mit geschwungenem Absatz. Hellblaue Kniebundhosen verschwanden unter einem gleichfarbigen Gehrock, an dessen Ärmeln die Rüschen eines Hemdes herausschauten. Anstatt einer Perücke oder weißem Puder vollendete dunkles Haar das Bild eines hochgewachsenen Jungen. Er stieg auf den Weg und reckte mit geschlossenen Augen seine Wangen gen Sonne.

»Pardon, Comte.« Als der Kutscher das französische Wort für *Graf* verwendete, hoben sich meine Brauen. »Ich habe die Orientierung verloren, ich –«

»Ach, mach nur, Bruno.« Der Adelige öffnete nicht einmal die Augen. Er sog die frische Luft ein und verschränkte die Hände hinter dem Kopf. Vermutlich war sein zusammengebundenes Haar einmal so ordentlich gewesen wie die Frisur, zu der Mutter meine dicken Locken verflochten hatte. Doch mittlerweile umrahmten wellige Strähnen sein Gesicht. »Wenn ich einen Umweg verlange, verstehe ich auch, dass du hier am Ende der Welt nach der Richtung fragen musst.«

Mein Blick schmälerte sich. Natürlich war mein Zuhause für ihn *am Ende der Welt*. Nur weil wir vier Stunden Fußmarsch bis zur nächsten Stadt brauchten. Eine halbe zum nächsten Dorf. Für ein Adelsblut war das sicher ärmlich oder – wüsste er mehr über uns – vielmehr *exotisch*.

Während Vater zu dem verlorenen Bruno trat, drang aus dem Innern der Kutsche ungehaltenes Gemurmel. Eine kleine Hand griff nach der Tür und zog sie zu – ohne Rücksicht auf den Comte, der zur Seite stolperte und sich blinzelnd umdrehte. Vor seiner Nase rauschten die Vorhänge zu. Noch eine arrogante Hoheit.

Amüsiert schnaubte der Junge und richtete seinen Gehrock. An seiner Hand glänzte ein Siegelring. Nicht wie üblich am Ringfinger, sondern an seinem Zeigefinger. Er wandte sich uns zu und schlenderte zum Gartenzaun. Obwohl er höchstens achtzehn sein konnte, nur ein Jahr älter als ich, glitt sein Blick so ausgiebig über unser Grundstück, als wollte auch er uns das Zuhause wegnehmen. Oder interessierte es ihn lediglich, wie das gemeine Volk ohne Kristallgläser, Porzellanteller und chinesische Teetassen überlebte?

Ich richtete mich auf, als könnte ich das Haus so vor den adeligen Augen bewahren, die alles immer nur auf *Wegnehmen* oder *Vernichten* überprüften. Mutter legte eine Hand auf meine Schulter, doch dadurch sah der Comte zu uns. Und ich wollte ihm das versteckte Tablett vor den Kopf hauen. Es lag an seinem süffisanten Schmunzeln, das alle Reichen trugen, weil nichts und niemand ihnen etwas anhaben konnte.

»Bonjour, Madame.« Viel zu vornehm grüßte er Mutter. Er machte sich wohl über uns lustig. Auch noch dieses gestelzte Französisch.

Mutter knickste erfreut. »Guten Tag, Graf. Darf ich fragen, wie Ihr hierher fandet? Mit Verlaub, wir sind überrascht über den unverhofften Besuch.«

»Natürlich, Madame …?«

»Weiß. Frau Weiß.«

Er deutete sogar eine Verbeugung an. »Es ist nur ein Zufall, Madame Weiß. Mir gefiel der Gedanke, einen Pfad durch den Wald zu nehmen und nicht auf direktem Wege durch die Städte zu fahren.« Er sah zu mir. »Und wie ist Euer Name, Mademoiselle?«

Mutter holte Luft, doch ich kam ihr zuvor.

»Auch ich heiße Frau Weiß.« Ich erwiderte seinen Blick. Auf keinen Fall würde ich *Fräulein Mera* sagen.

»So?« Er musterte zuerst Mutter, dann Vater, der sich mit Bruno unterhielt. Schließlich sah er amüsiert zu mir. »Ihr seid also beide die Ehefrauen des Monsieur Weiß?«

Ich öffnete den Mund, aber er war noch nicht fertig.

»Oder habt Ihr einen anderen Monsieur geheiratet, dessen Name ebenfalls *Weiß* ist? Wieso tragt Ihr dann keine Haube?«

Meine Brauen zogen sich zusammen. Oh, er legte sich mit der Falschen an.

»Ich danke Ihnen für diese Fragen.« Ehe Mutter mich zurückhalten konnte, trat ich zum Zaun. »Bitte glaubt mir, dass ich die gesellschaftlichen Regeln sehr wohl verstehe, nach denen eine unverheiratete Frau *Fräulein* genannt wird und eine verheiratete Frau eine Haube tragen soll. Der Personenstand der Frau ist eine Angelegenheit der Öffentlichkeit, während der Mann über Privatsphäre verfügt.«

Erneut legte sich eine Hand auf meine Schulter, doch Mutter konnte nicht aufhalten, was sie mich gelehrt hatte.

»Darüber hinaus weiß ich, dass diese Regeln endlich der Vergangenheit angehören. Verzeiht, ich nahm an, wenn Menschen *am Ende der Welt* davon wissen, wären die Inhalte des Manifests auch bereits in Eure Kreise gelangt.«

Stille.

Abrupt schob Mutter sich neben mich und auch Vater eilte auf der anderen Zaunseite zu dem Jungen.

»Es tut mir unheimlich leid, Comte!« Jetzt benutzte auch er die französische Anrede. »Dieses Benehmen ist eine völlige Ausnahme, meiner Tochter geht es nicht gut, sie leidet an –«

Der Junge hob nur eine Hand und ich erfuhr nicht, woran ich erkrankt war. »Ich denke, es geht ihr wunderbar. Ich muss sagen, Eure Worte inspirieren mich, *Madame* Weiß. Natürlich habe ich Ausschnitte des Manifests gelesen, doch bisher traf ich noch auf keine so glühende Verfechterin. Vielleicht liegt unser Haus zu sehr abseits der Stadt, was meinst du, Bruno?«

Meine Hände ballten sich zu Fäusten. Er machte sich wirklich über uns lustig.

»Ähm ...« Bruno kratzte sich im Nacken. »Ich denke ... ja, Comte?«

»Aber nein!«, sagte Vater. »Meine Tochter hat sich nicht richtig ausgedrückt –«

»Sie wählte ihre Worte zielsicher, Monsieur Weiß«, erwiderte der Adelige.

»Es ist nur so«, fügte Mutter an, »sie beginnt heute eine Arbeit in einem anderen Dorf und ist betrübt über ihren Auszug.«

»Wohin geht Ihr denn?« Er sah nur mich an, abwartend, als würde es ihn, selbst wenn ich ihm an die Gurgel ginge, schrecklich vergnügen.

»Ich werde in der Nähe von Köln erwartet«, presste ich hervor.

»Amüsant, wir müssen auch in diese Richtung. Aber noch etwas mehr ans *andere* Ende der Welt.«

»Amüsant«, gab ich zurück.

Er lachte. »Es scheint mir, als wäre es keine gute Idee, Ihnen eine Mitfahrt anzubieten?«

»Es scheint Ihnen richtig«, sagte ich, während Mutter antwortete: »Aber ja!«

Der Adelige hatte die Dreistigkeit, weiter zu schmunzeln. Ich baute mich vor ihm auf, um ihn entweder zum Gehen aufzufordern oder ihm eine reinzuhauen.

Doch er wandte sich an den Kutscher, der das Gespräch mit nervösem Blick verfolgt hatte. »Wir sollten den Weg lieber bald finden, Bruno, ansonsten musst du mich wohl in einem Leichentuch aufs Dach spannen.«

»Nun, ich finde mich jetzt zurecht, Comte.«

»Also schön, es war unterhaltsam, mit Ihnen zu plaudern. Monsieur Weiß, Madame Weiß.« Der Junge neigte den Kopf. Vater verbeugte sich und Mutter knickste resigniert. »Und die andere Madame Weiß.«

Starr blickte ich ihn an, konnte meine Beine nicht zu einem Knicks zwingen. Dennoch deutete er eine Verbeugung an und wandte sich ab. In einem Stoß atmete ich aus und versteckte meine geballten Fäuste hinter dem Rücken.

Mit einer Hand an der Kutschtür drehte er sich noch einmal um. »Auf Wiedersehen dann.«

»Hoffentlich nicht«, murmelte ich.

Während Mutter leise aufstöhnte, stieg er grinsend ein. Bruno dankte Vater und trieb eilig das Pferd an. Die Kutsche zockelte völlig ungetrübt über den Weg, obwohl allein sie mit ihren goldenen Türgriffchen, Fensterrähmchen und Vorhängchen unser Zuhause vorerst retten könnte.

»Tövbe, tövbe!«, entfuhr es Mutter.

Schnell presste Vater einen Finger an seinen Mund.

Mit einem frustrierten Aufschrei riss ich mich los. »Hört auf, euch zu verstellen!« Ich rannte durch das Törchen auf den Pfad. »Nur wegen Menschen wie ihm!«

Dieser Adelige war keiner von denen, die ich ab morgen um den Finger wickeln würde. Und das war auch gut so. Ich hob einen Stein auf und holte weit aus, um mich ein letztes Mal völlig unvernünftig zu verhalten.

Im nächsten Moment erstarrte ich.

Mein Blick flog zurück zu Mutter und Vater. Zum offenen Törchen.

Ich war den letzten Schritt gegangen.

2 Célian Cadieux

Tock.

Ich zuckte zusammen.

Auf der gegenüberliegenden Kutschbank runzelte Liliette die Stirn. »Was war das?«

In einer Ahnung schob ich die Vorhänge auseinander und sah zurück zu dem Landhaus. Dieses bürgerliche Mädchen, das mich so unverblümt zurechtgewiesen hatte, stand mitten auf dem Pfad. Sie drehte sich zu ihren heraneilenden Eltern um und ertrug die Schimpfe.

»Hat uns etwa jemand beworfen?«, fragte Liliette.

Leise lachte ich. »Es scheint so.« Madame Weiß Junior war eindeutig für Überraschungen zu haben.

»Und du findest das auch noch lustig.« Entnervt strich Liliette den blassgrünen Brokatstoff ihres Kleides glatt. »Kannst du deinen Vorhang wieder schließen? Mir ist heiß.«

Ich öffnete ihn noch weiter. Wenigstens hatte sie nicht gesagt, sie wollte ihren Teint schützen.

Ihre Brauen zogen sich zusammen. Aber sie saß noch immer so aufrecht.

»Wie fandest du den Umweg bisher?«, hakte ich nach.
»Célian, das Fenster!«
»Ja, eine wunderschöne Aussicht, nicht wahr?«
In ihren Augen blitzte das altvertraute Funkeln auf.
»Soll ich auch deine Vorhänge öffnen?« Ich beugte mich zu ihr hinüber. Als sie mit dem Fächer nach meiner Hand schlug, sah ich endlich wieder den Teufel in ihr. Schmunzelnd hielt ich ihren Fächer fest. Vorhin bei Graf Barbier hatte sie so einstudiert gelächelt, dass ich befürchtet hatte, meine kleine *Piratin Jette* wäre für immer verschollen.
»Lass los!« Aus ihrer Hochsteckfrisur fiel eine gepuderte, blonde Locke vor ihr funkelndes Auge. »Oder ich sage Alix, dass du letztens wieder seine Ringuhr genommen hast.«
Ich zögerte. Doch ich verzog den Mund und lockerte meinen Griff.
»Ha!« Unnötigerweise entriss sie mir den Fächer und lehnte sich zurück.
Mein Blick wanderte zum Fenster. Diesen Ausruf hatte ich ewig nicht mehr gehört. Er stammte von einer Liliette, die noch auf meinen Rücken gesprungen war, um einen Holzdegen gegen Alix zu zücken. Meine Finger drehten an meinem Siegelring, als könnte ich so die Zeit zurückspulen. Über den vorbeirauschenden Feldern erreichte die Sonne nach und nach ihren Zenit. Währenddessen verdrängte der Klang der Vergangenheit, dass wir uns mit einem fremden Mann getroffen hatten, um Liliette wie eine Vase zu verscherbeln.
Inzwischen hatte sie sogar die Füße auf meine Sitzbank gelegt. Ich musste es jetzt versuchen, einen besseren Moment würde es nicht geben.
Bedachtsam stützte ich die Unterarme auf meine Knie. »Du weißt, dass du das nicht machen musst.« Mein Tonfall klang verkrampfter als geplant.
Langsam setzte sie die Füße ab.
Ich öffnete den Mund, wollte die Vergangenheit festhalten. Aber als sie den Fächer aufklappte, war alles verloren.
»Ja«, sagte sie. »Ich könnte mich auch so egoistisch verhalten wie du und Alix.«
»Wieso sind wir egoistisch, wenn wir unser Leben nach unseren Wünschen ausrichten?« Ich schüttelte den Kopf. »Ich verstehe einfach nicht –«
»Ganz genau, du verstehst es nicht«, sagte sie schrecklich höflich. »Du bist damit beschäftigt, dich allen Verpflichtungen zu entziehen. Aber ich will für dich da sein, für Alix, für Mutter – für Vater.«
Ich versteinerte. Sie wusste nicht, wovon sie redete. Von wem sie redete.
»Und Vreda sagte –«
Hoffnungslos schloss ich die Augen.

»Sie sagte«, wiederholte sie, »dass ich mich dafür nur so vornehm verhalten muss, wie ich erzogen wurde. Ich mache das Beste aus mir.«

»Natürlich hat Mademoiselle Bernau das gesagt.« Ich starrte Liliette an. Sie sah nicht aus und redete auch nicht wie meine Schwester. Schon gar nicht wie eine Dreizehnjährige. »Das Beste, das du aus dir machen kannst, ist also eine gehorsame Ehefrau?«

Unbeeindruckt erwiderte sie meinen Blick. »Du sagtest ja, dass du es nicht verstehst.«

»Mon Dieu, Jette! Dann heirate, wenn du es willst, aber heirate verflucht noch mal, wen du willst!«

Sie vereiste. Ehe ich noch ein Wort herausbrachte, kam die Kutsche zum Stehen. Schon öffnete sich die Tür und Liliette schob sich an mir vorbei.

Als sie elegant Brunos Hand nahm, warf sie mir noch einen kalten Blick zu. »Nenn mich nie wieder *Jette.*«

3 Esmeray Weiß

Mera Schwarz. Ich hieß Mera Schwarz.

Wie eine Beschwörung wiederholte ich Vaters Legende zu meinem neuen Ich, während ich nicht mehr wusste, ob meine Füße mich trugen oder ich meine Füße. Die Bäume warfen bereits lange Schatten über die Kartoffelfelder. Mit ächzenden Gliedern zog ich aus meiner Schürzentasche den Zettel hervor, auf den Vater mir den Weg gezeichnet hatte. Weit zu meiner Rechten floss der Rhein und meine Heimat Bonn hatte ich schon lange hinter mir gelassen. Kein einziges Mal hatte ich zurückgesehen.

Jetzt war es nicht mehr weit. Ich schleppte mich in ein kühles Wäldchen und bog auf eine breite Auffahrt ab. Als sich die Bäume lichteten, entdeckte ich in der Ferne endlich das Haus.

Nein, die Villa.

Efeu rankte sich über hellbraune Steinwände mit dunkelgrünen Fensterläden. Auf einer Terrasse trugen mächtige Säulen einen Balkon, der sich zwischen dem linken und rechten Flügel aufspannte. Aus dunkelbraunen Dächern ragten Erker und etliche Kamine hervor.

Mein Mund wurde trocken, als ich die von kegelförmigen Büschen gesäumte Auffahrt entlangschritt. Ich richtete mich auf, strich meine zerzausten Haare in die Flechtfrisur zurück. Mutters uraltes Baumwollkleid klebte an mir und auf meiner Haut ziepte unadeliger Sonnenbrand. Selbst wenn ich im Winter kalkweiß wie Vater war, bräunte ich im Sommer schnell. Und für den Weg hierher hatte ich keine Kutsche mit Vorhängen gehabt.

Ich schüttelte den Kopf. Diese Gedanken waren falsch. Mir und allen anderen sollte nur wichtig sein, dass ich für die Arbeit taugte.

Doch selbst darüber musste ich lügen.

Das Haus wuchs weiter in die Höhe und seine Fenster musterten mich scharf. Zögerlich betrat ich den Hof, der sich bis zur Villa erstreckte. Gescharre und Gestampfe drangen aus einem geschlossenen Stall am linken Hofrand. Ihm gegenüber auf der rechten Hofseite stand ein ähnliches Holzgebäude, nur die Fensterchen deuteten auf Zimmer für Personen hin.

Leise schnaubte ich. Eine Stallung für Menschen.

Von diesen war aber niemand in Sicht, um mich in Empfang zu nehmen. Mit gestrafften Schultern betrat ich die Steinterrasse und lief zwischen den mächtigen Säulen hindurch. Doch als sich die dunkelgrüne Haustür öffnete, erstarrte ich.

Ein Ärmel erschien. Ein hellblauer Ärmel.

Ohne nachzudenken huschte ich hinter eine Säule. Mit dem Rücken presste ich mich an den Stein. Die Tür fiel klackend ins Schloss.

»Madame Weiß?«

Allah kahretsin!

»Nein«, war das Einzige, das mir einfiel, und ich wünschte mir einen Blitzschlag herbei, der mein Ich von heute Morgen in Flammen aufgehen ließ.

»Madame Weiß, was tut Ihr hier?«

Was zur Hölle tat er hier?

»Tut mir leid, Comte«, jetzt verwendete selbst ich die französische Formel, »Ihr müsst mich verwechseln.«

Das Klacken seiner Absätze hallte vom Steinboden wider. Hastig lief ich um meine dicke Säule herum.

Er schnaubte. »Ihr seid eine merkwürdige Person, Mademoiselle – pardon, Madame. Spielt Ihr Spiele mit mir, ist es das?« Seine Schritte beschleunigten sich.

Mir blieb nichts anderes übrig, als schneller um meine Säule zu eilen. Mein Herz raste. Ich konnte doch nicht ewig vor ihm weglaufen.

Heftig prallte ich gegen eine Person.

»Ah, merci«, sagte hinter mir der Comte. »Das wollte ich auch gerade machen.«

»Célian, was soll der Unfug?«, fragte der Neue im gelben Gehrock. »Störst du wieder eines unserer Dienstmädchen?«

Mit hämmerndem Herzen sah ich zu einem Gesicht auf, das so blass war wie Célians. Selbst die Züge waren ebenso weich und länglich, nur der Kiefer kantiger, die Nase etwas größer und die Haare in einem helleren Braun.

»Mais non, Alix, dieses Mal ist es umgekehrt«, erwiderte Célian. »Sie ist in Wahrheit *mir* nachgelaufen. Etwa ... fünf Stunden lang?«

Sieben.

Ich brachte kein Wort heraus, während Alix mich ansah.

»Ihr gehört tatsächlich nicht zu unserem Personal.« Seine Stimme klang dunkler. Er musste vier, fünf Jahre älter sein als Célian. »Sagt, wie heißt Ihr?«

Natürlich war ich direkt den Söhnen des Hauses in die Arme gelaufen. Den Grafen Célian und Alexandre Cadieux.

Steif drehte ich mich zu Célian um und tat, was mir am meisten widerstrebte – ich flehte das arrogante Adelsblut mit meinen Augen um Hilfe an. »Mit Verlaub, ich kann Ihnen noch nie begegnet sein. Ich komme von weit her, habe gerade einen langen Marsch aus dem nördlichen Hagen hinter mir. Und um die Frage zu beantworten: Ich heiße Mera Schwarz.«

Célian holte Luft. Mein Herz krampfte. Ich musste diesen scheinbar deutschen Namen nennen, schließlich hatte ich darunter die Anstellung erlangt. Wenn Célian jetzt meinen richtigen Namen verriet, konnte ich die Arbeit und meinen Plan vergessen. Aber er schloss langsam den Mund und zog kaum merklich seine feinen Brauen zusammen. Leise atmete ich auf.

»Ich verstehe«, sagte Alix und ich wandte mich so, dass ich beide ansah. »Sie ist die neue Dienstmagd – der Ersatz für *Helga*.« Er funkelte Célian an.

Dieser lehnte sich schulterzuckend gegen die Säule, sein Blick ruhte weiter auf mir. »Es war eine schöne Zeit mit Helga. Aber es stört mich nicht, dass Mutter sie gefeuert hat.«

Gott, ich hatte ein herzloses Monster um Hilfe angefleht. Vermutlich spielte er nur mit, um mich bald zu erpressen. Oder um mich zu enttarnen, wenn es mir am meisten wehtat. Würden sie mich bei meinem Plan erwischen, half selbst mein falscher Name meiner Familie nicht mehr. Célian wusste, wo ich wohnte. Aber bis dahin schützte der Name zumindest noch mich. So wie die ausgezeichnete deutsche Aussprache vergeblich versuchte, Mutter zu schützen.

Alix verdrehte die Augen und wies mich an, ihm zu folgen. Célian wiederum ging uns beiden nach. Durch die Säulen führte Alix mich zurück auf den Hof und forderte mich auf, sein Wissen über meine Arbeitserfahrung aufzufrischen. Dass er mich nun duzte, schluckte ich hinunter. Das Spiel begann, und ich setzte meinen ersten Zug mit der französischen Anrede.

»Natürlich, Comte. Ich bin eine entfernte Cousine Eurer Köchin Irmgard Funk. Meine Eltern hatten eine Gaststätte namens *Zum kleinen Flüsschen* –«

Célian schnaubte leise. »Nicht eher *Zum kleinen Wäldchen*?«

Ich stolperte.

»Ruhe«, sagte Alix und schritt nach links zum Personalgebäude. »Mera, du wirst mich *Graf Cadieux* nennen.«

Natürlich scheiterte mein erster Zug. »Sehr wohl, Graf Cadieux. Ich half schon mit sechs Jahren bei der Wäsche, machte Betten, bereitete das Frühstück zu –«

»Jätete das Gemüsebeet?«

»Célian«, knurrte Alix. »Hast du nicht noch ein Pferd auszureiten?«

»Nein, eigentlich nicht.«

Zaghaft räusperte ich mich. »Somit wuchs ich in die Arbeiten einer Dienstmagd hinein und kenne mich vortrefflich aus.« Es kam leicht über meine Zunge, obwohl ich lediglich in die Welten von *Tausendundeine Nacht* oder *Utopia* hineingewachsen war.

»Wieso bist du dann hier?« Alix blieb vor der Tür des Personalgebäudes stehen.

Ich stockte. »Verzeihung, Comte?« Mein Mund wusste nicht mehr, welche Sprache er wählen sollte.

»Er meint, wieso du nicht bei deinen Eltern bist«, sagte Célian. In Alix' Anwesenheit duzte er mich. »Zudem bevorzugt mein Bruder die Anrede *Graf*, mich kannst du aber *Comte* nennen.«

Ich schluckte. Ich hatte es gewusst. Er war eine große Katze, die mit ihrer Maus spielte, bis ihr die Lust verging und sie ihre Beute in einem Happs fraß.

Alix runzelte die Stirn. »Nein, das meinte ich nicht. Also gut, das Erste meinte ich. Wieso arbeitest du nicht bei deinen Eltern?«

Mein Blick sank auf die gelben Muster in Alix' Weste. »Meine Eltern starben im Frühling«, flüsterte ich.

»Ach ja?«, machte Célian. Er hatte genau gehört, wie Vater mich *Tochter* genannt hatte.

Alix sah ihn strafend an. »Entschuldige meinen Bruder. Mein Beileid für den Verlust.« Schon wandte er sich ab und rief in dem Personalgebäude nach einer Gertrud.

Betend, dass meine Worte keine bösen Geister heraufbeschworen, trat ich von einem Bein aufs andere. Célian lehnte sich an die Hauswand und Alix sah stur an mir vorbei.

»Es ist sehr freundlich, dass Ihr mit mir wartet, Graf«, sagte ich vorsichtig. »Darf ich fragen, ob ich vielleicht auch etwas für Euch …«

Alix' zusammengezogene Brauen brachten mich zum Schweigen. »Schleim dich ja nicht bei mir ein. Ich kann das nicht leiden.«

Da waren wir schon zu zweit.

Ich hielt den Atem an, während er sich an Célian vorbeischob und zwischen Villa und Personalgebäude verschwand.

»Ach, ist er nicht ein Menschenfreund?« Célian sah ihm schmunzelnd nach.

Im Türrahmen erschien eine Frau mit graublonden Haaren, die unter ihrer Haube verschwanden. »Comte.« Sie knickste. »Ich dachte, ich hätte Euren werten Bruder gehört.«

»Er ist nicht der Geduldigste.« Célian wies auf mich. »Gertrud, du sollst unsere neue Magd einweisen.«

Sie nickte, winkte mich hinein und ich flüchtete über die Schwelle in das stickige Dämmerlicht. Doch Célian folgte mir. Gertrud hob die Brauen, ging aber widerspruchslos voraus. Sie zeigte mir den Hinterausgang, der zu den Feldern und einem Brunnen führte. Sobald Besuch auf dem Anwesen war, durften wir nur diese Tür und die Seiteneingänge der Villa nutzen – die Hausdame ließ mich alles wiederholen.

»Dieser Ausgang taugt aber auch zum Hinausschleichen, habe ich gehört.« Célian trat neben uns und sah verträumt aus der geöffneten Tür. »Nimmt man den linken Weg, gelangt man zu einem romantischen Pavillon. Man muss nur aufpassen, dass nicht schon jemand anders darin sitzt.«

Gertrud räusperte sich. »Die Treppe hinauf geht es zu deinem Zimmer.« Sie zog die Tür zu und ich folgte ihr eilig den Flur zurück.

Célian schlenderte uns nach, seine Finger streiften über die Holzwände.

»Die Männer wohnen unten, die Frauen oben.« Sie schritt die steile Treppe hinauf. »Mit nassen Schuhen musst du hier aufpassen.«

»Auch sonst solltest du achtgeben, denn diese Stufe da«, sagte Célian und unter meinem Fuß knarzte das Holz, »kann dir schnell ein heimliches Rendezvous verderben.«

Gertruds Blick flog zu ihm.

Diesmal hob Célian die Hände. »Du hast recht, ich bin zu hilfsbereit. Kein Grund, Mutter davon zu erzählen.« Er wandte sich auf der Treppe um, sprang leichtfüßig die Stufen hinab und verschwand hinaus.

Leise atmete ich aus, aber meine verspannten Schultern wollten sich nicht lockern. Sie warteten beinahe sehnsüchtig darauf, dass Célian abdrückte. So lag sein Finger weiter auf dem Auslöser, spannte und lockerte, wie es ihm gefiel.

Gertrud führte mich zu einem mit Vorhängen abgedunkelten Raum, vollgestellt mit etlichen Stockbetten. Langsam trat ich ein und erfuhr, dass hier die jüngeren Mägde schliefen. Auf einem Bett an der linken Wand lag ein Stoffstapel.

»Mach dich fertig«, sagte sie. »Ich schicke jemanden, um dich abzuholen.«

Es interessierte niemanden, dass die Cadieux' mich erst für morgen einbestellt hatten. Ich verdrängte meinen Stolz in die hinterste Ecke meines Geistes und lächelte.

An der Tür drehte sie sich noch einmal um. »Und halte dich von dem Comte fern. Ansonsten muss ich bald wieder eine neue Magd einweisen.«

4 Liliette Cadieux

Anmutig zupften meine Finger an den Harfensaiten, während ich mein Lächeln gekonnt zwischen lieblich und keusch ausbalancierte. Nicht einmal die Notenblätter benötigte ich. Mein Blick huschte stattdessen zu Mutter. Sie saß im Profil zu mir auf einem ihrer weißen Sofas. Ihren weichen Kiefer presste sie hart aufeinander, sah abwechselnd aus dem Fenster und in ihr Buch.

Meine Rücken drückte sich weiter durch. Früher hätte ich mich nie so verhalten. Ich war eher ein dickköpfiger Bursche gewesen anstelle eines süßen Mädchens und Mutter hatte mich machen lassen. Sie war viel zu beschäftigt gewesen, mit Alix zu diskutieren. Später mit Célian. Aber jetzt war ich dreizehn. Jetzt hatte Mutter auch für mich Pläne.

Mein Herz wurde warm und ich zog noch sanfter an den Saiten.

»Sehr schön, Fräulein Liliette«, sagte Vreda. Im Weißen Salon war ihre Stimme nie lauter als ein Raunen. Dennoch blickte ich zu Mutter. Aber sie sah reglos in ihr Buch.

Ich nagte an meiner Wange, während Vreda eine Notenseite umblätterte. Ich sollte von Mutter nicht zu viel verlangen. Wenn ich mit Graf François Barbier eine Familie gründete, würde er auch nicht ständig neben mir sitzen und mich loben. Mir würde es genügen, zu wissen, dass er sich um seine Arbeitsstätte junger Perückenmacher an der französischen Grenze kümmerte. Unterdessen würde ich mit meiner Schwägerin Harfe spielen oder stundenlang mit seiner Mutter Tee trinken. Diese hatte mich zwar *ma petite fille* genannt, doch ihre kleinen Augen hatten so gestrahlt, dass ich gern für sie ihre *Enkelin* war. Obwohl ich ihre Schwiegertochter werden sollte.

»Perfekt.«

Diesmal zuckte ich bei Vredas Stimme zusammen. Ich sah zu Mutter. Wieder nichts.

Offensichtlich war ich nicht perfekt. Noch vorgestern hatte ich versehentlich meinen Ärmel in Marmelade getunkt. Vor einigen Wochen hatte ich mich unschön mit Célian gezankt. Und natürlich war da vor ein paar Monaten die Sache mit Alix' Degen gewesen.

Ich war abgerutscht und hatte mir vom Knie bis zum äußeren Knöchel ins Fleisch geschnitten. Mit schneeweißem Gesicht hatte Célian seinen Degen ins Heu fallen lassen. Als zwischen den Hautlappen meine Kniescheibe hervorblitzte, kippte er einfach um – während ich regungslos dastand, auf das Blut blickte und darauf wartete, dass jemand kam. Dass Mutter kam.

Doch es war Alix gewesen, der mir den blutigen Degen abgenommen hatte.

Ein Tippen an meinem Arm. »Fräulein, ihr spielt zu langsam.«

Ich blinzelte die goldene Harfe an. Mein Herz pochte, als ich neu ansetzte. Ich war noch nicht perfekt. Aber das würde ich sein. Und dann würde Mutter aufsehen.

Mein Blick huschte wieder zu ihr. Sie starrte noch immer in ihr Büchlein. Wenn wenigstens auch sie etwas Wichtiges zu tun hätte.

»So willst du deinen Zukünftigen beeindrucken?«

Bei Célians Worten schreckte ich auf und neben mir auch Vreda. Eigentlich müsste es albern aussehen, wie Vreda sich vor jemandem erschreckte, der mindestens einen halben Kopf kleiner war – das waren alle. Aber die Bewegungen meiner Lehrerin erinnerten mich immerzu an diese Giraffen aus meinen Unterrichtsbüchern. Auf den Zeichnungen sahen sie so grazil aus, als könnten sie mit ihren langen Beinen über Glas laufen.

»Das Stück ist neu für Eure Schwester«, sagte Vreda. »Sie schlägt sich ganz wunderbar und wird sicher jeden Kandidaten bezaubern.«

Vreda log oft für mich. Doch heute stachen ihre Worte in meinen Ohren. Auch ihre Hand, die sie auf meine Schulter legte, piekte auf meiner Haut. Ich wollte eine feste Umarmung. Ich wollte die Harfe nehmen und zu Boden werfen.

Aber nicht einmal dann würde Mutter aufsehen. Während mein Herz so fest klopfte, dass es schmerzte, zwang ich mich zu einem schlichten Lächeln.

Célian musterte mich. Er hasste es, wenn ich schwieg. »Ja, Mademoiselle Bernau, *schlagen* konnte sie sich schon immer gut.« Mit verspannten Schultern wandte er sich ab und sank auf eines der weißen Sofas.

»Fräulein Liliette«, sagte Vreda. »Ihr seid blass geworden. Geht es Ihnen nicht gut?«

Ich sah zur Harfe. »Mach dich nicht lächerlich. Du musst die Seite umblättern.«

Sie zögerte. Niemand würde sie rügen, wenn sie mich zur Ordnung rief. Allerdings sah auch niemand her. Also blätterte sie um und ich setzte wieder an. Jeder Schlag meines Herzens vibrierte so deutlich wie die Saiten an meinen Fingern. Vreda hatte das nicht verdient. Sie sorgte dafür, dass ich zu einer guten Partie wurde. Wie Mutter es wünschte.

Meine Lunge glaubte, keine Luft zu bekommen. Ich drängte meinen Atem zur Ruhe. Nur entfernt nahm ich wahr, wie Célian Mutter fragte, ob sie sich noch an den einsamen Mann aus Lechenich erinnerte. Ihre Antwort ging in meinem dröhnenden Herzschlag unter. Gezwungen langsam atmete ich aus. Wenn ich mich wie ein nervliches Wrack verhielt, würde ich tatsächlich niemanden beeindrucken. Ich schaffte nur zwei Takte, bis meine Lunge nach Luft lechzte. Die Töne verschwammen. Meine Finger spürten die Saiten nicht mehr. Ein unsichtbares Zittern durchlief meinen Körper.

Etwas stimmte nicht. Ich würde sterben. Gleich hier und jetzt. Ich würde einfach mit den Händen an der Harfe zusammenbrechen.

»Du verspielst dich.« Alix' Stimme dröhnte durch meinen Sog und ich sprang auf. Mein Stuhl fiel um. Vreda machte einen anmutigen Schritt zurück.

»Stell ihn wieder auf«, stieß ich hervor. »Ich bin für heute fertig.« Mein Herz schlug mir bis zum Hals, als ich mich an Vreda und Alix vorbeischob und zur Tür schritt.

»Alexandre«, sagte Mutter. »Ich brauche den Wochenbericht.«

Ich trat auf den Flur und die Stimmen verklangen. Einzig Vreda folgte mir wie mein Schatten. Aber den Kampf mit meinem Herzschlag bestritt ich allein.

Ich würde perfekt sein.

5 Esmeray Weiß

Wenn mein Häubchen noch einmal verrutschte, würde ich einen Mord begehen.

»Du musst es richtig feststecken.« Entnervt trat Aenlin zu mir und ich senkte meine verkrampften Hände. Der feine Stoff meines Kleides fühlte sich auf meiner überhitzten Haut noch immer ungewohnt glatt an.

»Feinste Baumwolle.« Trotz ihres abweisenden Tons schien Aenlin mich zu beobachten. Sie zog eine Nadel aus ihrer Haube, unter der orangerote Haare hervorlugten. »Wir haben großes Glück mit dieser Familie«, nuschelte sie mit der Nadel zwischen den Lippen, während sie meine Haare zurückstrich.

»Ich danke dir«, murmelte ich. Meine Hände wanderten über meine dunkelbraune Schürze und das hellbraune Kleid. Der Stoff war so ebenmäßig. Dennoch dankte ich lieber Aenlin als dieser Familie.

»Eigentlich wollte ich dich hassen«, sagte sie leise.

Und ich überdachte meine Entscheidung.

»Aber wie du mir nachdackelst und bei jedem Raum so große Augen machst …« Schulterzuckend steckte sie die Nadel fest. »Vermutlich habe ich Mitleid mit dir.«

»Ich dackle dir nicht nach.« Stirnrunzelnd löste ich mich und bezog das letzte Kissen neu. Mein Rücken schmerzte als wären nicht Stunden, sondern Jahrzehnte vergangen. »Ich kenne mich hier einfach nicht aus.«

»Du kennst dich wohl mit gar nichts aus.« Sie nahm das bezogene Kissen hoch und klappte erst die Decke auf, sodass man gleich ins Bett steigen konnte. »Wen hast du für diese Anstellung bestochen?«

Eine Köchin.

»Wieso wolltest du mich hassen?«, entgegnete ich und zog an den Vorhängen. Ein Fenster zeigte aus dem ersten Stock zur linken Seite der Villa. In einem Rund aus Büschen stand ein Brunnen und weiter links suhlten sich Schweine in den letzten Sonnenstrahlen.

»Wegen Helga. Wir sind hier sozusagen aufgewachsen.« Aenlin nahm den geleerten Korb und ich lief ihr mit dem Wäschestapel nach. »Sie war elf und ich zwölf, als wir mit der Fütterung der Tiere anfingen. Dein Bett war ihr Bett.«

An dem Türknauf stockte meine Hand. Im Dämmerlicht funkelten Aenlins Sommersprossen, während sie überraschend verträumt die grüne Tapete mit den Störchen und Papageien musterte. Betreten spielten meine Finger mit dem goldenen Knauf.

Jäh schwang die Tür auf und riss mich in den Flur. Der Wäschestapel rutschte aus meinen Händen und ergoss sich über eine kleine Person.

Aenlin schnappte nach Luft und zerrte mich auf die Knie. »Pardon, Fräulein Cadieux! Ich habe nicht aufgepasst!«

Irritiert sah ich auf die grünen Schühchen, die zwischen den Laken hervorlugten und enorm an die Tapete erinnerten. »Nein, mir tut es leid, Madame. Ich hätte nicht –«

»*Madame?*« Ihr Ton war ruhig und majestätisch. Ich war froh, dass sie mich unterbrach, denn ich wusste gar nicht, was ich hätte anders tun sollen. Schließlich konnte ich nicht durch Wände sehen.

»Verzeihung?«, brachte ich heraus und wagte einen Blick. Ich stockte. Sie war noch ein Kind. Perfekte, blonde Locken rollten sich zu einer Hochsteckfrisur und ein Rüschenband zierte ihren weißen Hals.

Ihre hellgrünen Augen starrten mich jedoch eisig nieder. »Es heißt *Mademoiselle*! Ich bin nicht verheiratet – noch nicht. Aber du nennst mich gefälligst Fräulein oder Komtess. Und jetzt hock nicht so unnütz herum!«

Worte krochen auf meine Zunge und ich biss die Zähne zusammen. Aenlin entschuldigte sich erneut, während sie die Sachen zusammenraffte. Ich half ihr. Noch ehe wir ganz auf dem Flur waren, drängte *Fräulein* sich an uns vorbei und schmiss krachend die Tür zu. Ich blickte auf das dunkle Holz.

»Nicht zu lange auf den Fluren aufhalten.« Aenlin zog mich den vertäfelten Gang hinab. Als sie in der Wand verschwand, hätte ich schwören können, dass dort zuvor keine Tür gewesen war. In dieser Villa waren sie kaum sichtbar in die Tapeten eingelassen und führten in schmucklose Flure, die sich zwischen den Wänden versteckten.

»Bloß nicht gesehen werden.« Murrend ließ ich die Wäsche in den Schacht in der Steinwand fallen. »Unsere Armut könnte ansteckend sein.«

»Wir sind nicht arm.« Aenlin tauschte ihren leeren Korb mit einem der vollen aus, die wir hier zuvor abgestellt hatten, und wandte sich nach links. Ich versuchte, ihr diesmal nicht nachzudackeln – nach drei Wendeltreppen hinauf und hinab klebte ich an ihren Fersen. Dass wir nicht arm waren, wusste ich selbst, aber diese Villa zwang mir die Annahme geradezu auf.

»War das Mädchen Liliette Cadieux?« Mein Blick streifte die kahle Steinwand, die zwei Gesellschaftsklassen voneinander trennte. Das adelige Biest genoss sicher Privatunterricht, wohingegen Aenlin und Helga wohl nie eine Schule von innen gesehen hatten.

»*Komtess* Cadieux, die jüngste der Familie. Früher war sie ein kleiner Teufel mit einem goldenen Herzen, aber über die Jahre …«

»Hat sie ihr Herz verloren?«

»Sie hat es schwer.«

»Oh, sicher. Die Schuhe sahen untragbar aus und dieses Kleid aus Brokat und Goldfäden ebenfalls.«

Aenlin seufzte. »Du hast keine Ahnung, wie viel Wahrheit in deinen Worten steckt.«

»Wie bitte?«

»Prunk kann schwer auf den Schultern eines so jungen Mädchens lasten, das obendrein ohne Vater ist, die Verbindung zu den Brüdern verliert und von der Mutter nicht viel mehr beachtet wird als ein Staubkorn.«

Ich öffnete den Mund, doch mein Kopf war wie leergefegt. Nur das Geräusch unserer abgewetzten Absätze hallte vom Gestein wider. Hinter meinen Lidern verwandelte sich Liliettes grüne Tapete in die Stäbe eines goldenen Käfigs.

Ich blinzelte. Hayır, ich würde jetzt nicht mit diesen Cadieux-Geschwistern sympathisieren. Stattdessen musste ich endlich damit beginnen, wofür ich hergekommen war. Auch wenn ich mein gesamtes Hab und Gut zu Hause gelassen hatte, reichte es für Mutter und Vater niemals aus.

Ächzend folgte ich Aenlin eine Wendeltreppe hinab. »Wieso tragen die Grafen des Hauses eigentlich keine Perücken?«

Sie öffnete eine der Türchen, lugte höflich in den Gang und wies mich an, ihr über den Flur in ein Zimmer zu folgen. Es hatte ebenso hohe Decken wie die beiden vorigen Gemächer.

»Der Graf hält sich nur hier auf dem Hof auf«, raunte sie und stellte den Wäschekorb ab. »Und der Comte weigert sich schlichtweg.«

»Aha.« Natürlich setzte Célian seinen eigenen Kopf durch.

Sie trat zu dem Bett, das wie bei dem vorigen Zimmer in der Mitte stand, jedoch ohne die bunten Tücher, die kunstvoll über Liliettes Bettpfosten drapiert waren. Am Kopfende lag ein einziges Kissen. Auch die Oberflächen der Kommoden und des Schreibtisches waren nicht von kleinen Giraffen oder Elefanten bedeckt wie bei der Jüngsten – sie waren völlig leer. Nur auf dem Nachttisch stand ein dunkler Blumentopf, aus dem sich eine junge Pflanze erhob.

»Also, du kennst das nun.« Aenlin stockte. »Wo ist der Wäschekorb?«

Ich musterte den Korb, der neben der Tür stand. Den musste sie doch sehen.

Sie schnalzte mit der Zunge. »Ich weiß, dass da einer steht, ich meine aber deinen Korb! Meiner hier ist für die Gräfin. Ihre Kinder bekommen ihre eigene Wäsche.«

»Oh, Mist, ich wusste nicht – ich hole ihn sofort.«

Ehe ich an der Tür war, hielt sie mich auf. »Findest du denn zurück?«

Ich erstarrte. Ich wollte wirklich, *wirklich* nicht zwischen den Wänden dieser Villa verloren gehen und von einem Dienstboten als Skelett wiedergefunden werden. Mit großen Augen sah ich sie an.

Sie schnaubte. »Zieh das Laken ab und mach keinen Unsinn!« Damit ließ sie mich allein und ihre Schritte verklangen auf dem Flur.

Mit betretener Miene trat ich zum Bett. Schlagartig richtete ich mich auf und blickte zur Tür. Niemand zu sehen. Auf dem Parkett des Flurs würde ich jeden Schuhabsatz schon von Weitem hören. Und das war jetzt umso wichtiger, da Célian wusste, wo ich wohnte.

Mein Herz flatterte nervös und abenteuerlustig zugleich. Mein Blick streifte durch den Raum. Niemand sollte etwas vermissen. Ich musste den Ort finden, an dem der Bewohner dieses Zimmers materiell wertvolle, aber emotional unwichtige Gegenstände aufbewahrte.

Ratlos zog ich die Schublade des Nachttisches auf. Nur ein Buch, auf dem in großen Lettern *Achill* stand. Darunter lugte ein Heftchen hervor. Hayır, weiter zur nächsten Kommode. Grüne Hosen, gelbe Westen, rosafarbene Kniestrümpfe. Auch im Schrank neben dem Fenster war nichts anderes zu finden und der Schreibtisch, der mitten im Raum stand, bot nur Tintenfässer, Schreibfedern und etliche Blätter Papier. Damit konnte ich in achtzehn Tagen doch kein Haus retten!

Ich schloss die Schublade und machte mich widerstrebend an Laken und Kissen. Als ich die Wäsche auf den Boden warf, rasselte etwas.

Nur kurz. Nur ganz leise.

Stirnrunzelnd sank ich auf meine schmerzenden Knie und tastete unters Bett. Hinter einer Ecke des bodentiefen Nachttisches erfühlte ich eine dünne Kette. Der Luftzug der fallenden Wäsche musste sie bewegt haben. Behutsam zog ich sie hervor und hielt sie in die Höhe. Von ihren feinen Gliedern baumelte ein Medaillon.

Atemlos beobachtete ich, wie das Abendlicht auf dem schweren Gold glänzte. Drei Blüten einer Gladiole waren über einem C eingraviert.

In dem goldenen Schimmer sah ich, wie Mutter noch in Jahrzehnten auf der Bank unter dem Wohnzimmerfenster ihre Bücher lesen würde. Wie Vater ihr abends auf der Saz vorspielen würde, die er eigens für sie gelernt hatte. Wie ich weiterhin neben ihnen Çay trinken würde.

Ich ließ die Kette in meinen Ausschnitt fallen. Ein Schauer überkam mich, als das kühle Metall meine Haut berührte. Es musste einem der Söhne unters Bett gerutscht sein. Wessen Zimmer das genau war, erkannte ich nicht. Er dachte sicher, er hätte es verloren. Ein Kribbeln breitete sich in mir aus.

»So läuft das bei Ihnen also?«

Mein Kopf flog zur Tür. Im Rahmen lehnte Célian. Die Schuhe hielt er locker in der Hand, trug an seinen Füßen nur die weißen Kniestrümpfe.

Das Kribbeln verwandelte sich in Nadelstiche.

Er stieß sich ab und kam auf mich zu.

Mit zittrigen Beinen rappelte ich mich auf. »Verzeihung?« Bloß nicht vorschnell etwas zugeben und um Gnade flehen.

Célian schnalzte mit der Zunge. »Immerzu bittet Ihr um Verzeihung, aber stets für die falschen Dinge.«

»Ich weiß nicht, was Ihr meint«, stammelte ich.

»Natürlich nicht. Seit Eurer Ankunft wisst Ihr generell nur noch sehr wenig. Wo Ihr herkommt, ob Eure Eltern lebendig sind oder tot, ob Euer Name *Schwarz* ist oder *Weiß* – wer ich bin.«

Er kam immer näher und alles in mir schrie danach, mit meinen letzten Kräften wegzulaufen. Doch nur mein Plan konnte meine Eltern vor diesem Herrn von Berger bewahren. Ohne mich würden sie nie den Wucher der nächsten Pacht bezahlen können. Ich musste standhaft bleiben.

»Was wollt Ihr von mir?«, brachte ich heraus.

Célian blieb stehen. Sein Schmunzeln breitete sich wieder auf seinen Lippen aus. Mit einem Schritt stand er direkt vor mir.

Ich wagte kaum zu atmen. Die sanftroten Sonnenstrahlen erleuchteten seine Augen – das linke graublau, das rechte graugrün. Er stand so dicht vor mir, dass ein Duft von Flieder in meine Nase stieg. Senkte er jetzt ein wenig den Blick, sähe er in meinem Dekolleté die Kette funkeln.

Dennoch konnte ich meine Füße nicht zur Flucht zwingen. Stattdessen richteten sich meine Schultern auf. Meine Augen hielten seinem Blick stand.

Sein Lächeln vertiefte sich. »Was ich von Ihnen will, das werden wir noch sehen«, raunte er. Dann wandte er sich ab und schritt zur Tür. Seine Finger strichen über den Rahmen, ehe er auf dem Flur verschwand.

Ich rang nach Luft. Meine Hand tastete zu meinem Ausschnitt. Doch ehe ich das Medaillon zurücklegen konnte, ertönten Schritte auf dem Flur. Diesmal deutlich hörbar. Aenlin kehrte mit dem zweiten Korb zurück.

6 Célian Cadieux

Mit meiner Schreibfeder begann ich eine Wiedergutmachung für etwas, das ich noch nicht verbrochen hatte. Eine arrangierte Ehe für einen Rauswurf.

Ich tunkte die Feder in mein Tintenfass und schrieb:

Neumarkt, Köln.

St. Aposteln Kirche.

Freitag, 24. Juni 1768.

Mittagsstunde.

Wenn Ihr wollt, wird für Euch gesorgt werden. Ihre Zukunft könnte Ihren Wünschen entsprechen. Sucht jemanden mit einem roten Halstuch.

– Freya

Bei der Unterschrift konnte ich mir ein Grinsen nicht verkneifen. Die nordische Wanengöttin der Liebe und Ehe passte hier vorzüglich. Ich faltete das Blatt und schob es in die Innentasche meiner Weste. Jetzt war ich darauf vorbereitet, wenn Alix drüben sein Zimmer betrat. Und das würde nicht mehr lange dauern – seitdem er die Überwachung des Personals und der Ländereien übernommen hatte, ging er unglaublich früh zu Bett.

Ich zog ein neues Blatt heran, tunkte die Feder wieder ein und schrieb:

Neumarkt, Köln.

St. Aposteln Kirche.

Freitag, 24. Juni 1768.

Mittagsstunde.

Wenn Ihr wollt, wird für Euch gesorgt werden. Ihre Zukunft könnte Ihren Wünschen entsprechen. Tragt ein rotes Halstuch.

– Freya

Ich überflog den Text. Die Chancen standen gut. Schon letztes Jahr beim Kirchbesuch waren mir die Gemeinsamkeiten aufgefallen, als sich die hochgewachsene Frau zufällig mit dem einsamen Mann über verlorene Liebe unterhalten hatte.

Man könnte meinen, ich verhielte mich wie Mutter, indem ich im Hintergrund die Fäden zog. Doch anstatt daran ihre Kinder wie Marionetten herumzuführen, webte ich ein Band zwischen zwei Menschen, die sich nichts sehnlicher wünschten.

Für den zweiten Zettel zog ich einen Umschlag heran. Zum Glück hatte Mutter mir lang genug ihre Aufmerksamkeit geschenkt, um mir die Adresse in Lechenich zu nennen. Ich steckte das Papier in den beschrifteten Umschlag und erhitzte roten Siegellack in einem Löffelchen. Aber mein Zeigefinger mit dem Siegelring zögerte. Die Gladiole mit dem C unserer Familie wäre zu verräterisch.

Vorsichtig legte ich den Löffel zurück in seine Halterung und stand auf. Nur auf Socken lief ich durch den Flur. In den Wandhaltern leuchteten schon die Kerzen und ließen ihr Licht von den Spiegeln vervielfachen. Ein paar Abbiegungen weiter klopfte ich an eine dunkle Tür.

»Nein!«, ertönte es aus dem Innern.

Ich runzelte die Stirn und öffnete.

»Ich sagte *nein*!«

Ein Kissen flog mir entgegen. Direkt vor meinem Gesicht fing ich es ab.

Zielen konnte sie schon immer.

»Du musst mir etwas leihen.«

Mit einem frustrierten Aufschrei warf Liliette sich zurück in die Kissen und riss die Decke über den Kopf. »Verflucht, nein!«

Ihre Vorhänge waren zugezogen und nicht eine einzige Kerze brannte. Nur vom Flur schien etwas Licht ins Zimmer. Ich tastete mich hinein, stieß prompt meinen Fuß an einer Kante und fluchte. Unter der Bettdecke ertönte ein Schnauben. Na, wenigstens darüber konnte sie noch lachen.

»Liliette, ich brauche einen deiner Motivstempel.«

»Ich habe keinen«, brummte sie.

»Allez, c'est sérieux. Es geht um einen Menschen, der … mir wichtig ist.«

»Um wen?«

»Kennst du nicht.« Selbst ich erkannte diese Person kaum wieder, obwohl ich mit ihr aufgewachsen war. »Sag mir nur, wo ich deine Stempel finde.«

Sie ließ ein paar Flüche los, bei denen Graf Barbiers Ohren geklingelt hätten. »In meinem Schreibtisch natürlich. Unterste Schublade links.«

Ich fand den Tisch und nahm die Schublade einfach heraus, um sie näher ans Licht zu halten. Kerzen, Feen, Döschen – und Stempel. Ich entdeckte einen passenden und schob die Schublade zurück.

»Parfait, danke.«

»Welchen hast du genommen?«

»Den mit dem Herzen«, sagte ich schmunzelnd. Eine arrangierte Ehe hatte meist wenig mit Herz zu tun, aber man durfte ja noch träumen. Der schwache Lichtschein vom Flur wies mir den Weg zur Tür.

»Wieso denn das? Etwa für eine neue Helga?«

»Mais non. Es gibt keine zweite Helga, sie ist ein Individuum.« Ich erreichte die Tür wie rettendes Ufer.

»Sag ehrlich, für wen ist der Stempel?« Liliettes Stimme ertönte klarer. »Für eine deiner Bediensteten?«

Ich grinste. »Eher für eine von deinen.«

»Célian!«

Hastig zog ich die Tür hinter mir zu. Als etwas dumpf dagegenprallte, lachte ich leise. Mein Blick wanderte den Gang hinab. Und langsam verging mein Lächeln.

Ich würde Liliette aus diesem Zimmer holen. Selbst hier auf dem Flur griffen die Regeln und Normen mit kalten Fingern unter der Tür hindurch nach meinen Fußknöcheln.

Ich riss mich los und lief zurück. Steif sank ich auf meinen Stuhl und starrte in die Flamme meines Kerzenständers. Wenn Alix nur schon volljährig und damit der Gutsherr wäre … Ihn könnte ich viel eher auf meine Seite ziehen als Mutter. Es war ohnehin unüblich, dass eine Frau einen Haushalt regierte.

Es sei denn, der Ehemann war verstorben.

Meine Finger zogen eine Zeitung heran und hielten sie an die flackernde Flamme. Gierig zerfraß sie das Papier. Ich drehte das Blatt, sodass die knisternde Hitze in die Richtung wanderte, die ich mir wünschte. Als könnte ich etwas beeinflussen.

Ich blinzelte.

Ich konnte etwas beeinflussen. Nicht auf direktem Wege, wie ich es wollte. Aber es gab ja noch andere Pfade.

Die Flammen leckten an meinen Fingern und rasch drückte ich sie am Metall des Kerzenständers aus. Ich nahm das Löffelchen und erwärmte den Siegellack erneut. Zähflüssig tropfte er auf die Kante der Briefklappe. Der Stempel passte perfekt.

7 Alexandre Cadieux

Nach dem Gespräch im Weißen Salon war ich wieder einmal kurz davor, meine Sachen zu packen und loszulaufen. Nur die Natur, ich und –

Ich wischte die Gedanken beiseite, stellte die Nachtkerze auf meinen Schreibtisch und warf Gehrock und Weste auf den Stuhl. Um mich zu beruhigen, musste ich nicht abhauen. Zumindest nicht länger als eine Nacht.

Neben meinem Nachttisch legte ich mich rücklings auf den Teppich und tastete unter meinem Bett nach dem versteckten Seil. Meine Finger waren schrecklich ungeduldig. Dass die Sonne im Sommer so spät unterging, war eine Qual. Endlich löste sich das Seil von der Holzplatte, ich rappelte mich auf und schob die Vorhänge auseinander. Aus der Wand ragte die Öse für das Vorhangsband, die ich letzten Herbst durch einen massiven Metallring ersetzt hatte. Ich hängte die Schlaufe meines Seils ein – und stockte.

Wie konnte ich das vergessen? Schnell wandte ich mich um, trat am Nachttisch vorbei und meine Finger wanderten über die Blätter der jungen Pflanze im Blumentopf. Erneut kniete ich mich neben das Bett und fühlte um das Tischchen herum.

Meine Hand stieß auf Leere.

Jede Faser meines Körpers vereiste. Ich tastete den Boden ab, überprüfte die

Außenwand des Nachttisches. Meine Finger streiften sogar über meinen Hals, doch natürlich trug ich die Kette nicht.

Feigling, schalt mich eine innere Stimme. Ich zog den Nachttisch zur Seite, holte die Kerze heran. Wachs tropfte auf den Boden, während ich beinahe mein Bett abfackelte.

Nichts.

Ich sprang auf. Das konnte nicht sein. Das durfte nicht sein.

Mit der flackernden Kerze in der Hand stürzte ich aus dem Zimmer und eilte durch den Flur. Im Vorbeigehen ließ ich sie auf einer Kommode stehen. Nach einem viel zu langen Weg riss ich eine Tür auf, hoffend, dass er gerade keinen *Besuch* hatte.

Doch Célian saß mit dem Rücken zu mir an seinem Schreibtisch, die Füße auf den Tisch gelegt, die Arme hinter dem Kopf verschränkt. »Mon frère«, sagte er pathetisch, ohne sich umzudrehen.

Ich stürmte zu ihm und ignorierte, dass er mich ohne einen Blick erkannte. »Du musst mir helfen!«

»Ach so?« Mit einem Lächeln sah er auf.

»Lass den Unsinn, Cèl, es ist ernst. Ich wurde beklaut.«

Genüsslich streckte er die bestrumpften Füße auf dem Tisch. »Was habe ich damit zu tun? Oder denkst du, ich war es?«

Meine Stirn legte sich in Falten. »Warst du es?«

»Nein.«

»Mon Dieu, ne me fais pas perdre mon temps!« Meine Hände fuhren durch mein Haar. »Du hast von uns am meisten Kontakt zu den Bediensteten, also – wer war es?«

Er schmunzelte. »Es schmeichelt mir, dass du meine Fähigkeiten so schätzt. Doch ich kann nicht hellsehen.«

Ich stöhnte auf.

»Aber«, sagte er, »ich weiß, wo du suchen solltest.«

8 Esmeray Weiß

Mein Blick klebte an meinem Kleiderstapel. Fein säuberlich reihte sich unsere Garderobe auf einer Bank auf, darunter unsere Schuhe. Als ich mitsamt dem platten Kopfkissen näher zur Matratzenkante rückte, knarzte das Hochbett und unter mir brummte Aenlin. Ich biss mir auf die Lippe. Auch auf der anderen Raumseite knarrte es. In der Dunkelheit erkannte ich nur zwei der acht Stockbetten.

Dichte Wolken waren vor die abnehmende Mondsichel gewandert, sobald ich mich endlich mit Aenlin zum Personalgebäude geschleppt hatte. Es war ein Nervenakt gewesen, die Kette in meinem Stapel zu verstecken, ehe ich mir schwerfällig den Schweiß des Tages abgewaschen hatte. Beim Anblick der schlafenden Mägde hatte Aenlin mir auch noch zugeflüstert, dass sie sonst zügiger arbeitete – ohne mich.

Seitdem ich im Nachtkleid das Bett erklommen hatte, erschien mir mein Diebesgut so unauffällig platziert wie eine Axt auf einem Teeservice. Wenn die Kette nun hinunterfiel oder hervorlugte? Ich war eine schreckliche Diebin.

Ungehalten schob ich das dünne Laken weg, das es geschafft hatte, sich aufzuheizen. Wenn es zu Hause nachts zu heiß war, öffneten wir alle Fenster und Türen, legten uns im Flur auf den Boden und genossen den Durchzug. Eines Morgens waren wir aufgewacht, weil ein Dachs unseren Vorratsschrank durchwühlt hatte. Und einmal hatte uns das Scharren von Wildschweinhufen geweckt, die glücklicherweise wieder davongetrappelt waren. Mutter hatte sich dennoch geweigert, einen Zaun um das Grundstück zu ziehen – mit Ausnahme des Teils, den die Wildschweine in einen gemüsigen Friedhof verwandelt hatten.

Meine Eltern durften ihr Zuhause nicht verlieren. Ich schloss die Augen, presste meine Hände in das piksende Kissen und drängte die Tränen zurück. Sicher hatte Célian nichts bemerkt. Wir waren allein gewesen. Die Chance, auf mir herumzuhacken, hätte er sich nicht entgehen lassen.

Gezwungen ruhig atmete ich aus. Gott, wie viele Fehler hatte ich heute begangen. Morgen würde ich ein besseres Versteck suchen und mir mit diesen Adeligen keine Fehler mehr erlauben.

Ich würde meine Eltern nicht im Stich lassen.

Ein entferntes Rascheln drang an meine Ohren. Unverständliche Stimmen.

Meine Lider waren schwer wie Steine. Als ich sie mühsam öffnete, fiel Mondlicht ins Zimmer und tauchte die mittleren Betten in fahlen Glanz.

Träge rieb ich meine Augen. Ich musste eingeschlafen sein.

Die Stimmen wurden deutlicher. Sie waren direkt in diesem Raum.

»Aber Graf Cadieux!«, entfuhr es einer Magd.

»Mir bleibt keine Wahl. Verhaltet euch ruhig und lasst mich das schnell erledigen.«

Mit schwammigem Kopf und steifen Muskeln drückte ich mich auf einen Ellbogen. Kerzenschein wanderte durchs Zimmer. Immer wieder wachte eine weitere Magd auf, schnappte nach Luft und riss sich die Decke bis unters Kinn.

»Ihr hebt jetzt alle euer Kissen in die Höhe. Dann bewegt sich niemand mehr. Achte darauf, Cèl.«

»Aber natürlich«, ertönte es in meiner Nähe.

Mit einem Ruck saß ich aufrecht. Am Fenster neben mir leuchtete silbrig der Umriss einer Gestalt. Als sie zu mir sah, wanderte das Mondlicht über ihr Gesicht und erhellte ihr Lächeln.

»Das nehme ich dann wohl.« Célian zog mein Kopfkissen von der Matratze. Auf der anderen Zimmerseite überprüfte Alix die Kissen.

»Was ist hier los?« Meine Stimme klang fordernder, als ich mutig war.

»Ihr habt die Ankündigung verschlafen, Madame«, sagte er leise. »Meinem Bruder ist etwas aus seinem Zimmer entwendet worden und ich habe ihn darauf hingewiesen, dass nur die Kammerzofen Zutritt zu unseren Gemächern haben.« Er senkte die Stimme zu einem Wispern. »Wisst Ihr, Madame, dass Ihr Dekolleté von Zeit zu Zeit zu glitzern gedenkt?«

Mein Blut sackte aus meinem Kopf. Das Bett schwankte unter mir.

Seelenruhig tastete er mein Kissen ab, und als er nichts fand, glitt sein Blick durch den Raum. »Aha.« Ehe ich ihn aufhalten konnte, drückte er mein Kissen an seine Brust wie ein Kleinkind, das seine Schmusedecke überallhin mitnahm, und schlenderte zur Bank. Seine linke Hand streifte beiläufig über die Stoffe. »Alix, du solltest die Kleider nicht vergessen.«

Mir wurde schlecht. Sein Bruder nickte und klopfte noch die restlichen Kissen ab. Er trug lediglich Hemd und Hose. Keiner einzigen Magd sah er in die Augen, legte nur immer wieder das Kissen vorsichtig auf die Matratze zurück, als könnte es seine Tat ungeschehen machen.

Zielsicher hatte ich den ihm wohl wichtigsten Gegenstand geklaut. Ich konnte mich gleich aus dem Fenster stürzen. Oder … Mein Blick huschte zur Tür. Nein, Célian wusste, wo ich wohnte. Und die Katze hatte entschieden, dass es Zeit war, der Maus das Genick zu brechen.

Mit flatterndem Herzen sah ich zu, wie Alix Aenlins Kissen zurücklegte. Da ich keines mehr hatte, trat er zu den Kleidern. Célian kehrte zurück und lehnte sich erneut neben meinem Bett ans Fenster, während Alix auf der hinteren Raumseite am ersten Paar Schuhe rüttelte. Bei jedem zurückgelassenen Stapel atmete eines der Mädchen auf. Als befürchteten sie, er würde etwas finden. Himmel, ich hatte sie alle in Gefahr gebracht. Jede von ihnen könnte ebenfalls etwas eingesteckt haben.

Ich krallte meine schweißnassen Hände in das Laken. Wenn ich jetzt einschritt, würden sie mich verdächtigen. Lief ich weg, würden sie mir auf Pferden folgen. Und blieb ich … Würden sie mich anklagen? Auspeitschen?

Zwölf der sechzehn Stapel hatte Alix schon durchgesehen und mit jedem weiteren spielten die Kiefermuskeln an seiner Wange heftiger. Noch vier hatte er vor sich. Noch drei und er würde die Kette finden. Und alle wussten, welcher Stapel wem gehörte.

Unfreiwillig kreuzte mein Blick Célians. Es war zwecklos, das Monster anzuflehen, das gerade seine Zähne zeigte. Noch immer tanzte ein zufriedenes Schmunzeln über seine Lippen. Bis es langsam verblasste. Seine Miene verdüsterte sich. Als wäre er sauer, dass ich ihn so hilflos ansah. Alix rückte zum fünfzehnten Stapel und ich schwang die Beine aus dem Bett, war bereit, mit der Stirn an den Dielen um Gnade zu flehen.

Eine kühle Hand legte sich auf mein bloßes Schienbein.

Mein Nachtkleid war bis über meine Knie gerutscht. Célian und ich merkten es gleichzeitig. Er zog die Hand fort und ich riss mein Kleid hinab, starrte ihn an. Aber er sah mich nicht mehr an. Mein Blick flog zurück zu Alix.

Der zum sechzehnten Stapel rückte.

Mein Herz stoppte. Sogar mein Atem wurde flach, als würde eine falsche Bewegung Alix veranlassen, zu Stapel fünfzehn zurückzukehren.

Er konnte die Kette nicht übersehen haben.

Ich blickte zu Célian.

Räuspernd erhob sich Alix vom letzten Stapel. Die Brüder sahen sich an und Alix musste nicht aussprechen, dass er nichts gefunden hatte.

»Es gibt nur noch eine Person, die oft in der Nähe der Gemächer ist.« Jede verschmitzte Freude war aus Célians Gesicht gewichen. Steif legte er mein Kopfkissen neben mich und verließ das Zimmer.

Ich starrte ihm nach. Célian hatte das gestohlene Medaillon gestohlen.

Alix folgte ihm, drehte sich an der Tür jedoch um und die Nachtkerze erleuchtete sein Gesicht. »Es tut mir leid«, sagte er mit fester Stimme, aber seine Schultern waren hochgezogen wie bei einem gerügten Jungen. Er zog die Tür hinter sich zu und nur noch der schwache Mondschein erhellte die Mädchen, die in den Betten saßen. Leise weinte eine und eine andere lehnte sich zu ihr.

Mein Herzschlag setzte heftig wieder ein. Auf meiner Haut brannte noch immer Célians düsterer Blick. Er konnte doch nicht eine Durchsuchung arrangieren, mich vor der Enttarnung bewahren und dann sauer auf mich sein!

»Wir sollten noch etwas schlafen«, sagte Aenlin sanft.

Während es raschelte, sank auch ich ins Bett und spürte wieder meine schmerzenden Glieder. Letztes Geflüster erklang.

»Gute Nacht«, murmelte die Kleine, die geweint hatte, und einige antworteten.

Was zur Hölle hatte Célian vor? Ich sah an die Decke und von meinem Kissen stieg ein Duft von Flieder auf.

9 Célian Cadieux

Ich war ein Mistkerl. Ein selbstgefälliger Mistkerl.

Alix warf mir noch einen Blick zu, ehe er anklopfte. Ohne auf eine Antwort zu warten, öffnete er die Tür.

»Wer ist da?«, erklang es verschlafen aus dem Kämmerchen. »Aber Graf Cadieux!«

Wie bei den Mägden. Mehr sagten unsere Bediensteten nicht, wenn wir nachts in ihr Zimmer platzten. Natürlich nicht, Mutter hatte einige für noch weniger gefeuert. Mir wurde schlecht. Unsere Angestellten hatten Angst vor uns.

Sie hatte Angst gehabt.

Während ich meine Genialität gefeiert hatte. Ich sah ihr blasses Gesicht noch immer vor mir. Ihre glanzlosen Augen, die sonst leuchteten wie Bernsteine.

»Cèl! Komm endlich rein und halt die Kerze!«

Ich sah zu Alix in die Dunkelheit. Es dauerte, bis ich eintrat. Meine Hand wanderte zu dem Brief in der Innentasche meiner Weste, zu der Wiedergutmachung für die Tat, die ich jetzt begehen würde. Es war mein letzter verzweifelter Versuch, unseren verlorenen Filou doch noch zurückzuholen. Zumindest redete ich mir das ein.

NOCH 17 TAGE

Montag, 20. Juni 1768

10 Liliette Cadieux

»Und, Célian, welche Magd ist es diesmal?« Ich biss in mein Brot. Beim Anblick des reich gedeckten Tisches hatte sich mein Magen überraschend erfreut gemeldet.

Mir gegenüber sah Alix auf. »Welche Magd ist was?«

»Drück dich deutlicher aus, Liliette«, sagte Mutter zu meiner Linken.

Nur Célian antwortete nicht. Er starrte an mir vorbei aus den bodentiefen Fenstern. Dabei war ich mir sicher, dass er den Garten in den frühen Sonnenstrahlen nicht wahrnahm.

Ich runzelte die Stirn. »Nichts, schon gut.«

Célian hätte sich unter meiner Andeutung winden sollen, doch er rührte sich nicht. Sein Tee wurde kalt und sein Teller blieb leer.

Ein höfliches Räuspern ertönte hinter Alix in der Tür. Alle sahen auf. Nur Célian schloss die Augen.

»Ich habe fertig gepackt, Gräfin Cadieux, und würde jetzt gehen.« In der Tür stand Vreda, berührte mit dem Kopf beinahe den Rahmen. Ihr Gesicht war bleich und ihre Frisur noch strenger nach hinten gekämmt als sonst. Neben ihren Füßen stand ein Koffer.

Mein Blick flog zu Alix, der die Schultern hochgezogen hatte, als würde er gleich entweder eine Prügelei starten oder selbst verprügelt werden.

»Dann geht«, sagte Mutter nur.

Meine Lehrerin sah zu mir. Schon griff sie den Koffer und verschwand im Flur.

Ich sprang auf. »Was ist hier los?«, stieß ich gezwungen ruhig hervor.

»Verhalt dich nicht wie ein kleines Kind und setz dich wieder.« Mutters dunkle Brauen waren starr zusammengezogen.

Célian öffnete die Augen, schob ohne ein Wort seinen Stuhl zurück und verschwand aus der Tür. Mutter rief ihm nach, doch seine Schritte verhallten in entgegengesetzter Richtung zu Vreda.

Mit geballten Fäusten sah ich zu Alix. »*Was ist hier los?*«

Er schüttelte den Kopf. »Es tut mir leid, Liliette, aber deine Lehrerin musste entlassen werden.«

»Was?«

»Sie wurde beim Klauen erwischt.« Mutter rührte in ihrem Tee. »Deine Brüder haben sich dafür eingesetzt, dass sie keine härtere Strafe erhält.«

»Nein!« Ich stolperte zurück, fiel fast über meinen Stuhl. »Das kann nicht sein, Vreda würde doch niemals –«

»Es ist wahr.« Alix hatte einen Arm nach mir ausgestreckt, wie um mich vor dem Fall zu bewahren. Nun winkte er mich zurück an den Tisch. »Setz dich. Wir suchen dir eine neue –«

»Vreda soll dir etwas geklaut haben?« Meine Stimme wurde schrill und hässlich. »Das glaubst du doch selbst nicht! Sie ist die vornehmste und höflichste Person im gesamten Haus! Sie ist nie aus der Haut gefahren, hat nie ein böses Wort gesagt!«

»Liliette.« Mutters Blick durchbohrte mich, aber selbst das beruhigte mich nicht.

»Das ist Unsinn! Ihr wollt mir die Einzige nehmen, die noch für mich da ist!«

»Nicht doch, es geht hier nicht um dich«, sagte Alix. »Sie hat etwas aus meinem Zimmer gestohlen, ich selbst habe es gestern Nacht –«

»Na klar, unsere gutmütige Vreda ist in dein Zimmer geschlichen und hat deine Schränke durchwühlt. Was soll sie überhaupt gestohlen haben? In deinem Zimmer ist doch gar nichts! Vielleicht eines deiner Staubkörner?«

Alix' Wangenmuskeln spielten. »Glaub mir einfach, dass es hierbei nicht um dich geht.«

»Natürlich nicht!«, schrie ich. »Es geht ja nie um mich!« Ich stieß meinen Stuhl um und stürzte zur Tapetentür. Ich musste sie aufhalten. Die eine, die meine Launen ertrug, mich geduldig lehrte, für mich log.

Mutter rief mir so drohend nach, dass mein Herz einen Schlag aussetzte. Ich riss die Tür auf und rannte noch schneller. Nach links, nach rechts, vorbei an der großen Küche. Auf dem glatten Stein rutschten meine Sohlen und ich strauchelte, fiel hart auf die Seite.

»Verflucht!« Ruckartig riss ich die Schuhe und Strümpfe von meinen Füßen und jagte barfuß weiter. Ich hatte zu viel Zeit mit Mutter und Alix verschwendet. Vreda könnte schon verschwunden sein.

Endlich stieß ich die Tür auf, die hinaus auf die Steinterrasse führte. Da war sie, am Ende des Hofes, auf der von Büschen umsäumten Einfahrt. Ich eilte schräg zwischen den Säulen hindurch und sprang von der Terrasse. Meine Füße trafen auf Erde und Steine – Hände rissen mich zurück.

»Beruhig dich, Jette, beruhig dich.« Große Arme umschlangen mich.

»Nein! Vreda!« Ich trat um mich. »Vreda!«

Alix sank mit mir auf die Knie und umarmte mich so unnachgiebig, dass ich mich nicht bewegen konnte.

Ich biss in seinen Arm.

Er fluchte und packte mich neu. Behutsam redete er auf mich ein, aber in meinen Ohren rauschte es. Ich würde völlig allein in dieser Villa sein. Gänzlich unsichtbar, wie ein Geist, der nicht einmal beachtet wurde, wenn er eine Vase herunterwarf. Meine Sicht verschwamm.

Eine Hand legte sich an meine Wange. »Ist ja gut, Mademoiselle, ich bin ja hier.«

Ich sackte zusammen und Alix' Arme rutschten ab. Hinter meinem Tränenschleier erschien Vreda. Sie kniete sich auf die Terrasse, und ohne zu überlegen, warf ich mich an ihre Brust. Ich umschlang sie so fest, als würde sie sonst davonwehen. Alix' Wärme schwand. Dafür legte Vreda ihre langen, kühlen Arme um mich und tätschelte meinen Rücken.

»Es tut mir leid«, schluchzte ich, spürte erst jetzt, wie Tränen mein Gesicht hinabliefen und in Vredas Baumwollkleid versickerten. »Es tut mir schrecklich leid.«

Wäre sie nicht meine Lehrerin geworden, hätte sie jetzt irgendwo bei einem höflichen, tadellosen Mädchen eine Anstellung. Sie säße jetzt nicht auf der Straße.

»Ich bin Ihnen nicht böse, Mademoiselle, Ihr wart doch immer gut zu mir.«

»Ich war schrecklich! Ein Miststück!«

»Na, diese Ausdrucksweise wollen wir uns gar nicht erst angewöhnen.«

Ihre vertrauten Worte zerquetschten mein Herz. »Es tut mir so leid.«

»Aber nicht doch, Mademoiselle. Es war mir eine Ehre, Ihre Lehrerin zu sein.«

»Was wird denn jetzt aus Ihnen?«, wisperte ich. Nicht einmal mehr einen Mann hatte sie. Vor zehn Jahren war er von den Franzosen bei Krefeld ermordet worden. Von meinem Volk.

»Macht Euch um mich keine Sorgen. Ich komme zurecht.«

»Und was wird aus mir?«, wimmerte ich in die Dunkelheit ihrer Umarmung.

»Mademoiselle, Ihr seid klug und fleißig und werdet einmal eine umworbene junge Dame sein, die für einen besonderen Mann eine hochgeschätzte Partie darstellt.«

»Glaubt Ihr das wirklich?«

»Seid Ihr denn gewillt, weiter die Etikette zu lernen?«

Ich nickte.

»Und werdet Ihr höflich und freundlich bleiben?«

Wieder nickte ich.

»Und Eure jetzige wie zukünftige Familie umsorgen und an erste Stelle setzen?«

»Ja«, schniefte ich.

Sie schob mich von sich und hob mein Kinn. »Dann bin ich mir ganz sicher, Mademoiselle.« Sie legte ihre Hand an meine Wange, kühl, aber weich. Im nächsten Augenblick stand sie auf, nahm ihren Koffer und ging.

Mein Hals brannte. Regungslos kniete ich auf dem glatten Stein und sah zu, wie sie über den Hof lief. Als die Schatten der Bäume sie verschluckten, sank ich schluchzend zusammen und Alix' Arme legten sich wieder um mich. Für einen Moment ließ ich mich von ihm festhalten. Doch nach mir trug er die größte Schuld.

Ich riss mich los, rappelte mich auf und stolperte barfuß über die Terrasse zur Haustür, die nur ein dunkler Schemen inmitten des hellen Gesteins war.

11 Esmeray Weiß

Ich hielt den Atem an, selbst als Liliettes Schluchzen verklang. Hinter dem Stall presste ich meinen Rücken an die unebene Holzwand. Mein Hals brannte und Tränen verschwammen meine Sicht.

Weiche Nüstern stupsten gegen meine Schulter. Ich blinzelte und strich zittrig über die Schnauze des Pferdes, das den Kopf aus seiner Box zu mir nach draußen streckte.

Dumpf klappte auf der vorderen Stallseite die Tür zum Hof auf. Wortfetzen wehten herüber.

»... mir leid, Alix, ... dich tun?«, fragte eine fremde Stimme.

Als Antwort knallten Alix' Absätze über die Steinterrasse. Sie knirschten in weicher Erde und wurden immer leiser.

Bebend atmete ich aus und konnte meine Tränen nicht mehr halten. Diese Frau war meinetwegen gefeuert worden. Jemand hatte ihr das Medaillon untergeschoben, das ich geklaut hatte.

Tröstlich grunzten die Schweine in ihrem Gehege und das Pferd stieß sanft gegen meine Schulter. Es ließ mich noch schlimmer weinen und ich presste die Hände auf mein nasses Gesicht. Während zwei Leben auseinandergerissen wurden, hatte ich mich feige hinter den Stall verdrückt. Die Worte der Frau waren zwar teilweise scheußlich gewesen – einem kleinen Mädchen weiszumachen, es würde alles gut werden, wenn sie nur eine brave Ehefrau würde, widerlich! Aber Liliettes Schreie hatten meine Ohren durchzuckt wie Messerstiche.

Die Stalltür klappte erneut auf und jemand trat vom Hof herein. Metall klirrte, leise raschelte das Stroh in der Box neben dem Pferd und ich nahm langsam die Hände herunter, um den Geräuschen der Mistgabel zu lauschen. Eine Person, die Alix mit Vornamen ansprach, würde sich doch nicht die Hände schmutzig machen!

Ich streichelte der weiß-braun gescheckten Stute die Schnauze und lugte an ihr vorbei. Als die vordere Tür erneut zum Hof aufschwang, presste ich mich wieder an die Rückwand des Stalls.

»Ich muss mit dir reden.« Célian trat ein.

»Comte Cadieux«, sagte die fremde Person.

»Du musst mir einen Gefallen tun.« Célian senkte die Stimme, sodass ein Teil seiner Worte unterging. »… und überreiche das hier.«

Leises Klimpern ertönte.

»Bei deiner Rückkehr wirst du entlohnt«, sagte Célian. »Aber vertrau mir, ich werde wissen, wenn nicht der gesamte Inhalt überbracht wird.«

Ehe die andere Person antworten konnte, redete er weiter.

»Nein, vergiss, was ich gesagt habe. Ich würde es verstehen, wenn du es nimmst. An deiner Stelle würde ich es vermutlich tun.« Leise seufzte er. »Ich bitte dich nur, dass du es nicht tust.«

Célian kannte das Wort *Bitte*?

Erneut lugte ich an der mittlerweile dösenden Stute vorbei und entdeckte Célians weiße Hand, die ein Stoffbeutelchen hielt. Eine Gestalt trat von der Nachbarbox in den Gang. Es war ein junger Mann, mindestens so groß wie Célian. Schwarze Locken fielen über die Spitzen seiner Ohren und ein zaghaftes Lächeln huschte über sein gebräuntes Gesicht.

»Ich werde es überbringen.« Er nahm das Säckchen entgegen und seine leisen Worte hatten etwas Feierliches.

Célian lächelte. Mit einem Nicken wandte er sich ab und steuerte auf den zweiten Ausgang zu. Den Hinterausgang. Neben dem ich stand.

Ich machte einen Satz zur Seite. Das Pferd schüttelte so entrüstet den Kopf, dass seine Mähne flog. Gerade noch rettete ich mich um die Ecke in den Schatten des Stalls. Célian stieß die Tür auf und lief an dem Schweinegehege vorbei über den Pfad zu Wiesen und Weiden, von denen ich bisher nur gehört hatte. Mit angehaltenem Atem sah ich ihm nach, ehe er hinter hohen Hecken verschwand.

Dieser Mistkerl spielte eindeutig zu viele Spiele.

Unwirsch packte ich den Eimer, der mir bei Liliettes Schluchzen aus den Fingern gerutscht war, und marschierte zu den Schweinen. Die anderen Mägde waren mit Bergen von Wäsche zu einem Fluss aufgebrochen. Dieser Haushalt konnte es sich leisten, nur dreimal im Jahr zu waschen, dann aber mit riesigem Aufwand. Zu Hause mussten wir einmal im Monat waschen, sonst ginge uns Kleidung und Bettwäsche aus.

Mich hatte Aenlin jedoch im Stall abgestellt, gemeinsam mit zwei jüngeren Mägden, die ein paar Pferde auf die Weide führten. Es war wohl Tradition, dass die Neulinge nicht in den Genuss der Gemeinschaftsarbeiten kamen. Besonders nicht weit weg vom Hof, wo die Bediensteten freier miteinander umgehen konnten.

Als die Stute schnaubte, sah ich zum Stall zurück, erkannte aber nur, dass sie sich in ihrer Box umwandte. Mit gerunzelter Stirn ging ich weiter. Der Stalljunge musste mutig sein, den Grafen mit dem Vornamen anzusprechen. Alix hatte ihn nicht einmal gerügt, war stattdessen vor ihm davongelaufen.

Die Schweine hoben ihre rosafarbenen Köpfe, und als ich Brotreste, Mais, Hafer und alte Karotten über den Zaun streute, kamen sie angelaufen. Ein mächtiges mit dunklen Borsten im Nacken schubberte sich am niedrigen Zaun, der so bedrohlich wackelte, dass ich lächeln musste. Mutter mästete aufgrund der Religion ihrer Kindheit keine Schweine, daher hatte ich noch nie einer Schlachtung beiwohnen, geschweige denn helfen müssen. Jedoch hatte mich so das Geräusch von Wildschweinhufen diesen Tieren bisher am nächsten gebracht.

Zaghaft tätschelte ich dem Schwein die Seite und mit einer Möhre halb im Mund sah es mich an. Etwas mutiger streichelte ich seinen Kopf, während es das Gemüse aß. Die anderen hätten mich nicht bei den Tieren lassen sollen. So würde ich nicht einmal die Hälfte von Aenlins Aufgaben erledigen. Aber von denen hatte ich mir ohnehin nur die Hälfte merken können.

Beim Anblick der leeren Tränke löste ich mich doch noch und suchte mit meinem Eimer in der Hand nach einem Brunnen. Aenlin hatte gesagt, ich fände ihn auf einem der vielen Pfade, die von hier abgingen. Diese Familie sollte mal Schilder aufstellen.

Zum Glück führte mich gleich der erste Weg zu einem Kreis aus Büschen, in dessen Mitte ein breiter Brunnen stand. Den hatte ich schon aus Liliettes Fenster gesehen. Ich stieß den bereitstehenden Eimer ins Dunkel, stellte meinen ab und rüttelte an dem Seil, bis es immer schwerer wurde. Als ich schließlich daran zog, raschelte es auf der anderen Brunnenseite. Schnell holte ich den Eimer hoch, hievte ihn von der Angel und trat um den Brunnen herum.

»Komm nicht näher.«

Ich zuckte zurück. Wasser schwappte auf mein Kleid – und in die andere Richtung.

»Was fällt dir ein?« Célian sprang auf. Sein Hemd klebte nass an seiner Brust. Als sein Blick von seinem Oberteil zu mir sprang, leuchteten mir rote Augenränder entgegen.

»Es ... war keine Absicht«, stammelte ich.

Er winkte ab. »Schon gut. Geht einfach.«

Er duzte alle Bediensteten. Wieso ging er zum Ihr über, sobald er mich erkannte?

Ich machte einen Schritt zurück, aber dann weigerten sich meine Füße. »Ihr wart es«, flüsterte ich.

Er sah auf, als hätte er gedacht, ich wäre schon verschwunden. »Wie bitte?«

»Ihr wart es«, sagte ich fester. »Nicht wahr? Ihr habt das Medaillon genommen, Ihr habt es dieser Frau untergeschoben und dann Euren Bruder darauf gebracht, wo er suchen soll!«

Die Büsche sogen meine törichten Worte auf, bis gnadenlose Stille zurückblieb. Mit angehaltenem Atem sah ich ihn an. Ich hatte mich selbst verraten.

Anstatt mich zu feuern, verschränkte er nur langsam die Hände auf dem Rücken. »Es tut mir leid.«

Mein Mund klappte auf. Ich sollte unendlich dankbar für seine Güte sein. Doch in meinen Ohren klangen Liliettes Schreie nach. »Mit Verlaub, denkt Ihr, dass diese vier Worte irgendetwas wiedergutmachen? Ihr habt jemandem einen Diebstahl angehangen! Ihr seid schuld, dass ich schuld bin!«

Seine Miene verdüsterte sich, als zögen schwere Wolken heran. »Ihr solltet jetzt schweigen – oder es war alles umsonst.«

Ich starrte ihn an, suchte nach einer Erklärung. Aber sein Blick erinnerte mich nur an den Moment, in dem er so unendlich wütend vor meinem Bett gestanden hatte.

Allah kahretsin, ich sollte still sein. Auf dem Absatz machte ich kehrt, schüttete das Brunnenwasser in meinen Eimer und stürmte davon.

12 Liliette Cadieux

Als ich mein Spiegelbild sah, nickte ich. Birte hatte mein wirr abstehendes Haar in einer schlichten Hochsteckfrisur eingefangen und mit kalten Waschlappen meine verquollenen Wangen beruhigt.

»Danke, Birte.« Ich legte ein Lächeln auf. »Bitte begleite mich in den Salon. Ich möchte Mutter sprechen.«

Ihre nah zusammenstehenden Augen weiteten sich. Hastig verfiel sie in einen Knicks und verräumte die gelockten Haarteile. Vielleicht sollte ich meinen Mägden öfter ein *Danke* und *Bitte* schenken. Zumindest die Untergebenen meines Zukünftigen sollten mich mögen, mit ihnen würde ich schließlich viel Zeit verbringen.

Ich verließ mein Zimmer und ging zum Weißen Salon. Frühstück im Blauen Salon, Tee im Weißen und Abendessen wieder im Blauen – Mutter hielt an ihren Traditionen fest, als würde sonst die Welt zerbrechen. Birte trippelte hinter mir her. Früher hatte mich dieses Geräusch so rasend gemacht, dass ich oft mitten auf dem Weg losgerannt war. Seit Vreda stapfte ich nur noch genervt voran. Heute lächelte ich.

Kerzengerade saß Mutter auf ihrem Sofa, ein Buch auf dem Schoß.

Zaghaft trat ich neben sie. »Mutter, ich möchte mit dir reden.«

Sie sah nicht auf, aber das wäre wohl auch zu viel verlangt.

Ich verschränkte meine nervösen Hände hinter dem Rücken. »Es ist mir schrecklich peinlich, wie ich aus der Haut gefahren bin, und es tut mir leid. Das war kindisch.«

Sie schlug eine Seite um. »Es ist dir also selbst aufgefallen.«

Ich biss auf meine Zunge. Es wäre noch kindischer, sich jetzt bockig zu verhalten. Sie hatte jedes Recht, so mit mir zu sprechen.

Leise räusperte ich mich. »Mutter, ich möchte Graf Barbier wiedersehen.«

»Du willst dich wohl absichtlich vor ihm blamieren.«

»Aber nein!«

Sie strich über ihr dunkles, grau gepudertes Haar. »Also glaubst du ernsthaft, du seist nach diesem Eklat fähig, dein gutes Benehmen zur Schau zu stellen.«

»Es tut mir leid, was geschehen ist«, sagte ich nachdrücklich. »Ich möchte dich bitten, mir eine neue Lehrerin zu suchen, damit ich eine ehrbare Dame werde.«

Wie Vreda es gesagt hatte.

»Und dann möchte ich Graf Barbier wiedersehen«, fügte ich hinzu.

Für einen Moment sah Mutter tatsächlich auf. Ihre graublauen Augen besahen mich von oben bis unten. Mit einem knappen Nicken wandte sie sich wieder dem Buch zu. »Ich spreche später mit Alexandre über eine neue Lehrerin. Aber Graf Barbier wirst du vorerst keinen zweiten Besuch abstatten. Das könnte sich herumsprechen und die anderen Kandidaten verschrecken.«

Ich erstarrte. »Es gibt noch andere?«

»Dachtest du, ich überlasse die Sicherheit dieser Familie dem erstbesten Mann? Du wirst morgen Nachmittag mit Célian bei Graf Stein zum Tee erwartet. Auch seine Mutter und Schwester werden sich ein Bild von dir machen.«

Sie hatte mehrere ausgewählt. Nur für mich.

Lächelnd musterte ich sie. Atmete ein und aus. Doch ich fühlte nur Leere.

»In Ordnung, danke.« Ich erwartete keine Antwort mehr, also wandte ich mich an Birte. »Bring mir Vredas Unterrichtsmaterial, ich möchte meine geografischen Kenntnisse aufbessern. Du fragst mich ab.«

Birte senkte den Kopf. »Aber Mademoiselle, ich kann nicht lesen.«

Beinahe wäre mein Lächeln verrutscht und ich hätte unschön die Brauen zusammengezogen. »Ich verstehe. Dann übe ich die Harfe und du blätterst um.«

Zaghaft öffnete sie noch einmal den Mund.

»Ich werde dir sagen, wann«, stieß ich hervor und trat an ihr vorbei zum Hocker. Ohne Umschweife spielte ich dort weiter, wo ich gestern aufgesprungen war und Vreda angeherrscht hatte.

Mit jeder Strophe sagte ich mir, dass sie eine Diebin war.

13 Alexandre Cadieux

Mir war klar, dass ich die Ländereien überwachen und nicht bestellen sollte. Doch meine Hände wollten graben, meine Muskeln sich erschöpfen, mein Geist sich verlieren.

Mit meinem ehemals weißen, jetzt vielmehr braunen Ärmel wischte ich mir den Schweiß von der Stirn. Meine Weste und mein Gehrock lagen in der Mitte des langen Beetes, dort, wo ich begonnen hatte. Nur die Hose würde ich verdrecken. Und die Kniestrümpfe. Und die Schuhe.

Ich zerrte an den Unkräutern. Mit bloßen Händen erreichte ich kaum etwas, während die Mägde und Knechte um mich herum mit Werkzeugen die Erde pflügten oder den ersten Fenchel von seinen Wurzeln trennten. Sie hatten erschrocken aufgeblickt, als ich mich wie ein Besessener in die Erde gestürzt hatte. Aber niemand hatte es gewagt, mich anzusprechen. Natürlich nicht, ich hatte eben erst eine ihrer Besten gefeuert.

Mein Haar brannte und ich fuhr darüber, verfluchte mich, keinen Schutz gegen die Sonne zu haben. Gott, ich hätte Liliette nicht die einzige Bezugsperson wegnehmen dürfen. Gerade ich wusste, wie wichtig so jemand war.

Oh, wie sie geschrien hatte.

Fester rieb ich über mein Haar, als wäre die Sonne schuld, dass nicht einmal körperliche Arbeit meine Gedanken vertreiben konnte. Ruckartig riss ich die Ärmel meines Hemdes ab und band sie zu einem Kopftuch. Die dünne Baumwolle war ohnehin nicht mehr zu retten.

Ich warf den angesammelten Unkrauthaufen in einen Eimer, den ich unterwegs gefunden hatte, und rückte von den Möhren zu den Zwiebeln. Irgendwann würde ich aufhören, mich wie eine Puppe anzuziehen. Irgendwann würde ich allein im Wald in einer einfachen Holzhütte leben, in einem See baden und den ganzen Tag in meinen eigenen Beeten arbeiten. Ohne Menschen herumzukommandieren wie ein Tierbändiger, der einen Bären tanzen ließ. Irgendwann würde ich endlich allein sein.

Einen weiteren Stängel riss ich heraus, doch ich arbeitete zu unkonzentriert für die langen Wurzeln des Gierschs. Während ich in der Erde nach ihnen wühlte, stahl sich ein Lächeln auf meine Lippen. Nein, ich würde nicht ganz allein sein.

Für einen Moment blieb ich ruhig genug, um die Wurzeln herauszuziehen, und warf sie in den Eimer. Als ich mich an das nächste Unkraut machte, schwand mein Lächeln wieder. So fies wie ich mich verhalten hatte, bevor ich hierhergekommen war, würde ich vielleicht doch allein sein.

Der Giersch riss wieder an der Oberfläche ab. Heute Abend musste ich mich aus meinem Zimmer stehlen. Meine Finger wanderten an mein Brustbein, aber natürlich trug ich die Kette nicht.

Meine Hände zogen an den Wurzeln. Hielten krampfhaft die Tür zu, hinter der ich meine hundert Vorwürfe und alle zugehörigen Gefühle versteckte. Öffnete ich diese Tür auch nur für einen kleinen Spalt, würde die wartende Flut sie aufstoßen und mich ertränken.

14 Esmeray Weiß

Ich behielt unrecht. Bis die Sonne hoch am Himmel stand, hatte ich die Aufgaben von Aenlin, an die ich mich erinnerte, vollständig erledigt – jedoch in reinem Chaos. Eine Ziege hatte mich mit ihren Hörnern verfolgt, ein Huhn war auf meinen Kopf geflattert und zu viele der Eier hatte ich fallen gelassen. Sobald die beiden Mägde von der Weide zurückkehrten, erklärten sie mir die Aufgaben, die ich vergessen hatte. Während sie in die Küche liefen, sollte ich im Stall bleiben. Vielleicht wollte Aenlin mich dafür bestrafen, dass ich Helga ersetzte. Gleichgültig mistete ich die Pferdeboxen aus und überlegte, wie man einen edlen Sattel versteckte. Und ob ich überhaupt noch klauen sollte nach dem, was geschehen war.

Erst als mein grobes Stallkleid schweißdurchtränkt war, bemerkte ich, dass die weiß-braun gescheckte Stute verschwunden war. Ich erstarrte, spähte sogar hinter den Stall, als hätte ich übersehen, dass ein Pferd an mir vorbeispaziert war. Doch auch der junge Mann mit den schwarzen Locken war fort, schließlich hielt ich seine Mistgabel in der Hand. Er überbrachte Célians Klimperzeugs wohl zu Pferd.

Stirnrunzelnd stürzte ich meine protestierenden Glieder wieder in die Arbeit, und sobald mein Schatten größer war als ich, bereitete ich das abendliche Futter vor. Bei den Schweinen biss ich in eine schrumpelige Karotte, spuckte sie aber gleich wieder aus. Vom Hühnerfutter nagte ich eine Brötchenecke ab und kaute daran so lange, bis ich alle Tiere gefüttert hatte. Dem borstigen Schwein tätschelte ich kurz die Seite, ehe Hufe klapperten und ein Türriegel klirrte.

Das musste der junge Mann sein. Ich würde ihn fragen, wo Célian ihn hingeschickt hatte. Als ich den leeren Eimer aufnahm, lief an der Stallseite jedoch eine der jungen Mägde auf mich zu.

»Mera!« Frieda winkte wild. »Du musst mitkommen! In die Küche!«

Irritiert ließ ich den Eimer fallen und schleppte mich auf sie zu.

»Marti?« Sie steckte den Kopf in die Box, in der noch immer die Stute fehlte. »Lass dein Pferd gesattelt! Die Gräfin meinte, du sollst nach den Mägden suchen, die mit der Wäsche los sind. Sie tauchen nicht auf!«

Endlich erreichte ich sie.

In der Box stand der schwarz gelockte junge Mann. »Mierda«, fluchte er. »Ich verstehe. Umsatteln muss ich trotzdem, Macula ist weit genug gelaufen. Aber macht euch keine Sorgen, ich finde sie.«

Frieda nickte. Tränen glänzten in ihren Augen. Sicher war sie die Kleine, die in der Nacht geweint hatte. Wortlos nahm sie meinen Ärmel und zog mich mit. Sie lief so schnell, dass ich hinter ihr herstolperte.

»Wann sollten sie denn zurück gewesen sein?«, keuchte ich.

»Vor einer Stunde, mindestens.« Sie riss eine Seitentür der Villa auf und führte mich am Ende eines kahlen Steinflurs zwei Stufen hinab in einen länglichen Raum. An allen vier Seiten erstreckten sich Arbeitsflächen und Schränke, über denen gusseiserne Töpfe, Pfannen und wunderliche Kochgeräte von der Decke hingen.

An einem Küchenblock, in dem mehrere Öfen glühten, drehte sich eine Frau zu uns um. »Himmel, wen hast du da angeschleppt, Frieda?« Sie hatte noch den Kochlöffel in der Hand, den anderen muskulösen Arm stemmte sie in ihre Seite.

»Sonst ist niemand mehr hier. Ich habe sie auch erst bei den Schweinen entdeckt.«

»Sie sieht ja selbst aus wie ein Schwein!«, stieß die Köchin hervor.

Mein Mund klappte auf. Doch als ich an mir hinabblickte, sah ich Strohhalme und matschige Brötchenreste und musste schnauben. »Das stimmt wohl.«

»Es ist nicht böse gemeint, Mädchen.« Sie schnitt weiter eine Zwiebel, während aus den Öfen die Flammen zu den aufstehenden Töpfen züngelten. »Wie heißt du?«

»Mera«, sagte ich. Es roch himmlisch. Gebraten, geräuchert, gewürzt. Sicher mit sündhaft teuren Zutaten wie Pfeffer oder Safran.

Mit dem Messer in der Hand fuhr sie herum. »Mera Wei–«

»Schwarz«, sagte ich hastig.

»Irmgard, das Messer«, flüsterte Frieda mit großen Augen.

Abrupt ließ die Frau das Messer auf das Brettchen fallen.

»Irmgard?« Ich versteinerte. Das war also die Köchin, die Vater geholfen hatte. Welche die Cadieux mit mir gefeuert hätten, wären sie mir auf die Schliche gekommen. Ich öffnete den Mund, aber sie kam mir zuvor.

»Es tut mir so leid!«, entfuhr es ihr.

»Das …« … hatte ich gerade sagen wollen.

»Hat der Comte schon mit dir geredet?«

»Célian Cadieux?«, fragte ich.

»Es war nicht böswillig, das musst du mir glauben! Er hat es mir einfach auf den Kopf zugesagt und ich konnte ihn doch nicht anlügen, wenn er schon alles wusste!«

Mühsam entschlüsselte ich ihre Worte. »Hat er Fragen über mich gestellt?«

Sie nickte. »Er wollte wissen, wieso ich für dich bürge. Wer du wirklich bist.« Ihr Nicken verwandelte sich in ein Kopfschütteln. »Ich wollte ausweichen, aber auf eine Frage der Cadieux' muss ich doch antworten! Ehrlich, ich habe nur das Beste erzählt, wie klug du bist, wie belesen. Er meinte, ich solle mir keine Sorgen um meine Anstellung machen, hat sich bedankt und ist gegangen.«

Während Frieda versuchte, mit Blicken unserem Gespräch zu folgen, sanken meine Schultern. Natürlich fragte er herum, wenn er wusste, dass eine Bedienstete seine Familie belog. Es wäre aber viel weniger Aufwand, mich zu feuern.

Ich räusperte mich. »Danke, dass du für mich ein gutes Wort eingelegt hast. Es tut mir leid, dass ich dich in diese Situation gebracht habe.«

»Ja?« Ihre Hände rutschten herunter. »Ja, ja! Kein Problem!« Fahrig drehte sie sich zu ihrem Brettchen. »Trotzdem werden sie mich umbringen. Wirklich, die Gräfin bringt mich um, wenn nicht alles pünktlich serviert wird.«

Ich trat vor. »Wo soll ich anpacken?«

Irmgard hatte ganz allein gekocht. Allerdings musste noch serviert werden. Mit ihrem Hinkebein konnte sie lediglich von einem Herd zum anderen humpeln, mir schenkte sie nur einen Blick auf mein Kleid und der panischen Frieda erklärte sie, dass diese ohnehin beim Servieren helfen musste, da es zwei brauchte. Die andere junge Magd bereitete derweil allein die Schlafgemächer vor.

Trotz Irmgards Widerspruch knotete ich meine dreckige Schürze ab und wies Frieda an, mich servierfähig zu machen. Hastig warf Irmgard Deckel auf ihre Töpfe, als wir einen halben Eimer mit dem Dreck meines Kleides füllten. Frieda holte eine saubere Schürze und ich wusch übergründlich Hände und Gesicht. Für die Frisur drückte Frieda mich auf einen Schemel. Es ziepte heftig, weil sie mein Haar mit den Fingern kämmen musste, aber ich schob alle Tränenschuld auf die Zwiebeln. Schließlich steckte sie mein Häubchen fest.

»Aber sie stinkt!«, sagte Irmgard nur und ich verlor die Geduld. Nachdem wir uns darauf geeinigt hatten, dass ich beim Servierwagen bleiben und Frieda austeilen würde, rollten wir endlich das vollgestellte Wägelchen in einen kurzen Gang. Zögerlich legte ich eine Hand an den Türknauf, hinter dem ich leise Stimmen vernahm, und Frieda nickte mir tapfer zu.

Die Tür öffnete sich zu einem Salon mit einer gänzlich blauen Tapete. Türkisblaue Blüten, nachtblaue Seen, violett-blaue Wolken. Selbst der Teppich, auf dem ein länglicher Kirschholztisch thronte, war aus samtigem Blau.

»Endlich, ich dachte schon, ich verhungere.« Alix saß auf der rechten Seite vor einer hohen Tür. Ohne ein Sakko oder eine Weste strahlte sein weißes Hemd und sein Haar kringelte sich noch feucht.

»Es tut mir schrecklich leid, Hochgeboren«, platzte Frieda heraus.

»Nein, nein!« Er hob eine Hand. »Bitte, ich freue mich auf das Essen.«

Sie verfiel in einen Knicks. Schnell schob ich den Wagen hinter Célians Rücken nach links. Dennoch drehte er sich naserümpfend um und sah mich direkt an. Mit gesenktem Kopf ging ich weiter und nur Frieda bewahrte mich davor, das Wägelchen ins bodentiefe Fenster zu fahren. Célian wandte sich wieder zum Tisch.

Als ich vorsichtig den Porzellandeckel der Suppenschüssel öffnete, dampfte deftige Süße empor und ich füllte einen Teller. Frieda lief los und ich sah kurz zum Tisch. Zu Célians Linken saß Liliette und ihm gegenüber thronte eine

Frau mit grau gepudertem Haar und starren, dunklen Brauen. Das war also Gräfin Cadieux.

»Danke, Frieda«, sagte Liliette.

Meinen müden Fingern entglitt fast die Kelle.

»Célian, weißt du schon, dass wir morgen wieder ausfahren?« Ihre sorgenfreie Stimme kribbelte unangenehm in meinen Ohren und ihr feines Lächeln war wie einstudiert.

Während ich Suppe ausschenkte, wünschte ich mir tatsächlich das Biest zurück, das ich gestern am liebsten aus ihren Schühchen gerissen hätte.

»Nein.« Célians Kopf wandte sich kurz zur Gräfin und zurück zu Liliette. »Doch nicht für das, was ich glaube?«

»Was glaubst du denn?« Liliette bedankte sich wieder bei Frieda, die ihr erst jetzt einen Teller vorsetzte und milden Rotwein einschenkte.

»Stell dich nicht dumm, Liliette.« Die Gräfin breitete eine Serviette auf ihrem dunkelvioletten Rock aus. »Du sollst dich wie eine Dame verhalten, nicht wie eine einfältige Gans. Und du, Célian, wirst mitfahren und unsere Familie so ehrwürdig repräsentieren, dass ich nicht die Hoffnung verliere.«

»Na, das wäre doch mal was«, sagte er und nahm seinen Löffel.

Frieda kam an meine Seite und es klirrte nur noch das Besteck. Als die Gräfin den zweiten Gang bestellte, befüllten wir das Wägelchen neu und schoben es zurück.

Wieder drehte sich Célian zu mir um. »Könntest du an deinem Platz bleiben? Ich möchte das Essen genießen, aber wenn ich dich rieche, ist es, als würde ich in einen Misthaufen beißen.«

»Célian!«, sagte Alix und mein Blick flog von einem Bruder zum anderen.

»Sie stinkt, als hätte sie in der Jauchegrube gebadet!«, erwiderte Célian.

Mistkerl!

Mit bebendem Herzen sank ich in einen Knicks. »Es tut mir leid. Ich musste überraschend in der Küche aushelfen, da die anderen Mägde noch nicht von der Wäsche –«

»Bleib einfach in deiner Ecke.« Gräfin Cadieux drehte das Weinglas in ihren blassen Fingern. »Wenigstens eine macht ihre Arbeit.«

Mit großen Augen richtete ich mich wieder auf. Nur Liliette starrte mich an. Im nächsten Moment strich sie ihr aufgestecktes Haar zurück und lächelte wieder. Mit arbeitendem Kiefer drapierte ich den zweiten Gang.

»Ich habe meine Arbeit gemacht«, erwiderte Alix.

»Du hast dein Hemd zerstört, also hast du mehr Arbeit angehäuft als erledigt.« Die Gräfin sah zu, wie Frieda ihr einen Teller vorlegte – gebratene

Hühnerbrust an Kartoffelstampf, garniert mit karamellisierten Zwiebeln. Besonders beim würzigen Geruch des Fleisches lief das Wasser in meinem Mund zusammen. Andererseits könnte diese Hühnerbrust eine sein, die ich eben noch gekrault hatte.

»Wie hast du dein Hemd zerstört?«, fragte Célian. »Und wieso?«

»Mir war einfach heiß!«

Die Gräfin schnaubte. »Natürlich war es das. Du bist ein Hitzkopf, denkst nie nach, bevor du dich *mit den Händen* in irgendein Unheil gräbst.«

»Ich weiß nicht, ob das eine Redewendung ist«, murmelte Célian, während sich Frieda neben mich stellte.

Liliette sah zu Alix. »Was hast du mit deinen Händen gemacht?«

»Ich habe nur auf dem Feld gearbeitet! Wie es einem Gutsverwalter –«

»*Nicht* gebührt«, sagte die Gräfin harsch, aber ihre Hand führte ruhig ihr Messer.

»Da hat sie recht, wir sind nicht für die körperliche Arbeit geboren.« Célian aß etwas von seinem Kartoffelbrei. »Es gibt ja absichtlich ein Machtungleichgewicht zwischen den Ständen. Genauso wie es zurecht eines zwischen Männern und Frauen gibt.«

Ich starrte die Schleife in seinem Nacken an.

»*Zurecht* ist wohl das falsche Wort«, sagte sogar die Gräfin.

Alix schwieg. Er schob sich karamellisierte Zwiebeln in den Mund und biss darauf herum, als seien es Steine.

»Wieso?« Célian drehte seine Gabel zwischen den Fingern. »Es ist ja nicht böse gemeint. Schon Aristoteles schrieb: ›Die größte Ehre, die das Weib hat, ist allemal, dass die Männer durch sie geboren werden.‹«

»Das hat doch nicht Aristoteles gesagt.«

Célian fuhr zu mir herum. »Wie bitte?«

Ich versteinerte. Scheiße, hatte *ich* das etwa gesagt?

»I-ich wollte nichts äußern, Comte«, brachte ich heraus und hasste, wie ich mich duckte.

»Nein«, sagte die Gräfin, »ich glaube auch nicht, dass der griechische Philosoph diese Worte schrieb.«

Ich sah von Célians funkelnden Augen zu ihr. Das war meine Chance, mir Vertrauenspunkte zu erarbeiten. Im Flüsterton wagte ich es. »Mit Verlaub, ich denke, Luther war es.«

»Unsinn!«, entfuhr es Célian. »Woher willst du das wissen?«

»Doch, sie hat recht.«

Wir sahen zur Gräfin und Liliettes Lächeln verrutschte.

»Aristoteles schrieb aber etwas Ähnliches«, sagte die Hausherrin.

Mutiger erhob ich die Stimme. »›Auch das Männliche verhält sich zu dem Weiblichen von Natur, wie das Bessere zu dem Geringeren und wie das Herrschende zu dem Beherrschten …‹«

Alle blickten mich an.

»D-das sagte Aristoteles … unter anderem«, stammelte ich.

»Du nennst mich also unwissend?«, fragte Célian.

Ich suchte nach einer Regung, nach seinem Schmunzeln. Aber sein Gesicht war glatt wie eine Steinwand. Seit dem Brunnen hasste er mich wohl.

Ehe ich etwas sagen konnte, schnaubte Alix. »Na, anscheinend bist du es, Cèl. Diese neue Magd – Mera?« Er sah zu mir und ich nickte hastig. »Sie ist dir offensichtlich überlegen.«

Seine Worte richteten meine Schultern auf und Célian wandte mir wieder den Rücken zu.

Alix legte das Besteck ab und musterte mich. »Was weißt du über, sagen wir, den Siebenjährigen Krieg?«

Ich schluckte. Mein Mund war staubtrocken.

»Wie soll sie etwas wissen?«, fragte Célian. »Sie ist doch nur ein Dienstmädchen, das keine Ahnung von Politik hat.«

»Er begann 1756«, krächzte ich und räusperte mich hastig. Natürlich wusste ich etwas, ich war am Kriegsende zwölf Jahre alt gewesen. »Preußen, Großbritannien, die Habsburger, Spanien, Frankreich und Russland kämpften gegeneinander.«

»Sowie das Heilige Römische Reich«, sagte die Gräfin. Ihr machte es offenbar nichts aus, dass *nur ein Dienstmädchen* etwas wusste.

»Ja, Gräfin Cadieux«, erwiderte ich und neigte den Kopf. »Da an so vielen Standorten gekämpft wurde, könnte man es als einen Weltkrieg bezeichnen. In Frankreich nannte man ihn auch *La guerre de la Conquête*, was –«

»*Der Eroberungskrieg* bedeutet«, sagte Célian. »Danke, wir können Französisch.«

Ich biss die Zähne zusammen. »Frankreich verlor viele Kolonialgebiete an Großbritannien«, schoss ich zurück.

»Sehr wahr«, sagte die Gräfin an ihr Hühnchen gerichtet. »Die Briten nannten es den *Great War for the Empire*.«

Das hatte ich nicht gewusst. Ich öffnete den Mund, aber mir ging nur noch 1763 durch den Kopf, das Endjahr des Krieges.

»Mutter.« Feierlich legte Alix seine Serviette ab. »Du hast mich doch um eine neue Lehrerin für Liliette gebeten. Ich denke, sie steht vor uns.«

Ein Glucksen kam von seiner Schwester und ich hätte beinahe mitgelacht.

Bis die Gräfin eingehend Liliette musterte – und nickte. »Das könnte funktionieren.«

Während ich meinen Kiefer vor dem Fall bewahrte, klirrte es.

»Nein.« Das Besteck war aus Liliettes Fingern gerutscht und sie stand auf. »Nein!«

Reglos starrte ich sie an. Sie konnten mich nicht ernsthaft zur Lehrerin machen.

»Du bist also doch noch ein Kind«, sagte die Gräfin wenig überrascht.

Liliette öffnete den Mund, aber es kamen keine Worte mehr heraus. Mit glasigen Augen sah sie von mir zur Gräfin.

Achtsam stand Alix ebenfalls auf. »Liliette, ich dachte, du freust dich über eine Lehrerin. Auch noch eine, die deinem Alter näher ist als Vreda oder –«

»Sag mir, Mera«, die Gräfin drehte sich zu mir um, »woher weißt du diese Dinge?«

»I-ich wurde zu Hause unterrichtet. Von meiner – meinem Vater.«

»Und woher hat er sein Wissen? Ist er ein Beamter? Ein Lehrer?«

Hastig nickte ich. »Ein Lehrer.« Für die Gitarre, das Cembalo, die Violine …

»Schön.« Sie wandte sich wieder ihrem Teller zu. »Einem jungen Mädchen müssen wir nicht viel zahlen, zudem ist sie klug und arbeitet anscheinend hart. Sie kann sicher gleichzeitig noch andere Tätigkeiten ausführen. Es ist entschieden.«

Wie bitte?

Alix zog die Schultern hoch. »Wirklich, Liliette, es tut mir leid, ich wusste nicht –«

Die Gräfin schnaubte. »Du bist schrecklich weichherzig.«

Alix sah nur noch seine Schwester an.

Langsam fand Liliette ihr Lächeln zurück. »Wenn Mutter sie für gut befindet, ist alles in Ordnung.« Sie setzte sich wieder und Alix sank hilflos auf seinen Stuhl.

Unterdessen kam ich zu dem Schluss, dass ich mit Sicherheit einen Fieberanfall hatte. Ehe ich meine Stirn fühlen konnte, flog die hohe Tür hinter Alix auf.

15 Célian Cadieux

Mein Plan war aufgegangen und Liliette hasste es.

Das war mein letzter Gedanke, ehe Marti und eine Magd mit puterrotem Gesicht hereinplatzten. In ihrer Mitte stützten sie Aenlin.

Erst als der Boden unter mir schwankte, merkte ich, dass ich aufgesprungen war. Mit mir alle anderen.

»Es tut uns schrecklich leid!«, keuchte Marti. »Aber es gab einen Unfall und der Arzt würde zu lange brauchen, aber wir brauchen doch einen, und Graf Cadieux kennt sich in –«

»Setz sie ab«, sagte Alix ruhig und bestimmt. »Frieda, hol möglichst sauberes Wasser und klaren Alkohol. Liliette, bring ein paar Kissen.«

Das Klacken von Absätzen verwandelte sich in meinen Ohren zu einem dröhnenden Rauschen. Meine Augen glitten an Aenlins aschgrauem Gesicht hinab, während sie auf den Teppich gesetzt wurde. An ihrem linken Schuh leuchtete roter Samt.

Nein, kein *Samt*.

Ihre Lider flatterten, als Alix mit hochgekrempelten Ärmeln das Kleid vorsichtig über ihre Knie schob.

Ich wankte einen Schritt. Haltlos stand ich in einem dunkelblauen Ozean aus sich hebenden und senkenden Wellen.

Blut.

So viel Blut.

Aenlins linker Kniestrumpf klaffte auf. Den gesamten Unterschenkel hinab. Ebenso ihr Fleisch.

In der Wunde blitzte ihre weiße Kniescheibe. Nein, ich täuschte mich.

Hier war kein Degen.

Das war nicht Liliette.

Es war nicht meine Schuld.

Alix wischte ein Messer an seiner Hose ab und schnitt den oberen Rest des Kniestrumpfes auf. Aenlins Keuchen trieb kalten Schweiß auf meine Stirn. Ich musste hier raus.

»Kann denn niemand mehr anständig arbeiten? Wie viel wird uns das wieder kosten?« Mutters verzerrte Stimme erreichte mich inhaltlos. Ich hätte das nicht tun dürfen. Ich hätte Liliette nie das Fechten beibringen sollen.

Nein, mein Kopf spielte mir einen Streich. Mühsam blinzelte ich. Doch mein Blick klebte an der klaffenden Wunde.

Eine Gestalt stürzte an mir vorbei.

»Halt dich bloß fern von diesem Mädchen! Wir werden uns alle etwas einfangen!« Mutters harsche Stimme versteinerte die Person.

Von der anderen Seite kam Liliette. Ohne Degen. Ohne blutiges Bein.

Marti nahm ihr die Kissen ab, damit sie sich Aenlin nicht nähern musste, und schob sie der Magd in den Rücken. Alix zog den klebrigen Kniestrumpf von

Aenlins Bein und ein Zittern schüttelte sie. Der Schnitt blutete stärker. Ihre Lippen waren schon violett. Alix strich ihr Kleid noch höher, entdeckte ein Tuch, das man über ihrem Knie zusammengebunden hatte.

Er zog es fester.

Aenlin schrie auf und ich taumelte, packte, was mir am nächsten war. Eine Schulter.

»Comte?« Der Schemen, der an mir vorbeigestürzt war, drehte sich um.

Ich wollte sprechen, aber meine Stimme versagte. Ein weiterer Schatten schoss an mir vorbei zu Aenlin und Mutter griff nicht ein. Es war Frieda. Ihre kleinen Hände öffneten eine Flasche.

Ein markerschütternder Schrei ertönte. Der Teppich schlug Wellen. Meine Hand rutschte von der Schulter und ich fiel rückwärts in die Unendlichkeit.

16 Esmeray Weiß

Als ich Célian meinen Ärmel unter die Nase hielt, öffneten sich seine Lider sofort. Ich atmete auf und dankte dem heiligen Stallgeruch.

Sobald seine Augen mich erfassten, schloss er sie wieder. Nur seine Hände pressten sich in den Teppich. »Wo ist Lil– Aenlin?«

Anscheinend hatte ich seinen Kopf zu spät abgefangen. »Sie ist verarztet und wird in eines der Gästezimmer getragen«, sagte ich langsam. Alix hatte es einfach befohlen.

Célians Hand fuhr zu seinem bleichen Gesicht und in seinem Hemdkragen blitzte eine silberne Kette auf. »Worauf liege ich hier?«

»Ihre Mutter hat Ihnen ein Kissen untergelegt.« Mein Herz bebte noch immer. Alix hätte mich nicht alleinlassen sollen. Auch wenn er gesagt hatte, es passierte Célian *alle paar Jahre* – ich war nie dabei gewesen.

»Mutter?«

Er hatte doch nicht seine Mutter vergessen? »Sie holt etwas und hat Ihre Schwester mitgezogen. Sicher, damit sie Euch nicht so sieht, Comte.«

Als er diesmal die Augen aufschlug, glitt sein Blick prüfend über mein Gesicht. »Seit wann seid Ihr so höflich zu mir?«

Mein Herz setzte aus. Natürlich hatte er nicht vergessen, wie ich ihn am Brunnen angefahren hatte. »Es tut mir leid, Comte, wenn –«

»Langweilt Euch dieses Entschuldigen nicht langsam?«

Ich biss die Zähne zusammen. Er erinnerte sich an den Brunnen, dafür erinnerte ich mich an seinen Kommentar mit der Jauchegrube. »Seid Ihr sauer auf mich, Comte?«, entfuhr es mir.

»Wie bitte?« Verblüfft stützte er sich auf die Ellbogen und stöhnte.

Ich unterdrückte den Drang zu helfen. Die Schmerzen geschahen ihm recht.

Langsam lehnte er sich an ein Tischbein. »Wie kommt Ihr darauf?«

Ich presste die Lippen aufeinander. Jedes weitere Wort würde Unheil anrichten.

Célian funkelte mich an. »Es ist niemand hier, sagt es einfach.«

»*Sie ist doch nur ein Dienstmädchen*?«, platzte ich heraus und zügelte meine Stimme. »Mit Verlaub, Comte, es sind Ihre bissigen Kommentare. Und ganz besonders Ihre Augen. Schon bei der Zimmerdurchsuchung habt Ihr mich so furchtbar wütend angesehen, und auch als ich Ihnen beim Brunnen –« Endlich biss ich auf meine Zunge.

Sein Blick sank überraschenderweise auf den Teppich. »Ich hätte es Ihnen sagen sollen.«

Meine Brauen hoben sich. »Wie bitte?«

Auf dem Gang hinter der hohen Tür ertönten Schritte und wir sahen auf, aber Stuhlbeine waren im Weg.

Schnell lehnte er sich zu mir. »Meine Worte beim Abendessen waren nur eine Finte. Und für Vreda ist gesorgt.« Er sah in meine Augen, wie um sich zu vergewissern, dass ich ihn verstand.

Ich starrte nur zurück. Erst sobald die Schritte schon fast die Tischecke erreicht hatten, lehnte er sich wieder zurück und ich rappelte mich auf.

»Célian!« Liliette stürzte in einem Bausch aus Seide und Brokat auf die Knie. »Du bist wach.«

Mit einem müden Lächeln auf den Lippen tätschelte er ihre Schulter. »Es ist alles in Ordnung.«

»Das Riechsalz brauchen wir also nicht mehr.« Gräfin Cadieux stellte etwas auf den Tisch. »Kannst du aufstehen? Wir bringen dich ins Bett.«

»Komm, ich stütze dich«, sagte Liliette und half ihm auf die Beine.

Langsam sah er zu mir. »Geht es … Aenlin gut?«

Sein Blick war so eindringlich, als meinten seine Worte etwas anderes. Ständig meinten sie etwas anderes.

»Alix sagte, die Wunde sei sauber«, sprudelte es aus Liliette heraus. »Und Aenlin hat so viel Branntwein geschluckt, sie spürt sicher nicht –«

»Liliette, nur das Wichtigste«, sagte die Gräfin.

»Ja, Mutter.« Diesmal kümmerte die Rüge sie nicht.

Célian sah noch immer mich an und der Hauch einer Ahnung durchwehte mich. »Es geht ihr gut«, sagte ich, legte dabei aber eine Hand auf meine Brust. Gleich darauf runzelte ich die Stirn. Es interessierte ihn doch sicher nicht, wie es *mir* ging.

Aber Célian nickte, stieß sich wackelig vom Tisch ab und ließ zu, dass Liliette seinen Arm auf ihre Schulter zog. »Dann werde ich – derjenige, der weder Schmerzen erlitten noch Hilfe geleistet hat – mich nun ausruhen.«

Ich knickste nur, wusste nicht mehr, wie ich mich verhalten sollte. Gewissenhaft geleitete Liliette ihren Bruder hinaus.

Die Gräfin sah zu mir. »Du wirst hier sauber machen. Dann wäschst du dich, packst deine Sachen und wartest darauf, dass dich jemand abholt.«

17 Alexandre Cadieux

Wie eine chinesische Vase thronte Aenlins weiß verbundenes Bein auf edlen Kissen. Doch in der Vase war ein roter Riss.

Behutsam zog Dörrie die leichte Decke bis zu dem Kinn des Mädchens und sparte nur die Verletzung aus. Wenigstens war das nachsickernde Blut bereits dunkelrot, es gerann.

Ich fuhr mit dem wieder einmal verunreinigten Ärmel über meine Stirn. Von den Tüchern, die ich aufgesammelt hatte, glänzten meine Hände rot.

»Dörrie?«, fragte ich leise.

Die Magd mit der scharfkantigen Nase blickte auf. Seitdem sie Aenlin mit Marti in den Blauen Salon getragen hatte, war ihre altbackene Frisur verfallen.

»Ich wasche mich kurz«, sagte ich.

Sie nickte, sah zur schlafenden Aenlin und wieder zu mir. »Hochgeboren«, flüsterte sie, »ich möchte darum bitten, die Nacht bei Aenlin zu verbringen. Natürlich werde ich morgen früh meiner Arbeit –«

»Das wäre wunderbar«, sagte ich. »Keine Sorge wegen morgen. Es würde mir helfen, wenn du hierbleibst und nach mir schickst, falls sich Aenlins Zustand verändert – was ich aber nicht denke.«

»Natürlich, Hochgeboren! Vielen Dank.«

Dörries Lächeln trieb mich zurück. Nicht unvorsichtig werden. Sie könnte morgen schon verschwinden. Alle könnten jederzeit verschwinden.

Mit den blutigen Tüchern in den Händen warf ich einen letzten Blick auf Aenlin und wandte mich ab. Die angelehnte Tür öffnete ich mit dem Fuß und zog sie hinter mir heran.

Ein Räuspern schreckte mich auf. An der gegenüberliegenden Wand lehnte Marti. Auf der Seite, mit der er Aenlin gestützt hatte, war seine Hose mit Blut beschmiert.

Mein Herz zog sich zusammen. Als Liliette heute Morgen schluchzend in die Villa gerannt war, war Marti zu mir gekommen – und ich war vor ihm davongestürmt. Ich musste mich entschuldigen. Einen Schritt trat ich auf ihn zu.

Er wandte sich ab und ging den Flur hinab.

Mit Worten auf der Zunge, die nicht über meine Lippen wollten, sah ich ihm nach. Er hasste mich. Ich hatte es endgültig geschafft.

An einer dunklen Holztür blieb er stehen. An einem der unbewohnten Gästezimmer. Langsam legte er die Hand an den Knauf. Horchte. Dann öffnete er die Tür und verschwand in dem Zimmer, das er gar nicht betreten durfte.

Ich starrte ihm nach.

Die Tür war nur angelehnt.

Zögerlich sah ich mich um. Frieda war vorhin zur Köchin gelaufen. Niemand war mehr hier. Wie von selbst bewegten sich meine Füße zu dem Raum. Noch einmal schaute ich den Flur hinab. Nichts. Vorsichtig drückte ich die Tür mit der Schulter auf und trat ein.

Marti lehnte an einem der hohen Bettpfosten, über denen bunte Tücher spannten. Er musterte mich. Ich drückte den Rücken gegen die Tür und in unserer Stille klackte sie laut ins Schloss. Als sein Blick auf meine Hände fiel, legte ich die Tücher auf den Boden und trat langsam auf ihn zu.

Vielleicht würde er mir doch verzeihen. Oder ich blamierte mich völlig.

»Marti, ich bin froh –« Ich schüttelte den Kopf und ging langsam zu ihm. »Ich wollte sagen –«

Marti stieß sich ab, nahm meinen Kragen und drückte mich an seiner Stelle mit dem Rücken an den Bettpfosten. Weich, aber bestimmt. Meine Lippen öffneten sich. Schon küsste er mich sanft.

Ich zerfloss. Nur der Pfosten in meinem Rücken und seine Hände an meiner Brust hielten mich aufrecht. Er war einen Fingerbreit kleiner als ich, aber in so vielerlei Hinsicht stärker. Als er sich von mir löste, waren wir beide außer Atem.

»Du hasst mich nicht«, entwich es mir.

Er schmunzelte. »Nein, ich hasse dich nicht, Alix.«

Mein Vorname klang so gut aus seinem Mund. Benommen lächelnd legte ich meine Arme um seinen Nacken. »Aber ich bin Sonntagnacht nicht in deine Hütte gekommen. Und heute Morgen bin ich nach Liliettes Zusammenbruch vor dir weggelaufen.«

Er zuckte die Schultern, während ich eine seiner schwarzen Locken um meinen Finger wickelte. »Ich war wohl doch ein wenig ... gekränkt. Aber sobald du eben direkt geholfen hast, als ich rettungslos überfordert war ...«

Meine Lippen verzogen sich, nicht wissend, ob sie lächeln wollten. Marti sah es. Seine Fingernägel glitten über meine Wange, sodass es meine Wirbelsäule hinab kribbelte.

»Ich hätte dennoch nichts gegen eine offizielle Bitte um Verzeihung«, flüsterte er. »Oder eine inoffizielle.«

Schief grinste ich und strich seinen Hals hinauf. Genießerisch schloss er die Lider und ich küsste ihn.

»Verzeihst du mir, Martiño?«, flüsterte ich.

»Hm ...«, machte er, ohne die Augen zu öffnen.

Leise schnaubte ich. Diesmal küsste ich ihn inniger und er lehnte sich mir entgegen. Bevor ich etwas herausbrachte, musste ich Luft holen. »Martiño Civantos, verzeihst du mir?«

Einen Moment noch lauschte er meiner Stimme. Träge öffnete er die Lider und unter seinen langen Wimpern leuchteten seine dunkelbraunen Iriden. »Alexandre Cadieux, ich werde dir bis ans Ende meines Lebens alles verzeihen, wenn du mich nur weiter so küsst.«

Seine Worte prickelten auf meiner Haut. Verlegen fuhr mein Daumen über seine Wange und mein Blick folgte ihm – ich zuckte zurück.

»Was ist?«

»Nichts.« Mein Rücken presste sich gegen den Bettpfosten. Mit einem Ärmel rieb ich über seine Wange. »Du hast da nur etwas Blut.«

Viel Blut.

Auf beiden Wangen meine blutigen Handabdrücke.

»Ganz ruhig.« Er griff nach meinen Armen, doch ich schrubbte über seine Haut. Das Blut musste weg. Es musste.

»Dios mío, du bist ja ganz bleich – aua, du tust mir weh!«

Schlagartig ließ ich ihn los, machte einen Schritt in den Raum hinein. »Entschuldige, das wollte ich nicht.«

»Schon gut.« Sanft streckte er eine Hand nach mir aus. »Alix, was ist denn –«

Ich wich zurück, sah nur noch rot. »Tut mir leid«, stieß ich hervor und floh aus der Tür.

18 Esmeray Weiß

Wie präsentiert lag das Messer vor mir auf dem Teppich. Beinahe wäre ich hineingetreten. Unter blutigen Fingerspuren glänzte der Griff in schwerem Gold.

Ich zwang mich hochzusehen. Das Essen und Besteck räumte ich in die Küche und kehrte zurück, um den Tisch abzuwischen. Erst als mein Schuh neben dem Messer im feuchten Teppich versank, wurde mir bewusst, was Gräfin Cadieux mit *alles sauber machen* gemeint hatte.

Mein Hals brannte, als ich den Schuh am samtblauen Stoff abstreifte und durch die Tapetentür stolperte. Nach ein paar Atemzügen bekam Irmgard zusammenhängende Sätze aus mir heraus. Sie mischte etwas in einem Eimer für mich zusammen und drückte es mir mit Bürste und Lappen in die Hand. Ich schluckte und wagte mich in den Blauen Salon zurück. Innerlich dankte ich der Person, die den Teppich in Dunkelblau bestellt hatte. So wies nur das tiefrote Eimerwasser daraufhin, was ich hier reinigte. Dennoch stand kalter Schweiß auf meiner Stirn.

Nachdem ich das Tuch zum letzten Mal ausgewrungen hatte, blieb mein Blick wieder am Messer hängen. Ich musste es wegräumen. Langsam nahm ich es in die Hand. Der Lappen wischte von selbst darüber und immer heller blitzte das Gold hervor. Schwer wog es in meinen Fingern.

Meine Ohren lauschten. Keine Schritte. Ich war allein.

Aber es hatte Aenlins blutigen Kniestrumpf aufgeschnitten! Ich ließ das nasse Tuch in den Eimer fallen. Aber das scharfe Metall wollte meine Hand nicht verlassen. Es glänzte so golden wie das Medaillon, das ich verloren hatte.

Ich wollte nicht.

Doch ich musste.

Als ich den Eimer zurück in die Küche brachte, klemmte das Messer zwischen meinem Unter- und Oberkleid. Bei jedem Schritt drückte es sich wie eine Drohung in meinen Bauch.

Auf einem Schemel neben dem Küchenblock beugte sich Frieda vornüber und wimmerte in ihre Hände. Sobald sie mich hörte, sprang sie auf. »Oh, es tut mir schrecklich leid, ich wollte dir helfen!« Ihre roten Augen hoben sich scharf von ihrem leichenblassen Gesicht ab.

Irmgard drückte sie wieder auf den Schemel.

»Schon gut«, sagte ich und zum Glück nahm die Köchin mir den Eimer ab. »Habt ihr Aenlin gut versorgt?«

Frieda presste das Gesicht wieder in ihre Hände. »Sie ist im Fluss ausgerutscht und Alix wollte den Branntwein und ich habe alles gesehen.«

Stockend strich ich über ihren Rücken. Zusammenhängende Sätze waren heute wohl rar gesät.

Irmgard schüttelte den Kopf und trat zu den Öfen. »Ich mache dir eine Brühe.«

»Die ganze Wäsche, so schwer«, schluchzte Frieda. »Und auf Martis Pferd – sie muss so geschrien haben.«

Ihre Worte und der würzige Geruch der Küche verkrampften meinen Magen. Dort, wo das Messer glühte. Schweigend drückte ich Friedas Schulter, wankte aus dem Raum und hörte im Flur, wie Irmgard beruhigend in den Töpfen werkelte.

Aenlin verblutete beinahe und ich stahl ihr Operationswerkzeug.

Bei den Stallungen nahm ich mir einige Halfter und holte in den sinkenden Sonnenstrahlen mit der Hilfe einer Magd namens Birte die Pferde von der Weide. Die Klinge verblieb an ihrem Ort. Aus Ermangelung eines besseren Verstecks oder als sinnlose Selbstbestrafung.

Als ich endlich das Zimmer der Dienstmädchen betrat, musste ich das Messer mit bebenden Fingern in meinen Rückenbeutel schieben. Erst dann konnte ich mit einem sauberen Nachtkleid in der Hand den Ankleideraum betreten. Zwei Mädchen beugten sich dort über die Waschschüsseln und wir wuschen und wuschen. Niemand schlief und doch sprachen die Mädchen im Schlafzimmer nur im Flüsterton. Immer wieder hörte ich Wörter wie *Fluss*, *Aenlin*, *Bein* und besonders oft *Blut*.

Die Eingangstür des Schlafzimmers knarrte. »Mera Schwarz.«

Mein Wasser platschte in die Schüssel und hastig trocknete ich mich ab. In meinem Nachtkleid trat ich zwischen den Hochbetten zur Tür. Köpfe streckten sich mir entgegen und zu mir herunter. Im Türrahmen stand die Hausdame Gertrud.

»Ja?«, fragte ich leise.

»Zieh dir etwas über und folge mir. Ich zeige dir dein Bett in der Villa.«

Die Mädchen schnappten nach Luft und ich duckte mich. Gott, sie würden mich hassen, diejenige, die erst einen Tag in der Villa arbeitete und gleich zur Lehrerin der jüngsten Cadieux aufstieg. Fahrig zog ich das Kleid von gestern über, griff meinen Rückenbeutel und die Schuhe.

»Nur dein eigenes Hab und Gut. Du wirst neu eingekleidet.«

Erneutes Luftschnappen. Mit zittrigen Händen legte ich die Schuhe ab. Als ich Gertrud auf den Flur folgte, straffte ich die Schultern. Ich hatte das verdient, redete ich mir ein und wusste nicht, ob ich die neue Anstellung meinte.

Mit dem Gehalt und dem Umzug in das Hauptgebäude wuchs die Chance, mein Zuhause zu retten. Und je eher ich mein Mitgefühl auf Eis legte, umso schneller konnte ich mich wieder auf mein Ziel konzentrieren.

In der Abenddämmerung führte Gertrud mich über den Hof zu einem niedrigen Eingang auf der rechten Villaseite. Bald heruntergebrannte Wandleuchter wiesen uns flackernd den Weg durch das Labyrinth der Bediensteten. Ich versuchte, mich zurechtzufinden, aber als die Magd eine Tür öffnete, traten wir nicht in die Wäschekammer, sondern in einen der schmuckvollen Flure. Stuck prangte an den Decken. Tapeten und Spiegel verzierten halb vertäfelte Wände. Und in den Leuchtern brannten frische Kerzen.

Ich folgte ihr über das polierte Parkett und erkannte hinter einem der Fenster die dunklen Stallungen. Wir waren durch das gesamte Gebäude gewandert. Vor uns tat sich eine Reihe aneinandergedrängter Holztüren mit goldenen Griffen und Schnitzereien auf. Gertrud öffnete eine davon und dahinter erwartete uns Dunkelheit.

»Wir sind da«, sagte sie und ich stockte. Sie nahm eine brennende Kerze aus einer Halterung und trat ins Zimmer. Knisternd erstrahlten auf einem Wandleuchter drei Kerzen und meine Schultern sanken endgültig.

Das Zimmer war winzig und fensterlos, doch es war ein Einzelzimmer. Verblasste Tapete legte sich über die hohen Wände. Rechts stand ein Bett mit einem dichten Kissen und feinen Laken. Dahinter erhob sich ein schmaler Kleiderschrank und mir gegenüber stand ein Schreibtisch. Atemlos trat ich ein.

»Braucht Ihr noch etwas, Fräulein Schwarz?«

Die Anrede ließ mich blinzeln. »Nein, ich danke Ihnen, es ist wunderbar.«

Sie knickste sogar. »Falls Ihr eine Frage habt, ich heiße Gertrud. Ihr müsst mich nicht ihrzen.«

Unvermittelt fühlte ich mich so dreckig, als hätte ich mich nicht mit Wasser, sondern mit Schlamm gewaschen.

»Frische Bettwäsche findet Ihr im Schrank«, sagte sie. »Morgen bin ich Ihnen bei der Garderobe behilflich.«

Ich brachte nur ein Nicken zustande. Sie wünschte mir eine gute Nacht und zog die Tür hinter sich zu. Langsam sank ich auf einen Schemel und durch den Rückenbeutel drückte das Messer in mein Schulterblatt. Ungestüm streifte ich die Gurte ab, zog es heraus und sah mich um. Mein Blick fiel auf das Bett. Da Gertrud mir gesagt hatte, wo ich die Wäsche fand, würde ich es selbst beziehen. Ich krabbelte über das Laken zur Wandseite, hob die deutlich dickeren Matratzenschichten an und schob das Messer dazwischen. Die Gegenstände würde ich horten, bis ich genug zusammenhatte. Schnell zerrte ich die Schuhe von meinen Füßen.

Mein Name war nicht *Fräulein Schwarz*. Ich würde mir mein wahres Ich mitsamt meinem Gewissen zurückholen.

Auf Socken schlich ich in den dunklen Flur, wusste genau, wohin ich wollte. Nur leider nicht, wie ich dorthin gelangte. Ratlos wandte ich mich nach links. Die Gänge der Bediensteten mied ich, denn sie würden mich bloß in einen einsamen Hungertod stürzen. Nur gut, dass meine Schritte ohne Schuhe unhörbar waren. Zumindest *eine* gute Sache hatte Célian mir beigebracht.

Oh, hoffentlich war niemand sonst in den Fluren unterwegs.

Rechts erhob sich eine grüne Flügeltür und ich versuchte mein Glück. Sie quietschte, als wäre sie seit einem Jahrhundert nicht geölt worden. Aber alles blieb ruhig. Durch den Spalt sah ich hinaus auf die breite Doppeltreppe der Eingangshalle und schlüpfte hastig hinaus. Wenigstens lagen die Schlafzimmer der Cadieux' in den Ecken des Gebäudes – das hatte ich mir als Einziges gemerkt. Ich schlich die glatte Steintreppe hinab und um das Geländer herum. Im hinteren Teil der Halle führte ein Durchgang in den Nordostflügel der Villa. Unter dem Steinbogen tastete ich mich hindurch und am Ende des Ganges entdeckte ich sogar einen goldenen Lichtschein.

Schritte ertönten. Aus diesem Flur.

Mein Herz sackte hinab. Auf meinen Strümpfen drehte ich um und jagte zurück zur Treppe. Eilte um sie herum. Presste mich auf der Innenseite an den kühlen Stein. Nur wenn die Person die Stufen hinaufgehen würde, hätte ich eine Chance.

Ihre Schritte wurden lauter. Absätze hallten von den Wänden wider, auch wenn sie sanft auftraten. Und sie kamen um den Fuß der Treppe herum.

Ich drängte mich so hart an den Marmor, als könnte ich dadurch mit ihm verschmelzen. Ein Umriss erschien in meinem Sichtfeld.

Hochgewachsen. Markanter Kiefer. Das Haar im Nacken zum Zopf gebunden.

Alix?

Bevor ich ihn näher betrachten konnte, wandte er sich zur hohen Eingangstür und verschwand leise in die Nacht hinaus.

Mit hämmerndem Herzen beobachtete ich, wie die Tür knarzend zurückschwang. Es dauerte, bis ich mich vom Gestein lösen konnte. Natürlich musste Alix gerade jetzt spazieren gehen.

Auf Zehenspitzen schlich ich erneut durch den Steinbogen und lugte am

Ende des Flurs um die Ecke. Ein Gang breitete sich vor mir aus, erleuchtet von einer einzelnen Kerze. Wenn ich jetzt um die Ecke trat, wäre ich Freiwild.

Tief atmete ich ein und lief zum Schatten der mittleren Tür. Ich lauschte. Dahinter war alles still. Ich huschte weiter und presste mich an die nächste. Doch sie gab nach und ich stolperte in das Zimmer.

»Seid Ihr es, Graf Cad–« Dörries Stimme wurde autoritär. »Wer bist du?«

Graf Cadieux? Natürlich, Alix hatte nach Aenlins Wunde gesehen.

Was ich hier machte, brauchte hingegen eine gute Erklärung. Mit gesenktem Kopf drehte ich mich um. »Es tut mir schrecklich leid, ich –«

»Wer bist du?«, wiederholte sie.

»Mera. Ich bin Aenlins …« … Freundin? »Zimmergenossin.« Wir kannten uns schließlich kaum und zudem hatte sie mich schon hassen wollen, bevor ich ihr im Blauen Salon nicht zur Seite geeilt war. Aber Zimmergenossinnen waren wir nun auch nicht mehr.

»Ich verstehe.«

Als Dörries Stimme sanfter wurde, sah ich auf. Nur eine Nachtkerze erhellte den Raum, besonders das Bett, das viermal so breit wie meines war. In den etlichen Kissen ruhte Aenlin.

»Komm her.« Hinter dem Bett saß Dörrie auf einem Sessel. In ihrem Gesicht, das im Salon noch rot geleuchtet hatte, prangten müde Falten.

Meine Schritte waren so zäh, als watete ich durch einen Sumpf.

»Es muss ein Schock für euch alle gewesen sein, aber mach dir keine Sorgen, sie wird wieder. Wie bist du hergekommen? Du trägst ja nicht einmal Schuhe.« Sie erhob sich und wies auf ihren Stuhl. »Na los, setz dich.«

Mit beiden Händen wehrte ich ab. »Ich wollte nur kurz nach ihr sehen.« Mein Blick streifte vom hochgelegten Bein zu Aenlins Gesicht. In ihrer Blässe waren ihre Sommersprossen kaum zu sehen. »Ist sie wach?«

»Manchmal, aber sie hat in den letzten Stunden schon anderthalb Flaschen Branntwein geleert, ehe Marti sie ihr abgenommen hat.«

Ich trat von einem Fuß auf den anderen. »Und wenn ich etwas warte?«

Dörrie musterte mich. Wie zu sich selbst nickte sie und verfrachtete mich in ihren Sessel. »In der Zwischenzeit kann ich mir die hier endlich waschen.« Mit einem entschuldigenden Lächeln nahm sie ihre Hände von meinen Schultern. Ihre weiße Haut war rot verfärbt. »Außerdem könnte ich mir aus der Küche mein Abendbrot holen und – ich muss wirklich mal.« Damit lief sie aus der Tür.

Mit offenem Mund starrte ich ihr nach. Sie hatte sich nicht einmal das Blut abwaschen können. Kopfschüttelnd sah ich zu Aenlin und mein Entrüsten verrauchte. Das Mädchen lag so reglos da wie vorhin Célian. Von Nahem schimmerte ihr Gesicht glücklicherweise rosig. Oder hatte sie Fieber? Hastig fühlte ich ihre Stirn. Hayır, sie war nicht viel wärmer als ich.

Unter der Decke glitten ihre Finger hervor und klopften müde auf die Matratze. Ich sah auf, aber ihre Augen waren geschlossen. Zögerlich nahm ich ihre Hand.

Ein Lächeln breitete sich auf ihren Lippen aus und ihre trägen Lider öffneten sich. »Mera!«, lallte sie leise.

Stockend atmete ich auf und der herbe Geruch des Alkohols stieg in meine Nase. »Mensch, Aenlin, ich wusste nicht, dass du so eine Säuferin bist«, scherzte ich unbeholfen.

Sie kicherte. »Nur samstags. Es is' doch Samstag, oder nich'?«

»Heute ist Montag.«

»Oh.« Sie versuchte sich an einer betretenen Miene, kicherte aber wieder.

Meine Schultern entspannten sich. Aber als mein Blick wieder auf ihr Bein fiel, schüttelte ich den Kopf. »Es tut mir leid. Die neue Anstellung war erst eine Sekunde her und schon hat die Gräfin mich anders behandelt als Frieda«, sprudelte es aus mir heraus. »Sie durfte zu dir, aber ich sollte nicht in deine Nähe kommen und ich habe auf sie gehört.«

»Warde mal, du redes' viel su schnell.«

»Als du hereingetragen wurdest«, murmelte ich. »Da war so viel Blut und ich wollte zu dir, aber die Gräfin … Und deshalb habe ich dich alleingelassen.«

»Mensch, bin ich so betrunken oder sprichs' du nur in halben Sätzen?« Sie zog mich näher heran. »Mera, diese Frau is' ein Aas.« Sie schlug eine Hand vor ihren Mund. »Das hätt' ich vermutlich nich' sagen sollen.«

Zaghaft lächelte ich. »Es ist niemand hier.«

»Na also«, sagte sie. »Die Gräfin is' ein Aas!«

Wir mussten kichern.

»Und deshalb verzeih ich dir. Marti und Dörrie waren ja auch da.«

»Aber ich bin der Ersatz für Helga«, flüsterte ich.

Ein Grinsen breitete sich auf ihrem Gesicht aus. »Weiß' du, was der eigentliche Grund für Helgas Rauswurf is'?« Ihre Stimme wurde langsam wacher. »Liebe!«

»Sie hat sich verliebt? In Célian?«

»Bah! Doch nich' in dieses Adelsekel. Nein, in Henri!«

Ich ignorierte, dass sie *Adel-sekel* statt *Adels-ekel* sagte, und hob die Brauen.

»Vorgestern war ich auf ihrer Hochzeit. Nur für drei Stunden, dann musst' ich wieder zurück, aber es war traaaumhaff.« Mit einem seligen Seufzen sank sie in die Kissen.

»Aenlin, was hat irgendein Henri damit zu tun, dass sie gefeuert wurde?«

»Ach so.« Unter den schweren Lidern blitzten ihre Augen auf. »Sie und der Comte –«

»Célian?«

Sie schnaubte. »Helga und *Comte Cadieux* verstan' sich von Anfang an. Früher trafen sie sich heimlich, aber Helga hatte bald keine Lus' mehr auf dieses stressige Versteckspiel und unser Comte fand andere Flammen.«

»Gleich mehrere auch noch«, murmelte ich.

»Flammen«, fuhr sie fort, »im Sinne von Möglichkeiten, seine Frau Mama zur Weißglut zu bringen.«

»Ah.« Meine Wangen glühten und ich hoffte, dass Aenlin es nicht erkannte. Wahlweise wegen der Dunkelheit oder ihres Pegels.

»Sie blieben aber befreundet, was ich nie verstanden habe.« Sie schnalzte mit der schweren Zunge. »Letztes Frühjahr verliebte sie sich en'lich in den Goldschatz Henri. Mit seinem Ring am Finger hat sie nach einem Ausweg aus ihrer lebenslangen Anstellung gesuch', und da –«

»Kam der Comte ins Spiel?«

Sie drückte meine Hand, als gratulierte sie mir zu der Erkenntnis. »Wäre sie einfach gegangen, hätte die Gräfin eine En'schädigung von Helgas Familie eingefordert. Aber ein vorgetäuschtes Tech'elmech'el auf ihrem Lieblingssofa, und schon fürchtete die Gräfin neuen Tratsch über ihren heiratsunwilligen Sohn. Sie schwieg alles tot und entließ Helga – direkt in Henris Arme.« Sie kicherte. »Mensch, ich bin ein poedisches Genie, wenn ich betrunken bin.«

»Du solltest Hofdichterin werden«, sagte ich schmunzelnd, während es in meinem Kopf ratterte.

Seufzend sank sie tiefer in die Kissen und ihre Augen fielen zu. Langsam schwand ihr Lächeln. »Mera?«

Ich setzte mich auf. »Ja?«

»Bleibs' du bei mir, bis ich eingeschlafen bin?«, murmelte sie. »Es is' so dunkel, wenn ich die Augen schließ'.«

Mein Mund verzog sich. »Natürlich«, flüsterte ich.

Leicht hoben sich ihre Mundwinkel und ich beobachtete, wie ihre Züge erweichten. So saß ich da, drückte ihre Hand und konnte für den Moment nur daran denken, dass ich wieder meinem Gewissen folgte. Und wie Aenlin bald reagieren würde, wenn sie nüchtern von meiner neuen Anstellung erfuhr.

Irgendwann kehrte Dörrie mit einem Duft von Kartoffeln und Rosmarin zurück. Erst sobald sie mich dankbar ins Bett schickte, legte ich Aenlins Hand auf die Matratze. Auf den Gängen kam mir ein anderer Gedanke.

Célian hatte Helgas Rauswurf aus gutem Grund veranlasst. Gab es dann auch einen für Vredas? Seine Worte klangen in meinen Ohren nach.

Ihr solltet jetzt schweigen – oder es war alles umsonst.

19 Martiño Civantos

Er war ein Cadieux. Und ich nur irgendein Civantos.

Die Bürste schrubbte fester an dem Schneidebrett, das schon lang sauber war. Hinter dem Fenster flüsterte die Dunkelheit, dass Alix alles und jeden haben konnte und ich auf seine Güte hoffen musste. Unwirsch trocknete ich das Brett ab und räumte es in das Schränkchen über meinem eisernen Ofen.

Schritte knirschten vor meiner Hüttentür.

Meine Muskeln spannten sich an, als stünde ich nicht an meinem eigenen Herd, sondern noch immer im Straßenstaub der Städte. Dort, wo jedes Geräusch einen Kampf ankündigen konnte. Dabei war es egal, wo ich war, mein Leben lang hatte ich um mein Zuhause kämpfen müssen, von flammenden Hausbalken bis zu einer löchrigen Decke im Sturm. Jedes Mal hatte ich verloren.

Ich nahm den Knüppel vom Wandhaken. Atmete tief ein. Mit einem Ruck öffnete ich die Tür, schwang das Holz – eine Gestalt schrie leise auf und sprang zurück.

»Nicht schon wieder!«, keuchte Alix und presste eine Hand auf sein Herz.

Mein Atem stockte. So wie er im Gästezimmer vor mir weggelaufen war, hatte ich gedacht, er würde eine Woche nicht mit mir sprechen. Einmal war es ein ganzer Monat gewesen.

»Nein, tut mir leid.« Er schüttelte die Finger aus und kam langsam näher. »Ich hätte es besser wissen –«

Als ich den Knüppel schulterte, stockte er. Dass mein Herz bei seinem Anblick flatterte, musste er ja nicht gleich sehen. Wie immer zog er die Schultern hoch und ich fragte mich, ob ihm das überhaupt bewusst war.

»Ich wollte dich nicht erschrecken«, murmelte er und seine Hände versteckten sich hinter seinem Rücken. »Kann ich vielleicht reinkommen?«

Meine Muskeln lockerten sich langsam und ich trat wortlos zurück. Während ich das Holz an den Haken hängte, schloss Alix die Tür. Er konnte sich nur fünf Schritte von mir entfernen, ohne in mein Schlafzimmer zu treten.

Er räusperte sich. »Ich hoffe, ich störe dich nicht.«

Meine Brauen zogen sich zusammen. Das war nicht das, was ich hören wollte. Als ich nicht antwortete, streifte sein Blick meinen und entflammte etliche Fragen auf meiner Zunge. Aber jetzt musste er einen Schritt machen oder bald wäre ich derjenige, der zerbrach.

Doch er biss die Zähne aufeinander, presste die Hände auf sein Gesicht. Heftig schüttelte er den Kopf. Er machte dicht, trat hinter seine Burgmauern und zog das Tor hoch.

»Ich kann nicht, ich kann nicht«, flüsterte er.

Meine Schultern sanken. Dabei hatte ich das Ende doch schon am Anfang kommen sehen.

»Ist schon in Ordnung.« Ich sagte es, obwohl ich lieber an sein Tor hämmern und schreien wollte, dass er mich endlich einlassen sollte.

»Nein, nein«, schluchzte er leise.

Ich hatte ihm wohl doch mehr bedeutet. »Es ist in Ordnung.« Ich machte einen Schritt auf ihn zu. Selbst jetzt, wo er mit mir Schluss machte, ertrug ich sein Leid nicht.

»Hör auf.« Er hob den Kopf und sah mich mit glänzenden Augen an. »Nichts ist in Ordnung. Ich bin schrecklich zu dir, du verdienst viel Besseres, *jemand* Besseren.« Tränen rannen haltlos seine Wangen hinab und er wischte sie fort. »Marti, ich will mich bessern.«

Unfreiwillig ballten sich meine Hände zu Fäusten. »Ach, und wieso machst du dann mit mir Schluss?«

Er starrte mich an. »Marti.«

»Nein, ich laufe dir seit letztem Frühling hinterher, stehe all deine Ich-will-dichs und auch deine Ich-will-dich-nichts durch, nur damit du jetzt ... Verdammt, weißt du was, geh einfach!«

Alix war wie festgewurzelt. »Machst *du* gerade mit *mir* Schluss?«

»Was? Nein! Aber wenn du –«

Binnen eines Wimpernschlags hatte er den Raum durchquert und griff nach meinen Fäusten. »Ich wollte mich entschuldigen«, sagte er sanft, während seine Daumen über meine Knöchel strichen.

Wie von selbst öffneten sich meine Hände und glitten in seine.

Ich blickte auf meine Finger, als könnte ich sie dadurch erneut zu Fäusten schließen. »Schon wieder?«, fragte eine leise Stimme, die wie meine klang.

Traurig lachte er. »Ja, aber ich hoffe, dies ist das letzte Mal.«

Ich hob den Kopf. »Was soll ich mir darunter vorstellen?«

Unendlich vertraut sahen seine dunkelgrünen Augen in meine. »Sagen wir mal so, du wirst nicht mehr das Gefühl haben, mir *hinterherzulaufen*.«

»Du schweigst also nicht wochenlang?«

»Nicht mal eine Stunde.«

Ich hob die Brauen.

»Gut, vielleicht eine Stunde, aber ich werde versuchen, es anzukündigen, und du wirst nie wieder ein Ich-will-dich-nicht spüren. Denn ich will dich schon immer.«

Ich nagte an meiner Lippe, bis sie schmerzte. Langsam atmete ich aus. »Beweis es. Erzähl mir, wieso du im Gästezimmer weggelaufen bist.«

Ruckartig wich er zurück. Meine Hände glitten aus seinen.

»Natürlich.« Sein Blick blieb an meiner Schlafzimmertür hängen. »Vielleicht irgendwo, wo es gemütlicher ist?« Seine Stimme zitterte, als bräche er gleich zusammen.

Ich nickte nur und folgte ihm in den kleinen Raum. Seine Finger streiften über meine Regalbretter, hoben eine der geschnitzten Windmühlen auf und stellten sie wieder ab. Ob in seinem Zimmer vielleicht Figürchen aus Frankreich standen? Wenn ich doch nur mehr über ihn wüsste.

Er schlüpfte aus seinen Schuhen und reihte sie neben der Tür auf, ehe er vorsichtig auf meinen aufgebockten Matratzenschichten Platz nahm. Ich legte mich neben ihn und wir sahen an die Decke. Das letzte Glühen des Ofens und das Mondlicht, das auf Alix' Seite durch ein Fenster hereinfiel, vermischte sich dort oben zu einem seltsam silbrigen Orange.

»Ich dachte, du wärst es«, platzte Alix heraus. »Tut mir leid, ich bin nicht gut in so etwas, ich ...«

Möglichst ruhig atmete ich einfach weiter.

Stöhnend zog er beide Hände zu seinem Gesicht, und als seine Schulter meine streifte, rückte er noch weiter in die Ecke, drückte die Handballen auf seine Augen. »Als im Blauen Salon die Tür aufsprang ... Ich hörte deine Stimme, dann sah ich Blut und –« Er schüttelte den Kopf, wie um eingebrannte Bilder zu vertreiben. »Ich dachte, du wärst es. Ich dachte, dir wäre etwas zugestoßen. Ich dachte, ich allein müsste jetzt um dein Leben kämpfen.«

Sein Flüstern verengte meine Kehle und ich konnte nicht still liegen bleiben. Sanft zog ich seine Finger von seinen Augen. »Aber das musstest du nicht.« Ich küsste seine Handrücken. »Mir geht es gut, ich bin hier.«

Unter Tränen lächelte er, als trüge er wie Atlas, der Titan, den gesamten Erdglobus auf seinen Schultern.

Seine linke Hand verschränkte sich mit meiner, die andere strich über meine Wange. »Ich bin froh, dass du es abgewaschen hast. Doch ich werde diesen Anblick nicht los.« Seine Finger glitten zu meiner Stirn und er wickelte eine

Strähne ein. »Hast du dir auch das Haar gewaschen? Ich glaube, in deinem Nacken –«

»Habe ich.« Ich drehte mein Gesicht, küsste sein Handgelenk und er versank in der Berührung. Aber langsam zog er sich zurück. Ich hielt seine Finger auf und verschränkte auch diese mit meinen. »Es ist schön, dass du es mir erzählt hast.«

»Da ist noch …« Er nagte an seiner Wange und ich musterte ihn. Wartete. Doch er brachte keine Worte heraus.

Ich lehnte mich vor. Alix hatte sich mir anvertraut. Er musste nicht alles auf einmal erzählen. Fest drückte ich meine Lippen auf seine und vermittelte ihm, dass ich hier war, ganz und gar lebendig.

Ihm entwich dieses unbewusste Seufzen. Seine Hand löste sich aus unserer Verschränkung und strich über meinen Hals zu meinem Nacken. Zog mich näher heran. Wie kräftig seine zarten Glieder wurden, wenn ich ihn küsste.

Stirn an Stirn sanken wir in die Kissen und sein schwerer Atem strich über mein Kinn. Seine Finger fanden wieder meine und er legte seine Lippen an meine Knöchel. Weiche Stille kehrte ein, während sich mein Herzschlag beruhigte.

Die Bewegung seiner Lippen kitzelte auf meiner Haut. »Erzählst du mir noch einmal die Geschichte?«

NOCH 16 TAGE

Dienstag, 21. Juni 1768

20 Esmeray Weiß

Mein Magen hatte sich in Luft aufgelöst – der Haferbrei fiel mitsamt Äpfeln und Birnen ins Nichts. Hätte jemand von den anderen Bediensteten zugesehen, die in meinem Trakt oder im zweiten Stock schliefen, hätte ich vielleicht langsamer gegessen. Aber der lange Tisch in ihrer winzigen Küche war völlig leer.

Die Tür öffnete sich. Sanfte Sonnenstrahlen fielen an mir vorbei in Friedas Gesicht.

»Guten Morgen.« Sie lächelte und ihre Wangen leuchteten wieder rosig.

»Guten Morgen, geht es dir besser?« Ich nahm meine leer geputzte Schüssel und wusch sie unter dem Erkerfenster aus.

»Ja, ja!« Nun errötete sie sogar. »Ich war gestern wohl etwas aufgelöst. Bist du fertig?«

Ich unterdrückte ein Kopfschütteln und nahm die Tasche, die Gertrud mir gegeben hatte. Sie hatte mich in der Küche einfach alleingelassen.

Als ich Frieda in den niedrigen Gang folgte, musterte sie mich. »Soll ich noch einmal dein Haar richten?«

»Nein!« Ich zuckte zurück und presste eine Hand auf die Haube, die ich mit Mühe über meine selbst geflochtene Frisur gesteckt hatte. Mein Herz krampfte wie heute Morgen, als Gertrud auf mich herabgeblickt und gesagt hatte: »Wenn Ihr das Frisieren nicht tadellos ausführen könnt, muss ich womöglich die Schere holen.«

Frieda starrte mich mit großen Augen an und ich nahm den Arm herunter. »Tut mir leid. Aber nein, es geht so, wie es ist.«

»Ja, klar! Ist auch gar nicht nötig.«

Leise schnaubte ich und zwang mein Herz zur Ruhe. Ich durfte nicht an Scheren denken, brauchte all meine Aufmerksamkeit für Liliette.

»Was sind eigentlich deine Aufgaben?«, fragte ich.

»Ach, die wechseln ständig. Dörrie nannte mich mal eine *Springerin*«, plapperte sie glücklicherweise los. »Der Graf braucht neue Handtücher? Ich hole. Es fehlt jemand beim Kartoffelschälen? Ich schäle.«

»Ich muss durch die Flurlabyrinthe geführt werden? Du führst.«

Sie lächelte und lief eine offene Wendeltreppe hinab. Da sich im zweiten

Stock nur die Bediensteten aufhielten, machte man sich hier natürlich nicht die Mühe, die schmucklosen Gänge hinter Wänden zu verstecken.

»Na, dann gebe ich dir mal die Führung. Hier geht es ins Erdgeschoss zu den Gästezimmern.« Sie wies eine weitere Treppe hinunter, lief jedoch durch eine Tür auf edles Parkett hinaus und meine neuen, schwarzen Schuhe hallten auf den Dielen. »Und dort ist das Gemach von Gräfin Cadieux«, flüsterte sie. »Aber wir müssen nach links. Hier rechts geht es zu einer Abstellkammer und da hinten ist das Zimmer von Graf Cadieux.«

Mit schwirrendem Blick folgte ich ihr unter Kronleuchtern hindurch. Meine ungewohnten Hüftkissen stellten mein dunkelblaues Kleid aus, sodass es wie eine sanfte Welle um mich wogte.

»Und das hier ist –«

»Warte mal.« Mein Kopf schmerzte bereits. »Wieso führst du mich über die öffentlichen Flure?«

Sie stockte. »Oh, ich dachte, da du jetzt die Lehrerin –« Ihre Augen weiteten sich, ehe sie in einem Knicks versank. »Es tut mir so leid, Fräulein Schwarz! Ich habe ganz vergessen, dass Ihr ja jetzt … und ich Euch deshalb …«

»Frieda!« Ich zog sie aus dem Knicks hoch. »Tu mir das nicht an, nicht du auch noch. Ich bin immer noch die Gleiche, verstanden?«

»Aber ich muss …«, stammelte sie. »Wenn Gräfin Cadieux …«

»Ich möchte dir keine Schwierigkeiten bereiten. Vor der Gräfin kannst du mich nennen, wie du willst. Doch momentan sind wir allein.«

Zögerlich nickte sie. »Abgemacht. Also, *Mera*«, sie lächelte und es erinnerte mich an Aenlins Kichern, »hier ist der Weiße Salon.«

Rechts erhob sich eine gelbe Flügeltür. Ihr grüner Zwilling auf der linken Seite kam mir sehr bekannt vor.

»Danke.« Ich klammerte mich an die Tasche mit ein paar von Gertruds Büchern, und als ich die rechte Tür öffnete, nickte Frieda mir zu.

Der Weiße Salon war eigentlich sanftgelb. Eine Tapete zeigte alles, was es in dieser Farbe gab. Von Sonnenblumen bis Narzissen, von Katzen bis Papageien. Selbst durch die hohen Fenster stahl sich Sonnenlicht an blassgelben Vorhängen vorbei. In der Mitte thronte eine goldene Harfe und in der rechten Raumhälfte breiteten sich die vermutlichen Namensgeber des Salons aus – drei weiße Sofas. Ich trat an Kommoden mit Vasen vorbei, aus denen sich getrocknete Blumen wie Geister erhoben, als sei dies nur ein Abbild eines ehemals lebendigen Hauses.

Ein Räuspern ertönte. Links neben dem Instrument stand eine gelbe Sesselgruppe. Und Liliette.

Hastig verfiel ich in einen Knicks. Ich hätte vor ihr hier sein sollen.

»Guten Morgen, Fräulein Liliette«, flötete ich. Wir würden uns verstehen, das hatte ich mir heute Nacht fest vorgenommen. Dieses Geschenk meines beruflichen Aufstieges durfte ich nicht vermasseln.

»Es wäre einer, wenn du pünktlich wärst. Komm endlich her, damit ich beginnen kann.« Sie schritt zur Harfe und setzte sich auf den Hocker.

Zögerlich trat ich näher. »Tut mir leid, ich verstehe nicht richtig. Ich dachte, ich sollte Euch in den Geisteswissenschaften unterrichten.«

Ihr Blick durchbohrte mich. »Muss ich dir wirklich erklären, dass zu den Geisteswissenschaften auch die Musikwissenschaften gehören?«

»Oh, nein, nein.« Hastig öffnete ich die Tasche und sah die Buchrücken durch. »Ich habe dafür gerade keine Literatur, aber ich kann –«

»Die Harfe«, presste sie hervor, »steht doch direkt vor mir. Du musst einfach mein Spiel auf Fehler kontrollieren und umblättern.«

Ich erstarrte.

Ihre Augen schmälerten sich. »Sag bloß, du kannst ebenfalls keine Noten lesen!«

Allah kahretsin. Ich drückte die Lippen aufeinander und suchte fieberhaft nach einer Lösung. Aber mein Kopf wiederholte nur *Noten, Noten, Noten,* als lastete ihn allein dieses Wort bereits aus. Nie hätte ich Vaters Unterricht nach meinem zweistündigen Cembaloversuch ausschlagen dürfen.

Mit einem gepressten Fluch stampfte Liliette ihren Absatz auf. Ich zuckte zusammen. Ebenso schnell öffneten sich ihre Fäuste und sie strich über ihr blassgrünes Kleid. »Was, gedenkst du, soll ich Graf Stein sagen, wenn er mich heute Nachmittag bittet, ihm etwas vorzuspielen?«

Danke, nein?

Sie erwartete keine Antwort. Harsch winkte sie mich zum Notenständer. »Ihr Amateure vereitelt nicht meine Zukunft! Blätter um, wenn ich es dir sage, und ansonsten sei still.«

Mit verkrampften Schultern trat ich hinter den Ständer und verwünschte mein achtjähriges Ich.

21 Liliette Cadieux

Bei einem Ruckeln der Kutsche streifte mich Meras Ellbogen und ich wollte schreien. Am liebsten in Mutters Gesicht, die Mera nach meinem lächerlichen

Unterricht in einem Nebensatz zu meiner Zofe ernannt hatte. Natürlich genügte es nicht, sie mir als Lehrerin aufzudrängen. Beim Abendessen hatte Mutter sie schließlich schon für ihren Fleiß *gelobt*.

Wäre Mutter heute wie jeden Tag im Weißen Salon gewesen, hätte sie das sicher nicht getan. Sobald ich Meras Versagen im Nachhinein angesprochen hatte, hatte sie nichts von meiner kindischen Nörgelei hören wollen.

Erneut ruckelte es, und als Mera mich wieder berührte, fuhr ich zu ihr herum. »Könntest du«, zischte ich, »mir etwas Platz lassen?«

Mera rückte weiter in ihre Ecke. Sie hatte sich schon beim Einstieg so dicht an die Wand gepresst, dass sie kaum noch Luft zum Atmen hatte. Gut so, vielleicht fiel sie auf der Rückfahrt in Ohnmacht und wachte erst wieder auf, wenn ich in ein anderes Dorf geheiratet hatte.

»Aufgeregt, sœurette?« Célian sah vom Fenster zu mir. Seine Mundwinkel hoben sich, doch es war nur eine armselige Kopie seines sonst so nervtötend charmanten Schmunzelns.

»Du siehst schrecklich aus«, gab ich zurück. »Hättest du nicht lieber zu Hause bleiben sollen?«

»Damit du allein fährst?« Er massierte sein Knie. Obwohl er sich sonst immer breitmachte, streckte er heute die Beine über seine Bank und meine Füße zu meiner Tür.

»Ich hätte schon eine andere Begleitung gefunden«, erwiderte ich.

»Alix? Er war nicht einmal beim Frühstück. Und er würde kein einziges Wort herausbringen. Er will ja kaum mit den Bediensteten diskutieren.«

»Nicht Alix!« Der konnte mir gestohlen bleiben.

»Und wer dann?«

Ich straffte die Schultern. »Vielleicht hätte Mutter –«

»Mon Dieu, wach auf, Liliette.« Kraftlos schüttelte er den Kopf, als sei ich ein naives Kind.

Mein Fächer schnappte zu. »Rede weiter so mit mir und ich schneide mir so tief in die Hand, dass du für drei Tage in Ohnmacht fällst.«

Stille regierte die Kutsche.

Meine Schultern sanken. Ich sprach Worte aus, die ich gar nicht gedacht hatte. Célians Blick wanderte eisig von meinen Augen zu meiner dargelegten Handfläche. Für einen Moment glaubte ich, er würde sich lustig machen. Aber er wandte den Kopf schweigend wieder zum Fenster.

Er hatte wirklich schreckliche Angst vor Blut.

Ich hatte wirklich angedroht, mich zu schneiden.

Mühsam schloss ich die Finger um meinen Fächer. Es stimmte, ich war aufgeregt. Und ein naives Kind. Mutter würde mich nirgendwohin begleiten. Sie organisierte hinter der Bühne, aber an meiner Seite war sie noch nie gewesen.

Die Kutsche kam zum Stehen und ich presste meine Hände fester um die blassgrüne Spitze. Schon öffnete sich an meiner Seite die Tür. Ich war versucht, sie wieder zu schließen und Célian über die Steins auszufragen. Er wusste sicher mehr als ich. Doch mit ihm hatte ich es mir verspielt.

Als Bruno mir zulächelte, griff Mera auf ihrer Seite zum Türknauf.

Ich packte ihren Arm. »Du bleibst hier, damit du mir nicht die Steins vergraulst.« Ehe sie widersprechen konnte, nahm ich Brunos Hand und schob mich an Célians Füßen vorbei aus dem Wagen. Eine helle Holzvilla mit seitlichem Türmchen erhob sich vor uns. Wie daheim säumten hoheitliche Büsche den Pfad zum Eingang.

»Schade, ich hatte darauf gehofft«, murmelte Célian und schob sich neben mich auf den erdigen Weg.

Ich bedankte mich bei Bruno und hakte mich bei Célian ein. »Tut mir leid, was ich gesagt habe«, flüsterte ich, als wir den Weg hinaufschritten. »Bitte spiel mit, dann musst du das hier vielleicht nie wieder tun und bist mich endlich los.«

Er musterte mich. »Du willst das tatsächlich, oder?«

Ich hob die Brauen. »Ja … klar.«

»Also gut.« Er sah zum Haus und legte sein Lächeln auf, zumindest eine bessere Version des ersten Versuchs. »Guten Tag, Gräfin Stein!«

Mein Blick folgte seinem. Eine kleine Frau stand in der hohen Tür und winkte uns überschwänglich zu. Mit Beinen aus Pudding erklomm ich die Holzstufen. Célian nahm ihre Hand und deutete einen Kuss an.

»Guten Tag, Graf, guten Tag, Komtess! Ich bin erfreut, Euch endlich zu Gesicht zu bekommen«, sagte sie. »Das ist meine Tochter. Komm her, Anniek!« Sie winkte hinter sich ins Haus.

Mein Herz setzte aus.

In der Marmorhalle stand ein Mädchen so schön wie Aphrodite.

Ich hasste sie sofort.

Komtess Anniek Stein schwebte mit rosigen Wängchen heraus. Die Sonne strahlte auf ihre Stupsnase und glänzte in ihren hellbraunen Locken. Anniek schlug die Augen nieder und hob mit ihren weichen Armen den Rock an, als sie in einem Knicks versank.

Und ich hatte angedroht, mir in die Hand zu schneiden. Gott, ich war ein Oger.

Célian begrüßte auch sie und ein Lächeln huschte über Annieks rosafarbene Lippen.

»Wunderbar!«, gluckste die Gräfin. »Und das hier ist Anno. Na komm, Anno, nicht so schüchtern.«

»Mutter, bitte.«

Hinter den beiden trat Annieks Ebenbild hervor. Anno hatte die gleichen großen Augen, die gleiche Stupsnase und unter dem Haarpuder sicher das gleiche Hellbraun. Sogar sein Gehrock war wie Annieks Kleid aus blauem Brokat. Nur einen halben Kopf war er größer als seine Schwester und damit gerade so groß wie ich.

»Guten Tag.« Er zupfte an seinem Ohrläppchen und ich bemerkte, dass die Ohren der beiden etwas abstanden. »Wundert Euch nicht über unsere Namen, Mutter hat eine Vorliebe für alles, das sich ähnelt – das Los der Zwillinge.«

Gräfin Stein lachte. »Ja, sie essen zusammen, kränkeln gemeinsam und jetzt heiraten sie vielleicht auch gleichzeitig. Obwohl Männer dafür bekanntlich länger Zeit haben.«

Célians Worte drangen kaum zu mir durch, während ich Annieks vermaledeite Grübchen anstarrte. Als Mutter von einer Schwester gesprochen hatte, war sie in meiner Vorstellung mindestens fünfundzwanzig gewesen, verheiratet und mit einer Menge Kinder – anstatt mir auf dem Heiratsmarkt alle Chancen auf eine gute Partie abseits ihres Bruders zu stehlen.

Célians Arm tauchte vor mir auf und mein Herz stolperte. Bei François Barbier war mir nicht so schlecht gewesen. Vielleicht weil er keine so junge Schwester hatte, die mich mit hellblauen Augen von der Seite begutachtete. Ich legte meine Hand in Célians und er präsentierte sie Anno wie ein Geschenk.

»Darf ich vorstellen, meine Schwester Komtess Liliette Cadieux.«

Bei Barbier hatte ich über diese feierliche Vorstellung fast gekichert. Diesmal nagte ich an meiner Wange und auch Annos Lächeln wirkte gepresst. Seine Finger waren warm und etwas nass, vermutlich ebenso wie meine, nur dass meine Glieder schrecklich kalt waren. Noch ein angedeuteter Handkuss. Wie viel Zeit man mit Begrüßungen verschwenden konnte.

Die Gräfin klatschte in die Hände. »Schön! Lassen wir endlich diese Förmlichkeiten und begeben uns in den Salon. Bei einem Stück Kuchen lässt es sich viel besser plaudern.« Sie schob Anniek ein wenig zu Célian und warf Anno einen scharfen Blick zu.

Leise seufzend bot er mir den Arm an. Unsere Absätze hallten vom Marmorboden der Eingangshalle wider, während wir zu einem lichtdurchfluteten Salon gingen. Es glich einer Prozession. In meiner Vorstellung hatte ich mich hoheitlich gefühlt, wenn ich mit meinem zukünftigen Mann zu seiner Familie schreiten würde. Stattdessen kam ich mir albern vor und Blicke brannten in meinem Nacken. Anniek würde sicher keinen Grafen mit einem so gigantischen Schnäuzer wie Barbiers heiraten müssen.

An einem Cembalo vorbei führte Anno mich zu einem Halbrund aus zwei Sofas und einem Sessel. Wir traten beide zum Sessel, damit ich mich setzen konnte, doch kurz davor stockte er und blieb neben dem mittleren Sofa stehen. In betretener Stille nahmen wir nebeneinander Platz und zufrieden lächelnd sank die Gräfin auf den Sessel, sodass Célian und Anniek nur das andere Sofa blieb.

Als zwei Mägde den Apfelkuchen auf dem gedeckten Sofatisch anschnitten, schaute ich vorsichtig zu Anno. Obwohl ich auf dem engen Sofa von ihm abrücken wollte, hatte ich das Gefühl, es wäre lustig, mit ihm befreundet zu sein.

Befreundet, pah. Ich sollte mich in ihn verlieben.

Anno erhaschte meinen Blick und ich sah schnell auf den Tisch.

»Darf ich Ihnen den Kuchen reichen?« Er legte eine Gabel auf meinen Teller und hielt ihn mir hin. »Das Kleid sieht ein wenig unprakt–«

»Anno«, zischte seine Mutter.

»Es sieht etwas unpraktisch aus, steht Ihnen aber ausgezeichnet«, sagte er und die Gräfin verzog gnädig den Mund.

Dankend nahm ich den Teller entgegen. Ich konnte nicht leugnen, dass ich mit der Schwere meiner Stoffe in den weichen Kissen versank und mein Reifrock drauf und dran war, den Tisch aufzugabeln.

»Ihr müsst wissen«, schmunzelnd reichte Célian Anniek ihren Teller, »meine Schwester konnte Kleider bis zu ihrem fünften Lebensjahr nicht ausstehen. Sie schrie so lange, bis man ihr eine Hose anzog.«

»Célian!« Meine Wangen wurden so heiß wie bei meinem letzten Fieber.

Mit einem Stück Apfelkuchen auf der Gabel stockte er. Anniek hingegen musterte mich, als wäre ich ein interessantes Spielzeug.

»Nicht doch«, sagte Anno. »Dafür müsst Ihr Euch nicht schämen, Komtess, es macht Euch mir sehr sympathisch.«

Ich starrte ihn an. Zwar könnte ich Célian verhauen, aber das gab Anno nicht das Recht, über meine Gefühle zu urteilen. Und außerdem – er fand es sympathisch, wenn ich herumlief wie ein Bursche?

Ratlos entschied ich mich zu einem Lächeln und nahm einen Bissen des süßen Apfelkuchens. Anniek hatte ihren bereits fein säuberlich aufgegessen.

»Nun, Graf, wie läuft Ihr Hof daheim?«, fragte die Gräfin. »Feiert Ihr auch genügend Feste?«

Célians Schmunzeln kehrte zurück. »Ach, es gibt doch nie genug.«

»So?« Der Blick der Gräfin galt Anniek.

»Interessant.« Diese wandte sich Célian zu. »Findet man Euch also am ehesten auf der Tanzfläche?«

Er lachte leise. »Ja, vermutlich. An guten Abenden gebe ich auch meine Musik zum Besten.«

Anno sah auf. »Welches Instrument spielt Ihr?«

»Die Violine, vorzugsweise.«

»Wie schön, ich bin ganz vernarrt in das Geigenspiel«, sagte Anniek. »Davon müsst Ihr uns eine Kostprobe geben!«

»O nein.« Célian stellte seinen leeren Teller ab. »Dafür brauche ich mindestens drei Gläser Punsch.«

»Die könnten wir auf der Soiree in zwei Wochen bekommen.« Anniek sah ihn an, als hätte sie einen heiklen Zug beim Schachspiel gemacht.

Mein Magen zog sich zusammen. »Meint Ihr die Soiree in Schloss Augustusburg?«

Anno lächelte. »Seid Ihr also auch eingeladen?«

Steif nickte ich. Wenn Anniek auftauchen würde, könnte ich niemals einen weiteren Kandidaten auf mich aufmerksam machen.

»Wunderbar.« Sie wandte sich an Célian. »Dann sehen wir uns dort wieder?«

Er besah ihre geweiteten Augen, ihre vorgelehnte Haltung. Sein Gesicht verdüsterte sich – er erhob sich. »Ich muss jetzt gehen.«

»Célian?« Ich sah zu ihm auf und erwischte seinen Blick.

»Du solltest mitkommen, Liliette. Gleich jetzt.«

»Wie bitte?« Auch die Gräfin stand auf.

»Nein.« Ich hörte meine Stimme wie aus weiter Ferne.

»Liliette.«

»Nein!« Tief atmete ich durch und schüttelte den Kopf. »Ich bleibe. Warte einfach bei der Kutsche.«

Er starrte mich an, doch ich gab nicht nach. »Schön. Ich entschuldige mich.« Auf dem Absatz machte er kehrt und stürmte aus dem Salon. Die Haustür knallte zu.

»Aber –«

»Es tut mir leid, Gräfin Stein«, warf ich hastig ein. »Ihm geht es manchmal nicht gut, es ist … ein chronisches Schwindelgefühl.«

»Bitte?« Anniek hob die Brauen.

»Er hat es von klein auf«, sagte ich zu ihrer Mutter. »Aber es geschieht höchstens einmal im Jahr. Vermutlich ärgert es ihn, dass es gerade jetzt passiert.«

»Schwindel?« Die Gräfin sank langsam zurück in ihren Sessel. »Sollten wir ihm ein Glas Wasser bringen? Einen Arzt rufen?«

»O nein!«, sagte ich schnell. »Er muss sich nur einen Moment in Ruhe hinsetzen, dann ist alles wieder in Ordnung.«

Zögerlich lächelte sie. »Bei der Soiree ist er also ganz der Alte?«

»Mutter.« Anno stöhnte auf.

Angespannt erwiderte ich ihr Lächeln. »Natürlich.« Wenn er nicht nächtelang in den Wäldern verschwand oder mit einem Degen einen Schmied ausraubte – Célian *probierte sich gerne aus*, wie er es nannte. Dabei war es ein völliger Kontrollverlust, der meist nur dann auftrat, wenn Mutter ihn wieder einmal verheiraten wollte.

Gott, ich hätte es ahnen müssen, als Mutter eine Schwester erwähnt hatte. Ich straffte die Schultern und versuchte zu retten, was zu retten war.

»Werdet Ihr in Begleitung zu der Soiree gehen?« Ich wollte es Anno fragen, aber aus einem unerklärlichen Grund landete mein Blick auf Anniek.

Sie runzelte die Stirn. »Nein, sonst hätte ich wohl nicht Ihren Bruder ... Nun, ansonsten leistet mir eine gute Freundin Gesellschaft.«

»Wie schön, mich begleitet natürlich auch meine enge Freundin.« Ich strich über mein Kleid.

Wo bekam ich eine Freundin her?

22 Célian Cadieux

Ihr Einfluss war überall.

Mit weiten Schritten stürmte ich über den Pfad und wollte am liebsten einen der perfekten Büsche zu Kleinholz hacken. Ihn anzünden. Für einen winzigen Funken Kontrolle.

Bruno erhob sich auf dem Kutschbock, doch ich kam ihm zuvor. Viel zu heftig riss ich die Tür auf. Und erstarrte.

Mera lag auf einer der Bänke. Sie hielt ein Buch in die Luft und lehnte ihre Füße neben dem Fenster an. Ihr Kleid war bis zu ihren Knien gerutscht, sodass ihre blauen Strumpfbänder in der Sonne leuchteten.

Der Wälzer fiel aus ihrer Hand. Keuchend rappelte sie sich auf.

Ich stieß die Tür zu und drehte mich um. Ein Glucksen stieg in mir auf. Kichernd wie ein kleiner Junge lehnte ich mich an die Kutschtür. »Madame, das ist das zweite Mal, dass ich Ihre Knie sehe«, brachte ich heraus.

Mein Verhalten war lächerlich. Aber noch absurder war, dass Liliette und ich wie seelenlose Marionetten an Mutters Fadenspiel durch dieses Theater hampelten, während dieses Mädchen so gemütlich wie irgend möglich in der Kutsche ein Buch las.

»Das ist das zweite Mal, dass Ihr Euch anschleicht«, entfuhr es ihr.

Stille folgte, die Meras Worte zurücknehmen wollte.

Langsam verklang mein Kichern und ich räusperte mich. »In Zukunft trete ich fester auf.«

Sie schwieg, mimte die gehorsame Zofe, die sie nicht war.

»Oder soll ich mich durch pfeifen ankündigen?«, hakte ich nach.

»Ich weiß nicht, Comte«, murmelte sie. »Welches Lied könnt Ihr denn pfeifen?«

Leise schnaubte ich. »Wie wäre es mit den *Vier Jahreszeiten*?«

»Nein, dann bleibt lieber beim festen Auftreten.«

Meine Brauen hoben sich. »Was missfällt Ihnen an Vivaldi?«

»Gar nichts, Comte. Das ist es ja.«

Einen Moment dachte ich nach. Schließlich schüttelte ich den Kopf. »Das müsst Ihr mir erklären. Kann etwas nur gut sein, wenn es auch ein wenig missfällt?«

Die Kutsche knarzte. »Meint Ihr denn nicht, dass das Gute gar nicht anders kann in einer schlechten Welt wie unseren?«

Mein Blick sank. Ihr Gedankenspiel ließ mich stirnrunzelnd lächeln, als könnte sich mein Gesicht nicht entscheiden. Die steile These erinnerte mich an die wütenden Diskussionen, die das Manifest auslöste. An all die Herren, die sich in ihrer Macht bedroht fühlten.

»Welche Musik würdet Ihr denn bevorzugen?«, fragte ich.

»Wie wäre es mit einem Stück dieses Wunderkindes? Dem Jungen, der vor fünf Jahren hier im Schloss Augustusburg spielte?«

Meine Schultern verspannten sich wieder. Nicht wegen des jungen Mozarts, sondern wegen der Soiree. Ich brachte es nicht über mich, Mera zu antworten. Stimmen ertönten. Liliette und die Steins traten aus der Eingangstür. Beine wurden geknickt, Köpfe geneigt, Liliettes Hand geküsst. Endlich durfte sie sich umdrehen und lief mit gerafftem Kleid die Stufen hinab. Gräfin Stein winkte mir noch einmal zu und ich zwang meine Mundwinkel in die Höhe, bis sie mit den Zwillingen im Haus verschwand. Bruno wies ich an, sitzen zu bleiben.

Liliette musterte mich von oben bis unten. »Du bist hier?«

In der Kutsche raschelte es leise, als ich mich abstieß. »Wo denn sonst?«

»Mit einer Sense im Wald? Mit einem Degen in einer Schenke? Woher soll ich das wissen?« Sie war so irritiert, dass sie sich selbst in den Wagen half.

Ich folgte ihr und vermied jeden Blick zu Mera. Es war eine reine Farce, dass sie den ganzen Weg umsonst mitgefahren war. Sollte ich sie jetzt ansehen, würde ich mich in Gedankenschleifen über Ungerechtigkeiten verlieren.

»Wir können bei der nächsten Schenke halten, wenn es dich glücklich macht«, erwiderte ich.

Die Kutsche setzte sich in Bewegung und Liliette zog augenrollend die Vorhänge zu. Diesmal ertrug ich ihr zuliebe die stickige Dunkelheit. Obwohl meine heutige Flucht nichts im Vergleich zu meinem breiten Grinsen gewesen war, wann immer Graf Barbier das Wort *Tee* mehr gesungen als gesprochen hatte.

»Was hast du den Steins gesagt?« Ich streckte meine Beine zur Tür, um Mera nicht einzuengen. Vor ihrem Haus hätte sie mir sicher eine runtergehauen, wenn ich ihr zu nahe gekommen wäre. Aber jetzt galt die Asymmetrie einer Angestellten-Anstellenden-Beziehung. Zuvor hatte es auch schon ein Ungleichgewicht der Stände – mon Dieu, selbst wenn ich versuchte, nicht an Mera zu denken, kamen mir Ungerechtigkeiten in den Sinn.

»Du hast chronischen Schwindel«, antwortete Liliette.

»Aha.« Mich überkam ein Lächeln. »Das *Schwindeln* liegt wohl in der Familie.«

Sie sah nur zum Fenster. »Du wirst etwas Unsinniges tun, nicht wahr?«

Ich beobachtete ihre gefalteten Hände, ihr erhobenes Kinn, ihre bleiche Nase. Mera zog die Brauen zusammen, während sie angestrengt ihre Finger betrachtete.

Ich seufzte. »Nein, mir ist gerade nicht nach etwas Unsinnigem.«

Meras Gesicht glättete sich.

»Dann geh mit mir zur Soiree!«, sagte Liliette und ich stöhnte auf.

23 Alexandre Cadieux

… und Achilles liebte Patroklos und Patroklos liebte Achilles.

Marti flüsterte in meinen Träumen. Wärme kitzelte auf meiner Nase und ich rieb mich am Kopfkissen. Es war rau, aber roch vertraut. Nach weichen Lippen und dunklen Augen. Meine Finger tasteten zu meinem Medaillon, in dem ich seine Worte auf einem winzigen Zettel versteckt hielt. Wohlig sank ich tiefer ins Kissen, doch so wanderte die Wärme zu meinen Lidern und ich blinzelte in orangene Sonnenstrahlen. Seltsam, wenn ich sonst aufwachte, waren sie nicht so kräftig. An der Wand machte ich Schemen aus, fast zugezogene Vorhänge. Ein paar Regale erkannte ich und etliche geschnitzte Windmühlen.

Ich fuhr hoch. Das Bett war leer. Überstürzt sprang ich auf und mir wurde schwarz vor Augen. Meine Hände suchten nach meinen Schuhen, zogen sie über. Sterne tanzten vor mir, als ich zur Tür wankte und hinausstürmte. Heftig prallte ich gegen einen Widerstand und es regnete Äpfel.

Äpfel?

»Du hast es ja eilig.« Zu meinen Füßen hockte Marti sich hin und sammelte das kullernde Obst ein.

»Wie spät ist es?« Fahrig half ich ihm, die Früchte auf den Tisch zu legen.

Er schnaubte amüsiert und wandte sich zur Küchenablage. »Der Sonne nach«, er sah aus dem Fenster, durch das man zwischen Bäumen den Pferdestall sah, »ist es später Nachmittag. Dem Grunzen der Schweine nach ist es Zeit fürs Abendessen.«

Ich stöhnte auf. »Mon Dieu! Pourquoi tu ne m'as pas réveillé? Le travail – ma mère!« Während ich mir das Haar raufte, kehrten alle französischen Schimpfwörter zurück, die ich seit unserem Umzug vergessen geglaubt hatte.

»He.« Marti streckte den Arm aus und zog mich am Hemd heran. »Du weißt, ich liebe es, wenn du Französisch redest und dein verstecktes Temperament –«

»*Marti.*«

Er nahm meine Hände und drückte sie an seine Brust. »Dafür gibt es keinen Grund, denn ich habe alles erledigt.«

Ich starrte ihn an. Unter meinen Fingern pochte ruhig sein Herz. »Was hast du erledigt?«

Er schmunzelte. »Einfach alles. Du bist so schnell eingeschlafen, wohingegen ich noch viel zu lang dein adeliges Näschen ansehen musste, dass ich dachte, du wachst als Erster auf. Aber beim Krähen des Hahns hast du nicht einmal mit der Wimper gezuckt. Also habe ich entschieden, dass du den Schlaf brauchst.«

Meine Schultern sackten hinab. »Gott, was hast du getan?«

Nun zog er die Brauen zusammen. »Beruhig dich endlich. Frieda hat deiner Mutter ausgerichtet, dass du zu einem wichtigen Termin in die Stadt geritten bist – also sind *ta mère* und *le travail* versorgt.«

»Aber ... zu welchem Termin bin ich denn geritten?«

Augenrollend drehte er mir den Rücken zu und werkelte auf der Küchenablage. Meine Hände sanken. Mutter würde mich umbringen. Sie hasste es, wenn Menschen unangekündigt ihre Aufgaben nicht erledigten. Wenigstens versorgte sie die Leute auf den Feldern.

Mit meinen Fingerspitzen strich ich Martis Nacken hinauf. »Du hast verstanden, was ich vorhin gesagt habe«, murmelte ich. »Hast du etwa Französisch gelernt?«

Er schnaubte, ohne seine Arbeit zu unterbrechen. »Ich muss es doch wissen, wenn du mir auf Französisch sagst, du hättest einen anderen. Oder wenn du dich in mich verliebst.«

Ich lächelte. »Na, auf Letzteres musstest du ja nicht lange warten.«

»Du hast es im Affekt gesagt. Ich war gerade mal einen Monat am Hof.«

»Es war kein Affekt. Ich habe die ganze Zeit über vorgegeben, irgendetwas Wichtiges im Stall tun zu müssen.«

Er schnaubte. »Du warst wirklich penetrant.«

»Entschuldigung?«

»Trotzdem war es im Affekt. Unser erster Kuss lag da wie weit zurück? Zwei Wochen.«

»Du solltest es ja auch gar nicht hören«, erwiderte ich und zog an einer seiner Locken. »Aber du hast einfach deine Schubkarre abgestellt und mich so heftig geküsst, dass ich dachte, ich würde ohnmächtig.«

Diesmal lachte er leise.

»Und ich habe es nie zurückgenommen.« Ich strich sein Haar zur Seite und küsste seinen Nacken. »Je t'aime.« Meine Lippen wanderten zu der Kuhle zwischen seinem Kiefer und seinem Hals. »Je t'aime, je t'aime, je t'aime.«

Schmunzelnd drehte er sich heraus. »Du sollst nicht *mich* vernaschen.« Er hob hoch, woran er gewerkelt hatte, und trug ein Brettchen voll Gemüse, Obst und Brot zum Tisch. Auf diesem thronten nicht nur Äpfel, sondern auch Besteck, Gläser und ein Wasserkrug.

Meine Augen weiteten sich. »Oh.« Zugleich kam mir ein anderer Gedanke. »Aenlin!«

»Du hast nicht wirklich meinen Namen mit ihrem verwechselt, oder?«

»Verflucht, ich muss nach ihr sehen!« Jemand musste sich um ihr Essen kümmern. Und um ihre Wunde. Ich war ein Pfuscher, ein Amateur! Aber ich hatte ja nicht einmal die Person retten können, für die ich die Medizin erlernt hatte.

»No insultes mi inteligencia«, knurrte Marti. Seine Geduld war abgelaufen, er packte meine Arme und drückte mich auf die Bank. »Von Frieda weiß ich, dass es Aenlin unverändert geht. Auf deinen vermeintlichen Auftrag hin wird Dörrie abgelöst und ich werde im Notfall verständigt.« Er setzte sich auf die andere Seite der Eckbank. »Iss lieber. Die habe ich heute Morgen gepflückt.«

Wortlos nahm ich ihm eine gigantische Erdbeere ab und biss hinein. Zuckersüß zeigte sie mir, dass ich wirklich ein Pfuscher war – als Freund. Ich rückte näher an Marti heran und hielt ihm die andere Hälfte hin. Er lächelte und wollte abbeißen, doch zuvor nahm ich sein Kinn in meine Hand.

»Ich weiß, du glaubst es mir nicht«, sagte ich leise und er schloss den Mund, musterte mich. »Deshalb sage ich es noch einmal ganz deutlich: Ich liebe dich.«

Sein Blick glitt über mein Gesicht, suchte nach etwas, von dem ich nicht wusste, was es war und ob er es fand. Leise erwiderte er Worte, die ich nicht verstand. Nur das Ende erhaschte ich. »... pero te amo.«

War es das, was ich gesagt hatte? Ich verzog den Mund. »Ich werde Spanisch lernen müssen, um herauszufinden, was das heißt, nicht wahr?«

»Gleiches Recht für alle.« Mit den Zähnen schnappte er sich den Rest der Erdbeere und entzog mir seinen Kiefer. Seine Schultern waren angespannt, während er kauend mit einem scharfen Messer einen Apfel aufschnitt.

Leises Hufgetrappel ertönte. Wir sahen zum Küchenfester. Türen knallten. Eine dumpfe Stimme erklang.

Dann eine erhobene: »Bleib mir bloß vom Leib, Mera! Ich schwöre, wenn ich dich heute noch einmal sehe –«

»Liliette!«, sagte Célian.

Ein erzürnter Aufschrei meiner Schwester. Ein hallender Donner der Haustür. Ruhe.

»Liliette es un diablo pequeño«, murmelte Marti.

»Sie hat es nicht leicht«, sagte ich, obwohl ich eher dachte: *Ja, und wie.*

»Du verstehst meine Worte?« Etwas blitzte in seinen Augen auf.

»Nur ein paar.« Ich nahm seine Hand, sodass er den Apfel nicht weiterschneiden konnte. »Was hast du vorhin gesagt?«

Er seufzte und schnitt umständlich mit der anderen Hand weiter. »Inhaltlich bedeutete es in etwa: *Es wird mich umbringen, so sehr liebe ich dich.*«

Mein Magen zog sich zusammen und mein Blick sank auf unsere verschlungenen Finger. Auch wenn ich mich nicht im Geringsten über mein Leben beschweren durfte, konnte ich nicht widersprechen.

Ohne ihn würde mich diese Hölle verschlingen wie eine verlorene Seele.

Schweigend aßen wir. Nur meine Gedanken gaben keine Ruhe. *Te amo* hieß *Ich liebe dich*, da war ich mir sicher. Doch ich wägte ab, ob *pero* nicht *aber* bedeutete.

24 Esmeray Weiß

Noten waren schrecklich. Es war, als müsste ich eine neue Sprache lernen – in einer Nacht. Stöhnend löste ich meine Beine aus dem Schneidersitz und streckte sie von der halbmondförmigen Steinbank. Bald bräuchte ich eine Kerze, um die Notenblätter und Theoriebücher zu entziffern.

In völliger Verweigerung lehnte sich mein Kopf an eine der Streben. Sie ragten hinter meiner Bank und ihrem gegenüberliegenden Zwilling empor und verwuchsen zu einem filigranen Geflecht. Grüne Ranken einer noch nicht erblühten Waldrebe wanden sich daran hinauf.

In der Nähe raschelte es und ich blinzelte zum Pfad. Um die Hecken herum trat Célian. Bei meinem Anblick blieb er stehen und ich setzte mich auf. Vielleicht durfte ich hier nicht sein. Wahllos hatte ich einen der Wege hinter dem Personalgebäude eingeschlagen. Meine Glieder wagten es nicht, aufzustehen oder gar zu knicksen, als könnte es ihn wie einen scheuen Hasen verschrecken. Es war das erste Mal, dass er mich richtig ansah, nachdem er im Blauen Salon gar nicht mehr damit aufgehört hatte. Bis ich gesagt hatte, es ginge mir – nein, Aenlin – gut.

»Ihr sitzt in meinem Pavillon.« Er ermahnte mich nicht, er stellte es nur fest.

Mein Blick wanderte von dem mittigen Steintisch hinauf zu den verschnörkelten Streben. In meinen Ohren klangen seine Worte nach.

Nimmt man den linken Weg, gelangt man zu einem romantischen Pavillon. Man muss nur aufpassen, dass nicht schon jemand anderes darin sitzt.

Als ich zu ihm zurücksah, schaute er mich noch immer an. »Da habt Ihr wohl nicht richtig aufgepasst«, entwich es mir.

Es entlockte ihm ein Lächeln. Schon vorhin hatte er Liliette meinetwegen Einhalt geboten. Obwohl er mich nach unserem Kutschtürgespräch die ganze Fahrt lang keines Blickes gewürdigt hatte.

Sein Lächeln schwand. Kopfschüttelnd wandte er sich zum Gehen.

»Könnt Ihr Noten lesen?«, fragte ich.

Schon halb abgewendet hielt er inne. Gott, ich schickte meinen Schutzengel durch die Hölle. Aber die Tatsache, dass Célian Helga mit dem Rauswurf geholfen hatte, veränderte einiges.

»Ihr wollt mich beleidigen, oder?« Er drehte sich zu mir und in seinen Augen funkelte das orangerote Sonnenlicht. Ich hatte mein Glück erfolgreich niedergestreckt.

»Nein, nein, so war das nicht gemeint.« Je näher er kam, umso hastiger redete ich. »Ich selbst kann keine Noten lesen und dachte –«

»Aha, Liliette.« Am Steintisch blieb er stehen und musterte die Blätter, die sich um mich herum verteilten.

Mein Mund schloss sich. Aus der Nähe wirkte sein Funkeln vielmehr herausgefordert. Langsam nickte ich und er hob die Schultern.

»Ja, sie ist ein Biest, wenn sie auf der Harfe nicht weiterkommt.«

»Oder wenn sie auf eine Soiree möchte«, murmelte ich.

Wieder ein kleines Lächeln. Wieso hatte ich ihn noch mal mit einer mordlüsternen Katze verglichen?

Liliettes Schluchzen echote in meinem Kopf – ach ja.

»Seit der Rückkehr versteckt Ihr Euch also hier?«, fragte er. »Ihr hättet den Fächer liegen lassen sollen.«

Ich schnaubte leise. »Ja, vermutlich«, erwiderte ich, ohne zu wissen, auf welchen Teil. Als sich Célian bei der Ankunft an der Villa immer noch gegen die Soiree gewehrt hatte, war Liliette aus der Kutsche gestürmt und hatte ihren Fächer verloren. »Ich hätte wissen müssen, dass ich nur ihren Zorn auf mich ziehe.«

Dahingegen rätselte ich noch, wieso Liliette nicht anstatt ihres Bruders die Gräfin bat, sie zur Soiree zu begleiten. Und wieso diese nie die Villa verließ. Es schien nicht so, als wollte die Hausherrin geistig nicht, sondern als könnte sie körperlich nicht.

Célian lehnte sich an den Tisch. »Und woher habt Ihr die Bücher?«

»Frieda hat sie mir aus der Hausbibliothek gebracht.« Damit hatte sie mir einen unauffälligen Weg eröffnet, mein Versteck unter meinen Matratzen weiter zu füllen. Oft genug hatte ich Mutter seufzen hören, wie teuer Bücher waren. Ich stockte. »Das war hoffentlich in Ordnung?«

Er zuckte die Schultern. »Niemand wird sich heute Nacht für alte Notenblätter interessieren oder für Bücher, die erklären, wie man sie liest. Wir Cadieux' können schon Noten lesen.«

Ehe sich meine Brauen zusammenziehen konnten, besänftigte mich sein schelmischer Blick. Er ging neben dem Tisch in die Knie. Stein knirschte auf Stein, als er eine versteckte Schublade hervorzog.

»Das hier sollte ein Jagdpavillon werden. Aber als Liliette davon erfuhr, hat sie so laut geschrien, dass Mutter die Bauarbeiten abbrechen ließ.« Er runzelte die Stirn. »Seltsam, früher hatte sie so etwas wie Einfluss auf Mutter.« Er hob einen geschwungenen Koffer heraus.

»Eine Violine?«, entfuhr es mir. »Ihr bewahrt hier eine Violine auf?«

Ein Schmunzeln tanzte über seine Lippen, als wäre es seine bedeutendste List. »Besser als ein Jagdgewehr, oder nicht, Madame Weltverbesserin? Zudem nehme ich sie mit ins Haus, wenn es zu feucht oder zu kühl wird.«

Ich schwieg, aber er sah wohl, dass mir der Spitzname gefiel. Zufrieden wischte er ein paar grüne Blätter vom Tisch und schlug den Koffer auf.

»Also, wie können meine Violine und ich Ihnen dienen?«

Während er an dem Instrument werkelte, strömte Wärme in mein Gesicht. Manchmal nahm ich mir das Recht zu sprechen, doch selten wurde ich explizit aufgefordert, den Ton anzugeben. Wortwörtlich.

Ziellos kramte ich in den Papieren. »Die Noten kenne ich mittlerweile, aber ich weiß nicht, ob ich im Spiel folgen könnte. Liliette will, dass ich umblättere. Und ihre Fehler erkenne.«

»Eine schwierige Aufgabe, wenn man gerade erst die Noten lernt.«

»Nicht hilfreich«, murmelte ich. »Vielleicht könntet Ihr ein Stück spielen und ich übe das Umblättern?« Falls ich überhaupt etwas verstand.

Er nickte. »Dann müsstet Ihr mir aber die Papiere halten. Einen Notenständer habe ich nicht versteckt.«

Mit einem Blatt in der Hand stand ich auf. »Wie spielt Ihr denn sonst ohne Noten hier draußen?«

Célian lächelte nur.

Aha, ein Künstler.

Er setzte die Geige unter sein Kinn und fuhr mit dem Bogen über die Saiten, sodass dem Korpus süße Töne entwichen. Mit der anderen Hand drehte er an den hölzernen Wirbeln, um das Instrument zu stimmen. Ich trat um den Tisch herum, damit das Licht zwischen uns hindurch auf die Papiere fiel. In den Sonnenstrahlen leuchtete das Holz der Violine in einem rötlichen Braun.

Sein Bogen stoppte. »Wirklich eine altbackene Gigue?«

»Wie bitte?«

»Wieso nicht ein Menuett oder eine Bourrée?« Er seufzte über mein verständnisloses Gesicht. »Na schön. Die Noten müsst Ihr aber höher halten.«

Ein genervtes Schnauben konnte ich mir nicht verkneifen. Der hohe Steintisch in der Mitte des Pavillons half mir aus. Ich hievte mich darauf und hielt die Blätter entspannt auf Célians Augenhöhe. Sein Blick wanderte zu meinen baumelnden Füßen. Er schüttelte den Kopf, legte das Instrument erneut unters Kinn und setzte an.

Die Melodie drang in meine Glieder wie ein Tanz auf einem Volksfest und ich konnte tatsächlich folgen. Natürlich las ich nicht jeden Ton, obwohl mir auffiel, dass er für mich langsam spielte. Doch die Noten formten vor meinen Augen Sätze und Abschnitte. Pausen wurden je nach Länge zu Punkten, Kommata oder Gedankenstrichen. *Crescendos* wurden immer größer, *fortes* mit Ausrufezeichen markiert, *pianos* ganz dünn in kursiv geschrieben.

Rechtzeitig schlug ich die nächste Seite auf. »Ihr könnt etwas schneller spielen«, sagte ich grinsend über die Musik hinweg.

»Ach ja?« Er ging sofort in das richtige Tempo über und ich biss auf meine Lippe, als die Sätze, Fragen und Ausrufe an mir vorbeiflogen wie eine wunderbare, aber schrecklich rasche Geschichte. Célian hatte mit dem Tempo nicht die geringsten Probleme. Aus den Augenwinkeln merkte ich, wie er mir zwischendurch sogar einen wachen Blick zuwarf.

Ich hielt dem rauschenden Tanz stand. Passend blätterte ich um und hatte es fast geschafft.

25 Alexandre Cadieux

Pero bedeutete *aber*.

Dessen war ich mir mittlerweile sicher. Nur verstand ich nicht, über welche Hindernisse hinweg Marti mich liebte.

Ich konnte ihn nicht fragen. Wenn derjenige log, der sonst die Wahrheit aus mir herausbrachte, hatte ich keine Chance. Unwillig ratschte ich meine Schuhe über den Pfad. Von Martis Hütte aus schlich ich immer erst hinter die Villa. Keine Rückschlüsse für neugierige Augen hinterlassen. Gott, war ich anstrengend. War das sein *Aber*?

Mit den Händen in meinen zerknitterten Hosentaschen kickte ich einen Stein fort – und hörte heiteres Violinspiel. Leise stöhnte ich auf. Nirgends hatte ich meine Ruhe. Schon gar nicht, wenn Célian in diesem pathetischen Pavillon seine Geige auspackte.

Mein Blick glitt zu den Hecken, die meinen Pfad wie Wände begleiteten. Ich hatte keine Lust, zerkratzt und mit blättrigem Haar vor Mutter zu treten. Außerdem könnte mich jemand beobachten, während ich mich durch die Büsche säbelte. Also schritt ich weiter aus, um es hinter mich zu bringen. Hoffend, dass meine Kleidung nicht allzu zerknautscht aussah.

Als ich zum Pavillon trat, nahm Célian sofort den Geigenbogen herunter. Sein Lächeln konnte er nicht so schnell ablegen. Neben ihm auf dem Steintisch saß Mera. Sie sah ebenfalls auf. Hastig sprang sie herab und versank übergangslos in einem Knicks.

»Was ist hier los?« Meine Stimme klang autoritärer als gewollt. Marti hatte einmal gesagt, wenn ich als Erster eine Erklärung verlangte, wollte ich damit vermutlich verhindern, dass man stattdessen mir Fragen stellte. Er kannte mich besser als ich mich selbst.

»Unterricht.« Célian zuckte die Schultern. »Und bei dir?«

Natürlich interessierte ihn meine Taktik nicht. Ich verschränkte die Arme. »Seit wann nimmst du freiwillig Unterricht für die Violine?«

»Mit Verlaub, Graf Cadieux.« Mera wagte einen Blick. »Ihr Bruder ist wahrlich ein begnadeter Violinist, doch auch er hat einige Makel.«

Gleichzeitig hoben Célian und ich die Brauen.

»Die *Arpeggios* spielt er wunderbar, ganz so, als würde er sich an die Noten des Herrn Johann Sebastian Bach halten. Aber er ist ein Dickkopf – Entschuldigung, ein Freigeist, was aber meist Hand in Hand geht.«

Mit blankem Empören sah Célian sie an und es zwang ein Grinsen auf meine Lippen. Er räusperte sich. »Da hast du's, Alix. Ich bin ein Freigeist.«

»Ein Dickkopf«, sagte ich.

»Pardon«, flüsterte Mera.

Célian verschränkte die Arme. »Und wieso kommst du so spät vom Stall?«

Mein Grinsen bröckelte. »Ich hatte noch einiges zu erledigen.«

»In Köln? Ich wäre mitgekommen, wenn du Bescheid gesagt hättest.«

Natürlich fiel mir gerade jetzt keine Ausrede ein. Mir blieb nur zu tun, was ältere Geschwister taten. »Verzeih mir, aber nachdem du wie ein gefällter Baum umgekippt bist, war ich nicht gerade erpicht auf deine Begleitung.«

Während Mera die Lippen zusammenpresste, lächelte Célian nur schwach. Keine dreisten Kommentare vom Meister persönlich. Aenlins Unfall musste ihn noch mehr getroffen haben, als ich bereits vermutet hatte.

Ehe ein Gefühl der Schuld aufsteigen und er mich doch noch ausfragen konnte, trat ich zurück. »Ich sage Mutter, dass du gleich kommst. Für heute hast du genug geübt und für die nächsten Wochen auch.« Ich sah zu Mera und wusste, dass Célian verstand. Solange er sich gegen Mutters Heiratspläne weigerte, würde sie all seine Liebschaften entlassen. Nach der Hochzeit war es ihr vermutlich egal.

»Ja, das dachte ich auch gerade«, murmelte er.

Mit einem Nicken verließ ich sie. Es war das Beste für Mera, wenn wenigstens ich unfreundlich war. Denn Mutters Pläne galten ebenso für mich.

26 Célian Cadieux

Als Alix' Schritte verklangen, warf ich Mera einen kurzen Blick zu. »Ihr habt Eure Rolle gut gespielt – etwas Lob, etwas Kritik.«

Sie zuckte mit den Schultern. »Ach, so bin ich.« Ihre Leichtigkeit strahlte wie Sonne durch meine Gewitterwolken. Mutter hatte das Unwetter heraufbeschworen, als ich gesagt hatte, dass ich ihre Verkupplungsversuche jedes Mal aufs Neue vereiteln würde. Und Alix' Worte verdunkelten die Wolken nun wieder mit aller Kraft.

Ich drehte mich zum Koffer, doch Mera legte zaghaft eine Hand auf die Geige. »Ich meinte es übrigens ernst.«

»Was denn, etwa dass ich ein Dickkopf bin?«

»Vielleicht.« Sie schmunzelte über meine Empörung. »Mögt Ihr noch einmal spielen? Dann zeige ich die Stelle.«

Während ich die Stirn runzelte, hoben meine Hände die Violine unter mein Kinn und begannen auf der ersten Seite. Nach einigen Strophen streiften die Töne wie Sommerwind über meine Haut. Schon als kleiner Junge hatte ich das Stück gelernt, die Blätter brauchte ich nicht. Aber aus irgendeinem Grund sollte Mera das nicht wissen. Ich sah zu ihr. Ihr Blick flog wieder den Noten hinterher und sie nagte aufgeregt an ihrer Lippe.

»Hier.« Sie hob die Hand. »Habt Ihr es bemerkt? Ich habe keinen Schimmer, was *Arpeggios* sind, aber mir fällt auf, dass Ihr Euch nach einer Weile von der Melodie treiben lasst und dadurch Eure eigene Version des Stücks entwickelt.«

Langsam setzte ich ab.

Es war nicht wegen der Melodie.

»Ihr habt recht«, murmelte ich.

»Vielleicht habe ich doch etwas von meinem Vater gelernt.« Sie sah in die Ferne, bekam nicht mit, dass sie von ihren wahren Eltern sprach.

Mein Magen zog sich zusammen und ich legte Geige und Bogen zurück in den Koffer. Sie hatte eine liebevolle Familie. Eine angesehene, einigermaßen gut bezahlte Anstellung. Davon sollte ich nichts aufs Spiel setzen, nur um ihre Gesellschaft zu genießen. Für meine Pläne hatte ich schon Vreda feuern lassen.

»Wieso nahmt Ihr eigentlich an, dass Euer Bruder von den Stallungen kam?«, fragte sie. »Die liegen doch auf der anderen Seite des Gebäudes.«

Als sie sich an den Steintisch lehnte, verzog sich mein Mund. Nie hätte ich zulassen dürfen, dass sie sich bei mir entspannte. Vielleicht war ich schon wie Mutter, immer nur auf mich selbst bedacht.

Ich atmete ein und saugte Vernunft in meine Lungen. »Ich weiß nicht, wo Ihr zu sein glaubt, aber die Pfade treffen sich hinter der Villa. Genau hier.« Bei meinem distanzierten Tonfall sah sie auf. »Es ist praktisch. Wollt Ihr ungesehen vom Stall zum Personalgebäude gelangen, dann geht hier hinter –«

»Mit Verlaub, ich denke, es hört uns niemand. Ihr könnt offen mit mir sprechen.«

Natürlich unterbrach sie mich.

Ruhig schloss ich den Koffer. »Nein, das kann ich nicht.«

Sie löste sich vom Steintisch. »Wieso?«

»Ich kann es einfach nicht. Lasst es gut sein.« Gerade ihr musste ich nicht die Macht der Sprache erklären. Ihre Macht über unsere Gesellschaft, unsere Gedanken. Meine Gedanken.

»Aber ich verstehe nicht –«

»Wie schön, ich habe es geschafft, dass Ihr etwas nicht versteht.« Ich ignorierte das Glimmen in ihren Augen und griff nach dem Koffer. »Wisst Ihr, das müsst Ihr nicht. Nicht alles ist Euer Kampf und meiner ist erst recht nicht Eurer.« Ich verstaute die Violine in der Schublade.

Als ich mich aufrichtete, war das Glimmen verblasst. »Ist es wegen dem, was im Haus der Steins geschehen ist?«, fragte sie leise. »In der Tür der Kutsche saht Ihr so wütend aus, dass ich dachte, Ihr hättet herausgefunden … Ihr hättet etwas über mich herausgefunden und würdet mich sofort einem Henker überstellen.«

Meine Schultern sanken. »O Mera, du musst aufhören, meine Wut auf dich zu beziehen.«

Wir erstarrten. Zum ersten Mal hatte ich ihren Vornamen ausgesprochen.

Ich öffnete den Mund, aber sie kam mir zuvor. »Bitte redet mit mir. Nach unserem Gespräch vor der Villa der Steins habe ich immerzu überlegt, ob ich zu weit gegangen bin.«

Ich straffte die Schultern. »Genau das seid Ihr. Ihr geht zu weit. Ständig.«

Und ich wollte nicht, dass sie damit aufhörte.

Endlich war meine Abweisung eine zu viel. Ihre Miene verschloss sich, bis sie wie unbeteiligt nickte. »Pardon, Comte, dann ändere ich das in Zukunft.«

Eine Last fiel von meinem Herzen. Und ließ mich leer zurück.

Ohne ein weiteres Wort wandte ich mich ab und folgte mit großen Schritten Alix.

NOCH 15 TAGE

Mittwoch, 22. Juni 1768

27 Liliette Cadieux

»Aber Célian, bitte! Allein darf ich nicht hingehen, du musst mitkommen!« Ich hasste es, aber ich bekam das Weinerliche nicht aus meiner Stimme.

Ungerührt aß er seinen Kirschkompott. Immerzu trieb er irgendwo einen Nachtisch auf, auch wenn wir gerade frühstückten. »Ich werde Mutter nicht in die Karten spielen.«

»Spar dir die Luft, Liliette.« Mutter schnitt ihr Spiegelei. »Er wird hingehen. Und wenn ich ihn auf die Kutsche binden lasse.«

Célian sah zu mir und wackelte mit den Brauen. »Reizend.«

Ich starrte auf mein Brot. Wer hatte das Konzept einer Familie erfunden und wie konnte ich diese Person umbringen?

»Alix könnte ja mitgehen«, schlug Célian vor.

Alix verschluckte sich an seinem Tee und stellte die Tasse so schwankend ab, dass ein Teil überschwappte. Über sein Husten hinweg warf ich Célian einen Blick zu.

»Ja, du hast recht«, sagte dieser. »Besser nicht.«

»Célian, du musst!«

»Aber ich werde nicht.«

»Schluss jetzt!« Mutter warf uns eisblaue Blicke zu, während sich hinter Célian eine Tapetentür öffnete. »Ihr geht beide hin. Liliette wird Graf Stein bezaubern, damit ich nicht umsonst mit seiner so enthusiastischen Mutter geschrieben habe. Und Célian wird Fräulein Anniek den Kopf verdrehen, damit sie über den *chronischen Schwindel* hinwegsieht!«

»Chronischer Schwindel?«, fragte Alix.

»Ach, Mutter, du weißt also auch von meinem Leiden«, sagte Célian. »Wer hat es dir erzählt?«

Nebenbei bemerkte ich, wie eine Gestalt durch die Tapetentür hereinhuschte.

Mutter war kurz davor, die Zähne zu fletschen. »Gräfin Stein hat mir per Bote eine Beileidskarte zukommen lassen.«

»Sehr freundlich.« Célian nickte. »Aber müsste sie nicht an mich adressiert sein?«

Mein Blick fiel auf die Gestalt. Noch vor Mutter holte ich Luft. »Was macht *sie* hier?«

Alle Augen sahen mit mir zu Mera. Sie hatte sich neben die muskulöse Augusta und den Servierwagen gestellt und verfiel hastig in einen Knicks.

»Sie ist für das Frühstück eingeteilt«, sagte Alix schulterzuckend.

»Die Verspätung tut mir leid, Mademoiselle.« Ihre Stimme war überraschend zittrig. »Ich hatte Schwierigkeiten mit meinem Haar.«

»Dafür sehen sie immer noch wüst aus«, erwiderte Mutter und drehte sich wieder zu ihrem Spiegelei.

»Wie bitte?«, entfuhr es mir, während Mera hektisch an ihrem Häubchen zupfte und Augusta ihr zu Hilfe kam. »Ihr Haar steht zu allen Seiten heraus und die Haube liegt nicht richtig an! Wieso lässt man ihr das durchgehen und zieht mich für den kleinsten falschen Ton auf der Harfe zur Rechenschaft?«

Obwohl das nicht mehr stimmte. Mutter starrte nur in ihr Buch, Vreda war weg und Mera konnte nicht einmal Noten lesen.

Mutter stöhnte. »Ist es so schwer zu begreifen, dass ich an dich höhere Anforderungen stelle als an eine Magd? Sei froh, dass ich dich streng erzogen habe, sonst wärst du auch noch so eine Göre geworden wie das Kind der Voigts.«

Meine Schultern sanken. Ich sah zu, wie sie ihr Spiegelei salzte und in kleinen Häppchen aß. War diese strenge Erziehung etwa ihre Liebe?

»Die kleine Voigt ist ein prima Mädchen«, sagte Célian in seinen Kompott.

Ich räusperte mich. »Darüber wollte ich ohnehin noch mit dir reden, Mutter.«

Alix erhob sich. »Dann kann ich ja endlich gehen.«

Célian schob sich den Rest der Kirschen in den Mund und stand ebenfalls auf. »Gute Idee, ich komme mit.«

»Setzen!«, sagte Mutter.

Alix sah auf. »Aber die Arbeit?«

Sie winkte ihn fort und Alix verließ den Raum, während Célian wieder auf seinen Stuhl sank. »Ich sollte mir auch eine Arbeit suchen.«

»Zuerst eine Frau«, erwiderte Mutter. »Mit deinem Erbe ist eine Arbeit unwichtiger als eine vorteilhafte Eheschließung.«

»Genau«, fuhr ich dazwischen. »Eben das habe ich schon verstanden und –«

»Nein«, sagte sie. »Bei dir ist eine Arbeit absolut nichtig, wenn nicht sogar hinderlich. Bei dir geht es *ausschließlich* um eine vorteilhafte Eheschließung.«

Ich musste durchatmen, um nicht zu schreien. »Ja, Mutter, deshalb will ich mit dir über die Soiree sprechen. Ich dachte, ich könnte mich besser präsentieren, wenn ich mich dort mit einer … Freundin umgebe.«

»Und da dachtest du an die Göre Voigt?«

»Sie wäre bestimmt ein guter Einfluss«, murmelte Célian.

»Nein«, log ich. »Es gibt noch andere Mädchen meines Alters. Vielleicht Henriette Krebs?«

»Sie ist zu adelig, neben ihr würdest du untergehen.«

»Und Karla Neumann?«

»Zu ungeschickt. Sie würde selbst untergehen und dich mitreißen.«

»Und Ida Braun?«

Als mir die Namen ausgingen, hatten alle Mädchen auf die eine oder andere Weise dafür gesorgt, dass ich unterging.

28 Esmeray Weiß

Was war sein verdammtes Problem?

Ich trat von einem Fuß auf den anderen. Die ganze Nacht waren mir abwechselnd die Worte *Ihr geht zu weit* und *Mistkerl* durch den Kopf gegangen.

Ein paar Töne drangen zu mir durch, die so abgehetzt klangen, als flüchteten sie vor ihrer Schöpferin. »Mademoiselle, ich denke, Ihr müsst etwas langsamer spielen.«

Mittlerweile spannte Liliette lediglich kurz die Schultern an und verlangsamte ihr Harfenspiel. Bei meinem ersten, zaghaften Einwurf hatte ich nicht erwartet, dass sie auch nur einen meiner Punkte annehmen würde. Doch ebenso hatte Célian sein Ego hinuntergeschluckt, als –

Yeter! Ich schloss kurz die Augen und verdrängte jeden Gedanken an ihn. Stattdessen überlegte ich, was Aenlin sagen würde, wenn sie von meinem beruflichen Aufstieg erfuhr. Gott, ich hätte nicht zu ihr schleichen dürfen. Ich hätte in meinem Zimmer bleiben und standhaft alle Empathie ausmerzen sollen.

Ich blinzelte. »Mademoiselle, Ihr seid noch immer etwas zu schnell.«

Liliette sprang auf und ich zuckte zurück. Gleichzeitig hielt sie den Hocker fest, als hätte sie gewusst, dass er kippen würde.

»Ist alles in Ordnung?«, fragte ich.

Ihr Atem hatte sich beschleunigt. Ihr Blick huschte umher. Als ich ihre Schulter berühren wollte, stieß sie meinen Arm fort und stürmte an mir vorbei.

»Liliette«, entfuhr es mir.

»Ich komme gleich wieder!«, presste sie hervor. »Bereite einfach das vor, was du schon die ganze Zeit machen willst.« An der Doppeltür blieb sie ruckartig stehen. Dann rauschte sie endgültig hinaus.

Mein Herz pochte bis hinauf in meinen Hals. Ich sah auf meine ausgestreckten Hände. Diese Panik in ihren Augen. War ich schuld daran? Und ich hatte sie auch noch beim Vornamen genannt.

»Ihr habt meine Schwester gehen lassen?« Alix trat durch die Tür.

Ich nahm die Arme herunter und vergaß völlig zu knicksen. »Sie sagte doch …«

»Von den Aufgaben, die Mutter von Liliettes Zofe verlangt, habt Ihr nicht viel verstanden, oder?« Er sah zu den weißen Sofas hinüber, aber Gräfin Cadieux war vor einer Stunde wortlos gegangen. Stirnrunzelnd schritt er auf mich zu.

Beinahe wäre ich zurückgewichen. Schon den ganzen Tag lang streifte er umher, als suchte er nach etwas, das ihm nicht gefallen würde.

»Ich muss den folgenden Unterricht vorbereiten«, murmelte ich und stolperte zu der gelben Sesselgruppe.

Er folgte mir. Während ich die Tasche auspackte, tigerte er um meinen Sessel herum. »Habt Ihr von Eurem Vater auch etwas … Spanisch gelernt?«

Meine Augen schlossen sich kurz. Ich war die unterqualifizierteste Lehrerin aller Zeiten. Kannte keine Noten, sprach kaum andere Sprachen und wurde absolut nicht ernst genommen. Nun, Ersteres und Letzteres hatte ich aufgebessert.

»Worum geht es denn?« Ich blinzelte ihn an und betete für einen der Sätze, die Íñigo Sánchez mir beigebracht hatte – mein Kindheitsfreund, für den ich immer dann Gefühle gehabt hatte, wenn sie bei ihm gerade wieder abgeklungen waren. Aber mein Wissen war eingestaubt. Herr von Berger hatte Íñigos Familie mit Hilfe seiner steigenden Pachten vertrieben wie alle Familien mit undeutschen Nachnamen. Und jetzt nahm er die mit den undeutschen Vornamen ins Visier.

Alix räusperte sich und sah starr auf meine Unterlagen. »Ich möchte einen Satz übersetzen. Aus einem Buch.«

Innerlich seufzte ich. »Kann ich es einmal sehen?« Wenn ich die Buchstaben las, hatte ich noch eine winzige Chance.

Sein Kopf ruckte zu mir. »Nein. Das … habe ich verliehen.«

»Verstehe.« Ich war geliefert.

»Aber ich könnte versuchen, den Satz aufzuschreiben.«

Mein Nicken fiel deutlich zu heftig aus. Alix setzte sich und schrieb mit Feder und Tinte in mein Notizbuch. Und strich wieder durch und schrieb neu. Und strich auch das wieder durch. Nach einer Weile drehte er kopfschüttelnd das Büchlein zu mir.

»Vielleicht wird es anders geschrieben, aber so etwa war der Laut.« Er stockte. »Der Laut in meinem Kopf. Als ich es mir in meinem Kopf vorgelesen habe.«

Mein Blick klebte an dem Papier. Entweder konnte ich seine schräge Handschrift nicht lesen oder ich hatte keine Ahnung, was das bedeuten sollte. Oder beides. »*Nun katekre ré*«, las ich den ersten Teil vor.

»Nein, eher so.« Alix gab seine Version zum Besten, die sich genau gleich anhörte. Absolut nicht hilfreich.

»Ach so.« Ich las einfach weiter.

»Den zweiten Teil verstehe ich womöglich«, sagte er.

»*Aber ich liebe dich*«, übersetzte ich bereits. Das hatte Íñigo mir tatsächlich einmal gesagt: *Eres bizarra, pero te amo*. Es beschrieb unsere Zeit miteinander ziemlich gut.

Alix sank zusammen. »*Pero* bedeutet also wirklich *aber*?«

Ich nickte. Íñigo hatte immer irgendwo ein *Pero* gefunden.

»Also kann der gesamte Satz nicht so etwas heißen wie: *Es wird mich umbringen, so sehr liebe ich dich*?« Er klang beinahe flehentlich.

Ich hielt mich zurück, aufzusehen, hatte das Gefühl, es würde ihn abschrecken. »Dafür müsste irgendwo ein Wort wie *mucho* vorkommen für *so viel liebe ich dich* beziehungsweise *so sehr liebe ich dich*. Und am Anfang würde *me* stehen für *mich wird es umbringen*.«

Kraftlos schüttelte er den Kopf. »Das kam beides nicht vor.«

»Vielleicht werden die Wörter an anderen Stellen getrennt. Darf ich?«

Er überließ mir die Feder und ich kritzelte einige Versuche nieder. Schrieb alles zusammen, alle Silben auseinander, trennte nur Anfang und Ende. Langsam formten sich die Worte zu einem Satz.

»Ich denke, *nun katekre ré* ist ein guter Anfang, aber wenn man das Ende zusammenschreibt, das K mit einem C austauscht und ein E einfügt, hieße es *creeré*.«

»Kommt das von *glauben*? Auf Französisch heißt es *croire*.«

Ich nickte. »Und das *te* davor steht für –«

»*Du*.«

»Und andere Formen davon.«

Er runzelte die Stirn. »Bleibt nur noch *nun ka*.«

»Mit einem C ergibt es *nunca* und das bedeutet so etwas wie *nie* oder *niemals*, also –«

Er sprang auf. »*Ich werde dir niemals glauben, aber …*«

»… *ich liebe dich*«, flüsterte ich.

Seine Hände fuhren zu seinem Haar und er starrte regungslos auf das Papier.

Langsam legte ich die Feder ab. »Kann ich vielleicht etwas für Euch tun?«

Trocken lachte er. »Was wollt Ihr machen? Den Satz falsch übersetzen? Nein, der Autor des Buches hat meine schlechten Spanischkenntnisse ausgenutzt, um mich in die Irre zu führen. Daran kann niemand etwas ändern.« Er schnaubte. »Falls es Euch interessiert, das Buch heißt *Der Junge, der nicht hätte träumen sollen* oder auch *Das naive Täubchen*, je nach Übersetzung. Aber hört auf meinen Rat und haltet Euch davon fern.«

Während ich noch überlegte, wie jemand einen Titel so unterschiedlich übersetzen konnte, riss er die Seite heraus und steckte sie in die Innentasche seiner Weste.

»Dass diese Unterhaltung unter uns bleibt, versteht sich«, sagte er.

»Alix?« In der Flügeltür stand Liliette. »Was machst du noch hier?«

»Ich habe mich mit deiner Lehrerin über dein Benehmen unterhalten.« Ohne einen Blick zu mir trat Alix an ihr vorbei und verschwand durch die Tür.

Liliette schnalzte mit der Zunge, stapfte zum Sessel und ließ sich hineinfallen. Wenn sie wütend war, gefiel sie mir viel besser.

»Geht es Ihnen wieder gut, Mademoiselle?«, fragte ich zaghaft.

Ihr feuriger Blick flog zu mir. »Es ging mir nie schlecht.«

Natürlich nicht.

»Verzeiht Ihr mir also, dass ich Euren Vornamen verwendet habe? Es war nur –«

Sie verdrehte die Augen. »Schon vergessen.«

Ich atmete auf, konnte aber nicht wegsehen. »Mit Verlaub«, versuchte ich es vorsichtig, »als Ihr vorhin aufgesprungen seid, waren Eure Nase so blass und Eure Augen ganz wirr. Vielleicht seid Ihr überanstrengt.«

»Vom Harfe spielen doch nicht.«

»Nein, ich dachte vielmehr …« Von ihrer Familie? Ihrer Mutter? Dem Heiraten? »Von Euren Gedanken.«

»Du bist eine seltsame Lehrerin.« Sie musterte mich, als hätte sie *interessant* gesagt. »Gedanken denkt man. Weder trägt noch stemmt man sie. Daher können sie auch nicht anstrengen.«

Sogar Alix nannte mich mittlerweile *Fräulein Schwarz* und Célian ihrzte mich ohnehin die meiste Zeit, wenn er denn überhaupt mit mir sprach. Aber Liliette würde mir die Ehre wohl nicht erweisen.

»Ihr habt sicher recht. Aber falls Ihr doch einmal über etwas sprechen möchtet, wisst Ihr, wo Ihr mich findet.«

Ihr Blick wanderte über mein Gesicht. Wie immer, wenn sie ungeduldig wurde, strich sie ihr Kleid glatt. »Ich will nicht plaudern, sondern lernen. Wo beginnen wir?«

29 Alexandre Cadieux

Während ich mich vom Abendessen zu Aenlin schleppte, schleiften meine Füße über den Marmor. Als Mutter mir »Haltung!« nachgerufen hatte, war ich nicht einmal zusammengezuckt. Im Gegensatz zu gestern Abend, wo ich ihr über meinen Verbleib etwas vorgestammelt hatte. Schließlich war ich nur der Verwalter – die Hausherrin war noch immer sie.

Ich seufzte und öffnete leise die Tür. Mondlicht fiel durch die hohen Fenster und erleuchtete Dörrie, eingenickt in einem Sessel neben dem Bett. Ein Tablett mit Tellern und Brotkrümeln stand auf dem Nachttisch. Sachte wechselte ich vom Parkett auf den dunkelroten Teppich und trat zu Aenlins Bein, das noch immer auf Kissen thronte.

Gestern Abend hatte ich verfrüht den Verband gewechselt, ihre Wunde war ohne Eiter und schon gut verkrustet gewesen. Jetzt erkannte ich in der Bandage nur noch den Hauch einer roten Linie. Durch diese Tortur würde ich sie nicht erneut schicken. Schwer ruhte ihr Kopf auf den Kissen und ich entschied, sie nicht zu wecken. Auch beim Verbandswechsel war sie kaum bei Sinnen gewesen. Behutsam tastete ich ihren Unterschenkel und den Fuß nach inneren Flüssigkeitsansammlungen ab. Ihr leises Schnarchen beruhigte mich ungemein.

Natürlich holte Mutter keinen echten Arzt, den sie bezahlen musste – für die Fehler einer anderen. Ebenso gut konnte ich es machen, auch wenn mein Wissen das eines Kindes war, welches wie besessen vom Hausarzt gelernt hatte. Mutter hatte sogar gesagt, dass es in Ordnung wäre, wenn Aenlin ihr Bein verlieren würde. Um Leistungen zu erfüllen, müsste man eben Opfer bringen.

Und über Opfer wusste Mutter genug.

Ich legte Aenlins unauffälligen Unterschenkel ab und trat zum Kopfende. Hinter mir erklang Dörries ruhiger Atem. Eine rote Strähne schob ich aus Aenlins Stirn und fühlte ihre Haut. Warm, etwas verschwitzt, aber normal. Als ich aufatmete, knarzte die Tür.

Eine kleine Gestalt mit Häubchen und brennender Nachtkerze schlich herein. Sie taperte langsam näher und blieb abrupt stehen.

»Komm her«, flüsterte ich. »Ich habe nur gefühlt, ob Aenlin Fieber hat.«

Sie knickste und trat zögerlich ans Bett. Ich erkannte ihre weichen Arme, die dichten Brauen und die knubbelige Nase. Meras Finger knibbelten an der Kerze und ihr Blick glitt von mir zu Aenlin.

»Und hat sie Fieber, Graf Cadieux?«, wisperte sie.

Träge schüttelte ich den Kopf.

»Darf ich fragen, wie es ihr sonst geht?«

»So weit gut. Der Schnitt ist tief, aber sauber. Dennoch ist die Heilung anstrengend, daher schläft sie.«

Mit der Lippe zwischen den Zähnen nickte sie mehrmals und ihre Anspannung zog meine Schultern noch stärker hinab.

»Soll ich ihr etwas von Ihnen ausrichten?« Der Gedanke, meine Unfreundlichkeit wäre nur zu ihrem Besten, schien einen Ozean entfernt.

Sie sah auf. »Nein, danke. Ich würde dann jetzt …« Sie sah zur Tür. »Oder kann ich noch etwas für Euch tun?«, fragte sie kaum hörbar.

Schleim dich ja nicht bei mir ein.

Meine Worte hallten in meinem Kopf nach. Ich schloss die Lider und sperrte diese Erinnerung ebenfalls hinter die dicke Tür in meinem Innern. Vielleicht glaubte Marti mir deshalb nicht. Wenn ich die Bediensteten so behandelte, könnte ich es mit ihm nicht ernst meinen.

Ich öffnete die Augen. »Ihr habt mir heute genug geholfen. Und mit meiner Schwester als Herrin verdient Ihr Euren Feierabend.«

Zögerlich knickste sie, und nachdem sie den Raum verlassen hatte, wandte ich mich seufzend Dörrie zu. Sie schlief noch immer, den Hals seitlich überdehnt. Ich tapste zum benachbarten Gästezimmer. Von dem gemachten Bett zog ich die oberste Matratze mitsamt der Decke herunter. Als ich die hohen Bettpfosten erblickte, hielt ich inne.

Beinahe spürte ich wieder die Hände an meinem Kragen. Die Lippen auf meinen Lippen. Mein Herz wurde noch schwerer. Was waren wir beide denn für ihn, wenn er mir nicht vertraute?

Mit brennendem Hals schleppte ich die Matratze und Decke zu Aenlins Zimmer. Heute hatte ich alle Arbeiten vom Schreibtisch aus koordiniert, um ihm nicht zu begegnen. Doch dadurch zerrte Sehnsucht an meinen Gliedern.

»Graf Cadieux?« Dörrie rieb sich übers Gesicht.

»In einem Sessel schläft es sich nicht gut«, ächzte ich.

Hastig hob sie den Stuhl beiseite und fasste mit an, sodass die Matratze sanft zu Boden sank.

»Ich habe noch genügend Platz, um an Aenlins Bein zu gelangen, und du kannst dich ausstrecken.« Die Decke schlug ich nur schwach zur Hälfte auf.

Dörrie sah von der Matratze zu mir und ihr Lächeln war wie ein Schulterklopfen. Aber ich wollte eine Umarmung. Ich wollte geduzt werden.

Mein Blick fiel auf das Tablett mit dem Besteck. »Es tut mir leid. In den letzten Tagen hatte ich dein Essen vergessen. Brauchst du noch etwas? Soll dich jemand ablösen?«

»Ich werde mittlerweile gut versorgt, Hochgeboren. Dennoch vielen Dank für das Angebot und ... die Entschuldigung.«

Ich drückte die Lippen aufeinander und nickte. »Morgen schaue ich wieder vor der Arbeit vorbei. Und klopfe.«

»Danke, Graf Cadieux«, sagte sie.

Alix. Ich hieß Alix.

Mit einem müden Lächeln schlurfte ich aus dem Zimmer, um die Nacht damit zu verbringen, weder an das Medaillon noch an das Seil unter meinem Bett zu denken.

30 Esmeray Weiß

Das Leben als Liliettes Zofe war einsam. Natürlich war sie bei mir, wenn sie nicht gerade davonlief. Doch sie war so empathisch wie ein Stein. Bei der Geschichte des Römischen Reiches hatte sie sich in die kleinsten Details verbissen, als wären besonders diese entscheidend, um einen Ehemann abzubekommen – oder als wollte sie mich ausbooten. Was sie oft geschafft hatte, denn dieses adelige Biest war verdammt schlau.

Ich seufzte in meinen Kartoffelstampf mit gekochten Möhrchen und legte meine Arme darum, als gäbe es nur mich, meine Schüssel und keine schrecklich leere Bedienstetenküche. Nur die Nachtkerze, mit der Liliette mich gnädigerweise aus ihrem Gemach geschickt hatte, hielt den winzigen Anschein einer wärmenden Gesellschaft aufrecht. Selbst der Brei war kalt.

Schritte ertönten und ich sah zur Tür wie eine Verdurstende, die in der Wüste eine Oase entdeckte. Aber es war eine Fata Morgana – sie verklangen. Enger kauerte ich mich um die Schüssel. Ich sollte Appetit haben, denn meinen Haferbrei hatte ich heute Morgen hinunterschlingen müssen, nachdem ich von meiner Einteilung fürs Frühstück erfahren hatte. Aber ich hatte vor Augen, wie Mutter und Vater jetzt gemeinsam kochten, sich vorlasen und die Füße unter eine Decke steckten.

Der Gedanke, sie könnten sich stattdessen ebenso einsam fühlen wie ich, erkaltete den Brei noch mehr. Mühsam löffelte ich weiter und überlegte, was ich als Nächstes in mein Versteck bringen könnte. Schon in fünfzehn Tagen würde Herr von Berger meine Eltern aus ihrem Heim werfen.

Die Tür knarrte und ich fuhr auf. Célian kam herein, die Schuhe in der Hand. Sobald er mich sah, machte er einen Schritt rückwärts. Sein Blick blieb an der Schüssel hängen, die ich umarmte. Himmel, ich musste jämmerlich aussehen.

Ich setzte mich auf. »Habt Ihr Euch im Stockwerk vertan, Comte?«

Er sah zurück in mein Gesicht. »Nein, ich wollte hierher.«

»Zu mir?« Wieso klang meine Stimme so erfreut?

»Zur Küche.«

Ich runzelte die Stirn. »Das hier ist die Küche der Bediensteten. Die große ist –«

Leise schnaubte er. »Danke, ich kenne mein Haus.«

Ich biss die Zähne zusammen und beugte mich wortlos tiefer über meine Schüssel. Sollte er mich doch für jämmerlich halten. Ich löffelte den Kartoffelbrei und merkte mit Genugtuung, wie er noch einen Schritt zurücktrat.

Jäh schnappte er nach Luft. »Mera!« Er stürzte zu mir und ich wich zurück. Aber er riss nur die Kerze fort.

Meine Augen weiteten sich. Der fiese Geruch von verbranntem Haar stieg in meine Nase. Célian packte mein Kinn und drehte es zu sich.

»Brenne ich?«, stieß ich hervor. Meine Hände fuhren zu meinem Haar.

Aufatmend ließ er mich los. »Nein, alles gut. Nur eine Strähne.«

»Eine Strähne?« Ich ertastete an meiner rechten Stirnseite eine knapp einen halben Finger lange Locke. Als ich sie vor mein Auge zog, sah ich ihr schwarz gekräuseltes Ende. Es verschwamm. Zittrig befühlte ich mein Haar. »Ist der Rest noch da? Ist alles noch da?«, flüsterte ich zu mir selbst, ertastete nur das Häubchen, dieses verfluchte Häubchen! Fahrig zog ich an den Haarnadeln, an der Haube selbst.

Seine Hand legte sich ruhig auf meine Finger. »Es ist nur eine Strähne.«

»Ich muss … Ich muss …« Meine Kehle war zu eng für Worte. Ich zerrte an den Nadeln, bekam eine frei, aber die anderen rutschten durch meine schweißnassen Finger.

»Schon gut, ich mache das.« Sachte schob er meine Hände beiseite und zog eine Nadel nach der anderen heraus. Er war so vorsichtig, dass es kaum ziepte. Dennoch brannten meine Augen. Hinter meinem Tränenschleier flackerte heiter die Kerze. Célian legte einen weißen Schemen auf den Tisch.

Meine Finger tasteten an seinen vorbei in mein Haar. In mein dichtes, lockiges Haar. Es war alles noch da.

»Schau, du musst nicht weinen.« Seine Hände verschwanden nicht, sie öffneten auch meine Frisur, bis mein Haar wohlig auf meine Schultern fiel.

Vergeblich wischte ich über meine nassen Wangen. Die Last der letzten Tage war wie eine Welle über mir zusammengebrochen. »Es ist … Es ist nur …«

Zaghaft strich er über meinen verwuschelten Kopf wie bei einem Straßenhund, von dem er noch nicht wusste, ob er gleich beißen würde. »Was ist es?«

»Gertrud«, brachte ich heraus und presste die Hände auf meine Augen. »Sie will sie abschneiden, wenn ich sie nicht ordentlich … Dabei sind sie doch alles, was mich hier noch an Mutter erinnert.«

Seine Hand verweilte. »Du meinst, weil ihr Haar deinem so ähnlich ist?« Behutsam strich er weiter über meinen Kopf. »Und weil du niemandem erzählst, dass sie Türkin ist?«

Seine Worte gaben mir den Funken, den ich brauchte, um aufzusehen. »Woher willst du das wissen? Nur weil sie nicht deinem Bild einer Deutschen entspricht?«

»Nicht doch.« Er nahm die Hand fort. »Ich habe Bruno gefragt, an wessen Haus wir vorbeigekommen waren, und er kennt jemanden, der jemanden kennt …«

»Oh.« Ich sank zurück. »Manchmal gehen meine Annahmen mit mir durch.« Viel schlimmer war, dass ich Bruno völlig vergessen hatte. Und wieso duzte Célian mich? Schon zum zweiten Mal war ihm mein Vorname herausgerutscht.

»Es ist wahrscheinlich meistens berechtigt«, murmelte er.

Ich verzog den Mund. »Wieso kam deine Familie nach Deutschland?«, entwich es mir. Das *Du* hatte sich einfach eingeschlichen.

Aber er rügte mich nicht. Stattdessen musterte er überrascht die Luft, als sei ihm diese Parallele zwischen uns noch nicht aufgefallen. Er drehte seinen Siegelring. »Viele meiner Vorfahren flohen wegen des Edikts von Fontainebleau hierher.«

»Ihr seid Hugenotten?«, fragte ich voreilig. Nur vage wusste ich, dass Ludwig XIV. vor einem Jahrhundert die französischen Protestanten des Landes verwiesen hatte.

Er zuckte die Schultern. »Meine Großeltern väterlicherseits konvertierten für ihre Geschäfte zum Katholizismus. Als mein Vater seine Cousins in Deutschland besuchte, lernte er meine Mutter kennen und nahm sie für die Hochzeit mit nach Frankreich. Also wuchsen wir katholisch auf, bis wir zurückzogen.«

Ich beobachtete sein unbewegtes Gesicht. Zum ersten Mal hatte er von seinem Vater erzählt. Zum ersten Mal hatte irgendwer aus der Familie vom Vater erzählt.

»Und wieso seid ihr zurückgekommen?«, fragte ich leise.

Sein Blick ging leer über mich hinweg. »Nach seinem Tod sind wir zu Mutters Familie gezogen. Ihre Schwester starb ein paar Jahre später, ihre Eltern waren schon kurz vor der Hochzeit beerdigt worden und andere Beziehungen konnte sie während der Zeit in Frankreich nicht halten.«

Ich schluckte und nickte, obwohl er mich nicht ansah. Er sprach so tonlos, dass sich keine weitere Frage über meine Lippen traute, aus Furcht, er versteinerte dann zu einer Statue.

Langsam schüttelte er den Kopf, wie um die Erinnerung zu vertreiben. Nie hatte ich mich mehr über eine Regung gefreut.

»Wisst Ihr, wieso ich in diese Küche gekommen bin?«

Innerlich seufzend nahm ich alles zurück. Ein Kopfschütteln und wir waren wieder beim *Ihr*.

Er trat zu einem der steinernen Schränke. Unter dem Dach hielten selbst sie nichts lange kühl, weshalb es nur wenige Lebensmittel auf Vorrat gab. Als er zurückkehrte, reichte er mir einen Löffel und ein Gläschen. Rote Stachelbeeren thronten auf cremigem Pudding.

Mit seinem eigenen sank er neben mir auf einen Stuhl und seine Nähe rief mir ins Gedächtnis, wie ich aussehen musste. Das Gesicht verheult, das Haar offen, abstehend und halb verkohlt.

Aber Célian sah nur in sein Gläschen. »Eine Freundin hat mir verraten, dass Irmgard für die Bediensteten die süßeren Beeren nimmt. Ohne Vergleich merkt man es nicht, aber wenn man es weiß ...« Er streckte mir sein Glas entgegen.

Ich runzelte die Stirn. Schmunzelnd beugte er sich vor und stieß die Gläser aneinander, als wäre Wein darin. Ein Lächeln stahl sich auf meine Lippen, während er sich zurücklehnte und aß. Ich tat es ihm gleich. Es schmeckte sanft und sauer. Die Stille zwischen uns war seltsam wohlig. Nur entfernt hallte sein *Ihr* in meinem Kopf wider. Seine Anwesenheit war so ... warm.

Als er sein leeres Glas auf den Tisch stellte, blinzelte ich. Er erhob sich und ich wollte ebenfalls aufstehen, doch er winkte ab.

»Bitte esst in Ruhe auf. Und macht Euch keine Sorgen um morgen früh.« Schon verschwand er auf dem Flur und ließ mich mit der Kerze allein.

Und mit dem Gedanken, um was zur Hölle ich mir Sorgen machen könnte.

31 Liliette Cadieux

Seit Stunden starrte ich gänzlich reglos die Tücher an, die sich über meine Bettpfosten spannten. Nur meine Augen verfolgten die Linien der Stoffe.

Heute hätte ich die Harfe wirklich beinahe aus dem Fenster geworfen. Und Mera gleich hinterher. Es war wie an dem Tag gewesen, an dem Vreda mich mehrmals angewiesen hatte, langsamer zu spielen.

Vreda.

Ich stockte. Nicht ein einziges Mal hatte ich heute an sie gedacht. Die Decke lastete schwerer auf meinem Körper und meine Füße schwitzten. Angestrengt erinnerte ich mich daran, dass sie eine Diebin war, und mein Blick wanderte weiter über die Tücher.

Anders war heute gewesen, dass mir jemand nachgerufen hatte. Meras Stimme war mir immer wieder durch den Kopf gegangen. Auch als ich zurückgekehrt war, hatte sie nicht gleich den Unterricht weitergeführt. Nein, sie hatte es angesprochen.

Ich schlug die heiße Decke zurück und stieg aus dem Bett. Meine schweren Vorhänge rauschten zu den Seiten. Am dunklen Himmel thronte der Halbmond und tauchte die Szenerie in sein silbergraues Licht.

Leise knarrend zog ich das Fenster auf und der sanfte Sommerwind fuhr in mein offenes Haar. Heute Nacht steckten sie nicht unter einer Haube. Das Eindrehen mit Papilloten hatte ich Mera nicht mehr abverlangen wollen, warum auch immer. Generell war es seltsam, dass ich sie den ganzen Tag hinter mir hergeschleppt hatte. Es wäre leicht gewesen, sie abzuwimmeln.

Ich hob mich auf die Fensterbank und lehnte meinen Rücken gegen den Rahmen. Ich musste aufhören, über sie nachzudenken. Viel wichtiger war die Frage, wo ich eine Freundin herbekam. Denn wenn ich noch länger über Mera nachdachte, würde ich mir eingestehen müssen, dass sie die Einzige war, die sich für ihn interessiert hatte – für den Moment, in dem ich wieder geglaubt hatte, ich würde gleich sterben.

NOCH 14 TAGE

Donnerstag, 23. Juni 1768

32 Esmeray Weiß

Als es klopfte, hatte ich schon Furchen in die Dielen gelaufen. Ich eilte zu meiner Tür, öffnete aber zaghaft.

»Guten Morgen, Fräulein Schwarz.« Im Flur wippte Milena auf ihren Fußballen und schwenkte ein geflochtenes Körbchen. Sie hatte vor Aenlins Unfall mit Frieda die Pferde auf die Koppel gebracht.

»Ähm ... Guten Morgen?«, erwiderte ich.

»Comte Cadieux schickt mich. Darf ich hereinkommen?«

»Natürlich, bitte.« Sobald sie an mir vorbeigeschritten war, sah ich auf den Gang hinaus. Er war leer.

»Wenn Ihr mögt, könnt Ihr Euch direkt setzen.« Milena stellte ihr Körbchen auf meinen leeren Schreibtisch und ich schloss die Tür.

»Bitte keine Höflichkeiten. Wir kennen uns doch schon.« Zögerlich sank ich auf den Schemel.

Ihre hellbraunen Brauen hoben sich, ehe sie lächelte. »Na klar. Also, Mera, mach's dir bequem. Du kannst mir ja währenddessen erzählen, wie es ist, in der Villa zu wohnen.«

»Während was?«, fragte ich, und als sie aus dem Korb eine Bürste holte, sanken meine Schultern. »Du machst mir das Haar?«

»Ohne Ziepen oder Ziehen«, flötete sie. »Es war ja so peinlich, als der Comte am Schlafsaal angeklopft hat und ich ihm im Nachthemd gegenüberstand. Obwohl wir das schon einmal durchstehen mussten.« Leise lachte sie.

»Er kam noch nachts zu dir?«, fragte ich mit großen Augen.

»Er wollte sichergehen, dass du das Frühstück heute mit einer ordentlichen Frisur servierst. Und dafür sorge ich natürlich gern.« Sie zog die Nadeln aus meinem Häubchen und ich sah sie aus dem Augenwinkel grinsen, als wäre es das Schönste, das sie machen durfte.

»Das ist unheimlich lieb von dir«, brachte ich hervor und hoffte, dass ich zuvor kein allzu schlimmes Chaos unter die Haube geschoben hatte.

»Ach, es ist lieb von dem Comte.« Geschickt öffnete sie die Frisur und bürstete über mein Haar. »Ich denke, er weiß, dass ich das Frisieren liebe. Als ich letzten Winter seine Magd wurde –«

Ich wandte mich zu ihr. »Ich dachte, du wärst wie ich neu hier oder zumindest eine der Jüngsten. Wieso sonst durftest du nicht mit zum Wäschewaschen?«

»Ich bin gern bei den Tieren. Der Comte hat das organisiert.«

Ich starrte sie an. »Du bist also wirklich seine persönliche Magd?«

»Nun ja.« Ihre hellblauen Augen blinzelten an mir vorbei. »Nicht direkt. Aber ich bin eine von zweien! Gut, die meiste Zeit stehe ich nur daneben und reiche Sachen an. Bis auf sein Haar, das darf ich machen.«

Mit offenem Mund ließ ich mich von ihr umdrehen.

»Jedenfalls wollte ich anfangs sein Haar wohl etwas zu oft flechten.« Sie kicherte, während sich meine Locken durch das Bürsten nur aufplusterten. »Aber es hat mich so an meine Schwestern erinnert. Deshalb hat er mich vermutlich zu dir geschickt. Ich soll mich hier austoben, damit ich ihm nicht eines Tages den Kopf wegfrisiere.«

Mein Mund lächelte, aber meine Gedanken waren noch beschäftigt. Darum hatte ich mir keine Sorgen machen sollen – Gertrud würde mir das Haar nicht abschneiden. Zumindest heute nicht.

»Ist diese Strähne verbrannt?«

Ich zuckte zusammen. »Einfach ignorieren. Wieso hat der Comte eigentlich keine männlichen Kammerdiener?«

Zum Glück bürstete sie weiter. »Ach, er hat seinen eigenen Willen. Karla meinte, er hätte diese Entscheidung getroffen, als sie kurz davorstand, ihre Anstellung zu verlieren. Jetzt ist sie seine erste Zofe.«

Mit ratterndem Kopf saß ich da. Als meine Locken in alle Richtungen abstanden, hob sie aus dem Korb ein Fläschchen mit milchigem Wasser, benetzte ihre Hände und strich immerzu über mein Haar, während sie mir zwei dicke Zöpfe flocht, die über meinen Ohren hinaufwanderten. Sie war eine Meisterin ihres Handwerks, es ziepte nur ein wenig öfter als bei Mutter.

In der Zeit, in der sie das Häubchen drapierte, fragte ich sie über ihre sechs Schwestern und ihren noch ganz kleinen Bruder aus. Wenn Milena Zeit hatte, nach Hause zu reisen, verlangten sie Geschichten *vom Hofe* und sie erzählte ihnen, der Comte wäre ein französischer Prinz, mit dem sie auf Bällen tanzte. Und dass sie schon eine Handvoll Verehrer gesammelt hätte, aber sie alle verschmähte, weil sie ihr Leben lang nur frisieren wollte.

»Es wäre das Größte, für die Gräfin zu arbeiten, aber Gertrud ist um einiges besser als ich.« Sie steckte die letzten Nadeln fest und hielt mir einen handtellergroßen Spiegel hin. »Zufrieden?«

Meine Augen mussten die Kratzer im Glas ausblenden, ehe ich ihr Werk erkannte. Keine einzige lose Strähne lugte mehr hervor. Dadurch hob sich mein

Gesicht stärker vom hellen Häubchen ab. Im Vergleich zu den vielen porzellanweißen Gesichtern der Villa, die oft selbst bei der Feldarbeit durch Sonnenhüte geschützt wurden, erschien meine Haut wie braungrüner Marmor.

Ich legte den Spiegel weg und umarmte Milena. Überrascht tätschelte sie meinen behaubten Kopf.

»Danke«, hauchte ich und ließ sie los. »Du weißt gar nicht, wie viel mir das bedeutet.«

Ein Lächeln huschte über ihre Lippen. Verlegen wandte sie sich ab und packte ihre Sachen ein. »Gerne doch«, murmelte sie und drehte sich zur Tür. »Dann bis morgen früh.«

»Warte, was?«

Sie sah zurück. »Der Comte hat mich für einen Monat bei dir eingeteilt. Ist das nicht in Ordnung?«

Meine Brust hob sich. Ich würde es behalten. Mein Haar. Einen letzten Teil meines wahren Ichs.

NOCH 13 TAGE

Freitag, 24. Juni 1768

33 Célian Cadieux

Heute war der Tag meiner Wiedergutmachung – Freitag.

Ich hatte auf die Briefe doch Freitag geschrieben, oder nicht?

An einen der Bäume des Neumarkts gelehnt, wanderte mein Blick immer wieder von meinem Buch zu der St. Aposteln Kirche. Zwischen den Stämmen und Kronen hindurch sah ich genau auf den Westturm. Die Anordnung seiner bogenartigen Fenster in dem hellen Gestein kannte ich schon auswendig. Vom Buch hingegen wusste ich nicht einmal den Titel.

Leise stöhnend kratzte ich mit einer der Perückennadeln über meine heiße Kopfhaut. Als ich Karla um die Perücke gebeten hatte, war ihr fast mein Gehrock aus der Hand gefallen. Ich bereute es auch bereits. Aber es senkte das Risiko, von den falschen Augen entdeckt zu werden. Diese mussten jedoch erst mal auftauchen.

Merde, ich hätte mir die Uhrzeit notieren sollen. Und ich sollte vor einer Kirche nicht fluchen. Dafür hätte ich vor vierhundert Jahren sicher ein paar Schritte weiter vor den Henker treten müssen. Vor zwanzig Jahren hätte ich hier bei den Viehmärkten in einem Gehege mit Hühnern oder Schweinen gestanden. So hatte es zumindest Tante Lisbeth bei einem sonntäglichen Kirchgang erzählt ... als sie noch gelebt hatte. Damals hatte sogar Mutter noch das Haus verlassen.

Jetzt flanierten fremde Passanten in seidenen *Justaucorps* und rüschenhaften *Robes à la française* an mir vorbei. Unter die Gehröcke und ausladenden Kleider mischten sich auch derbe Arbeitshosen und Handwerkskoffer. Nur von roten Halstüchern war weit und breit nichts zu sehen.

Mein Plan war schwach. Ja, Marti hatte für mich Geld und Proviant überbracht, aber das dürfte bald aufgebraucht sein. Und diese Halstuchverkupplung stand schon auf der Kippe, ohne dass die Zugehörigen fehlten.

Ich sah auf den goldenen Ring an meinem Daumen. In seiner Fassung verrieten die Zeiger einer fingerkuppengroßen Uhr, dass es gerade erst Mittag geworden war. Zumindest wenn Alix – der mir die Ringuhr unwissentlich borgte – die Zeit in den letzten Tagen richtig nachgestellt hatte. Die Kirchglocke hatte jedenfalls noch nicht geschlagen.

Leise seufzte ich. Wenn mein Plan nicht aufging, würde mich mein schlechtes Gewissen auffressen. Ich hob das Buch wieder an, und als könnte mein armseliges Schauspiel jemanden täuschen, blätterte ich eine Seite um.

Da sah ich das erste rote Halstuch.

34 Esmeray Weiß

Ich servierte das Frühstück, als wäre ich eine Opernsängerin und die Brotscheiben meine Arie. Niemand beachtete mich oder meine Frisur, die schon zum zweiten Mal tadellos war. Nur Liliette sah mich auf mein ununterbrochenes Lächeln hin entnervt an.

Weder sie noch der freie Platz vor mir minderten meine Laune. Célian hätte die Frisur nicht einmal gesehen, wenn ich direkt vor ihm gestanden hätte – er würdigte mich seit unserer Küchenbegegnung wieder keines Blickes. Obwohl er nachts seine eigene Magd für mich beauftragt hatte. Einfach unlogisch.

Heute hatte Frieda ihn entschuldigt, noch bevor ich den Tee ausgeschenkt hatte. Da es niemanden kümmerte, verschwand er wohl öfter.

Es interessierten sich dahingegen alle sehr, als Frieda wiederkam und einen Brief neben Gräfin Cadieux legte. Alle Augen hingen an dem braunen Umschlag, während Frieda wieder verschwand. Kurz sah ich zu Augusta und die junge Magd mit dem starken Nacken hob die Schultern.

»Ist das Barbiers Siegel?« Liliette blickte auf das dicke B, das in das Wachssiegel eingestempelt war. Ihre Nase war blass.

»Oh, bitte kein Antrag«, flüsterte Alix.

Die Gräfin brach das Siegel. »Stell keine Fragen, die du dir selbst beantworten kannst, Liliette. Es sei denn, du willst einer Person das Gefühl geben, sie sei klüger als du.«

Meine Brauen zogen sich zusammen und Alix schnaubte.

Liliette hingegen klammerte sich an die Tischdecke. »Also ist es von ihm.«

»Er lädt dich zu einer Teegesellschaft ein.«

Liliette erstarrte.

»Gott sei Dank.« Alix' Schultern sanken.

»Gleich morgen«, sagte die Gräfin und nahm einen Schluck aus ihrer Tasse.

Liliettes Hände lösten sich. »Morgen schon? Aber was mache ich denn jetzt, das ist –«

»Kein Heiratsantrag«, vollendete die Gräfin.

»Zum Glück«, murmelte Alix in sein Brot.

Die Gräfin runzelte nur die Stirn. »Ich weiß nicht, ob du hingehen solltest.«

Tief atmete Liliette aus. Im nächsten Moment schüttelte sie den Kopf. »Aber ich muss hingehen! Nach Célians Auftritt weiß ich nicht, was Graf Stein von mir denkt, und ohne Graf Barbier stünde ich ganz allein da!«

»Du bist niemals allein«, sagte Alix zu seinem Teller, als wüsste er selbst, dass ihr seine Worte momentan rein gar nichts bedeuteten.

»Du bist noch jung«, sagte hingegen die Gräfin. »Vielleicht tut dir etwas Zeit doch gut, um deine Launen in den Griff zu bekommen.«

Liliettes Augen wurden groß und rund. Während ich der Gräfin an die Kehle gehen wollte, sank die Kleine langsam in sich zusammen.

Diesmal sah Alix auf. »Mutter, du gehst zu weit. Liliette darf so viele Launen haben, wie sie will. Sie ist noch ein Kind!«

Selbst von meiner Ecke aus jagte der eiskalte Blick der Gräfin einen Schauer über meinen Rücken. »Von dir fange ich gar nicht erst an.«

Alix setzte sich auf. Aber Liliette ebenfalls.

»Lass es, Alix.« Sie sah nur zur Gräfin. »Ich bin kein Kind mehr und ich werde es beweisen. Mutter, wenn ich hingehen darf, bringe ich dir die Namen von zwei weiteren Kandidaten mit.«

Innerlich seufzte ich schwer und neben mir schloss Augusta kurz die Augen.

Einen Moment musterte die Gräfin Liliette. »Schön, du wirst hingehen. Célian begleitet dich. Und damit niemand deine Taten falsch deutet, kommt eine Anstandsdame mit. Augusta?«, fragte sie, ohne aufzusehen.

»Ja, Hochgeboren?«

»Nach Liliettes Unterricht bereitest du ihre Lehrerin auf morgen vor.«

35 Martiño Civantos

Das Malmen und Aufstampfen der Pferde erfüllte beruhigend die Abendstimmung. Doch auch ich wollte endlich etwas essen. Jemanden sehen.

Meine Arme brannten, während ich frisches Stroh in die Boxen streute. Den ganzen Tag hatte ich in der Sonne am Zaun der Koppel gearbeitet, den vermutlich Rehe angeknabbert hatten.

Vielleicht würde Alix mich heute wieder nicht besuchen. Auch wenn er mich zum Abschied geküsst hatte, war er nach meinen Worten grüblerisch geworden. Noch schlimmer als sonst. Und weder gestern noch heute hatte ich ihn auf dem Feld oder im Stall gesehen. Dabei kam er sonst immer vorbei, und sei es nur, um mir ein heimliches Lächeln zuzuwerfen. Oder um mich hinter Heuballen zu küssen.

Ich stach die Gabel in das aufgetürmte Stroh und balancierte es zur Box. Bisher war ich froh gewesen, dass Alix nie vorgeschlagen hatte, unsere Beziehung nach außen zu tragen. Man machte es nicht zur öffentlichen Debatte, aber es war nicht unüblich, dass sich Männer mit Männern vergnügten. Seit dem Manifest hörte ich sogar von immer mehr Paaren.

Allerdings könnte es alles zerstören, wenn sein Interesse an Männern öffentlich würde. Wenn er frei in die Welt hinauszog. Und jemand Besseren fand.

Ich verzog das Gesicht über meine scheußlichen Gedanken.

Knarrend schwang die Tür zur Hofseite auf und mit dem Ärmel wischte ich den Schweiß von meiner Stirn. Sobald ich Alix erblickte, fuhr ein Lächeln über meine Lippen.

Er blieb stehen. »Das hätte ich mir selbst denken können.«

»Wie bitte?« Ich stellte die Mistgabel ab und trat auf ihn zu. »Was hättest du dir denken können?«

Er wich zurück.

Ich hielt inne und in einer Ahnung schaute ich mich um. Aber außer den Pferden beobachtete uns niemand. Vorsichtig machte ich noch einen Schritt auf ihn zu. »Keine Sorge, es sind schon alle beim Abendessen.«

Er trat ebenso viel zurück. Starrte mich an, als hätte er mich noch nie gesehen und müsste mich erst einschätzen.

»Alix.« Meine Schultern verspannten sich. »Sag mir sofort –«

»Wieso bist *du* nicht beim Abendessen?«, entfuhr es ihm.

»Wie bitte?«

»Um diese Uhrzeit isst du meistens schon.«

Ich erstarrte. »Bist du so spät hergekommen, weil du dachtest, dass ich *nicht* hier wäre?«

Wieder einmal zog er die Schultern hoch. Damit sagte er nichts und doch so viel.

Ich verschränkte die Arme. »Du machst wieder zu.«

Empört schüttelte er den Kopf. »*Ich* mache zu? Das ist ja wohl …«

»Was ist es?«, schnappte ich zurück. »Die Wahrheit?«

»Absolut nicht! Ganz im Gegenteil, du –« Er biss die Zähne zusammen.

Meine Hände ballten sich zu Fäusten. »Ich?«

»Ich dachte, Liliette würde heute verheiratet werden!«, stieß er hervor.

»Was?«

Auf dem Hof klapperten Hufe.
»Alix«, flehte ich.
»Wird sie aber nicht«, sagte er nur.
In meinem Rücken quietschte die Schiebetür und ich wandte mich um.
»Ach, du bist noch hier?« Célian führte die weiß-braun gescheckte Stute herein.
»Ja …« Ich drehte mich zu Alix um, doch an seiner Stelle schloss sich nur die Tür zum Hof. Mit bebendem Herzen rieb ich über meine Stirn und sah wieder zu Célian. »Ja, Comte. Eine Sekunde noch, dann habe ich die Box für Macula fertig und nehme sie Ihnen ab.«
»Nicht doch, mach Feierabend. Ich komme hier zurecht.«

36 Esmeray Weiß

»Jetzt habe ich's, es gibt noch ein grünes!«
Während Liliette wieder zu ihrem Schrank eilte, wäre ich am liebsten im Parkett versunken. Sogar Augusta verdrehte mittlerweile die Augen.
Liliette hingegen hob in ihrem momentan rosafarbenen Kleid ein dunkelgrünes aus dem Schrank und legte es auf ihre Matratzen. Das Bett war als solches unter den taftartigen Brusttüchern, geschnürten Korsetts aus Fischbein und einer Unzahl an Haarschmuck nicht mehr zu erkennen.
»Eine ausgezeichnete Wahl, Fräulein Liliette«, sagte Augusta und ich schickte mich an zu nicken.
»Das sagst du bei jedem zweiten Kleid«, brummte Liliette und hielt ihren Rock neben den auf dem Bett.
Die anderen Male hatte Augusta *vorzüglich* gesagt. Ich verlagerte mein Gewicht von einem schmerzenden Fuß auf den anderen und wünschte mich zu den gelben Sesseln zurück, auf denen Liliette es heute höchstens zwei Stunden ausgehalten hatte. Mittlerweile schien die Sonne bereits in kräftigem Orangerot durch die Fenster neben ihrem Schminktisch und ließ alle goldenen Verzierungen, Griffe und Rähmchen in Flammen aufgehen.
Neben mir im Türrahmen bewegte sich ein Schatten. Sicher kam Alix zurück. Er hatte das Abendessen ausfallen lassen wie Liliette und somit auch Augusta und ich. Erst vorhin hatte ich ihn wiedergesehen, als die Jüngste zur Tür gestürzt war, um ihn nach seiner Meinung zu ihrem da noch dunkelblauen Kleid zu fragen. Aber er war fortgestürmt.

Diesmal blieb sie bei ihrem Bett und fragte nur: »Célian?«

Er tauchte im Rahmen auf, natürlich auf Socken. Augusta versank in einem Knicks und ich tat es ihr gleich. Lieber einmal zu oft als einmal zu wenig – so viel hatte ich heute immerhin gelernt.

»Liliette!«

Sein fröhlicher Ausruf holte mich wieder hoch. Grinsend hängte er eine Perücke an den Türknauf und schlenderte herein. Er trug Perücken?

»Guten Abend, die Damen.« Für Augusta und mich neigte er den Kopf.

Während Liliette ihn entfremdet anstarrte, versank Augusta in einem erneuten Knicks und entnervt folgte ich.

Célian lehnte sich an einen von Liliettes edel geschnitzten Bettpfosten und musterte mich amüsiert. »Eine tadellose Frisur.«

Ich versteinerte. Fehlte nur noch, dass er mir zuzwinkerte. Hatte er sich in Köln vollaufen lassen? Opium geraucht? Ich knickste ein drittes Mal.

»Rede nicht mit ihr.« Sogar Liliette klang halbherzig.

Er lächelte es weg. »Und was macht ihr hier Schönes? Zeigst du ihnen deine tollsten Kleider?«

Stirnrunzelnd sah sie an sich hinab. »Ja ... Wie findest du dieses hier?«

Er schnappte sich eine blaue Zierblume vom Bett und drehte sie zwischen den Fingern. »Für welchen Anlass?«

»Graf Barbier hat mich zu einer Teegesellschaft eingeladen. Morgen.«

»Ach so?« Kurz stoppte die Blume, ehe sie sich weiterdrehte.

»Und Mutter hat mir Mera aufgehalst«, brummte sie.

Wieder stoppte die Blume, als er zu mir sah. »Dann hast du vermutlich den gesamten Tag lang versucht, ihr Manieren beizubringen?«

Ich hatte keine Ahnung, an wen diese Frage gerichtet war.

Liliette hingegen sehr wohl. »Das würde Jahre dauern. Ich habe ihr einfach eingetrichtert, dass sie schweigen soll.«

Leise knirschten meine Zähne.

Célian sah zu mir und hob vielsagend die Brauen. »Bezaubernd, meine Schwester.«

»Lass endlich meine Zofen in Frieden«, sagte Liliette nun bestimmter. »Du kommst doch mit, oder?«

Er wog den Kopf. »Wird die Familie Stein dort sein?« Als sie schnell verneinte, schmunzelte er. »Dann komme ich mit. Ich kann meine kleine Schwester doch nicht alleinlassen.«

Einer von Liliettes Mundwinkeln hob sich. »Und ... das Kleid?«

Nach Alix' Abfuhr konnte ich ihre Anspannung leider verstehen.

»Dann zeig dich mal.«

Augusta und ich stellten uns zum Spiegel, um ihrem ausladenden Kleid Platz zu schaffen. Derweil nahm Célian Liliettes Hand und drehte seine Schwester um sich selbst. Kaum hörbar kicherte sie und veranlasste mein Herz zu einem unerwarteten Schlag.

Célian ließ sie los. »Es ist auf jeden Fall …«

»Sag nicht *ausgezeichnet*«, warf sie ein. »Oder *vorzüglich*.«

Augusta verzog den Mund.

»Dann sage ich, es steht dir wundervoll zu Gesicht, aber für eine Teegesellschaft bevorzuge ich persönlich etwas weniger … Grelles.«

Mit leuchtenden Augen nickte Liliette und hob das dunkelgrüne Kleid auf. Währenddessen zwinkerte Célian tatsächlich Augusta und mir zu. Ich zog die Brauen zusammen.

»Das Gleiche dachte ich auch!« Liliette hielt die Robe mit all ihren Lagen an ihren Körper. »Was hältst du davon?«

»Parfait!« Célian breitete die Arme aus. »Es ist süß und schick zugleich und es unterstreicht hervorragend deine Augen!«

Aufgekratzt grinste Liliette, doch sie biss auf ihre Lippe. »Célian, bist du ehrlich fröhlich?«

»Bei meinem ehrlichsten Ehrenwort!« Überschwänglich zog er sie in eine Umarmung. »Ach, Jette, dein Stempel hat Wunder vollbracht. Du kannst so stolz auf dich sein.«

Leise quietschte sie und Augusta und mich überkam ein Lächeln. Ich wollte es loswerden, aber es war hartnäckig. Als Liliette sich von Célian löste, fiel das grüne Kleid mitsamt seiner Blume zu Boden.

Sie schmunzelte. Und nutzte die Situation. »Dann geh mit mir zur Soiree.«

Célians Blick schmälerte sich. Er kniff in ihr Kinn und an seinem Daumen blitzte ein goldener Ring auf. »Du kleiner Filou.«

Liliette entzog sich ihm und er richtete sich auf. Mit einem Nicken zu Augusta und mir spazierte er aus dem Raum und wir knicksten natürlich.

»War das ein Ja?«, rief Liliette von ihrem grünen Stoffhaufen aus.

»Non!«, ertönte es heiter auf dem Flur.

Sie stürzte ihm nach. »Aber Célian!«

»Toujours non«, flötete er in der Ferne. Seine Perücke baumelte am Türknauf.

»Célian!«

»Absolument non.«

Schmunzelnd räumten Augusta und ich endlich das Chaos auf. In günstigen

Momenten schob ich mal eine silberne Brosche, mal eine goldene Haarnadel in mein Dekolleté. Nur von glitzernden Steinen ließ ich die Finger, denn immer häufiger griffen auch die Wohlbetuchten zu den neuen und günstigen Strasssteinen. Während es in meinem Dekolleté zunehmend pikste, wälzte ich in meinem Kopf das Wunder, das Liliettes Stempel vollbracht haben sollte.

NOCH 12 TAGE

Samstag, 25. Juni 1768

37 Esmeray Weiß

Ich knibbelte an meinen Fingern und starrte auf die Eingangstür der Villa. An meinem Schulterblatt rieb sich eine weiche Schnauze.

»Juckt es dich?« Ich drehte mich zu dem schwarzen Kaltblüter um und strich zaghaft über seine Nüstern. Er ruckte mit dem Kopf und ich rätselte, was das bedeutete. »Du armes Wesen, musst von früh bis spät die Kutsche ziehen, trägst Klappen um die Augen und ein Metallstück im Mund.« Ich kraulte seine Ohren und er drückte seinen Kopf gegen meine Brust. Der warme Geruch von Heu und Erde umhüllte mich und seine ewig langen Wimpern glänzten in der hochstehenden Sonne. »Dann auch noch die Hitze mit deinem schwarzen Fell.«

Er blies warmen Atem aus seinen Nüstern in das weiße Halstuch, das adrett mein Dekolleté bedeckte.

»Anscheinend hat er Euch gern, Fräulein Schwarz.« Aus dem Stall trat Bruno. Der Kutscher, der mein wahres Ich kannte.

Ich erstarrte und das Pferd stupste mich an. Langsam kraulte ich es weiter. »Ja?«, fragte ich zögerlich. »Wie heißt er?«

Bruno nannte mich bei meinem falschen Namen. Auch bei ihm rätselte ich, was das bedeutete.

»Er heißt Nox.« Der Kutscher rückte seine einfache Perücke zurecht, die im Nacken zu einem dünnen Zopf gebunden war.

»*Nacht*«, flüsterte ich Nox zu. »Wie passend.«

»Nun, eigentlich hat er alle gern. Die meisten Kinder haben Angst vor ihm, weil er so groß und kräftig ist, dabei kann er schnurren wie eine Katze.« Lächelnd rollte Bruno die Schultern.

Ich tätschelte Nox' starken Hals. »Du hast also alle lieb? Ich bin für dich gar nichts Besonderes?« Obwohl ich leise sprach, lachte Bruno. Das musste doch etwas Gutes sein.

Hinter mir knarrte es. Diesmal ruckte Nox mit dem Kopf und ich wich zurück.

»Was machst du denn da?« Liliette schritt über die Steinterrasse auf den Hof und ihr grünes Kleid wogte, als trüge sie eine wehende Baumkrone. »Du bist ja voller Pferdehaare!«

Mitten im Knicks sah ich an mir hinab und entdeckte die schwarzen Härchen auf dem pfirsichfarbenen Stoff. »Verzeihung, Fräulein, das bringe ich sofort in Ordnung.«

»Und wie du das wirst! Sonst betrittst du nicht die Kutsche.« Sie rauschte an mir und Nox vorbei. Bruno schnappte sich seinen Dreispitz vom Kutschbock und half ihr in den Wagen. Hastig klopfte ich die Haare ab, bis sich die Haustür erneut öffnete.

Zwischen den Säulen trat Célian hervor. Er trug einen so blassgrünen Gehrock, dass er in der Sonne gläsern schimmerte. Von den Schultern über die Brust und an den ab der Hüfte aufklaffenden Seiten hinab wanden sich dunkelgrüne Ranken mit sanft orangenen Blüten. Sie verzierten auch seine unterliegende Weste und sogar die edel umgeschlagenen Ärmel. Am meisten strahlte an ihm wohl sein breites Grinsen.

»So wie Ihr erstarrt, muss ich vortrefflich aussehen.« Er flanierte über den Hof und besah meine Hände, die an meinem Bauch innegehalten hatten.

Räuspernd knickste ich und schüttelte den Rest der Haare ab. »Seid Ihr bereit zur Abfahrt?« Ich wollte zur Kutsche zeigen, doch er trat nah an mich heran.

»Nur eine Sache noch.« Sein Blick wanderte von meinen Augen zu meinem Mund. Er hob eine Hand und mein Atem wurde flach. Beinahe berührten seine dunklen Strähnen mein Gesicht. Seine Hand näherte sich meiner Wange und seine Iriden leuchteten in ihrem Graublau und Graugrün, als hätten sich die Farben bei seiner Schöpfung nicht einigen können.

Es verging ein Jahrhundert, während mein Blick zu seinen Lippen streifte. Ehe ich ihre geschwungenen Linien vollständig sehen konnte, berührten seine Finger hauchzart meine Nase. Er hielt etwas vor mich – ein kurzes, schwarzes Haar.

»Jetzt können wir gehen, Madame.« Schmunzelnd trat er einen Schritt zurück. Als er in die Richtung der Kutsche wies, trug der warme Wind das Haar aus seinen Fingern. Mein angehaltener Atem entwich mir und so ruhig wie möglich schritt ich voraus.

Mistkerl, Mistkerl, Mistkerl.

Mein Herz flatterte in meiner Brust.

Liliette würdigte uns keines Blickes und sobald sich die Räder unter uns in Bewegung setzten, streckte Célian seine Beine diesmal entspannt zwischen uns aus. Ich hatte mich gefragt, wieso er sich auf unseren vorigen Fahrten so verrenkt hatte, doch jetzt rätselte ich noch mehr über die Änderung. Er berührte mich dabei nicht im Geringsten, sah aus dem Fenster und spielte mit dem goldenen Siegelring an seinem Zeigefinger. Ich sollte nicht wissen, dass er gestern in Liliettes Zimmer noch an seinem Daumen geglänzt hatte. Oder vielleicht war das ein anderer gewesen. Ich sollte mich auch nicht daran erinnern, dass er ihn vor unserem Gemüsegarten ebenfalls am Zeigefinger getragen hatte. Ich sollte Célian generell weniger beachten.

Aber während die Felder an uns vorbeizogen, hing mein Blick an seinem Ring mit dem eingravierten C und der Gladiole. Liliettes Fächer schob die stickige Luft der Kutsche herum, während wir unaufhaltsam in die Richtung meines Zuhauses fuhren.

Als Liliette ihn endlich zuklappte, sah ich auf. Die Kutsche verlangsamte in einer Allee mit gewaltigen Walnussbäumen und ich wagte einen Blick zu der Jüngsten. Sie schwitzte nicht. Ganz im Gegensatz zu mir, die sich das Kleid regelrecht vom Körper reißen wollte. Doch ihre Brust hob und senkte sich so flach, als wäre die Luft zu dick zum Atmen. Ich wollte eine Hand auf ihre Schulter legen, wie Mutter es immer bei mir tat. Aber es erschien mir zu persönlich. Der mit Blümchen gesäumte Ausschnitt ihrer Robe bedeckte kaum ihr Dekolleté, noch weniger ihre Schultern.

Sobald wir hielten, öffnete Bruno die Tür auf meiner Seite und ich flüchtete hinaus ins Freie. Ein paar Schritte entfernt blieb ich stehen. Auch wenn wir nicht weit von meinem Zuhause entfernt sein konnten, erkannte ich nichts wieder. Es wunderte mich nicht. Hätte ich hier Bekannte, müsste ich nicht stehlen. Kugelrunde Buchsbäume thronten auf steinernen Vasen, hinter denen sich eine helle Villa mit schwarzen Balkonen erhob.

Nachdem Nox sich wieder in Bewegung gesetzt hatte, ging ich hinter Célian und Liliette den Pfad hinauf. Zwei Diener öffneten die dunkle Doppeltür und Célian stellte sich und Liliette vor. Sie hielt es wohl nicht für höflich, als Frau zu sprechen, wenn es doch ein Mann für sie tun konnte. Mir warf der kleinere Diener nur einen prüfenden Blick zu und der größere, Thur, schritt voraus.

Wir folgten ihm über einen Marmorboden, der einem Schachbrett glich. Eine Treppe führte über die gesamte Breite der Halle von einer Seite zur anderen hinauf. Mühsam schloss ich den Mund, da Aenlin sich schon an meinem ersten Tag über mein Staunen lustig gemacht hatte. Von der Decke hing ein goldener Lüster mit etlichen Kerzen und ich war versucht, sein rotes Band durchzuschneiden und mit ihm hinauszurennen. Womöglich könnte ich heute etwas einstecken.

Unter der hinaufführenden Treppe hindurch geleitete Thur uns in einen Salon. Doch nur eine Gruppe von vier Damen stand an einem Buffet. Die erste rückte der zweiten eine Straußenfeder am Hut zurecht, die dritte bediente sich an dunkelbraunen Kügelchen, die vierte schenkte mit einer Kelle eine silbrige Flüssigkeit in ihr Kristallglas – und alle plauderten lautstark.

»Danke, Thur.« Eilig zog Célian Liliette in die andere Richtung. »Wir finden allein weiter.«

Zögerlich nickte der Diener und ging zurück.

»Cadieux?« Die zweite Dame schob die Hand der ersten beiseite und stürmte auf uns zu. »Célian Cadieux! Bleibt sofort stehen!«

Er hielt inne. Wie auch Liliette und ich. Die dritte Dame verschluckte sich fast an den Kügelchen, die vierte schlürfte hastig etwas von ihrem vollen Glas ab und sie eilten der zweiten nach.

»Clara! Bitte beruhige dich!«, rief die Erste, die versehentlich die Straußenfeder abgerissen hatte.

»Ich soll – oh, aber ich werde nicht! Ihr habt –«, stammelte die Zweite.

Célian ließ Liliette los und verneigte sich mit einem undeutbaren Lächeln. »Baronin Berg«, sagte er höflich.

Weiter kam er nicht. Als er sich aufrichtete, verpasste Clara Berg ihm eine schallende Ohrfeige.

Mein Atem stockte. Noch während sein Kopf zur Seite flog, machte ich einen Schritt vor. Die Damen schnappten nach Luft. Liliette krallte sich in meinen Arm und ich wusste nicht, ob sie mich zurückhalten wollte oder sich festklammerte.

»Ihr habt ihre Ehre beschmutzt, Ihr … Ihr …« Mit einem frustrierten Aufschrei über das fehlende Schimpfwort machte Clara Berg auf dem Absatz kehrt und stürmte zu einer weiteren Tür. »Haltet Euch von ihr fern! Von meiner gesamten Familie!«

Die anderen Damen warfen uns einen kurzen Blick zu, die erste mit der Straußenfeder lächelte verzweifelt. Gemeinsam liefen sie der zweiten nach.

Obwohl Liliette meinen Arm losließ, konnte ich mich nicht rühren. Alle Beteiligten mussten der Meinung sein, dass er sich die Ohrfeige verdient hatte. Niemanden überraschte oder empörte sie.

»Geht es dir gut?« Liliette packte nun Célians Arm.

Langsam drehte er seinen Kopf zurück und betastete seine feuerrote Wange. »Mensch, die Frau kann zuschlagen.« Seine Stimme klang so rau, als hätte er sie ewig nicht benutzt. Räuspernd betastete er sein Gesicht und hielt ihr die Wange hin. »Blute ich?«

Auch meine Augen glitten hektisch über sein Gesicht. Liliette schüttelte stockend den Kopf und ich atmete unfreiwillig auf.

Ein Schmunzeln erschien auf seinen Lippen und er stupste sie mit der Schulter an. »Dann steht der Feier ja nichts mehr im Wege.« Er zog ihre Hand zurück in seine Armbeuge und nach einem kurzen Blick zu mir führte er sie endgültig zur Tür. »Nur schade, dass nicht die ganze Versammlung zugesehen hat. Wir hätten die Gerüchteküche gut würzen können. Das wäre mein heutiger Dienst an die Gesellschaft gewesen.«

»Hör auf«, murmelte Liliette. Sie schien den Grund der Ohrfeige zu kennen.

Ich stolperte ihnen nach, bis sie auf der Türschwelle langsamer wurde. Vor ihr eröffnete sich eine Steinterrasse, auf der sich Dutzende Menschen tummelten. Die meisten unterhielten sich in Sesselgrüppchen. Im Garten erstreckte sich ein Labyrinth aus niedrigen Hecken bis zu einer Sandbahn, auf der einige Adelige mit Schlägeln ein paar Holzbälle durch das *Maile*-Spiel trieben.

»Fräulein Liliette!« Vom nächsten Sofa sprang ein junger Mann auf und eilte zu uns. Sein unmodischer Schnäuzer wehte im Wind und mit jedem Schritt wirkte er älter. Als er bei uns ankam, erschien er etwa dreißig. Mein Magen zog sich zusammen. Wie alt war Liliette? Dreizehn?

Er verbeugte sich vor Célian, der nur leicht den Kopf neigte, obwohl ich glaubte, dass es umgekehrt sein müsste. Liliette knickste und ließ sich einen angedeuteten Handkuss aufhauchen.

»Ihr seht hinreißend aus, liebes Fräulein. Wie eine junge Blume im Wind.«

Während sich Célian unwohl schüttelte, hätte ich am liebsten Clara Berg gerufen, damit sie auch diesem Grafen eine verpasste. Liliette war dreizehn!

»Das ist sehr freundlich von Ihnen, Erlaucht.«

Hieß es nicht *Durchlaucht*? Zum Glück war ich nur die wortlose Zofe.

Der Blick der Erlaucht fiel auf Célian. »Graf Cadieux, was ist denn mit Ihrer Wange?«

Célian lächelte nur. »In Frankreich trägt man das Rouge jetzt so. *Asymmetrie ist die neue Symmetrie*. Ich glaube, das sagte Louis le Quinzième.«

Mein Herz bebte noch und er machte schon wieder geschwollene Witze.

Der Graf brach in ein so schallendes Lachen aus, dass ich zurückzuckte. »Ihr seid eine wunderbare Gesellschaft, so ein gescheiter junger Herr und so eine wunderschöne Dame!« Er küsste Liliettes Hand noch einmal, diesmal richtig. »Kommt, ich stelle Euch die Kulturbanausen vor, damit Ihr ihnen etwas Intelligenz in die Köpfe redet. Dabei darf natürlich nichts fehlen.« Er wandte sich in die Richtung eines langen Buffets, das sich am rechten Gartenrand unter einem Segeltuch ausbreitete. »Birte, bring uns neuen Tee!«

Célian und Liliette tauschten einen Blick und schmunzelten über den Singsang. Als Barbier sie zu einer Sesselgruppe mit einem tiefen Sofa führte, sah eine junge Frau auf. Zumindest soweit es ihr abflachender Hut ermöglichte, der mit einem rosafarbenen Band unter ihrem Kinn zusammengebunden war.

»Komtess Falkenberg«, sagte der Graf, »darf ich vorstellen, Fräulein Liliette und ihr werter Bruder Graf Cadieux.«

»Hochgeboren.« Liliette versank in einem Knicks und bei den folgenden Begrüßungen war ich völlig verloren in den Anreden.

»Setzt Euch, setzt Euch!« Graf Seebald war eine Erlaucht mit einer Kuhle im hervorstehenden Kinn, der wie alle in der Runde in Barbiers Alter zu sein schien. Er klopfte neben sich auf das Sofa und, ohne zu zögern, nahm Liliette Platz. Ich stellte mich hinter sie. Gezwungenermaßen setzte Célian sich in einen Sessel zwischen Komtess Falkenberg und ein Hochgeboren namens Graf Witterstein.

»Aber Graf!«, sagte dieser und musterte Célians dunkles Haar. »Habt Ihr Eure Perücke in der Kutsche vergessen?«

»Lasst ihn nur.« Mit verstimmter Miene wählte Barbier einen Sessel und rückte so weit an die Kante, dass er fast ebenfalls auf Liliettes Sofa saß. »Ich habe mich daran gewöhnt und finde, es steht ihm hervorragend zu Gesicht.«

Witterstein rümpfte die flache Nase. »Ein Mann in diesem Jahrhundert ist nichts ohne eine gescheite Perücke und elegante Tanzbeine.«

Oder veraltete Ansichten.

»Könnt Ihr denn tanzen, Graf Cadieux?«, fragte Komtess Falkenberg.

»Ganz wunderbar!« Für Komplimente machte Liliette mit dem Schweigen wohl eine Ausnahme. »Und er spielt zauberhaft die Violine.«

»Seht, Graf«, sagte Falkenberg, »Ihr müsst Euch keine Sorgen machen.«

Während die anderen grinsten und Célian schwieg, schüttelte Witterstein den Kopf. »Wo kommen wir denn hin, wenn wir uns nicht mehr angemessen kleiden? Nur Kinder und Arme tragen ihr Haar so unziemlich.«

Lächelnd ergriff Célian zum ersten Mal in dieser Runde das Wort. »Werter Graf, in meinem Herzen bleibe ich wohl immer ein Kind.«

Barbiers Lachen dröhnte in meinen Ohren.

»Ihr habt einfach keinen Ernst, Barbier«, grummelte Witterstein. »Cadieux, so pudert wenigstens Euer Haar. Ansonsten wird Euch nie eine Dame auswählen.«

Schulterzuckend lehnte Célian sich zu den Etageren auf dem Sofatisch und nahm eines der dunklen Kügelchen. »Nur ein weiterer Grund dagegen.«

Ein Schmunzeln stahl sich auf meine Lippen. Wie er die Ruhe, aber auch seine Haltung bewahrte. Ich hingegen hätte bald dem Grafen selbst die Perücke vom Kopf gerissen. Als Célians Blick meinen streifte, schaute ich unbeteiligt auf Liliettes Zierblumen.

»Meint Ihr damit, dass Ihr kein Interesse an den Frauen habt?«, fragte der Graf und brachte ihn damit doch aus dem Konzept.

Während die Komtess leise lachte, sah Célian überrascht auf.

»Ich glaube, Witterstein, Ihr seid nicht richtig informiert.« Barbier hielt Liliette eine Traubenrebe hin. »Bevor ich die werten Cadieux-Geschwister getroffen habe, holte ich natürlich Erkundigungen ein. Ihr verzeiht es mir hoffentlich, Fräulein?«

Liliette nahm die Rebe. »Macht Euch nichts daraus, ich habe mich auch über Euch informiert.«

Komtess Falkenberg lachte leise und Barbier rückte sich zurecht. »Nun, Graf Cadieux scheint keinerlei Abneigungen gegenüber den Damen zu haben, im Gegenteil«, sagte er.

Also doch *mehrere Flammen*.

»Ihr seid also ein Charmeur, ja?« Falkenberg besah Célian unter ihren langen Wimpern, ohne dass ich ihre Meinung einschätzen konnte.

Célian schmunzelte. »Ich rate dazu, nicht alles zu glauben, was man sich so erzählt. Aber die Violine spiele ich tatsächlich hervorragend. Nur unsere werte Lehrerin sieht das etwas anders.« Er nickte zu mir und ich hätte nicht fester versteinern können.

»Lehrerin?« Graf Seebald wandte sein hervorstehendes Kinn in meine Richtung und legte eine Hand über die Sofalehne.

Mit heißen Wangen versank ich in einem Knicks. Célian war wohl langweilig.

»Ich dachte, sie sei nur Ihre Zofe«, sagte Barbier zu Liliette.

»Das ist sie auch!« Liliette wandte ihre Knie Graf Seebald zu. »Nur selten gibt sie uns Unterricht. An den meisten Tagen muss ich sie unterrichten.«

Barbier lachte, während ich ihren Hinterkopf anstarrte.

Graf Seebalds Blick fuhr über mein Kleid, meine Arme, die unter den halblangen Ärmeln herausschauten, und zurück zu meinem Gesicht. »Interessant. Was unterrichtet Ihr denn, wertes Fräulein?«

»Hauptsächlich Geschichte«, antwortete Liliette für mich. »Ihr könnt sie duzen, Graf Seebald.«

»Aber ist sie nicht eine Gelehrte?« Nur kurz sah er zu ihr. Er begutachtete wieder mich, besonders meine Augen, und ich schaute weg. »Ich bin schon lange ein glühender Verehrer geistiger Fähigkeiten.«

»Verehren tut er sie, ja«, raunte die Komtess Célian zu, »aber besitzen?«

Seebald schnalzte mit der Zunge. »Welche Geschichte lehrt Ihr, Liebes?«

Liebes? Mir wurde schlecht und zugleich verdrängte seine Frage all mein Wissen. Nur mit einem flachen Atemzug holte ich es zurück. »Besonders die des Römischen Reiches, Graf, seine Entstehung und Entwicklung. Aber ich weiß auch viel über Personen der Literaturwelt. Sicher kennt Ihr beispielsweise Luise Adelgunde Victorie Gottsched«, erwiderte ich spitzer als geplant.

Seebalds kleine Augen leuchteten. »Vorzüglich, sie ist einfach vorzüglich«, sagte er in die Runde, als sei ich ein dressierter Falke. Noch weiter drehte er sich zu mir. »Nein, süßes Fräulein, erzählt mir mehr. Ist sie die Frau des Schriftstellers Gottsched?«

»Das reicht fürs Erste.« Célians Hände lagen auf seinen Armlehnen, bereit um sich abzustoßen. Offenbar wollte er sich seine Aufmerksamkeit zurückerkämpfen.

»Ich würde so gern mehr von Ihnen hören, Graf.« Liliette wandte Seebald noch weiter die Knie zu. »Für welche Themen interessiert Ihr Euch am meisten?«

Seebald musterte sie. »Gut, ich erkläre es Ihnen gern. Aber zuerst noch eine Frage.« Er sah wieder zu mir. »Sagt, woher kommt Ihr?«

Während Liliette verständnislos die Stirn runzelte, stieg Gallensäure in mir auf. Auch Célian schien zu versteinern.

»Aus Hagen, Graf Seebald«, antwortete ich bemüht ruhig.

»Herzchen, Ihr versteht mich schon, woher kommt Ihr wirklich? Ich meine, so wie Ihre Augen aussehen und Ihre Nase, Ihre Haut ...« Er streckte eine Hand aus, doch wegen der Entfernung konnte er nur andeuten, über meine Arme zu streichen. Alle feinen Härchen auf meinem Körper stellten sich auf.

»Mera?« Liliette wandte sich zu mir. »Bringst du mir bitte eine Tasse Tee?«

Ich starrte sie an, zerrissen von Gefühlen. Sie rettete mich, indem sie mich im Stich ließ.

»Nicht nötig, da kommt Birte schon!« Barbier zeigte auf eine rundliche Frau, die mit einem Tablett über die Terrasse trippelte. Endlich wieder im Mittelpunkt, rieb der Graf sich die Hände und romantisierte in höchsten Tönen die deutsche Kolonie, aus welcher der Tee stammte. Alle blickten auf die hauchdünnen Schälchen aus weiß-blau gemustertem Porzellan. Nur die Cadieux-Geschwister sahen zu mir.

»Ich brauche dich erst mal nicht.« Liliette nickte zum Buffet. »Warte dort. Ich komme zu dir, wenn wir gehen.«

»Ja, das ist das Beste«, sagte Célian zu der Tasse, in welche Birte den dampfenden Tee goss. Seine Worte stachen in mein pochendes Herz. Mit glühenden Wangen knickste ich und wandte mich ab.

»Ihr könnt Euch sicher bedienen«, rief Seebald mir nach. »Barbier hat einiges zubereiten lassen, das Euch an Euer Heimatland erinnern könnte!«

Ich biss nur die Zähne zusammen und ging weiter. Denn wenn ich jemanden ohrfeigte, könnte man mich dafür hinrichten.

38 Liliette Cadieux

Als Mera widerspruchslos durch die Sesselgruppen schritt, konnte ich zurück ins Sofa sinken. Auch wenn Seebalds Sätze in meinen Ohren nachhallten.

Ich nahm einen Tee an einer der Untertassen und rückte meine Knie von ihm fort. So wie er ihr hinterherstarrte, würde ich ihn nicht als nächsten Verehrer auf meine Liste schreiben können – oder wollen. Und Witterstein? Öde und ständig pikiert. Da hatte ich ja mit Barbier mehr Freude, auch wenn ich sicher mit Anfang dreißig durch eine seiner Lachattacken eine Herzattacke erleiden würde. Falls er überhaupt noch lebte, wenn ich dreißig war. Ich blies über den Tee, der nach Heu und Brennnesseln roch.

Einige Meter hinter Komtess Falkenberg entdeckte ich einen rostroten Gehrock. Der Junge darin wich auffällig unauffällig meinem Blick aus – er sah direkt vor einen Baum.

»Oh, ich glaube –« Ich fiel Barbier mitten ins Wort. »Pardon.«

»Nein, fahrt fort«, sagte er. »Ich lausche gern Ihrer Stimme.«

»Entschuldigt, ich habe jemanden entdeckt, den ich begrüßen möchte.« In dieser Runde hielt ich es nicht mehr aus. Ich stand auf und seine Augen weiteten sich. So wie er immer weiter zu mir gerückt war, würde ihn meine Abwesenheit vielleicht sogar anspornen.

Célian stellte seine Tasse ab. »Dann begleite ich dich.«

»Nicht doch!« Noch hatte er sich nicht zu dem Jungen umgedreht und das war wirklich nicht nötig. »Genieß deinen Tee, ich werde nicht weit gehen.«

»Lasst Eurer Schwester ihren Freiraum.« Komtess Falkenberg lächelte mir überraschend freundlich zu. »Eine so junge Dame ist froh, wenn ihr für einen Augenblick keine Glucke folgt.«

Ich trat neben mein Sofa und knickste. »Sehr gnädig, Hochgeboren. Mein Bruder neigt tatsächlich dazu, das Gluckentum meiner Mutter zu übernehmen, wenn sie nicht da ist.«

Graf Witterstein kicherte und hielt sich eine Hand vor den Mund, sodass nur noch seine platte Nase zu sehen war. »*Gluckentum*, köstlich«, flüsterte er und Graf Seebald schnaubte nur.

Célian musterte mich. Ehe ich ihn aufhalten konnte, drehte er sich um. Mit zusammengezogenen Brauen sah er wieder zu mir. »Hast du mich etwa darüber angeflunkert, wer hier sein wird und wer nicht?«

»Aber nein!«, sagte ich.

Falkenbergs Perlenarmbänder klimperten, als sie mich fortwinkte. »Geht, geht.« Sie wandte sich zu Célian. »Die Damen sollen sich doch ebenso vergnügen dürfen wie die Herren. Steht es nicht so in dem Manifest?«

Hastig wandte ich mich ab, während Wittersteins Kichern endete. »Ging es im Manifest nicht um ebenbürtige Löhne?«

»Ach, das sind alles Hexen«, sagte Seebald, während ich an ihm vorbeitrat. »Sie wollen umgarnt und beschenkt werden. Aber damit sie sich emanzipiert fühlen, sollen wir sie jetzt auch noch besser bezahlen, wenn ihnen mal nach arbeiten ist.«

Célian ignorierte ihn und wandte sich an Falkenberg. »Hochgeboren, ich bin ebenfalls dafür, dass sich die Damen so vergnügen wie die Männer – das gilt jedoch nicht für meine Schwester.«

Pah, aufklärerisch tun, aber den eigenen Logikfehlern verfallen. Wenigstens lief er mir nicht nach, als ich von der Terrasse auf einen Kieselsteinweg trat, der durch die niedrigen Buchsbaumhecken führte. Ich folgte einem Labyrinthweg nach rechts, bis ich an einen Baum gelangte. Darunter stand eine steinerne Bank, auf der Anno saß.

Als er mich nicht länger ignorieren konnte, nahm er seinen Blick vom Stamm und stand auf. »Fräulein Liliette!« Er sagte es, als hätte er mich nicht erwartet.

»Graf Stein.« Ich knickste und er sah auf meine Hand, rührte sich aber nicht. Amüsant. Ich streckte sie ihm entgegen und leise aufatmend gab er mir einen angedeuteten Handkuss.

»Es ist schön, Euch hier zu sehen. Ich meine zu sprechen. Nicht, dass ich Euch schon länger angesehen hätte. Aber auch nicht, dass ich Euch nicht bemerkt hätte.«

Ohne seine Schwester an seiner Seite konnte ich erst genießen, wie aufgeregt er war. Ganz im Gegensatz zu den Grafen stand er so verloren zwischen Bank und Baum, als wollte er absolut nicht hier sein. Entspannt konnte ich ihn betrachten, während er überall hinsah, nur nicht in meine Augen.

»Dann muss ich wohl zugeben, dass ich Euch erst gerade eben bemerkt habe«, sagte ich. »Wie kommt es, dass Ihr ebenfalls hier seid? Kennt Ihr Graf Barbier gut?«

Er zupfte an seinen abstehenden Ohren. »Nicht wirklich. Meine Mutter hat mich hergeschleppt, weil sie den Grafen darüber ausfragen konnte, wer auf der Gästeliste steht, und sich darunter Ihr Name –« Seine Wangen liefen rot an.

»Gerade eben ist sie aber einer aufgebrachten Dame in den Garten nachgelaufen, hinter den Hecken gibt es noch eine Laube und einen Springbrunnen. Einmal war ich mit meiner Schwester dort und wir haben – nun ja, Unsinn veranstaltet.«

Über seinen Redeschwall lächelte ich so breit, dass er doch noch stoppte.

»Mit Verlaub«, sagte ich, »hat Ihnen schon einmal jemand gesagt, dass Ihr sehr schnell redet, wenn Ihr nervös seid?«

Seine Wangen wurden noch röter.

Amüsiert sank ich auf die Bank. »Welchen Unsinn habt Ihr denn veranstaltet?«

»Ach, es war nur ...« Er sah zu meiner Hand auf dem Stein, als könnte er daran ablesen, ob er die Geschichte erzählen sollte. Ein Schmunzeln brachte ihn dazu. »Mutter schickte uns damals auf einer Teegesellschaft spielen, nicht ahnend, dass wir im Nebensalon zwei Degen in einer Wanddekoration finden würden.«

Leise lachte ich. »Sie hätte besser auf Euch Acht gegeben.«

»Wisst Ihr, der Brunnen war wie gemacht für eine dramatische Fechtszene. Als seien wir in einem Theater.« Seine Schultern richteten sich auf, er zückte einen imaginären Degen und machte ein paar Fechtschritte. »Die Degen waren damals höllisch schwer, aber wir kämpften einfach mit beiden Händen. Wir waren so versessen dabei, dass Anniek mich sogar schnitt.«

Mit angehaltenem Atem verfolgte ich, wie seine Finger unter seinem rechten Auge entlangfuhren. »War es tief?«, fragte ich und mein Fächer sank.

Er schüttelte den Kopf. »Es spornte uns nur an. Anniek sprang sogar auf den Rand des Brunnens. Das konnte ich mir natürlich nicht bieten lassen und folgte ihr. Für etwa zwei Sekunden fochten wir auf dem Brunnenrand, bis mein nächster Hieb uns beide ins Wasser beförderte.« Mit ausgebreiteten Armen blickte er auf seine Kleider, als wären sie erneut klitschnass. Er lachte so leise, so angenehm, dass ich mitlachen musste und er neben mich sank.

»Darf ich mal sehen?«, fragte ich. »Wo der Degen Euch getroffen hat?«

Überrascht strich er die grau gepuderten Locken zurück, die aus seinem Zopf gefallen waren, und hielt mir seine Wange hin. »Es ist nur leicht zu sehen. Ich bin nicht entstellt, falls es darum geht.« Lediglich eine kurze, silbrige Linie zog sich über seinen Wangenknochen.

Ich schnaubte. »Das ist ja gar nichts. Würde ich mich um eine vermeintliche Entstellung sorgen, wäre ich eine Heuchlerin. Ich bin nämlich selbst Fechterin!«

Jetzt sah er in meine Augen. »Ach so?«

»Meine Brüder haben es mir von klein auf beigebracht und glaubt nicht, ich hätte mich nicht kräftig zur Wehr setzen können. Ich habe natürlich auch eine Narbe, die meine Erfahrung beweist. Um einiges größer als Ihre. Wollt Ihr sehen?« Ich hob mein Kleid an und schob meinen linken Strumpf so weit hinunter, wie das Band es zuließ. Im abendlichen Sonnenlicht, das durch den Baum brach, glänzte meine rosafarbene Narbe. Sie zog sich über mein Knie und verschwand unter dem Seidenband.

Hörbar holte Anno Luft – und ich bemerkte, wie ungebührlich ich mich verhielt. Aber er wandte sich nicht ab.

»Verdammt!« Seine Augen waren riesig, als ich langsam mein Kleid sinken ließ. »Wie weit geht es hinunter? Das ganze Schienbein?«

»Bis zum äußeren Knöchel«, murmelte ich. Nun war ich diejenige, die an ihrem Ohr zupfte. Doch seine Augen leuchteten. Wenn ich ihn bis jetzt noch nicht vergrault hatte, konnte es kaum schlimmer werden. Kurz sprang mein Blick zu Barbier, aber der hatte sich der Komtess zugewandt, die sich wiederum zu Célian lehnte, der sich hingegen nach dem Buffet umsah, als wollte er sich mit Hunger oder Durst davonstehlen. Ich schaute ebenfalls zum Buffet, wo Mera sich in den Schatten des weißen Segeltuchs gestellt hatte. Und ihre Nase betastete. Seltsames Mädchen. Oder war es, weil –

»Wahnsinn«, hauchte Anno erneut und ich sah zu ihm zurück. Kopfschüttelnd schaute er auf mein Kleid, als könnte er durch die Stofflagen hindurch die Narbe betrachten. »Es muss höllisch wehgetan haben! Wie ist es passiert? Hat einer Ihrer Brüder Euch verletzt?«

»Nein!« Gott, dann wäre Célian seines Lebens nie wieder froh geworden. »Wir hatten nur im Stall einen Spaßkampf abgehalten. Etwa wie Ihr und Ihre Schwester. Einen Schlag parierte Célian zu gut – mein Degen rutschte ab und …« Ich deutete auf mein Bein.

Er sog die Luft zwischen die Zähne, hörte so lebhaft zu, dass es mich ermutigte.

»Jedenfalls bin ich der festen Überzeugung, dass ich den Kampf dennoch gewonnen habe. Beim Anblick meines blutüberströmten Beines fiel er in Ohnmacht und ich blieb stehen.«

Als Anno lachte, klangen meine Worte in meinen Ohren nach. Mist, das hätte ich nicht über Célian sagen sollen.

»Ich denke, da wäre ich auch lieber in Ohnmacht gefallen«, erwiderte er.

Schief lächelte ich. Wenigstens machte er sich nicht lustig. »Könnten wir das … für uns behalten?«

Ein weiteres Mal sah er mich an. »Natürlich, meine Lippen sind versiegelt.«

Der Kieselsteinweg knirschte.

Eine Dame stürmte auf uns zu. Gräfin Stein.

Gleichzeitig sprangen wir auf, wobei mir erst jetzt bewusst wurde, wie entspannt ich neben ihm gesessen hatte. Mit den Schultern nach vorn, den Rücken nicht durchgestreckt. Jetzt versank ich in einem steifen Knicks.

»Setzen!«, stieß die Frau atemlos hervor.

Erschrocken sah ich auf und folgte.

»Mutter!« Anno machte einen Schritt vor.

»Du ebenfalls!« Sie stemmte die kurzen Arme in die Hüften und er fügte sich unwillig.

Um Himmels Willen, sicher hatte sie gesehen, wie ich den Rock hochgezogen hatte.

»Wertes Fräulein, wisst Ihr, mit wem ich mich gerade unterhalten habe?«

Seebald? Mera? Ich wollte zu ihnen sehen, doch das aschblaue Kleid der Gräfin versperrte mir die Sicht.

»Mit der unheimlich aufgebrachten Baronin Berg!«

Mein Herz rutschte in meinen Magen. »Es tut mir schrecklich leid, Hochgeboren, das ist nicht ... Mein Bruder war ...« Meine Finger klammerten sich an den Fächer, als ich nach einer Möglichkeit suchte, wie Célian keine Schuld an dieser Ohrfeige trug. Denn nach dem, was ich wusste, trug er sie.

Anno stemmte die Hände auf die Bank. »Mutter, du bist sehr unhöflich!«

Ich duckte mich, erwartete, eine zweite Ohrfeige zu sehen.

Stattdessen stieß die Gräfin ihre angestaute Luft aus. »Es tut mir leid, ich wollte nicht ...«

Meine Augen weiteten sich. Diese Familie war seltsam.

Eingehend betrachtete die Gräfin mich. »Verzeiht meine direkte Frage, aber seid Ihr ebenso eine Herumtreiberin wie Ihr Bruder?«

Ich schnappte nach Luft.

»Wie bitte?«, entfuhr es Anno.

»Nein!« Schnell senkte ich meine Stimme. »Hochgeboren, ich bin ein Fräulein mit Anstand und mein Bruder ist das auch. Ein Herr mit Anstand, meine ich. Vieles, was man sich über ihn erzählt, entstammt den Mündern von Neidern oder –«

»Ihr wollt Baronin Berg doch nicht als neidisch bezeichnen! Sie ist Ihnen beinahe ebenbürtig, das hätte sie nicht nötig!«

»Oh, nein!« Hastig sortierte ich meine Gedanken und redete so hochgestochen, wie ich nur konnte. »Ich habe mich missverständlich ausgedrückt, ich sprach von anderen Gerüchten über ihn. Baronin Berg ist eine angesehene

Dame. Die aber auch, wie allgemein bekannt ist, zur Übertreibung neigt, sobald es um ihre Familie geht.« Bangend umklammerte ich meinen Fächer. Ich wusste nichts über die Baronin. Mutter hatte nach Célians Zwischenfall nur gesagt, sie würde sich nicht um ihre Verwandtschaft kümmern, außer ihr Ruf stünde auf dem Spiel.

Tatsächlich sanken die Schultern der Gräfin. »Das hörte ich auch. Und nun ja, ein Junge soll sich ausleben dürfen. Für eine gewisse Zeit.«

»*Mutter.*« Anno starrte sie an.

Sie räusperte sich und verschränkte die Hände auf dem Rücken. »Schön. Bis mir anderes zu Ohren kommt, lasst Euch nicht in Eurem Gespräch unterbrechen. Ich geselle mich wieder zu Gräfin Offernach und frage, ob sie unser Kartenspiel noch einmal aufnimmt.« Sie senkte leicht den Kopf. »Fräulein Liliette.«

Wortlos sah ich zu, wie sie über den Kiesweg zur Steinterrasse schritt. Menschenhohe Kerzenständer wurden entzündet und hüllten die Anwesenden in der hereinbrechenden Dämmerung in eine Mischung aus graublauen Schatten und goldenem Glanz.

»Ihr Bruder ist also ein Frauenheld.« Anno musterte seine rostroten Hosen.

»Mein Bruder ist ein wundervoller Mensch. Er hat das Gerede nicht verdient.«

Er hob die Brauen, ohne mich anzusehen. »Ihr verkauft es mir also ebenso als Übertreibung? Wisst Ihr, es wäre mir egal, was Ihr Bruder treibt, wenn ich dabei nicht an meine Schwester denken würde.«

Ich nagte an meiner Lippe. Es half niemandem, wenn ich etwas schönredete. Weder wollte Célian diese Verbindung noch würden die Steins sie wollen, wenn sie seine Einstellung kannten. Ganz zu schweigen davon, dass ich sie nicht wollte.

Anno seufzte. »Ich werde es ihnen ausreden.« Als ich aufsah, schüttelte er den Kopf. »Keine Sorge, ich bringe Ihren Bruder nicht in Verruf. Er klang in Ihren Erzählungen sympathisch. Ich werde mir etwas einfallen lassen wie …«

»Chronischen Schwindel?«

Sein Blick kreuzte meinen und er schmunzelte.

39 Esmeray Weiß

Was war an meiner Nase falsch?

Schon ewig trat ich von einem Bein aufs andere, sah zu Liliette oder Célian und betastete meine Nase. Entnervt verschränkte ich die Arme. Ich hatte sogar Birte gefragt, ob ich helfen konnte. Aber sie hatte hastig den Kopf geschüttelt und mir im Gegenzug etwas zu essen angeboten. Ich wollte doch nichts essen! Sollte Seebald noch etwas zu mir sagen, müsste ich es auf seine Schuhe spucken. Ich wusste, was er in mir sah. Die Tochter eines Beutetürken, dem man bei seiner Gefangennahme die angebliche Wahl gelassen hatte – Tod oder Anpassung.

Meine Finger krallten sich in meine Arme. Der Geruch des Buffets drang nicht zu mir durch, vielmehr fixierten meine Augen die goldenen Kerzenständer oder die silbernen Etageren und besonders das riesige Besteck, das in dem gebratenen Fasan steckte. Bis auf die Bediensteten verirrte sich niemand hierher. Baronin Berg und ihr Gefolge hatten sich am inneren Buffet vermutlich nur selbst bedient, um ungestört ihre Frisuren zu richten. Und doch konnte ich nichts einstecken. Ich würde nicht schon wieder ein Messer wie eine Selbstmordwaffe unter mein Kleid schieben. Die verschmierten Tortenheber müsste ich erst einmal ablecken. Und die brennenden Kerzenleuchter – danke, nicht schon wieder.

Einerseits war ich froh, dass meine Robe nicht so viel Raum einnahm. Andererseits käme mir ein Gestell wie Liliettes gerade recht. Mit weiten, korbähnlichen Taschen unter der Robe. Ich rieb über meine Stirn. Nur noch zwölf Tage und Herr von Berger würde meine Eltern auf die Straße befördern.

Ein schlaksiger Junge trat zu Komtess Falkenberg. Sogar von hier aus merkte ich, dass Célian die Nase rümpfte und in seine Karten starrte. Wie die Cadieux' es hassten, wenn die Aufmerksamkeit nicht auf ihnen lag. Schnaubend sah ich zu Liliette, neben deren Bank eine Magd möglichst unauffällig einen Kerzenständer erleuchtete. Liliette und der Junge schauten zu. Auch wenn ich das kleine Biest gerade noch weniger ausstehen konnte, war ich froh, dass sie diesmal mit jemandem in ihrem Alter sprach. Zweimal wäre ich fast zu ihr gelaufen – als sie grinsend ihren Rock hochgezogen hatte und als eine Frau auf sie zugestürmt war. Aber neben dem Jungen erschien Liliette weniger damenhaft, mehr mädchenhaft.

Zugleich musste ich zugeben, dass sie ihr Spiel gut spielte. Graf Barbiers Schnäuzer sank immer weiter und er schien sich zu zwingen, nicht zu ihr zu sehen. Célian hatte stattdessen sogar seinen Sessel etwas in ihre Richtung gedreht. Doch irgendwann hatte er wohl keinen Grund mehr zur Beunruhigung gesehen, denn er war immer mehr im Kartenspiel der Runde versunken. Die Ohrfeige musste er wohl gut weggesteckt haben, wohingegen ich lange gegrübelt hatte. Als einziger Grund fiel mir die Helga-Sache ein.

Seebalds frustrierte Rufe drangen dumpf zu mir. Während Célian andauernd schmunzelte, regten sich die Grafen nur auf. Von der Komtess sah ich lediglich den Rücken und jetzt, wo der fremde Junge gegangen war, wandte sie Célian wieder ihren Hut zu. Sie spielte gleich zwei Spiele.

So war es auch bei einigen der anderen Frauen. Sie versuchten sich in Schach oder Dame und gleichzeitig in den Künsten des Umgarnens. Manche taten es wie die Komtess, die nur Nähe suggerierte, aber niemals ausführte. Andere berührten während des Lachens die Schulter ihres Gegenübers, rückten ihre Knie näher heran oder beugten sich über die Tische, um tiefe Blicke in die heutzutage ohnehin so tiefen Ausschnitte zu gewähren. Von außen betrachtet war es ein amüsantes Spiel, dessen Regeln ungeschrieben in der Luft standen, und doch von allen anders interpretiert wurden. Wem es hier um Zuneigung, Aufmerksamkeit oder finanziellen Wohlstand ging, war schwer zu unterscheiden.

Ich sah zu Graf Seebald zurück, von dem ich in der Dämmerung nur noch die Perücke ausmachte. Ihm ging es sicher eher um eine Geliebte, eine Favoritin, als um ehrliche Liebe. Und Liliette war nur auf der Suche nach der einflussreichsten Partie.

Mein Finger strich über meinen Nasenrücken. Eine solche Partie würde ich niemals bekommen oder gar für jemanden darstellen. Doch bei Graf Seebald … In nur wenigen Sekunden hatte ich Eindruck hinterlassen.

Der Hauch einer Idee kribbelte in meinen Gliedern. Allah kahretsin! Da überlegte ich, wie ich einen goldenen Kerzenständer unter meinem Kleid verstecken könnte, während die Lösung meiner Probleme auf der anderen Terrassenseite saß. Niemals könnte ich eine ausreichend vorteilhafte Eheschließung heraufbeschwören. Aber Favoritinnen erhielten manchmal kleine, sehr materielle Liebesbeweise. Und ich Närrin hortete Haarnadeln, Broschen und Todesmesser! Dabei musste ich nur *einen* Kopf verdrehen, und ehe sich dieser entwirrt hätte, wäre mein Zuhause erst einmal sicher.

Ich biss auf meine Lippe, um in der Dunkelheit nicht vor mich hin zu grinsen. Die hereinbrechende Nacht verwandelte die Hitze in angenehme Wärme und ein leiser Wind beruhigte das Kribbeln in meinem Körper. Nur mein Mund war schrecklich trocken. Mit der Kelle einer bauchigen Schüssel schenkte ich mir bernsteinfarbene Flüssigkeit ein. Es fühlte sich verboten an, das zierliche Kristallglas zu halten, aber niemand blickte zu mir. Zudem hatte Seebald gesagt, ich wäre nicht nur eine Zofe, sondern eine Gelehrte. Entschieden trank ich das Glas aus.

Süß … Herb … Warm! Das kühle Getränk erhitzte wohlig meinen Körper. Und ich stockte. Das war Alkohol.

Schulterzuckend schenkte ich mir ein zweites Glas ein. Das könnte bei meinem Vorhaben hilfreich sein. Diesmal brannte die Flüssigkeit verheißungsvoll in meiner Kehle. In dem Moment erhob sich die Person meines Plans und suchte sich zwischen den dunklen Sitzecken ihren Weg – direkt zu mir. Mein nervöses Kribbeln schwoll wieder an und schnell füllte ich ein drittes Glas.

40 Célian Cadieux

»Kommt zurück, Cadieux! Ich fordere eine Revanche!«, rief Graf Seebald.

»Seid still, Ihr verspielt noch Euer Haus«, erwiderte Komtess Falkenberg.

Dankbar schritt ich zügiger über die Terrasse. Obwohl ich ihm den Verlust gegönnt hätte, nachdem er Mera so behandelt hatte.

Verflucht, ich hätte aufstehen sollen. Bisher hatte ich den nagenden Gedanken damit beiseiteschieben können, dass eine Diskussion zwischen Seebald und mir sie noch mehr Blicken ausgesetzt hätte. Mittlerweile wusste ich, dass ich ein Feigling war. Wie sie ihre Nase betastet hatte …

In der Dunkelheit suchte ich nach ihr, doch die Kerzenständer blendeten mich. Erst kurz vor dem Bankett entdeckte ich sie an dessen Ende. Sie stellte ein Glas ab und strich über ihr Kleid, das im Kerzenlicht golden leuchtete. Schon im Sonnenschein hatte ihr der Pfirsichton geschmeichelt. Als ich zu ihr trat, knickste sie überraschend freundlich und machte mein Gewissen nur schwerer.

»Wie geht es Ihnen, Madame? Ich hoffe, Ihr konntet während der Wartezeit wenigstens etwas essen?«

Sie sah zum Buffet, als hätte sie nicht erwartet, dass ich davon sprechen würde. »Vielen Dank, ich habe nur etwas getrunken. Möchtet Ihr auch ein Glas?«

Ich schüttelte den Kopf. »Besser nicht. Ich kann keinen Tee mehr sehen und von allem anderen werde ich einfach zu schnell betrunken.« Leise lachte sie und ich musste lächeln. »Wie ich sehe, habt Ihr Graf Seebalds Kommentare gut verdaut.«

Ihr Lachen verging und sie sah zur Sesselgruppe zurück.

Mein Mund verzog sich. »Es tut mir leid, ich bin ein Feigling. Ich hätte ihm Einhalt gebieten –«

»Lasst uns nicht davon reden«, warf sie vorsichtig ein. »Es ist so ein schöner Abend, wollt Ihr Euch nicht ein wenig die Füße vertreten?« Sie wies zu einer Lücke in den Hecken, die womöglich tiefer in den Garten führte.

War sie jetzt sauer oder nicht? »Möchtet Ihr denn?«, fragte ich.

Ihr Lächeln wärmte mich. »Gern!«

Ich sah zur Gesellschaft zurück, aber von den kaum erkennbaren Gesichtern blickte keines in unsere Richtung. »Ihr könnt mir ja etwas von Luise Gottsched erzählen.« Gemeinsam traten wir zwischen die Hecken auf einen Pfad.

»Ihr habt Euch ihren Namen gemerkt? Wie aufmerksam.«

Ich hob die Schultern. Meine Augen gewöhnten sich an die Dunkelheit und das Licht des kräftig zunehmenden Mondes erhellte den gewundenen Pfad.

»Und bescheiden noch dazu.« Amüsiert strich Mera über die Hecke. »Ich denke nicht, dass Ihr die Standpauke verdient habt – oder die Ohrfeige.«

Ich musterte sie. »Wovon redet Ihr?«

»Mit Verlaub, darf ich offen sprechen?«

»Ich bitte darum.« Und hasste diese Frage.

»Wisst Ihr, dass ich etwas über Ihre Helga herausfand?«, erwiderte sie.

»Oh, sie ist nicht meine Helga.«

»Nicht mehr.« Mera zupfte ein Blatt ab und ließ es zwischen ihren Fingern umherwandern. »Es sollte mit Ihnen beiden nicht sein, also bliebt Ihr heimlich befreundet und sie verliebte sich in jemand anderen.«

Wir gelangten an einen runden Platz, in dessen Mitte eine Zierkirsche ihre Blätter in den Himmel reckte, und ich blieb davor stehen. »Ihr glaubt also, ich habe sie aus Eifersucht feuern lassen?«

»Ganz im Gegenteil, aus Zuneigung. Ihr verhalft Helga zur Flucht aus ihrer Anstellung – mit einem für bestimmte Augen vorgespielten Techtelmechtel.« Langsam schaute sie auf, prüfte vermutlich, ob sie wieder zu weit gegangen war.

Ich verschränkte die Arme und lehnte mich mit dem Rücken an den Baumstamm. »Eure Analyse über mich ist wirklich interessant.«

Schmunzelnd kam sie einen kleinen Schritt auf mich zu. »Wollt Ihr wissen, was ich noch herausgefunden habe? Helga heißt mit Nachnamen *Berg.*«

Als mein Herz aussetzte, atmete ich ruhig weiter.

Doch Mera betrachtete genüsslich mein Gesicht. »Eure Augen sprechen Bände«, raunte sie.

Ich wollte wegsehen, aber der Mondschein fiel durch die Blätter, tauchte Mera in ein Spiel aus silbrigem Licht und Schatten und hielt meinen Blick gefangen. Viel zu vertraut fiel die verkohlte Strähne aus ihrem Häubchen.

»Und was verraten sie Ihnen?«, fragte ich.

Sie trat so nah, dass ihr Kleid meine Knie streifte. »Ihr habt Helga Berg durch unkonventionelle Methoden ihre Hochzeit ermöglicht. Damit war eine gewisse Clara Berg nicht einverstanden, also ohrfeigte sie Euch. Wenn Ihr nun für Helgas Rauswurf einen so guten Grund hattet …« Sie kam näher und ihr Rock drückte gegen meine Hüfte. Ewig langsam führte sie die Spitze des Blattes über meine Weste, sodass ich sie hauchzart auf der Haut spürte. »Dann hattet Ihr den auch für Vreda«, flüsterte sie.

Mein Herz pochte so stark, dass das Blatt sicher bebte. Mon Dieu, anstatt mich von ihr fernzuhalten, verfiel ich seit gestern meinem Höhenflug. Ich zwinkerte ihr zu, berührte sie mitten auf dem Hof, stand hier mit ihr in der Dunkelheit.

Und ich wollte nur mehr davon.

Wenn ich bisher keinen großen Schaden angerichtet hatte, wenn sie mich bisher nicht hasste, konnte ich kaum etwas verschlimmern.

Ich lehnte mich vor und ihre warmen Augen leuchteten auf. »Ihr seid ein wirklich intelligentes Mädchen, aber einen Fehler hat Ihre Geschichte – Helga ist keine *Berg*.«

Das Blatt verharrte. Sie schmunzelte und die Spitze strich an der Kette vorbei, die sich unter meinem Hemd verbarg, hinauf bis zu meinen Schlüsselbeinen. »Natürlich nicht, eine *Berg* arbeitet nicht als Magd. Aber irgendwie ist Helga mit Clara Berg verwandt, sodass diese ihre eigene Reputation in Gefahr sah. Eine Nichte vielleicht?«

»Zweiten Grades«, raunte ich.

Ein Grinsen breitete sich auf ihren Lippen aus. »Ihr seid ein Schlitzohr, Comte.« Das Blatt segelte an meinem Körper hinab, als sie stattdessen ihre warme Hand an meine Weste legte.

Mein Herz flatterte. Aber mein Lächeln fühlte sich nicht mehr richtig an. »Und Ihr seid etwas zu nett zu mir, Madame.«

»Ist Ihnen das etwa zu viel?«, hauchte sie amüsiert und führte auch ihre andere Hand an meine Brust.

Und ich verstand. Mein Nacken verspannte sich, ich nahm sie bei den Schultern und lehnte sie an meiner Stelle gegen den Baumstamm. Leise atmete sie auf. Ihre Hände lagen noch auf meinem Körper, als müsste sie mich gleich fortstoßen. Doch ich hatte nicht vor, ihr näherzukommen.

»Was soll das, Mera, willst du mich berauben?«, stieß ich hervor. »Warten hier irgendwo deine Leute, um mich zu entführen?«

»Wie bitte?«

Während ich mich umsah, stemmte sie sich gegen mich.

»Du bist ja komplett durchgeknallt!« Der Schock trieb ihr alle Höflichkeit aus. »Und jetzt nennst du mich wieder *Mera*? Lass mich los, warum sollte ich dich entführen wollen?«

Ich dachte gar nicht daran, sie entwischen zu lassen. »Wieso hast du mich sonst in die Dunkelheit gelockt? Hast du mir schon die Taschen geleert? Lass mich mal sehen!«

Als ich mich vorbeugte, drückte sie eine Hand auf ihr Dekolleté. Die andere hämmerte gegen meine Brust. »He!«

Mir wurde bewusst, wie falsch es war, in ihren Ausschnitt zu starren, und ich sah wieder auf.

»Was ist dein Problem?«, rief sie. »Ich wollte doch nur …«

»Was wolltest du?«

»Ich wollte dich nicht *ent*führen!«, zischte sie.

Ich starrte sie an, während sie die Lippen zusammenpresste. Sie hatte mich *ver*führen wollen. Aber nicht meinetwegen, o nein. Da sie das Medaillon meines Bruders verloren hatte, suchte sie nun nach etwas anderem. Sie hatte sich auf der Feier umgesehen und bemerkt, wie die Reichen ihren Reichtum vermehrten.

Ich stolperte zurück. Ihre Hände rutschten von meiner Brust. Ihr Blick hing an meinen Augen.

Doch sie sah nicht mich.

Sie sah den Reichtum meines Vaters.

So wie alle anderen.

Auf dem Absatz machte ich kehrt und stürmte auf einen Pfad. Selbst aus dem Grab heraus behielt er Recht. Niemand würde jemals etwas anderes in mir sehen. Ich blieb für alle auf ewig ein Schnorrer seines Geldes.

»Célian!« Sie wagte es, mich gerade jetzt das erste Mal bei meinem Vornamen zu nennen.

Ich schritt weiter aus. Hier musste doch ein Weg zur Straße sein! Das Knirschen ihrer Schuhe stach in meinen Ohren. Schon war sie an meiner Seite.

»Was ist so schlimm daran?« Sie musste laufen, um mitzuhalten. »Ich habe nur … Ich dachte, du würdest auch …«

Jäh blieb ich stehen. »Was würde ich? Nur weil ich mich vor Jahren mit einer Magd eingelassen habe, heißt das nicht, dass ich das mit dir wiederhole! Du bist halb so attraktiv, wie du denkst!«, rief ich und stürmte weiter, bog nach links ab. Bloß nicht zurück zur Feier.

Für einen Moment herrschte Stille.

Abrupt rannte sie mir nach und hielt diesmal mühelos Schritt. »Unsinn! Du hast dich vorgelehnt! Du hast gesagt, ich sei intelligent! Du hast –«

»Gelogen! Ich habe mit jedem Wort gelogen, also bild dir nichts darauf ein!« Mon Dieu, was hatte ich noch getan? »Hör endlich auf, mir zu folgen! Hol lieber Liliette, damit wir fahren können!«

»*Célian.*« Es war vielmehr ein Knurren als mein Name. »Was ist dein verdammtes Problem?«

Schlagartig fuhr ich herum und sie rannte in meine Brust. Sofort machte sie einen Schritt zurück. Genau diesen ging ich ihr nach und beugte mich über sie.

»Dann erkläre ich es dir jetzt so, dass es auch in dein kleines Köpfchen geht.«

Sie baute sich vor mir auf und boxte mich gegen die Schulter. »Hör auf, dich wie ein Mistkerl zu benehmen!«

Ich stolperte zurück, die Worte fielen aus meinem Mund. »Du könntest gefeuert werden! Begreifst du das denn nicht?«

»Wie bitte?«

Meine Schultern spannten sich an. »Wenn man dich und mich zusammen sieht und nur der Hauch eines Gerüchtes entsteht, geht deine Anstellung über die Planke, ehe du es begreifst!«

Abschätzig beobachtete sie meine Gestik. »Du sprichst doch mit allen Bediensteten. Warum ist das gerade bei mir ein Problem?«

Natürlich. Sie dachte, sie wäre für mich niemand Besonderes, weil ich für sie niemand Besonderes war. Meine Hände ballten sich. »Weil die anderen niemandem ein Dorn im Auge sind«, stieß ich hervor.

»Und wer hat etwas gegen mich?«

Ich runzelte die Stirn. »Liliette?«

»Sie hätte das Gerücht doch schon lange verbreiten können.«

»Willst du ihr noch mehr Grund dazu geben?«

Langsam rieb sie ihre Stirn. »Aber wieso is' es dir so wichtig?«

Drohend senkte ich die Stimme. »Ich habe keine Lust, schon wieder eine neue Lehrerin für meine Schwester herbeizuzaubern.«

»Du gibst es also endlich zu!« Mein Tonfall interessierte sie nicht, sie stemmte beide Hände in die Seiten. »Wieso has' du es getan?«

»Schnallst du es nicht?«, rief ich, hatte in ihrer Nähe keine Kontrolle über meine Gefühle. »Ich dachte, dein aufklärerisches Gerede könnte Liliette die Hochzeit austreiben! Aber Mera, du bist keine moderne Rebellin, du bist ebenso erbärmlich wie wir alle!«

Sie starrte mich an, stolperte zurück. Und stürzte in die Hecke.

»Mera!« Ich machte ihr einen Satz hinterher.

»Lass mich!« Sie strampelte mit den Füßen, dem Einzigen, das von ihr noch aus dem Blattwerk ragte. Unverständliches Gezeter tönte aus dem Busch.

»Was redest du da?« Ich suchte nach ihren Armen.

Fingernägel kratzten über meine Haut. »Du solls' mich lassen!«

Nuschelte sie etwa? An den viel zu dünnen Ästchen zog sie sich hoch, taumelte auf den Pfad und schlug meine Hände weg.

»Ich bin eine Rebellin! Und dass du das von deinem Elfenbeinturm aus nich' erkennen kannst, is' mir doch scheißegal!«

»Sag mal, bist du betrunken?« Ich griff nach ihrem Kinn, doch diesmal boxte sie so fest gegen meine Schulter, dass ich zurückstrauchelte.

»Fass mich bloß nich' noch mal an! Gott, ich kann nich' glauben, dass ich geplant hatte, mit dir …« Ruckartig wandte sie sich ab und machte sich daran, ihr Dekolleté von Blättern und Zweigen zu befreien.

Schritte knirschten auf dem Pfad und wir starrten in die Richtung, aus der wir gekommen waren.

Um eine Hecke herum stürmte Liliette. »Was ist denn hier los?«

Mon Dieu.

Mera stürzte in einen Knicks, der zu einem Kniefall geworden wäre, hätte ich sie nicht rechtzeitig wieder hochgezogen. Ehe sie mich erneut fortstoßen konnte, stellte ich mich zwischen sie und Liliette.

»Nichts, sœurette, Fräulein Schwarz hat mich nur gesucht, um mir zu sagen …« Natürlich fehlte die Ausrede, wenn ich sie brauchte.

»Dass es neuen Punsch jibt!«, warf Mera ein.

»Wie bitte?« Liliette wollte an mir vorbei und ich trat ihr hastig in den Weg.

»Ich wollte nur vor den Grafen und der Komtess flüchten. Leider habe ich deinen Haarschmuck verspielt, du musst ihn gleich noch Witterstein geben –«

»*Was?*« Liliettes Augen weiteten sich. Aber nur kurz. Sie schüttelte den Kopf und warf sich an mir vorbei. Meine Ablenkungen hatten früher besser gewirkt. »Mera, was ist hier los? Habt ihr beide etwa …?«

»Igitt!« Mera schauderte. »Daran würde ich nich' mal denken, Mademoiselle, nich' mal, wenn man mich zwingen würde!«

Es klang erstaunlich echt, auch wenn sie mir gerade eben noch so nah gewesen war, dass nicht einmal ein Blatt zwischen uns gepasst hatte.

Liliette fuhr zu mir herum. »Wieso ist sie betrunken?«, fragte sie, als wäre es meine Schuld.

»Reg dich nicht auf, sie hat sich in der Schüssel vertan. Du hast sie den ganzen Tag in der Hitze stehen lassen, natürlich hatte sie Durst. Ich habe sie hierhergebracht, damit sie ausnüchtert.«

»Du hast sie nicht …« Liliette musterte mich, wandte sich dann aber Mera zu, die sich an ihrem eigenen Kleid festhielt. »Er hat dich nicht angerührt?«

Betroffen starrte ich Liliette an.

Mera schüttelte überrascht den Kopf und wankte daraufhin einen Schritt. »Nein, Mademoiselle, hat er nich', wirklich nich'.«

»Liliette«, sagte ich leise.

»Tut mir leid. So wie sich Männer verhalten, musste ich einfach fragen.«

Meine Brust zog sich zusammen. »Hat Anno –«

»Gott, nein! Er wartet am Eingang des Gartens. Als ihr nicht mehr herausgekommen seid, bin ich euch nachgelaufen und eure Stimmen waren ein guter Wegweiser.«

Ich atmete aus. »Willst du noch bleiben? Ich könnte –«

»Nein, ich sage ihm nur noch auf Wiedersehen und bitte ihn, uns zu entschuldigen.« Nach einem Blick zu Mera, die geflissentlich an uns vorbeischaute, sah sie zu mir. »Bring sie raus, ohne dass ihr beobachtet werdet. Ich komme zur Kutsche.«

Der Befehlston hatte ihr schon immer gelegen.

»Wieso kümmert es Euch?«, entwich es Mera.

Liliette drehte sich um. »Was meinst du?«

Ich trat vor, doch Mera war schneller. »Wieso kümmert es Euch, ob ich betrunken gesehen werde oder nich'? Wieso kümmere ich Euch?«

Unvermittelt machte Liliette einen ebenso drohenden Schritt auf Mera zu wie ich zuvor. »Weil ich niemanden so schön herumschubsen kann wie dich.«

Reglos ertrug Mera ihre Worte und Liliette wandte sich kopfschüttelnd ab. Mit bebendem Herzen schaute ich ihr nach und verfluchte, dass ich nie reagierte. Als ich mich zu Mera umdrehte, schmunzelte sie jedoch.

»Liliette mag mich«, flüsterte sie. Mit ihrer belaubten Haube, den roten Wangen und funkelnden Augen sah sie so schön und so fanatisch zugleich aus.

Ich blinzelte und zog sie am Ellbogen mit. »Du bist betrunken.«

Ihr Schmunzeln schwand und sie riss sich los. »Gar nich'!«

41 Alexandre Cadieux

Ich war ein Narr, ein Narr, ein Narr!

Seit Sonnenuntergang streifte ich um mein Bett herum und sagte mir immer wieder diese Worte. Vom Fenster über die Längsseite des Bettes und an der Kurzseite entlang. Narr! Über die andere Längsseite und zum anderen Fenster. Narr! Dann alles zurück. Riesiger Narr!

Ich musste mit Marti reden, anstatt zu Nox zu schleichen und nach wirren Worten davonzulaufen. Da hätte ich gleich fortbleiben sollen. Aber nachdem ich mich gestern wieder hinter meinem Schreibtisch versteckt hatte, war dieses Verlangen unbändig geworden. Das Verlangen nach dem Geruch von Stroh und Fell … nach sanften Augen und weichen Locken.

Narr!

Am Fenster machte ich kehrt und marschierte zurück. Längsseite, Kurzseite, Längsseite, Fenster. Auch heute drückte eine unsichtbare Hand so fest auf meine Brust, dass ich nur schwer atmen konnte. Es war unwichtig, ob es an Martis spanischen Worten lag oder daran, dass ich ihm so lange nicht nah gewesen war. Seine Worte hinterließen in mir das Gefühl, dass ich ihm noch nie nah gewesen war.

Mein Blick fiel auf die Vorhangsöse und ich blieb stehen, sah hinaus in die Nacht. Nur wenn ich mit ihm redete, konnte sich etwas ändern.

Kopfschüttelnd wandte ich mich ab. Mir fiel keine mögliche Antwort ein, die dieses zarte *Wir* retten würde. Was war denn ein *Wir*, wenn es ohne Vertrauen war?

Schon ewig schmerzten meine Füße und endlich rang ich mich dazu durch, anzuhalten und meine Schuhe abzustreifen. Ich trat sie beiseite und warf meine Kniestrümpfe dazu. Der Teppich drückte sich weich zwischen meine Zehen und ich spürte bei jedem Schritt, wie sich meine verspannten Muskeln daran gewöhnten, ohne Absatz aufzutreten.

Als ich das dritte Mal an meinen Socken vorbeikam, musste ich die Schuhe an ihren Platz im Kleiderschrank stellen und die Strümpfe in den Wäschekorb werfen. Erst dann konnte ich weitergehen. Elende Ordnung.

Mein Blick fiel auf den Nachttisch und zwang mich dazu, erneut stehen zu bleiben und die Bücher darauf in die Schublade zu stecken. Spanisch-Deutsch-Wörterbücher.

Narr!

Beim Ruck der Schublade erzitterte obenauf die Pflanze. Bevor ich auch noch sie in einer Ecke verstecken würde, ertönten Schritte auf dem Flur. Sie waren leise, doch ich hörte deutlich die Absätze. Barfuß schlich ich zur Tür.

»Gott, sei doch nicht so laut!«, zischte eine Stimme und ich presste ein Ohr an den Türspalt.

»Beruhig dich, Mutter schläft ja ganz woanders.« Das klang nach Célian.

»Es tu' mir leid, Mademoiselle, ich zieh besser die Schuhe aus.«

Mademoiselle? Das mussten eine der Mägde und Liliette sein.

»Achtung!«, zischte Célian.

»Huch!« Das Mädchen kicherte.

»Verflucht, sie wird noch alle aufwecken! Alix schläft gleich am Ende des Flurs!«

Nein, schlafen tat ich momentan relativ wenig.

»Seit letztem Herbst geht er so früh ins Bett, der ist schon in anderen Sphären«, flüsterte Célian. »Jetzt geh einfach, ich sorge dafür, dass sie unauffällig in ihre Kammer kommt.«

Ich kniff die Lippen zusammen. Ohne Marti hatte ich keinen Grund mehr, um frühabends in meinem Zimmer zu verschwinden.

Liliette schnaubte frustriert und leise entfernten sich ihre Schritte.

»Gute Nacht, Mademoiselle«, flüsterte die Magd.

Sie kehrten von der Teegesellschaft wieder, also war das Mera Schwarz.

»Und jetzt lass mich endlich los«, zischte sie Célian zu. »Ich find den Weg allein.« Ihre Schritte folgten Liliette.

Ich drückte die Stirn an das warme Holz. Betete, dass Célian nicht dem Mädchen nachstarrte, das ihn so vorlaut ansprach. Er sollte gehen, solange er konnte. Ehe sich auch auf seine Brust eine unsichtbare Hand presste.

Aber obwohl er in die gleiche Richtung musste, ließ er sich Zeit. So viel Zeit. Immer wieder klackte es, während er von einem Fuß auf den anderen trat. Nach einer Ewigkeit raschelten seine Schuhe, als er sie auszog, und seine dumpfen Schritte entfernten sich.

Ich war der Falsche, um ihm Vorwürfe zu machen. Stunde um Stunde hatte ich mich im Stall und auf dem Feld herumgetrieben, nur um einen Blick auf Marti zu werfen. Seufzend löste ich meine Stirn von der Tür und fiel auf mein Bett. Was war das nur mit den Cadieux' und ihren Bediensteten?

Durch die Matratzen hindurch strahlte das Medaillon eine unerträgliche Hitze aus. Ich drehte mich auf die Seite und rückte weit an den Rand.

NOCH 11 TAGE

Sonntag, 26. Juni 1768

42 Esmeray Weiß

Mit pochendem Kopf und verknotetem Magen schleppte ich mich durch das Labyrinth aus ewig gleichem Stein. Ich war kurz davor, mich auf eine der Wendeltreppen zu setzen und so lange die Stirn auf meine Knie zu legen, bis mir jemand den Ausgang zeigte. Hin und wieder strahlte durch ein paar Fensterchen grelle Sonne herein und blendete mich so sehr, dass ich nicht erkennen konnte, was dahinter lag. Ein Blick auf ein paar Bäume hätte meinem nicht existenten Orientierungssinn ohnehin nicht geholfen. Ich sehnte mich nach einem Bett. Oder einem eiskalten Wassereimer, in den ich meinen Kopf stecken konnte.

Eigentlich müsste ich dankbar sein, dass Célian vorhin über die Marmelade hinweg gesagt hatte, so schrecklich, wie ich aussähe, sollte ich in der Villa bleiben, sonst würde ich sie alle noch mit etwas anstecken. Vermutlich hätte ich mich beim Gottesdienst wirklich in den Kelch des Pfarrers übergeben. Dabei hätte ich mich beim Frühstück viel lieber auf Célian übergeben. Ebenfalls sollte ich ihm dafür danken, dass er meinen betrunkenen Hintern nicht aus der Villa geworfen hatte. Doch er hatte mich gestern unattraktiv und erbärmlich genannt – und heute bezeichnete er mich als schrecklich und ansteckend?

Du bist keine moderne Rebellin.

Seine Worte stachen wie meine Kopfschmerzen. Mit halb geschlossenen Augen tastete ich mich die Wendeltreppe hinab und ignorierte die leise Stimme, die mir vorwarf, nur wegen seiner Ablehnung sauer zu sein. Ich hatte doch gar nicht *ihn* gewollt. Es war nur eine Inszenierung gewesen, um ihm Geld aus der Tasche zu luchsen. Was völlig schiefgegangen war. Meine Fäuste ballten sich. Hätte ich nicht schon genug Schmerzen, hätte ich mir gegen den Kopf gehauen, damit die Stimme Ruhe gab. Eine andere sagte, wie hässlich es gewesen wäre, hätte ich tatsächlich nur den Reichtum gewollt. So wäre ich um keinen Deut besser als all die Adeligen, die anstatt Menschen nur Geld sahen.

Resigniert strich ich eine verschwitzte Strähne in meine Frisur zurück. Milena hatte sie mir wieder fleißig geflochten, während ich im Sitzen beinahe eingeschlafen war. Mein Grübeln machte nichts besser. Entweder war ich gehörig von meinem Weg abgekommen, weil es mich verletzte, dass Célian mich zurückgewiesen hatte, oder ich war ein geldversessenes Ekel. Noch mehr verwirrte mich, dass er Milena weiter mein Haar machen ließ.

Am Fuß der Treppe entdeckte ich eine Tür und öffnete sie einfach. Die Cadieux-Geschwister waren ohnehin außer Haus, nur die Gräfin saß irgendwo über mir auf ihrem weißen Sofa. Vermutlich erwischten sie mich lieber in einem unbefugten Bereich, anstatt in Zukunft die Reste einer vertrockneten Magd in ihrem Bedienstetenlabyrinth zusammenzukehren. Tatsächlich landete ich direkt in der Eingangshalle und atmete auf. Als ich endlich vor der richtigen Tür stand, konnte ich nicht einmal beantworten, wieso Célian gestern wütend gewesen war. Er hatte selbst gesagt, dass ich für seinen Plan mit Liliette nun doch nicht geeignet war. Es sollte ihn also nicht interessieren, ob ich entlassen wurde.

Ich schloss die Lider, verdrängte das Chaos in den letzten Bereich meines Geistes und öffnete die Tür. Mein erster Blick fiel auf den Stalljungen Marti, der vor Aenlins Bett stand und mich anstarrte. Seine Augen waren weit geöffnet, als erwartete er mich sehnsüchtig. Aber seine Schultern sanken und er presste die Lippen zu einem Lächeln. Er erwartete wohl nicht *mich*.

»Guten Tag, wir wurden uns noch nicht vorgestellt. Ich bin Martiño Civantos.« Er streckte eine Hand aus. »Ihr könnt mich Marti nennen.«

»Guten Tag. Mera Schwarz.« Überrumpelt schüttelte ich seine Hand. Als er sich gleichzeitig zu einem Handkuss hinabbeugte, erstarrten wir und lösten uns peinlich berührt.

»Und ich bin Aenlin. Ihr könnt mich aber auch *Gelangweilt* nennen.«

Mein Kopf ruckte zum Bett. Aenlin lehnte aufrecht an den Kissen. Sofort vergaß ich Marti, schob mich an ihm vorbei – sowie an einer Matratze auf dem Boden? – und hastete zu ihr.

»Wie geht es dir? Wie geht es deinem Bein?« Ihr verbundener Unterschenkel thronte noch immer auf einem Kissenstapel, aber inzwischen drückte sich keine rote Linie mehr durch den Verband.

Belustigt schnaubte sie. »Du bist ja ganz aufgeregt. Hast du dir etwa Sorgen um mich gemacht?«

In Ermangelung eines Stuhls sank ich auf ihre Bettkante. »Natürlich! Weißt du, wie du aussahst, als du in den Blauen Salon getragen wurdest?«

»Oh, zum Glück erinnere ich mich nur verschwommen. Der ganze Alkohol, du verstehst.« Sie grinste mich an. Mit einem Blick zu Marti erhob sie die Stimme. »Doch jetzt will man mir keinen mehr bringen!«

Er seufzte. »Glaub mir, betrunken hast du mir auch besser gefallen.«

Während er die Tür fixierte, verdrehte sie die Augen. »Es ist schrecklich öde herumzuliegen. Einmal war Feit hier …« Sie errötete. »Jedenfalls will der Graf mich nicht gehen lassen. *Du bist erst seit gestern Mittag richtig bei dir, da gehe ich doch heute kein Risiko ein.*«

»So klingt er gar nicht«, murmelte Marti.

»Was weißt du denn, du siehst ihn doch nur auf dem Feld, wenn überhaupt.«

Er funkelte sie an. Im nächsten Moment stieß er sich vom Bettrahmen ab. »Du hast recht. Ich muss zurück an die Arbeit. Eine Frage noch, Fräulein Schwarz, habt Ihr den Grafen heute gesehen?«

Ich sah auf. »Nur beim Frühstück. Die Geschwister sind ja nun in der Kirche.«

»Na klar, Sonntag«, stöhnte er leise. Dann blinzelte er und glättete die Stirn. »Habt Ihr zufällig mit ihm gesprochen?«

»Ähm ... Worüber denn?«

Er winkte ab. »Ach, nicht wichtig, danke trotzdem.« Mit einer leichten Verbeugung drehte er sich um, sah an der Tür aber noch einmal zu Aenlin. »Wenn du ohne Erlaubnis aufstehst, lasse ich dir nie wieder Erdbeeren zukommen.« Schon war er hinaus und ich blickte auf das dunkle Holz.

Martiño Civantos. Das könnte ein spanischer Name sein. Meine Gedanken sprangen zu dem Satz zurück, den ich für Alix übersetzt hatte. Und diese Wortfetzen nach Liliettes schrecklichem Schluchzen – jemand hatte Alix vor dem Stall beim Vornamen genannt und dieser Jemand war Marti gewesen.

Ich werde dir niemals glauben, aber ich liebe dich.

Mein Herz brach für den Kerl, der mir am ersten Tag so kalt begegnet war. Und dem ich die spanischen Worte seines Geliebten aufgeschlüsselt hatte. Himmel, er hatte sich selbst als *Der Junge, der nicht hätte träumen sollen* bezeichnet und als *Das naive Täubchen*. Ein Kloß bildete sich in meinem Hals. Wusste überhaupt jemand davon? Vielleicht sollte ich Marti von der Übersetzung ... Nein, das war ihre Sache.

»Ich glaube, niemand hat Marti jemals so lange nachgestarrt.«

Blinzelnd sah ich zu Aenlin.

»Hast du dich gerade verliebt?«

»Gott, nein!« Ich schüttelte den Kopf und bereute es, als er pochte.

»Warte.« Ihre Augen weiteten sich. »Wieso nannte er dich –«

»Deshalb bin ich hier!«, sagte ich schnell.

»*Fräulein* Schwarz?«, beendete sie.

»Bitte lass mich erklären. Es ging alles so schnell und du hast geschlafen oder warst kaum bei Bewusstsein, deshalb ...« Mit jedem meiner Worte hoben sich ihre Brauen weiter. »Ich habe eine höhere Anstellung bekommen«, platzte ich heraus.

Sie schob ihr Kinn vor. »Was? Wann?«

»Kurz bevor du blutüberströmt in den Blauen Salon getragen wurdest.« Die Erinnerung bereitete mir noch mehr Kopfschmerzen. »Ich weiß, dass das unfair ist und du mich jetzt bestimmt noch weniger leiden kannst –«

»Wovon redest du denn da?« Sie griff nach meinen Händen. »Ich verstehe ja nur die Hälfte. Als was bist du angestellt?«

»Als Liliettes Lehrerin«, flüsterte ich, als machte es sie leise weniger sauer.

»O mein Gott!« Sie schüttelte meine Finger. »Und das habe ich einfach verschlafen? Wie ist es so?«

»Ähm ... Anstrengend?«

Sie lachte. »Das glaube ich gern.«

»Aenlin, bist du nicht sauer?«

»Ach, du denkst, weil ich den Aufstieg eher verdient hätte?« Ein Schmunzeln umspielte ihre Lippen. »Ja, hätte ich wohl, aber meine Lebenszeit ist mir für den kleinen Filou doch zu kostbar. Obendrein kann ich weder lesen noch schreiben, also wäre ich wohl eine ziemlich schlechte Lehrerin.« Sie kicherte und es lockerte meine Schultern.

»Ich konnte auch keine Noten lesen und Liliette hat es direkt am ersten Tag bemerkt.«

»Mist!« Sie lachte auf und dabei grummelte ihr Magen.

Ich lächelte. »Soll ich dir ein Mittagessen holen?«

»So verlockend das klingt, du musst leider arbeiten.«

»Frieda hat mir nach den Vorbereitungen für die Kirche gesagt, dass heute genug Personal eingeteilt ist. Außerdem muss ich an einem Sonntag doch die Arbeit niederlegen und Nächstenliebe betreiben.«

Breit grinste sie. Als ich fast aus der Tür war, rief sie mir nach, ich sollte mir auch etwas mitbringen, denn ich sähe schrecklich aus. Wenn sie das sagte, machte es mir nichts aus.

Während ich über die öffentlichen Flure zur Küche ging, fiel mir ein, dass in einer meiner offenen Fragen über Célian auch Marti vorkam. Was hatte Célian ihm Klimperndes überreicht? Wenn ich Marti schon nicht auf seine Beziehung zu Alix ansprach, könnte ich ihn wenigstens darüber aushorchen. Leider begegnete ich ihm nicht. Als Irmgard mich in die Küche kommen sah, stand sie stirnrunzelnd aus ihrem Lehnstuhl auf, legte ihre zu stopfenden Socken beiseite und stellte sich an den Herd. Unwohl betonte ich, dass es für Aenlin war. Nur noch stärkeres Stirnrunzeln.

Schließlich drückte sie mir ein Holztablett in die Hand mit zwei Schüsseln voll buntem Reissalat. »Wehe, eine von euch isst nicht auf. Ihr seht beide gleich scheußlich aus.«

Die Sprache der Zuneigung war wirklich eine interessante. Ich lief zurück, und als Aenlin das Essen sah, atmete sie tief ein. Mit leuchtenden Augen zog sie das gesamte Tablett auf ihren Schoß, stach die Gabel in den Salat und klopfte mampfend auf die Matratze.

»Du solltescht disch beeilen, wenn du etwasch abbekommen willscht.«

»Meinst du wirklich? Was, wenn …« Ich sah zur Tür und zurück zu Aenlin. Sie aß so zügig, dass ich ums Bett herumlief, meine Schuhe abstreifte und neben sie in die Matratzen sank. Das musste der Futterneid sein, mit dem Geschwister aufwuchsen.

Als ich die erste Gabel in meinen Mund schob, seufzte ich. »Aenlin, sehen wir wirklich so schlimm aus?« Mein Kopf sank tiefer in die Kissen mit ihren samtigen Oberflächen und die Sonne schien durch die Fenster auf meine Füße.

»Ich glaube, ich sehe wieder besser aus. Aber du, meine Liebe …«

Ich kniff die Augen zusammen und sie schmunzelte. Wir aßen, wackelten mit den Zehen in der Sonne und ich erzählte ihr, dass ich gestern möglicherweise Alkohol getrunken hatte. Als ich meinen Sturz in den Busch erwähnte, lachte sie sich schlapp. Und über die Grafen Barbier, Witterstein und Seebald zog sie gemeinsam mit mir her, was mir seltsamerweise eine Last von den Schultern nahm. Nach dem Essen zauberte sie aus der Nachttischschublade ein Kartenspiel hervor. Während des Spiels äffte ich Seebald nach und sie mimte Barbier mit seiner erschreckenden Lache.

Als die Sonne bloß noch ihren Ellbogen erhellte, streckte ich meinen knackenden Rücken durch und warf meine Karten hin. »Werter Graf, ich kann nicht mehr denken. Ihr habt gewonnen.«

»Ha, ha, ha! Ihr seid ein vorzüglicher Komiker, Seebald. Denken konntet Ihr doch noch nie.« Auch sie warf ihr Blatt aufs Bett und wir grinsten. Seufzend sank sie tiefer in die Kissen. »Mera, ich kann es kaum erwarten, Helga alles zu erzählen, wenn ich sie irgendwann wiedersehe. Sie wollte schon immer zu einer Teegesellschaft und jetzt kann ich ihr endlich beweisen, dass dort alle fies sind.«

Leise schnaubte ich. »Schick ihr am besten einen Brief, dann bestätige ich das mit meiner Unterschrift.«

»Das wäre schön.« Müde lächelnd schloss sie die Augen und es dauerte, bis ich verstand, dass sie absichtlich hypothetisch sprach. Sie konnte Helga keinen Brief schicken. Weder verfügte sie über die Fähigkeit zu schreiben noch über das Papier.

»Moment, ich hole kurz etwas, bin gleich wieder da.« Ich rutschte vom Bett, streifte meine Schuhe über und lief zur Tür.

»Ach, lasst Euch Zeit, Seebald«, murmelte sie. »Ich halte erst mal ein Nickerchen. Aber bleibt ja fern von meinen Mägden.«

Schmunzelnd eilte ich in die Eingangshalle und die Doppeltreppe hinauf. Die Gräfin verließ selten ihren Weißen Salon, und sobald ich die Geschwister hören sollte, würde ich in die Seitengänge wechseln. Von Liliettes Unterricht hatte ich genug Papier, damit Aenlin mir diktieren konnte, was sie Helga schreiben wollte. Ich hingegen durfte keinen Brief abschicken, auf dem jemand die Adresse meiner wahren Heimat lesen konnte.

Mitten auf dem Flur im ersten Stock erstarrte ich. Innerhalb einer Woche hatte ich ein wenig Kopfschmuck und ein verfluchtes Messer gestohlen – und jetzt wollte ich Briefe schreiben, während die Villa fast leer war?

Mit zusammengezogenen Brauen blickte ich über das polierte Parkett. Eine Kommode stand an der Seite, darüber hing ein Spiegel, weiter hinten noch ein Schränkchen. Schnell sah ich mich um. Nachdem die Geschwister das Haus verlassen hatten, waren die meisten hinter dem Personalgebäude in die Sonne oder zur Arbeit gegangen. Die Kommodenschublade knarzte, als ich sie aufzog. Nichts weiter als Kerzen. Hinter den unteren Türchen verbarg sich Leere. Enttäuscht schloss ich wieder zu und musterte den Spiegel, doch der würde in meinem Bett nur zerbrechen. Also zum nächsten Schränkchen. In einer Wandnische davor hing das Gemälde eines Pfaus – auch zu sperrig. Ich huschte weiter den Gang hinab.

Stopp. Der Flur teilte sich und links erhob sich Liliettes dunkle Schlafzimmertür. Aber dann müsste hier auch meine Kammer sein und davon war keine Spur. Ich drehte mich um und erinnerte mich nicht, in welche Richtung ich an der Doppeltreppe abgebogen war. Mein Herz bebte, als ich näher an die Tür trat und lauschte. Stille. Vielleicht war es doch Célians Gemach. Mit angehaltenem Atem öffnete ich und schob mich in den orange erleuchteten Raum. Beim Anblick der bloßen Oberflächen rollte ich die Augen. Schon wieder Alix' Zimmer. Seufzend wandte ich mich ab. Ich würde sicher nicht erneut sein Medaillon klauen.

Mein Blick blieb jedoch an seinem Schrank hängen. Mit ein paar Schritten war ich da und öffnete ihn. Ein Gehrock aus Brokat oder ein Hemd aus Seide waren im Preis nicht zu unterschätzen und so oft, wie Alix seine Kleidung schon verdreckt hatte, scherte er sich nicht um sie. Ich kramte bis zum linken Ende und zog einen dunkelroten Gehrock mit goldenen Knöpfen heraus. Hastig steckte ich ihn unter meinem Kleid fest, sodass der Stoff meinen Rock weiter ausstellte.

Ich schmunzelte. Als Diebin sah ich geradezu adelig aus.

Schritte ertönten und mein Herz stolperte. Sie wurden lauter, kamen direkt hierher. Ich hatte nicht einmal die Tür ganz zugezogen. Hastig schloss ich den Schrank, wollte unters Bett kriechen. Aber es könnte Alix sein, der nach seinem Medaillon tasten würde. Mein Blick flog durch den Raum, während die festen Schritte näher kamen. Der Tisch bot keinen Schutz, die Kommoden waren zu schmal, die Vorhänge ordentlich zu den Seiten gebunden. Mir blieb nur der Schrank. Ich zog ihn wieder auf, drückte die Stoffe zur Seite und quetschte mich in die Ecke des fehlenden Gehrocks. Kaum hatte ich die Türen von innen zugezogen, betrat jemand den Raum. Die Zimmertür knallte ins Schloss und ich zuckte zusammen. Angestrengt balancierte ich auf meinen Absätzen und hoffte, dass der zarte Schrankboden hielt.

»O Gott, wieso gehe ich da überhaupt noch mit?«

Alix' Stimme drang nur gedämpft zu mir. Innerlich bebte mein Körper.

»O *Gott.*« Zynisch lachte er auf. »Wunderbar, ganz wunderbar.«

Während er durch den Raum schritt, verströmte der Gehrock an meinem Gesicht einen Geruch von Staub und Dunkelheit. Es rauschte und der Lichtstreifen, der in den Schrank fiel, wurde dunkler. Alix kam wieder in meine Richtung. Bevor mir der Schweiß ausbrechen konnte, trat er an mir vorbei. Es rauschte erneut und wurde noch dunkler. Ein dumpfes Knarzen verkündete, dass er sich wohl aufs Bett geworfen hatte. Er hielt es nicht lange aus, wälzte sich herum. Als er wieder auf die Füße sprang, erbebte der Schrankboden. Ein Grollen ertönte und ich schloss die Augen. Es klickte, vermutlich die Schnallen seiner Schuhe.

Neben dem Schrank knallte etwas an die Wand. Ich riss die Augen wieder auf, als es auf die Dielen fiel. Noch ein Knall.

Ich starrte in die Dunkelheit. Meine schwitzigen Hände, mit denen ich mich abstützte, drohten wegzurutschen. Unaufhaltsam kamen seine Schritte auf mich zu. Oh, bitte nicht. Mein Atem beschleunigte sich. Sie waren schon ganz nah. Ich krallte mich in das weiche Holz, spannte die Schultern an. Gleich würde er die Tür aufreißen.

»Nein«, knurrte er. »Nein, das machst du nicht!« Damit stürmte er fort, seine Schritte ohne Absätze. Die Tür knallte zu.

Auf dem Gang ertönte Liliettes Stimme. »Alix? Wo sind deine Schuhe?«

»Niemand braucht Schuhe!«, stieß er hervor.

Ich blickte gegen den Gehrock, atmete immer heftiger ein und aus. Seine Geräusche verklangen. Mühsam löste ich eine Hand vom Holz und drückte den Stoff weg. Die Luft war auf einmal schrecklich dick. Auch Liliettes Schritte verschwanden, nur mein Herzschlag dröhnte in meinen Ohren. Mit zittrigen Fingern drückte ich gegen die Tür.

Sie bewegte sich nicht.

Mir wurde heiß. »Geh auf, geh auf, geh auf!« Ich drückte fester dagegen, rüttelte an dem bisschen, das ich von innen vom Schloss greifen konnte. Knarrend sprangen die Türen auf und ich stürzte vornüber in den abgedunkelten Raum. Mit den Händen auf dem Parkett kletterte ich heraus und rang schwer nach frischer Luft.

NOCH 10 TAGE

Montag, 27. Juni 1768

43 Martiño Civantos

Grelle Wolken verhangen den Himmel und alles stach in meinen Augen. Besonders Alix' bernsteinfarbener Gehrock. Gestern hatte ich gesehen, wie er bei Sonnenuntergang mit schwarzen Fußsohlen in der Villa verschwunden war. Jetzt redete er ungetrübt mit Dörrie, die heute zum ersten Mal wieder arbeitete. Er schirmte seine Augen mit der Hand ab und ging weiter zu den anderen, die Erbsen oder Blumenkohl ernteten. Meine Schaufel verharrte und ich lauschte, aber Alix war zu weit entfernt. Zähneknirschend drehte ich ihm den Rücken zu und grub das Loch für einen Pfahl des zukünftigen Holzzauns.

Was auch immer ich falsch gemacht hatte – er musste auf mich zukommen. Und das war aussichtslos. Meine Schaufel pflügte wie durch Wasser. Völlig kindisch, dass ich mir ausgemalt hatte, wie wir meine Hütte ausbauten und aus Schaukelstühlen heraus das Anwesen leiteten. Jeden Abend hätten wir mit den Bediensteten in einem der Salons gespeist und getanzt.

Die Schaufel verkeilte sich und ich blinzelte dankbar der Erde entgegen. Ich sank auf die Knie und atmete tief ihren frischen Geruch ein, um meine Träume zu vertreiben. Seit Alix im Stall das erste Mal *Je t'aime* geflüstert hatte, überkamen mich diese Schwärmereien wie Unkraut, das ich nicht gänzlich ausmerzen konnte.

Ich hebelte einen faustgroßen Stein frei, als ein Schatten über mein Gesicht fiel. »Den kann ich wegbringen.« Bernsteinfarbene Hosen gingen vor mir in die Hocke und Alix griff nach dem Stein. Seine Stimme kribbelte in meinem Nacken. Erstarrt blickte ich auf den gold gemusterten Stoff. Wenn er sprechen wollte, sollte er sprechen. Ich brachte kein Wort heraus.

Doch Alix sprach nicht. Er zog aus seinem Ärmel einen Zettel und ließ ihn in das Loch fallen. Schon erhob er sich und seine dicken Stiefel, die so gar nicht zu seinen feinen Hosen passten, verschwanden aus meinem Blickfeld.

Langsam entwich mein angehaltener Atem. Wie ein Gänseblümchen in frischer Erde lag der Zettel im Loch. Ich war versucht, ihn einfach zu verschütten. Mierda, was sollte ich mit einem Brief, wenn er jede Nacht mit mir reden konnte?

Aber Reden war nicht Alix' Stärke. Und meine war es nicht, mich von ihm fernzuhalten. Ich streckte meine Hände in das Erdloch und faltete den Zettel so darin auf, dass niemand zusehen konnte. Natürlich verstand ich nicht, was in Tinte darauf geschrieben stand. Aber davon hatte ich Alix nie erzählt. Da hätte ich ihm gleich sagen können, dass andere besser für ihn waren.

Nur ein paar As, Ls und Is erkannte ich. Kein einziges X war zu finden. Alix hatte also weder mit seinem Vor- noch mit seinem Nachnamen unterschrieben. Ich musste hoffen, dass auch der Inhalt nichts über den Absender verriet. Und ich schnellstmöglich Mera begegnete.

44 Esmeray Weiß

Dass Gräfin Cadieux vom weißen Sofa ihre Kälte ausstrahlte, war heute nicht einmal das Schlimmste. Ständig unterbrach Liliette ihr Spiel auf der Harfe und nannte der Gräfin einen neuen Namen. Jedes Mal verneinte diese, sodass Liliette auf ihre Lippe biss und das Stück von vorn begann. Bald hatte ich den Anfang von Bachs *Wohltemperierter Harfe* satt und blätterte um, ehe Liliette neu ansetzte. Sie bemerkte es gar nicht.

»Dieu merci«, murmelte jemand.

Ich sah über den Notenständer hinweg zur Gräfin. Aber sie hatte ihren Mund geschlossen, die Augen starr auf ihre Buchseiten gerichtet.

»Und Britta Hermann?« Liliette stoppte wieder.

»Sie ist fast sechzig und hat kaum noch Zähne. Was sollte sie dir bringen?«

Als Liliette weiterspielte, hörte ich sie flüstern: »Sie ist nett.«

Ich verspürte das Bedürfnis, sie zu umarmen. Aber auch wenn ich Célian gesagt hatte, sie würde mich mögen, war ich mir da nüchtern nicht mehr so sicher. Eigentlich hatte sie nur gesagt, sie würde es mögen, mich herumzuschubsen. Kleiner Unterschied.

»Und was ist mit Cordula –«

Die Gräfin knallte ihr Buch zu und wir zuckten zusammen. Betont langsam stand sie auf und schritt zur Doppeltür. »Du raubst mir den letzten Nerv. Ich gehe spazieren«, presste sie hervor und verschwand in den Flur.

»Spazieren?«, fragte Liliette ungläubig.

»Spazieren?«, wiederholte jemand.

Mein Blick schoss zu den Sofas zurück. Hinter einer Rückenlehne setzte sich wie aus dem Nichts Célian auf. Ich stieß einen kleinen Schrei aus. Die Geschwister sahen zu mir und ich legte meine bebende Hand auf meinen Mund.

Liliette wandte sich bereits ihrem Bruder zu. »Das macht Mutter doch sonst nie, oder?«

»Du bist jeden Tag mit ihr im Salon. Sag du es mir.«

Sie schüttelte den Kopf, die Finger noch immer über den Saiten. »Nur an Meras erstem Arbeitstag war sie nicht da, letzten Dienstag. Und Mittwoch anfangs auch nicht.«

Beide sahen wieder zu mir und ich nahm langsam meine Hand hinunter. Diese Familie wunderte sich nicht, wenn Célian unangekündigt in die Stadt ritt, aber ein einfacher Spaziergang war ihnen suspekt.

Célian zuckte die Schultern und sank wieder zurück. Nur die Kante eines Buches ragte über den Sofarücken hinaus und die bestrumpften Füße legte er auf die Armlehne. Er schenkte mir kein Lächeln, zwinkerte auch nicht. Das Wochenende schien eine kurze Ausnahme seines Charakters gewesen zu sein. Wie ich mich ihm an den Hals geworfen hatte – peinlich.

Liliette erhob sich. Sie ging zu den Sofas und setzte sich dicht neben den Platz der Gräfin.

»Fräulein …?«, fragte ich, aber sie beachtete mich nicht.

»Meinst du, es geht Mutter nicht gut?« Ihre Finger zupften an ihrem weißen Halsband.

»Ich weiß nicht, ob es ihr jemals gut ging.«

»Sollte ich ihr … nachgehen? Oder du? Oder vielleicht kann ich Alix –«

»Liliette, vergiss es einfach.« Das Buch sank. »Weißt du was? Wie wäre es, wenn wir Komtess Falkenberg besuchen? Sie fand dich bei der Teegesellschaft sehr nett.«

Liliette runzelte gleichzeitig mit mir die Stirn. »Danke, nein. Diese Möchtegernaufklärerin kann mir gestohlen bleiben.«

Meine Falten vertieften sich. Ich ignorierte, dass mich Célians Vorschlag störte – er konnte sich treffen, mit wem er wollte, auch mit älteren Frauen. Mich interessierte nur das Wort *Aufklärerin*.

»Falkenberg ist wirklich eine kluge Frau. Du würdest dich wunderbar mit ihr verstehen.«

Liliette schnalzte mit der Zunge. »Kannst du kurz über Mutter nachdenken?«

Er stöhnte auf. »Das führt doch zu nichts. Je eher du einsiehst, dass du sie niemals glücklich machen kannst, umso leichter wird dein Leben. Sie ist nicht deine Verantwortung.«

Ihre Hände sanken in ihren Schoß. Sie starrte ihn an, während der braune Bucheinband hinter dem Sofa auftauchte. Innerlich stritt ich ab, wie sehr ich ihm zustimmte.

»Dass du deiner Verantwortung entsagt hast, ist ja offensichtlich«, murmelte sie.

»Wie bitte?«

Sie schob das Kinn vor. »Du kümmerst dich nur um dich selbst. Nicht um Mutter, nicht um Alix, nicht um das Wohlergehen unserer Familie und um mich sowieso nicht.«

Das Buch sank wieder. »Liliette –«

»Es ist doch so! Du willst Mutter nicht nachgehen, du willst nicht heiraten und du willst mich nicht einmal zur Soiree begleiten!«

Ein Klatschen ertönte, als hätte Célian sich das Buch vor die Stirn geschlagen. »Nicht schon wieder. Mon Dieu, du kannst echt aus jeder Situation heraus auf diese verdammte Soiree zurückkommen.«

»Weil es mir wichtig ist!« Liliettes Wangen färbten sich rot. »Aber das kennst du ja nicht, dir ist nie etwas wichtig!«

Er setzte sich auf. »Das reicht. Du weißt genau, wieso ich nicht mitkomme. Hinterfrag lieber mal, wieso du hingehen willst.« Als er sich erhob, sah Liliette mit zusammengebissenen Zähnen auf. »Egal, wie reich oder mächtig der Mann sein wird, den du mit nach Hause bringst – sie wird keine Kekse mit dir backen und dich auch nicht in den Arm nehmen.«

Ihre Unterlippe bebte. Ich machte einen Schritt auf sie zu, wollte eingreifen. In dem Moment wandte Célian sich kopfschüttelnd ab und lief an mir vorbei.

»Und Ihr, Madame Schwarz, solltet endlich tun, wofür ich Euch angestellt habe.« Er verschwand aus der Tür.

Zuerst hatte er mich in der Öffentlichkeit geduzt und, wenn wir zu zweit waren, geihrzt. Als zollte er mir Respekt. Jetzt war ich nur noch die Madame für ihn. Ich wünschte mir meinen Vornamen zurück.

Viel zu lange blickte ich ihm nach. Er hatte gemeint, ich sollte tun, wofür *er* mich angestellt hatte. Mein Blick wanderte zur zusammengesunkenen Liliette und ich trat näher, wagte es, mich zu setzen.

Sie starrte auf ihre angespannten Finger. »Er hat recht«, sagte sie so leise, dass ich ganz still saß. »Ich weiß, dass Mutter nicht die liebevollste Person ist und ich daran nichts ändern kann. Deshalb will ich ja eine neue Familie, aber … ich dachte wohl doch, dass ich sie noch erweichen würde.«

Mein Herz verkrampfte, als müsste es ihren Schmerz abwehren. »Es tut mir leid«, sagte ich zaghaft. »Ich kann mir nur schwer vorstellen, wie es mit einer so strengen Mutter ist. Es muss ganz schön einsam sein.«

Langsam hob sie die Schultern. »Ich kenne es ja nicht anders.«

Eine Weile schwiegen wir und ich lauschte ihrem flachen Atem.

»Es ist bestimmt ein guter Schritt, sich seine Familie selbst auszusuchen.« Ich tastete mich an ihre Gedanken heran, wollte Célians Worten gerecht werden. »Dafür muss man aber nicht heiraten. Auch ein guter Freund oder eine liebe Cousine können einem so ans Herz wachsen, dass sie zur engen Familie werden. Es ist nur von Bedeutung, wer einem wirklich guttut.«

Zweifelnd sah sie auf. Nach einer Weile lockerte sie ihre Finger. »Wir sollten weiterlernen.«

Ich lächelte leicht. »Darf ich dafür einen anderen Ort vorschlagen?«

45 Célian Cadieux

Liliette saß nicht mehr an der Harfe.

Schon seit Minuten lief ich hinter den weißen Sofas auf und ab. Ich hatte mich nur kurz in die Küche der Bediensteten verzogen, höchstens eine Stunde dort gelesen. In dem Gläschen auf der Kommode trockneten die Reste vom Apfelkompott, aber weder von Liliette noch von Mera gab es eine Spur.

Nur Mutter saß wieder auf ihrem Platz und ihre Schultern drückten sich noch fester durch. Ich war nicht sicher, ob sie zu ihrem *Spaziergang* wirklich die Villa verlassen hatte oder nur durch die Flure gelaufen war. So oder so hatte er tiefe Furchen in ihre Stirn gegraben.

Vor der Tür knarrte es. Ich blieb stehen, doch da war nichts. Stöhnend ging ich weiter, knöpfte meinen Gehrock auf und warf ihn auf ein Sofa. Die feuchte Hitze war dick wie Watte. Vielleicht sollte ich nach Liliette suchen. Aber ich hatte keinen Schimmer, was sie Großartiges unternehmen würde. Zumal sie anscheinend mit Mera zusammen war. Oder suchte diese auch nach Liliette?

Ich verschränkte die Arme und öffnete sie gleich wieder, es klebte sowieso schon alles. Ein Schweißtropfen rann zwischen meinen Schlüsselbeinen hinab und meine Haut kribbelte wie bei einer Berührung. Verflucht, ich musste diese Nacht unter der Zierkirsche endlich vergessen. Meine Hand drehte den Siegelring an meinem Zeigefinger. Vielleicht war ja nicht Liliette, sondern Mera verschwunden. Womöglich weil ich sie in Barbiers Garten so angeherrscht hatte. Und Liliette suchte nach ihrer Lehrerin. Ich war wirklich harsch gewesen, hatte üble Dinge gesagt.

Jäh ließ ich den Ring los. Mera hatte es verdient, schließlich hatte sie versucht, mich zu verführen, um an mein Geld zu gelangen. Dass mich nur der letzte Teil störte, ignorierte ich. Obendrein hatte sie absolut nicht geholfen, Liliette die

Heiratspläne auszutreiben. Auch dass sie von diesem Auftrag erst seit gestern wusste, schob ich beiseite.

»Hast du nichts Besseres zu tun, als hinter mir einen Graben ins Parkett zu laufen?«

Ich blinzelte. Mutter sah nur auf ihr Buch, hatte heute nicht einmal aus dem Fenster geblickt. Ich stützte mich neben ihr auf die Rückenlehne. Sie las gar keinen gedruckten Roman. Das Buch war handgeschrieben – dunkelblaue, enge, schräge Buchstaben. Tatsächlich hatte ich nie darüber nachgedacht, was sie las. Nur dass sie es ständig tat, anstatt mit ihren Kindern ins Theater zu gehen oder mal durch den Garten zu schlendern.

Ich wandte den Blick ab, entziffern konnte ich ohnehin nichts. »Liliette hat doch immer noch Unterricht.«

»Ganz recht«, sagte Mutter.

»Falls es dir nicht aufgefallen ist, sie ist nicht mehr hier.«

»Das ist mir aufgefallen.«

Ich presste meine Finger in die Sofakissen. »Wo ist sie dann?«

Mit einer Hand wies sie zu den Fenstern. »Irgendwo dort draußen, meinte Gertrud.«

Stirnrunzelnd trat ich in die Richtung und sah hinaus.

»Ein Wunder, welche Antworten man erhält, wenn man sich gewählt ausdrückt.«

Ihr Kommentar prallte ab, denn ich blickte bereits in den Garten, durch den sich Wege zogen wie an Lineal und Zirkel geführt. Dichte Hecken begleiteten die meisten, nur manche liefen offen an den kleinen Wiesen vorbei. Nicht unweit von dem Pavillon entfernt, der das Zentrum einnahm, entdeckte ich eine gelbe Decke. Wie eine Butterblume erblühte sie im Schatten einer Eiche. Darauf saßen Mera in ihrem fuchsfarbenen Kleid und Liliette in ihrem Bausch aus Moosgrün, zwischen ihnen Bücher und Papiere.

Meine Augen fokussierten. So etwas hatte Liliette noch nie machen wollen. Es musste Meras Idee sein. Obwohl auch das völlig unrealistisch war, denn die Fremde, die sich seit ein paar Monaten als meine Schwester ausgab, hätte dem niemals zugestimmt. Sie musste doch Harfe spielen, aufrecht sitzen. Stattdessen stützte sie sich dort draußen auf die Handballen und streckte die Beine aus, sodass ihre nackten Füße unter dem Rock hervorlugten. Ich rieb über meine Augen und wandte mich ab. Auch neben Anno hatten sich ihre Schultern entspannt und sie hatte ihn so kess angelacht wie die kleine Jette. In meiner Anwesenheit hatte sie schon ewig nicht mehr so dagesessen.

Als mein Blick auf Mutter fiel, hielt ich inne. Früher hatte sie hier ebenfalls gelesen, aber wenigstens noch ihre Schwester getroffen und uns in die Kirche begleitet. Doch mit Tante Lisbeth war auch Mutters Kraft gestorben, sich der Welt außerhalb der Villa auszusetzen.

Ich trat näher. »Vielleicht solltest du eine alte Freundin einladen. Oder irgendwelche Bekannten. Du müsstest die Haustür nicht einmal berühren.«

Wieder sah sie nicht auf. »Vielleicht solltest du dir ein Ziel in deinem Leben suchen, anstatt die Ziele anderer Leute, insbesondere die deiner Schwester, zu ruinieren.«

Ich seufzte. »Ach, Maman«, murmelte ich und verließ den Raum. Nur dumpf vernahm ich, dass es diesmal hinter mir raschelte.

NOCH 9 TAGE

Dienstag, 28. Juni 1768

46 Liliette Cadieux

Es war anstrengend zu sitzen, es war anstrengend zu atmen, es war anstrengend zu denken.

»Hör auf, ich kann nicht mehr«, entfuhr es mir. »Was für eine schreckliche Idee, hier draußen zu lernen.«

Mera sah von ihrem Buch auf. »Gestern gefiel es Ihnen noch.«

»Ja, gestern.« Ich sank rücklings auf die Picknickdecke und zog die Arme vor meine Augen. Gestern war es weniger schwül gewesen und die neue Umgebung hatte mich noch beeindruckt.

»Soll ich Ihnen ein Glas Wasser bringen?«, fragte Mera.

»Lieber einen ganzen Bottich.«

Als Stoffe knisterten, sah ich zwischen meinen Armen hindurch. Mera erhob sich und blickte sich suchend um. An ihrem Hals rann der Schweiß hinab, der bei mir einfach nicht fließen wollte und stattdessen in mir kochte.

»Das war ein Scherz.« Ich bedeutete ihr, sich zu setzen. Niemand sollte bei dieser Hitze einen Bottich schleppen. Sobald sie zurück auf die Decke sank, stockte ich. Früher hatte ich mir keine Gedanken um ihr Wohlbefinden gemacht.

»Gibt es vielleicht einen See oder einen Fluss, zu dem ich Euch bringen könnte?«

Ächzend setzte ich mich auf. »Fahr einfach fort. Es lenkt mich wenigstens ab.« Ihr Vorschlag war absurd. Hüllenlos in einem See baden – unziemlich.

Sie legte das Buch über die Entstehungsgeschichte des Heiligen Römischen Reiches beiseite und öffnete die Tasche neben sich. »Wisst Ihr, eine andere Sache lenkt Euch vielleicht besser ab.«

Als sie eine Schriftrolle herauszog, beugte ich mich vor. »Was ist das?«

Sie reichte mir das hellbraune Papier. »Wollt Ihr es öffnen?«

Ich nahm es entgegen und zog eine grüne Schleife auf, sodass sich das Blatt in meiner Hand entrollte und bis auf meine Knie fiel. Elegante, aber bestimmte Buchstaben zogen sich darüber.

»*Die männlichen Vorteile der weiblichen Emanzipation.*« Ich sah über den Rand zu Mera. »Woher hast du das? Ich kenne das Manifest nur in Form von Heften.«

»Meine – mein Vater hat es abgeschrieben und mir geschenkt.«

»Oh.« Alix hatte einmal erwähnt, dass ihre Eltern gestorben waren. Es musste schwer sein, über sie zu sprechen. Alix und Célian redeten nie über Vater.

Doch Mera wirkte nicht traurig. Vielleicht musste sie es noch realisieren.

»Zeigst du mir das, falls ich einen Aufklärer umgarnen muss?«, fragte ich. »Mach dir darüber keine Gedanken, das würde Mutter nicht zulassen.«

Mera runzelte die Stirn. »Mit Verlaub, nicht nur Ihr müsst die anderen von Euch überzeugen. Es ist ebenso wichtig, dass sie Euch von sich überzeugen. Eine Beziehung, egal welcher Art, beruht immer auf mindestens zwei Personen.«

Ich schnaubte, während mein Blick über die feinen Buchstaben schweifte. »Das ist das Einfältigste, das ich seit Langem gehört habe«, murmelte ich. Mutter hatte noch nie etwas nur für mich auf eine Schriftrolle geschrieben.

»Wie bitte?« Mera ließ ihre Empörung wie eine höfliche Nachfrage klingen.

Ich legte die Rolle zwischen uns. »Nein, so einfältig ist es gar nicht, aber ich denke, wir ziehen aus deinen Worten unterschiedliche Schlüsse. Ein potenzieller Kandidat muss mich auf jeden Fall ebenso überzeugen wie ich ihn, aber anders. Er muss eine zukünftige Familie ernähren können und ich«, mit meinem Fächer lehnte ich mich zurück und schob mir die heiße Luft zu, »muss ihm gefallen.«

Meras Kopf lief hochrot an. Als sie sprach, war ihre Stimme jedoch leise. »Woher habt Ihr diese Gedanken?«

»Es sind keine Gedanken. Es sind die Regeln der Natur. Schon in der Bibel steht: ›und dein Verlangen wird auf deinen Mann gerichtet sein, er aber soll über dich herrschen.‹«

»Da heißt es auch, wer den Eltern flucht, solle sterben«, erwiderte sie.

»Fräulein Schwarz?« Um die Büsche herum trat Martiño, der junge Mann, der in der Hütte neben den Stallungen wohnte. Er entdeckte Mera und atmete auf. Als er mich bemerkte, verbeugte er sich hastig. »Verzeihung, Fräulein Liliette! Ich wollte Euch nicht stören bei …« Sein Blick huschte über die Decke und die darauf verteilten Bücher.

»Lass nur.« Die Hitze musste meinen Verstand verdampfen, denn ich winkte ihn schlapp heran und stützte mich wieder auf die Handballen. »Eher tut es mir leid, dass du unter diesen schwülen Wolken arbeiten musst. Mein Bruder sollte euch allen freigeben, wenigstens für einen Tag.«

Sie starrten mich beide an.

»Das ist sehr gütig«, sagte Marti langsam. »Aber ich denke, Ihr Bruder kann nicht viel tun. Er hat uns schon die Mittagspause verlängert.«

Natürlich, Alix war nicht das Problem, auch wenn er das sicher selbst dachte.

»Na, dann sprich mit Mera«, sagte ich. »Ich kann auch eine Pause vertragen.«

»Vielen Dank, Hochgeboren.« Zögerlich kam er näher und seine dicken Stiefel erinnerten mich an Thomàs.

Seitdem der Alte letzten Sommer an einem Hitzschlag gestorben war, lebte Marti sogar allein in der Hütte. Seltsamerweise war Célian sogar bei der abgedeckten Leiche des Mannes in Ohnmacht gefallen.

Marti kniete sich neben Mera ins Gras und hielt ihr einen Zettel hin. »Könntet Ihr mir bei einer Notiz helfen?«

Meine Brauen hoben sich. »Darf ich?« Niemand widerstand geheimen Botschaften. Ehe Mera reagieren konnte, nahm ich ihr die Notiz ab. Nur aus dem Augenwinkel sah ich, wie Martis Schultern sich aufrichteten. Mein Blick hing bereits an den handgeschriebenen Worten. »*Ich habe im Moment nicht die Kapazität, um mit dir zu sprechen. Ich hätte es dir früher sagen sollen. Lo …* Die letzten Worte kenne ich nicht.« Meine Augen folgten der winzigen Schrift. »Hat das Célian geschrieben?«

»Nein!«, platzte Marti heraus.

Auch Mera schüttelte den Kopf. »Das war bestimmt niemand aus der Villa.«

Verwirrt sah er sie an. »Nein, das war nur ein … Bekannter.«

»Aha.« Vielleicht erlitten die beiden gleich einen Hitzschlag wie Thomàs.

»Darf ich einmal sehen?« Mera streckte eine Hand aus und ich gab ihr den Zettel. »Das ist Spanisch – *lo siento.*«

Von Célian war es also nicht, er konnte kein Spanisch.

»*Es tut mir leid.*« Marti sank in sich zusammen, presste aber seine Hände auf die Oberschenkel.

»Es ist nicht deine Schuld, dass da etwas auf Spanisch steht«, sagte ich.

»Das meinte er nicht.« Mera lächelte, doch es verging ihr, als sie Marti ansah. »Das war die Übersetzung – *lo siento* heißt *es tut mir leid.*«

»Ach so.« Ich drehte an meinem Halsband, das heute so hellblau war, wie der Himmel es an einem Sommertag sein sollte. »Eine seltsame Nachricht. Das hätte dir dein Bekannter doch auch persönlich sagen können, oder nicht?«

Leblos hoben sich Martis Mundwinkel. »Reden ist nicht seine Stärke.«

47 Esmeray Weiß

Die Wolken hatten sich so überraschend verdunkelt, dass noch niemand in der Villa Licht entzündet hatte. Ich taperte über das polierte Parkett und suchte im

Dämmerlicht meinen Weg. Ich wollte mich endlich waschen und umziehen, um einmal nicht allein zu Abend zu essen.

Sobald ich um eine Ecke bog, sah ich flackernden Kerzenschein. Durch eine weit geöffnete Tür drang eine ruhige Stimme in den Flur. Ich runzelte die Stirn. Wenn ich mit Liliette am linken Gebäudeflügel hereingekommen war, dann war das hier … wieder Alix' Zimmer? Sie hätte mich für das Abendessen nicht stehen lassen sollen, ich war doch hoffnungslos verloren.

»*… und wir wissen, wie die Fürsten bei Geldsorgen ihre männlichen Untertanen in den Militärdienst pressen oder sie gleich an fremde Fronten verkaufen.*«

Ich stockte. Diese vertrauten Worte. Von dieser Stimme.

»*Es ist dabei ebenso ein Problem, dass Stärke nicht als weiblich gilt, wie dass sie als männlich gilt.*«

Ich näherte mich dem Türrahmen und erspähte ungläubig die Person, die aus dem Manifest las. Mit einem Heftchen in der Hand ging Célian an seinem Schreibtisch vorbei zu seinem Bett. Sein weißes Hemd klebte an seinem Rücken, als wollte es seine Wirbelsäule und Schultern umarmen. Natürlich trug er keine Schuhe, war diesmal sogar barfuß.

»*Das Rollenverständnis von männlicher Stärke und weiblicher Schwäche ist gefährlich. Denn so scheuen sich Männer davor, Hilfe zu suchen.*«

Ich musste träumen. Seine Stimme war angenehm ruhig, während er zum geöffneten Fenster wanderte, immer um den Teppich herum, sodass seine Füße über das glatte Parkett abrollten. Schwarze Wolkentürme bliesen feuchten Wind herein, der durch sein gekräuseltes Haar fuhr.

»*Die Obdachlosen auf den Straßen sind meistens männlich.*« Am Fenster machte er kehrt und kam zurück. »*Wir alle kennen einen –*« Bei meinem Anblick blieb er stehen.

Hitze stieg in meine Wangen, als hätte es heute nicht genug davon gegeben. Ich richtete mich auf, merkte erst jetzt, dass ich am Türrahmen lehnte. Doch aus meinem Mund kamen keine Worte. Langsam fuhr sein Blick wieder zu dem Heftchen und er setzte seinen Weg fort. Unwillkürlich sank ich zurück ans Holz. Meine Haut sehnte sich nach dem kühlen Windhauch.

»*Wir alle kennen einen Mann, der aufgrund seines Seelenzustandes seinen Ausweg nur noch im Tod sah.*«

Vielleicht hatte sich auch sein Vater das Leben genommen. Ich blinzelte den Gedanken fort, dachte sogar lieber darüber nach, wie oft er Liliette schon ein Treffen mit Komtess Falkenberg vorgeschlagen hatte. Die *Möchtegernaufklärerin* musste ihm bei der Teegesellschaft gehörig den Kopf verdreht haben.

»*Und von wie vielen Soldaten wissen wir, die bei Schmerzen keine ärztliche Fürsorge in Anspruch nehmen?*«

Womöglich war sein Vater im Siebenjährigen Krieg gefallen. Célian kehrte zurück, jeden Schritt ausgiebig abrollend. Zu gern wüsste ich, woran er dachte.

»*Soldaten, die an heilbaren Krankheiten versterben oder durch unversorgte Wunden dauerhafte Schäden davontragen?*«

Eine Böe rauschte durchs Fenster und die Tür sauste auf mich zu. Schützend streckte ich eine Hand aus – Célian packte den Knauf. Mein Herz stolperte, während er mit dem Fuß einen Holzkeil unter die Tür klemmte.

»*Zweiteilungen sind ein gefährlicher Affront an die Komplexität der Welt.*« Ruhig trat er zum Fenster, wohingegen die Kerzen in den Wandleuchtern heftig flackerten. Der Wind zerrte Strähnen aus seinem Zopf, bis Célian das Fenster mit einer Hand zudrückte und verschloss. »*Sie heben nicht das Wohl der Menschen, sondern stabilisieren Hierarchien und Machtbeziehungen.*«

Ich konnte nicht erkennen, ob er den Worten glaubte. Das Rauschen des Sturms drang nur noch gedämpft herein und die Stille legte sich weich über meine Ohren. Bis dicke Tropfen gegen die Scheibe prasselten und immer lauter wurden, als verlangten sie, eingelassen zu werden.

»*Ob gut oder schlecht, inländisch oder ausländisch, männlich oder weiblich – dualistisches Denken verwischt die Nuancen und spaltet.*«

Weit entfernt klackte eine Tür. Ich sah in den Flur, entdeckte aber niemanden. Dumpf ertönten Schritte und Alix' unverständliches Gemurmel.

Beim Geräusch der Absätze war Célian unvermittelt bei mir. Mein Herzschlag beschleunigte sich. Er lehnte sich aus der Tür und blickte den Gang hinauf, während ich meinen Rücken an den Rahmen drückte. Ein Quietschen verlautete, dass Alix durch die grüne Flügeltür in die Eingangshalle schritt. Mit angehaltenem Atem lauschte ich. Die Haustür fiel ins Schloss. Ruhe kehrte ein. Zum Abendessen würde Alix sicher nicht pünktlich sein. Oder trocken.

»In letzter Zeit machen alle die seltsamsten Spaziergänge«, murmelte Célian. Sein Arm streifte meine Schulter. Er wich zurück, aber der Türrahmen in seinem Rücken hielt ihn auf. Aus dunklen Augen sah er auf mich hinab, schien erst jetzt zu bemerken, wie nah er mir war.

»Ihr … lest das Manifest?«, fragte ich leise.

Seine Brauen zogen sich kaum merklich zusammen. Wie damals zwischen den Steinsäulen bei meiner Ankunft. Als wollte er mich lesen. Bei Texten gelang es ihm wohl besser.

Ich sollte gehen. Ich sollte wirklich gehen.

Aber ich tat es genauso wenig wie er.

»Wieso?«, hakte ich zaghaft nach.

Endlich entlockte ich ihm eine Regung. »Jemand muss ja die Aufgabe erledigen, die ich Ihnen aufgetragen habe.« Ohne mich zu berühren, schob er sich in den Raum und schlug erneut das Heft auf. Ehe er weiterlas, schaute er zu mir. »Wenn Ihr noch länger zuhört, muss ich einen Eintrittspreis verlangen.«

Für einen Moment erwiderte ich seinen Blick. Als hätte er es nicht erwartet, erweichten seine Brauen. Wortlos stieß ich mich ab und ging.

Ich hingegen hatte nicht erwartet, dass seine Worte mir ein schlechtes Gewissen machten. Und ich länger seiner Stimme lauschen wollte.

48 Alexandre Cadieux

Es war der denkbar schlechteste Zeitpunkt, um die Kontrolle über meine Sehnsucht zu verlieren. Der Regen stürzte auf mich herab, als wollte er mich hier und jetzt ertränken. Ich wischte ihn von meinen Augen und eilte über den Hof, der sich in einen See verwandelt hatte. Die warmen Wassertropfen versanken in meinem Haar und meinem bloßen Hemd, bis ich mit einem letzten Schritt die Stalltür erreichte und mich aufatmend in das trockene Dunkel schob. Der erdige Geruch von Fell und Heu umhüllte mich und ich schloss für einen Moment die Lider.

Ein gewaltiger Donner ertönte.

Ich riss die Augen wieder auf und neben mir ruckte Nox mit dem Kopf. Langsam trat ich zu ihm, streckte ihm eine Hand hin und murmelte sanfte Worte. Wind zerrte am Dach und Regen prasselte auf das Holz. Der Sturm hatte etwas Beruhigendes, besonders als Nox seine Nüstern gegen meine Hand stupste und die Schnauze senkte.

In meinem Rücken flog die Tür des Hinterausgangs auf. Nox riss den Kopf zurück und ich fuhr herum. Ein Blitz zuckte über den Himmel. Für einen Wimpernschlag erhellte er eine breite Gestalt und etliche – Hühner?

Gackernd liefen sie herein, ein paar auf mich zu, ein paar in den Gang zwischen den Boxen. Die Pferde streckten ihre Hälse über die Türen und beäugten die Neuankömmlinge.

»Was machst du hier?« Die Tür klappte hinter Marti zu.

»Was machst *du* hier?«, gab ich über das Gackern zurück. »Was soll das mit den Hühnern?« Meine Schultern spannten sich an, als könnte das mein Herz vom Flattern abhalten.

»Ihre Hütte hat ein Brett verloren und ich –«

Im Zwielicht des Gewitters war sein Gesicht mehr Schatten als Licht, aber ich wusste, dass er die Zähne zusammenbiss. Er schritt an mir vorbei zum Ende des Ganges und öffnete die einzige leere Box. Wortlos trieb er mit geschickten Ausfallschritten und großen Handbewegungen die zeternden Hühner hinein. Doch sobald er sich den anderen zuwandte, flüchteten einige. Eines pickte etwas von meinem Schuh. Ich machte es Marti nach und trieb die Hühner in seine Richtung.

»Déjalo«, zischte er. »Ich kann das allein!«

Ich trieb sie einfach weiter, damit er sie in die Box leiten konnte. Dass er sie überhaupt hatte herbringen können, grenzte an ein Wunder.

»Ich habe gesagt, du sollst es lassen!« Als die letzte gescheckte Henne hineinlief, schloss er das Tor und der Riegel knallte in die Verankerung. »Aber du tust ja nie, was man dir sagt. Du tust ja nicht einmal, was du selbst sagst!«

»Was soll das denn heißen?« *Ich* war doch auf *ihn* sauer, nicht umgekehrt.

Er fuhr zu mir herum. »Du hast gesagt, du redest mit mir, aber gleich darauf gehst du mir tagelang aus dem Weg! Und dann steckst du mir einen Zettel zu, um mir mitzuteilen, dass du nicht mit mir sprechen kannst? Mierda, hast du eine verdammte Ahnung, was ich machen musste, um die Worte zu verstehen?«

Ich stockte. »Du …«

Ein Donner erscholl und seine Augen schickten Blitze hinterher. »Ich kann nicht lesen, Alix.«

»Aber du hast doch Französisch gelernt!«, entfuhr es mir.

Schnaubend verschränkte er die Arme. »Aenlin hat mir ein paar Sätze beigebracht – den Laut von ihnen. Das Einzige, das ich wirklich lesen kann, ist …«

»Ist?«

Er presste wieder die Zähne aufeinander. Abrupt schob er sich an mir vorbei und verschwand aus der Hintertür. Wenn ich nicht redete, dann redete er auch nicht.

Für einen endlosen Augenblick sah ich auf die Tür. Als ein Blitz ihre eckigen Umrisse erhellte, rannte ich ihm nach, hinaus in den Sturm.

»Marti!« Der Wind riss die Laute von meinem Mund. Marti war nicht viel mehr als eine Silhouette. Mit großen Schritten umrundete ich die Pfützen und hielt ihn neben dem leeren Schweinegehege an der Schulter zurück. »Das mit dem Zettel tut mir leid! Aber wie soll ich mit dir sprechen, wenn du mir nicht glaubst?«

»Was?« Er löste sich.

»Nunca te creeré, pero …« Der Rest kam nicht über meine Zunge.

Seine Augen weiteten sich und er strich sich die Locken aus der Stirn, doch Wind und Regen warfen sie zurück. Er sprach so leise, ich musste die Worte von seinen Lippen ablesen. »Du hast es übersetzt?«

Ich blickte ihn nur an. Für einen Moment hörte man bloß, wie der Sturm in den Bäumen toste. Ein erneuter Donner schreckte uns auf.

Marti schüttelte den Kopf. »Dann kennst du jetzt die Wahrheit!« Er wandte sich ab und lief weiter.

»Bitte?« Ich stürzte ihm nach, trat in mehrere Pfützen. Erst an der Weggabelung konnte ich ihn festhalten. »Wieso zur Hölle vertraust du mir nicht?«

Heftig riss er sich los. »*Weil du mich nicht liebst!*«, brüllte er, als wollte er dem Donner Konkurrenz machen.

Meine ewig erhobenen Schultern sanken. »Nicht doch.« Meine Stimme war im Gegensatz zu seiner nur ein trauriges Flüstern.

»Sieh mich nicht so an!« Wild fuchtelten seine Arme. »Du hast doch keine Ahnung! Ich bin der erste Mann in deinem Leben. Wenn du irgendwann allen davon erzählst, warten da so viele gut aussehende Grafen oder Fürsten auf dich, dass du mich sofort vergisst!«

»Bitte?« Ich wischte den Regen aus meinen Augen. »Das war die ganze Zeit dein Problem? Dass ich mich jeden Moment in jemand anderen verlieben könnte?«

»Dass du noch gar nicht weißt, was Liebe ist!«

»Unsinn!« Ich machte einen Schritt auf ihn zu.

Er wich zurück, wie ich am Freitag vor ihm zurückgewichen war. »Nein, wenn du jetzt nicht gehst, komme ich niemals über dich hinweg!«, stieß er hervor und hastete über den Pfad, der zu seiner Hütte führte.

Verlassen stand ich da. Nur der Sturm riss an meiner durchnässten Kleidung. Ich war versucht, stehen zu bleiben und auszukühlen, bis der Wind mich in Eissplittern auf dem Anwesen verteilen würde.

Doch ich wollte das nicht. Einen Schritt machte ich nach vorn. Ich wollte nicht, dass Marti über mich hinwegkam. Ein zweiter Schritt. Ich wollte nicht, dass ich über ihn hinwegkam. Ein drittes Mal stürzte ich ihm nach, sodass die Pfützen unter meinen triefenden Schuhen aufspritzten.

»Marti.« Er war mir weit voraus, schon fast bei seiner Hütte angelangt, die sich beim nächsten Blitz aus den Bäumen schälte. »Marti!«

Seine so falschen Worte hallten in mir nach. Ihnen durfte er nicht glauben. An seiner Hütte hielt ich ihn auf. Er drückte seinen Rücken an die Hauswand, legte seine Hände an meine Brust, aber er schob mich nicht fort. Ein Donner erklang, als ich mich vorbeugte und meine Lippen auf seine legte. Alles war nass und kalt, doch wo sein Körper mich berührte, flammte Wärme in mir auf. Seine Hände fuhren zu meinen Schlüsselbeinen.

Ich zuckte zurück. »Gott, es tut mir leid! Ich hätte dich nicht küssen dürfen, du hast ja gesagt …« Ich stockte.

Seine Finger wollten mich nicht fortschieben. Sie hatten meinen Kragen gepackt.

Wir starrten auf seine Hände. Diesmal war es Marti, der mich heranzog und küsste. Nun spürte ich, wie sich seine Finger in mein Hemd gruben. Der Regen prasselte auf mein Haar, sodass die Tropfen mein Gesicht hinabliefen und süß auf unseren Lippen schmeckten. Meine Hand stützte sich neben seinem Kopf am Holz ab, die andere schob sich in seine nassen Locken.

Als die Welt vor meinen Lidern aufflammte, schreckte ich erneut zurück. Nur so weit, dass Martis warmer Atem noch über mein Kinn strich. Seine Brust hob und senkte sich gegen meine, während er mich festhielt, als sollte ich ihn vor dem Gewitter schützen. Dabei war es sein Griff, der verhinderte, dass mich der Sturm davonriss.

»Ich weiß es«, flüsterte ich an seinen Lippen und fühlte, wie er die Luft anhielt, um mich zu verstehen. »Ich weiß, was Liebe bedeutet. Es ist das, was ich fühle, wenn ich bei dir bin. Wenn ich an dich denke. Da ist diese Leichtigkeit, die mich auf Wolken gehen lässt. Diese Schwere, in der ich versinken will. Wenn du mich berührst, ist es, als schiene die Sonne auf mich. Wenn du mit mir redest, fühle ich Mondlicht auf meiner Haut. Kannst du denn nicht spüren, dass alles, was ich will, nur du bist, Martiño?«

Er antwortete nicht. Nur sein Atem strich über meinen Mund. Beim nächsten Donner zuckten seine Hände, wohingegen ich diesmal ruhig blieb.

Langsam zog ich meine Finger aus seinem Haar. Mein Daumen streifte seinen Hals und ich schluckte. »Du solltest reingehen, Marti, du bist eiskalt.« Ich wollte mich von ihm lösen, aber sein Griff hätte mein Hemd zerrissen.

»Weißt du, was das Einzige ist, das ich lesen kann?«

Ich hielt inne. So nah, wie unsere Gesichter einander noch immer waren, vibrierten seine Worte an meinen Lippen.

»Was ist es?«, fragte ich, doch im Sturm erreichte es nicht einmal meine Ohren.

»*Alexandre Cadieux*«, wisperte er.

Unendlich schwer lastete meine Hand auf seiner Schulter.

Er zog mich fester an sich. »Alexandre Cadieux«, wiederholte er, sein Mund so nah an meinem, dass seine Lippen meine streiften, »te creo.«

NOCH 8 TAGE

Mittwoch, 29. Juni 1768

49 Martiño Civantos

»Ich bin wach«, murmelte ich, als es sanft an meinem Haar ziepte. Ich blinzelte, erblickte ein Fenster, aber dahinter leuchteten keine Blitze, sondern zarte Sonnenstrahlen. »Wo bin ich?«

Ein warmer Schatten legte sich über mich. Wärmer noch als die Morgensonne. »Es ist das Jahr 1980, du bist mit einem fliegenden Gefährt nach Spanien gereist und liegst am Strand, während ein zuvorkommender Aufseher dafür sorgt, dass du keinen Sonnenbrand bekommst.« Weiche Küsse verteilten sich über mein Gesicht.

»Alix.« Verschlafen lächelnd wandte ich meinen Kopf auf seinen Beinen von ihm ab und er drehte wieder meine Locken um seinen Finger. »Wann bin ich eingeschlafen?«, murmelte ich und streckte meine tauben Beine gegen die Wand.

»Du hast es mir nicht verraten.« Sein Daumen fuhr meinen Kiefer entlang und ich musste noch einmal die Augen schließen. »Auf jeden Fall kurz bevor ich das hier angefangen habe.« Es ziepte erneut.

Böses ahnend fuhr ich über mein Haar – und betastete Zöpfchen. Mindestens ein Dutzend winzige, geflochtene Zöpfchen, die wie Sonnenstrahlen um mein Gesicht herum abstanden.

»Alix«, stöhnte ich.

Er küsste meine Nase. »Ich liebe es, wenn du meinen Namen sagst. Mach das noch mal.«

Ich sah auf. Sein Haar fiel offen auf seine Schultern und mein grobes, dunkelbraunes Hemd stand ihm viel zu gut. Es war tollkühn, ihm zu glauben. Dieser Junge mit den dunkelgrünen Augen, dem kräftigen Kiefer, dem athletischen, aber graziösen Körper – er könnte sie alle um den Finger wickeln. Doch aus irgendeinem Grund wollte er nur mich.

»Du bist ein Narr«, wisperte ich.

Auch wenn es nicht sein Name war, lächelte er. »Ich bin vernarrt in dich«, erwiderte er, beugte sich zu mir herab und der Hauch eines Kusses zerschmolz mich.

Es klopfte.

Ich schreckte hoch und meine Stirn prallte gegen seine.

»Aua!« Mit verkniffenem Gesicht hielt er sich den Kopf.

»Dios mío, tut mir leid!«, flüsterte ich, schob mich aber hastig vom Bett. »Verflucht, wer ist das? Und wieso bin ich noch nicht bei der Arbeit?« Wenigstens war ich vollständig angezogen, als ich die Schlafzimmertür aufriss.

»Marti!«, rief Alix.

Ich presste einen Finger auf die Lippen, warf die Tür zu und eilte durch die Küche. Vor der Haustür empfing mich Bruno.

Ich runzelte die Stirn, ließ es aber, als es wehtat. »Tut mir leid, Bruno, ich habe verschlafen. Ist etwas mit den Tieren? Mit den Cadieux'?«

»Alles in Ordnung.« Er winkte in seiner gemächlichen Art ab. »Ich habe mich nur gefragt, wo du steckst. Wir müssen das Rad der Kutsche früher ersetzen als gedacht. Fräulein Liliette wird bei einem neuen Kandidaten erwartet.«

Ich hob die Brauen – nein, auch das tat weh. »Heute?«

»Morgen. Aber die Kutsche sollte trotzdem heute fertig werden. Genauso wie das Dach der Hühner. Zum Glück hast du sie gestern in eine der Pferdeboxen gebracht. Wie du das geschafft hast ...« Er kratzte sich am kurz geschorenen Schopf.

Ich brachte nur ein verkrampftes Lächeln zustande. »In Ordnung, danke. Ich frühstücke nur schnell, dann komme ich.«

Bruno nickte und machte einen Schritt zurück. »Schöne Frisur übrigens.«

Meine Hand schoss zu den winzigen Zöpfchen auf meinem Kopf.

Schmunzelnd betrat er den Weg zu den Stallungen. »Du solltest sie Fräulein Liliette für morgen vorschlagen.«

Bemüht ruhig atmete ich aus, schloss die Tür und ging ins Schlafzimmer zurück. Doch Alix' breites Grinsen war zu viel.

»Du!« Ich setzte mich auf ihn und kniff in sein Ohrläppchen.

Lachend wehrte er mich ab. »Ich habe versucht, dir etwas zu sagen!«

»Dann hättest du es stärker versuchen müssen.«

Unvermittelt legte er all seine Kraft in seine Arme und drückte mich in die Kissen. »Etwa so?«, raunte er. Viel zu sanft für seinen kräftigen Griff strichen seine Daumen über meine Schultern.

Es war so gefährlich schön, ihm zu glauben.

NOCH 7 TAGE

Donnerstag, 30. Juni 1768

50 Célian Cadieux

Gerade, als Liliette und Mera sich angenähert hatten, ließ meine Schwester ihre Zofe wieder in der Kutsche sitzen. Dabei hatten sie gestern erneut unter der Eiche gelernt, als die Welt von dem Sturm nur Pfützen und Laub übrig gelassen hatte. Heute ebenso. Seitdem wir in die Kutsche gestiegen waren, war Liliette jedoch wieder ein anderer Mensch. Kein Anlehnen, keine entspannten Schultern. Nur Starren und Fächern.

Jetzt rutschte sie schon ewig auf dem grünen Sofa herum. »Das ist ein schlechtes Zeichen, nicht wahr?«

Meine Finger wanderten über eine Fensterbank. »Hoffentlich ist es das.« Ich trat an einem Cembalo vorbei zum nächsten Fenster des runden Salons.

Eine Zofe stellte drei Teetassen auf den Sofatisch und entschuldigte sich erneut. Liliette bedankte sich gepresst und strich über ihr cremefarbenes Kleid.

»Entspann dich, sœurette, einen unhöflichen Mann willst du ohnehin nicht heiraten.«

Sie fixierte den dampfenden Tee. »Mutter hat ihn für gut befunden.«

Ich schloss die Augen. Wir wussten beide, dass Mutter nur seine finanzielle Sicherheit geprüft hatte. Kraftlos sah ich hinaus in den halbmondförmigen Hof. Mittlerweile glaubte ich fast, dass es an mir lag. Nicht Liliette war seltsam, weil sie ihr Leben einem Fremden hingeben wollte oder vielmehr ihrer Mutter. Sondern ich, weil ich es ihr ausreden wollte. Vielleicht hatte Mutter recht. Vielleicht hatte ich wirklich kein eigenes Ziel und vereitelte nur die Pläne anderer. Mein Blick glitt über die Kutsche und ich stockte.

Mera saß neben Bruno auf dem Kutschbock und sie spielten das Fingerspiel *Gerade und Ungerade*. Ein Lächeln überkam mich. Durch die Laubbäume stahlen sich einzelne Sonnenstrahlen, in denen ihr Kleid schimmerte wie ein dunkler See.

Ich presste die Lippen aufeinander. Sie war niemand Besonderes. Dass sie viele in meinem Umfeld aufheiterte – mich eingeschlossen – ignorierte ich wieder einmal. Mon Dieu, ich war ebenso verkorkst wie Liliette. Wenigstens war Alix seit gestern so guter Laune, dass er beim Frühstück alles gemütlich hinunterschluckte, ob Brot oder Mutters Kommentare. Ich sollte auch einmal bei Gewitter spazieren gehen.

»Meine Herrschaften, die Verspätung tut mir unendlich leid!«

Ich versteinerte. Mein tiefstes Inneres erkannte diese Stimme.

Sie war dunkel. Vom Pfeiferauchen angeraut. Immerzu heiter.

Mein Herz flatterte, während sich mein Magen zusammenzog. Steif drehte ich mich um.

Er stand mitten im Raum. Hochgewachsen, Liliettes hellgrüne Augen, meine lange Nase, Alix' breiter Kiefer. Seine weiße Haut wurde von graubraunen Wellen umrahmt, die sich nur zeigten, wenn er abends die Perücke ablegte. Falten zeichneten seine Augen von seinem ewigen Lächeln.

Er war es. Er war es wirklich.

Mein Herz flatterte kräftiger. Mein Magen krampfte stärker. Als wollte mich mein Inneres in zwei Hälften zerreißen.

»Graf Cadieux, möchtet Ihr Euch nicht setzen?«

Ein Blinzeln und der Mann in der Tür war ein anderer. Ebenso hochgewachsen, doch mit grauen Augen, schmalen Lippen und einer weißen Perücke.

Wie in Trance wankte ich zu dem niedrigen Tisch. »Besser ist es.«

Lächelnd wies er mir einen Sessel zu. Ich schritt daran vorbei und sank neben Liliette auf das Sofa.

»Ich sitze lieber hier«, sagte mein Mund. »Ich habe chronischen Schwindel.«

Mit gehobenen Brauen nahm er uns gegenüber Platz. »Wie bedauerlich. Lasst es mich wissen, wenn Ihr etwas braucht.«

»Das ist sehr freundlich, Baron Ruther.« Liliette blickte von mir zu ihm. Ihr Lächeln überspielte, dass sie eine anständige Begrüßung erwartet hatte. »Eine Tasse Tee wird ausreichen.« Sie drückte eine in meine Hand.

Die Hitze an meinen Fingern holte mich in die Gegenwart zurück. Überdeutlich spürte ich, wie mein Herz pulsierte.

»Schön, ich möchte Euch um Verzeihung bitten. Natürlich lässt man ein so hinreißendes Fräulein nicht –«

»Was war Ihnen denn wichtiger?«, entfuhr es mir und Liliette erstarrte.

»Wie bitte?«, fragte Ruther.

»Aus welchem Grund habt Ihr meine Schwester warten lassen? Ich frage das als fürsorglicher Bruder.« Meine Finger pressten sich an die brennend heiße Tasse, als wollten sie das Porzellan zersprengen.

Ruther schlug die Beine übereinander. »Das ehrt Euch. Ich musste einem Boten noch einen wichtigen Brief übergeben. Leider kann Geschäftliches nicht immer warten. Ich hoffe, Ihr habt dafür Verständnis, Fräulein Liliette. Eure Brüder arbeiten sicher auch sehr hart.«

»Natürlich«, antwortete sie, obwohl *mehr oder weniger* eher gepasst hätte. »Bitte verzeiht, meine Geschwister möchten mich nur ungern außer Haus wissen.«

»Gut, dass es noch Familien mit so engen Verhältnissen gibt.« Seine schmalen Lippen lächelten, als er ebenfalls nach einer Tasse griff.

»War es bei Ihnen anders?«, fragte ich. »In Ihrer letzten Ehe?«

Er stockte. »Davon erzähle ich besser ein andermal.«

»Wieso? Habt Ihr etwas zu verheimlichen?«

»Célian«, zischte Liliette.

Nun runzelte er doch die Stirn. »Natürlich nicht.«

»Schlaft Ihr mit Eurer Magd, Baron?«

Liliette verschüttete Tee auf ihr cremefarbenes Kleid und drückte ihre Faust an ihren Mund.

»Graf, Ihr seid unverschämt.« Ruther brachte wieder beide Füße auf den Boden und stellte die Tasse ab. »Meine erste Frau ist mir nicht davongelaufen. Sie ist gestorben.«

Liliettes Faust drückte fester zu.

»Das heißt noch lange nicht, dass Ihr mit Eurer Untergebenen schlafen dürft«, erwiderte ich.

Diesmal erhob er sich. Ich sprang auf. Hörte schon, wie er mich anbrüllte. Sah, wie sein ewiges Lächeln verging und seine Hand ausholte.

Nein, er stand still da.

Seine Stimme war fest, aber ruhig. »Ich denke, Ihr solltet jetzt gehen.«

Mehr sagte er nicht. Mehr tat er nicht.

Ich starrte ihn an, jeder Muskel angespannt. Mit zusammengebissenen Zähnen warf ich Liliette einen Blick zu. Kein Wort brachte ich heraus. Wenn sie sich wie bei den Steins weigerte, würde ich sie hinaustragen. Auf keinen Fall würde ich sie mit ihm alleinlassen.

Liliette weigerte sich nicht. Sie stand auf und marschierte einfach aus dem Raum. Rückwärts ging ich ihr nach. Die so falsch grauen Augen des Grafen verfolgten mich, bis ich mich umdrehte und auf den Flur lief. Die Haustür knallte ich hinter uns zu. Ich nahm kaum wahr, wie Mera und Bruno zur Kutschtür hetzten und er ihr bedeutete, einzusteigen. Liliette folgte ihr, danach ich. Die Tür schlug zu. Knarrend setzte sich die Kutsche in Bewegung.

Niemand sagte ein Wort. Nur die Räder knirschten, doch auch das war weit entfernt. Zu weit. Ich wünschte, jemand würde mich anschreien, damit ich etwas hörte. Mir eine verpassen, damit ich etwas fühlte. Ich brauchte eine Fackel, einen Stapel Zunder und die Hitze des Feuers auf meiner Haut.

Nicht einmal Meras Blick, der auf meinem Gesicht brannte, drang wirklich zu mir durch. Auch nicht die Säure, die in mir aufstieg. Erst als sich meine Faust in meinen Magen presste, spürte ich den krampfenden Schmerz.

In der Ferne ertönte ein Klopfen. Die Kutsche verlangsamte. Ich stieß die Tür auf. Obwohl der Boden noch unter uns dahinsauste, sprang ich hinaus. Stolperte. Gras unter meinen Schuhen. Grün wie Vaters Augen. Mitten darin fiel ich auf die Knie, würgte, übergab mich. Immer und immer wieder, bis nur noch Galle kam. Erst dann spürte ich die Hände auf meinem Rücken. Stimmen waberten um mich herum. Das Grün verschwamm vor meinen Augen. Tränen liefen über meine Wangen. Hände zogen mich zurück, zogen mich auf warmes Dunkelblau. Es wiegte mich. Kein Grün mehr. Dafür erschien eine cremige Farbe. Weitere, kleinere Hände strichen über meine Seite. Ein gewaltiger schwarzer Schatten legte sich über mich wie eine Decke.

51 Esmeray Weiß

Wie von selbst strichen meine Finger sanft über Célians Haar. Seine stummen Tränen versiegten langsam und ich sah das erste Mal zaghaft auf. Mein Verstand hatte ausgesetzt, als er aus der rollenden Kutsche gesprungen war. Er war so bleich gewesen, so kopflos. Ich hatte ihm helfen müssen. Dabei hatte ich nicht das Recht gehabt, ihn an mich zu ziehen. Bruno legte mir jedoch nur eine Pranke auf den Rücken und Liliette starrte auf ihren Bruder.

»Ist er krank?«, fragte sie leise.

»Nein, Liebes«, entwich es mir. Ich riss mich zusammen. »Nein, es war nur ein Schock. Überanstrengung.« Irgendetwas musste ich ja sagen. Es fühlte sich falsch an, dass ich erst vor einer Stunde das Kutscheninnere nach Kostbarkeiten abgetastet hatte. Noch dazu vergeblich. Dass Herr von Berger schon in sieben Tagen meinen Eltern das Zuhause wegnehmen würde, erschien gerade Welten entfernt.

»Aber er hat nichts Anstrengendes gemacht.« Sie sah mich an. »Du meinst wie bei mir? Eine Überanstrengung der Gedanken?«

Ich nickte einfach. Meine Hände strichen immer noch Célians Haar aus seinem Gesicht. Liliette atmete zitternd aus und musterte ihn. Als sie nach mir aus der Kutsche gestürzt war, hatte Bruno sie festgehalten. Aber oh, sie konnte schreien. Er schien es ihr nicht zu verübeln, denn er legte auch ihr eine Pranke auf die Schulter und überragte uns wie ein schützender Felsen.

»Nein, das war es nicht …«

Meine Hand stoppte. Célian, der nur leer auf Liliettes Kleid gestarrt hatte, blinzelte unendlich langsam. Ich merkte erst, dass ich ihn wiegte, als ich damit aufhörte. Er hob eine seiner verkrampften Hände an sein Gesicht und wischte die Tränen weg. Liliette, Bruno und ich sahen uns an.

»Wie bitte?«, fragte sie zögerlich.

Célian räusperte sich und fuhr durch sein Haar. Als er meine Finger streifte, zog ich meine Hand zurück.

»Es war keine Überanstrengung.« Ein mattes Schmunzeln huschte über seine Lippen. »Der Kerl kotzt mich einfach an.«

Erneut tauschten wir einen Blick und Bruno brach in sanftes Gelächter aus. Beinahe verzweifelt fielen Liliette und ich mit ein, bis sogar Célian heiser lachte und die Augen noch einmal schloss.

NOCH 6 TAGE

Freitag, 01. Juli 1768

52 Liliette Cadieux

Die Suppenschüssel brannte auf meiner Haut. Ich balancierte sie auf einer Hand, um mit der anderen anzuklopfen.

»Komme gleich«, ertönte es hinter der Tür.

»Ich bin's nur!« Hektisch ergriff ich die heiße Schüssel wieder mit beiden Händen. An ein Tablett hatte ich natürlich nicht gedacht, als ich mich vom Frühstück davongestohlen hatte.

»Liliette?«

Ich verdrehte die Augen und öffnete die Tür mit dem Ellbogen. Schließlich wartete vor meinem Zimmer auch nie jemand.

Célian saß im Bett und ließ ein Heftchen in seinen Schoß sinken. »Wieso bist du nicht beim Frühstück?«

»Weil du nicht beim Frühstück bist.« Ich hielt ihm die Schüssel mit dem Löffel hin. »Ich habe Mutter gesagt, dir geht es nicht gut. Geht es dir nicht gut?«

Schmunzelnd nahm er die Suppe und schob sich gierig einen Löffel in den Mund. »Liliette, du musst aufhören, Menschen zu erzählen, dass ich chronischen Schwindel habe.«

Ärgerlich runzelte ich die Stirn. Er sah gar nicht mehr so schlimm aus. Tausendmal besser als gestern im Gras, wo er so bleich gewesen war, dass alle Adeligen vor Neid grün geworden wären. Außerdem hatte er gestern selbst von seinem Schwindel erzählt. Aber an die Begegnung mit Baron Ruther wollte ich gar nicht erst denken.

»Wenn du nicht krank bist, kannst du mir ja etwas abgeben.« Ich klaute ihm einen Löffel Suppe, ehe er die Schüssel zurückzog.

»Nichts da! Du hast sie mir gebracht, also ist sie jetzt meine.«

»Aber ich habe deinetwegen auch nichts gefrühstückt!«

Der Löffel schwebte vor seinem Mund. Célian rollte die Augen. »Schön, hier.«

Triumphierend nahm ich die Schüssel und aß die süße Karottensuppe. »Da wir jetzt geklärt haben, dass es dir gut geht, kommen wir zu dem wichtigeren Punkt – die Soiree.«

Stöhnend legte er den Kopf in den Nacken. »Du raubst mir die Geduld! Siehst du das?« Seine Handkante fuhr über seine Stirn. »Das bist du, wie du meinen Geduldsfaden durchsägst.«

»Ich glaube, der gestrige Tag hat doch bleibende Schäden hinterlassen.«

Er schnalzte mit der Zunge, aber sein Arm sank zurück aufs Bett. »Auf der Soiree ... Wird Baron Ruther ...«

»Nein, er kommt nicht zu Schloss Augustusburg.« Ich hatte keine Ahnung, aber das musste Célian ja nicht wissen. Viel zu schnell war die Schüssel leer und ich stellte sie auf den Nachttisch.

»Und du wirst ihn nicht ... Oder?«

»Nein, ich werde ihn nicht wiedersehen. Er würde ohnehin kein Wort mit mir wechseln.« Mein Blick schmälerte sich. »Redest du bald auch wieder in ganzen Sätzen?«

Er kniff in mein Kinn. »Hier ist ein ganzer Satz für dich: Egal, was du machst, ich komme nicht mit zur Soiree.«

»Was ist dein Problem?«, fragte ich und zog den Kopf weg.

Schnaubend hob er das Heft hoch. »Womit genau?« Er verstellte die Stimme. »*Drück dich deutlicher aus, Liliette.*«

Stöhnend schob ich mein Knie aufs Bett, sodass er mir murrend etwas Platz machte. »Ich meine mit dem Heiraten, mit der Ehe, der Hochzeit – was ist dein Problem mit der Liebe?«

Sein Heftchen sank wieder. »Das meinst du nicht ernst, oder? Gerade du kannst die Wörter *Liebe* und *Ehe* doch nicht in einem Satz verwenden.«

»Was? Natürlich.«

Er legte das Heft zur Seite. »Die Liebe ist eine der tiefsten Emotionen, zu denen ein Mensch fähig ist. Die heutige Ehe ist hingegen eines der zutiefst ökonomischsten und frauenfeindlichsten Konstrukte, zu denen ein Mensch fähig ist.«

Mir verschlug es die Sprache. Entweder hatte er seine Meinung in letzter Zeit geändert oder ich hatte noch nie mit ihm darüber gesprochen. »Das klingt ungeheuer auswendig gelernt«, sagte ich langsam. Mein Blick wanderte zu dem Heft. Bevor er reagieren konnte, schnappte ich es ihm weg. »Das Manifest? Seit wann liest du so etwas noch vor dem Frühstück? Und seit wann tust du so, als wärst du schlau?«

Er nahm mir das Heftchen ab. »Noch so ein Wort, Madame, und ich ruiniere deine Frisur.«

Schnell stand ich auf. Früher hätte ich das nicht gemacht. »*Mademoiselle*«, korrigierte ich und er schlug ungerührt das Manifest auf.

»Dieser Begriff entstammt ebenfalls einem veralteten Weltbild, in welchem die Männer von Geburt an den Status eines Mannes haben, die Frauen sich ihren aber erst durch die Hochzeit mit einem solchen verdienen müssen.«

Rückwärts ging ich zur Tür. »Sag ich ja, bleibende Schäden.«

»Irgendwann verstehst du es auch. Hoffentlich früh genug.«

»Typisch Männer«, entfuhr es mir. »Es gibt nur eine Wahrheit und das ist ihre.«

Diesmal sah er auf. Und schmunzelte. »Schließ einfach hinter dir die Tür.«

Mit zusammengezogenen Brauen wandte ich mich ab und verließ sein Zimmer. Die Tür blieb weit offen. Das Kissen, das er nach mir warf, traf nur seine Zimmerwand. Von ihm war wirklich nichts zu erwarten. Da mir weiterhin eine Freundin fehlte, würde ich vor Anniek bereits wie eine Lügnerin dastehen. Mir blieb nur noch eine Möglichkeit, um auf der Soiree überhaupt vor ihr zu stehen.

53 Esmeray Weiß

Nox konnte tatsächlich schnurren. Oder etwas in der Art. Es war eher ein leises, dunkles Schnauben.

»Eigentlich hatte ich Marti gesucht«, flüsterte ich.

Das Pferd blies warme Luft in mein Kleid, während ich seine Ohren kraulte. Marti musste warten. Immerhin hatte Liliette mich wieder früher weggeschickt. Sie hatte nicht einmal auf dem Harfenspiel bestanden, war schon den ganzen Tag nervös. Seitdem sie aus Célians Zimmer zurückgekehrt war.

»Sind dir die Cadieux' auch so ein Rätsel wie mir?«, fragte ich und Nox schnaubte. »Aber gerade deshalb bin ich ja auf der Suche nach Marti.«

Die Tür zum Hof sprang auf und orangene Sonnenstrahlen fielen herein. Célian trat in den Gang. Bei meinem Anblick blieb er wie immer stehen.

Ich rang mit mir, ob ich knicksen sollte oder dafür schon zu viel vorgefallen war. Es wurde ein Neigen des Kopfes, bei dem ich Nox nicht loslassen musste.

»Hallo«, sagte er.

Hallo?

»Hallo«, antwortete ich.

Er räusperte sich und lief an mir vorbei zum Stallende. Sein Gang war leicht, seine Haut rosig, das Haar locker im Nacken mit einem Seidenband zusammengefasst. Der gestrige Zwischenfall erschien mir wie ein abstruser Traum. Als würde meine Erinnerung mich verulken und sagen: Niemals hatte dieser Junge auf meinem Schoß gelegen und Tränen auf mein Kleid vergossen.

Als er mit einem Sattel und einer Trense zurückkehrte, runzelte ich die Stirn. »Ich finde nicht, dass Ihr ausreiten solltet«, entwich es mir.

Nur kurz sah er hoch. Er konzentrierte sich darauf, den Sattel auf eine Stange vor der Box der gescheckten zu Stute zu hieven. »Keine Sorge, mir geht es gut. Das gestern war ... eine einmalige Sache.«

»Das war nicht meine Sorge«, flüsterte ich in Nox' flauschiges Ohr.

Als reine Stille folgte, sah ich auf.

Célian musterte mich. »Und was dann?«

»Entschuldigung, ich hätte nichts sagen sollen.«

»Nein, jetzt bin ich neugierig.«

Ich wollte alles hinunterschlucken, doch sein Blick lockte die Worte aus mir heraus. »Fühlende Lebewesen sollten nicht von anderen benutzt werden. Wir sollten einander die Freiheit lassen.«

Er starrte mich an und diesmal entwichen ihm die Worte. »Das habt Ihr in der Nacht wohl vergessen.«

»In welcher Nacht?« Steif drehte ich mich so zu ihm, dass Nox' Hals auf meiner Schulter ruhte. Ich wusste, dass Célian von Barbiers Garten sprach. Von meinem Verführungsversuch. Aber ich musste es von ihm hören.

Er zuckte jedoch mit den Schultern und lehnte sich an die Boxentür. »Vergesst es.« Die weiß-braune Stute nibbelte an seinem Ärmel, bis er über ihre Blesse strich.

Stille legte sich über uns, während ich fieberhaft nachdachte. Was hatte Freiheit mit meinen erbärmlichen Verführungskünsten zu tun? Wollte er sagen, dass ich mich ihm aufgedrängt hatte?

Leise räusperte ich mich. »Wenn Ihr das meint, was ich denke – das war *meine* einmalige Sache. Ich versichere Ihnen, dass ich mich Euch nie wieder auf mehr als zwei Meter nähere.«

Mit erhobenen Brauen wanderte sein Blick von seinen Füßen über den engen Stallgang bis zu meinen Füßen.

»Gut«, murmelte ich, »nicht mehr als einen Meter.«

Er lächelte leicht. »Es tut Ihnen also leid?«

Dass ich mich an ihn herangemacht hatte? »O ja, und wie.«

Langsam nickte er und wieder breitete sich Stille zwischen uns aus. Diesmal war sie seltsam angenehm, während wir unsere dösenden Pferde kraulten.

Es war für ihn so schlimm gewesen, dass ich mich entschuldigen musste.

Bei dieser Erkenntnis musste ich blinzeln. Ich hatte seine Worte, seine Körpersprache völlig fehlinterpretiert. Als er mich gegen den Baum gedrückt hatte, war mein erster Gedanke gewesen, er würde mich hier und jetzt küssen.

Nox legte seinen Kiefer immer schwerer auf meine Schulter, wohingegen sich die Stute irgendwann umdrehte und den Kopf aus dem Stall nach draußen hängte. Célian warf mir einen Blick zu und wir lächelten.

»Wisst Ihr vielleicht, wo Marti gerade ist?«, fragte ich.

»Vermutlich beim Abendessen. Was wollt Ihr von ihm?«

»Ach, das kann warten«, murmelte ich.

»Vielleicht kann ich ja helfen.«

Und wie er das konnte. »Als Liliettes Lehrerin ... gehen musste«, sagte ich leise, »habe ich gesehen, wie Ihr mit Marti gesprochen und ihm ein Päckchen –«

Ehe ich eine Frage stellen konnte, war er bei mir. Ich zuckte zurück, Nox riss den Kopf in die Box und Célian legte seine Hände auf meine Schultern. »Habt Ihr das jemandem erzählt?«

»N-nein, wieso?«

Er war mir so nah, dass seine Wärme mir entgegenstrahlte. Mit der Boxentür im Rücken konnte ich keinen Schritt zurück.

»Ihr dürft es niemandem erzählen. Bitte.«

Bitte? »Was habt Ihr ihm gegeben?«, entfuhr es mir. »Und was habt Ihr ihm gesagt?«

Seine Brauen hoben sich. »Ihr habt nicht alles gehört? Bitte fragt Marti nicht danach, ich will nicht, dass er für mich lügen muss.«

Wieder eine Bitte. Eindringlich musterte ich ihn. »Ihr habt ihm aufgetragen, Liliettes Lehrerin nachzureiten, nicht wahr?«

Er hielt die Luft an.

»Ihr sagtet mir am Brunnen, dass ich Ruhe geben sollte, sonst wäre alles umsonst. Das heißt, Ihr hattet einen Plan. Wie bei Helga.« Ich neigte den Kopf zur Seite. »Ihr habt dafür gesorgt, dass es Liliettes ehemaliger Lehrerin gut gehen wird.«

Schwer lagen seine Hände auf meinen Schultern. »Vermutlich hat es keinen Zweck, sich gegen Euren Sturkopf aufzulehnen.«

Ich schnaubte. »Wart Ihr deshalb Freitagabend so gut gelaunt? Weil Ihr Plan aufgegangen war?«

Kurz schloss er die Lider. »Bin ich denn so leicht zu durchschauen?«

»Nein, ich bin einfach nur *ein wirklich intelligentes Mädchen.*« Auch diese Worte hatte ich nicht geplant. Ich presste die Lippen aufeinander, während er mich mit großen Augen betrachtete.

»In dem Punkt habe ich wohl doch nicht gelogen«, sagte er leise. Seine Hände glitten wie unbewusst von meinen Schultern und es kribbelte meinen gesamten Rücken hinab.

Stimmen erklangen auf dem Hof.

Schnell trat Célian einen Schritt zurück. Zu schnell, befand meine Haut. Als sich die Tür öffnete, wandte er sich dem Sattel zu.

»Nein, nein, nein! Wie oft soll ich es noch sagen?« Alix stürmte herein.

Gefolgt von Liliette. »So lange, bis es ein Ja ist!«

Als sie uns entdeckten und stehen blieben, versank ich in einem Knicks, den niemand beachtete. Nur Nox stupste mich zaghaft an.

»Was willst du denn im Stall?«, fragte Liliette und riss Alix aus seiner Starre.

»Dir entkommen!« Er stürmte den Gang hinab und wühlte wahllos zwischen Sätteln, Gerten und Hühnerfutter herum.

»Was ist denn mit euch los?«, fragte Célian und lehnte sich an die Boxentür.

»Nein, was ist mir *dir* los?«, erwiderte Alix. »Wieso kannst du Liliette nicht einfach begleiten, so wie du es schon immer getan hast?«

Célian runzelte die Stirn, bis er Liliette ansah. »Beim Ratatouille von Mamie Hélène, lass mich mit der Soiree in Frieden!«

»Erinnere mich nicht an ihr Ratatouille«, brummte Alix.

»Wer ist Mamie Hélène?«, fragte Liliette.

»Was ist Ratatouille?«, murmelte ich.

Célian warf uns allen böse Blicke zu.

»Ich habe keine Zeit dafür!«, rief Alix in das Schweinefutter.

Liliette zog eine Braue hoch. »Seit wann hast du denn nach der Arbeit etwas vor?«

Die Klappe fiel auf die Holzkiste, als Alix herumfuhr. »Ich habe ein Leben, Liliette! Bitte lass mich leben!«

Sie schnaubte. »Du hast kein Leben, glaub mir. Aber wenn du mich auf die Soiree bringst …« Er stöhnte auf. »… dann suchen wir dir eins!«

»Célian«, flehte er, »ich gebe dir meine Ringuhr!«

»Damit ich die Stunden bis zu meinem Tod zählen kann, nachdem Mutter mich verheiratet hat?« Célian verschränkte die Arme. »Danke, ich passe. Geh doch mit einen von deinen hundert Freundinnen, Liliette.«

Mit einem frustrierten Schrei stampfte sie auf. »Seid ihr denn zu gar nichts zu gebrauchen? Meine Freundinnen sind keine erwachsene Begleitung, können meine Familie nicht repräsentieren und außerdem *hasst Mutter sie alle!*«

Ich presste meinen Rücken an die Boxentür und Nox verzog sich in die hinterste Ecke. Danach rührte sich niemand mehr. Es ertönte nur noch Liliettes heftiger Atem, während alle in ihr puterrotes Gesicht starrten.

Alix löste sich als Erster und kam langsam den Gang herauf. »Wie wäre es«, fragte er leise, »wenn wir dir eine Freundin … bauen?«

Liliette biss so fest die Zähne zusammen, dass keine Worte Platz hatten. Sie konnte ihn nur mit ihrem feurigen Blick durchbohren.

Beide Hände erhoben, fuhr Alix fort. »Wenn niemand Mutter gefällt, erfinden wir jemanden. Eine Person, die dich nicht in ihren Schatten stellt, sondern zum Glänzen bringt. Eine perfekte Freundin.«

»Wer?«, stieß sie hervor.

Er nickte zu mir. »Mera wäre eine gute Wahl.«

Ich erstarrte.

Célian schnaubte amüsiert. »Sicher, darüber wird Liliette sich freuen.«

Wir sahen zu ihr. Anstatt wutentbrannt aus dem Stall zu stürmen, lockerte sie die Fäuste und straffte ihre Schultern.

»Nein!«, entfuhr es Célian.

Wie bitte?

»Sie *ist* eine gute Wahl«, sagte Liliette.

Célian machte einen Schritt, als wollte er sich vor mich stellen, doch er blieb mitten im Gang stehen. »Nein, Liliette, auf keinen Fall! Das lasse ich nicht zu. Sie ist noch nicht einmal achtzehn und sie wird … dich nur blamieren!«

Mein Mund klappte auf. Nein, ich konnte diesen Kerl tatsächlich nicht lesen.

»Das wird sie nicht.« Alix heftete seinen Blick auf seine Schwester. »Über ihr Alter schwindeln wir und den Rest lernt sie von dir. Zudem wird sie ja nur an deiner Seite sein, um dich gut aussehen zu lassen.«

»Arrête!«, fauchte Célian. »Du hast doch keine Ahnung! Schaut sie euch nur an!« Er wies auf mich, sah aber bloß auf meine Kleidung, nicht in mein Gesicht. »Sie ist voller Pferdehaare und hat überhaupt keine Manieren! Sie wird sich wieder betrinken! Wird einen Landgrafen mit *Erlaucht* ansprechen und einen Grafen mit *Durchlaucht*!«

»Betrinken?«, fragte Alix.

»Natürlich umgekehrt«, entgegnete ich, da es wohl die einzige Möglichkeit war. Und noch etwas fiel mir ein. »Mit Verlaub, manchmal spricht man einen Grafen auch mit *Hochwohlgeboren* an.«

»*Hochgeboren*«, zischte Liliette.

»Seht ihr!« Als Célian erneut auf mich zeigte, war ich versucht, seine Hand wegzuschlagen. »Die Soiree ist schon morgen. Es ist ausgeschlossen, dass sie als einfache Magd bis dahin alle Gepflogenheiten der Adelsgesellschaft lernt.«

Dieser Mistkerl!

Liliette ignorierte ihn und musterte stattdessen mich. Ich wollte meine zusammengebissenen Zähne lockern, aber dann hätte ich Célian angefaucht.

»Sonst bist doch gerade du für jede List zu haben.« Alix schüttelte den Kopf. »Wieso spielst du dich so auf?«

»Ich will nur die Ehre unserer Familie bewahren«, presste er hervor.

»Und wieso gehst du dann nicht mit?«

»Wieso gehst *du* nicht mit?«, schoss Célian zurück. »Du hast dich von Anfang an geweigert! Immer musste ich den Kopf für Mutters Spielchen hinhalten!«

Alix starrte ihn an. »Aber das hat dich doch bisher kaum gestört!«

»Bisher!« Célian ballte die Fäuste wie zuvor seine Schwester.

Alix schnaubte. »Dann lass um Himmels Willen Mera mitgehen.« Sein Blick fuhr zu Liliette zurück. »Wir kleiden sie neu ein, sie bekommt eine eigene Legende und wird genau die Begleiterin, die du dir wünschst.«

»Die Mutter sich wünscht«, korrigierte sie.

»Aber jemand könnte sie erkennen!«, warf Célian ein. »Auf das Tragen von Kleidung außerhalb des eigenen Standes steht die Todesstrafe!«

Schlagartig wurde es still.

Meine Lippen öffneten sich, doch mein Herz flatterte so hektisch, dass ich keine Worte formulieren konnte. Man würde mich hinrichten, einfach erhängen.

Liliette schüttelte den Kopf. »Ich habe es schon durchgespielt. Bei allen Besuchen blieb sie in der Kutsche. Nur Barbier, Seebald, Witterstein und Falkenberg haben sie zu Gesicht bekommen, aber von denen kommt niemand zu Schloss Augustusburg.«

»Anno hat sie gesehen!«

Auch Alix verzog nun den Mund. »Liliette, ich weiß nicht …«

Sie schnalzte mit der Zunge. »Seid keine Angsthasen! Niemand wird sie aufknüpfen, wenn wir sie vorher freikaufen.«

Ich schluckte. Sollte meinen Hals aus der Schlinge ziehen. Doch mir fiel nur ein, welche kostbaren Gegenstände ich auf der Soiree wohl einstecken könnte und mit welch wohlhabenden Menschen ich reden würde. Es war eine Goldgrube. Ich musste bloß springen und hoffen, dass ich wieder auftauchte.

»*Liliette*«, grollte Célian. »Alix hat deine Lehrerinnen nicht auf Vorrat – Anno hat sie gesehen!«

Wieder ein Kopfschütteln. »Anfangs nur von sehr weit weg und später war es schon dunkel. Außerdem hatte er nur Augen für mich.« Ein Schmunzeln huschte über ihre Lippen, als sie mich betrachtete. »Und auch auf der Soiree werden alle Augen nur auf mich gerichtet sein.«

NOCH 5 TAGE

Samstag, 02. Juli 1768

54 Célian Cadieux

»Und wie soll sie heißen?«

Mein Mund klappte auf. »Mutter! Das ist nicht dein Ernst!«

Sie sah kurz über ihr allmorgendliches Spiegelei hinweg zu mir, ehe sie sich wieder an Liliette wandte. »Also?«

Diese rutschte nur auf ihrem Stuhl umher und Alix sprang ein. »Sie kann weiterhin Fräulein Schwarz heißen. Ihre Eltern sind gestorben.« Entschuldigend sah er zu dem Speisewagen hinter mir. »Und sie hatten nur eine kleine Schenke, etwa zwei Tagesmärsche entfernt. Außerdem ist *Schwarz* ein gebräuchlicher Name, nicht zu bäuerlich, nicht zu adelig.«

»Mutter, denk doch nach, sie wird herausstechen wie ein bunter Hund!« Ich spürte den Blick, der sich in meinen Nacken bohrte, aber ich musste ihn ignorieren. »Sie wird beim Tanz aus der Reihe fallen, wieder einmal den Knicks vergessen, sie wird *Durchlaucht* und *Erlaucht* –«

»Jetzt hör auf mit diesen blöden Anreden!«, entfuhr es Liliette. »Mutter, ich habe bis spät in die Nacht mit ihr geübt, sie kann die Ansprachen perfekt.«

»Mera, komm her«, sagte Mutter. Immer noch war Mera für sie nur eine Magd.

Als Mera zu Liliettes Stuhl vors Fenster trat, konnte ich sie nicht länger ignorieren. Ihre Wangen waren gerötet, ihre Hände hinter dem Rücken vermutlich zu Fäusten geballt.

»Gräfin Cadieux.« Während sie knickste, hob sie den Rock an, aber nur so weit, dass man ihre Fußknöchel noch nicht sah. Liliette hatte sie wirklich unterrichtet.

»Wie spricht man einen Grafen an?« Mutter legte nicht einmal ihr Besteck ab.

Meine Finger pressten sich auf den Tisch. Mera musste einen Fehler machen.

»Bei einem regierenden Grafen hieße die korrekte Anrede *Erlaucht*, bei einem nicht-regierenden Grafen *Hochgeboren*.«

Ich straffte meine Schultern. »Und wen grüßt Ihr zuerst?«

Ihr Blick schoss wie ein Pfeil zu mir.

»In einer Runde von einem dreißigjährigen Grafen, einer vierzigjährigen Baronin, einer fünfzigjährigen Komtess und einem sechzigjährigen Pfarrer – wen grüßt Ihr zuerst, wenn niemand die Vorstellung in die Hand nimmt?«

»Ich wusste nicht, dass Pfarrer zu einer Soiree gehen«, murmelte Alix.

»Ihr macht es mir leicht, Comte«, sagte Mera ruhig. »Rang schlägt Geschlecht. Anstatt also die Damen zuerst zu grüßen, beginnt die Reihenfolge bei dem Grafen. Dann der Pfarrer, dem man aufgrund seines Alters Respekt zollen sollte. Generell kann ein männliches Ego schnell verletzt werden, wenn es erst nach einer Frau erwähnt wird.«

»Merk dir das, Liliette«, warf Mutter ein und nahm einen Bissen.

Liliette starrte sie an. »Ich habe es ihr doch beigebracht«, flüsterte sie.

»Darauf folgt die Komtess und zum Schluss die Baronin«, endete Mera.

Ich stand auf. Mein Teller war leer, der Tee nicht angerührt. Mera hatte mir ohnehin sicher hineingespuckt. »Und wenn der Pfarrer ein Baron wäre und nicht sechzig, sondern vierzig?«

Ihr Blick schmälerte sich. »Es ändert nichts. Zuerst der Graf, dann der Baron und danach die Baronin, da ihr Alter mit fünfzig nicht hoch genug ist, um einen Mann zu verärgern. Danach die Komtess.«

»Und wäre die Komtess die Sechzigjährige?«

»Jetzt reicht's!«, entfuhr es Liliette. »Wir sind hier nicht in Versailles! Dieses Land orientiert sich zwar am französischen Hofprotokoll, aber nur sehr lasch! Und wie oft hast du schon mit einer Regel gebrochen?«

»Ich bin eine echte Person und kein Hochstapler!«

»Halt endlich die Luft an.« Mutter sprach so resigniert, als verursachte ich ihr Kopfschmerzen.

Ich verstummte sofort.

»Wessen Kleidung wird sie tragen?«, fuhr sie fort.

»Meine!« Liliette atmete auf. »Wir haben es gestern noch nicht anprobiert, aber es ist ja noch Zeit bis heute Abend.«

»In deine passt sie doch überhaupt nicht hinein.« Mutter rümpfte die Nase. »Lass etwas aus meinem Schrank holen, eins meiner älteren Kleider.«

Meine Schultern verkrampften und Liliettes Gesicht entgleiste. Hastig neigte sie den Kopf. »Danke, Mutter.«

»Wie lautet ihre Legende?« Sie spießte ein Stück Spiegelei auf.

»Sie soll es selbst erzählen«, sagte ich. Es war ihre letzte Chance, einen Fehler zu machen.

Meras Iriden hatten sich in still brodelnde Lava verwandelt. »Wenn ich mich vorstellen darf, ich bin Komtess Mera Schwarz, Ziehtochter von Graf Schwarz aus Regensburg. Er nahm mich als Findelkind bei sich auf und erzog mich mit

Gräfin Schwarz wie die leibliche Tochter, die ihnen nicht vergönnt war. Von klein auf wuchs ich in ihre Manufaktur für Tabakdosen hinein, und sobald ich verheiratet bin, übernimmt mein Ehemann sie. Momentan besuche ich meine entfernte *Cousine* Komtess Cadieux, die mich gütigerweise auf die heutige Soiree mitnimmt.«

»Was soll das mit der *Cousine* bedeuten?«, fragte Mutter, ehe ich es konnte.

»Gräfin Schwarz lebte früher in Köln und war mit Ihnen, Hochgeboren, eng befreundet«, sagte Mera. »Als sie heiratete und nach Regensburg zog, wo sie mich adoptierte, wart Ihr, Gräfin Cadieux, bald mit Komtess Cadieux beschenkt. Mit Gräfin Schwarz zogt Ihr uns wie Cousinen auf, die sich mindestens einmal im Jahr besuchen.«

Mit einem leisen Stöhnen rieb ich meine Stirn. Natürlich machte sie keinen Fehler. Sie war intelligent. Das hatte ich ihr selbst gesagt.

»Aha«, machte Mutter und Liliette entwich ihre angehaltene Luft.

»Was ist mit den Tänzen?« Meine Frage war nur noch ein verzweifeltes Aufbäumen. »Hast du mit ihr die Quadrille getanzt, Liliette? Oder du, Alix, mit deinen linken Füßen?«

Er schnaubte. »Keine Sorge, ich nehme mir heute extra die Zeit.«

Ich presste die Handknöchel auf den Tisch. »Ihr habt euch also entschieden, ja?«

Liliette sah zu Mutter.

Diese erdolchte ein weiteres Stück Spiegelei. »Brillante Schlussfolgerung.«

Mit einem Ruck richtete ich mich auf. »Dann gehe ich auch mit und achte darauf, dass sie den Ruf unserer Familie nicht in den Dreck zieht.«

Liliette und Mera rissen die Augen auf, während Alix die Stirn runzelte.

Mutter schnaubte nur. »Natürlich wirst du das.«

Mein Blick folgte Mera, die knickste und zurück zum Servierwagen schritt.

Sie verstand mich nicht. Sie hasste mich.

55 Esmeray Weiß

Milena ging durch Himmel und Hölle zugleich.

Als Liliette in einem rosafarbenen Traum von ihrem Bett aufstand, wippte die Magd unaufhörlich auf den Füßen. Prüfend trat die junge Komtess um meine Hochsteckfrisur herum – und lächelte. »Es ist gut.«

Milenas Hand krallte sich in meinen Arm und ich atmete auf. Nicht im Entferntesten hatte ich erwartet, dass Liliette auf meinen Vorschlag mit Milena eingehen würde.

»Nur noch das Puder.«

»Oh.« Milenas Griff verstärkte sich. »Als Comte Cadieux Eure Bitte hörte, sagte er, ich sollte bei ihr auf das Haar- und Gesichtspuder verzichten. Er meinte, wenn es bei ihr ein paar Fehler gäbe, würden sich die Leute noch mehr auf Euch konzentrieren.«

Ich starrte die blauen Zierblumen an Liliettes Kleid nieder, als wären sie Célian.

»Na schön. Zur Not sagen wir, das sei in Regensburg üblich.« Liliette glitt an meinem – oder vielmehr am Kleid der Gräfin – vorbei und setzte sich vor ihren Schminktisch. »Jetzt meine Frisur.«

Ich musste Milenas Hand von meinem Arm lösen, ehe sie aus ihrer Starre erwachte, und schenkte ihr ein Lächeln. Mehr war heute tabu – Liliette hatte am Mittag aufgesagt: »Häufiges und lautes Lachen ist die Art, wie das einfache Volk seine alberne Freude über alberne Dinge ausdrückt.« Ich hatte nicht erwidert, dass ich schon andere Adelige hatte lachen sehen, denn ich hatte all meine Konzentration für den Tanz gebraucht. Es war eine mittlere Katastrophe gewesen. Aber da Alix bei jedem Fehler – meinen und seinen – hatte kichern müssen, war es nach den ersten verbissenen Minuten tatsächlich amüsant geworden. Célian hingegen war mir seit dem Frühstück nicht mehr begegnet. Besser so, denn die Gefahr wuchs, dass ich ihm versehentlich heftig auf den Fuß trat.

Während Milena mit Liliettes feinem Haar zügiger vorankam, drehte ich mich zu Birte und Augusta, um mich neben sie zu stellen. Dabei fiel mein Blick auf den langen Spiegel und mit angehaltenem Atem blieb ich stehen.

Eine fliederfarbene Wolke umhüllte mich.

Die Robe umspielte in winzigen Rüschen meine Schultern und legte sich eng um meine Taille. Knapp über meiner Hüfte klaffte der schwere Brokatstoff wie ein Vorhang auf und bereitete den Lagen des Unterrocks die Bühne. Ehrfürchtig wanderten meine Finger an meinem Ausschnitt über die bernsteinfarbenen Zierblümchen. Vor ihren Nadeln schützten mich nur die Bestandteile fremder Körper, die man in das Korsett eingenäht hatte. Dieses drückte meine Brüste nach oben, lag aber ansonsten bequem an. Meine Hände streiften zu dem ebenfalls bernsteinfarbenen, gerüschten Halsband und hinauf in mein Haar.

Es war, als berührte ich einen fremden Kopf.

Milenas heiße Eisenplatten hatten meine weichen Locken in steinerne Spiralen verwandelt. Und sie waren noch schwerer als sonst. Zwar hatte Milena kein Haarkissen verwenden müssen, doch die Hochsteckfrisur war mit etlichen Nadeln gespickt, an deren Enden hellviolette Schleifchen mit Bernsteinen funkelten.

Vorsichtig drehte ich mich, sodass das Kleid knapp über den Boden rauschte. Ich war verliebt. Es war schwer, es war teuer, es war unhandlich. Und es war ein Kunstwerk.

Ich schob einen Teil der Robe zurück und meine Hand ertastete den Schlitz im Unterrock – sowie die übliche Tasche, die im weiten Korbgestell verschwand. Diebstahl war für eine Hofdame so einfach.

Diesmal hörte ich die Schritte auf dem Gang, ehe Célian im Türrahmen erschien. Schnell richtete ich mein Kleid und versank mit Augusta, Birte und Milena in einem Knicks. Er würde mir nicht ein zweites Mal vorwerfen, dass ich es immerzu vergaß. Auf halbem Weg runzelte ich jedoch die Stirn. Langsam kam ich hoch und sah zu ihm.

Tatsächlich. Sein Gehrock war aus tiefem Violett. Dunkelgrüne Knöpfe und Bordüren zierten ihn. Die Weste darunter war aus hellerem Lila, die Hose dunkler, die Schuhe gänzlich schwarz.

»Ich glaube, ich sollte mich umziehen«, murmelte er, sein Blick auf meiner fliederfarbenen Robe.

Liliette wandte sich uns zu, sodass Milena eine der letzten Strähnen hinterherführen musste. »Nicht doch, ihr beiden seht zauberhaft aus. Nicht so zauberhaft wie ich natürlich.«

Célian verschränkte die Arme vor der Brust. Sein Haar war wie immer im Nacken gebunden, doch der Zopf, der auf seiner Schulter lag, war heute ebenso perfekt gelockt wie mein Haar. »Schön, wir müssen ohnehin los. Hast du die Zeit vergessen?« Er nickte zum Fenster hinter Liliette, ohne mich noch eines Blickes zu würdigen. Die Sonne war bereits um die Ecke gewandert und sandte lange Strahlen aus.

»Nur noch die Dekoration, Mademoiselle«, wisperte Milena. Sie reichte Liliette eine gruselige, spitze Atemmaske und tauchte die Frisur in graues Puder. Funkelnde Haarnadeln und eine pompöse Brosche am Hinterkopf vollendeten ihr Werk. Ich überlegte, wie man einer Person etwas vom Kopf klauen konnte, und ignorierte, dass Célian stur an mir vorbeisah.

56 Célian Cadieux

Es war schwer, Mera nicht anzustarren. Körperlich schwer.

Mein Nacken schmerzte, so versteift schaute ich aus dem Kutschfenster in die hereinbrechende Dunkelheit. Wir passierten die gelbe Säule des Eingangstors und überquerten den schimmernden Burggraben. Aus dem Augenwinkel sah ich, wie Mera sich zu ihrem Fenster vorlehnte.

Ich war versucht, meine Lider zu schließen. Eingehend betrachtete ich einen vorbeiziehenden Sockel, auf dem ein steinerner Mann mit einem Bärenfell thronte. Nox' Hufe klapperten über das graue Schachbrettmuster der breiten Auffahrt. Doch meine Augen interessierte mehr, wie das Fackellicht auf Meras Haut flackerte.

Ich konnte sie doch nicht gleichzeitig beschützen und anhimmeln! Mühsam konzentrierte ich mich auf das Gestein, das sich hinter der Glasscheibe in die Höhe streckte. Hell erleuchtete Fenster zogen sich über die gesamte orangene Fassade des Nordflügels. Aber die Kutsche hielt nicht im Hof, sondern holperte weiter. Das Hufklappern echote, noch ehe ich den Torbogen sah, durch den wir rollten. Uns empfing eine Halle aus blauem Marmor mit gelber Maserung.

An vier Säulen hielten wir und ich stieß die Tür auf, schob mich noch vor Liliette ins Freie. Die Diener kamen zu spät. Sobald meine Schuhe den Boden berührten, atmete ich schon freier.

»Danke, die Herren, nicht nötig.« Tief Luft holend strich ich meinen Gehrock glatt und Bruno hievte sich vom Bock.

»Célian! Ist alles in Ordnung?« Liliette drängte sich seitwärts aus der Kutsche, ihren breiten Rock mühevoll gerafft. Bruno reichte ihr gerade noch für den letzten Schritt die Hand.

»Natürlich, wieso?«

Argwöhnisch musterte sie mich. »Du bist hinausgesprungen wie bei Baron –«

»Nein, alles bestens!« Ich schüttelte die Gedanken ab. »Habe ich schon gesagt, dass du bezaubernd aussiehst? Dieses Kleid und die Frisur, très élégantes!«

Während sie mich anstarrte, stellte Bruno uns überfordert vor. »Comte Cadieux und seine Schwester Komtess Cadieux in Begleitung der Komtess Schwarz.«

Einer der Diener sah auf einer Liste nach und nickte. Damit war auch die letzte Hoffnung dahin, man könnte Mera abweisen.

»Verhalt dich normal«, flüsterte Liliette mir zu, als das Verneigen und Knicksen wieder von vorn begann. »Wenigstens heute Abend.«

Mera zwängte ihr Kleid durch die Tür und nahm dankend Brunos Hilfe an.

Ich wandte mich ab und hielt Liliette den Arm hin. »Mach dir keine Sorgen um mich.« Sie sollte sich eher Sorgen um ihre Zofe machen.

»Na los, komm schon, Mera«, zischte sie jedoch.

»Du solltest höflicher zu ihr sein, sie ist eine Komtess«, rutschte es mir heraus.

Liliettes unverständliches Brummen wurde von einem Diener unterbrochen.

»Es ist mir eine Ehre, Euch in Schloss Augustusburg willkommen zu heißen. Wenn Ihr mir folgen mögt, geleite ich die Herrschaften gleich zu den Festlichkeiten.«

Innerlich rollte ich die Augen. Wir waren mehr Frauen als Männer, aber niemand sagte *Damenschaften*.

Mon Dieu, ich musste aufhören, wie Mera zu denken.

Als wir dem Mann zwischen die Säulen folgten, hinter denen sich noch weitere erhoben, fiel sie ein wenig zurück. Sie besah die steinernen Statuen und die verschlungenen Stuckwerke. Liliette winkte sie heran und ich wandte den Kopf ab.

»Lauf neben uns, du bist nicht mehr meine Zofe«, flüsterte meine Schwester.

»Wie Ihr meint«, erwiderte Mera.

»Und wir sollten uns beim Vornamen nennen, wir sind zusammen aufgewachsen.«

Diesmal brauchte Mera einen Moment. »In Ordnung, *Liliette*.«

Ich konnte nicht heraushören, ob es sie störte oder freute. Während die Kutsche hallend auf der anderen Schlossseite hinausfuhr, schritten wir eine Treppe an einem grüngoldenen Geländer hinauf. Vor uns erhob sich eine gigantische Wand mit einem Balkon, auf dem ein Obelisk die goldene Büste des verstorbenen Kurfürsten Clemens Augusts trug. Unfreiwillig merkte ich, wie Mera an den seitlichen Säulen hinaufsah. Darüber wuchsen Figuren aus der Wand und hielten kräftig eine kreisrunde Galerie. Als Mera den Kopf gänzlich in den Nacken legte, schnappte sie leise nach Luft.

Wie eine Kuppel ragte ein gigantisches Deckengemälde zum Himmel empor. Gelbe und rosafarbene Wolken, Engel, Trompeten, Speere – es war ein ästhetisches Chaos.

»Eine Illusionsmalerei von Carlo Carlone.« Der Diener war stehen geblieben und erlaubte sich ein Schmunzeln über unser Staunen.

Auch ich musste meinen Mund wieder schließen.

»Die Stuckarbeiten fertigten Joseph Anton Brillie, Guiseppe Artario und Carlo Pietro Morsegno an.« Er wandte sich nach rechts. Zwei Treppen erstreckten sich unter dem Deckenfresko entlang zur entgegengesetzten Seite. »Der Entwurf für das Treppenhaus stammt von Balthasar Neumann.«

Dankbar konzentrierte ich mich auf seine Worte. In den türkisblauen Marmorwänden der oberen Seitengänge prangten weiße Plastiken sowie Statuen über Statuen. Ob diese Mera noch mehr interessierten als die in der Eingangshalle?

Ich starrte auf den Rücken des Dieners, der die Stufen betrat.

»... Interieur war Johann Heinrich Roth zuständig.«

Ob Mera ihr Kleid mochte?

»... 1728 unter dem kurbayerischen Hofbaumeister François de Cuvilliés ...«
Ob sie Angst hatte, enttarnt zu werden?
»... eine Wasserburg ...«
Sorgfältig begutachtete ich die hohen Fenster, die sich in weißen Bögen erhoben.
»... von den Franzosen im Pfälzischen Erbfolgekrieg gesprengt wurde.« Tatsächlich bekam ich mit, wie der Diener vor einer Tür stehen blieb – und zwinkerte. »Keine Sorge, wir sind unseren französischen Gästen nicht nachtragend.«
Meine Brauen hoben sich.
»Aus den Trümmern entstand etwas Wunderbares«, fügte er an. »Das Gartenparterre am Südflügel stammt sogar vom berühmten Dominique Girard, einem in Versailles ausgebildeten Künstler. Er wirkte auch in Wien am *Oberen Belvedere.*«
»Oh, von ihm habe ich gehört.«
Der letzte Funke meines Widerstands erlosch. Mein Blick fiel auf Mera. Auf ihre weichen Schultern, ihre freigelegten Schlüsselbeine, ihren mit einem Band verzierten Hals. Unmöglich, dass ein sterblicher Mensch so göttlich war.
»Mein Vater ist ganz vernarrt in Gärten«, fuhr sie fort. Durch die bernsteinfarbenen Zierblumen und die gleichen Edelsteine in ihrem Haar leuchteten auch ihre Augen wie Bernsteine.
»Das wusste ich gar nicht über Graf Schwarz«, murmelte Liliette.
Mera räusperte sich. »Girard arbeitete auch in Schloss Nymphenburg, nicht wahr?« Sie sah beinahe zu perfekt aus. Nur die verkohlte Strähne fiel durch die Hitze aus ihrer Frisur und kräuselte sich so vertraut an ihrer Stirn.
Aus dem Augenwinkel sah ich, wie der Diener die grauen Brauen hob. »Oh, wie schön, eine Kennerin!« Er öffnete die Tür und die melancholischen Töne von Violine, Cello und Kontrabass drangen zu uns heraus. »Bitte, hier entlang.«
Mera folgte der ausgestreckten Hand und als wäre ich durch ein Band mit ihr verbunden, zog ich Liliette hinter ihr her. Niemals würde ich so verhindern können, dass der Abend mit ihrem Kopf auf einem Präsentierteller endete.

57 Liliette Cadieux

Atmen. Ich musste nur atmen.
Hätte Célian mich nicht mitgeschleift, wäre ich umgedreht. Mein Herzschlag

dröhnte lauter als die Gespräche in dem kleinen Gardensaal. Dieser Raum war kein Vergleich zu allem, was ich über den Ballsaal in der Bonner Hauptresidenz gehört hatte. Dennoch wirkte es so, als tummelte sich zwischen seinen graublauen und gelben Marmorwänden eine ähnlich große Menschenmenge.

»Oh, hallo!« Eine kleine Dame mit einer Pfauenfeder in ihrer Hochsteckfrisur schob sich an der Garde vorbei. Die Männer mit Degen und Speeren wurden von der heutigen legeren Gesellschaft kaum beachtet. Die Dame winkte uns zu und zog ein Mädchen hinter sich her.

Aphrodite höchstpersönlich.

»Bitte nicht«, stöhnte Célian und meine Schultern verspannten sich.

Annieks Kleid aus dunklem Türkis ließ sie noch blasser wirken und ihr Haar trotz des Puders noch dunkler. Echte weiße Rosen steckten in ihrer Frisur und über die gesamte Begrüßungsrunde hinweg trug sie unentwegt ihr Lächeln. Auf ihrem Wangenknochen thronte sogar ein schwarzes Schönheitspflästerchen.

»Es freut mich, dass Ihr es zur Soiree geschafft habt«, sagte sie zu Célian, während ich nach einem Mädchen suchte, das zu ihr gehören könnte. »Ihr fühlt Euch also wieder besser?«

Er verzog leicht die Mundwinkel. »Danke, es geht schon.«

»Wo ist denn Ihre Freundin?«, entwich es mir.

Annieks Augen erfassten mich und jagten einen Schauer meinen Nacken hinab. »Ach, Greta hat sich den Fuß auf der Theatertreppe verstaucht. Er ist so riesig wie ein Kürbis.«

Ich erstarrte. Wusste nicht, ob ich lachen oder weinen sollte. Diese ganze Suche nach einer Freundin für verflucht gar nichts.

Anniek wandte sich erneut Célian zu, wurde aber unterbrochen.

»Fräulein Liliette, wie schön!« Anno erschien direkt vor mir und schreckte alle auf. Schnell trat er zurück – und schob seinen Zwilling dadurch wieder neben ihre Mutter. »Verzeihung, ich wollte niemanden ängstigen.« Er verbeugte sich vor Célian, der ihn zögerlich grüßte, und hielt mir eine Hand hin. »Vergebt Ihr mir?«

Ein Lächeln stahl sich auf meine Lippen und ich reichte ihm die Hand. »Natürlich, Hochgeboren.« Er war ein Fuchs. Es musste ihn viel Überwindung gekostet haben, in die Runde zu platzen. Seine leuchtenden Ohren kontrastierten scharf mit seinem gepuderten Haar.

»Da bist du ja endlich, Anno.« Gräfin Stein hätte sicher wütender geklungen, hätte ich ihrem Sohn nicht die Hand gereicht. Auch er wurde mit Mera bekannt gemacht und ich verzichtete darauf, sie stolz als meine Freundin vorzustellen. Völlig unlogisch, dass mir das so wichtig gewesen war.

»Bitte entschuldigt, ich habe einen äußerst charmanten Herren kennengelernt.« Anno strich über seinen Gehrock, der selbstverständlich in einem ähnlichen Türkis wie das Kleid seiner Schwester strahlte. »Und ich würde ihn dir gern vorstellen, Anniek.«

Wir sahen zu einem Jungen, der unbemerkt neben der Gruppe gestanden hatte. Er war schlaksig und hatte so roten Wangen, dass es entweder Rouge, Punsch oder Fieber sein musste.

»Darf ich vorstellen, Herr Falkenberg. Der Sohn von Komtess Falkenberg.«

Bei dem Namen packte Célian Meras Arm. Er sah durch den Saal.

Während sich Falkenberg Junior tief verbeugte, zog sich meine Brust zusammen. Ich hätte nicht lügen dürfen, hätte nicht darauf hoffen sollen, dass wir die Menschen von Barbiers Teegesellschaft schon nicht treffen würden.

»Ihr müsst gehen!«, zischte ich Mera zu und spürte Annieks Blick auf mir. Bis ihre Mutter erfreut den Jungen grüßte und damit das weitere Vorgehen ihrer Tochter entschied. Anniek wandte sich von Célian ab und lächelte Falkenberg Junior zu.

»Wenn wir jetzt gehen, könnten wir ihr direkt in die Arme laufen«, wisperte Mera zurück.

Ich schluckte und wir hielten ebenfalls Ausschau. Meine Augen sprangen von einer Hochsteckfrisur zur nächsten, wohingegen Anno den unaufdringlichen Kuppler spielte und Annieks zuckersüße Stimme in meinen Ohren stach. Ich konnte nicht übersehen, wie Falkenberg Junior ihr zulächelte.

»Auf Barbiers Teegesellschaft war ich nur kurz, um meiner Mutter auszurichten, dass ich am nächsten Tag auf die Jagd gehen würde«, sagte der Junge. »Dabei hat Ihr Bruder mich bemerkt und daraufhin heute angesprochen.«

Meras Blick schoss zu ihm. Zugleich zog ich es nicht mehr in Erwägung, auf Anniek eifersüchtig zu werden. *Jagd*, scheußlich! Glücklicherweise war Célian nie auf diese Idee gekommen – schließlich konnte er ein Tier schlecht erlegen, ohne Blut zu sehen – und Alix interessierte sich sowieso für gar nichts.

»Ihr geht auf die Jagd?« Annieks Lächeln lenkte mich ungemein ab. Ich sollte mich umsehen und nicht ihre Grübchen anstarren.

»Aber ja. Wollt Ihr ein paar Schritte gehen? Dann erzähle ich Ihnen von meinen Trophäen.«

Als Gräfin Stein es erlaubte, streckte Falkenberg Junior Anniek einen Arm hin. Gemeinsam mischten sie sich unter die Leute, während er von Rehen, Hasen und anderen toten Tieren erzählte. Das wäre wohl der Moment, in dem ich einen Kandidaten ablehnen würde.

»Hinreißend«, seufzte Gräfin Stein, ehe ihr Blick hinter uns sprang. »Dort ist ja seine Mutter! Komtess Falkenberg!«

Von Annieks weißen Rosen starrte ich zur winkenden Gräfin. Célian fuhr herum und stellte sich vor Mera.

»Cadieux!« Komtess Falkenberg wankte bereits in unseren Kreis. Ihre Wangen leuchteten so hellrot wie ihr Kleid. »Ihr seid genau der Richtige für unser Gespräch. Wir reden gerade über Löhne!« Auf ihren Wortschwall folgte ein Hicks. Leise kicherte sie und knickste.

Auch ich schob mich vor Mera, obwohl ich mit meiner Größe absolut nichts ausrichten konnte.

Célian hob Falkenbergs ausgestreckte Hand zu seinem Mund, anstatt sich für den Kuss hinabzubeugen. »Es ist schön, Euch zu sehen, Hochgeboren, aber –«

»Wartet, bis die anderen hier sind! Wo sind sie alle?« Falkenberg drehte sich um. »Wir waren noch nicht fertig, Barbier!«

Mein Atem stockte. Nur unterschwellig nahm ich wahr, wie Anno mich musterte.

»Aber Graf Cadieux«, sagte Annieks Mutter, »drängt doch Komtess Schwarz nicht aus der Runde.« Sie hakte sich bei Mera unter und zog sie vor.

»Nein, nicht«, sagten Célian und ich.

»Fräulein Liliette, welche Freude!« Barbiers Stimme schallte in den Kreis und ich zuckte zurück. Schmatzend küsste er meine Hand, während Célian daran scheiterte, sich vor Mera *und* mich zu schieben. Anno rümpfte die Nase und ich musste an mich halten, meinen Arm nicht zurückzureißen.

»Lenkt nicht ab, Barbier.« Falkenberg rüttelte an seiner Schulter. Bisher übersahen beide Mera. »Erzählt Graf Cadieux, was Ihr über die Arbeit sagtet.«

Célian musste ebenso entgeistert über diesen Auftritt sein wie ich, denn auch er rührte sich nicht.

»Ach, Cadieux, helft mir.« Barbier zwirbelte seinen Schnäuzer. »Ich sagte nur, dass die Männer uns noch davonlaufen, wenn wir ihre Arbeitsstätten für Frauen öffnen.«

»Pah!« Gräfin Stein stemmte die Hände in die Hüften. »Sollen die Männer doch laufen. In den Familien des gemeinen Volkes reicht ihre Arbeit ohnehin nicht aus – die Einkünfte der Frauen sind essenziell. Oft müssen auch noch die Kinder schuften!«

»Oh, Gräfin Stein, ich habe Euch völlig übersehen.« Barbier nahm auch ihre Hand und küsste sie gleich zweimal. Sie schnaubte nur, während ich heimlich seine Berührung an meinem Kleid abwischte.

»Meine Rede!«, rief Falkenberg. »Kinder sollten nicht nur ihre Körper, sondern auch ihren Verstand nutzen dürfen. Dieses Land braucht mehr Schulen, anstatt –«

Ihr Blick fiel auf Mera.

58 Esmeray Weiß

Mein Herz rutschte in die noch immer leeren Taschen meines Kleides.

»Kenne ich Euch nicht?«, fragte Komtess Falkenberg.

»Noch eine Dame, die ich übersehen habe!« Barbier zog meine Hand von Gräfin Steins Arm, ehe Célian mich fortzerren konnte. Auf meiner Haut kitzelte sein Schnäuzer. »Bitte verzeiht, wie heißt Ihr?«

»Mera Schwarz«, brachte ich hervor, während die Goldgrube drohte, mich zu verschlingen.

»*Komtess* Schwarz«, warf Liliette hinterher. Als ob das etwas änderte, wenn sie mich erkannten.

Ich starrte Komtess Falkenberg an. Ohne den Hut sah ich zum ersten Mal ihr gepudertes braunes Haar, das zerzaust war, als wäre sie in einen Sturm geraten.

Sie blinzelte. »Hocherfreut! Ihr müsst mir helfen, Verstand in diese Männerwelt zu reden.«

Célian, Liliette und ich atmeten auf.

»Ich habe einen guten Verstand«, murmelte Anno.

»Ach, Ihr seid einer dieser Aufklärer?« Endlich ließ Barbier meine Hand los, die gar nicht erst zu zittern gewagt hatte.

Anno errötete. »Ich bin zumindest auch für mehr Schulen«, stammelte er. »Und ich finde, dass die Arbeiten im Haus gleich viel wert sind wie die in den neuen Manufakturen. Auch wenn sie nicht gleich viel Geld einbringen.«

Falkenberg lachte. »Und wieso verdient man zu Hause weniger?«

»Nicht *man*«, entwich es mir, »sondern *frau.*«

Célians Schulter stach in mein Schlüsselbein. »Verzeiht, ich habe gerade jemanden gesehen, den wir begrüßen müssen.«

»Nicht doch! Ich möchte mit ihr sprechen.« Falkenbergs Augen leuchteten unter ihren langen Wimpern und überstrahlten meine Angst. Verkleidung war alles – sie erkannte mich nicht.

»Es liegt doch nicht an den Frauen.« Barbier zog ihre Aufmerksamkeit auf sich. »Die Manufakturen wirtschaften einfach besser.«

Célians Hand an meinem Arm brachte mich dazu, Barbiers Unsinn zu ignorieren. »*Du* wolltest die ganze Zeit mit ihr reden«, flüsterte ich und entwand mich ihm. »Also reden wir.«

Es war eigenartig, Célian zu duzen, besonders hier, aber die Geschwister hatten es so gewollt. Und er stand nur wie versteinert da.

»Unsinn«, erwiderte Falkenberg. »Spinnen, Weben, Backen, Schneidern – das hat frau jahrhundertelang zu Hause gemacht, aber jetzt ziehen die Männer diese Tätigkeiten hinaus in ihre Manufakturen. Der Kaufmann mit Kapital spielt Gott über ihr Entgelt.«

Barbier stöhnte. »Redet nicht so geschwollen, ich komme ja kaum hinterher.«

Ich musste ihm recht geben. Niemand sollte sich mit einem solchen Pegel so ausdrücken dürfen. Mein Mund öffnete sich, aber ich hatte gar nichts zu sagen. Jetzt verstand ich, wieso Liliette sie als Möchtegernaufklärerin bezeichnet hatte. Auch wenn ich den ersten Teil des Wortes streichen würde.

»Wieso beschwert Ihr Euch überhaupt?«, fragte Barbier. »Eine Frau muss doch nur so wunderschön aussehen, wie ihr Frauen alle ausseht«, allgemeines Aufstöhnen ertönte, »und dann reich heiraten.«

»Und die Unverheirateten?«, mischte sich Gräfin Stein ein. »Oder die Witwen? Wisst Ihr, wie hoch das Armutsrisiko lediger Frauen ist?«

Mein Blick sprang zu ihr und auch Liliette blickte auf. Sicher wunderte sie sich, dass Gräfin Cadieux die aufklärerischen Tendenzen eines Kandidaten übersehen hatte.

»Ach, ich kann hier nicht gewinnen.« Barbier sah durch den Saal, bis sein Gesicht aufleuchtete. »Seebald! Ihr müsst mich unterstützen!«

Diesmal trat ich freiwillig zurück.

Célian verbeugte sich hastig. »Graf Barbier, Komtess Falkenberg, Gräfin Stein. Es war eine wunderbare Unterhaltung. Aber wir müssen jetzt gehen.«

Zu meiner Verblüffung lächelte Gräfin Stein. »Geht nur, diese Gespräche sind nichts für euch Kinder.« Sie gab Anno einen Stups. »Zeig doch Fräulein Liliette das Buffet. Die Schokolade ist vorzüglich.«

Das war bestimmt nicht, was Célian im Sinn hatte. Doch er nickte und Liliette zog Anno geradezu hinter sich her. Barbier und Falkenberg diskutierten bereits weiter und ich hörte noch etwas von *Ehe* und *Versorgungsinstitution*, doch ich verstand es nicht.

Célian packte wieder meinen Arm, als wir Liliette und Anno nachstolperten. »Merde! Legst du es darauf an, deinen Kopf zu verlieren?«

Mein Herz raste, aber das musste er ja nicht wissen. »Seit der Teegesellschaft willst du Komtess Falkenberg wiedersehen. Ich dachte, ich erweise dir einen

Gefallen.« Ich blickte zurück, doch wir liefen durch eine Tür in den nächsten Saal. Falkenbergs Sturmfrisur verschwand hinter lachsfarbenen Wänden.

»Ich wollte doch nicht …« Er starrte mich an. »Warte, du hast gedacht, dass ich sie meinetwegen besuchen wollte?« Als er auflachte, zog ich die Brauen zusammen. Immerzu glaubte ich, seine Gedanken zu kennen, und doch wusste ich nichts.

Wir wurden langsamer und endlich entzog ich ihm meinen Arm. Auch beim Kartenspiel auf Barbiers Terrasse hatte ich Célian falsch eingeschätzt. Bestimmt hatte es ihn damals nicht gestört, dass Komtess Falkenberg ihre Aufmerksamkeit *ihrem Sohn* zugewandt hatte. Sondern dass dieser anscheinend von der Jagd erzählt hatte – einer blutigen Aktivität.

»Soll ich Ihnen vielleicht ein Stück Torte reichen lassen?« Anno wies auf das Buffet, während wir den beiden wie trotzige Kinder nachliefen.

»Ach, nein, danke«, sagte Liliette. »Ich habe gerade erst gegessen.«

Célian schnalzte mit der Zunge. Wir alle drei wussten, dass sie seit dem Frühstück keinen Bissen herunterbekommen hatte. Ich sah zum Buffet und unter meinem Korsett grummelte mein Magen. Aufgetürmte Torten, Pferde aus Zuckerguss, glasierte Äpfel.

Sie warf Célian einen drohenden Blick zu und sah sich um, vermutlich nach einer Möglichkeit, um ihn abzuschütteln. Sobald sie lächelte, schaute ich ebenfalls hinauf zu den mythischen Gestalten, die in dem blauen Deckenfresko auf rosagelben Wolken saßen. Ein Kronleuchter erhellte eine Galerie – mit einem Ensemble von Musikern, das gerade zu einem neuen Lied ansetzte.

»Ich würde gern tanzen«, sagte Liliette. »Möchtet Ihr tanzen, Graf Stein?«

Anno blickte überrumpelt zur Mitte des Saals, wo sich die Tanzpaare einfanden und in ihre Anfangsposition stellten. »N-natürlich.«

Lächelnd zog sie ihn mit sich und mein Herz stolperte. Célian und ich stürzten ihr nach.

»Aber Liliette!«, stießen wir gleichzeitig hervor. In der Menge würde ich sie sofort aus den Augen verlieren und dann wäre ich allein mit Célian. Auf keinen Fall.

»Was ist?«, rief sie, ohne sich umzudrehen.

»Bei dem Tanz kann ich dich nicht mehr sehen«, sagte Célian, während wir an gigantischen Kleidern und weißen Perücken vorbeieilten. Immer wieder überflog ich die Gesichter, um keine weitere Überraschung zu erleben.

»Dann tanzt doch mit!«, gab sie zurück. Schon stellte sie sich mit dem überforderten Anno auf. Célian hielt neben ihm, mitten in einer der Tanzreihen. Die Damen standen hintereinander auf meiner Seite, die Männer auf Célians.

»Nein!«, entfuhr es uns erneut gleichzeitig. Wir sahen uns an und sofort wieder weg. Célian hatte schon den ganzen Abend weggesehen. Die Musik schwoll an. Als sich seine Hand in mein Sichtfeld schob, biss ich die Zähne zusammen und legte betont leicht meine hinein. Es war eine Sache, von dem Diener, Gräfin Stein, Komtess Falkenberg und Graf Barbier beachtet zu werden. Das hier jedoch war zu viel des Adeligen.

Die Damen knicksten und auch ich versank in meinem Kleid. Célian neigte den Kopf. Seine Finger waren viel zu weich unter meinen. Er hob seine Hand zur *Tour de Main* und prompt legte ich die falsche daran. Als wir nebeneinander stehen blieben, zog sich zwischen uns und der gegenüberliegenden Tanzreihe eine Gasse durch den Raum. Die Reihe hinter uns hatte uns den Rücken zugedreht und bildete ihrerseits eine Gasse.

Neben Célian flüsterte Liliette entspannt mit Anno, wohingegen ich mir ihre Anweisungen in den Kopf rief. Aber da war nur noch ihr Ausruf: *Alix, du Schundschuh!* Als Alix bei der Probe den hundertsten Fehler gemacht hatte, war es aus ihr herausgeplatzt und wir hatten sie angestarrt, ehe wir alle drei losgeprustet hatten.

»Schritt nach links«, sagte Célian leise. Er zog mich einfach mit und führte mich auf die gegenüberliegende Reihe zu. Kurz musste er mich loslassen, damit eine Dame mit einem kirschroten Kleid passieren konnte. Mit einer Hand auf meinem Rücken drehte er mich wieder um. Er war eindeutig besser als Alix, der Schundschuh. Und es passte mir gar nicht.

»Ich kann das«, zischte ich.

Auf dem Rückweg berührte er mich kaum noch. »Ich will nur helfen.«

Eine Dame mit Perlen in ihrer Hochsteckfrisur trat auf mich zu und ich runzelte die Stirn.

»*Balancé*«, flüsterte er und schob mich vor.

Mit zusammengepressten Lippen knickste ich vor der Perle und schritt rückwärts wieder zu Célian, der bereits eine Hand erhoben hatte. Diesmal gab ich ihm die richtige.

»Seit wann willst du mir helfen?«, zischte ich. »Gestern warst du mir auch keine Hilfe.« Je weniger ich mich konzentrierte, desto leichter lief es. Die folgende *Chaîne des Dames* fiel mir selbst wieder ein – ich reichte der Kirsche kurz eine Hand, ließ mich von einem Mann mit dem Kinn eines liebenswürdigen Pelikans herumdrehen und kehrte zu Célian zurück.

»Gestern war ich nichts anderes als deine Hilfe.« Jetzt zischte auch er.

»Ach, es nützt mir also, wenn du mich schlechtredest? Und ich sollte sicher dankbar sein, dass du mich einen *bunten Hund* nennst!«

»Ich mag Hunde«, gab er zurück, während wir mit Kirsche und Pelikan den Platz tauschten.

»Das war aber nicht der Kontext!«

»Du schnallst es nicht, oder?« Diesmal führte er mich energischer herum. »Ich wollte dich beschützen!«

»Wie bitte?« Es rutschte mir so laut heraus, dass Pelikans Kopf zu mir ruckte. Ich senkte die Stimme. »Ich will nicht beschützt werden!«

Célians Schultern spannten sich an. »Vielleicht wollte ich ja auch *mich* beschützen«, giftete er. »Nach dem, was auf der letzten Feier passiert ist.«

Irritiert schritt ich los, doch er zog mich zurück an seine Seite. Ach ja, ein Takt Pause.

Ich verlagerte mein Gewicht von einem Fuß auf den anderen. »Denkst du etwa, ich will dich immer noch ver…? Aber ich habe doch gesagt, ich werde mich dir nicht mehr nähern!«

»Du hältst gerade meine Hand.«

»War das etwa meine Idee?«

»Meine doch auch nicht!«

Für einen Moment starrten wir uns nur an. Unweigerlich merkte ich, wie sein violetter Gehrock sein blaues Auge zum Strahlen brachte und die Knöpfe das grüne unterstrichen.

Unvermittelt trat er ohne mich auf die Kirsche zu. Ich atmete auf. Schon kehrte er zurück.

»Ich verstehe dich nicht«, sagte ich, musste dann aber einen Tanzschritt von ihm abwarten. »War es so schrecklich?«

Während er zur Kirsche ging, warf er mir einen fassungslosen Blick zu. Ich grüßte die Damen, die sich links und rechts neben mich stellten, aber sie liefen schon wieder los. Mir wurde ganz schwindelig.

»Das habe ich nie gesagt«, erwiderte er schließlich. »Ich wollte nur nicht, dass du noch einmal von all diesen Reichen beeinflusst wirst und mich …«

Célian Cadieux blieben tatsächlich die Worte im Hals stecken.

Frustriert schnaubte er. »Man soll keine fühlenden Lebewesen ausnutzen – das hast du gesagt!«

Hätte ich den Mund geöffnet, wäre nur ein *Hä?* herausgekommen. Diesmal kam es mir gelegen, dass ich vor dem Pelikan und dann vor Anno knicksen musste, der mir munter zulächelte. Bei meiner Rückkehr zischte ich: »Du redest in verdammten Rätseln!«

»Ich *bin* ein fühlendes Lebewesen«, entgegnete Célian und machte damit nichts besser. »Aber du wolltest mich wegen meines Geldes ausnutzen! Ich kann deine Situation verstehen, vielleicht nicht völlig nachvollziehen, aber ich bin – «

»Ein fühlendes Lebewesen.« Erkenntnis flutete meine Adern und ich musste kurz die Lider schließen. »Es tut mir leid. Ich wollte nicht …«

Er wechselte wieder mit der Kirsche den Platz. Als er zurückkehrte, bildeten wir mit ihr und Pelikan eine Kette und während wir die Füße zu den Seiten tippten, nagte ich an meiner Lippe.

»Wieso kann ich mich nicht einfach von dir fernhalten?«, murmelte Célian. »Erst Aenlins Unfall, dann das Violinspiel, Barbiers Garten und später …« Er sprach nicht weiter, doch ich wusste, dass er an den Sprung aus der Kutsche dachte.

Hatte er wirklich gesagt, er könnte sich nicht von mir fernhalten?

»Vielleicht solltest du aufhören zusammenzuklappen, dann müsste ich mich nicht um dich kümmern«, sagte ich leise.

Er schnaubte und drehte mich rückwärts in seine Arme. »Glaub mir, es ist keine Absicht. Aber danke, dass du für mich da warst.«

Er konnte sich nicht von mir fernhalten *und* bedankte sich.

Mein Blick klebte an seinem Rücken, als er vortrat. Wortlos folgte ich dem Tanz, bis wir durch die *Chaîne Anglaise* den Platz mit Kirsche und Pelikan wieder tauschten und Célian mich fragend ansah.

Ich hob die Schultern. »Das ist selbstverständlich, das hätte ich für alle getan.«

»Aha.« Er blickte nach vorn.

Stirnrunzelnd bildete ich erneut eine Viererkette. »Bist du etwa eifersüchtig?«

»Unsinn! Vielmehr bist du eifersüchtig – Komtess Falkenberg?«

Ich sah auf unsere Füße, die wieder tippten. »Wieso wolltest du sie sonst besuchen?«

»Wegen Liliette natürlich.«

Mir wurde heiß. Wieder drehte ich mich rückwärts in seine Arme und versuchte mich in einer Ablenkung. »Und wieso bist du aus der Kutsche gestürzt?«

Er schwieg, bis er mich auf die gegenüberliegende Seite führte. »Nächste Frage.«

Ich schnalzte mit der Zunge. »Kein Problem, ich habe eine ganze Liste angelegt. Wie wäre es damit: Dass Milena das Puder weglassen sollte, um mir Fehler anzudichten, war nur gemein.«

»Das ist keine Frage.« Er schob mich Pelikan entgegen. Als ich zurückkehrte, antwortete er trotzdem. »Ich wollte dir keine Fehler andichten, das war nur eine Ausrede für Liliette. Ich wüsste gar nicht, wie.«

»Was soll das heißen? Wieso hast du Milena dann das Puder verboten?«

Während wir uns auf unseren Platz drehten, wanderte seine Hand meinen Rücken hinauf und zupfte an einer meiner Locken. »Verstehst du es denn wirklich nicht?«

Ich sah auf. Mein Blick blieb an seinem dunklen Haar hängen und meine Augen weiteten sich. »Oh.« Mit glühenden Wangen wandte ich mich der gegenüberliegenden Reihe zu. In dem Moment setzte wieder die Pause ein. Überdeutlich spürte ich ihn an meiner Seite. Seine Hand an meiner Wirbelsäule und die andere unter meiner.

Er wusste nicht, wie er mir Fehler andichten könnte.

Die Tatsache rann süß und heiß meinen Rücken hinab.

»Also gut, ich bin dran.« Seine Stimme brach die nur von Musik erfüllte Stille. »Wieso lügst du?«

Ich zog meine Hand zurück, doch er hielt sie fest.

»Ich weiß, dass du weißt, wovon ich rede«, raunte er.

Als Pelikan und Kirsche auf uns zuliefen, flüsterte ich: »Tut mir schrecklich leid, ich kann gerade nicht antworten.«

Die Dame und ich hoben unsere Arme und führten sie über den Pelikan, um uns auf der anderen Seite aufzustellen.

»Das ist vielleicht ein Spaß, nicht wahr?« Sie grinste mich mit kirschroten Wängchen an. Ich konnte ihr nur ein Lächeln zuwerfen, ehe ich an Pelikan vorbei zu Célian zurückschreiten musste.

»Antworte«, zischte er.

»*Balancé*«, zischte ich zurück und trat vor die Perle. Die *Tour de Main* führte uns aber wieder zusammen. »Viel wichtiger ist: Wieso hast du mich noch nicht verraten?«

»Das habe ich doch schon erklärt. Ich wollte, dass du Liliette –«

»Célian, du hättest überall eine bessere, aufklärerische Lehrerin finden können. Ich bin keine Närrin.«

Er funkelte mich an. »Nein, Mera, das bist du nicht.« Als er mich bei der Kirsche abstellte, bildeten wir auch für ihn einen Bogen und er musste sich vorbeugen, um hindurchzuschreiten.

»Wir sind wohl zu klein für Ihren Verehrer.« Kichernd trat die Frau zurück.

»Tanzpartner!«, rief ich ihr nach. Célian hingegen flüsterte ich zu: »Ich kann dir nur sagen, dass es mir leidtut.«

Er hob die Hand und wir schritten umeinander. »Dass du mich über deine Familie belogen hast?«

»Dich habe ich nie wirklich belogen. Nein, dass ich Liliette keine gute Lehrerin war.«

Ärgerlich runzelte er die Stirn. »Lass dir das doch nicht von mir einreden. Ich habe aus dieser Puppe, die vorgibt, meine Schwester zu sein, schon ewig nicht mehr ihre teuflische Persönlichkeit hervorgeholt. Mutter hat schon recht damit, dich eingestellt zu haben. Du bringst Liliette zur Weißglut und sorgst zugleich dafür, dass sie sich entspannt. Sie ist bei dir einfach mehr … sie selbst.«

In der erneuten Pause starrte ich ihn von der Seite an.

»Guck nicht so, ich wiederhole es nicht.« Stur blickte er auf die gegenüberliegende Tanzreihe, ehe er mir doch einen Blick zuwarf. »Beantworte lieber, wieso du lügst.«

Ich sah nach vorn. »Beantworte du meine erste Frage, dann beantworte ich die deine«, erwiderte ich, bevor Pelikan meinen rechten Arm ergriff und mich mit Célian zur Kirsche geleitete. Ich knickste und wurde zurückgeführt, als könnte ich es nicht allein.

Überstürzt rauschte eine rosafarbene Wolke unsere Gasse hinab.

»Liliette!« Anno ließ seinen Tanzpartner stehen und stolperte ihr hinterher.

Mein Herz setzte einen Schlag aus. Ich löste mich, schob mich rückwärts aus der Reihe und eilte Liliette in der Nebengasse nach.

»Aufrücken, bitte.« Célians Stimme übertönte die Musik und die empörten Ausrufe. Seine Schritte erschollen dicht hinter mir.

Immer wieder blitzte ein wenig Rosa durch die Tanzreihen. Ich entdeckte Anno, der auf Zehenspitzen den Kopf drehte. Er hatte Liliette verloren.

Hastig rannte ich weiter, durfte sie nicht auch verlieren. In meinem Kopf spielte sich ab, wie sie von der Harfe aufgesprungen war: Blasse Nase, wirre Augen, ein Schemel, den sie gerade noch vor dem Fall bewahrt hatte.

59 Liliette Cadieux

Blasse Nase, wirre Augen, ein Kuss von Falkenberg Junior direkt auf Annieks Mund.

Ich war losgerannt, als sie losgerannt war.

Am Ende der Tanzreihe erblickte ich ein helltürkisfarbenes Kleid und riss die Person herum. »Anniek!«

»Entschuldigung?«, empörte sich eine Dame mit so grauem Haar, dass es kein Puder sein konnte.

Ich fiel in einen Knicks. »Pardon!« Schon schob ich mich an ihr vorbei und tauchte am Rand des Tanzes in die Menge ein. Anniek war hier irgendwo. Hätte sie die Tür nach draußen passiert, hätte ich das gesehen. Ich musste einen Rückzugsort finden. Einen Ort, den ich aufsuchen würde, wenn ich so aussähe – Mera hatte mich so beschrieben, nachdem ich von der Harfe aufgesprungen war. Es müsste etwas Dunkles sein, etwas Ruhiges. Ich hastete am Buffet entlang und mein wuchtiger Rock streifte in Gespräche verwickelte Personen, die mir entrüstet nachriefen. Vielleicht war sie in der Ecke bei den offenen Fenstern. Die Musik wäre zwar über ihr, aber es gäbe frische Luft.

Ich stolperte über dunkles Türkis.

Meine Schuhe rutschten weg. Ich kämpfte um mein Gleichgewicht. Und fiel auf die Knie. Wenigstens war mein Kleid ein guter Dämpfer.

Auf allen vieren krabbelte ich näher zum Tisch und ignorierte die pikierten Blicke. »Anniek?«, fragte ich das bodenlange Tuch des Buffets, unter welchem der türkisfarbene Brokat herausragte. Durch das Violinspiel hindurch hörte ich ein leises Schluchzen. Ich hob das Tuch und krabbelte in das Dämmerlicht.

Mit dem Gesicht in den Händen presste Anniek sich gegen ihre Knie. Wie ein Burggraben breitete sich ihr Kleid um sie aus.

Fieberhaft überlegte ich, was ich mir in solchen Momenten wünschte. »Soll ich dich in den Arm nehmen?«

Als Anniek nickte, schob ich mühsam eine Hand zwischen ihre verkrampften Arme und drückte sie an mich. Ihre Schulter stach in mein Brustbein, aber ihr Schluchzen wurde leiser.

»Diese Gefühle gehen vorbei«, flüsterte ich. »Das musst du dir immer wieder sagen.«

»Sie gehen nicht vorbei«, wimmerte sie. »Bin ich erst verheiratet, gehen sie nie wieder vorbei.«

Mein Herz zog sich zusammen. Gezwungen ruhig atmete ich ein. Wenigstens eine von uns musste klar denken. »Was hat dieser Falkenberg gemacht?«

»Gar nichts!«, schluchzte sie.

»Aber er hat dich doch geküsst.«

»Das wollte ich.« Sie presste ihre Hände so fest auf ihr Gesicht, dass sie Sterne sehen musste. »Ich habe ihm schöne Augen gemacht. Ich habe ihn die ganze Zeit berührt. Ich habe mich zu ihm gelehnt!« Sie umschlang ihre Beine, sodass das seitliche Korbgestell in meinen Bauch drückte. Während sie die

Stirn auf ihre Knie presste, rutschte mein Arm zu ihrem Hals hoch. Sie war so weich. Nicht einmal ihre Schulter stach noch.

»Er hätte trotzdem um Erlaubnis fragen sollen«, murmelte ich, obwohl ich das zu mir niemals gesagt hätte.

»Nein, er hat nichts falsch gemacht. Ich habe praktisch ihn geküsst. Ich wollte es auch«, schluchzte sie. »Aber es war so echt, er war mir so nah und ich habe ihn gerochen und ... seine Lippen ...« Ein kalter Schauer lief von ihrem Rücken über meinen Arm. »Er hat nichts falsch gemacht. Aber es war falsch.«

Meine Zähne knirschten. Ich wusste nicht mehr, ob ich sie umarmte oder mich an ihr festhielt.

Ein Rucken an meinem Rock. Jemand stand auf meinem Kleid. Stoff drückte sich unter der Tischdecke zu uns herein, dessen Farbe ich im goldgrauen Dämmerlicht nicht ausmachen konnte.

»Liliette?« Die zögerliche Stimme hingegen war eindeutig Meras.

»Lass nur«, flüsterte ich und hoffte, dass sie mich verstand. »Ich kümmere mich schon.«

»Du *kümmerst* dich?«, wiederholte sie.

Natürlich, sie erinnerte sich an meinen Aussetzer vor der Harfe und dachte, ich wäre meinetwegen weggelaufen.

»Wer ist das?«, schniefte Anniek.

»Meine ... Cousine.«

»Mera!« Der Boden vibrierte, als Célian sich neben sie fallen ließ. »Ist sie ...?«

»Pst, ich glaube, sie ist mit ...«

Das Tischtuch dämpfte die Musik, aber nicht ihre Stimmen.

»Aber wieso ist ...?«, fragte er.

Sie schienen den Rest in Zeichensprache zu diskutieren. Ich wollte zischen, dass sie weggehen sollten, als das Parkett erneut vibrierte.

»Anniek!« Ohne zu zögern, riss Anno das Tuch hoch und in der Dunkelheit leuchteten seine roten Wangen. Sofort lugten auch Mera und Célian herein und ich lockerte die Umarmung. Doch Anno warf mir nur einen kurzen Blick zu. Er strich seiner Schwester über die Schulter, die ich hastig losließ. »Anniek, ich bin's. Wen soll ich verhauen?«

Leise schluchzte sie. »Niemanden! Ich bin an allem selbst schuld.«

»Unsinn«, sagte er sanft. »Komm, ich bringe dich hier raus. Zu Hause mache ich dir eine heiße Milch mit Honig. Und du darfst meinen Bären haben.«

»Ich bin doch kein Kleinkind«, maulte sie, ließ sich aber in seine Arme ziehen. Ungelenk half er ihr unter dem Tisch hervor.

»Ist alles gut bei dir?« Célians Augen waren nur auf mich gerichtet.

»Natürlich. Und jetzt lasst mich raus.« Ich wedelte vor ihren Gesichtern, sodass er und Mera zurückwichen. Als die Tischdecke hinunterklappte, glänzte im Dämmerlicht etwas Weißes. Eine der weißen Rosen aus Annieks Haar.

Ich könnte sie liegen lassen. Niemand scherte sich um ihre Frisur.

Nachdem ich hinausgekrabbelt war, lief ich Anno hinterher und in meinen Fingern drehte sich die Rose. Célian und Mera folgten mir. Der Tanz war beendet, wodurch mehr Platz zwischen den Grüppchen bestand. Dennoch schob Anno seinen Rücken gegen die Leute, damit Anniek niemanden berühren musste. Er hielt eine Hand über ihre Augen und ich wusste nicht, ob er damit die Blicke oder das Licht abhalten wollte.

Nur unterschwellig nahm ich wahr, dass Mera im Gardensaal eine andere Richtung einschlug. Célian rief ihr nach, ehe er mit arbeitendem Kiefer neben mir herschritt. Irgendwo ertönte Barbiers Lachen. Aber die weiße Blume zog mich beharrlich Anniek hinterher. Im Treppenhaus sperrte die zufallende Tür die Musik aus und ich atmete auf. Erst als wir in der Eingangshalle ankamen, öffnete sich die Tür erneut und zwei Paar Schuhe eilten uns nach.

»Anniek, Schätzchen!« Gräfin Stein lief vor Mera die Stufen herunter und am Fuß der Treppe drückte sich ihre Tochter in ihre Arme. Sanft murmelte die Gräfin etwas in ihr Haar.

Hufschläge ertönten. Ein Kaltblüter mit geflochtener Mähne zog eine Kutsche aus hellem Holz herbei. Der junge Fahrer sprang ab und öffnete die Tür.

»Na komm, gleich sind wir zu Hause.« Anno berührte seine Schwester an der Schulter, aber sie klammerte sich an ihre Mutter.

»Kann … Liliette mitkommen?«, flüsterte sie so leise, dass es beinahe im Schnauben des Pferdes unterging.

Ich starrte auf ihren Rücken.

»Wie bitte?« Ihre Mutter drehte sich zu mir und schüttelte den Kopf. »Nein, nein, Fräulein Liliette und Anno –«

»Sie könnte in meinem Zimmer schlafen. Ich würde aufpassen. Es ist doch nur … wegen der Albträume und …« Anniek wischte ihre Tränen weg und sah zu mir. Ihre hellblauen Augen lenkten meine Handlung.

Mein Blick wanderte zu Célian. »Bitte.« Mehr musste ich nicht sagen.

Nur kurz musterte er mich. »Gräfin Stein, meine Schwester würde sich freuen, für Ihre Tochter da zu sein. Wäre es nicht schön, wenn die zukünftigen Schwägerinnen sich gut verstehen?«

Kaum merklich zog Anniek die Brauen zusammen, während sich mein Nacken verspannte.

Die Gräfin schaute von Célian zu Anniek und seufzte. »Schön, Hauptsache dir geht es gut, Engel. Also, steigt alle ein.«

Die Rose tanzte zwischen meinen Fingern, als ich Célian dankbar ansah und hinter den Steins in ihre Kutsche stieg.

»Ich hole dich morgen früh ab«, rief er mir nach, ehe die Tür zufiel.

Da die Gräfin ihre Tochter zu sich zog, saß ich ihnen gegenüber neben Anno. Sobald sich die Kutsche in Bewegung setzte, rutschte Annieks Schuh unter unseren Kleidern an meinen. Es berührten sich nur die Spitzen. Ich wusste nicht einmal, ob es Absicht war. Doch es schickte ein Kribbeln mein Bein hinauf.

60 Esmeray Weiß

Eine kühle Hand legte sich auf meine Schulter. »Komm, ich rufe uns auch unsere Kutsche.«

Ich wandte mich von dem Gefährt ab, das in der Dunkelheit hinter dem Eingangstor verschwand. »Du möchtest gehen?« Als ich mich zu Célian drehte, nahm er die Hand zurück. In seinem Rücken flackerte die Front des Schlosses.

Er funkelte mich an. »Ich werde mit allen Mitteln verhindern, dass du auch nur einen Fuß auf die Treppe setzt.«

Ich verzog nur den Mund, mir war nicht nach Aufbegehren. Liliette ging es zwar gut, doch als ich mit Gräfin Stein hinausgeeilt war, hatte ich Seebalds Rufe hinter mir gehört. Wenn Célian davon wüsste, hätte er mich vermutlich eigenhändig in die Kutsche verfrachtet. Auch so hatte er mich auf der Treppe angestarrt, als kehrte ich vom Schlachtfeld zurück. Vielmehr war es eine Goldgrube, aus der ich nur gerade so hinausgeklettert war.

Wir schwiegen, während sein Blick über mein Gesicht glitt und die Fackeln die weiß-orangenen Schlossflügel erhellten. Ich wollte nicht zurückfahren, war noch nicht bereit, wieder in meinen Sorgen zu versinken.

»Weißt du was?« Ich hielt seinen Blick nicht mehr aus, nahm seine Hand und zog ihn über den Hof in Richtung des Südflügels. An den Ort, den der Diener beschrieben hatte. »Lass uns die Gärten erkunden.«

Überrumpelt sah er zur Eingangshalle. »Ich weiß nicht, ob das erlaubt ist.«

»Wir sind Adelige«, erwiderte ich. An der Front des Flügels erstreckte sich ein steinernes Geländer und durch eine schmale Öffnung führte ich ihn auf die andere Seite. Die hellen Schlossfenster erleuchteten eine gigantische Steinterrasse.

»Ich glaube, du überschätzt dieses Wort.« Sein Blick huschte ständig zurück. »Wusstest du, dass freilaufende Hunde hier erschossen werden? Zuletzt haben sie eine Studentengruppe hinausgeworfen.«

»Du bist kein Streuner und ich werde wohl nie eine Studentin sein. Komm schon«, sagte ich.

»Wohin bringst du mich?«

Vor uns erhob sich das gleiche Geländer aus grauem Stein und ich stützte meine Hände auf die unebene Fläche, welche die Wärme des Tages gespeichert hatte. »Hierher.«

Mein Blick fiel über die Balustrade in einen ewig langen Garten. Alleen aus eckig geschnittenen Bäumen führten ihn in die Dunkelheit und ein langer Weg begleitete symmetrische Grünflächen. In ihnen wanden sich die Büsche so kunstvoll umeinander, dass es von hier oben aussah wie eine edle Stickerei.

»Oh, mein Vater wäre so sauer, wenn ich mir einen Garten von Dominique Girard hätte entgehen lassen.«

Célian sah erneut über seine Schulter. »Na, dann.« Er nahm meine Hand und zog mich das Geländer entlang zu einer steinernen Doppeltreppe.

Leise lachte ich auf. Von der Schlossmitte gelangte die Musik bis hierher und übertönte unsere Schritte auf den Stufen. Im Garten knirschten unsere Schuhe in der Erde und rauschend folgte mir mein Kleid über den Hauptpfad, vorbei an der knöchelhohen, mit üppigen Blumen ausgefüllten Hecke.

Célian warf mir einen Blick zu. Seine Augen leuchteten. An einer Lücke zog ich ihn grinsend in die Pflanzenstickerei hinein und ein schwarzer Platz tat sich vor mir auf.

»Achtung!« Er schlang seine Arme um meine Taille und riss mich zurück. »Wasser!«

Meine Schuhe baumelten in der Luft. Mit großen Augen starrte ich auf das glänzende Schwarz, das winzige Wellen schlug. Als er seinen Griff lockerte, rutschte ich an seiner Brust hinab auf meine Füße.

»Oh ... Danke.« Laut pochte mein Herz.

»Vielleicht sollten wir langsamer weitergehen.«

Ich nickte nur und löste mich aus seiner warmen Umarmung. Vorsichtig schritt ich an dem breiten Rund entlang und hörte plätscherndes Wasser. Als die Wolken den abnehmenden Vollmond freigaben, schimmerte in seinem Licht eine Fontäne.

»Ich hätte nicht gedacht, dass sich dein Vater für diese Art der Gartenkunst interessiert.« Célian folgte mir mit Abstand.

»Wieso? Weil er nicht adelig ist?«

»Könntest du aufhören, mich wie einen arroganten Mistkerl zu behandeln?«

»Wie oft ich das schon über dich dachte«, wisperte ich amüsiert.

Er schnalzte mit der Zunge. »Ich meinte nur, dass euer Garten und die wilde Blumenwiese ... idyllischer aussahen als diese barocke Symmetrie.«

Ich warf ihm einen Blick zu, sah aber gleich wieder auf die sanften Wellen. Meine Schultern versteiften sich. »Er würde selbst nicht so arbeiten, aber er bewundert die Kunst.«

Célian hakte nicht nach. Vermutlich spürte er meine Anspannung. Schweigend umrundeten wir das ovale Becken, bis er schließlich murmelte: »Dass du mich für arrogant hältst, weiß ich eigentlich schon. Du hast es mir in Barbiers Garten ins Gesicht gesagt. Nachdem du mich geboxt hast.«

Ein Schmunzeln stahl sich auf meine Lippen.

Er kniff die Augen zusammen. »Was hast du sonst noch über mich gedacht?«

»Nein, die Frage beantwortest du als Erster«, erwiderte ich und drehte mich zu ihm.

»Ach, bist du dir sicher, dass es etwas Gutes ist?«

»Und wie.« Ich lehnte mich vor. »Du kannst nur halb so gut lügen, wie du denkst.«

Seine Augen blitzten. »Oh, du hast ja keine Ahnung.«

Ich wich zurück. »Ach, ja? Du wolltest nur mich als Lehrerin. Seitdem ich dir in Vaters Gemüsegarten Konter gegeben haben, läufst du mir nach.«

Er starrte mich an und auch mich überraschte mein kleiner Höhenflug. »Du bist doch mir stundenlang nachgelaufen!«

»Ich hatte keine Ahnung, dass du in dieser Villa wohnst. Aber schon bei meiner Ankunft konntest du mich nicht mehr in Ruhe lassen, bist sogar mit ins Personalgebäude gekommen und hast mich die ganze Zeit umgarnt.«

»Wie bitte?« Er machte einen Schritt auf mich zu und ich wich zwei zurück.

»*Da draußen ist eine Laube für süße Schäferstündchen*«, imitierte ich ihn.

Er schnappte nach Luft. »Das habe ich nie gesagt.«

»Und dann warst du urplötzlich hinter dem Brunnen.«

»Dahin bist du mir doch gefolgt.«

»Und in Barbiers Garten liefst du mir nach, als würde ich sonst verloren gehen.«

»Du bist fast verloren gegangen – du warst betrunken!«

»Und dann unter dem Baum.« Grinsend wich ich weiter zurück. »*Du bist ein wirklich intelligentes Mädchen.*«

»Oh, du!« Mit einem schelmischen Funkeln beugte er sich zum Wasser hinab.

»Nicht!« Ich drehte mich weg und Kälte spritzte in meinen Nacken. Fassungslos wandte ich mich zu ihm. »Na warte«, raunte ich und tastete nach meiner Frisur. Die steinernen Spiralen hatten sich schon in der Hitze der Soiree zurück in mein Haar verwandelt. Das Wasser gab ihm den Rest, meine Strähnen waren wieder lockig und weich. Als ich mit gezückter Haarnadel auf Célian zustürmte, wich er lachend zurück.

»Nicht doch, du verletzt dich noch.« Spielend leicht entwendete er sie mir und warf sie in die Büsche.

»He!« Ich bekam seine Hand zu fassen.

Doch er zog mich mit einem Ruck heran. Den einen Arm in meinem Rücken, den anderen wie zum Walzer ausgestreckt. »Na, möchtest du tanzen?« Albern hüpfte er mit mir um das Becken herum.

Ich konnte mein Lachen nicht unterdrücken. »Du bist ein Kindskopf!«

»Und du etwa nicht?« Grinsend drehte er mich in eine Pirouette.

Aber unter mir verschwand der Boden.

Ich sackte ab. Krallte mich an Célian. Meine Füße tauchten in Kälte.

»Mera!« Scharf sog er die Luft ein und starrte auf das Wasser, das bis zu unseren Waden reichte.

Mein Atem stockte. Das eisige Nass sog mein Kleid tief in seine Dunkelheit. »Das war so nicht abgemacht«, entfuhr es mir.

Er lachte auf. »Mutter bringt uns um!«

Mit einem tiefen Atemzug schüttelte ich den Schreck ab. »Dann sollte unser letzter Tanz wohl unser bester werden.« Ich streckte ihm eine Hand hin.

Er küsste sie. Richtig.

Ich musste lachen. »Das meinte ich nicht.«

»Ach nein?«

Schmunzelnd legte ich meinen linken Arm auf seine Schulter und meine rechte Hand in seine. »Hier, ich zeige dir, wie man bei uns zu Hause tanzt. Eigentlich fängt es zu viert an, aber das überspringen wir mal. Wir haben ja keine Kirsche und keinen Pelikan.«

»Bitte was?«

»Zuerst zu einer Seite, dann zur anderen.« Ich zog ihn mit, wie er mich im Saal mitgezogen hatte, und gab mit meiner Stimme den Takt vor. »Auf dem rechten Bein zweimal hüp-fen. Dann das lin-ke.«

»Mera!« Er hatte sich offenbar angewöhnt, wenn er aufgebracht war, nur noch meinen Namen zu rufen. Unter unseren Füßen platschte das Wasser, als er mir überfordert folgte.

»Rechts, rechts. Links, links. Rechts, rechts. Links, links.« Wir drehten uns um die Fontäne und mein Kleid wogte schwerfällig hinter uns her.

»Das ist doch nicht dein Ernst!«, brachte er heraus und starrte auf seine Beine, als könnte er sie im dunklen Becken sehen.

»Jetzt wieder von vorn. Du machst das hervorragend!«

Er lachte. »Und da sagst du, *ich* sei ein schlechter Lügner.«

»Achtung, jetzt kommt die Drehung!« Eigenhändig drehte ich mich und wandte ihm den Rücken zu. Ich griff nach seiner anderen Hand und tanzte vor ihm her.

»Warte, ich glaube, ich hab's.« Es platschte lauter, als er fester auftrat.

»Sehr gut! Und beide Füße zweimal.«

»Ha, du bist eine grausame Lehrerin.« Er zwickte mich in die Hand. »Wirfst mich buchstäblich ins kalte Wasser.«

»Wenn wir nur noch diese Nacht haben, geht es nicht anders.« Ich hielt seine Hand so fest, dass er mich nicht kneifen konnte. »Jetzt die andere Drehung.«

»Bitte?«

Ohne ihn loszulassen, drehte ich um ihn herum, sodass unsere Arme über seinem Kopf wirbelten. »Nein, du musst mich festhalten.« Ich kicherte und wir drehten uns Angesicht zu Angesicht.

»Achtung!«, rief er.

Wasser spritzte in mein Gesicht und ich schrie leise auf. Lachend zog Célian mich von der Fontäne weg und rückwärts in seine Arme.

»Das reicht!«, stieß er schwer atmend hervor. »Sonst leben wir beide noch frühzeitig ab.«

Ich schmunzelte, schunkelte aber weiter zur Musik, die leise herüberklang. »War es denn wenigstens ein guter Tanz?«

Er legte nur seine Wange an meinen Kopf und sein Atem strich sanft durch mein Haar. Meine Finger hatten sich über seine Arme gelegt, die meine Taille umschlangen. Das Gold seines Siegelrings drückte gegen meine Handfläche. Es war wie ein Traum, hier mit ihm zu stehen. Nicht das Wasser an meinen Füßen, nicht der Mond, der hinter dünnen Wolkenstreifen hervorstrahlte, nicht das dekadente Schloss. Nein, Célians warmer Körper in meinem Rücken erschien mir so unwirklich. Ich nagte an meiner Lippe. Er hatte mich schon einmal weggestoßen – oder eher wütend gegen einen Baum gedrückt. Ich wusste nicht, ob ich ein zweites Mal aushalten würde.

Ich räusperte mich. »Wie wäre es mit noch einer Frage?«

Er schnaubte. »Du sagtest ja, du hättest eine Liste.«

Mein Schunkeln wurde weniger, aber er hatte die Bewegung übernommen und zog nun mich mit. »Wenn es stimmt, dass Milena mein Haar nicht pudern sollte, weil ... Wieso hast du dann allen ein Kompliment gemacht, nur mir nicht? Wieso hast du alle angesehen, nur mich nicht?«

Er blieb stehen. Für einen Moment gab es nur seinen warmen Atem in meinem Haar und das eisige Wasser an meinen Beinen.

Langsam hob er die Schultern und zog mich dadurch näher an sich. »Wenn ich dich zu lange angesehen hätte, wenn ich zu lange mit dir geredet hätte, dann wäre ich verloren gewesen.«

Flach atmete ich ein. Wurde mir über jedes Fleckchen Haut bewusst, das er berührte. Seine Worte klangen so traurig und doch flatterte mein Herz.

Zaghaft drehte ich mich um. Seine Arme gaben mir Platz, doch seine Hände verweilten auf meiner Taille und er blickte direkt in meine Augen.

»Du hast mit mir geredet. Mit mir getanzt. Und du siehst mich gerade an.«

Er lächelte. Verzweifelt. »Ja, und ich kann nicht mehr damit aufhören.«

Sein Wispern kribbelte in meinen Ohren, seine Worte auf meiner Haut. Als ich tief einatmete, drückte meine Brust an seine.

»Was ist, wenn ich gar nicht will, dass du damit aufhörst?«

Ich strich über den weichen Brokat seines Gehrocks und die dunkelgrünen Bordüren hinauf. Er rührte sich nicht. Nur seine Augen verfolgten groß und dunkel meine Hände.

»Wieso?«, fragte er atemlos.

»Weil ich es auch nicht kann«, flüsterte ich.

Meine Finger erreichten seinen weichen Hals und er musste die Lider schließen. Er öffnete sie nicht mehr, doch seine Hände krallten sich in meine Taille. Zögerlich wanderten meine Finger hinauf zu seinem Kinn. Jeden Moment könnte er mich fortschieben und gehen. Jedes Mal, wenn ich gedacht hatte, er käme mir näher, nannte er mich wieder *Madame* oder ließ mich einfach stehen.

Aber diesmal schien es, als lehnte er sich vor. Meine Füße hoben sich auf die Ballen. Sein Blut pulsierte unter meinen Fingern. Kräftig und schnell.

Zaghaft legte ich meine Lippen auf seine. Und unter meiner Berührung schmolz seine Anspannung. Er beugte sich zu mir herab. Sein Arm zog mich eng heran. Die andere Hand glitt in mein Haar. Seine Lippen waren weich, sein Griff fest. Ich zerfloss und entflammte. Ein Seufzen entwich mir.

Und er war fort. Seine Berührung, seine Wärme.

Ich blinzelte.

Zwei Schritte entfernt blickte er mich an. »Tut mir leid, ich ... Ich ...«

Meine Arme verschränkten sich, nur um sich an mir selbst festzuhalten. »Was ist? Sind es meine Küsse? Oder denkst du wieder, dass ich dich entführen will?«

»Mon Dieu, nein!« Er machte einen Schritt auf mich zu, aber es blieb bei einem. »Nein, es ist ... Mera, ich wäre fast ohne Kontrolle über dich hergefallen.«

Ich starrte ihn an. »Du bist nicht wieder sauer wegen etwas, das ich nicht verstehe?«

Seine Finger fuhren durch sein Haar. »Um Himmels Willen, nein, wie –«

Weiter kam er nicht. Ich zog mein Kleid durch das Wasser zu ihm, schlang die Hände um seinen Nacken und drückte meine Lippen auf seine. Überrascht sanken seine Arme herab. Seine Hände blieben fern, doch er lehnte sich dem Kuss entgegen. Als meine Fingernägel seinen Nacken hinauffuhren, schlossen sich auch seine Arme fest um mich.

Schwer atmend lehnte ich meine Stirn an seine. »Auf Kontrolle habe ich noch nie etwas gegeben.«

61 Liliette Cadieux

Abendessen im Bett. Ich musste Fieber haben.

Meine Füße spielten unter der Bettdecke des nur für mich aufgebauten Gästebetts. Sie hielten nicht mehr still, seitdem Anniek ihren Schuh beim Ausstieg aus der Kutsche zurückgezogen hatte.

»Möchtest du nichts essen?«

Mein Blick huschte über schwarz lackierten Kommoden zu Annieks Bett. Es hatte hohe Pfosten wie meines daheim, aber die Tücher des Baldachins waren wiederum schwarz. Sie schaute mich an.

»Doch, doch.« Hastig spießte ich eine Bratkartoffel auf und pustete. Ich musste essen. Dann würde mein Magen sicher nicht mehr so kribbeln.

Anniek tat es mir gleich und sah an mir vorbei zur Tür. Wie ich lehnte sie aufrecht an einigen Kissen, hatte unter der Bettdecke jedoch einen Fuß unter die andere Kniekehle gezogen. Ihr Haar fiel lockig auf ihre Schultern und von ihrem Schmuck war nichts übrig. Nur neben meinem Bein, dort wo sie nicht hinsehen konnte, lag die weiße Rose.

Endlich aß ich eine Kartoffel und unterdrückte ein Seufzen. Deftig und würzig. Viel zu heiß verschlang ich die Portion und musste mir immer wieder mein offenes Haar hinter die Ohren klemmen. Ohne aufgesteckte Frisur hatte ich zuletzt gegessen, nachdem ich mir ins Bein gesäbelt hatte.

»Hast du mal überlegt, sie abzuschneiden?«

Ich sah auf. Langsam schüttelte ich den Kopf.

»Ich schon.« Mit einem schiefen Lächeln schob Anniek eine Kartoffel in ihren Mund. »Im letschten Moment kam aber immer jemand rein.«

Ich schmunzelte und stellte die leere Schüssel auf mein Tablett. »Meine Mutter würde mich köpfen.«

»Meine Mutter hat mich geköpft. Nun ja, sie hat es versucht. Aber als Vater mir eine verpasst hat, hat sie lieber ihn geköpft.«

Ich starrte sie an. Hätte ich noch etwas im Mund gehabt, hätte ich mich verschluckt. »Dein Vater hat … Sie hat … Ist er …?«

Anniek grinste breit. Es war so unperfekt. Noch schöner als ihr beständiges Lächeln. »Hat es dir die Sprache verschlagen? Aber ich verstehe dich schon – ja, nein und nein.«

Ich musste die Augen schließen, um das zu entwirren. Ihr Vater hatte Anniek geschlagen, ihre Mutter hatte ihn nicht geköpft und er war nicht tot. Ich blinzelte sie an. »Das tut mir leid.« Wir wussten vermutlich beide nicht, worauf ich mich bezog.

Sie zuckte die Schultern. »Er ist jetzt ohnehin bei seinen Soldaten. Obwohl gerade Frieden ist. Die kann er genug herumkommandieren.«

»Bist du traurig, dass er weg ist?«, fragte ich und überlegte, ob ich mir von Mutter Züchtigung wünschen sollte. Ob das eine Art der Liebe war.

»Pff, sicher nicht. Der kann gern für sein Vaterland umkommen, da wären alle glücklich. Sogar er.« Sie rutschte tiefer in ihre Kissen. »Weißt du, manchmal ist kein Vater ein besserer Vater.«

Ich nagte an meiner Wange. Sie sah mich an, so belehrend und zugleich so eindringlich, als wäre es wirklich wichtig, dass ich verstünde. Es erinnerte mich an Célian und Alix, nur dass sie nie aussprachen, was sie dachten. Anniek hingegen präsentierte die Narben ihrer Seele so offen wie Blumen in ihrem Haar.

»Hier kommt die Milch.« Mit einem Singsang trat Anno ein.

Ich erstarrte. Er konnte doch nicht hereinplatzen, wenn ich nur ein Nachtkleid trug.

»Anno«, zischte seine Schwester.

Dadurch blickte er erst recht zu mir. Wie festgewurzelt sah ich zurück.

»Oh, Entschuldigung, hättet Ihr auch gern eine Milch?«

Anniek stöhnte auf.

»So, Mädchen, es ist Zeit – Anno!« Gräfin Stein erschien in der Tür. »Was machst du da? Sofort raus hier!«

»Aber ich wollte Anniek ihre Milch bringen.« Stirnrunzelnd überreichte er sie ihr und sein Zwilling presste die Lippen zu einem Lächeln.

»Mach, dass du rauskommst!« Seine Mutter scheuchte ihn zur Tür.

»Ja doch«, murrte er. Aber zuerst verbeugte er sich vor mir. »Gute Nacht.«

»Schau sie doch nicht noch an!« Die Gräfin schob ihn durch die Tür und knallte sie zu. Tief durchatmend drehte sie sich zu uns. »Das tut mir schrecklich leid, Fräulein Liliette, ich hätte dafür sorgen sollen, dass er Euch nicht aufsucht. Er wollte nur freundlich sein.«

Ich sah von ihr zu Anniek. Ein Schmunzeln umspielte ihre Lippen. Gleichzeitig kicherten wir.

»Schon in Ordnung, Hochgeboren«, brachte ich heraus. »Ich werde es nicht weitererzählen.«

»Oh, danke.« Sie neigte den Kopf. »Ich wollte Ihnen auch nur eine gute Nacht wünschen. Habt Ihr alles, was Ihr braucht?«

Ich nickte und auch Anniek bejahte. Die Gräfin hatte vorhin mit ihr gesprochen, dennoch musterte sie ihre Tochter. Nach einem Moment nickte sie und rief nach Traute. Die Magd mit dem rundlichen Gesicht trug die Tabletts hinaus und löschte die Kerzen, ehe Gräfin Stein mit einem letzten *Gute Nacht* die Tür zuzog. Ich rutschte ins Bett und bei Anniek raschelte es ebenfalls. Im Flur wies die Gräfin Anno zurecht, doch es verklang. Eine Weile sah ich an die Decke. Nur hin und wieder, wenn der Mond hinter den Wolken hervorbrach, schimmerte silbern der Stuck.

»Schläfst du schon?«, flüsterte ich.

»Kannst du denn so schnell einschlafen?« Anniek kümmerte sich nicht um die Lautstärke.

Ich verzog den Mund. Normalerweise war ich die Bissige, zumindest, wenn ich mit meinen Brüdern redete. Und die meiste Zeit waren da nur meine Brüder zum Reden.

»Ich mag deine Mutter.«

Belustigt schnaubte sie. »Ja, sie ist schon in Ordnung.«

»Meine Mutter hätte nie so einfach meinetwegen eine Feier verlassen. Besonders nicht ohne Nachfrage«, erwiderte ich. »Aber sie geht ohnehin nie aus dem Haus.«

»Nicht? Mutter ist ganz versessen auf Teekränzchen, Theaterbesuche und jede Soiree, für die sie eine Einladung ergattert.«

Mein Mund lächelte, aber meine Augen starrten in die Dunkelheit. »Nimmt sie euch mit?«

»So oft, dass wir uns schon eine Liste an Ausreden haben einfallen lassen.«

»Welche ist die beste?«

»Fiese Halsschmerzen, ganz klar.« Leise lachte sie. »Fieber kann sie erfühlen und einen verstauchten Knöchel muss man mehrere Tage lang spielen. Aber Halsschmerzen können an einem Morgen da und am nächsten wieder weg sein.«

Mein Blick folgte dem Stuck an der Decke. Wenn ich doch die Not hätte, mir Ausreden ausdenken zu müssen.

»Du kannst ja mal mit ins Theater kommen«, sagte sie. »Spätestens, wenn du mit Anno verheiratet bist.«

Ihre Worte krabbelten in meinen Nacken und bissen zu, sodass ich steif im Bett lag. Stille breitete sich aus. Weit entfernt fiel dumpf eine Tür ins Schloss. Ich horchte auf ihren Atem, doch sie war ebenso leise wie ich.

»Möchtest du ihn nicht heiraten?« Anniek klang entrüstet, aber auch neugierig.

»Möchtest du, dass ich ihn heirate?«

Sie hatte mich nicht gerade mit offenen Armen empfangen. Es würde niemanden überraschen, wenn sie nicht meine *Schwägerin* sein wollte.

Doch nun war sie diejenige, die schwieg. Ich fixierte einen Schnörkel, der sich wie ein Schneckenhaus um sich selbst wand. Irgendwann vernahm ich wieder ihre leisen Atemzüge. Sie konnte also doch schnell einschlafen. Ich drehte mich auf die Seite und fragte mich, wieso ich mitgegangen war.

»Möchtest du in meinem Bett schlafen?«

Ich stockte.

»Es ist bestimmt gemütlicher«, sagte sie leise. »Und hier ist genug Platz für drei.«

Meine Gedanken zögerten. Aber meine Hände schlugen die Decke zurück und meine Füße taperten über das Parkett zu ihrem Teppich. All der schwarze Stoff musste ein kleines Vermögen gekostet haben.

Anniek rutschte zur Seite und hielt die Decke hoch, damit ich ins Bett krabbeln konnte. Ihre Matratzen waren tatsächlich weicher, die Decke seidiger. Doch alles wurde nichtig unter dem Geruch, der mich einhüllte. Er erinnerte mich an den pechfarbenen Lack, der von ihren Möbeln dünstete. Nur duftete er süßer, wie violetter Brombeerpudding.

Wir blickten zu ihrem schwarzen Tücherhimmel und sie räusperte sich. »Willst du meine Hand halten … wegen meiner Albträume?«

Ich schob ihr meine Hand entgegen. Ihre Finger waren rundlich und kurz. Viel weicher als meine knochigen, langen Glieder. Und so warm. Zu warm. Ich sollte die Hand wegziehen. Stattdessen blieb ich ruhig liegen, mein Atem so flach, dass sich kaum meine Brust hob.

»Gute Nacht.« Ein weicher Schatten beugte sich über mich. Etwas berührte so leicht meine Lippen, dass es ebenso gut ein Windhauch sein könnte. Schon lag Anniek wieder neben mir.

Mein Herz wummerte in meiner Brust. Ein Kribbeln rann von meinem Hals über meinen Nacken in meine Kopfhaut.

Sie hat mich geküsst.

Sie hat mich geküsst.

Sie hat mich geküsst.

Ich blinzelte zu ihr hinüber, aber ihre Augen waren geschlossen. Das war sicher ein Kuss unter Freundinnen gewesen. Denn das waren zwei Mädchen doch, die in einem Bett schliefen und Händchen hielten – enge Freundinnen.

Nur schlug mein Herz dafür zu rasch. Vielleicht, weil ich die Luft anhielt. Flach atmete ich ein und aus, doch mein Herzschlag wollte sich nicht beruhigen. Auch in Annieks Fingern, dort, wo sie sich mit meinen verschränkten, meinte ich, ihren rasenden Puls zu spüren.

Mein Blick wanderte über die rabenschwarzen Tücher, die keinerlei Linien boten, an denen sich meine Augen festhalten konnten. Als der Mond hinter Wolken verschwand und ich Annieks ruhigen Atem hörte, antwortete ich leise: »Gute Nacht.«

Diesmal blieb es still.

NOCH 4 TAGE

Sonntag, 03. Juli 1768

62 Esmeray Weiß

Es war alles ein Traum. Es musste alles ein Traum gewesen sein.

Ich starrte auf meinen Schreibtisch, während Milena summend mit einem grobzinkigen Kamm durch mein Haar fuhr.

»Noch eine«, flötete sie und legte eine Haarnadel mit einem violetten Schleifchen und einem Bernstein auf den Tisch. Ein Indiz dafür, dass es vielleicht doch kein Traum gewesen war. Auch die Erinnerung fühlte sich viel zu real an. Das Wasser an meinen Füßen, die Lippen an meinem Mund, die festen Hände.

»Ist dir kalt? Du hast ja eine Gänsehaut.«

»Nein, nein!« Hastig rieb ich über meine Arme und die halblangen Ärmel der neuen Robe raschelten. Diesmal war sie aus sattem Gelb, der Unterrock in blassen Sonnenfarben. Sie war nicht ganz so weit ausgestellt wie das fliederfarbene Kleid, das am Schrank hing und trocknete. Zudem hatte sie nur zierliche, weiße Rüschen, passend zu meinem weißen Halsband. Dennoch war ich beim Anblick dahingeschmolzen. Und wie sie meiner braunen Haut schmeichelte. Hinreißend.

Ich fand viel zu viel Gefallen an dieser Mode.

»Du könntest dich erkältet haben.« Milena flocht mein Haar eng an meinem Hinterkopf hinauf. »Das Kleid war pitschnass. Und der ganze Weg von Schloss Augustusburg bis hierher …«

»Mach dir wirklich keine Sorgen.« Ich konnte ihr schlecht sagen, dass ich auf der Rückfahrt keine Sekunde an das nasse Kleid gedacht hatte. Es war nichts weiter in meinem Kopf gewesen als *hmm* und *mehr*.

Ich blinzelte. »Was machst du mir denn für eine Frisur?«

»Ich flechte, spürst du das nicht?«

»Ist das angemessen für einen Sonntagsbesuch?«

»Ach, unter dem Hut sieht man sowieso nichts.« Mit den Haarnadeln steckte sie die Zöpfe fest. »Es ist keine Zeit mehr, um mit heißen Eisenplatten Locken zu kreieren, und deine Haarstruktur …«

»Sieht nicht adelig aus, ich weiß.«

»Ich bin froh, dass du das gesagt hast.«

Mir entwich ein Schnauben. »Was tut man nicht alles, um Fräulein Liliette zufriedenzustellen.« Besonders, nachdem ich beim Frühstück die Wut der Gräfin über den Verbleib der Jüngsten gespürt hatte. Während ich mich in meine Ecke verkrochen hatte, war Célian entspannt geblieben.

»Ach, Mera.« Milena seufzte. »Als Frieda mir gesagt hat, dass ich *Komtess Liliettes* Haar frisieren darf ... Ich glaube, ich habe geweint.«

Ich musste lachen. »Schön, wenn ich dich zum Weinen bringen kann.«

»Gerne wieder.« Etwas Weiches schob sich über meine Frisur und schirmte wie die Scheuklappen von Nox meine Schläfen ab.

»Was ist das?« Mit großen Augen tastete ich die runden Seiten ab.

»Nicht anfassen! Jetzt noch der Schal.«

»Schal? Wir haben Sommer!«

Es klopfte an der Tür. Sicher Frieda, die uns drängen wollte, uns zu beeilen.

»Sekunde!« Milena legte etwas über das Weiche und knotete es unter meinem Kinn. Die Enden eines weißen Seidenschals mit gelben Bordüren legten sich über meinen Ausschnitt und eine weitere Stoffbahn fiel meinen Nacken hinab. So warm war es gar nicht, vielmehr kühlte das Material.

»In Ordnung.« Sie half mir vom Schemel. »Los, zeig der Welt, welch wunderbare Kreationen deine Milena vollbringt.«

»Danke, du bist eine Meisterin!«, sagte ich.

Grinsend hob sie die Schultern. »Ich weiß. Und jetzt geh!«

Ich öffnete die Tür. Doch mitten im Gang stand Célian.

»Wir müssen.« Er warf mir nur einen knappen Blick zu, ehe er losmarschierte.

Kurz sah ich zu Milena, die mir aufgeregt die Daumen drückte, und nach einem zweifelnden Lächeln eilte ich Célian nach. Mein Kleid rauschte über den Boden und meine Schuhe klackten laut auf dem Parkett. Blassrosafarbene Zierblumen leuchteten auf seinem hellgrauen Gehrock und er lief gerade so zügig, dass ich nachkam. Aber an einer Ecke verlor ich ihn aus den Augen.

Ich ging schneller. Prallte fast in ihn hinein. Er war stehengeblieben und sah sich um. Langsamer als zuvor ging er weiter und mit gerunzelter Stirn lief ich neben ihm her.

Seine Hand berührte meine. Sanft verschränkte er unsere Finger.

Es war kein Traum.

Meine Schultern sanken und ich drückte fest seine Hand. Er warf mir ein kleines Schmunzeln zu, doch ich funkelte ihn an. »Wieso bist du so?«, flüsterte ich.

Seine Brauen hoben sich. »Wie denn?«

»So ... sprunghaft. Gestern Nacht bringst du mich bis vor meine Zimmertür, aber während du heute Morgen der Gräfin den Kirchbesuch ausredest und sagst, dass ich mit dir Liliette abhole, siehst du mich keine Sekunde an.«

»Aber Mera«, sagte er und sein Gehrock unterstrich viel zu gut das Grau in seinen Augen. »Das habe ich dir doch gestern schon erklärt.«

Ich blieb ich stehen und verschränkte die Arme. »Vielleicht überfordert es mich trotzdem?«, zischte ich.

Er musterte mich. Sein Blick glitt hinter mich und über seine Schulter. Unvermittelt schob er mich in eine der Wandnischen mit den Gemälden. Diesmal war es kein Pfau, sondern ein weißer Schwan. Die kühle Steinwand drückte sich in meinen Rücken, als Célian sich über mich beugte.

»Was kann ich tun, damit du meinen Worten glaubst?«

»Ich ...« ... musste mich räuspern. »Welchen Worten?«

»Na, am besten allen.« Seine Finger wanderten meine Arme hinauf und strichen hauchzart über meinen Hals.

»Weißt du ...« Meine Stimme war so rau, dass ich schlucken musste. »Ich habe nicht viel Vertrauen in Menschen. Von Glauben ganz zu schweigen. Für mich zählen eher Fakten. Beweise.«

Langsam öffnete er den Knoten unter meinem Kinn. »Gut, wie wäre es damit?« Er küsste meinen Hals und mein Kopf lehnte sich zur Seite. Seine Lippen fuhren über meinen Kiefer bis zu meiner Wange.

»Nein«, seufzte ich. »Das Argument ist mir noch zu schwach.«

»Verstehe.« Leicht hob er mein Kinn an, sodass ich unter schweren Lidern in sein Gesicht blinzelte. Seine welligen Strähnen streiften über meine Wangenknochen. »Zweiter Versuch.«

Er legte seine Lippen auf meine. Weicher und vorsichtiger als gestern. Als er sich von mir löste, fuhr ich ihm ein Stück nach.

Im Schatten der Nische schmunzelte er. »War das überzeugend?«

»Ja«, entwich es mir. Mit weichen Knien schob ich mich an ihm vorbei und band fahrig den Schal. »Ich bin ausreichend überzeugt.«

»Tatsächlich? Ich hätte noch ein drittes Argument.«

»Nicht nötig.« An der Hand zog ich ihn den Flur hinab zur grünen Flügeltür. Mein Herz war kurz davor, aus meiner Brust zu springen. Noch eine Sekunde länger und ich wäre in der Nische versunken.

»Na schön.« Er ließ sich durch die quietschenden Türen ziehen und auf der Treppe zog ich lieber meine Hand zurück. Seine fuhr über seinen Gehrock zu seinem Brustbein. »Es wäre sowieso verfrüht gewesen.«

Wir eilten die Stufen hinab und ich sah zu ihm. »Vielleicht will ich es doch wissen.«

Er schmunzelte. »Irgendwann.«

Nachdenklich trat ich hinaus auf die Steinterrasse. Bruno und Nox warteten bereits und ich strich dem Pferd über die Schnauze, ehe der Kutscher mir freundlich in den Wagen half. Stille breitete sich aus, nur Hufgeklapper und das Poltern der Räder begleiteten uns. Ich streckte meine Hand aus und Célian verschränkte sie sofort mit seiner. Mehr wagten wir beide nicht. Wir sahen aus unseren jeweiligen Fenstern, während der frühe Morgen angenehm durch die Ritzen des Wagens drang und meine Füße kühlte.

Es dauerte ewig und doch war es zu früh, als die Kutsche hielt und wir unsere Hände lösten. Bruno half mir auf den Pfad, der zum Haus der Steins führte, ich dankte ihm und blinzelte in die grelle Sonne.

Als Nox' Hufe die Straße hinabklapperten, rollte Célian die Schultern und hielt mir einen Arm hin. »Gut gereist, Cousine?«

»Uäh.« Ich schlug seinen Arm aus und lief zur Haustür. »Wir sind nicht verwandt.«

Mühelos hielt er Schritt. »Es ist nicht verboten, seine Cousine zu heiraten. Unter Adeligen passiert das ständig.«

»Es sollte verboten sein.« Ich raffte mein Kleid und kletterte die Treppe hinauf. Célians Arm wäre bei diesem Kunststück sicher hilfreich gewesen. »Außerdem hat niemand etwas von Hochzeit gesagt.«

Mit einem Grinsen klopfte er an die Haustür. »Noch nicht.«

Ich schüttelte den Kopf. »Die Hochzeit, wie wir sie heutzutage leben, ist –«

»Ein Instrument der Männer und des Staates, um die Frauen ihrer Selbstständigkeit zu berauben. Ich weiß.«

Meine Brauen hoben sich. Er hatte das Manifest tatsächlich verstanden. Nur eine Sache korrigierte ich leise. »Die Männer *sind* der Staat.«

»Hättest du etwas mehr Einfluss, wäre das sicher nicht mehr lange so.«

Ich verzog den Mund. »Unsinn, du hast das Gespräch auf der Soiree mitbekommen. Es gibt viel klügere Frauen, die tausendmal mehr bewirken als ich.«

»Je mehr, desto besser, oder nicht?«, erwiderte er.

Die Tür öffnete sich.

»Ich bitte um Verzeihung!« Eine Magd mit einem rundlichen Gesicht versank in einem Knicks. »Ich musste noch den Tee in den Garten bringen. Hoffentlich ließ ich Euch nicht zu lange warten.«

»Keine Sorge, es ist uns gar nicht aufgefallen.« So freundlich wie möglich lächelte ich. Es war seltsam, auf der anderen Seite zu stehen. »Ich bin Mera Schwarz.«

»Komtess Schwarz«, sagte Célian.

»Und Graf Cadieux, natürlich.« Sie knickste erneut. »Ich geleite Euch zu den Herrschaften.«

Wir traten ein und Célian streckte mir wieder einen Arm hin. »Hat Liliette dir nicht beigebracht, dass man sich vorstellen lässt?«, flüsterte er.

Diesmal nahm ich seinen Arm, doch es war kein Unterhaken wie Mutter, Vater und ich es taten, wenn wir in die Stadt spazierten. Es war ein Vorführen einer Dame, als dürfte diese nicht alleine gehen.

»Seit wann hältst du dich an Regeln?«, flüsterte ich zurück, während wir in einem Salon an einem Cembalo und einem Rund aus Sofas vorbeigingen.

Er schnalzte mit der Zunge. »Seitdem ich versuche, deinen erfundenen Hintern zu beschützen.«

»Du solltest besser nicht an meinen Hintern denken«, wisperte ich.

Er verschluckte sich, hustete und sah lieber wieder geradeaus. Wir passierten eine Glastür und kamen auf eine überdachte Terrasse. »Tee im Garten?«, wiederholte er lauter und mit leicht kratziger Stimme.

Die Magd lächelte uns zu. »Heute hatten die Herrschaften große Lust, draußen zu frühstücken.«

»Wieso sagt niemand *Damenschaften*?«, murmelte ich, als wir auf einen gewundenen Weg aus Steinplatten traten.

Célians Mundwinkel zuckten. Was auch immer daran lustig war.

»Graf Cadieux!« Gräfin Stein saß an einem runden Tisch. Ihre Füße thronten auf einem Hocker und eine Zeitung lag auf ihrem Schoß. »Und Komtess Schwarz, wie schön.« Sie hatte Célian nur einen Blick gewidmet, aber mir schenkte sie ein Lächeln. Während ich knickste, sah ich auf ihre Zeitung – und stockte.

Es war die *Gazette de Cologne*. Aber nicht *avec*, sondern *sans privilège de sa Majesté impériale*. Die Worte auf der Soiree waren ihr also nicht bloß herausgerutscht. Sie las sogar den verbotenen, aufklärerischen Nachahmer der echten Kölner Zeitung.

»Célian! Célian!«

Wir schauten auf. Ein paar Meter weiter rahmten Bäume und Hecken den Garten ein und von einem dicken Ast hing eine Schaukel. Auf dieser schwang Liliette, angeschubst von den Zwillingen.

»Siehst du, wie hoch ich schaukeln kann?« Liliettes Augen leuchteten bis hierher. Ihr Haar war zu zwei Zöpfen geflochten und ihr weißgoldenes, kaum ausgestelltes Kleid wehte im Wind.

Célian lachte. »Wie hoch?«, rief er und hielt eine Hand über die Augen. »Kommst du bis an die Blätter?« Er ließ mich los und ging über die Wiese.

Ich sah zur Gräfin, die nur mit der Hand wedelte. »Geht ruhig. Die Kinder haben riesigen Spaß.«

Lächelnd knickste ich und folgte Célian.

»Natürlich!« Liliette streckte ihre Füße, sodass ihre grünen Schuhe in der Sonne blitzten. Beim nächsten Schwung raschelten sie in den Blättern.

»Sie kommt schon fast an den großen Ast!«, rief Anno und schubste sie mit seiner Schwester kräftig an. Liliette streckte sich noch mehr und berührte mit der Fußspitze einen dicken Ast des Nachbarbaums. Ein Blatt segelte hinab.

»Klasse!« Célian klatschte und die Zwillinge grinsten wie Kinder – die sie ja auch waren. Aber Kinder verhielten sich heutzutage wie Erwachsene und Erwachsene allzu oft wie Kinder.

Liliette lachte und legte ihren Kopf in den Nacken, sodass ihre Zöpfe hinter ihr hersausten. Ich trat neben Célian, während sie nach und nach ausschaukelte.

Anno blickte zu ihm. »Möchtet Ihr auch?« Der Junge trug nur ein Hemd und eine dunkelblaue Hose. Wie seine Schwester in ihrem legeren roten Kleid stand er barfuß im Gras.

Célian schüttelte den Kopf. »Danke, nein, ich würde mein Frühstück gleich wieder loswerden.«

»Er hat Höhenangst.« Liliette sprang das letzte Stück ab.

»Ach ja?«, entwich es mir.

Er schnaubte. »Ich glaube, es ist Zeit, dass du nach Hause kommst, sœurette.«

»Aber nein!« Anniek straffte ihre Schultern.

»Könnt ihr nicht zuerst einen Tee trinken?«, fragte Liliette.

»Und eine Runde Karten spielen.« Anno lief schon zum Haus. »Ich hole sie!«

63 Célian Cadieux

Liliette grinste breit, boxte Anno in die Seite und Anniek ebenso. Bei jedem Gewinn schmiss sie ihre Karten hin, rief *Ha!* und wir lachten, während der Geist der Vergangenheit meine Seele streifte. Durch die losen Zöpfe, die Anniek stolz präsentiert hatte, sah meine Schwester wieder wie dreizehn aus. Dieses Stein-Mädchen tat ihr gut. Liliettes Wangen waren rosiger und ihre Augen wacher.

Als die Sonne ihren Zenit erreichte, flüchtete sie noch immer nicht in den Schatten. Nur weil unsere Köpfe brannten, baute ich mit Traute einen Sonnenschirm auf, und sie brachte Kuchen und teuren Kaffee. Anno, der nicht mehr verlieren wollte, holte ein Schachspiel. Wir tauschten reihum und sogar die Gräfin legte ihre Zeitung beiseite. Immer wenn jemand Mera eine Figur nahm, riss sie ihrem Gegenüber rachsüchtig ebenfalls eine vom Feld. Ob es Sinn ergab oder nicht. Es zauberte ein Grinsen auf meine Lippen. Ihr Hitzkopf war eine hinreißende Macke.

Gegen Nachmittag wollte die Gräfin nun mit ihrer Tochter sprechen. Anniek wehrte sich mit allen Kräften, aber hierbei blieb ihre Mutter streng. Die Kleine stürmte ins Haus und wir folgten der Hausherrin schweigend zur Eingangstür.

»Darf ich mich vielleicht noch verabschieden?«, fragte Liliette.

»Natürlich, Liebes. Du findest sie vermutlich in …«

Sie lief bereits die helle Holztreppe hinauf. Dass die Gräfin über Nacht zum *Du* übergegangen war, störte Liliette anscheinend nicht.

Während wir warteten, trat Anno von einem Fuß auf den anderen. »Und, was unternehmt Ihr heute noch?«

Mera lächelte. »Ich besuche eine Freundin.«

»Ach ja?«, sagte ich. »Das wusste ich gar nicht.«

»Ich erzähle dir auch nicht alles«, erwiderte sie.

Ich schnaubte. »Das wusste ich.«

Anno räusperte sich. »Habt Ihr sie bei Euren Besuchen bei Liliette kennengelernt?« Er war ebenfalls zum Vornamen gewechselt.

»Ähm, genau«, sagte Mera. »Ihr Bein ist verletzt und ich will nach ihr sehen.«

»Das ist gut.« Die Gräfin nickte. »Man sollte sich um seine Liebsten kümmern.«

Aus Meras Augen schwand ihr Lächeln. Sie machte einen Schritt auf die Treppe zu. »Ich sehe mal nach, ob alles in Ordnung ist. Dann müsst Ihr nicht warten.«

In dem Moment kam Liliette schon heruntergelaufen.

Ja, Mera erzählte mir wirklich nicht alles.

NOCH 3 TAGE

Montag, 04. Juli 1768

64 Liliette Cadieux

Unaufhörlich fuhren meine Finger die eingravierten Linien des warmen Steins nach. In seiner tiefen Schwärze glänzten violette Lichter.

Ein Onyx, waren Annieks Worte gewesen. Sie hatte an ihrer Zimmertür gestanden, als hätte sie gewusst, dass ich ihr nachlaufen würde. *Heute Morgen, während du noch schliefst, habe ich eure Gladiole hineingeritzt.* Als mir kein Laut über die Lippen gekommen war, hatten sich ihre Finger um den Stein geschlossen. *Musst ihn ja nicht nehmen.* Schnell hatte ich ihre Hand geöffnet, den Onyx genommen und war zurückgelaufen.

Mein Daumen strich über die Einkerbungen. Die drei Blüten erinnerten nur entfernt an die Gladiole unseres Siegels. Wie ein Hauch auf den Lippen an einen Kuss erinnerte.

»Er ist schön.«

Ich sah auf. Mera hatte das Buch sinken lassen und nickte zum Stein.

Sofort schloss ich die Hand darum und setzte mich in meinem Sessel auf. »Fahr fort, ich höre zu.« Mir war entfallen, wieso ich nach dem Abendessen wieder hatte lernen wollen.

»Lügen ist zwecklos.« Sie zwinkerte mir zu und legte ein Lesezeichen zwischen die Seiten.

Ich musterte sie. »Seitdem du uns am Wochenende begleiten durftest, nimmst du dir einige Freiheiten heraus.«

»Woher ist der Stein?«, entgegnete sie. »Ihr habt ihn beim Frühstück und Abendessen keine Sekunde losgelassen.«

Stirnrunzelnd sah ich auf den Onyx. Das war mir entgangen. Gestern hatte ich ihn in der Tasche meines Kleides versteckt, mitsamt der weißen Rose. Erst nachdem ich Mutters Kälte beim Abendmahl ertragen hatte, war er in der Nacht wieder durch meine Finger gewandert.

»Er ist von meiner Freundin«, murmelte ich.

»Tatsächlich?«

Ich funkelte sie an. »Glaubst du nicht, dass ich Freundinnen habe?«

»Es war nur eine Frage.« Sie legte das Buch beiseite. »Ist es eine Freundin oder Ihre Freundin?«

Mein Blick sprang über meine Schulter zu Mutter. Wie immer saß sie auf ihrem Sofa und las, zuckte nicht einmal mit der Wimper. Célian hatte gesagt, ich sollte mein Leben nicht nach ihr ausrichten. Mera hatte gesagt, ich sollte darauf achten, wer mir guttat. Doch meine Augen hatten sich selbst gelenkt.

Mit zusammengebissenen Zähnen beugte ich mich zu Mera. »Wenn Mutter das gehört hätte, hätte sie dich augenblicklich entlassen«, zischte ich. »Menschen, die mit dem eigenen Geschlecht verkehren, sündigen.« Ruckartig stand ich auf und stopfte den Stein in die Tasche meines Kleides. Ich hatte mich noch nie für die Kirche interessiert. Vielleicht, weil Alix sich dort unwohl fühlte oder Célian bei den Bildern eines von Nägeln durchlöcherten Mannes schwindelig wurde. Aber über die Sache mit Männern und Frauen hatte Alix eine Zeit lang immerzu mit seinen Lehrern gestritten. Mutter hatte sich nie eingemischt, also sah sie es sicher wie die Kirche.

Auch Mera stand auf. »Das ist Unsinn und Ihr wisst es«, flüsterte sie zurück.

»Ich möchte jetzt weiter das Harfenspiel üben«, verkündete ich und sank auf den Schemel. »Mit der Musik versüße ich meinem zukünftigen *Ehemann* die langen Winternächte.«

Widerstrebend blätterte Mera im Notenheft zu der Stelle, an der wir das letzte Mal aufgehört hatten. Es musste eine ganze Woche her sein.

»Natürlich könnt Ihr üben, was Ihr wollt, und heiraten, wen ihr wollt«, wisperte sie. »Aber Ihr solltet wissen, dass Eure Worte verletzen können.«

Unter meinen Fingern waren die Saiten rau und starr. »Mit solchen Menschen verkehre ich nicht, deshalb kann ich sie auch nicht verletzen.«

»Wenn Ihr wüsstet«, murmelte sie.

Ich stoppte. »Bist du etwa …?«, fragte ich aufgeregter als gewollt.

Sie schüttelte den Kopf. »Nicht, dass ich wüsste. Aber andere in Eurem Umfeld.«

Ich schnalzte mit der Zunge und spielte weiter. »Sollen sie doch. Ich jedenfalls werde einen ehrbaren Mann heiraten, viele Kinder bekommen und …« … Mutter stolz machen.

Der Gedanke war einfach da. Meine Zähne nagten an meiner Unterlippe, auf der ich noch immer den Hauch eines Kusses spürte. Der Mutter gar nicht stolz machen würde, im Gegenteil. Eine gute Partie zu erlangen, war meine letzte Möglichkeit, sie lächeln zu sehen. Bei dem Antrag, auf der Hochzeit oder sobald ich ihr das erste Kind überreichte. Das würde alles wegfallen, wenn wieder dieser Hauch über meine Lippen strich.

Ich kämpfte mit den steifen Saiten. So würde mein Harfenspiel Anno sicher nicht gefallen. Oder Graf Barbier. Célians und Meras Gerede hatte mich in falsche Bahnen gelenkt. Ich hätte in der letzten Woche mehr üben und nicht mit meiner Zofe im Schatten faulenzen sollen. Den gesamten Sonntag über hatte ich mich wie ein Kind verhalten mit diesem simplen Kleid und Annieks albernen Zöpfen. Gott, Anno hatte mich im Nachtkleid gesehen.

Mein Blick heftete sich auf die Notenblätter, während meine Finger angespannt an den Saiten zogen. Ich musste besser werden. Womöglich würde ich bald einen neuen Kandidaten treffen, der mich zum Musizieren aufforderte.

»Gut so«, sagte Mera irgendwo hinter den grellen Klängen. »Nur Ihre Schultern sind verkrampft.«

»Nein«, wisperte ich, doch meine Gedanken schwollen an, sodass ich mich selbst nicht hörte. »Es ist nicht gut. Gar nichts ist gut.« Ich würde heiraten. Vermutlich Graf Barbier. Ich würde mit ihm in einem Bett schlafen müssen. Er würde mich küssen, so wie Falkenberg Junior Anniek geküsst hatte. So real, nicht wie ein zarter Hauch. Es würde alles echt sein. Und Anniek würde ich nie wiedersehen.

»Ihre Schultern – « Meras Berührung übertönte alles.

Ich sprang auf, schnappte nach Luft. Aber meine Lungen waren wie zusammengepresst. Sterne tanzten vor meinen Augen. Unbemerkt hatte ich aufgehört, richtig zu atmen. Ich stolperte rückwärts. Etwas klapperte.

»Pause«, stieß ich hervor und stürzte aus dem Salon.

65 Esmeray Weiß

Viel zu leicht konnte man in dieser Villa jemanden verlieren.

Als irgendwo eine Tür zuschlug und Liliettes Schritte verstummten, erstarrte ich mitten im Flur. Dieses Gebäude hatte Tausende Türen. Verzweifelt lief ich weiter. Diesmal war die Jüngste noch blasser gewesen, während Gräfin Cadieux nur in ihr Buch gesehen hatte, so verspannt wie Liliette.

Als ich in den Gang bog, aus dem das Geräusch gekommen war, hatte ich Glück. Hier gab es nur drei Türen. Eine führte zu den Zimmern der Bediensteten, eine weitere zu den Seitengängen, in welchen ich ihre Schritte immer noch hören müsste. Vorsichtig öffnete ich die letzte. Der Raum war klein und dunkel. Das Licht, das an mir vorbeifiel, erhellte Besen, Eimer und Kehrschaufeln.

»Liliette?«, flüsterte ich und mein Blick glitt über die offenen Regale und eine vorstehende Kommode. Mehr war hier nicht. Vielleicht war sie doch zu einer Magd gerannt oder saß in den Seitengängen. An der Kommode entlang trat ich sicherheitshalber bis zum Ende des Raumes.

»Komm nicht näher!«, stieß eine kehlige Stimme hervor.

Ich erstarrte, öffnete meine Augen in der Dunkelheit so weit wie möglich. Tatsächlich lugten zwischen Kommode und Steinwand Schuhspitzen hervor.

»Liliette«, sagte ich sanft. »Du musst dich nicht verstecken, ich bin's nur.«

»Es ist zu hell«, krächzte sie.

Hastig schloss ich die Tür und blickte in absolute Schwärze. Jetzt erst hörte ich ihren schweren Atem. Ich sank auf die Knie. Sie keuchte, als wäre sie den ganzen Tag gerannt. Als ich näher rutschte, strich etwas Borstiges über mein Häubchen und schaudernd duckte ich mich unter einem hängenden Besen hinweg.

»Kann ich etwas für dich tun?«, fragte ich leise. Es hätte sich falsch angefühlt, sie jetzt *Fräulein* zu nennen.

»Du darfst es nicht Mutter sagen«, wimmerte sie. »Hörst du? Du darfst es nicht Mutter sagen.«

»Natürlich nicht.« Meine Brust schnürte sich zu. »Du kannst mir vertrauen.«

»Ja?«, schluchzte sie. »Versprichst du es?«

»Ich verspreche es.«

Leise weinte sie und meine Hand klammerte sich um etwas, das sich wie ein Knauf der Kommode anfühlte.

»Soll ich vielleicht Célian holen?«

»Nein! Du hast es versprochen!«

»Schon gut«, sagte ich, »ich hole niemanden.«

Rasselnd atmete sie aus. Stille legte sich über uns, während ich an dem Knauf knibbelte und ihrem Wimmern lauschte.

»Kannst du ...«, flüsterte sie. »Kannst du mich in den Arm nehmen?«

Ich öffnete den Mund, aber meine Kehle brannte. Als ich vorkrabbelte, erkannte ich nur in Schwarztönen, dass sie zwischen Holz und Stein hockte. Das wenige Licht glänzte auf ihren nassen Wangen. Ehe ich sie herauswinken konnte, raschelte es und sie schob sich rückwärts in meine Arme. Zaghaft drückte ich sie an mich. Sie legte ihre Schläfe in meine Armbeuge und ihre Tränen flossen an meinen halblangen Ärmeln vorbei über meinen Ellbogen.

»Ich will nicht heiraten«, wisperte sie. »Niemals.«

Sachte nickte ich und blinzelte angestrengt. »Du willst geliebt werden. Das wollen wir alle.«

»Aber Célian meinte, dass Mutter nie ... nie mit mir Kekse backen wird«, schluchzte sie. »Und er hat recht, oder nicht?«

Schwer schluckte ich. »Es tut mir leid, das weiß ich nicht. Jedenfalls tun Eltern ihren Kindern nicht immer gut.«

»Weil sie krank sind?«, wimmerte sie.

Langsam wiegte ich sie. »Das kann viele Gründe haben. Es ist nur wichtig, dass du auf deine Wünsche achtest. Auf das, was dir guttut.«

Sie schluchzte auf. »Das hast du schon gesagt, aber ich weiß doch gar nichts. Nur Mutter weiß das.«

»Nein, das spürst du. Bei den richtigen Menschen kannst du mehr du selbst sein. Du magst, wie du bist, wenn du bei ihnen bist. Deine Sorgen werden leichter. Manchmal vergisst du sie sogar.«

Zittrig atmete sie aus. Ihr Kopf sank schwer auf meinen Arm. »Gestern früh habe ich meine Sorgen vergessen«, murmelte sie. »Und gestern Nacht.«

»Du sahst auch glücklich aus.«

Sie schwieg und langsam beruhigte sich ihr Atem. Ich wiegte sie nur und fragte mich, wie ich dieser Familie so nahegekommen war.

»Ich bin müde«, murmelte sie.

Ich zog sie näher heran. »Ich weiß.«

»Mera?«, fragte sie leise.

»Ja?«

»Bringst du mich ins Bett?«

Behutsam zog ich sie auf die Beine und geleitete sie wie eine Schlafwandlerin ein paar Meter den Gang hinab in ihr Zimmer. Sie schloss die Augen schon, während ich ihr noch die Robe, die Überröcke, die Gestelle, das Korsett, die Schuhe und all die Haarnadeln abnahm. Nun verstand ich, was Aenlin an meinem ersten Tag darüber gesagt hatte, wie schwer Prunk wiegen konnte. In ihrem Nachtkleid kroch Liliette unter die Decke und kuschelte sich ein, ehe ich die Vorhänge schloss. Es war erst früher Abend und doch erweichten ihre Züge schnell.

Leise hockte ich mich neben ihr Bett. »Es wird alles gut«, flüsterte ich, wie Mutter es immer gemacht hatte, wenn ich von einem Albtraum aufgewacht war. »Du kannst jederzeit in mein Zimmer kommen. Ich bin für dich da.« Sanft strich ich über ihr Haar und wartete, bis ihre Anspannung vollends in den Kissen versunken war. Geräuschlos verließ ich ihr Zimmer.

Gräfin Stein hatte gesagt, man sollte sich um seine Lieben kümmern und ich hatte sofort bereut, nichts aus ihrem pompösen Haus in meine riesigen Taschen gesteckt zu haben. Schon in drei Tagen würde Herr von Berger meine Eltern vertreiben. Aber die Menschen vergaßen eben ihre Sorgen, wenn sie sich mit ihren Lieben umgaben. Schnellen Schrittes lief ich den Gang hinab in den Südwestflügel.

66 Célian Cadieux

Es klopfte an meiner Tür.

»Entrez!« Vor meinem Bett blieb ich stehen.

»Verzeihung, Comte, ich wollte …« Mera streckte ihren Kopf herein, und als sie nur mich entdeckte, schloss sie die Tür hinter sich.

Ich stockte. Das war keine gute Idee. Das war eine miserable Idee.

»Kommst du für eine weitere Lesung?«, fragte hingegen mein Mund. Auch meine Hände senkten mein Buch und meine Füße bewegten sich auf sie zu. Erst ihr halbherziges Lächeln stoppte mich. »Ist es wegen des Frühstücks? Habe ich dich zu wenig angesehen?«

Flüchtig gab sie mir einen Kuss. »Ich bin nicht meinetwegen hier, sondern für Liliette.« Als ich erstarrte, legte sie ihre Hände auf mein Hemd. »Es geht ihr gut!«

Langsam atmete ich ein. »Was ist dann?«

»Sie ist überlastet«, sagte Mera leise. »Nicht ihr Körper, aber ihr Geist.«

»Du meinst diese *gedankliche Überanstrengung*?«

Ihre Hände sanken. »Ja, es ist das ständige Aufhübschen, das gestelzte Reden – sie ist ausgelaugt.«

Mein Mund wurde trocken. »Ich weiß. Ich dachte ja, du würdest …«

Matt lächelte sie. »Dein Vertrauen ehrt mich, aber ich schaffe das nicht. *Du* musst etwas tun.«

Ich machte einen Schritt zurück. »Was soll ich schon tun? Alles, was ich anfasse, endet in einer Katastrophe!« Heftiger als gewollt warf ich das Buch auf meinen Schreibtisch und wanderte durch den Raum. »Weißt du, wie sie geschrien hat, als ich ihr Vreda weggenommen habe?«

»Ja, ich habe es gehört«, murmelte sie.

Fahrig trat ich wieder zu ihr. »Du bist diejenige, bei der sie aufgeblüht ist. Wie sie mit dir im Garten auf der Decke saß. Und wie sie bei Anno gelacht hat. Anniek durfte ihr sogar das Haar flechten. Das darf ich schon ewig nicht mehr!«

»Célian.« Sie hielt meine wild gestikulierenden Hände fest. »Du hast mich für deine Schwester eingestellt. Du hast sie bei Barbier nicht von Anno weggeholt. Du hast sie zu Anniek fahren lassen. Wer hat dir eingeredet, dass du Katastrophen verursachst? Du kennst deine Schwester und holst Menschen in ihr Leben, die ihr guttun.«

»Unsinn.« Ich zog meine Hände zurück und tigerte weiter. »Du musst mich nicht schönreden, das kann ich gut genug.«

»Célian«, sagte sie. »Was auch immer dein Problem ist – jetzt gerade musst du darüber hinwegkommen und deiner Schwester helfen. Sie hat Anfälle!«

Ruckartig blieb ich stehen. »Anfälle?«

»So etwas wie ... Was weiß ich, wie das heißt! Sie ist unkonzentriert, bekommt Atemnot und verkriecht sich in der Dunkelheit.«

»Was?«

»Verstehst du denn nicht?« Jetzt war es Mera, die wild gestikulierte. »Sie ist mitten im Unterricht weggelaufen und ich habe sie erst in einer Abstellkammer wiedergefunden, weinend in völliger Finsternis!«

Mein Herz bebte. Flach und schnell.

Blut. Blut. Blut.

Grüne Augen und überall Blut.

Auf meinem Arm ein weinender Säugling.

Alix! Tu doch etwas, Alix!

Lass ihn, es hilft nichts! Lass ihn!

»Célian?«

Ich blinzelte. Meras Gesicht verdrängte die Erinnerung. Ihre warmen Augen, die weiche Nase, die sorgenvoll zusammengezogenen Brauen.

Ihre Hände wärmten meine Wangen. »Du bist ganz blass.«

»Wo ist sie jetzt?«, stieß ich hervor. Diesmal löste ich mich nicht. Sie musste mich festhalten, im Hier und Jetzt halten.

»Keine Sorge, ich habe sie ins Bett gebracht«, sagte sie.

»Was habt ihr gemacht, bevor sie aufgesprungen ist?« Ich wusste es, wusste es ganz genau. Trotzdem musste ich es hören.

»Sie hat die Harfe gespielt.«

Ich schloss die Augen.

Die Harfe, ich will die Harfe lernen.

Wieso, Fräulein Liliette?

Weil Célian gesagt hat, dass sie Vater gehörte.

Mühsam blinzelte ich. Das hätte ich ihr nie verraten dürfen, hätte dieses Instrument verbrennen sollen. Alles, was von diesem Mann geblieben war, verursachte nur Schmerz.

»Ich werde ihr die Harfe wegnehmen«, brachte ich hervor. »Sie kann noch die Violine lernen oder ich kaufe ihr ein Cembalo, alles, was sie will.«

»Es geht doch nicht um das Instrument.«

»Und wie!« Ich schüttelte den Kopf. »Du kannst das nicht verstehen, aber –«

»Liliette hat mir gesagt, was sie bedrückt.« Meras Hände hielten mein Gesicht still. »Sie will nicht heiraten.«

Langsam atmete ich aus. »Natürlich. Dann nehme ich ihr die Harfe *und* die Kandidaten. Ich strenge mich mehr an. Ein paar Lügengeschichten, eine Liebschaft mit einer Bediensteten –«

Mera zog die Hände zurück.

»Nur vorgespielt natürlich. Ich weiß, wie das geht, erinnerst du dich?«

»Schon klar, ich würde es sogar verstehen, wenn du es tatsächlich tun müsstest.« Beim Anblick meiner erhobenen Brauen zuckte sie die Schultern. »Um einen Bruder zu retten, würde ich sofort jemandem schöne Augen machen.«

Ich schnaubte. »Nur gut, dass du keine Brüder hast … Du hast keine, oder?«

»Célian, dein Plan dauert zu lange. Bis du die Männer vergrault hast, ist sie jemandem versprochen und ich weiß, wie ihr Adeligen eure Ehre hochhaltet. Es würde ihrem Ruf schaden, wenn der Kandidat die Verbindung auflöst.«

»Dann beeile ich mich eben.«

»Wie viele Lügengeschichten willst du erzählen? Wie vielen Mägden willst du den Kopf verdrehen?« Sie verschränkte die Arme. »Deine Mutter kann immerzu neue Kandidaten finden. Und wie ich sie kenne, ist sie schneller, wenn du ihr auf den Geist gehst.«

»Was ist deine Idee? Liliette zügig an jemand Netten verheiraten? An Anno vielleicht?«

»Nein.« Fest sah sie in meine Augen. »Du musst mit deiner Mutter reden.«

Ich lachte auf. »Das ist ein Scherz. Du weißt gar nichts über Mutter, wenn du denkst, dass ein Gespräch mit mir ihre Meinung ändert!« Belustigt lief ich weiter durch mein Zimmer. »Sie würde mir nicht zuhören, sie würde mich nicht mal ansehen!«

Mera packte meine Hand und zog mich gezwungen ruhig zu ihr. »Liliette hängt mehr als ihr alle zusammen an eurer Mutter. Wenn du deiner Schwester nicht hilfst, heiratet sie und zieht zu einem Fremden!«

»Ich helfe ihr«, grollte ich, »indem ich *nicht* mit Mutter rede. Ich helfe ihr, indem ich mit *allen anderen* als mit Mutter rede!«

Für einen Moment funkelte sie mich so an, wie ich es vermutlich tat. Doch aus irgendeinem Grund kühlte ihr Hitzkopf ab und sie zog meine Hand an sich.

»Ich wünschte, es würde reichen.« Ihre Finger drückten meine auf ihr Herz, sodass ich ihren warmen Puls spürte. »Aber diese Lügen helfen niemandem. Bitte sei für deine Schwester da. Die Zukunft liegt in unseren Händen, Célian.«

Ihre sanfte Stimme erweichte meine Brauen. Ich durfte ihr nicht glauben. Aber ich wollte es mehr als alles andere. Wenn ich mit Mera zusammen war, hörte ich nicht auf meinen inneren Zweifler. Wenn ich mit ihr zusammen war, erschien es wirklich, als läge die Zukunft in unseren Händen.

Seufzend entzog ich mich ihr. Sie holte Luft, aber ich schüttelte den Kopf und tastete in meinem Nacken nach meiner Kette. »Das hier gehörte meiner Mamie. Sie hat mich auch einmal überzeugt, mich bei Mutter für etwas einzusetzen. Es waren meine wohl mutigsten fünf Sätze.« Ich hob die silberne Kette hoch und legte sie Mera um.

Ihr Mund öffnete sich, und während ich am Verschluss arbeitete, nahm sie den silbernen Ring auf, der an der Kette baumelte. In seiner verschnörkelten Fassung funkelte der dunkelrote Rubin.

»O Gott.« Als hätte sie sich verbrannt, ließ sie den Ring fallen. Sie tastete nach dem Verschluss, den ich gerade eingehakt hatte, und nestelte hektisch daran herum. »Nein, das geht nicht. Das geht nicht.«

»Mera.« Diesmal hielt ich ihre Hände fest. »Es kommt ohne Verpflichtung.«

Fahrig schüttelte sie den Kopf. »Das kann ich nicht annehmen. Nein.«

»Du kannst. Es ist ein Geschenk. Wenn es dir nicht gefällt, musst du es auch nicht tragen.«

»Jemand wird es sehen. Oder mir stehlen!« Sie ruckte an meinen Händen. »Das geht nicht, wirklich nicht.«

Sachte küsste ich ihre Fingerknöchel und ihre Gegenwehr ebbte ab. »Mera, ich muss es dir schenken. Schon seitdem du mir in deinem Gemüsegarten erklärt hast, dass gewisse Gesellschaftsregeln der Vergangenheit angehören, verbinde ich dich mit diesem Ring. Ich habe Mamie Hélène nicht lange gekannt, aber jede Sekunde davon wetterte sie. Gegen alles und jeden und so energisch, dass man sich sofort hinter ihr in eine Revolution für die Freiheit einreihen wollte.« Mein Mund verzog sich zu einem schiefen Lächeln. »Das Gleiche denke ich jeden Tag bei dir.«

Meras Augen glänzten. Jäh zog sie meine Arme um sich und drückte sich an meine Brust.

Leise lachte ich. »Du weißt, dass ich nicht in den Krieg ziehe, oder?«

Sie presste sich nur weiter an mich und ich umarmte sie.

»Vielleicht solltest du doch nicht mit ihr reden«, flüsterte sie in mein Hemd.

Als spürte sie, dass schon damals bei meinen mutigen fünf Sätzen etwas schiefgelaufen war. Dass Vater alles mitgehört hatte. Dass er mir dafür eine runtergehauen hatte, Mutter eine Trennung vorzuschlagen.

»Kommt gar nicht in Frage.« Ich hielt sie etwas von mir weg. »Ich bin ein großer Junge.«

Ein schwaches Lächeln huschte über ihre Lippen und sie stellte sich auf die Zehenspitzen. »Ein sehr großer Junge«, murmelte sie, ehe sie mir einen Kuss gab.

Ich schmunzelte, auch wenn ich nicht gedacht hatte, dass ich in diesem Moment dazu fähig wäre. Sanft strich ich die verkohlte Strähne aus ihrer Stirn, die aus ihrem weißen Häubchen fiel, und meine Hand verweilte an ihrer Wange. »Du solltest besser gehen. Bevor noch jemand hereinkommt, meine ich.«

Langsam sank sie auf die Fersen und ich schaffte es, meine Hand wegzunehmen. Behutsam versteckte sie die Kette unter ihrem Kragen und der Ring glitt in ihr Dekolleté. Mit einem verzweifelten Blick wandte sie sich ab. An der Tür drehte sie sich noch einmal um.

»Weißt du, ich mag, wie ich bin, wenn ich bei dir bin.«

Mein Mund öffnete sich, aber sie war schon verschwunden. Als ich den Türknauf berührte, stockte ich. Vom Flur hörte ich ein leises Wort. Es klang wie *meistens*.

67 Esmeray Weiß

Mit jedem meiner Herzschläge pulsierte auch der warme Ring. Als wäre er nicht aus leblosem Metall und Edelstein, sondern selbst ein schlagendes Herz.

Célians Herz.

Das ich verkaufen würde.

Denn mit dem Rubin war alles komplett, ich hatte die Summe der nächsten Pacht zusammengetragen. Oder vielmehr hatte Célian mir den Großteil soeben um den Hals gehangen. Schaffte ich es, binnen drei Tagen für alles gute Preise zu erhandeln, könnte ich es retten. Mein Zuhause. *Mein* Herz.

Ziellos wanderte ich durch die Gänge der Bediensteten und kam an der kleinen Küche vorbei. Stille drang durch die geschlossene Tür und ich bildete mir den Duft von Stachelbeerpudding ein. Ich nagte an meiner Lippe und ging weiter. Spätestens, wenn ich den Ring verkauft hatte, würde Célian ins Grübeln kommen und herausfinden, dass ich seine Familie bestahl. Vielleicht würde ich mich gar nicht retten, indem ich die Pacht für mein Zuhause zahlte. Vielleicht würde ich gerade dadurch mein Herz verlieren.

Stufen über Stufen führten mich wieder in den ersten Stock. Dort, wo ich mich in der Nähe meines Zimmer wähnte, trat ich auf den stuckverzierten Flur und kam an einer der Wandnischen vorbei. In dieser hing das Gemälde des Pfaus – nicht das des Schwans, das sich auf dem Weg zu meiner Kammer befand.

»Du bist unsere Mutter!« Célians Stimme drang bis zu mir.

Mein Magen sackte hinab. Ich schlich weiter und wie erwartet traf ich nicht auf mein Zimmer. Stattdessen sah ich die nur angelehnte, gelbe Flügeltür.

»Und du bist erwachsen, Célian! Kümmere dich endlich selbst um deine Probleme oder willst du für immer von mir abhängig sein?« Bei den Worten der Gräfin presste sich meine Faust auf meinen Mund.

»*Du* bist doch in Wahrheit auf *mich* angewiesen«, schoss er zurück. »Wer würde mit deiner Tochter zu ihren Kandidaten gehen und deine Familie vertreten, wenn nicht ich?«

Sie schnaubte. »Und wie gut machst du das? Wer räumt ständig hinter dir auf, sobald du wieder ausgerissen bist? Ohne mein Geld und meinen Einfluss würdest du schon lange in einem Kerker sitzen!«

»Ich bin nicht von dir und deinem verdammten Geld abhängig!«, schrie er so laut, dass mir schwindelig wurde. »Wenn ich will, kann ich auf eigenen Beinen stehen! Ganz allein, und du würdest mich nie wiedersehen!«

»Ach so?« Auch sie erhob ihre Stimme. »Und wieso machst du das nicht?«

»*Weil mir diese Familie wichtig ist!*«, brüllte er. »Aber dir bedeutet sie gar nichts! Wir sind für dich nur Ballast und du wünschst dir doch jeden Tag, dass wir mit deinem Ehemann gestorben wären!«

Meine Kehle schnürte sich zu. Das durfte er nicht denken.

Die Stimme der Gräfin wurde ein bitterböses Knurren. »Du wagst zu viel.«

Einen Moment regierte Stille. Nur Célians schwerer Atem ertönte.

»Ich gehe jetzt«, presste sie hervor. »Und wag es ja nicht, jemals wieder so mit mir zu reden.«

»Nein, du gehst nicht!« Der Junge, der sonst nur schelmisch lächelte, sprach so autoritär wie ein Herrscher. »Du verlässt diesen Raum erst, wenn du mir dein Wort gegeben hast.«

»Was fällt dir –«

»Versprich mir, dass du Liliette nur noch anredest, wenn du etwas Nettes zu sagen hast!«, donnerte er. »Und dass du sie nicht verheiraten wirst!«

Leise stieß sie die Luft aus. »Forderungen über Forderungen«, raunte sie. »Du hast ja keine Ahnung, wie sehr du deinem Vater ähnelst.«

Mein Herz stoppte. Ich wusste nichts über Célians Vater. Außer dass hier niemand über ihn sprach.

Und auch jetzt vereiste kristallklare Stille die Zeit.

Schritte setzten sie wieder in Gang. Begleitet von Kleiderrascheln. Die Gräfin kam auf die Tür zu.

Ich riss die Schuhe von meinen Füßen. Huschte lautlos an der angelehnten Tür vorbei. Ein paar Schritte den Gang hinab rannte ich los.

Es zerquetschte mein Herz, nicht zu Célian zu laufen und ihn zu umarmen. Ihm die Worte seiner Mutter sofort wieder auszureden. Zuerst musste ich alle gestohlenen Gegenstände zurückbringen, ehe ich aufflog. Ich konnte Célian nicht das Herz brechen. Nicht auch noch ich.

Das Parkett flog unter mir dahin. Meine Füße jagten um die Ecken bis zu meiner Zimmertür. Ich riss sie auf – und sprang jäh zurück. Meine Schuhe fielen aus meinen Händen und knallten auf das Holz.

Liliette starrte mich an. Ihr Gesicht war dunkelrot angelaufen. Neben mir lehnten meine Matratzenschichten an der Wand und im flackernden Licht des Leuchters glitzerte auf dem Boden meine Beute.

»Liliette«, keuchte ich. »Bitte, ich kann das erklären!«

»Dass du meine Brosche gestohlen hast?« Ihre Stimme zitterte, aber noch schrie sie nicht. »Oder meine Haarnadeln? Und Bücher? Und einen verfluchten Gehrock?«

»Es gibt eine Erklärung!« Mit erhobenen Händen trat ich auf sie zu.

»Noch ein Schritt und ich schlitze dir den Hals auf!«

Ich versteinerte.

»Mit dem Messer, das du uns gestohlen hast!«, rief sie.

Erst jetzt sah ich die Klinge, die in ihrer Hand blitzte.

»Liliette, bitte! Du kennst mich, du weißt –«

»Ich dachte, ich würde dich kennen! Ich dachte, ich könnte dir vertrauen! Du hast gesagt, dass ich es kann! Dass ich herkommen darf und du für mich da wärst! Aber du hast mich die ganze Zeit nur benutzt!«

»Liliette –«

»Nenn mich nicht so!«, fauchte sie und das Messer erzitterte.

»Ich wollte dich nie verletzen! Bitte, es ist nur … Ich brauche das für …« Die Worte kamen nicht über meine Lippen. Ich konnte meine Eltern nicht mit hineinziehen. Die Cadieux' würden ihnen alles wegnehmen. Das Haus, den Ruf, vielleicht die Freiheit.

»Für?« Ihre Augen durchbohrten mich wie grüne Dolche.

»Bitte, ich kann es nicht sagen, doch du musst mir vertrauen!«

Heftig hob und senkte sich ihre Brust. Alles Flehen, alle Zuneigung legte ich in meinen Blick. Aber sie holte tief Luft.

»Nicht!« Ich sprang auf sie zu. Gleichzeitig riss sie das Messer hoch. Haarscharf verfehlte es meine ausgestreckte Hand. Ehe ich ihren Mund zuhalten konnte, schrie sie aus voller Kehle.

»*Maman!*«

»Nein! Liliette, bitte nicht!« Ich fiel auf die Knie, wischte alles, was ich erreichte, unters Bett.

»*Maman!*«, brüllte sie.

»Bitte, bitte.« Tränen rannen über meine Wangen.

»Lass das, du Betrügerin! Was …?« Ein Ruck an meinem Hals. »Du hast Célian bestohlen?« Sie starrte auf die aufgerissene Kette in ihrer Hand.

Mein Atem stockte. »Nein!« Ich griff danach, aber Liliette sprang zurück. »Nein, du darfst es niemandem zeigen! Alles, nur das nicht!« Die Gräfin durfte nicht herausfinden, dass Célian Erbstücke an Mägde verschenkte.

»Was ist hier los?«

Ich fuhr herum und Haarnadeln stachen in meine Knie. In der Tür ragte Gräfin Cadieux auf.

»Maman –«

»Bitte nicht!«, flehte ich Liliette an und für einen Wimpernschlag zögerte sie.

»Liliette«, donnerte die Gräfin.

»Sie hat Célians Kette!«

»Nein!« Ich schob mich vor Liliette.

»Lass mich zu meiner Tochter«, knurrte die Gräfin und jagte einen Schauer über meinen Rücken.

»Das ist wirklich nicht, wonach es aussieht. Ich habe nie –«

Die Gräfin stieß mich zur Seite. Mit einem Schrei stürzte ich. Mein Rücken prallte auf die Bettplatte. Als ich nach Luft schnappte und aufsah, liefen stille Tränen Liliettes Gesicht hinab.

»Lass mich sehen.« Die Hausherrin nahm die Kette entgegen, an welcher der funkelnde Ring baumelte. Auf dem Gang ertönten hastige Schritte.

»Bitte lasst es mich erklären!«, krächzte ich und stützte mich auf meine Hände.

»Mera!« Célian musste sich im Türrahmen festhalten, so schnell war er gerannt.

Ich riss die Augen auf. Er durfte nichts Falsches sagen.

Rechtzeitig glitt sein Blick zu seiner Familie. »Was zur – Liliette, lass das Messer fallen!«

Seine Schwester sah auf die Klinge, als erinnerte sie sich nicht, sie genommen zu haben.

»Darum geht es nicht!« Die Gräfin packte das Messer und warf es klirrend auf meinen Schreibtisch. Sie streckte ihm die Kette entgegen. »Fehlt dir etwas?«

Seine Augen weiteten sich.

Hastig rutschte ich vom Bett zurück auf die Knie. »Das war ein Versehen! Ich – ich wollte es zurückbringen! Alles!«

»Alles?« Er entdeckte den Gehrock, der halb unter dem Bett herausragte. Die Bücher. Den Haarschmuck.

Erneut ertönten Schritte, ruhig und gelassen.

Die Gräfin lachte trocken. »Natürlich, die Diebin will alles zurückgeben.«

»Maman«, entfuhr es Liliette.

Ehe sie weiterreden konnte, zog die Gräfin sie in ihre Arme. »Schon in Ordnung, du bist in Sicherheit.«

Liliette stockte mit großen Augen.

»Du hast *weiter*gestohlen?«, rief Célian aus und ich zuckte zusammen.

Eine Gestalt erschien in seinem Rücken. »Was –«

Alix schaffte nicht mal zwei Wörter, ehe die Gräfin ihn unterbrach. »Was heißt hier *weiter*?«

Unnachgiebig starrte Célian mich an. Der Schmerz in seinen Augen versetzte mir einen so heftigen Stich, dass ich mich dagegen aufbäumte.

»Was denn?«, zischte ich. »Dachtest du etwa, ich höre auf, nur weil du mich einmal hast davonkommen lassen?«

»Bitte?«, entfuhr es ihm. »Natürlich dachte ich, du hörst mit dem Klauen auf, wenn ich dir zu einem verfluchten Aufstieg verhelfe!«

»Célian!«, sagte die Gräfin.

Alix stemmte die Hände in die Hüften. »Was, verdammt, ist hier los?«

»Sie hat uns belogen«, schluchzte Liliette. »Und Célian wusste es.«

»Nein, er wusste nichts!«, stieß ich hervor.

»Sei endlich still!«, erwiderte Gräfin Cadieux. »Célian, rede!«

»Hat *sie* mein Medaillon geklaut?« Alix' Hände rutschten von seinen Seiten ab. »Und du hast …«

»Du hast den Diebstahl Vreda angehängt?«, vollendete Liliette. Sie lief wieder rot an, konnte aber die Umarmung der Gräfin nicht ausschlagen.

Célians Schultern spannten sich an. »Ich wollte doch nur –«

»Du hast mich zum Schlafsaal der Mägde geführt!«, rief Alix. »Oh, ich Narr, da hast du Mera das Medaillon wieder entwendet! Und ich habe mich nicht über deine gute Laune gewundert, weil du in jeder beschissenen Sekunde gut gelaunt bist!«

»Ich wollte wirklich nicht –«

»Danach hast du mich direkt zu Vreda geführt!« Alix stieß Célian vor die Brust und dieser stolperte gegen die geöffnete Tür. »Mitten in der verdammten Nacht!«

»Nicht!«, rief ich.

Célian schlug die Arme seines Bruders fort. »Nur meinetwegen hast du dein Kettchen zurück! Seit wann sind dir Erbstücke überhaupt so wichtig?«

»Lasst das!«, stieß Liliette hervor.

Alix packte ihn am Kragen. »Ça te concerne pas!«

Mit einem Schrei schoss Liliette auf sie zu. »Hört auf!« Wahllos schlug sie auf alles ein. »Hört auf! Hört auf! Hört auf!«

Alix' Griff lockerte sich. Er ließ los und wich zurück.

»Ist ja gut.« Célian packte seine Schwester und drückte sie so fest an sich, dass sie nicht mehr um sich schlagen konnte. »Wir hören auf.«

Tränen tropften von meinem Kinn. »Was habe ich getan?«, flüsterte ich. »Was habe ich nur getan?« Würden sie auch Irmgard feuern?

Liliette riss sich aus Célians Umarmung und wich von ihm ab.

»Das kannst du dir im Gefängnis überlegen«, sagte die Gräfin.

Mein Blick flog zu ihr.

»Los, Alix, sperr sie irgendwo ein. Morgen bringen wir sie in die Stadt.«

»Was?«, entfuhr es Liliette und Célian.

Mein Mund war zu trocken, um zu sprechen.

»Denkt ihr etwa, dass ich eine Diebin laufen lasse?«

»Aber du hast Vreda doch nur …«, brachte Liliette heraus.

»Mutter, du kannst sie nicht anzeigen!«, keuchte Célian. »Man würde ihr eine tonnenschwere Schandmaske aufsetzen oder sie so lange in einem Fass rollen, bis sie an ihren Verletzungen stirbt!«

Liliette schnappte nach Luft und meine Glieder vereisten.

»Wag es nicht, mir weitere Befehle zu erteilen«, knurrte die Gräfin. »Seit Mamie Hélène dir die Kette geschenkt hat, hast du sie noch keinen Tag abgelegt – und Mera hat sie dir sicher nicht vom Hals gestohlen! Ich habe mich nicht jahrzehntelang dem System gefügt, damit du mit diesem Gör alles zunichtemachst! Sie wird des Diebstahls angezeigt. Und des Betrugs – sie hat sich als Komtess ausgegeben.«

»Aber …« Mein Herz pochte bis in meinen Hals. »Das war doch Liliettes Idee.«

»Fräulein Liliette«, keifte die Gräfin.
»Mutter, nicht!« Célians Stimme zitterte. »Dafür wird sie *hingerichtet*!«
Heftig presste Liliette beide Hände auf ihre Ohren.
»So ist das Gesetz, Célian! Erhebst du dich etwa darüber?«
»Bitte, bitte …«, flüsterte ich nur noch.
»Du sollst ruhig sein, hat sie gesagt!«, donnerte jäh Alix. Ich zuckte zusammen. Er beherrschte den gleichen gebieterischen Tonfall wie Célian.
Dieser boxte ihn in die Seite. »Lass sie in Ruhe! Was ist dein Problem?«
»Dass sie uns alle bestohlen hat!« Alix' Nackenmuskeln waren so angespannt, dass auch Célian zurückwich. Bemüht gefasst drehte Alix sich zur Gräfin. »Mutter, wenn du sie anzeigst, könnte man sie anhören und jedes ihrer Worte würde dem Ruf der Familie schaden. Nein, wir werfen sie raus.« Er spuckte die Sätze auf mich nieder. »Ohne Hab und Gut ist sie ein Niemand. Und niemand wird ihr glauben.«
Mein Herz zerriss. Ich würde nicht am Galgen hängen, aber ich hätte auch keine Chance mehr, mein Zuhause zu retten.
»Alix, tu das nicht«, flehte Célian. »Das kannst du nicht ernst meinen!«
»In Ordnung.« Die Gräfin hob ihr Kinn. »Womöglich ist es das Beste.«
»Nein!«, rief Célian. »Ich –«
»Du gehst jetzt!« Sein Bruder stieß ihn aus der Tür. »Sonst rollt ihr Kopf schneller, als du denken kannst!«
Liliette schluchzte auf. Ihre Hände konnten die Worte nicht abhalten.
»Alexandre, wer ist dafür verantwortlich, dass wir so eine Stümperin eingestellt haben?« Die Worte der Gräfin stachen durch mein Fleisch. Ich wollte eingreifen, aber sie würden alles, was ich sagte, als Lüge auffassen.
»Niemand.«
Mein Blick schoss zu Alix.
»Ich habe sie eingestellt, deshalb bin ich für sie verantwortlich.« Er stieß mit dem Schuh gegen mein Bein. »Also – ausziehen! Raus aus unserer Kleidung!«
Panisch knöpfte ich meine Schürze ab. Entweder hatte Alix mich gedeckt oder er wollte nur nicht auf Irmgards Kochkünste verzichten.
»Na schön.« Die Gräfin zog Liliette zum Flur. »Komm, das müssen wir nicht mitansehen.«
Meine Kehle brannte. An Alix' Beinen vorbei sah ich zur Tür. Célian starrte mich mit großen Augen an. Er konnte mir nicht helfen. Nicht, ohne alles zu verschlimmern. Seine Mutter zerrte ihn hinaus. Ich verlor seinen Blick. Sackte zusammen.
»Schneller!« Alix stieß mich erneut an und ich rappelte mich auf. Er blickte

zu meinem Schreibtisch. »Ist das mein Messer? Hast du es geklaut, nachdem ich damit Aenlins Kniestrumpf aufgeschlitzt habe?«

Mein Magen verkrampfte. Ich konnte nicht aufsehen, zog mit zitternden Fingern die Nadeln aus meinem Bruststecker. Alix schüttelte den Kopf. Als ich endlich alle gelöst hatte, drängte er mich zur Eile und drehte sich ungeduldig weg. Meine Tränen liefen unaufhörlich. Ich ließ meine Kleidung zu Boden fallen und nahm auch das Häubchen von Milenas Flechtfrisur. Im verschwommenen Anblick des Schrankes tastete ich nach meinem Rückenbeutel und Mutters altem Kleid. Ihr Geruch stieg in meine Nase und ich schluchzte leise.

Frische Tomaten, schwarzer Tee und …

Ich wusste es nicht mehr. Es roch nach zu Hause und doch wieder nicht. Weil ich kein Zuhause mehr hatte.

Hastig streifte ich das Baumwollkleid und den Beutel über. Der Stoff kratzte wie vor zwei Wochen. Es erschien mir wie ein anderes Leben.

Alix zerrte mich am Arm die Gänge entlang und die Doppeltreppe hinab. Noch ehe er mich durch die Eingangstür schleifte, hörte ich die Stimmen. Milena, Bruno, Marti, Augusta, Frieda, Aenlin. Der Hof war voll mit den Bediensteten, die ich schon kannte, und jenen, denen ich noch nicht einmal begegnet war. Als die Tür hinter uns ins Schloss knallte, drehten sich alle um. Mir wurde kalt. Hastig wischte ich mit der freien Hand die Tränen fort, aber sie kullerten weiter. Ich musste stark aussehen, durfte niemandem Sorgen bereiten. Ich richtete meine Augen auf den Pfad, der zwischen den symmetrischen Büschen in den Wald führte. Die Blicke brannten in meinem Gesicht, auf meinen Schultern. Aenlin näherte sich auf Krücken. Gestern Abend hatten wir noch über meinen Ausflug zu den Steins geplaudert. Nicht weinen, nicht weinen.

»Es bleiben alle zurück!« Die Stimme der Gräfin hallte von den Steinsäulen wider, ohne dass ich einen Blick auf sie erhaschte. »Wenn ihr je auf den Gedanken kommt, uns zu bestehlen – erinnert euch an diesen Augenblick. Wir entlarven euch und dann werdet ihr ausgesetzt. Ohne Lohn. Ohne Brot oder Wasser. Auch mitten in der Nacht oder bei sengender Hitze.«

Die Menge wich zurück und Alix zerrte mich hindurch.

»Mera«, flüsterte irgendwo Aenlin.

Ich biss auf meine Unterlippe und stolperte hinter ihm her. In der Masse wimmerte jemand. Vermutlich Frieda.

»Ist das Mera Schwarz?«, flüsterte eine andere Person und versetzte mir einen Stich. Sie kannten nicht einmal meinen richtigen Namen.

»Aber Graf …« Marti trat einen halben Schritt vor.

Angestrengt sah ich an ihm vorbei. Auch Alix blieb nicht stehen, sagte kein

Wort. Sobald er die Auffahrt erreichte, schubste er mich vor. Ich strauchelte. Ein Raunen ging durch die Menge, ehe ich mich fasste.

»Lass dich nie wieder in der Villa blicken!« Alix sprach gerade so laut, dass ihn alle hören konnten. Knirschend entfernten sich seine Schritte.

Ich presste eine Hand auf meinen Mund, um nicht aufzuschluchzen, und ging los. Einen winzigen Schritt vor den anderen. Als ich mein Zuhause verlassen hatte, war ich losgerannt, diesmal konnte ich es nicht. Ich wusste, dass hier alles bleiben würde, wie es war. Nur ich würde nicht mehr da sein.

Ich ging und ging, bis sich die Schatten der Bäume über mich legten. Leise drang die Stimme der Gräfin bis zu mir. Keine andere. Ich wurde immer langsamer. Aber egal, wie lange ich für einen Schritt brauchte – Célian tauchte nicht auf.

Als meine Schuhe den Waldpfad berührten, hatte ich endgültig nichts mehr.

68 Célian Cadieux

Mit einem Aufschrei schmetterte ich ein Holzscheit ins Gras. Es war so trocken, dass es zersplitterte und Späne gegen meine Schienbeine schossen. Dumpf wehte Mutters Stimme herüber. Ich packte ein zweites Scheit vom aufgestapelten Feuerholz und knallte es dazu. Und ein drittes und viertes. Beim fünften Wurf bohrte sich ein Splitter in meine Handfläche. Ich brüllte auf und riss ihn mit einem Ruck heraus. Ein Blutstropfen quoll hervor und ich wünschte, ich würde auch beim Anblick meines eigenen Blutes in Ohnmacht fallen. Gleich mit beiden Händen feuerte ich das sechste Scheit auf den Haufen.

Chaos. Überall verbreitete ich Chaos. Ich hatte es Mera gesagt. Aber natürlich hatte ihr gutes Herz mir nicht geglaubt. Nie hätte ich sie an mich heranlassen, ihr nie die Kette schenken dürfen.

Heiß loderte die Fackel, die ich neben dem Stapel in die Erde gerammt hatte. Ich stürmte auf sie zu, stolperte über ein Scheit und stürzte auf die Knie. Flüche entwichen meinen Lippen.

Sie hätte nie an mich glauben dürfen. Tränen verschwammen meine Sicht. Das Gras brannte an meiner Wunde und ich presste meine Hand fester auf den Boden. Mit dem anderen Hemdsärmel wischte ich über meine Augen. Ruckartig rappelte ich mich auf und riss die Fackel aus der Erde. Sie flackerte verheißungsvoll. Ein dünner Span ragte aus dem Splitterhaufen und die Flamme sprang sofort über. Gierig fraß sie sich in das Holz und leckte an den anderen

Scheiten. Während Tränen mein Gesicht hinabliefen, verzog ein Grinsen meinen Mund und ich riss die Fackel in die Luft.

»Siehst du das?«, rief ich in die heranbrechende Nacht. Funken trugen meine Worte zu den Bäumen empor. »Siehst du, was dein nichtsnutziger Sohn hier macht? Du hättest sie sofort geköpft, nicht wahr? Du hättest dein beschissenes Soldatenschwert –«

»Célian!«

Mit der Fackel in der Hand fuhr ich herum. Eine Gestalt stürmte vom Hof über den schmalen Pfad. Breiter Kiefer. Hellgrüne Augen. Graubraune Wellen.

»Du!« Die Fackel voran ging ich auf den Mann los. »Das hat dir Spaß gemacht, nicht wahr?«

Er wehrte den Stab ab, sodass die Fackel weit durch die Luft flog. »Arrête! Was ist los mit dir?«

Ich packte ihn am Kragen und wir stürzten ins Gras. »Gib es zu! Die Macht hat dir gefallen!«

»Lass mich verdammt noch mal los!«

»So wie du immer Gefallen daran hast!«, rief ich. »Herrschen und siegen! Herrschen und siegen!«

»Du kannst nicht klar denken!«, keuchte er und warf mich auf den Rücken.

»Jungs!« Über uns dröhnte eine Stimme. »Auseinander!«

»Aber wieso?« Ich stieß meinen Gegner von mir und warf mich über ihn. »Ein guter Kampf macht doch echte Männer!«

»Cèl!« Er rüttelte an meinem Kragen. »Ich! Bin! Nicht! Papa!«

In der Luft stoppte meine Faust. Ich blinzelte. Breiter Kiefer – aber dunkelgrüne Augen und hellbraune Wellen. Unter mir lag Alix. Ich hatte es gewusst und doch wieder nicht.

Er riss mich zu Boden und presste meine Arme ins Gras. Während ich nach Atem rang, knisterte neben uns das Feuer und verzerrte Alix' Gesichtszüge. Jemand trug einen Eimer heran und es zischte, flackerte. Ich erkannte schwarze Locken. Länger als nötig traten Martis dicke Stiefel auf die Scheite ein und Dunkelheit legte sich über uns. Nur im fahlen Licht der Fackel leuchteten Alix' Iriden.

»Wieso?«, keuchte ich. »Wieso hast du es getan?«

»Na, weil ich sie beschützen wollte.«

»Du hast sie rausgeworfen!« Ich zerrte an seinem Griff. »Du hast gedroht, sie dem Henker zu überstellen!«

»Ich habe sie auf die Straße gesetzt, weil *Mutter* sie sonst dem Henker überstellt hätte!«

»Das …« … war eine Lüge. Die Worte blieben mir im Hals stecken. Alix war ein langweiliges Arbeitstier ohne Interessen. Er war nicht böse.

Er war nicht Papa.

Seine dunklen Augen funkelten. »Denkst du, ich entlasse dein Herzblatt, nur weil sie mir etwas geklaut hat?«

»Mein Herzblatt?«

Er schnaubte. »Spar dir diesen unwissenden Blick.«

Der Lichtschein bewegte sich und rief mir ins Gedächtnis, dass wir beobachtet wurden. »Lass mich endlich los«, zischte ich.

»Nur wenn du mir nicht wieder eine Fackel über den Schädel ziehst.«

»Kommt darauf an!«

Zögerlich löste er den Griff und rappelte sich auf. Als ich stöhnend hochkam, trat er einen Schritt zurück.

»Jetzt entspann dich, ich habe dich verwechselt!« Das passierte mir in letzter Zeit öfter.

Seine Augen weiteten sich. »Du hast wirklich *ihn* gesehen?«

»Nur bei dir und diesem … Ruther.« Der Name ätzte auf meiner Zunge.

»Hast du ihn etwa auch verprügelt?«

Ich schnaubte. »Hätte ich am liebsten.«

»Himmel.« Alix fuhr durch sein wirres Haar.

Ich verschränkte die Arme, auch wenn so mein Rücken schmerzte. »Woher wusstest du, dass ich Mera …«

Leise lachte er. »Kleiner, einem verliebten Auge entgeht die Liebe anderer nicht.«

»Komm mir jetzt nicht mit Gedichten! Warte …« Meine Brauen schossen in die Höhe. »Deshalb das Drama um das Medaillon – darin war etwas von deinem Liebling!«

Marti, der die Fackel weit von sich streckte, verschluckte sich und hustete.

Alix nahm ihm das Feuer ab und klopfte ihm auf den Rücken. »Hast du hineingeschaut, als du es Mera gestohlen hast?«

»Gestohlen?«, brachte Marti heraus.

»Jetzt wünschte ich, ich hätte es. Was ist darin?«

»Das ist nicht wichtig«, erwiderte Alix.

»Sag mir nur, wer dein Herzblatt ist. Es muss eine Person sein, die du über Briefe kennst, oder nicht?«

Marti schnaubte.

»Célian«, sagte Alix.

»Denn du gehst nie unter Leute, bist immer nur auf den Ländereien, hast

Mutter sogar angefleht, dass du der Gutsverwalter …« Mein Blick landete auf Marti, der nur in die Fackel starrte. Ich schlug die Hand vor meine Stirn. »Du bist verliebt in den Stalljungen?«

»Könntest du leiser sprechen?«, zischte Alix. »Außerdem heißt er Marti.«

»Du bist verliebt in den Stalljungen!« Ich räusperte mich. »Pardon, in Marti. Deshalb der Berufswunsch, deshalb das frühe Zubettgehen! Damit du jeden Morgen bei ihm sein kannst!«

Alix verschränkte die Arme. »Nicht ganz«, murmelte er.

»Oh, du schleichst dich schon nachts hinaus?« Als beide wegsahen, lachte ich auf. »Und ich dachte, du wärst todlangweilig!«

»Ich klettere aus dem Fenster«, korrigierte er pikiert.

»Ein Langweiler ist er trotzdem.«

Alix boxte Marti gegen die Schulter.

Meine Hände legten sich auf meinen Kopf. »Die ganze Zeit warst du einfach so wie ich!«

»Das reicht, wir werden jetzt alle wieder realistisch.« Alix zerrte meine Arme hinunter.

»Aber ich habe euch noch gar nicht gratuliert!«

»Herzlichen Dank«, sagte er. »Jetzt geht es wieder um deine Beziehung. Ich hatte so einen guten Tag, wollte sogar mit dir Karten spielen oder so etwas Kindisches, bevor deine Geliebte –«

Ich trat zurück. »Sie ist nicht meine Geliebte. Ich verursache Katastrophen und sie badet sie aus. Keine Ahnung, wie es bei euch abläuft, aber für mich ist das keine Beziehung.«

»Bei uns ist es genauso.« Marti kassierte einen bösen Blick von Alix.

»Mera verursacht mindestens so viele Katastrophen wie du«, sagte dieser, »also nimm dich gefälligst nicht so wichtig.«

»Soll ich mich jetzt besser oder schlechter fühlen?«

»Das frage ich mich auch öfter«, erwiderte Marti und ich schmunzelte ihm zu.

»Klappe!«, zischte Alix. »Ihr könnt euch später gegen mich verbünden. Jetzt, Cèl, hörst du mir zu!«

69 Esmeray Weiß

Es war kalt. Keine Nacht der letzten Wochen war kalt gewesen. Aber nun gefroren meine Tränenspuren im Sommerwind zu Eiskristallen.

Um mich herum raschelte und knisterte der Wald. Die Sonne war untergegangen und hatte mich in Dunkelheit zurückgelassen. Meine Füße tasteten auf dem Pfad um Schlaglöcher herum und jedes Mal, wenn ich zu viel Gras erspürte, schlug ich eine andere Richtung ein.

Ich sollte mich hinlegen und erst im Morgengrauen weitergehen. Aber das brachte nichts, ich konnte nicht nach Hause. Schon in der Villa hatte ich alle verletzt. Ich durfte nicht auch noch meine Eltern enttäuschen, während sie alles verloren.

Seufzend legte ich den Kopf in den Nacken und ein paar Sterne blitzten im Blätterdach auf. Hayır, ich sollte nach Hause gehen, für sie da sein. Oder war es besser, sie im Glauben zu lassen, dass es mir gut ging? Wenigstens mir.

Wieder zu viel Gras unter meinen Schuhen. Als ich das zurückgefunden hatte, was ich für den Weg hielt, knackte es in meiner Nähe. Ich schlang die Arme um meinen Körper und schritt weiter aus. Sicher nur eine Maus.

Im Laufe der Zeit hatte sich das Rascheln im Unterholz und das Säuseln in den Blättern immer mehr wie ein Flüstern angehört. Als riefe jemand meinen Namen. Zwischendurch hatte es auch geklungen wie *Célian*. Aber dann war mir aufgefallen, dass es von meinen eigenen Lippen gekommen war.

Da war es wieder, das Rascheln meines Namens. Weit hinter mir. Ich war versucht, meine Ohren zuzuhalten wie vorhin Liliette. Meine Schultern sanken schwerer. Oh, arme Liliette. Wäre ich nicht gewesen, hätte sie jetzt wenigstens noch Vreda.

In weiter Ferne knirschte es und ich ging vorsichtig schneller. Hoffentlich waren es keine Wildschweine, über deren Frischlinge ich versehentlich stolperte. In dem flackernden Licht wich ich einer Wurzel aus.

Ich stockte.

Auf der Stelle fuhr ich herum.

Hinter den Bäumen schimmerte ein Lichtschein.

Mein Herz setzte aus. Ohne zu überlegen, stürzte ich zum Wegesrand. Allah kahretsin, das waren sicher Banditen. Vater hatte erzählt, dass sie nachts durch die Wälder streiften, um in der Dunkelheit von einem Territorium ins nächste zu flüchten. Nachdem sie geraubt hatten. Oder Schlimmeres.

Äste kratzten über meine Wangen. Die Büsche wisperten wieder meinen Namen, als wollten sie mich in ihre Sicherheit locken. Möglichst leise stolperte ich ein paar Meter tiefer in den Wald und kauerte mich hinter einen Baum, sodass ich den Pfad im nahenden Lichtschein noch erkannte. Erneut hörte ich meinen Namen, als riefe ihn diesmal die Flamme der Fackel. Ich schüttelte den Kopf. Ich musste etwas trinken. Essen. Schlafen.

Meine müden Augen machten nur eine einzelne Fackel aus. Ein Räuber würde jedoch nicht allein reisen, davon hatte ich noch nie gehört. Nun, eigentlich war ich eine allein reisende Räuberin. Vielleicht war es aber auch eine Falle und die Gefährten lauerten im Dickicht. Hektisch sah ich mich um. Es war, als lägen bereits Dutzende Augen auf mir.

»Mera!«

Diesmal hörte ich meinen Namen klar und deutlich. Mein Blick schoss zum Pfad zurück. Der Mann mit der Fackel war schon fast an mir vorbeigegangen. Er war groß und schlank und hatte dunkles Haar.

»Mera!«, rief er in alle Richtungen.

Frische Tränen schossen in meine Augen, als ich Célians Stimme erkannte. Ich musste halluzinieren. Und es war mir egal. Ich sprang auf und rannte aus den Büschen.

Er schrie wie am Spieß.

»Célian!«, schluchzte ich.

Keinen Augenblick später riss er mich an sich. Die Fackel loderte über meinem Kopf und ich umarmte ihn so fest, dass er sicher keine Luft mehr bekam.

»Du verbrennst uns«, nuschelte ich in sein bloßes Hemd.

Leise lachte er und hob das Feuer höher, ohne mich loszulassen. Sogar sein Ellbogen drückte in meine Schulter, als wollte er keinen Fleck aussparen. »Und du hättest mich beinahe zu Tode erschreckt!«

»Ich dachte, du wärst ein Räuber«, wisperte ich.

»Das bin ich auch.« Er drückte einen Kuss auf mein Haar und schob mich fort, um an den Gurten des Rückenbeutels zu nesteln. »Ich nehme dir dein Hab und Gut und verschleppe dich in mein Versteck.«

»Lass das.« Ich wischte seine Hand fort, wollte mich wieder in seinen Armen verkriechen. Nur für einen letzten Moment.

Scharf sog er die Luft zwischen die Zähne. Ich stockte. Über seine Handfläche zog sich ein Schnitt.

»Was ist passiert?«, entfuhr es mir.

»Es war nicht absichtlich.« Er schüttelte die Hand aus. »Los jetzt. Es ist stockfinster und ich habe höllische Angst hier im Wald.«

Meine Unterlippe bebte. »Kannst du mich nicht noch einmal umarmen, bevor du gehst?«

»Chérie, *wir* gehen. Du siehst gar nicht gut aus, soll ich dich tragen? Es würde eine Weile dauern und du müsstest die Fackel halten, aber ich würde es tun.« Wieder nestelte er an den Riemen.

Ich trat zurück. »Nimmst du mich auf den Arm?«

»In Ordnung, ich tu's. Hier, halt das.«

Ich schob die Fackel weg. »Du weißt, dass ich nicht mitgehe!«

»Natürlich wirst du das.«

»Célian.« Tränen stiegen wieder auf. »Du hättest nicht kommen dürfen. Du hättest bei deiner Familie bleiben sollen.«

»Bitte Mera, weine nicht. Ich weiß, du hast allen Grund dazu, besonders bei meinem Anblick, aber bitte hör auf und komm endlich mit.«

»Was redest du denn da?« Ich schüttelte den Kopf, um mich zu konzentrieren. »Dir ist doch klar, dass mich deine Mutter sofort hinrichten lässt, wenn sie mich sieht.«

»Na schön, dann erkläre ich es dir auf dem Weg.« Trotz seiner Verletzung packte er meine Hand und zog mich mit sich.

Ich schnappte nach Luft, stemmte die Füße in den Boden. Doch die weiche Erde bot keinen Halt. Seine ungewohnt dicken Schuhe schritten voran wie die gewaltigen Hufe von Nox.

»Ich bringe dich natürlich nicht in die Villa«, sagte er. »Du kommst zu Marti. Nur für diese Nacht, deshalb erlaube ich mir auch, dich mitzuschleppen. Morgen fahre ich dich nach Hause. Oder jemand anderes fährt dich, wenn du mich nicht willst.«

»Was?« Ich zerrte an seinem Arm. »Ich kann doch nicht zu Marti in den Schlafsaal! Irgendwer wird mich verpfeifen und dich erst recht!«

»Mon Dieu, bist du stark.« Ohne stehen zu bleiben, packte er mich neu. »Marti schläft nicht bei den anderen Männern, hast du das nicht mitbekommen? Deshalb konnte Alix sich auch nachts –« Er verstummte.

»Ich weiß, dass dein Bruder mit Marti zusammen ist«, stieß ich hervor. Meine Beine brannten. Vor meinen Augen flimmerte es, als regneten die Sterne auf uns herab.

Er schnaubte. »Natürlich weißt du das.« Unaufhaltsam schleifte er mich um Kurven und über Wurzeln, doch wenigstens atmete er wie ein Langstreckenläufer. »Jedenfalls hat Marti seine eigene Hütte. Eigentlich war Thomàs – egal, ein Zimmer mit Bett ist frei und dort bleibst du über Nacht.«

»Nein, ich kann nicht! Bitte, ich bringe dich in Gefahr! Ich habe euch alle belogen, euch bestohlen!«

»Mich nicht. Ich wusste von Anfang an, wer du bist. Und ich habe dir meinen Schmuck freiwillig gegeben.« Er stöhnte auf. »Du bist so klein! Woher nimmst du deine Kraft?«

Meine Finger krallten sich in seinen Arm. »Doch, ich habe dich absichtlich getäuscht, versucht, deine Favoritin zu werden, damit du mir teure Geschenke machst!«

»Dafür hast du dich schon entschuldigt. Obendrein war es keine Täuschung, ich habe dir eindeutig den Kopf verdreht. Und das mit den Geschenken hat sowieso nicht geklappt … bis heute.«

»Aber – ich hätte ihn verkauft! Den Ring hätte ich verkauft!«

»Nicht nett«, keuchte er. »Wirklich nicht nett, Mera. Mamie Hélène wäre sehr enttäuscht von dir.«

Ein frustrierter Schrei entwich mir. »Wieso bist du so entspannt? Wieso brüllst du mich nicht an? Wieso hasst du mich nicht?«

»Wofür denn?« Seine Stimme schwoll an. »Dafür, dass du klug bist? Und fürsorglich? Und ehrgeizig und mutig? Und anscheinend verdammt dringend Geld brauchst? Mera, ich schwimme in Geld! Wenn ich wollte, könnte ich in zwei Häusern gleichzeitig wohnen oder sie einfach nur besitzen, ohne irgendetwas damit zu machen! *Du* solltest *mich* hassen. Und das hast du auch. Dir ist es nur entfallen. Also lass mich dir verflucht noch mal ein Dach über dem Kopf geben, ehe du dich erinnerst!«

Mit einem Ruck kam ich frei. Über mein Handgelenk zog sich eine feine Spur seines Blutes.

»Mera.« In seinem Gesicht flimmerten die fallenden Sterne. Er fasste nach meinem Arm, aber ich stolperte zurück.

Das konnte er nicht ernsthaft denken. Ich wollte ihm sagen, dass ich ihn manchmal schütteln konnte, aber ihn niemals hasste. Dass ich ihn vielleicht sogar mehr als nur mochte. Doch meine Knie gaben nach und aus meinem Mund kam nur ein Seufzen. Alles wurde grau und orange und die Büsche flüsterten wieder meinen Namen.

70 Esmeray Weiß

Dumpf drangen drei grummelige Stimmen zu mir durch.

»Du hättest einfach ihre Beine hochlegen sollen.«

»Woher soll ich das wissen? Sie ist mitten auf dem Weg zusammengeklappt. Außerdem nimmt man nicht einfach die Beine einer Dame in die Hand.«

»Man wirft sich eine Dame auch nicht über die Schulter.«

In meinen Ohren rauschte es und ich musste mich anstrengen, sie zu verstehen.

»Es war nicht meine eleganteste Tat, aber die schnellste.«

»Du solltest mal eine Woche mit mir im Stall schuften, dann wärst du sowohl elegant als auch schnell.«

»Ach, wirklich? Mich hast du noch nie über die Schwelle deiner Hütte getragen.«

»Schluss mit dem Turteln. Ich glaube, sie wacht auf.«

Träge blinzelte ich und spürte den harten Grund unter mir.

»Mera?«, fragte eine allzu bekannte Stimme. »Vielleicht habe ich sie kaputt gemacht.«

»Célian?«, krächzte ich. »Hast du mich umgehauen?« Mühsam stützte ich mich auf die Ellbogen. Meine Beine wurden abgelegt.

»Höchstens mit meinem Charme.« Célian kniete sich auf die unebenen Dielen. Seine Strähnen hingen zerzaust in sein Gesicht. »Wie geht es dir?«

»Gegenfrage: Wo bin ich?« Ächzend setzte ich mich auf und er lehnte mich an eine geschlossene Tür. Ich sah an Tischbeinen hoch – bis zu Alix. »Und was macht *er* hier?«

»Sie sind zusammen, weißt du nicht mehr?« Als Célian sich zu seinem Bruder drehte, verströmte sein Hemd den rauchigen Geruch der Fackel. »Meinst du, sie hat ihr Gedächtnis verloren?«

»Habe ich nicht«, wisperte ich und krallte mich in seinen Arm. »Ich weiß noch genau, wie er mir befohlen hat, mich auszuziehen!«

Martis Kopf ruckte zu Alix herum.

Dieser hob die Hände. »Ich habe mich weggedreht! Außerdem bevorzuge ich Männer. Was nicht erklärt, wieso du ihr davon erzählt hast, Cèl.«

»Sie wusste es schon«, entgegnete er, während ich Alix ansah, als könnten meine Blicke ihn in Flammen setzen. »Mera, du kannst offen mit ihm reden. Er ist nur mein Bruder.«

»Nur?«, entwich es mir. Auch wenn ich ohnehin gefeuert war – Alix war noch immer ein Cadieux.

»Er hat dich verarztet«, erwiderte Célian.

»Er hat mich vor allen Bediensteten gedemütigt!«, flüsterte ich zurück.

»Ehrlich, du kannst laut mit ihm sprechen«, sagte Marti. »Ich weiß, er wirkt manchmal einschüchternd, aber eigentlich ist er ganz zahm.«

Alix schnalzte mit der Zunge. »Na, vielen Dank. Die Versammlung der Bediensteten war übrigens Mutters Idee.«

»Ach, und du hast nicht gedroht, mich hinrichten zu lassen?«, entfuhr es mir. »Und du hast mich auch nicht durch die Reihen geschleift?«

»Das fand ich auch nicht gut«, warf Marti ein.

Niemand störte sich an meiner fehlenden Höflichkeitsformel.

»Du solltest dich wirklich bei ihr entschuldigen«, sagte Célian.

Seufzend trat Alix vor mich, und als ich die Beine anzog, ging er in die Knie. »Mera, es tut mir leid. Ich wollte dich in keinster Weise demütigen. Stattdessen wollte ich dich beschützen, weil ich gesehen habe, dass mein kleiner Bruder nicht in der Lage dazu war. Also habe ich getan, was ich konnte, um für ihn deinen Kopf auf deinem Hals zu belassen.«

»Und für dich natürlich auch«, sagte Marti zu mir.

Alix verdrehte die Augen. »Natürlich. Jedenfalls bin ich froh, dass du noch ganz bist.«

Ich starrte ihn nur an. Das ging mir zu schnell. Sollte ich ihm jetzt etwa danken?

»Vielleicht möchtest du etwas essen«, schlug Marti vor und Alix richtete sich auf. »Oder etwas trinken? Unser Herr Doktor hat gesagt, du wärst ein wenig ausgetrocknet.«

»Sehr hübsche Wortwahl«, sagte Célian.

»Ich weiß nicht«, murmelte ich, ließ aber zu, dass Célian mich auf die Eckbank hob. Als der Geruch von Petersilie und Tomaten in meine Nase stieg, verengte sich mein Hals. Pfännchen und Brettchen mit Gemüse füllten den Tisch und verbreiteten einen viel zu vertrauten Duft.

»Nicht«, sagte Célian. »Nicht wieder weinen.«

»Willst du etwas anderes essen?« Marti hob den Brotkorb von der Bank, der wohl nicht mehr auf den Tisch gepasst hatte. »Ich kann dir etwas Neues machen.«

Ich presste die Lippen aufeinander und schüttelte den Kopf. Als ich mir eine kleine Tomate in den Mund schob, atmeten alle auf. Dabei fiel mein Blick auf Célians Finger. »Blutest du noch?«, brachte ich hervor.

Er drehte seine Handfläche. »Nein, es war nur ein Kratzer. Marti hat mir das Blut abgewaschen … und dir auch.« Während ich meinen gesäuberten Arm betrachtete, räusperte er sich. »Dann gehe ich mal.«

Belustigt schnaubte ich. Das wäre ja so was von seltsam.

Célian stockte. Als ich aufsah, blinzelte er. »Ich gehe also nicht?«

»Es scheint so.« Marti drückte ihn neben mich auf die Bank und setzte sich in die andere Ecke.

Alix stellte mir ein Wasserglas hin und klappte mir gegenüber einen Stuhl aus. »Dann können wir ja endlich essen.«

Der deftige Geruch lenkte meinen Blick zurück zu den gebratenen Peperoni und dampfenden Tomaten. Aus allen Pfännchen schaufelte ich mir etwas auf den Teller und tunkte ein Stück Brot in die heiße Sauce.

Zögerlich griff auch Célian zu. »Schön, Mutter denkt ohnehin, dass ich gerade herumwüte oder einen Schmied beklaue.« Er sah zu mir. »Ach, nein. Klauen war ja dein Metier.«

Vor meinem tropfenden Brötchen stockte ich und Alix schmunzelte.

»Zu früh?«, fragte Célian.

Ich funkelte ihn an und biss ab. Bei dem scharfen, süßen Geschmack musste ich die Augen schließen. »Dasch isch himmlisch, Marti.«

»Was hat sie gesagt?«

Alix zuckte die Schultern. »Ich glaube, es schmeckt ihr nicht – aua!« Sein Schuh streifte über den Boden. »Wer von euch hat mich getreten?«

»Wir hätten alle Grund dazu«, sagte Célian und Marti aß grinsend eine Peperoni.

»Sagt der Richtige«, schoss Alix zurück. »Geklaut hast du heute zwar nichts, dafür aber gezündelt.«

»Alix!«

Diesmal sank mein Brötchen. »Deshalb riechst du so nach Feuer!«

»Merci, Alexandre.« Célian kniff die Augen zusammen.

»Wenn du Marti einwickelst, muss ich mich doch mit Mera verbünden.«

»Wir sind nicht …«, murmelte Célian.

»Willst du noch mehr hören?«, fragte Alix mich und überrascht nickte ich. »Er war so außer sich, weil du entlassen wurdest, dass er sich sogar mit mir geprü–«

Célian presste seine Hände auf meine Ohren. »Lalala! Kannst du über jemand anderen herziehen?« Der Druck verschwand. »Tut mir leid, es war ein Reflex.«

»Du hast dich mit ihm geprügelt?«, fragte ich. Célian stöhnte auf und ich musterte ihn. »Jetzt weiß ich, wieso dein Haar so zerzaust ist.«

Er stand auf. »Mein Haar ist nicht zerzaust.«

»Doch, sehr sogar«, sagte Marti.

Entnervt zerrte Célian sein Haarband ab. Als sich seine dunklen Wellen bis zu seinen Schlüsselbeinen ergossen, musste ich schlucken. Schnell richtete ich meinen Blick zurück auf den Tisch und nahm einen Löffel würziger Tomatensauce.

»Marti, hast du hier keinen Spiegel?«, fragte Célian.

»Was, kann der feine Comte sich sonst nicht das Schleifchen binden?«

»Lass sie doch einfach offen.« Ich dachte, ich würde die Worte wie nebenbei sagen. Aber alle, einschließlich Célian, sahen mich an.

»Oh, oh, oh!« Marti lachte.

»Célian, du schläfst sowas von in deinem Bett«, feixte Alix und ich vergrub mein heißes Gesicht in meinen Händen. Erst als ich Célians Wärme an meiner Seite spürte, blickte ich auf.

Er schaute mich nicht an, aber sein Haar war noch immer offen. »Das musst du gerade sagen, Alix.«

»Bitte?« Sein Bruder legte eine Unschuldsmiene auf.

»Tu nicht so. Du kennst aus dem Manifest jede Stelle über die Liebe und alles, was dazugehören kann.«

Ich räusperte mich. »Ach ja?«

Alix zuckte die Schultern. »Ich habe es gelesen. Wer hat das nicht?« Er sah zu Marti. »Entschuldige, ich wollte sagen, viele haben das.«

»Ich habe es mir vorlesen lassen«, erwiderte Marti ungerührt.

»Oh.« Célian sah zwischen ihnen hin und her. »Mein Kommentar über die Briefe! Pardon.«

Weil nur ein *Hä?* herausgekommen wäre, schob ich lieber den Rest meines Essens in meinen Mund.

»Ach, dein Bruder war nicht viel klüger.« Marti schmunzelte dem beleidigten Alix zu. »Aber es stimmt, er hat das Manifest so oft gelesen, er kann es rezitieren.«

»Wirklich?«, fragte ich. »Du würdest meiner Mutter gefallen. Sie kann es sicher sogar rückwärts aufsagen.«

»Deine Mutter ... *kann*?«, fragte Alix vorsichtig.

Ich hielt inne. Mein Blick zuckte zu Célian.

Er verschlang eine Kartoffel mit roter Sauce und hob die Schultern. »Sag es ihnen. Die beiden sind viel zu langweilig, um es jemandem weiterzuerzählen.«

Außerdem gewährten sie mir Unterschlupf. Also gab ich nach. »Meine Eltern ... leben.«

Alix hob die Brauen.

Marti sah von ihm zu mir. »Ähm, das freut mich für dich. Hast du Geschwister?«

»Ja, Mera, hast du Geschwister?«, fragte Célian.

Verlegen drehte ich meinen Löffel. »Nein, meine Eltern wollten zwar weitere Kinder, aber es gab ... Komplikationen.« Über das viele Blut schwieg ich lieber.

»Ach, es hat auch Vorteile, ein Einzelkind zu sein.« Alix hakte glücklicherweise nicht nach. »Beispielsweise bedient sich niemand an deiner Ringuhr.«

Célian räusperte sich. »Mera, du bist doch sicher müde. Soll ich dich zu deinem Bett bringen?«

»Es ist zwei Schritte entfernt«, sagte Marti.

»Ja«, sagte hingegen ich und rollte auf Célians Stirnrunzeln hin meine schweren Schultern. »Ich bin wirklich müde.«

»Du wirst nicht wieder umkippen, oder?« Er sah zu Alix. »Wird sie wieder umkippen?«

Ich schnalzte mit der Zunge und auch sein Bruder war auf meiner Seite. Als Célian nach der fünften Rückfrage noch zögerte, stöhnte Alix auf. »Dann bleib eben bei ihr, wenn du Angst hast.«

»Schon gut.« Célian stand auf. »Komm, Mera, ich zeige dir kurz dein Zimmer.«

»Ach, die junge Liebe«, sagte Marti. »Sich rarmachen ist nicht mehr in Mode, Célian.«

Er ignorierte ihn und ich bedankte mich noch bei dem Hausherrn, bot meine Hilfe beim Abwasch an. Aber Alix fragte, ob ich ihm seinen Platz streitig machen wollte. Schnell zog Célian mich von der Bank und führte mich einen Meter weiter zu einer Tür. Von einem Küchenregal schnappte er sich eine brennende Nachtkerze.

»Das ist unsere«, warf Alix ein.

Marti kniff in sein Ohrläppchen. »Wir haben doch noch mehr.«

»Geh lieber rein, ehe Alix dich hinausekelt.« Célian schob mich in den kleinen Raum, der völlig von breiten, aufgebockten Matratzenschichten eingenommen wurde. Durch ein Fenster an der Seite fiel Dunkelheit herein.

»Vergesst auf keinen Fall, die Flamme anständig zu löschen«, rief Marti.

»Versprochen.« Célian stellte die Kerze auf eines der leeren Wandregale. »Die beiden haben das Bett frisch hergerichtet. Brauchst du sonst noch etwas?«

Ich schloss die Tür. »Nein, du?« Es war schwierig, im Dämmerlicht an meiner Schürze zu nesteln, aber ich konnte sie abstreifen. Als Célian nicht antwortete, sah ich auf. »Oh, keine Sorge, ich ziehe mich nicht ganz aus. Heute nicht noch einmal.«

Er schloss kurz die Augen. Langsam schüttelte er den Kopf. »Es ist wegen der … geschlossenen Tür.«

Ich sah vom Knauf zu ihm. »Warte, das war kein Scherz? Ich meine, natürlich kannst du gehen. Aber willst du?«

»Also …« Er rieb sich die Stirn. »Willst *du* denn, dass ich bleibe?«

Ich starrte ihn an. »Célian, ich werde dich nicht anflehen.«

Er hob die Hände. »Ist ja gut, ich bleibe gerne. Du kannst deine Messerblicke weglegen.«

Ich biss auf meine Unterlippe und sah beiseite. »Darf ich wenigstens das obere Kleid ausziehen?«

»Bitte.« Er fuchtelte seltsam mit der Hand. »Alles, was du willst. Nur nicht *alles*.«

Leise schnaubte ich und machte mich daran, meine Strümpfe abzustreifen. Meine Schuhe fehlten schon, seitdem ich zu mir gekommen war. Ich öffnete meine halb verfallene Frisur und fuhr mit den Fingern durch mein Haar, das wohlig meinen Rücken umspielte. Aber ohne Kamm war nichts zu retten. Das Oberkleid zog ich über meinen Kopf und bemerkte erst jetzt, wie lose es war. Während ich alles in eine Ecke schob, sah Célian aus dem Fenster und knöpfte an seinem Hemd herum. In merkwürdiger Stille, durch die nur dumpfes Klappern und Lachen drang, erklomm ich das Bett und schob mich unter das Sommerlaken. Es strich so kühl über meine Haut, dass mich ein Schauer überkam. Wortlos griff Célian unter das Bett und zog eine dichte Decke hervor, die er über mir ausbreitete.

»Du beobachtest mich also doch«, sagte ich leise und kuschelte mich ein.

Er warf mir einen Blick zu, schob schweigend seine Schuhe unter den einzigen Stuhl und legte ordentlich die Strümpfe obenauf. Nachdem er die Kerze ausgepustet hatte, musste ich blinzeln, um in der Finsternis seine Silhouette zu erkennen. Die Hose und das luftige Hemd behielt er an, als er zu mir krabbelte. Ich schlug ihm die Decken auf, doch er schob nur die Beine darunter und lehnte sich in die Kissen. Ohne mich zu berühren.

»Ich dachte, du wüsstest, dass mir kalt ist«, murmelte ich.

»Soll ich dir noch eine Decke holen?«

»Nein, Himmel, das war ein Annäherungsversuch. Was ist mit dir?«

Statt einer Antwort rutschte er etwas herab. Sachte umfasste er meine Taille und zog meinen Rücken an seine Brust. Wärme umfing mich mit einem Duft von Flieder. Verbranntem Flieder.

»Besser?«, fragte er an meinem Haar.

Ich führte seine Arme enger um mich. »Besser. Geht es dir gut?«

»Du hast keine Ahnung.«

Ich kniff in seinen Finger. »Natürlich nicht, du redest ja nicht mit mir.«

»He!« Er schüttelte meine Hand ab, aber als ich sie friedfertig auflegte, gab er sich zufrieden. »Ich trage dich den weiten Weg hierher und das ist der Dank?«

»Du hast mich über deine Schulter geworfen, habe ich gehört.«

»Oh, und das war schon anstrengend genug!«

Ich lachte und drehte mich zu ihm. »Danke«, raunte ich. »Ich bin froh, dass du mich verschleppt hast.«

Er atmete tief ein, aber es folgten keine Worte. Stattdessen sah er kopfschüttelnd aus dem Fenster in die reine Schwärze.

Ich lehnte meinen Kopf an seine Schulter. »Was ist los? Wieso kannst du mein einfaches Danke nicht annehmen?«

Er nagte an seiner Lippe.

»Ist es wegen dem, was du im Wald zu mir gesagt hast?« Ein wenig setzte ich mich auf und strich über sein Kinn.

Er rührte sich nicht.

»Célian, ich hasse dich nicht.«

Sein Blick flog zu mir und direkt zur Schwärze zurück. »Das solltest du aber. Und das wirst du auch wieder.«

»*Unsinn* – das würdest du jetzt sagen.« Ich strich das offene Haar aus seiner Stirn. »Du würdest auch sagen: *Wofür denn? Dafür, dass du scharfsinnig bist? Und hilfsbereit? Und dich bis zur Aufopferung um deine Schwester sorgst?* Wobei ich festhalten möchte, dass ich das mit der Aufopferung nicht gutheiße.«

Er zog meine Hand aus seinem Haar. Dafür sah er mich endlich an. »Mera, du hast abgenommen.«

Ich runzelte die Stirn. »Ach, ist dir das aufgefallen, als du aus dem Fenster gestarrt hast?«

In der Dunkelheit schimmerten seine Wangen rosa. »Das tut nichts zur Sache. Du hast abgenommen und ich weiß genau, wieso.«

»Na, dann klär mich auf. Nicht einmal ich weiß, welcher von den hundert möglichen Gründen schuld ist.«

Er stockte. »Hundert?«

»Nein, ich weiß schon. Du denkst, du warst es.«

»Ich doch nicht. Ich bin eine Wohltat für alle, die sich mit mir umgeben. Es war eher … indirekt ich.« Er ignorierte mein Auflachen. »Ich habe dich im Schlafsaal in Alix' Messer laufen lassen. Ich habe dich Liliette zum Fraß vorgeworfen.«

»Schöne Metaphern, aber immer noch: Unsinn. Du hättest mich schon am ersten Tag wegen Hochstapelei und Diebstahls anzeigen können. Obwohl ich da noch nicht wirklich *hoch*gestapelt habe, eher horizontal. Du hast im Grunde nur meinen Rauswurf verhindert, denn seien wir mal ehrlich, Alix wäre irgendwann auch allein dahintergekommen, wer ihm das Medaillon gestohlen hat, und du hast mir zum Aufstieg verholfen.«

Er musterte mich. »Weißt du, manchmal fliegst du mir mit deinen Gedanken einfach davon.«

Ich schnalzte mit der Zunge. »Was ich sagen wollte: Es gibt eine Million Gründe, wieso ich abgenommen haben könnte –«

»Jetzt schon eine Million?«

»Unter anderem Krieg und Frauenfeindlichkeit, womit du recht wenig zu tun hast, und –«

»Du fliegst schon wieder davon.«

Ich hielt sein Kinn fest. »*Und* ich hasse dich nicht.«

Zweifelnd glitt sein Blick über mein Gesicht.

»Ich hasse dich nicht«, wiederholte ich. »Soll ich es noch lauter sagen? Ich hasse dich nicht! Célian Cadieux, *ich hasse dich nicht*!«

»Schon gut!« Schmunzelnd warf er mich auf den Rücken und ich quietschte leise auf. Als er sich über mich beugte, musste ich kichern.

»Aber ich hasse euch beide, wenn ihr nicht leiser seid!«, tönte Alix durch die Wand, während Marti sagte: »Was für eine süße Liebeserklärung.«

Célians Lachen erfüllte mich mit Leichtigkeit.

»Gute Nacht!«, rief er hinüber und nachdem Marti geantwortet hatte, lehnte er sich wieder über mich. Etwas Warmes streifte mein Brustbein.

»Was ist das?« Ich wollte danach greifen, doch er bemerkte es und reagierte schneller. Seine Hände fuhren in seinen Nacken, wofür mich sein gesamter Oberkörper in die Matratzen drücken musste. Er nestelte an etwas und mein Körper wünschte sich, dass er ewig brauchen würde.

Zu rasch stützte er sich wieder auf die Unterarme und führte seine Hände an meinen Hals. »Das gehört dir.«

Meine Augen weiteten sich, als sich Ring und Kette warm auf meine Brust legten. »Hast du das deiner Mutter aus der Hand gerissen? Geht es ihr gut?«

Er schnaubte. »Niemand kam zu Schaden. Nun ja, den Verschluss musste ich zurechtbiegen, aber das lag nicht an mir.« Vorsichtig schloss er die Kette und mein Hals kribbelte. »Es ist meins. Pardon, jetzt ist es wieder deins.«

Meine Finger fuhren in seinen Nacken, streiften durch sein zartes Haar, tiefer, als sie es bisher gekonnt hatten. »Wie wäre es damit: Es ist unsers.«

In der Dunkelheit hörte ich an seinem Atem, wie er lächelte. Seine Hände strichen über mein Haar und sein Oberkörper lag angenehm schwer auf meinem.

»Unsers«, flüsterte er und küsste mich.

NOCH 2 TAGE

Dienstag, 05. Juli 1768

71 Alexandre Cadieux

Ich fiel aus meinem Traum zurück ins Bett. Vermutlich hatte Marti mich geweckt, indem er sich in meinen Armen bewegt hatte. In der Dunkelheit legte ich sanft meine Lippen in seinen Nacken und glitt wieder in andere Sphären.

»Die linke Tür«, sagte weit entfernt eine tiefe Stimme. »Rechts schlief damals Thomàs.«

Träge blinzelte ich. Immer musste in meinem Traum etwas Seltsames passieren.

»Öffnen«, erwiderte jemand.

Ein goldener Lichtstrahl holte mich zurück in Martis Hütte. Ich hob eine Hand vors Gesicht und wollte schon Célian wegschicken. Als *drei* Gestalten eintraten.

»Aufstehen!«, donnerte eine vertraute Stimme.

Marti schoss in die Höhe, stand auf dem Bett. Die Fäuste vor dem bloßen Oberkörper. »Wer seid ihr?«, stieß er hervor.

Ich brauchte viel länger, um mich nur auf die Hände zu stützen. Mein Geist und mein Körper hingen noch in getrennten Welten.

»Nehmt ihn mit!«

Als ich die Stimme erkannte, sackte ich zurück in meine Glieder. »Mutter?«

Marti starrte von mir zu der hageren, hochgewachsenen Gestalt. Ihre Hand bebte so heftig, dass ihre Nachtkerze wild flackerte und ich nur langsam ihre starren Brauen erkannte.

»Mutter, du darfst nicht hier sein!« Mein Herz schlug mir bis zum Hals, während ihre Augen hektisch von Schatten zu Schatten sprangen.

»Gräfin Cadieux!« Marti fiel auf die Knie und presste seine Stirn in die Matratze. »Verzeiht, Hochgeboren! Ich habe Euch nicht erkannt!«

»Schweig!« Ihre Stimme überspielte ihre wackeligen Beine. »Und ihr – nehmt ihn endlich mit!«

An ihren Seiten traten bullige Männer hervor.

»Nein! Lasst ihn in Ruhe!« Ich rappelte mich auf. Entweder die Matratze oder ich wankte. Hastig sprang ich vor Marti auf den Boden.

»Es tut mir leid«, flüsterte der breitere Mann, Bruno. Dabei sah er mich an, aber auch Marti.

»Hör auf, dich zu entschuldigen!«, tönte Mutter. »Schafft Alexandre auf sein Zimmer!«

Alexandre? Bruno und der andere Hüne mit dem kurz rasierten Haar, der nur Feit sein konnte, packten mich an den Armen. Sie schafften *mich* weg?

Überrumpelt ließ ich mich mitziehen. »Mutter, du musst zurück in die Villa, bevor du –«

»Sei still!« Mit aller Kraft hielt sie sich an ihrer Stimme fest.

»Was habt Ihr mit ihm vor?«, flüsterte Marti.

»Ich werde ihn endlich verheiraten«, knurrte sie.

»Was?« Vergeblich sträubte ich mich. Gegen Bruno hatte niemand eine Chance.

»Du wirst am Samstag heiraten, Alexandre! Und dein Bruder ebenso, wenn er von seinem Unfug zurückkehrt«, presste sie hervor und ich verrenkte meinen Hals, um zu sehen, wie sie zitternd einen Schritt auf Marti zumachte. »In sicheren Händen kann sich Alexandre eine ganze Schar von Geliebten halten. Aber ich bezweifle, dass er dich dann noch will. Pack deine Sachen und verschwinde!«

»Nein!« Meine Fersen stemmten sich gegen die Schwelle. »Er trägt keine Schuld!«

Die Männer schleiften mich hinaus. Die Haustür knallte zu. Mutter blieb bei Marti.

»Lass mich los, Bruno!« Ich riss an den Händen. »Du musst mich loslassen! Feit, bitte!«

»Es tut mir leid, Hochgeboren.« Brunos Stimme war leise und rau. Er packte eine in den Boden gerammte Fackel und sie schleiften mich um die Hütte herum. »Ich muss auf die Gräfin hören.«

»Marti!«, schrie ich gegen die Hauswände. »Glaub ihr nicht! Ich finde dich!«

»Es tut mir so leid«, wisperte Bruno.

Feit, der kaum älter als Célian war, wischte mit einem Ärmel über seine Augen. Sie zerrten mich barfuß und oberkörperfrei über den Weg und vorbei an Thomàs' ehemaligem Fenster. In dem dunklen Zimmer huschte ein Schatten hinter die Vorhänge.

Célian. Mera.

Meine Gegenwehr erlosch. Wenn ich weiter brüllte, würden entweder mein Bruder oder seine Freundin bald die Kontrolle verlieren. Und Mutter ließ kein zweites Mal Gnade walten. Meras Kopf würde rollen.

Schwer atmend sah ich auf den dunklen Pfad und meine Füße setzten sich in Bewegung. Wir liefen an den unruhigen Schweinen vorbei, durch die Eingangstür in die Villa und die kalte Treppe hinauf. Mit arbeitendem Kiefer riss ich mich zusammen, nur mitzugehen, anstatt Bruno und Feit hinter mir herzuziehen.

Jemand hatte Marti und mich verraten. Ich konnte nicht einmal wütend sein. Mutter war immer noch die Gutsherrin, vielleicht hätte auch ich ihr Rede und Antwort gestanden, wenn sie mich direkt gefragt hätte. Es war kaum zu glauben, dass sie die Villa verlassen hatte. Aber schon Marti hatte erzählt, eine der Mägde hätte sie einige Male im Garten gesehen.

Endlich erschien im flackernden Licht der Fackel meine Zimmertür und Feit öffnete sie. Bruno flüsterte eine letzte Entschuldigung, ehe er den Schlüssel von innen abzog und die Tür hinter mir zufiel. Das Schloss klickte.

In weniger als zehn Minuten hatte ich meine und Martis Zukunft verloren.

Leise zerrte ich aus meinem Kleiderschrank einen Beutel und stopfte alles hinein, das mir wichtig vorkam. Einen Gegenstand platzierte ich besonders behutsam obenauf. Ich öffnete das Fenster. Unter meinem Bett zerrte ich das dicke Seil heraus, warf die Schlaufe in die stählerne Öse und das andere Ende in die Dunkelheit. Den Beutel band ich um meinen Oberkörper.

In weniger als einer Minute hatte ich uns eine neue Zukunft vorbereitet.

72 Martiño Civantos

Früher war ich beim kleinsten Geräusch aufgewacht. Seit Alix war das anders. Immer wenn er bei mir war, war es anders.

Von dieser Nacht an würde alles wieder so sein wie früher.

Wenigstens war der Himmel aufgeklart. Graues Blau erstreckte sich über mir und einige Sterne blinzelten auf mich herab. Ich hievte den Beutel von einer Schulter auf die andere. Während Alix' Schreie verklungen waren, hatte ich ein paar Kleidungsstücke und meine geschnitzten Windmühlen eingepackt. Mehr war mir nicht in den Sinn gekommen. Ich hätte Brot oder Äpfel einstecken sollen. Und Wasser. Aber ich war vor dem starren Blick der Gräfin geflüchtet, hoffend, dass sie nicht doch noch die andere Zimmertür öffnete. Ich würde es nie erfahren.

Meine Stiefel knirschten in der Erde des dunklen Hofes. Morgen würde ich im nächsten Dorf eine der kleinen Windmühlen gegen Lebensmittel tauschen müssen. Zum Glück hatte ich einige Stunden geschlafen und zuvor gut gegessen. Es könnte schlechter sein.

Leise schnaubte ich. Mein Optimismus überzeugte nicht einmal mich. Ohne Thomàs wäre ich noch immer diese ausgemergelte Seele, die versuchte, ihre Knochen zusammenzuhalten. Ohne ihn würde genau das meine Zukunft werden.

Als ich auf dem Hauptpfad angelangte, sah ich nach links. Und nach rechts. Doch es war egal, in welche Richtung ich ging. Niemand erwartete mich. Niemand kannte mich.

Eine Hand schob sich in meine. Weiche Haut. Starker Griff.

Das silbrige Licht erhellte Alix' schiefes Lächeln. Würde ich nicht das Beutelende in der anderen Hand halten, läge er jetzt am Boden. Ich öffnete den Mund, aber mein Hals brannte, und als ich den Beutel über seiner Schulter erblickte, stiegen Tränen in mir auf. Wortlos zog er mich in den Wald hinein und wandte sich in die Richtung der Villa. Mein Mund konnte nichts einwenden, meine Hand sich nicht losreißen. Ich folgte ihm über Flächen aus Gras, Laub und weichem Moos. In unserer Nähe musste sich das Personalgebäude befinden. Mit meiner nervigen Aenlin.

Ich klammerte mich fester an Alix, entdeckte zwischen den Bäumen das hellbraune Gestein der Villa. Seine dicken Stiefel marschierten weiter. Für eine Wanderung durchs Unterholz schimmerte sein Gehrock viel zu elegant im Licht des zart abnehmenden Mondes. Hinter uns verschwand die Villa mitsamt den grauen Feldern, während er mich tiefer in den Wald führte. Er ging so festen Schrittes, dass ich nicht überlegte, wohin er wollte. Vielleicht tat er es auch nicht, wollte nur endlos weitergehen. Es war mir egal, solange er mich nicht losließ.

Nur unser beider Atem und das gelegentliche Knacken von Ästen durchbrachen die morgendliche Stille. Meine Kleidung wurde klamm. Nebel schwebte in der Luft und verwischte den dunklen Himmel. Über unseren Köpfen zwitscherten die ersten Vögel. Es roch nach feuchter Erde und süßen Tannennadeln. Die Ebene stieg zu einem Hügel an, auf den ein höherer folgte, und immer tiefer sog ich die frische Luft in meine Lungen. Alix' Schritte wurden größer und schwerer. Obwohl es für ihn anstrengender sein musste als für meine abgehärteten Glieder, hielt er die Geschwindigkeit. Das Dämmerlicht färbte die Blätter um uns herum in glimmendes Blau.

Nach einer Weile schritt Alix weiter und schneller aus. Als ich ihn schon bremsen wollte, blieb er stehen. Und meine Schultern sanken.

Wir standen auf einer Anhöhe. Die Bäume wichen Gräsern und Büschen und über uns breitete sich der violette Himmel aus. Alix drehte sich zurück, zog mich mit sich und ich atmete tief ein. Wie ein dunkelgrünes Meer erstreckte sich unter uns der Wald. In der Ferne blitzte das helle Gestein der Villa auf. Hügel erhoben sich am Horizont, an deren Spitzen feuerfarbene Wolkenstreifen leuchteten.

Alix drückte meine Hand und gemeinsam beobachteten wir, wie die Sonne in den Scherben der Nacht funkelte.

73 Célian Cadieux

Als warmes Gold ins Zimmer schien, lehnte Meras Rücken noch immer an meiner Brust. Ich hatte sie vom Fenster fortgerissen, und obwohl Mutters Schritte nun schon lange verhallt waren, konnten wir uns nicht rühren.

»Ich muss dich nach Hause bringen«, brachte ich hervor.

An meinen Armen spannte sich ihr Bauch an. »Du musst zu Alix.«

»Ihm passiert in seinem Zimmer nichts … Nicht vor Samstag.« Ich schüttelte den Kopf. »Aber dich hätte ich nie zurückbringen dürfen.«

»Ich kann nicht nach Hause.«

»Für das richtige Geld wird dich jemand mit der Kutsche fahren.«

»Du verstehst nicht, ich *kann* nicht nach Hause!« Ruckartig löste sie sich und klaubte ihre Kleider vom Boden auf. Haarnadeln flogen durch die Luft. »Ich gehe Marti nach.«

»Auf keinen Fall!«, entfuhr es mir, während sie ihre Kniestrümpfe überstreifte und festband. »Wenn dich irgendwer sieht, war's das mit dir!«

»Ich bin vorsichtig. Bis die Sonne aufgegangen ist, bringe ich ihn zurück, damit er sich den Tag über hier in Thomàs' Zimmer verstecken kann.«

»Mera, die Sonne *ist* aufgegangen!«

Sie hörte mich gar nicht. Ihre Arme stießen so heftig in die Kleiderärmel, dass die Nähte knackten. »Weshalb war die Gräfin überhaupt hier? Sie verlässt doch nie die Villa!«

»Das weiß ich selbst!«, zischte ich.

»Verflucht, Célian, wieso hast du mich festgehalten?«

»*Weil du sonst* –« Ich biss die Zähne zusammen und drosselte meine Stimme. »Weißt du überhaupt, wie viel es mich gekostet hat, nicht hinauszustürmen und alle von Marti und Alix fortzureißen? Besonders nachdem Mutter mir dich …« Meine Brust bebte zu heftig, um weiterzusprechen.

Mera sah auf und ihr Mund verzog sich schmerzlich. Wieso beruhigte sich ihr Hitzkopf, wenn ich die Nerven verlor?

Sie nahm meine Hände und legte sie an ihr Gesicht. »Ich bin hier.«

Meine Daumen glitten über ihre Wangenknochen. Beinahe wäre sie es nicht mehr gewesen. Hätte Mutter nur ein falsches Knarren gehört …

»Und ich werde etwas tun.« Sie wandte sich ab und trat in die Küche.

»Nein, ich übernehme das!« Ich stürmte ihr nach. »Du versteckst dich, bis ich weiß, wie ich dich nach Hause bringe. Vertrau mir, ich gebe Marti Geld und Proviant, und bis zum nächsten Treffen beschaffe ich ihm eine neue Arbeitsstelle.«

»Eine neue?« Sie fuhr herum. »Ach, ist es das, was du mit Vreda gemacht hast? Célian, man kann nicht alle Probleme mit Geld lösen! Manchmal muss man auch Charakterstärke zeigen!«

Ich versteinerte. Ihre Worte schnitten so tief in meine Seele, dass es körperlich schmerzte.

»Du hast kein Recht, so mit mir zu reden«, stieß ich hervor, obwohl meine innere Stimme das Gegenteil rief. »Weißt du, was passiert ist, als ich das letzte Mal auf dich gehört habe?«

Ihre Schultern sanken.

»Mutter hat alles auf sich bezogen! Sie hat gesagt, ich sei von ihr abhängig! Dass ich meine Probleme selbst lösen müsse!«

Zaghaft nahm sie wieder meine Hände. »Ich weiß.«

»Das hat niemandem etwas gebracht! Sie hat behauptet, dass ich so wäre wie …« Ich stockte. »Du weißt es?«

»Ja, und ich hätte dir vertrauen müssen. Du kennst deine Mutter viel besser als ich.« Ernst sah sie in meine Augen. »Es tut mir leid.«

Ich konnte nicht antworten. Ein Teil von mir schrie, dass sie mich hassen sollte. Ich hatte Liliette nicht geholfen, mich nur in meinem Zorn verfangen. Der andere Teil wollte sich in Meras Entschuldigung einkuscheln.

»Meinetwegen hast du nicht auf dich gehört«, murmelte sie. »Und auch das eben hätte ich nicht sagen sollen. Es tut mir wirklich –«

»Nicht.« Fest drückte ich ihre Hände. »Bitte entschuldige dich nicht dafür, dass du an mich geglaubt hast.«

»Und wie ich an dich glaube«, flüsterte sie.

Mein Kiefer entspannte sich. Mein Herz schlug ruhiger. Für einen Moment schwiegen wir.

»Wir müssen überlegen, was wir jetzt machen«, sagte sie leise.

Wir. Tief atmete ich dieses Wörtchen ein.

Mein Blick fiel auf etwas Helles am Boden. »Moment.« Ich ließ sie los und trat zur Eingangstür, unter der ein Zettelchen hervorlugte.

Sofort hockte sie neben mir. »Was steht darauf?«

»*Bin mit ihm in den Wäldern. Verbrennt den Zettel. Passt auf euch auf.*« Mir wurde so schwindelig, dass ich ein Knie aufstellen musste. »Mon Dieu, Mutter wird toben. Sie erfährt es spätestens beim Frühstück, wenn von uns Geschwistern nur –«

Gleichzeitig rissen wir die Augen auf.

»Liliette!«

74 Liliette Cadieux

Als es an meiner Tür klopfte, starrte ich in die stickige Finsternis unter meiner Bettdecke. Selbst die weiße Rose vor mir war nur ein Schatten. Ich wusste nicht einmal, ob überhaupt Zeit vergangen war, seitdem Mutter mich aus ihrer Umarmung gedrängt hatte. Natürlich hatte sie mich nicht festgehalten. Célian hatte es gewusst. Ich war ein naives Kind. Fast wäre ich zu Meras Mörderin geworden.

Es klopfte erneut, rüttelte an der Tür, doch ich hatte abgeschlossen. Ein leises Fluchen ertönte. Etwas klimperte im Schloss. Sobald es klackte und die Tür aufschwang, schlug ich die Decke zurück. Im Türrahmen erschien Célian.

»Was machst du hier?«, stieß ich hervor.

Er lief zu mir, setzte sich – und zog mich in seine Arme. »Ach, Liliette.«

Stockend tätschelte ich seinen Rücken. »Was hast du getan? Jemanden verletzt? Angezündet?«

Schnaubend hielt er mich ein wenig von sich. »Nein, du Filou. Du etwa?«

Ich musterte ihn. »Hast du dein Haarband verloren?« Der Geruch von altem Feuer stieg in meine Nase. »Du hast ja doch etwas abgefackelt.«

»Liliette, es geht nicht um mich! Ist mit dir alles in Ordnung? Du sahst gestern schrecklich aus. Es tut mir so leid, dass du das durchmachen musstest – allein!«

Ich kniff die Augen zusammen. »Bist du ein Geist?«

Er schnalzte mit der Zunge. »Kannst du aufhören, dich zu wundern, warum ich nett zu dir bin?«

»Nein.«

»Schön, dann direkt zum Wesentlichen.« Er senkte die Stimme. »Mach dir keine Sorgen, Mera geht es gut. Und Marti und Alix auch.«

»Warte, was? Was ist mit Alix?«

Er seufzte. »Kurzfassung: Ich habe Mera in Martis Hütte versteckt. Mutter hat wohl nach Alix gesucht und ihn bei Marti gefunden. Sie hat Marti gefeuert, Alix ist ihm nachgelaufen und jetzt wandern sie irgendwo durch die Wälder.«

Ich starrte ihn an. Das war alles passiert, während ich mich unter meiner Bettdecke versteckt hatte? »Also sind Alix und Marti … Freunde?«

»Mehr.«

»Oh.« Meine Gedanken nahmen Fahrt auf. »Oh!«

Célian hob nur die Brauen.

»Verflucht, verflucht, verflucht!«

Er kniff in meine Schulter. »Das ist nicht nett.«

»Doch nicht das, Célian! Gott, deshalb hat er immerzu mit seinen Lehrern gestritten, bis er es aufgegeben hat! Und ich habe trotzdem immer – o Gott!« Fahrig strich ich mein Haar aus meinem Gesicht. »Wie hast du das alles heute Nacht mitbekommen?«

Er schmunzelte nur.

Mein Mund klappte auf. »Sind denn alle hier mit Bediensteten verbandelt?«

»Ich weiß nicht, bist du es?«

Ich funkelte ihn an, während auf dem Gang Schritte ertönten. Sicher eine der Mägde, die mich zum Frühstück schleifen musste.

»Ach ja«, sagte er schnell, »am Samstag soll es eine Doppelhochzeit für Alix und mich geben.«

Meine Augen weiteten sich.

In dem Moment schwang die Tür auf.

»Gut, du bist auch hier, Célian.«

»Mutter?«, entfuhr es uns.

Sie trat ein, als würde sie uns immer in unseren Gemächern besuchen. »Ich habe einen Brief erhalten, Liliette.«

»Schön …?«, sagte ich.

Célian sagte gar nichts. Er saß so festgefroren da, als hätte man ihn in ein Eisfass gesteckt.

»Graf Barbier ist wohl der Eifersucht verfallen.« Mutter strich ihr gepudertes Haar zurück. »Nachdem du so kopflos mit den Steins nach Hause gefahren bist, hat er abstruserweise nicht das Interesse verloren. Stattdessen hat er mir seine Zukunftspläne geschildert und der Ausbau seiner Perückenwerkstatt wird sein Vermögen vervielfachen.«

Jetzt war auch ich wie vereist, spürte meinen Herzschlag nicht mehr. Nicht einmal meine Finger.

»Er hat das Wochenende vorgeschlagen. Gerade habe ich ihm einen Brief zurückgeschickt.«

Ich starrte sie an. »Du hast abgelehnt.« Das musste sie. Mutter war noch nie eine Frau schneller Taten gewesen.

»Fast.« Sie strich die Lagen um ihre Ärmel glatt. »Ich habe die Hochzeit auf morgen vorgezogen.«

Abrupt war Célian auf den Füßen. Ehe er etwas sagen konnte, fuhr Mutter fort: »Da ich wusste, dass du deiner Schwester ihre sichere Zukunft vereiteln willst, bin ich vorbereitet – bringt ihn auf sein Zimmer.«

Als Bruno und Feit durch die Tür traten, schoss mein Gefühl in jede Faser meines Körpers zurück. Ich konnte nicht heiraten. Das war zu echt. Mein Atem beschleunigte sich. Jedes Geräusch ertönte, als wäre es direkt an meinem Ohr, dabei ging doch alles in Rauschen unter. Ich sah Célians funkelndes Auge, seinen geöffneten Mund, sein rotes Ohr. Wie eine Leinwand, die man zerschnitten und falsch zusammengesetzt hatte. Meine Matratzen schlugen unter mir Wellen. Ich sank in mir zusammen und zog die Decke über mich. Atmete.

Das Einzige, das noch zu mir durchdrang, war Mutters Stimme. »Wenn du den Morgen hinter dir hast, bist du in Sicherheit.«

Die Tür klackte und ich konzentrierte mich auf die Dunkelheit unter meiner Decke.

Atmen.

Einfach atmen.

75 Martiño Civantos

Mit jedem Atemzug wärmten die Sonnenstrahlen kräftiger meinen Rücken. Alix hatte sich im Gras ausgestreckt und die Arme unter dem Kopf verschränkt. Meine Schläfe ruhte auf seiner Schulter.

»Du musst zurückgehen.« Ich kämpfte mit diesen Worten, seitdem er meine Hand genommen hatte.

Er gab mir einen Kuss auf mein Haar. »Soll ich dir zeigen, was ich mitgebracht habe?«

Ich runzelte die Stirn, als er sich aufsetzte und seinen Beutel näher heranzog.

»Fang.« Etwas Rotes flog über seine Schulter und ich stützte mich hastig auf einen Ellbogen, um es aus der Luft zu greifen.

»Ein Apfel …« Meine Stimme verklang, sobald ich hineinbiss und der Saft süß in meine Kehle rann. Erst jetzt bemerkte ich, dass ich Hunger hatte. Alix sah grinsend über seine Schulter und ich hielt ihm das Obst hin.

Er biss ab und wandte sich kauend wieder zum Beutel. »Das war vielleicht nicht die beste Idee, aber ich konnte nicht widerstehen.« Diesmal drehte er sich ganz um. In seinen Händen hielt er einen dunklen Blumentopf. Eine zarte, etwas geknickte Pflanze reckte ihre grünen Blättchen empor.

»Du hast eine Erdbeere mitgebracht?« Meine Mundwinkel zuckten.

»Lach nicht! Hilf mir lieber.« Er stellte sie ab und wühlte in der Erde.

Mich überkam doch ein Lachen. »Ich werde gefeuert und du entführst eine Erdbeere.« Ich legte den Apfel auf einen Stein, kniete mich neben Alix und grub mit ihm. »Zu gerne würde ich einmal in deinen Kopf schauen.«

»Ich habe an uns gedacht. An unsere Zukunft.«

Meine Finger wurden langsamer.

»Na, so werden wir nie fertig.«

Zögernd nahm ich die Hände zurück. »Alix, wir haben keine Zukunft.«

»Du bist echt keine Hilfe«, murrte er und schaufelte allein weiter.

»Du solltest gehen«, murmelte ich. »Die Gräfin verliert noch den Verstand.«

»Ach, lass sie da raus!« Er warf Steine beiseite. »Marti, siehst du es nicht? Genau das hier ist unsere Zukunft. Die Erdbeere ist doch nur der Anfang. Wir pflanzen ein Gemüsebeet, bauen uns eine kleine Hütte und schauen hinab auf die Welt mit ihren Erwartungen. Hier oben sind wir einfach nur du und ich. Wir müssen keine fremden Menschen heiraten. Wir müssen nicht Gutsverwalter und Stalljunge sein. Wir sind nur Marti und Alix.«

Ich knibbelte an meinem erdigen Daumen. Das konnte er nicht ernst meinen.

Inzwischen war das Loch tief genug und er hob die Pflanze aus dem Topf. Sein Blick wanderte zu mir. Wir sahen uns an und es kam mir vor, als verginge ein ganzes Jahr. Ein Jahr, in dem ich immer wieder schwankte, ob ich ihm glauben konnte.

»Die Wurzeln dürfen nicht geknickt werden.« Ich streckte die Hände aus. »Sie sollten senkrecht und gut ausgebreitet in die Erde kommen.«

Ein seliges Lächeln erhellte sein Gesicht. Gemeinsam legten wir die Erdbeere in das Loch und drückten die übrige Erde vorsichtig an. Alix wühlte in seinem Beutel nach einer Feldflasche, zog den Stopfen ab und wässerte die Pflanze.

»Alix.«

Er stoppte. »Hast du Durst? Keine Sorge, ich habe noch mehr dabei.«

»Ich will eine Familie.«

Die Flasche sank und vergoss auch den letzten Rest des Wassers.

»Ich will nicht allein hier draußen leben. Natürlich möchte ich mit dir zusammen sein, aber ich will nicht, dass wir beide uns verstecken. Ich möchte deine Geschwister näher kennenlernen und ihre Liebsten. Ich will, dass du dich mit Aenlin anfreundest. Dass wir eine Familie werden.«

Alix atmete tief ein, holte sicher Luft, um mir diesen Gedanken auszureden. Er schüttelte schon den Kopf. Doch er sagte: »Verflucht, ja.«

Er beugte sich über die Pflanze und küsste mich. Ich umfasste seine Wangen. Sein Kiefer drückte in meine Hände und ich lächelte an seinen Lippen.

»Aber vorerst bleiben wir«, raunte er, »und überlegen uns einen Plan.«

Ich hielt ihn ein Stück von mir fort. »Du willst dich von einer unreifen Erdbeere ernähren?«

Er schmunzelte nur und zog seinen Beutel heran.

Die Sonne hatte schon ihren Zenit erreicht, als ich mir noch immer fluffigen, cremigen Weckchenteig in den Mund warf. Alix lehnte an einem Baumstamm und hatte die Augen geschlossen. Mein Kopf ruhte auf seinen Beinen.

»Erzählst du mir von deinen Eltern?«, fragte er leise.

Mein nächstes Stückchen landete auf meiner Wange und fiel auf seine Hose. Alix öffnete seine Lider einen Spalt. Der heiße Windhauch umspielte sein Hemd.

Ich räusperte mich. »Sei mir nicht böse, es ist nur … Manche Gespräche verursachen nichts als Schmerz.«

Lange musterte er mich. Er seufzte und wickelte meine Locken um seinen Finger. »Vermutlich hast du recht. Aber ich weiß kaum etwas über deine Vergangenheit. Als ich dich das erste Mal wahrgenommen habe, dachte ich, du hättest die Anstellung mit Aenlins Hilfe bekommen. Dass ihr verbandelt wärt.«

Ich schüttelte mich. »Nein, ich kannte sie vorher nicht.« Mein Blick streifte über sein Gesicht und hinauf zum grüngelben Blätterdach. Mindestens eine Sache sollte ich ihm geben. Wenn ich schon nicht von Flammen oder Straßenstaub erzählte, dann von etwas Leichtem. »Es war Thomàs, der mir die Anstellung verschafft hat.«

Alix' Augen öffneten sich weiter.

Aber über Thomàs zu sprechen war auch nicht leicht. Ich ließ das halbierte Weckchen durch meine Finger wandern. »Niemand brauchte mich hier und in den Räumen der Knechte war auch kein Bett mehr frei, doch er teilte seine Hütte für mich in zwei Zimmer.« Eingehend beobachtete ich das Weckchen, um nicht in den Erinnerungen verloren zu gehen. »Er fand mich in Köln. Ich saß an einer Ecke und blickte ihn nur kurz zu, woraufhin er von mir zu seinem Brötchen sah. Und so tief seufzte, wie er es immer getan hatte.«

Alix lächelte. Er musste es auch im Ohr haben.

»Völlig entnervt warf er es mir zu, und als ich es am Stück verschlang, seufzte er wieder und sagte, dass ich ihm folgen sollte.« Für einen Moment sah ich zu Alix. »Von mittags bis Sonnenuntergang lief ich ihm nach. Dabei wartete ich nur auf einen Kampf.«

»Stattdessen brachte er dich zu uns«, flüsterte Alix.

»Direkt in die Küche zu Irmgard.« Ich schnaubte. »Vor dieser abgelegenen Villa dachte ich schon, der Hausherr wollte mal ein *exotisches* Abendessen. Spanischer Straßenjunge am Spieß.«

Alix' Schultern spannten sich an.

»Als Irmgard mich bemerkte, standen ihr auch noch Tränen in den Augen. Aber dann hat sie nicht mich, sondern *für* mich gekocht. Thomàs richtete in einer Ecke einen kleinen Tisch her und Irmgard deckte auf, bis ich dachte, nur vom Anblick platzen zu müssen.« Dieses Gefühl wehte wieder durch meinen Magen, dieser Rausch, den ich bei jedem Bissen erlebt hatte. »Es war wie ein Festmahl nur für mich. Außer dass Aenlin hereinkam und mich entrüstet ansah. Sie drängte mich auf der Bank zur Seite. Dann kam Dörrie dazu, Thomàs saß uns gegenüber, Irmgard lehnte an seiner Schulter und Aenlin schnappte mir eifersüchtig das Essen vom Teller.«

Meine Kehle verengte sich und ich drehte sorgfältig das Weckchen.

Alix strich sanft durch mein Haar. »Wie eine Familie«, murmelte er.

76 Célian Cadieux

Mein Brieföffner kratzte im Schloss. Abendwind strich über meinen verschwitzten Nacken und drängte mich, schneller zu machen. Ich musste durch die Tür, das Fenster war keine Option. Als ich vorhin die geknüpften Laken hinausgeworfen hatte, war mein Herz stehen geblieben, als hätte ich stattdessen mich selbst hinabgestoßen.

Endlich fand ich die Vertiefung im Schloss. Leise klackte es.

»Gebt es auf, Comte, bitte. Es klemmt ohnehin ein Stuhl unter dem Knauf.«

Mit einem Schrei knallte ich den goldenen Brieföffner gegen die Tür. Klappernd landete er auf dem Boden.

»Es tut mir leid, Comte, wirklich –«

»Ja doch, Bruno! Nach dem dreihundertsten Mal glaube ich dir.« Ich fuhr durch mein Haar, das ich gerade erst zum Zopf gebunden hatte. Mein Zimmer versank im Chaos. Schränke standen offen, Schubladen ragten heraus, Kissen lagen auf dem Boden, Laken wanden sich um einen Bettpfosten und baumelten aus dem Fenster. »Musst du keine Pause machen? Du stehst schon viel zu lange vor der Tür.«

»Ich sitze, Comte. Und gleich löst Feit mich ab.«

Heftig trat ich ein Kissen gegen den Schreibtisch und darauf klirrten die leeren Schüsseln. Natürlich hatte ich Essen bekommen, schließlich sollte ich nur *über mein zukünftiges Verhalten* nachdenken. Und natürlich war dabei keine Fluchtmöglichkeit entstanden. Zuerst hatte ich aus Trotz verweigert, dann hatte ich aus Trotz alles aufgegessen.

Abermals wühlte ich im Schreibtisch nach meinem Geldbeutel. Nichts. Damit ich nicht floh, hatte Mutter mir alles weggenommen. Kein Geld, kein Schmuck, nicht einmal verfluchte Kerzenständer. Sie behielt recht, ich war vollkommen von ihr abhängig.

Ich stieß die Schublade zu und ging zu dem geschlossenen meiner beiden Fenster. Blauschwarz brach die Nacht herein. Heute würde nicht ich etwas Unsinniges tun, sondern Mera. Es war ein Kampf gewesen, sie zu überzeugen, in der Hütte zu bleiben. Bei Einbruch der Dunkelheit hatte ich zurückkehren wollen. Ich lehnte meinen Scheitel an die Glasscheibe. Ich hatte Liliette verloren, wusste nicht, wo Alix steckte, und wenn Mera gleich ungeduldig die Hütte verließ, würde mir keine Hoffnung mehr bleiben.

Tock.

Ich machte einen Satz zurück. Heftig riss ich das Fenster auf und starrte hinab. Aus dem Schatten der Bäume trat Mera, ihren Beutel auf dem Rücken.

»Was zur Hölle machst du da oben?«, zischte sie.

Mir wurde gleich doppelt schwindelig. »Merde, Mera, was machst du da unten?«, flüsterte ich. »Warte in der Hütte! Marti hat doch genug Vorräte!«

»Willst du mich auf den Arm nehmen?«, wisperte sie zornig.

»Du hast recht, geh besser allein nach Hause!« Ich rieb den Schweiß von meiner Stirn. »Ich hätte dich gern gebracht, aber du solltest hier sofort weg.«

Etwas sauste an meinem Ohr vorbei und tockte auf die Dielen.

»Ich frag kein drittes Mal!«, zischte sie. »Was zur Hölle machst du da oben?«

Ich ballte die Fäuste. »Ich bin eingesperrt! Ist das nicht offensichtlich? Und Liliette wird morgen heiraten und ich bin ein Niemand!«

Stille schwappte mir entgegen. Meras Gesicht verschwand zunehmend im Grauschwarz.

»Gut, eins nach dem andern«, flüsterte sie. »Wieso kletterst du nicht herunter? Ein Seil hast du ja – oh, ich erinnere mich, die Höhe.«

Ich schnaubte.

»Dann komme ich eben hinauf.«

»Nein!« Meine Hände pressten sich auf die Fensterbank. »Du wirst abrutschen! Dir alles brechen!«

»Ach, Unfug.« In meinem anderen Fenster spannte sich das Seil und mein Bett knarrte.

»Mera, ich schwöre, ich schneide es ab, ehe du einen Meter weit gekommen bist! Was würde das überhaupt bringen? Wir wären beide eingesperrt!«

»Ich könnte dich Huckepack nehmen«, flüsterte sie in der Dunkelheit.

»Nein!« Schon bei dem Gedanken zitterten meine Finger. »Ich gehe durch die Tür oder gar nicht. Mach dir keinen Kopf, Mutter lässt mich spätestens nach der Hochzeit raus.«

»Nach Liliettes oder deiner?«

Darauf fand ich keine Antwort.

Brunos Stimme ertönte und ich zuckte zurück. Aber er sprach nur mit Feit.

Das Seil lockerte sich. »Ich kann dir erklären, wie du die Tür aufbrichst.«

»Es ist interessant, diese Seite von dir kennenzulernen. Leider klemmt ein Stuhl davor und gleich daneben wartet Feit.«

Ein kaum hörbares Stöhnen. »Dann suche ich im Wald nach Alix und Marti.«

»Nein!« Ich lehnte mich vor, bis der Wind in mein Haar fuhr und ich mich festkrallen musste. »Du hast doch keine Ahnung, wo sie sind! Alix wird es schon irgendwie mitbekommen und Liliette helfen.« Tatsächlich war er unsere einzige Hoffnung.

»Célian Cadieux!«, zischte sie. »Ich warte nicht auf ein *irgendwie*! Ich lenke jetzt Feit ab. Sei einfach bereit. Auf Socken. Mit dicken Schuhen in der Hand.«

»Zur Hölle, nein! Mera, du wirst nicht –«

Es raschelte.

Stille.

»Mera? Verflucht, du wirst nicht hereinkommen!«

Ich lauschte. Weit entfernt knackte es.

»Mera!« Ich erhob meine Stimme nur so weit, dass Feit mich nicht hören konnte.

Nichts.

Fluchend schritt ich durch mein dunkles Zimmer. Stieß ein Kissen aus dem Weg. Schon lief ich zum Fenster zurück. Horchte. Doch da war nichts. Mit arbeitendem Kiefer stürmte ich durchs Zimmer. Kehrte zum Fenster zurück, stürmte weiter. Sinnlos oft wiederholte ich es. Meine Fäuste ballten sich auf und zu. Sie konnte doch nicht so kopflos sein!

Aber das würde sie, wenn Mutter sie erwischte.

Fassungslos öffnete ich meinen Schrank. Auf Strümpfen war ich schon. Ich stellte ein Paar Stiefel neben die Tür und starrte darauf. Mon Dieu, Schuhe brachten mir überhaupt nichts, wenn Mera geschnappt wurde. Vielleicht könnte ich Feit von *ihr* ablenken. Oder ich vereitelte damit Meras Plan. Hatte sie einen Plan? Im Schach war sie eine schreckliche Strategin, immer mit dem Kopf durch die Wand. Wenn sie jetzt hitzköpfig handelte –

Auf dem Flur klackte es.

Sofort klebte ich an der Tür. Das Geräusch erklang erneut, sicher eine Tapetentür. Absätze hallten im Gang wider. Sie schlich nicht mal!

»Guten Abend, Feit.«

Ich runzelte die Stirn. Das klang nicht nach Mera.

Es knarrte und Feits Stimme ertönte direkt vor meiner Tür. »Guten Abend.« Nur zwei Worte und ich meinte zu hören, wie seine Ohren glühten. »Habt Ihr so spät noch Arbeit?«

Ein amüsiertes Schnauben. Schritte kamen näher. »Du musst mich nicht ihrzen. Ich bin weder eine Hofdame noch eine Gelehrte.«

Also nicht Mera.

»Oh, natürlich.« Er räusperte sich übertrieben. »Ich sehe, du musst keine Krücken mehr tragen?«

Aha!

»Ja, es geht schon viel besser.« Aenlin stand nahe der Tür. »Hoffentlich hast du damals nicht mitbekommen, wie ich in die Villa getragen wurde. Ich muss schrecklich ausgesehen haben.«

»Niemals!« Er räusperte sich erneut. »Ich meine, ich war leider nicht da, um zu helfen. Wir kamen alle gerade vom Feld und«, er senkte die Stimme, »ich glaube nicht, dass Ihr schrecklich aussehen könnt.«

Stille folgte. Mit angehaltenem Atem presste ich mein Ohr an den Türrahmen. Auf dem Flur knarrte das Parkett.

»Ich bin jedenfalls froh, dass es Ihnen wieder gut geht«, sagte Feit leise.

Ein weiteres Knarren und auch Aenlin erklang noch näher. »Kennst du denn meinen Vornamen gar nicht?«

»Aber natürlich.« Seine bassige Stimme wurde dunkler. »Aenlin.«

Selbst mir jagte ein Schauer über den Rücken.

Ihre Schritte kamen noch näher.

»Deine Hände sind sehr weich«, flüsterte er.

Ich glaubte, ihr Lächeln zu hören.

»Ich muss dich etwas fragen.« Feit schien, von einem Bein aufs andere zu treten, denn unter meinen Füßen dehnten sich die Dielen. »Du ... spielst nicht mit mir, oder? Denn ... ich mag dich wirklich sehr.«

Lautlos seufzte ich. Der breitschultrige Hüne hatte ein Herz aus Zuckerguss.

Aenlin lachte. Als ein leiser Schmatzer erklang, wich ich zurück und diesmal knarzte es unter meinen Füßen.

»Ist das Antwort genug?« Sie ließ ihm keine Zeit zum Überlegen. »Dieses adelige Gefängnis scheint dich als Wärter überhaupt nicht zu brauchen. Komm mit mir auf einen kleinen Spaziergang durch die Flure. Irgendwohin, wo uns die Cadieux' nicht belauschen können.« Es knarrte und Absätze ertönten.

»Aenlin, ich weiß nicht ...« Feits Worte wurden leiser. Nach einem Moment verklangen sie auf dem Gang.

Ich starrte auf die Tür. Sie hatte ihn einfach mitgezogen. Hektisch tastete ich nach dem Brieföffner, schob ihn ins Schloss. Ich musste Mera an der Eingangstür abfangen. Doch erneut knarzte das Parkett.

»Ganz ruhig«, flüsterte eine Stimme.

Mein Brieföffner fiel zu Boden. »Mera?«

Der Schlüssel ratschte im Schloss und die Tür sprang auf. »Wen hast du denn erwartet?« Im Rahmen erschien der Umriss einer dichten Haarpracht.

Entgeistert blickte ich sie an. »Das war *dein* Plan?«

»War das nicht offensichtlich?«

Mit den Stiefeln an meiner Brust stolperte ich aus dem Zimmer und packte ihren Arm. »Du solltest doch nicht hereinkommen!«

»Moment noch, ich habe es Aenlin versprochen.« Sie schloss die Tür wieder ab und stellte den Stuhl zurück. Ihr offenes Haar fiel bis zu ihrer Taille. Schon gestern vor dem Bett hatte ich kaum wegsehen können. Als sie fertig war, ergriff diesmal sie meinen Arm und zog mich durch eine offene Tapetentür. »Jetzt darfst du mich anschnauzen. Dafür, dass ich gerade deinen Kopf rette.«

»Mach dir endlich Gedanken um deinen eigenen!« Leise lehnte ich die Tür hinter uns an. Und stockte. »Nein, warte. Liliette –«

»Wir müssen sie beim zweiten Mal befreien.« Sie zerrte an meinem Arm. »Aenlin hat Feit versehentlich in Liliettes Richtung gezogen. Komm jetzt!«

Hinter ihr stolperte ich eine Wendeltreppe hinab. »Dann hole ich Alix. Er ist anscheinend ein Meister im Rein- und Rausschleichen.«

»*Wir* holen ihn!«, zischte sie.

»Mera, du hast genug riskiert!«

»Unsinn. Aenlin habe ich am Brunnen abgepasst und es war verdammt leicht, sie zu überreden. Immer wenn Feits Name genannt wird, läuft sie rot an, weißt du?« Wir jagten an der kalten Küche vorbei. »Und weil jetzt alle denken, dass du deine Höhenangst überwunden hast, kommt niemand zu Schaden.«

Außer Atem öffnete ich die Tür des Seiteneingangs. »Vielleicht nehme ich zurück, was ich über dich als Strategin dachte.«

Wir huschten hinaus und die Tür fiel leise ins Schloss.

»Wie bitte?«

»Aber du musst wirklich aufhören, Steine nach mir zu werfen.« Ich zog sie auf die Wege, die hinter die Villa führten. Denn ich konnte sie ohnehin nicht davon abhalten, mit mir zu suchen. »Komm. Ich denke, ich weiß, wo Alix und Marti sind.«

77 Esmeray Weiß

Der langsam abnehmende Mond zeigte sich und verließ uns wieder. Wir stolperten schon seit einer halben Ewigkeit durch den Wald. Ich erkannte nicht einmal, ob wir uns von der Villa weg- oder auf sie zubewegten.

»Wo gehst du überhaupt hin?«

Célian verlangsamte. »Vor einer Ewigkeit ist Alix mit Liliette auf einen Hügel geklettert. Sie haben mir von dem Ausblick über die Villa erzählt.« Er drückte meine Hand. »Hast du mitbekommen, wie er an dem Sonntag nach der Teegesellschaft mit verdreckten Füßen heimkehrte? Ich vermute, dass er da auch von dem Hügel kam.«

»Nicht, wie er heimkehrte«, murmelte ich. Aber dass er zuvor seine Schuhe neben seinen Schrank geschmissen hatte, das hatte ich mitbekommen.

Célian hörte meine Worte nicht. Er seufzte. »Ich weiß überhaupt nicht, wieso ich ihn suche.«

»Er wird uns dabei helfen, Liliette zu holen. Und bei allem danach.«

»Ach, und was ist danach?«

Ich runzelte die Stirn. »Was weiß ich! Jedenfalls können wir hier nicht bleiben. Wir holen Liliette und dann verschwinden wir zusammen.«

Er lachte auf. »Und wohin genau?«

Ruckartig blieb ich stehen, entzog ihm meine Hand und zerrte meinen Rückenbeutel zurecht. »Wieso bist du so abfällig?«

»Ich bin realistisch. Wo sollen wir denn hin? Ich habe absolut gar nichts.«

»Na und? Viele Menschen haben nichts – ich habe nichts. Deshalb stehe ich trotzdem für meine Ziele ein!« Oder scheiterte an ihnen.

Seine Schultern strafften sich. »Ach, und ich nicht?«

»Das habe ich nicht gesagt. Ich meinte, dass manchen nur ihre Ziele bleiben. Dass du dich hingegen umentscheiden und zum Geld deiner Familie zurückkehren könntest.« Dass es mich zerstören würde, wenn er es täte.

»Verstehe. Du denkst, meine Persönlichkeit besteht aus Reichtum!« Durch die Baumkronen fiel Mondlicht auf sein Gesicht. Er war blass, seine Augen im Schatten schwarz wie Kohle. »Scheiße, Mera, was sind deine Ziele? Sogar nach Alix' Medaillon hast du uns noch beklaut! Wolltest du immer weiter stehlen und dann abhauen?«

Ich baute mich vor ihm auf. »Was hast du erwartet? Dass es mir ausreicht, mich in dich zu –«

»Wag es nicht!« Mit drohender Stimme machte er einen Schritt zurück. »Du kannst mich nicht als reichen Mistkerl abtun und dann so etwas sagen!« Er fuhr herum und stürmte in die Dunkelheit.

»Was?« Überrumpelt lief ich ihm nach.

»Ich weiß selbst, dass ich nichts habe und nichts kann! Vater hat oft genug gesagt, ich würde auf ewig von seinem Reichtum schnorren! Ich könnte meine Ehre nur in der Armee retten! *Ehrentod!*« Er spuckte das Wort aus. »Aber ich dachte ... Ich dachte, du würdest anders denken!«

Mein Herz krampfte. Ich machte größere Schritte zwischen den Bäumen hindurch, bis ich seinen Arm packen konnte und ihn herumriss. »Célian!«

Seine Augen waren so wirr wie damals Liliettes. »Ich dachte, du würdest mehr in mir sehen«, stieß er hervor. »Du darfst es nicht sagen! Ich könnte nicht ertragen, wenn du es sagst und mich trotzdem so siehst.«

Ich krallte meine Finger in seine Arme. »Atmen«, flüsterte ich. »Atmen.«

Seine Brust hob und senkte sich, aber sein Körper bebte.

»Dein Vater hätte niemals so mit dir reden dürfen.« Sachte nahm ich sein Gesicht in meine Hände. »Und deine Mutter im Weißen Salon auch nicht. Du hast Forderungen gestellt, aber es waren gute Forderungen. Du hast dich für deine Schwester eingesetzt. Du hast dich immer wieder für mich eingesetzt – direkt oder indirekt, indem du mich so lange getriezt hast, bis ich mein Wissen über Aristoteles und Luther ausgepackt habe. Das ist deine Persönlichkeit, das ist dein Reichtum.«

Sein Atem wurde ruhiger.

»Und ich weiß, dass du deine Ziele verfolgst, schließlich habe ich deine Bücherstapel gesehen.«

Wärme wanderte in sein Gesicht zurück. Er sah mich an, während ich die Strähnen zur Seite strich, die aus seinem losen Zopf fielen.

»Ich wollte nicht brüllen«, sagte er leise. »Es tut mir leid, es kam über mich.«

»Seltsam, dass ich nicht zurückgebrüllt habe«, murmelte ich.

Er nagte an seiner Lippe. »Als du gestern aus meinem Zimmer gegangen bist … nachdem ich dir den Ring geschenkt habe … Wieso hast du *meistens* gesagt?«

Meine Schultern sanken. »Du machst mir ein Geschenk und ich denke nur daran, es zu verkaufen. Wie könnte ich mich da in deiner Nähe gut fühlen?«

»Aber gibt es noch einen anderen Grund? Denn auch wenn du immer wieder dafür sorgst, dass ich jemanden anschreie …« Seine Stimme wurde leiser. »Wie ich bin, wenn ich bei dir bin, mag ich unheimlich gern.«

Verzweifelt sah ich in seine Augen.

»Und ich möchte nicht, dass es umgekehrt anders ist«, sagte er. »Wenn ich dir schade, anstatt dir gutzutun, will ich das hier nicht.«

Ich stellte mich auf die Zehenspitzen und legte fest meine Lippen auf seine. Er sank zu mir herab, bis ich wieder auf den Fersen stand und sich seine Arme um meine Taille legten.

»Wenn ich bei dir bin, vergesse ich meine Sorgen«, flüsterte ich. »Bei dir versickert meine Wut, sodass ich deine Leichtigkeit aufsaugen kann. Bei dir bin ich ein bisschen mehr … schwerelos.«

Mit großen Augen musterte er mich. Aus der Nähe waren sie nicht mehr schwarz, sondern schimmerten in einem silbrigen Grau. Seine Schultern hoben sich, als würde er meine Worte einatmen. Meine Finger rutschten auf seine Brust.

Unvermittelt nahm er mein Gesicht in seine Hände und küsste mich. Auf den Mund, die Wangen, Nase, Stirn. Überall, wo er hinkam.

Lachend wehrte ich mich. »Célian!«

Mit einem seligen Funkeln hielt er mich etwas von sich.

»Kannst du nicht einmal ernst bleiben?«

Drei Schmatzer landeten auf meinem Mund.

»Heißt das, du verzeihst mir den Fast-Diebstahl?«, fragte ich.

Er nahm meine Hand und küsste sie, ehe er mich mit sich zog. »Schon vergessen. Weiter mit der Suche nach meinem verschollenen Bruder und seinem Geliebten!«

Schnaubend folgte ich ihm und verschränkte unsere Finger. Der Wald stieg steiler und steiler an. »Bist du jetzt einverstanden damit, wie wir vorgehen?«

»Wir«, wiederholte er mit leuchtenden Augen. »Ja, wir werden mit Alix und Marti Liliette befreien und dann verschwinden wir. Weißt du schon, wohin?«

Langsam brannten meine Beine. »Mir fällt nur ein Ort ein«, keuchte ich. Der Ort, zu dem ich nicht gehen wollte. Der einzige Ort, zu dem ich noch gehen konnte.

»Wunderbar.«

»Du fragst nicht, woran ich denke?«

»Normalerweise interessieren mich deine Gedanken brennend. Aber da wir erst noch meine Schwester befreien müssen, bleibt mir genug Zeit, mir selbst einen Ort zu überlegen.«

»He!« Ich knuffte ihn in die Seite.

»Alix!«, rief Célian und warf mir nur ein Grinsen zu. »Alexandre Cadieux, zeig dich endlich!«

»So schreckst du nur die Wildschweine auf.«

Unwohl sah er sich um. »Alix!«, fuhr er leiser fort. »Marti!« Immer wieder rief er ihre Namen, während auch sein Atem schwerer wurde. Mit jedem Meter lichteten sich die Bäume weiter und sanftes Mondlicht schaffte es zu uns herab.

Etwas schimmerte in meinem Augenwinkel.

»Ist das Seide?« Ich zog Célian um einen Stamm herum und blieb abrupt stehen.

Direkt vor uns saßen Marti und Alix und zwischen ihnen glänzte ein Gehrock.

»Sie sehen uns schon«, nuschelte Marti in Alix' Hand und dieser ließ augenrollend seinen Arm sinken.

»Verflucht, wieso sagt ihr denn nichts?«, stieß ich hervor.

»Ich hatte gehofft, dass ihr wieder verschwindet«, brummte Alix. »Habt ihr meinen Zettel nicht gefunden?«

»Doch.« Célian schüttelte den Kopf. »Aber Liliette braucht unsere Hilfe.«

78 Alexandre Cadieux

Mit brennenden Muskeln bekam ich meine Fensterbank zu fassen. Am Seil zog ich mich hinüber und fiel in mein Zimmer. Noch rechtzeitig drehte ich mich und landete leise auf den Füßen.

Ich atmete auf. Zum Glück war ich geübt. Der Mond hatte sich in Wolken gehüllt, aber auch im Stockdunkeln fand ich meine Tür. Sie war nur noch angelehnt, Mutter hatte meine Flucht bemerkt.

Als das Seil hinter mir über die Fensterbank ratschte, lief ich irritiert zurück. Schon streckte sich mir ein Lockenkopf entgegen.

»Aus dem Weg!«, flüsterte Marti. Er stützte die Hände auf und schwang locker seine Beine hinüber. »Wieso haben wir das nicht früher getan? Das macht Spaß!«

»Du solltest doch unten warten!«, zischte ich.

»Und wenn du Hilfe brauchst?« Federnd sprang er auf den Boden. »Das ist also dein Gemach, ja?«

Immer noch spannte sich das Seil.

»*Ich* könnte Hilfe gebrauchen«, ächzte Mera im Flüsterton.

Hastig zogen wir sie herein. Alles, was wir taten, war nicht lauter als ein Wispern, und doch fühlte es sich an, als platzten wir mit Trompeten und Fanfaren herein.

»Oh, Himmel.« Sie stützte die Hände auf ihre Knie. »Ich sollte mal wieder einen richtig schweren Korb schleppen.«

»Was zur Hölle willst du hier oben?«, flüsterte ich.

»Na, eine Zwangshochzeit verhindern.«

Ich unterdrückte ein Stöhnen. »Hast du Célian etwa alleingelassen?«

»Er hat doch Höhenangst«, erwiderte sie.

Das Seil spannte sich wieder.

»Verdammt!« Ich lehnte mich hinaus und weitere Flüche klangen mir entgegen. Das Seil wackelte so heftig, dass selbst mir schwindelig wurde.

»Merde! Merde!«, keuchte Célian. Seine zitternden Hände konnten sich kaum halten. Ihn über die Kante zu ziehen, war doppelt so anstrengend wie bei Mera. Zwar war er kaum schwerer, aber um einiges größer und so hilfreich wie ein bebendes Brett.

»Was machst du denn?«, flüsterte sie, sobald er schwer atmend auf die Knie sank.

Er tastete seinen Körper ab. »Habe ich noch Ohren? Ich spüre meine Ohren nicht!«

Marti zwickte hinein und Célian quietschte leise. »Ist wohl noch alles dran«, antwortete er und zog meinen Bruder auf die wackeligen Beine.

»Lass nur, ich mache das.« Mera legte Célians Arm um ihre Schultern. »Entschuldige, ich hätte nicht einfach losklettern dürfen. Aber woher sollte ich wissen, wie gigantisch dein Ego ist?«

»Bande d'amateurs!«, zischte ich mit geballten Fäusten. »Vous allez nous démasquer!«

»Je ne suis pas un amateur«, keuchte Célian. »Und hier geht es nicht um mein Ego, sondern um meine Schwester.«

»Jaja«, erwiderte Mera.

Marti legte sein Kinn auf meine Schulter. »Es ist so schön, wenn du Französisch redest«, säuselte er amüsiert.

Ich schüttelte ihn ab. »Reißt euch zusammen! Am besten wartet ihr hier und ich hole Liliette.«

Sie warfen mir vielsagende Blicke zu.

»Gott, dann seid verflucht noch mal leise!«, flüsterte ich.

Wir streiften unsere Schuhe ab, wobei Célian das Gleichgewicht verlor und Mera fast von den Füßen riss. Marti musste beide stützen.

Immerhin erschien hinter der Tür alles still. Vorsichtig öffnete ich weiter und wir tapsten nacheinander in den Gang. Als die Wand in eine Nische abknickte, tastete ich nach Marti und legte seine Hand auf meine Schulter. Wir kamen am Weißen Salon vorbei. Ein paar Schritte noch und dann –

Ein leises Kichern erklang.

Ich blieb so schlagartig stehen, dass alle in mich hineinstolperten. Wir lauschten. Célian und Mera sahen sich an. Als das Kichern von feinem Schmatzen ersetzt wurde, grinsten sie breit. Auf meinen Blick hin hob Célian die Schultern und sein grauschwarzer Mund formte: *noch leiser.*

Mit zusammengebissenen Zähnen schlich ich in die Richtung des Pärchens. Sie mussten weit genug entfernt sein, sonst hätte Célian mich nicht weitergeschickt – mit Mera an seiner Seite. Vermutlich hatte er deshalb die Kletterpartie gewagt. Er wollte eingreifen, falls Mutter ihr erneut mit dem Tod drohte.

»Ich hoffe, er schläft schon«, erklang es dumpf aus dem Gang.

»Wer?« Das war eindeutig Aenlin. Martis Hand zerquetschte meine Schulter und ich zog ihn mühsam weiter.

»Na, der Comte«, erwiderte Feits bassige, aber weiche Stimme. Marti drückte noch fester.

»Ach so«, murmelte Aenlin im Gang zu unserer Linken. »Nein, wenn wir ihn stören würden, hätte dieser Schnösel schon lange etwas gesagt.«

Hinter mir schnappte Célian empört nach Luft und ich hätte ihn am liebsten aus dem Fenster geworfen. Zum Glück waren es nur noch ein paar Schritte, bis wir den Gang überquert hatten und ich Liliettes kühlen Türknauf ertastete. Unendlich langsam drehte ich ihn und betete, dass weder Mutter noch Liliette abgeschlossen hatten.

Die Tür glitt auf.

Atemlos schlüpfte ich hinein und schloss sie hinter den anderen. »Liliette? Ich bin es, Alix.«

»Und ich, Célian!« Ein Vorhang rauschte zur Seite. Der Mond war hinter den Wolken hervorgekommen und warf silbriges Licht herein.

Kerzengerade saß Liliette im Bett. Ihr Haar war zerzaust, ihre Augen so gerötet, dass ich es sogar in der Dunkelheit erkannte. Meine Füße liefen von selbst zu ihr, ich sank auf die Bettkante und nahm sie in den Arm.

»Was macht ihr hier?«, flüsterte sie entgeistert über meine Schulter.

»Mon Dieu, Liliette.« Célian kniete sich neben mich.

»Wie geht es dir?« Mera stellte sich zu ihm und Martis Wärme strahlte gegen meinen Rücken. Langsam ließ ich Liliette los.

»Ich …« Sie schaute von Célian zu mir. Tränen stiegen in ihre Augen. »Ich habe alles falsch gemacht!«, schluchzte sie.

»Scht!«, machten wir alle.

Ich drückte ihre Hand. »Gar nichts hast du gemacht! Entschuldige, wir müssen leise sein. Du weißt ja, Mera … und Marti … und Célian und ich auch.«

Sie nickte. »Tut mir leid«, wimmerte sie. »Es ist alles meine Schuld. Ich habe nach Mutter gerufen, damit sie Mera rauswirft. Ich habe dich nie unterstützt, als du mit deinen Lehrern wegen … Freunden diskutiert hast.«

»Was habe ich?«, fragte ich.

»Ich denke, sie redet von mir«, flüsterte Marti.

»Wirklich, ich hätte etwas sagen sollen, hätte nicht so ein Biest sein dürfen.«

»Ach, Liliette.« Ich strich über ihr zotteliges Haar. »Du bist doch noch ein Kind. Du solltest ein Biest sein. Ich bin dir nicht böse, weil du nichts gesagt hast.«

»Nein?« Mit zitternden Schultern sah sie auf. »Aber morgen muss ich –«

»Gar nichts musst du!« Célian senkte schnell die Stimme. »Deshalb sind wir hier. Wir sind dein persönlicher Entführungstrupp – tada!«, flüsterte er und breitete die Arme aus. Alle legten ein verzweifeltes Lächeln auf.

Unter Tränen musterte sie uns. »Dann muss ich nicht heiraten?«

»Wenn du nicht willst, niemals!«, wisperte Mera.

Liliette starrte auf ihre verkrampften Hände. »Mera, ich wollte nicht …«

Sie schüttelte den Kopf. »Ich weiß.«

Es waren nur zwei Worte und schon rannen wieder Tränen über Liliettes Wangen. Mera streckte eine Hand aus, zögerte, ob sie sie berühren durfte. Meine Schwester ergriff ihre Finger und drückte sie. Als Mera nicht zurückzog, atmete Liliette stockend ein und lächelte zaghaft.

Im nächsten Augenblick glänzten wieder Tränen. »Aber was ist mit Mutter? Wir können sie nicht alleinlassen.«

Es wurde noch stiller.

»Weißt du«, flüsterte ich, »Mutter tut uns im Moment nicht gut. Und wir tun ihr auch nichts Gutes, wenn wir uns fügen.«

Wimmernd sah sie zu Célian, der die Lippen aufeinanderdrückte und nickte. Er hätte sicher wütendere Worte gewählt, aber das würde ihr jetzt auch nicht helfen. Sie schluckte und wischte sich mit den Ärmeln des Nachtkleides über die Wangen. Nach dem zweiten Mal blieb es halbwegs trocken.

»Und wie kommen wir raus?«

»Leise.« Célian setzte ein Schmunzeln auf. »Vor meinem Zimmer hängt nämlich Feit an Aenlins Lippen.«

Marti stöhnte auf, woraufhin Liliette lächeln musste. Sie schlug die Decke weg und auf Célians Hinweis hin suchte sie irritiert nach Kleidung, die sich zum Klettern eignete. Wir drehten uns um und ich ärgerte mich, dass sie über kein Geld verfügen durfte. Was Mädchen wollten, bezahlte *Mann* ihnen. In unserem Fall ein Mann, den sie noch nicht einmal kennengelernt hatte.

Als sie in Hose, Hemd und Mantel vor uns stand, leuchteten Célians Augen. Er wirbelte sie lautlos im Kreis und nannte sie *Piratin Jette*. Sie kicherte sogar.

»Dafür ist jetzt keine Zeit.« Ich musste sie zurück auf den Boden ziehen. »Hast du etwas, das wir verkaufen können?«

»Ich glaube, das habe ich schon alles geklaut«, murmelte Mera.

»Du hast es aber nicht mitgenommen.« Liliette zeigte mir in ihrem Schreibtisch Stempel, Tintenfässer und Notizbücher.

»Ich hatte eher an eines deiner Figürchen gedacht«, erwiderte ich, doch sie funkelte mich an. »Dann deinen Schmuck?«

Murrend schlich sie zu ihrem Schminktisch. »Wieso nicht deiner? Zum Beispiel die Ringuhr.«

»Nicht die Ringuhr!«, zischten Célian und ich.

»Himmel, lasst doch das Zeug. Da, wo ich euch hinbringe, brauchen wir kein Geld«, flüsterte Mera. »Zumindest nicht bis übermorgen.«

Wir starrten sie an.

»Will sie uns umbringen?«, wisperte Liliette.

»Du weißt, wo wir hinkönnen?«, fragte ich.

»Das sagte ich gerade.«

Ich sah zu Célian.

»Ne me regarde pas«, flüsterte er. »Ich musste ein verfluchtes Seil hochklettern. Da war kein Gedanke übrig, um mir etwas anderes zu überlegen.«

Mera knuffte ihn gegen die Schulter. »Wenn es sein muss, könnt ihr auf den Fluren etwas klauen. Ein Gemälde oder einen Spiegel.«

Während Célian sie überrascht musterte, schüttelte ich den Kopf. »Viel zu laut.« Stattdessen steckte ich eine Auswahl von Liliettes Schmuck in meinen Gehrock und diese schob einen kleinen schwarzen Gegenstand in ihren Umhang.

Behutsam öffnete ich die Tür und schickte Célian zuerst hinaus, der Mera mitzog. Liliette presste ein Paar Stiefel an ihre Brust und führte Marti mit sich. Sie nickte mir zu wie eine Seeräuberin, die ihren Raubzug antrat. Marti folgte ihr mit erhobenen Brauen. Unfreiwillig schmunzelnd schlich ich ihnen nach. Aenlin und Feit unterhielten sich leise. Sie erzählte ihm, wie sie im Fluss ausgerutscht war und er murmelte immer wieder ein *Oh* oder auch *O nein*. Der Rückweg erschien nur halb so lang. Sobald ich endlich meine Zimmertür hinter mir geschlossen hatte, atmeten wir auf.

»Wer will zuerst?«, flüsterte ich, als wir unsere Schuhe anzogen.

»Wieso haben wir nicht die Flügeltür genommen? Den Weg durchs Treppenhaus?« Célian wippte auf seinen Ballen und das Grinsen auf seinen Lippen kontrastierte scharf mit seinen weit geöffneten Augen.

»Keine Chance«, sagte ich. »Du weißt, wie laut die Tür quietscht.«

»Ich kann als Erste.« Liliette hüpfte geräuschlos auf die Fensterbank. »Ach, wie habe ich Hosen vermisst.« Prüfend zog sie am Seil, schon glitt sie hinaus.

»Liliette!« Célian sprang zum Fenster.

»Was denn?«, wisperte sie aus der Tiefe.

Schwer atmend klammerte er sich an die Fensterbank. »Nichts. Du machst das toll.«

Ich schüttelte den Kopf. »Wer geht nun?«

Das Seil lockerte sich und Célian hob die Hände. »Alles gut, sie ist gelandet!«

»Ich bleibe bei ihm.« Mera sah mich an. »Vielleicht kann ich ihn beruhigen. Nur meinetwegen ist er hier oben.«

Célian stieß sie in die Seite. »Ich kann dich hören! Und ich bin immer noch wegen meiner Schwester hier.«

Sie hob die Brauen. »Dann willst du ihr bestimmt gleich nach?«

Mit nur einem Blick zum Fenster wurde sein Atem flacher.

»Wir könnten ihm eins über die Rübe ziehen«, murmelte ich Marti zu.

Dieser nickte. »Und ihn in einem Beutel hinunterlassen.«

Célian wich zurück, stieß an die Wand. »Marti, wir hatten doch eine Verbindung!«

»Ach ja?«, flüsterte Mera.
»Du bist für mich Geschichte«, zischte er. »Von wegen Ego!«
Sie wandte sich zu uns. »Wer darf zuschlagen?«
Marti lachte leise. »Komm, Célian, ich trage dich hinunter.«
»Was?« Célians Wispern sprang zwei Oktaven in die Höhe. »Nein! Nein, nein!«
Marti hängte sich Célians Arme über die Schultern, als wäre er Meras Rückenbeutel. »Halt dich einfach fest. Aber erwürg mich nicht.«
Ich folgte ihm, während er den kaum hörbar zeternden Célian zum Fenster schleifte. »Bist du dir sicher?«
»Es sind ja nur ein paar Meter. Setz dich mal auf die Fensterbank«, wies er Célian an.
Dieser sah in die Tiefe und riss seinen Kopf wieder hoch. Mit riesigen Augen setzte er sich und krallte sich an Marti. »Mon Dieu, je vais mourir, je vais mourir!«
»Klappe, du wirst nicht sterben«, flüsterte ich. Unterdessen führte Marti das Seil um seinen eigenen Rücken. »Siehst du? Er ist vom Fach.«
Marti schnaubte leise. »In Ordnung, leg die Beine um meine Hüften.«
Célian klammerte sich an ihn wie ein Affe mit viel zu langen Extremitäten. »Notre père qui es aux cieux que ton nom soit sanctifié.«
»Was sagt er?«, fragte Mera.
Ich rollte die Augen. »Er betet das Vaterunser.«
Mit einem Ruck schob Marti sich und Célian über die Kante. Mein Bruder riss den Mund auf, aber kein Laut kam heraus.
»Célian.« Mera lehnte sich aus dem Fenster. »Ich finde es etwas unhöflich, dass du jetzt zu einer katholischen Gottheit betest.«
»Wie bitte?«, flüsterte er. »Ich bin Protestant!«
»Mera, nicht«, zischte ich.
»Diese Religionen haben schon Tausende Menschen unterdrückt und tun es weiterhin«, wisperte sie. »Sie führen Kriege und missionieren. Das ist nicht gerade aufklärerisch!«
»Komm mir jetzt nicht mit der verfluchten Aufklärung! Ich habe Todesangst, ich darf beten, zu wem ich will!« Es ruckte am Seil. »Oh, mon Dieu!«
Sie lehnte sich weiter hinaus. »Verehrst du wirklich die Ursache von so viel Leid? Willst du in einen Himmel kommen, der auf Knochen thront?«
Ein Schmunzeln zupfte an meinen Mundwinkeln. Ich stellte mich zu Mera ans Fenster und sah hinab.

»Das ist nicht der richtige Zeitpunkt für eine verdammte theologische Diskussion!«, zischte er. »Maudit, ich weiß nicht einmal, ob ich gläubig bin!«

»Na, das kommt beim Herrn sicher gut an«, flüsterte Liliette.

»Jetzt lasst mich alle in Frieden! Ich versuche doch bloß –«

»Wir sind unten«, sagte Marti.

Das Seil lockerte sich und Mera grinste mich an. Amüsiert ließ ich sie vor. Mein Blick landete auf meinem Bett. Eilig kramte ich darunter noch mein Medaillon hervor und hängte es mir um. Schlimm genug, dass ich es gestern vergessen hatte. Mit wenigen vertrauten Handgriffen kletterte auch ich hinunter – und stockte.

Célian hing noch immer an Marti, der mich nur wortlos ansah.

»Cèl!« Ich rüttelte an seinen Armen. »Kannst du endlich meinen Freund loslassen?«

Sein Körper bebte immer noch. »Ich glaube nicht.«

»Du schaffst das.« Mera hatte sich den Rückenbeutel übergeworfen und löste eine seiner Hände. »Der Himmel, der auf Knochen thront, muss auf deine Seele noch warten.«

Célian schnaubte. Seine Beine glitten an Marti hinab und er sank so langsam ins Gras, als müsste er erst testen, ob es ihn hielt.

Es hielt.

Auf der Stelle sank er zusammen und streckte sich auf der Wiese aus. »Oh, mon Dieu. Père, que ton règne vienne.«

»Gott, fürs Beten ist keine Zeit. Steh jetzt auf.« Mera zog ihn gnadenlos auf die Beine.

»Du hast auch *Gott* gesagt«, murmelte er und auf seinen Lippen lag ein weltfernes Lächeln.

»Also«, fuhr ich dazwischen, »Pferde und Kutschen sind zu laut. Im Personalgebäude könnte man uns hören. Mera, wie weit ist es zu Fuß?«

Sie straffte die Schultern. »Sieben Stunden.«

NOCH 1 TAG

Mittwoch, 06. Juli 1768

79 Esmeray Weiß

Die Sonne briet den Schlamm auf unseren Kleidern. Stoff und Haar standen steif ab und staubten mit jedem Schritt. Gegen Morgen war der Himmel blendend weiß geworden und hatte seine Schleusen geöffnet. Vorbeirauschende Karren hatten Matsch auf uns gespritzt, bis uns die Sonne nach Stunden einen fröhlichen Sommertag vorgegaukelt hatte.

Mit jeder Minute zerrten die Gurte meines Rückenbeutels mehr an meinen Schultern und ich musterte meine verdreckten Stiefel, als könnten meine Augen die nächsten Schritte für sie machen. Nicht einmal Marti sagte etwas, obwohl er die Stimmung hochgehalten hatte, noch lange nachdem Célian die Witze ausgegangen waren. Irgendwo knurrte ein Magen.

»Es ist nicht mehr weit«, murmelte ich.

»Das hast du schon hundertmal gesagt«, erwiderte der Chor oder eher ein müder Kanon.

Liliette seufzte. Vor einigen Stunden waren ihre Augen zugefallen und sie war vornüber in eine Pfütze gestürzt. Wir hatten sie mit unseren Kleidern sauber gewischt und Alix hatte sie für eine Weile getragen, dann Marti. Jetzt stolperte sie wieder in unserer Mitte. Tief atmete ich durch und hob meinen Kopf. Büsche und Bäume ringsherum. Nichts als Büsche und Bäume seit einer Endlosigkeit.

Aber das Loch in dieser Tanne kannte ich.

Mein Blick schoss voraus. Zwischen den Ästen blitzten wilde Wiesen, blauer Himmel – feste Holzwände.

»Wir sind da!« Mit ungeahnter Kraft schritten meine Beine weiter aus. »Schnell! Wir sind da!«

»O Gott, sie hat uns zum Sterben in den Wald geführt.« Liliette packte sich an ihre Mütze von Marti, unter der sie bei den ersten Sonnenstrahlen ihr Haar versteckt hatte.

»Unsinn!« Meine Haut kribbelte. Ich warf ihnen ein aufgeregtes Grinsen zu und beschleunigte. »Kommt schon!«

»Nein, ich kann nicht mehr«, entfuhr es Alix.

Allgemeines Aufstöhnen und schweres Schlurfen ertönten. Ich erreichte die Lichtung – in ganzer Fülle erstreckte sich mein Zuhause. Es wirkte kleiner, noch heimischer. Der Anblick des blühenden Gemüsegartens versetzte mir einen süßlichen Stich.

Ich lief los. »Anne! Anne!«

»Wer ist An-ne?«, keuchte Liliette.

»Ich glaube, das heißt *Mama* auf Türkisch«, sagte Marti.

Alix schnaubte. »Seit wann kannst du Türkisch?«

»Seit wann hat Mera noch eine Mama?«, fragte Liliette.

»Anne!«, rief ich. Sie durften nicht schon fort sein.

Aus dem Beet erhob sich eine Gestalt und hielt eine Hand vor die Sonne. Unter dem Wohnzimmerfenster stand eine Person von der Bank auf.

»Mera?«

»Emmi?«

Ein Schluchzen entwich mir. Mutter und Vater stürmten aus dem Tor und ich warf mich in ihre Arme.

»Es tut mir leid!«, wimmerte ich und krallte mich in ihre Stoffe. »Es tut mir schrecklich leid!«

Vater küsste mein Haar und presste mich in ihre Umarmung, während Mutter beruhigend über meinen Rücken strich. Und es mir wieder einfiel. Sie roch nach frischen Tomaten, schwarzem Tee – und Papier.

»Geht es dir gut?«, fragte sie, wohingegen Vater keinen Ton herausbekam. »Mera, wer sind diese Menschen?«

Zitternd holte ich Luft und löste mich. »Mutter, Vater.« Mit einem verzweifelten Lächeln wischte ich meine Tränen weg. »Das sind die Cadieux'. Und Marti.«

Auf den Gesichtern der Geschwister prangte ein unsicherer Ausdruck.

Nur Marti verbeugte sich. »Es freut mich sehr.«

»Die Cadieux', bei denen du arbeitest?« Vater starrte die vor Dreck strotzenden Gestalten an.

»Gearbeitet hast«, murmelte Liliette.

Alix stieß sie in die Seite. »Es tut mir leid, dass wir hier unangekündigt auftauchen. Wir haben Ihnen einiges zu erklären, aber auch ich bin erfreut, Euch kennenzulernen, Herr und Frau Schwarz.«

»Weiß«, flüsterten Célian und ich.

»Kenne ich Euch nicht?« Vater musterte Célian.

Dieser verbeugte sich mit einem Räuspern. »Célian Cadieux. Ihr habt meinem Kutscher vor einigen Wochen freundlich den Weg erklärt.«

»Ich erinnere mich!« Mutter strich sich eine Strähne hinters Ohr. Ihr dichtes Haar hatte sie wie immer schlicht am Hinterkopf hochgesteckt und diesmal band sie sich keine Kopfbedeckung um.

»Es tut mir leid, wie ich mich benommen habe«, sagte Célian ernst, konnte aber niemandem in die Augen sehen. »Ich war vorlaut und unhöflich.«

Vater hob die Schultern. »Nun ja, meine Tochter bringt das in so manchen Menschen hervor.«

Ich warf Vater einen entrüsteten Blick zu.

»Emmi, klärst du uns endlich auf?«, fragte er.

»Emmi?«, wisperte Liliette.

»Einiges ist schiefgelaufen«, sagte ich leise. »Wir konnten dort nicht mehr bleiben, niemand von uns. Ich habe alles falsch gemacht und –«

»Das stimmt nicht ganz.« Célian trat vor. »Ihre Tochter ist eine wundervolle Person, die besonders meiner Schwester und mir eine gute Freundin war. Sie trägt für kaum etwas die Schuld, stattdessen hat sie viel für uns riskiert und uns auch noch hierher–«

»Célian.« Meine Wangen brannten.

Er verstummte und Alix seufzte.

Mutter straffte die Schultern. »Es gibt anscheinend viel zu besprechen. Ihr seht ausgehungert aus. Falls keine Gefahr droht, solltet ihr erst mal den Dreck abwaschen, während Theo und ich etwas zu essen vorbereiten.«

Mit frischen Tränen sah ich zu ihr auf und überschwänglich bedankten sich alle.

Marti krempelte bereits die Ärmel hoch. »Wo sind denn die Waschzuber?«

Mutter, Vater und ich lächelten.

»Nein, kein Zuber, etwas viel Besseres.« Ich warf meinen Rückenbeutel über den Zaun. »Kommt, ich zeige euch, wie ich groß geworden bin.«

Unter irritierten Blicken führte ich sie hinter dem Haus durch Butterblumen und Wiesenschaumkraut bis zum Waldrand. Hinter Büschen tat sich schillerndes Blau auf. Wir streiften die Schuhe ab und Marti und ich sprangen mit unseren dreckigen Kleidern ins Wasserbecken. Liliette folgte zögerlicher, aber sobald sie bemerkte, dass sie in der eisigen Frische stehen konnte, warf sie sich hinein. Marti zog Alix auf seinen Rücken und Célian watete langsam hinterher. Ehe ich ihm eine Hand reichen konnte, spritzte Liliette Wasser in seine Richtung – er wich aus und alles schwappte über mich. Sofort verloren wir uns in einer kleinen Schlacht, in der alle gegen Célian kämpfen wollten und sich doch nur untereinander erwischten.

Hustend und lachend kletterten wir die Böschung wieder hinauf und schleppten uns über die Wiese zurück hinters Haus. Wir sanken ins Gras und ließen uns von der Sonne wärmen. Als mein dünnes Kleid schon fast getrocknet war, fanden meine Finger Célians und mit geschlossenen Augen schmunzelte er. Bis eine Tür klackte. Er zog seine Hand fort und auch Alix holte Luft.

»Pärchen«, stöhnte Liliette leise.

»Mit Kleidern?« Hinter uns lachte Mutter. »Na, sie mussten ohnehin gewaschen werden.«

Ich stützte mich auf die Ellbogen. Während sie den Tisch unter der ausladenden Trauerweide deckte, musterte ich Célian. Tiefschwarz glänzte sein offenes Haar und er blinzelte mich an.

»Wieso nimmst du die Hand weg?«, flüsterte ich. »Ist es wegen meiner Eltern?«

Sein Blick flog zu Mutter, die wieder im Haus verschwand. Gleichzeitig kam Vater mit Holzlöffeln und Steinbechern heraus.

Célian rückte von mir ab. »Ich weiß nicht, wovon Ihr sprecht.«

Mein Mund klappte auf.

»Gib dir keine Mühe, Junge«, sagte Vater. »Es ist klar, dass sie dich völlig im Griff hat.«

Hitze stieg in meine Wangen und Alix gluckste.

»In euren Augen sieht man das Liebesfunkeln genauso«, fügte Vater hinzu.

Alix und Marti starrten ihm nach, während er schmunzelnd ins Haus ging. Ich setzte mich auf und zupfte unwohl an einem Grashalm. Als sich Célians Hand in mein Blickfeld schob, sah ich ihn an und er nickte auffordernd. Lächelnd verschränkte ich unsere Finger miteinander.

Sobald Mutter sich mit einem großen Topf aus der Tür schob, eilten alle zu Hilfe, aber sie schnalzte nur mit der Zunge und verwies uns mit einer scharfen Kinnbewegung auf die Stühle. Sie schlug vor, die Förmlichkeiten außer Acht zu lassen, wohingegen es Vater nervös machte, die Cadieux mit Vornamen anzusprechen. Alix war jedoch sofort einverstanden und stellte sie alle abermals vor. Nickend servierte Mutter dampfendes Türlü – ein Eintopf aus allerlei Gemüse. Kaum hatte Vater sich gesetzt, pusteten wir und verbrannten uns die Zungen, nahmen aber gleich den nächsten Löffel. Der Geschmack von grünen Bohnen, süßen Möhren und Petersilie ließ mich leise seufzen. Auch Marti lächelte in sein Essen und Alix nahm schon bald eine weitere Portion.

Nach meiner ersten Schüssel lag das warme Gericht jedoch ungewohnt schwer in meinem Magen. Als ich meinen Löffel ablegte, sah Célian an meiner Seite auf.

Langsam lehnte ich mich zurück. »Wie steht es um das Haus?«

Mutters dichte Brauen zogen sich zusammen. »Nicht jetzt, Mera. Ihr solltet uns lieber erzählen, wieso ihr hier seid.«

Fordernd erwiderte ich ihren Blick. Unterdessen legte Célian mir eine Portion nach.

Mutter kniff die Augen zusammen, doch ich gewann. Sie seufzte und ihr Gesicht erweichte. »Wir verkaufen.«

Meine Schultern sackten hinab. Stille schwappte über den Tisch und das Essen in meinem Magen verwandelte sich in ätzende Säure.

»Morgen um vier Uhr legt der Pächter uns den Vertrag vor«, sagte sie.

»Aber … Was ist mit den Teppichen?«, brachte ich heraus. »Und den Sesseln? Habt ihr an alles gedacht? Meine Handspiegel und die Schatulle –«

»Mera.«

»Habt ihr auch sicher die Schatulle verkauft? Und meine Kleidertruhe –«

»Esmeray.« Ihre Stimme war ruhig und traurig.

Alle Köpfe drehten sich zu mir. Noch ein Name, den sie nicht kannten.

»Mutter hat alles durchgerechnet«, sagte Vater. »Du kannst mir glauben, sie wollte sogar die Bretter aus den Zwischenwänden verkaufen, um morgen bezahlen zu können. Tagelang hat sie in ihr Büchlein gekritzelt und auf dem Markt die Preise erfragt.«

»Du kannst rechnen und schreiben?«, fragte Liliette und erntete schockierte Blicke.

Nur Mutter nickte. »Leider hilft es nicht.« Sie hob die Schultern, als wäre das keine große Sache. »Es hat sich gar nicht erst gelohnt, mit dem Verkauf des Hausstandes zu beginnen.«

Ich klammerte mich an den Tisch. »Ihr habt es überhaupt nicht versucht?«

»Canım, wir können uns die höhere Pacht nicht einmal für ein Jahr leisten.«

»Das will er ja auch gar nicht«, entfuhr es Vater. »Er will uns davonjagen!«

»Euer Pächter?«, fragte Célian vorsichtig.

Resigniert nickte Vater und sein Blick sank auf seinen Löffel. »Er will, dass wir verschwinden. So wie alle Sánchez' oder Bartolinis oder Soares' oder –«

Mutter legte eine Hand an seinen Arm.

»Aber ihr heißt mit Nachnamen doch *Schwarz*«, sagte Liliette.

»Weiß«, erwiderte Célian.

Mutter sah zu mir. »Willst du sie nicht endlich aufklären?«

»Willst du mich nicht aufklären, wieso du nichts verkauft hast?«, stieß ich hervor. Célian berührte meinen Arm – mit einem Satz war ich auf den Füßen. »Wieso wartet ihr darauf, dass dieser verfluchte von Berger kommt und uns alles wegnimmt?«

»Mera, ich habe es durchgerechnet«, presste Mutter hervor. »Wir haben keine Wahl.«

»Allah kahretsin, dann hast du einen Fehler gemacht! Du hast etwas übersehen!«

»Emmi!« Vater blickte mich warnend an.

Mutter hingegen stand ebenfalls auf. »Ich weiß, dass es schwer ist, aber du musst es akzeptieren. Wir können die erhöhte Pacht nicht zahlen.«

Ich öffnete den Mund, war im Begriff, einfach zu schreien.

Célian drückte meinen Arm, riss mich in den Moment zurück, wie ich es bei ihm getan hatte. »Mera, wir könnten das Haus kaufen.«

Ich atmete auf. Sofort darauf schüttelte ich den Kopf. »Das geht nicht.«

»Doch, vielleicht können wir mit jemandem etwas aushandeln«, sagte Alix.

Célian runzelte die Stirn. »Oder ich schleiche mich in die Villa und hole ein paar Gemälde.«

»Nein!«, donnerte Mutter und wir zuckten zusammen.

»Aber Anne! Denk darüber nach!«, entfuhr es mir.

»Yeter!« Ihre Schultern versteiften sich. »Ich mache mich nicht von dem Geld anderer Leute abhängig! Nur über meine Leiche!«

»Seda!«, rügte Vater sanft. »Sag so etwas nicht. Und setz dich endlich wieder.« Er zog an ihrem Arm, bis sie widerstrebend nachgab. Vater tätschelte ihren Rücken und warf auch mir einen nachdrücklichen Blick zu.

Ich sank auf meinem Stuhl zusammen und Célian nahm seine Hand zurück. »Ich habe alles versucht«, flüsterte ich zu mir selbst. »Ich habe alles versucht.«

»Und ich habe alles ruiniert.« Liliette klang zynischer, seit sie heute Nacht aus ihrem Bett aufgestanden war. »Ich hätte dir diese blöde Brosche lassen sollen. Stattdessen habe ich nach Mutter geschrien. Wie kindisch.«

Während Alix eine Hand auf ihre Schulter legte, zog ich den Kopf ein.

Schon starrte Mutter mich an. »Sagt sie das, was ich denke, das sie sagt?«

»Ich – ich habe doch nur versucht, unser Zuhause zu retten!«

»Du hast gestohlen?«, rief Vater aus.

»Leider haben wir zu spät verstanden, worum es geht«, warf Célian ein. Sein Blick wanderte zu mir. »Wenn du doch nur früher etwas gesagt hättest, dann –«

Mutter brach in Gelächter aus. Sie lachte so herzhaft, dass Marti schmunzeln musste. »Du hast diese Kinder bestohlen und sie entschuldigen sich!«, brachte sie heraus.

»Das sind die Nerven«, sagte Vater.

»Das sind nicht die Nerven!« Sie stieß ihn in die Seite und wischte die Tränen aus ihren Augenwinkeln. »Wir haben eine einmalige Tochter großgezogen.«

Ich vergrub das Gesicht in meinen Händen. »Das sind wirklich die Nerven.«

Amüsiert schnaubte Célian. »Nein, damit hat sie recht.« Als er durch mein Haar wuschelte, ruckte mein Kopf wieder hoch. »Du hast für dein Zuhause sogar versucht, mich um den Finger zu wickeln. Aber das habe ich ja früh durchschaut.«

»Ist das wahr?«, fragte Mutter prustend.

Jetzt schnappten wohl alle über. Ich funkelte ihn an. »Trotzdem sitzt du jetzt neben mir. Am Ende ist mein Plan wohl doch aufgegangen.«

Alix grinste in seine Faust.

»Wann war das denn?«, fragte Liliette.

Beleidigt verschränkte Célian die Arme. »Auf Graf Barbiers Teegesellschaft. Als sie betrunken war.«

»Wie bitte?«, entfuhr es Vater und ich wurde wieder kleiner.

»Du hast dich auf eine Teegesellschaft geschlichen?« Mutters Augen leuchteten.

»Als meine Zofe musste sie ja mitkommen«, sagte Liliette.

»Du warst ihre Zofe?« Mutter bekam den Mund gar nicht mehr zu.

»Und Lehrerin«, fügte Célian hinzu und lockerte seine Arme.

»Das war aber deine Schuld«, erwiderte Liliette.

»War sie dir also keine gute Lehrerin?«, stichelte er.

Sie schnaubte. »Sobald sie endlich Notenlesen konnte, wurde es besser.«

Vaters Löffel fiel in sein Gemüse. »Du kannst jetzt Noten lesen?«

Alix zuckte die Schultern. »Für mich hat sie einen spanischen Satz übersetzt.«

»Ach, wirklich? Mir hat sie einen Zettel vorgelesen«, sagte Marti und schnell sah Alix auf den Tisch.

»Nicht zu vergessen die Soiree, auf der sie getanzt hat«, erwiderte Célian.

»Der Tanz war aber mein Verdienst«, warf Alix ein.

Ich musste lachen und Liliettes Brauen schossen in die Höhe. »Alix, du kannst gar nicht tanzen!«, sagte sie.

Mutter sah zu Vater und dieser schmunzelte nur fassungslos. Leise kichernd lehnte sich an ihn.

Liliette räusperte sich. »Wieso macht ihr nicht das, was man bei einer Ungerechtigkeit so macht?«

Martis Löffel schwebte vor seinem Mund. »Fackeln anzünden und Mistgabeln schultern?«

Sie verdrehte die Augen. »Nein, ich dachte an ein Gesuch.«

Mein Herz stolperte. Mutter setzte sich langsam auf.

Liliette zuckte die Schultern und stocherte in ihrem Essen. »Vreda sagte, die Stimme des Volkes habe schon öfter Veränderungen gebracht. Auf die Straße folgen euch sicher wenige, aber vielleicht gibt jemand eine Unterschrift.«

»Einen Pächter würde das kaum beeindrucken«, sagte Alix vorsichtig. »Es wären doch nur Buchstaben auf Papier.«

»Nein, es würde die Gefühle des Volkes aufzeigen«, erwiderte Liliette. »Wenn dieser von Berger mitbekommt, wie viele Menschen gegen die Austreibung von ausländischen Personen sind –«

»Oder von bereits vor Generationen eingewanderten Familien«, fügte Marti an.

Liliette nickte. »Dann wird er unsicher. Mutter nennt Deutschland nicht ohne Grund einen *Flickerlteppich*. Alix, dir hat sie doch einmal erklärt, ein Gutsherr müsse wissen, dass seine Bauern und Leibeigenen über die nahen Grenzen flüchten können. Zu einer weltoffeneren Obrigkeit, die vielleicht sogar weniger Steuern auferlegt.«

»Redet sie immer so geschwollen?« Vater rieb sich die Stirn. »Mir schwirrt schon der Kopf.«

»Mir auch, Theo«, sagte Marti.

Liliette warf ihnen ärgerliche Blicke zu. »Es wären nicht nur *Buchstaben auf Papier*. Es wäre eine Drohung.«

Niemand sprach mehr. Nur der Wind streifte durch die Wildblumen und flüsterte in der Trauerweide von unserer Freiheit.

Ein Kribbeln lief meinen Nacken hinauf und ich sah zu Mutter.

Sie hob die Hand. »Warte, Mera, es ist ein riskanter Plan!«

»Aber es ist ein Plan!« Ich rutschte auf meinem Stuhl nach vorn. »Und es ist ein guter, nicht wahr?«

»Ich muss sagen, ich bin schwer beeindruckt, Liliette«, sagte Mutter. »So ein junges Köpfchen und schon so brillant.«

Ich atmete auf und Liliette schaute verlegen in ihre Schüssel.

»Von Berger ist jedoch eine starrsinnige Person«, fuhr Mutter fort. »Er hält sich penibel an seine eigenen Regeln, würde eher einen Aufstand riskieren, statt eine Entscheidung zu widerrufen.«

»Und … Und wenn wir es zu seiner Entscheidung machen?«, fragte ich. »Wenn wir ihn dazu bringen, eine Regel aufzustellen?«

»Man müsste ihn glauben lassen, dass ihr sie ohnehin nicht einhalten könnt«, sagte Marti. »Er scheint zu den Leuten zu gehören, die uns vermeintlich nichtdeutsche Bürgerliche immerzu unterschätzen.«

»Das ist wahr«, murmelte Vater, während Alix den Mund verzog und Marti beobachtete.

»Er könnte die Zahl der Unterschriften bestimmen!« Mein Blick klammerte sich an Mutter. »Sicher würde er etwas festlegen, das für uns drei unrealistisch ist –«

»Aber wir sind zu siebt!«, warf Célian ein.

Ich drückte seine Hand. »Ihr würdet uns helfen?«

An seiner Stelle lachte Alix auf. »Hat dein Vater nicht schon gesagt, du hättest ihn fest im Griff?« Sobald Célian ihn anfunkelte, hob er die Hände. »Das heißt natürlich *ja*. Ihr habt uns so herzlich aufgenommen, obwohl Célian bei eurer ersten Begegnung anscheinend sehr ... Célian war.«

»Das war er«, sagte ich und kassierte einen Kniff von Célian.

»Wir lassen euch nicht im Stich«, fügte Alix hinzu.

Mutter drehte ihren Löffel zwischen den Fingern und ich legte mein zuversichtlichstes Lächeln auf. Ihre Augen glitten über mein Gesicht und ich wusste, dass sie mich vor falschen Hoffnungen beschützen wollte. Aber sie wusste, dass es zu spät war.

Fest nickte sie. »Theo, wir müssen ins Dorf.«

Mir entfuhr ein Schrei. »Ich komme mit!«

»Hayır!«, entgegnete sie, wohingegen Célian sagte: »Nicht, bevor du aufgegessen hast.«

Liliette machte ein Würgegeräusch. »Du bist ihr Freund und nicht ihre Mutter.«

»Du könntest auch noch eine Portion essen«, erwiderte er.

»Mera, hör besser auf ihn«, sagte Mutter. »Habt ihr sie da drüben etwa hungern lassen? Bevor sie losging, sah sie noch anders aus. Sie hatte auch keine verbrannte Strähne.«

Célian sah zu mir und spielte an seinem Siegelring. »Vielleicht hätte ich wirklich mehr auf sie achtgeben –«

»Anne! Rede ihm nicht so einen Unsinn ein.« Ich strich meine widerspenstige Locke zurück und nahm einen Löffel. »Isch esche, Schélian, schiehst du?«

»Die Manieren hat sie dort drüben wohl auch verlernt«, sagte Vater.

Célian lächelte. Auf meiner Zunge breitete sich wieder der Geschmack von einem meiner Kindheitsgerichte aus und erinnerte mich an meinen Aufbruch. An meine Hoffnung.

»Ich komme auch mit ins Dorf«, sagte Liliette. »Ich kann ja nicht warten, bis wir schon wieder auf der Straße sitzen.«

Alix schaute auf. »Liliette, wenn Seda gesagt hat, dass wir hierbleiben sollen –«

»Rede nicht mit mir, als wäre ich ein kleines Kind!«, entfuhr es ihr.

»Du bist ein Kind«, erwiderte Célian.

»Ich hätte heute fast geheiratet!«

Stille kehrte ein.

Ich seufzte. »Wir sollten doch hierbleiben«, murmelte ich.

Liliette diskutierte, während ich den Rest aufaß. Aber Vater und Mutter machten sich bereits fertig und wir übrigen räumten den Tisch ab. Mit einem Topf in der Hand trat ich durch die Tür. Und blieb stehen.

Zu meiner Rechten glänzte das dunkle Holz des Esstisches. Geradeaus führte die Treppe unters Dach. Und zu meiner Linken eröffnete sich das Wohnzimmer. Die Sonne strahlte durch das große Fenster auf Mutters türkischen Teppich. Zwei Sessel flankierten ihn und zwischen den beiden erstreckte sich der steinerne Kamin. Unsere drei Sitzkissen leuchteten in Rot und Gelb und auf dem Sofa lagen aufgeschlagen Mutters Bücher.

Alles war noch da.

Ich konnte es nicht noch einmal verlieren.

80 Célian Cadieux

Ich stieß die Haustür mit der Schulter auf und trug das Tablett in den Gemüsegarten. »Ich habe Çay für euch.«

Alix reckte seinen Kopf hinter den Bohnenpflanzen in die Höhe und am Zaun legte Marti seinen Hammer ab. Ich gab ihnen die Tassen mit dem goldenen Tee und neben Alix streckte auch Liliette ihren Arm aus. Als ich ihr einen Lindenblütentee reichte, verzogen sich ihre Brauen noch stärker als ohnehin schon.

»Wenn du Çay trinkst, wirst du nie mehr schlafen«, erklärte ich.

Sie stellte die Tasse so heftig ins Gras, dass Tee überschwappte, und rammte ihr Schäufelchen wieder in das Beet.

Alix blies über seinen Çay. »So machst du noch die Radieschen kaputt.«

Wortlos riss sie die Schippe heraus und fuchtelte in seine Richtung.

»Bei dir sieht es nicht viel besser aus«, murmelte Marti.

Alix wehrte den Spaten ab. »Wie bitte?«

Marti hämmerte wieder auf die schiefen Zaunbretter ein und Liliette schaufelte sich weiter durch die weiche Erde.

Ich nippte an dem herben Tee und musterte die Schatten unter ihren Augen. »Möchtest du dich nicht doch auf dem Sofa ausstrecken und –«

Frustriert schrie sie auf. »Zum letzten Mal, ich gehe nicht schlafen!«, rief sie und griff sich eine Handvoll Erde. Hastig wandte ich mich ab. Klumpen prasselten gegen meinen Rücken und fielen auf das Tablett.

Mit großen Augen drehte ich mich wieder zu ihr. »Mein Çay!«

Alix grinste breit und Liliette stieß ihn in die Seite. »Lach nicht! Du nervst mich genauso!« Sie warf auch ihn mit Erde ab.

Entgeistert wischte er über sein Gesicht. »Du!«

Liliettes Augen blitzten schelmisch auf. Als er ebenfalls ins Beet griff, zuckten ihre Mundwinkel nach oben. »Nicht!« Vergeblich nutzte sie ihren Spaten als Schutzschild. Die Erde rieselte sogar in ihren Nacken.

»Wir wollten im Garten *helfen*«, murmelte Marti.

Liliette schüttelte ihr Haar aus und ein Schmunzeln huschte über ihre Lippen. Sobald sie erneut in die Erde packte, zog ich die Haustür auf und verdrückte mich mit einem leisen Lächeln. Nur Martis Luftschnappen drang noch bis zu mir.

Mera kam aus dem Studierzimmer und lief mit einem Kissenstapel an mir vorbei ins Wohnzimmer. Seufzend ging ich ihr nach und stellte das Tablett ab, während sie alle Polster auf einen Haufen sortierte. Schon seit Stunden ordnete sie das Haus in Unordnung. Mit schweren Armen nahm ich jedes Kissen wieder auf und legte es zurück auf Sofa und Sessel.

»Willst wenigstens du dich ein wenig hinlegen?«, fragte ich.

»Hm«, machte sie nur und lief in die Küche.

Ich schleppte die restlichen Polster zurück zu den Sesseln im Studierzimmer und wischte den Staub, den Mera zuvor aus den Bücherregalen geputzt hatte, von einer ovalen Gitarre und einem Cembalo. Als ich in die Küche kam, drang aus dem offenen Fenster Martis Lachen. Unterdessen sortierte Mera Becher neben Pfannen ein. Sie hatte alle Schränke geöffnet und deren Inhalt auf dem Küchenblock verteilt.

Ich räusperte mich. »Habe ich dir schon erzählt, dass Alix mein größtes Vorbild ist?«

Im Garten gluckstem Marti und Liliette.

»Lacht doch nicht«, zischte Alix.

Wenigstens meine Geschwister hörten mir zu. Eine ganz neue Erfahrung.

»Hm«, machte Mera erneut und lief wieder aus der Küche.

Nur gerecht, nach diesem Satz würde ich als meine Geliebte auch weglaufen. Kraftlos räumte ich die Becher in ihren eigenen Schrank zurück. Und stockte. Ich hatte Mera gerade als *meine Geliebte* bezeichnet.

Mir wurde warm, als sie mit den Bechern des Esszimmerschranks zurückkehrte, und ich lehnte mich an eine Arbeitsfläche. »Weißt du, Emmi –«

Ihr Kopf ruckte zu mir.

»Aha, ich bekomme deine Aufmerksamkeit also mit einem deiner geheimen Namen?«

Sie funkelte mich an und trat näher. »Wenn du mich noch einmal *Emmi* nennst, bekommst du zwar meine Aufmerksamkeit, aber nie wieder meine Küsse.«

»Igitt«, nuschelte Liliette leise.

Ich lächelte schief. »J'ai compris. Ich nehme dir deine Zerstreutheit auch nicht übel, schließlich hast du ja nur die vermutlich größte Krise deines Lebens.«

Mera verdrehte die Augen. Sie werkelte weiter, aber ein feines Schmunzeln umspielte ihren Mund und entspannte meine Schultern.

»Wie wäre es, wenn du nicht die Pfannenwender neben die Kuchenformen quetschst«, ich nahm sie ihr aus der Hand, »sondern zumindest etwas trinkst?«

»Ich habe schon drei Tassen Çay getrunken.«

Ich schnaubte. »Das glaube ich sofort.«

Sie entzog mir die Pfannenwender und räumte weiter. Stöhnend rieb ich über meine Stirn und mein Blick fiel aus dem Fenster ins Gemüsebeet. Zwischen den Möhren und Tomaten hatte Liliette sich eingerollt und war eingeschlafen, ihr Schäufelchen noch in der Hand. Ein Lächeln huschte über meine Lippen. Bis Mera neben mich trat und aus dem Fenster auf den Weg sah, der noch immer menschenleer vor uns lag.

»O nein.« Sie wippte auf den Füßen, ihre Hände tasteten nach meinem Arm. Ich öffnete den Mund für beruhigende Worte, aber sie hämmerte hoffnungslos ihre Stirn gegen meine Schulter. »O nein, o nein, o nein.«

81 Alexandre Cadieux

Die Küche der Familie Weiß war zu klein für sieben Personen.

»Hier.« Theo musste den Arm nicht einmal ausstrecken, um mir zwei abgespülte Brettchen zu reichen. Er wusch mit Seda das Geschirr des Abendessens ab. Es hatte Gözleme gegeben, hauchdünnen, gefalteten Teig mit herzhaften Füllungen.

Ich gab eines der nassen Bretter an Célian weiter, der mit mir an einer Arbeitsfläche lehnte. Während wir abtrockneten, stach sein Ellbogen in meine Seite und in seinem Kampf mit dem Handtuch glitt ihm andauernd etwas durch die Finger.

»Ich muss da mal …« Mera manövrierte einen Topf an Liliettes Füßen vorbei. Diese saß hellwach auf der Ablagefläche und brachte Marti an ihrem Haar das Flechten bei.

»Ihr müsst uns wirklich nicht helfen«, sagte Theo erneut.

Wir antworteten schon nicht mehr.

»Ich helfe gar nicht«, flüsterte Liliette Marti zu. Um so zu kichern wie sie, sollte ich vielleicht auch einmal in einem Gemüsebeet schlafen.

»Du hilfst mir, einen Krampf zu bekommen.« Verbissen führte Marti seine widerwilligen Finger von einer Zopfseite zur anderen.

»Und ich hätte euch im Dorf helfen sollen.« Mera konnte den Topf im Schrank einsortieren und richtete sich auf.

»Canım, es ist ein Wunder, dass von Berger uns überhaupt angehört hat«, sagte Seda.

»Wir könnten es schaffen.« Célian hielt Mera unsere Brettchen hin, ließ sie aber nicht los. »Wirklich, zweihundert Unterschriften sind –«

»Utopisch!« Sie entzog ihm die Bretter und sortierte sie so klappernd neben Martis Kopf ein, dass dieser sich duckte. »Und dann noch die Unterschriften von fünf herausragenden Persönlichkeiten! Was soll das überhaupt bedeuten?«

»Adelige«, sagte ich. »Das sind nur Synonyme für *Geld* und *Einfluss*. Zumindest bei von Berger.«

»Er will sich seiner Sache lediglich sicher sein.« Seda reichte uns die Holzlöffel vom Mittagessen und sie rutschten beinahe aus meinen müden Fingern.

Theo schnaubte. »Er will uns auflaufen lassen! Emmi hat recht, es wäre eine Utopie.«

Seufzend tauchte Seda ihre Hände wieder in den Wasserbottich. »Eine Utopie ist nicht unmöglich und macht uns meist auf Fehler unserer Gegenwart aufmerksam.«

»Von Bergers Geburt war ein Fehler!«, stieß Mera hervor, aber bei Sedas scharfem Blick zog sie den Kopf ein. »Pardon.« Zuhause sprach sie deutlicher das N aus, anders als ich es im Französischen tun würde.

»Wenn man nun von Fehlern weiß«, fuhr Seda fort, »kann man sie bearbeiten.«

»Deshalb hätte ich mit ins Dorf gehen sollen.« Mera nahm meine Löffel entgegen und stopfte sie in einen Korb. »Ich hätte schon Unterschriften sammeln können. Wie sollen wir das morgen schaffen?«

Seufzend rollte ich meine schweren Schultern. »Du schaffst gar nichts, wenn du zusammenklappst.«

»Seitdem Mutter Alix eingesperrt und Marti gefeuert hat, bist du auf den Beinen«, fügte Célian hinzu. »Schau dich doch um. Mir sind die Schalen zu schwer, Alix sitzt jeden Moment auf dem Boden und Liliette ist völlig überdreht.«

Brummend straffte ich meine Schultern und die Augen meiner Schwester weiteten sich. »Gar nicht!«, sagte sie und kicherte.

Célian wandte sich wieder Mera zu. »Und du bist kurz davor, diesem von Berger eine runterzuhauen. Willst du die Leute mit Gewalt zu einer Unterschrift zwingen?«

Mera öffnete den Mund, vermutlich um kräftig zu bejahen. Nur wegen Theos Blick über seine Schulter biss sie die Zähne zusammen.

»Das bringt mich darauf, dass wir uns noch Schlafplätze überlegen müssen.« Theo reichte mir wieder zwei Schüsseln. »Besser als darüber nachzudenken, wieso ihr in den letzten Nächten nicht geschlafen habt.«

Ich schlug die Augen nieder. »Wir können auf dem Boden schlafen. Ein Dach über dem Kopf ist mehr als genug.« Die Nacht mit Marti auf dem Berg war aufregend gewesen, sowohl im knisternden als auch im furchteinflößenden Sinne.

»Liliette schläft als Kleinste auf dem Sofa«, sagte Seda. »Euch anderen machen wir es daneben mit Decken möglichst weich.«

Mera hob die Brauen. »Aber Célian und ich können doch –«

»Hayır, nicht einmal im Traum.« Seda spritzte Wassertropfen in Meras Gesicht. »Du darfst dich aber auch im Wohnzimmer auf den Boden legen.«

Während ich ein Schmunzeln unterdrückte, wischte sich Mera ungehalten mit dem Ärmel über die Wangen. Es verdeckte kaum ihre Röte.

Célian räusperte sich. »Liliette, welche herausragenden Persönlichkeiten hast du zu bieten?«

»Na, mich selbst.« Liliette grinste und Marti gelangte bei ihrem zweiten Zopf an.

»*Mündige* Persönlichkeiten«, verdeutlichte ich, ehe Mera die Fassung verlieren konnte.

Liliette stockte. »Ich gehe nicht zu Barbier!«

»Er wäre ein Hauptgewinn. Sein Name sagt von Berger sicher etwas.« Célian verzog den Mund. »Ich übernehme ihn. Wen kennst du noch?«

Ihr Blick schmälerte sich. »Die Steins. Aber bei denen kann ich so nicht auftauchen. Erst recht nicht, wenn sie von der Hochzeit erfahren haben.«

»O nein, o nein, o nein«, stieß Mera aus, und da Célians Schulter zu weit entfernt war, hämmerte sie sich verzweifelt die Handballen vor die Stirn. Marti packte ihre Handgelenke.

Tief atmete Liliette durch. »Gut, ich mach's. Wenn Anniek ihre Möbel schwarz streichen darf, kann ich auch Hosen tragen. Vielleicht freut Gräfin Stein sich ja, dass ich Barbier nicht geheiratet habe?«

Mera lockerte ihre Anspannung und Marti ließ sie zögernd los.

»Danke.« Célian nickte Liliette ernst zu, ehe er mich ansah. »Alix?«

Ich hob das Handtuch. »Ich weiß ja kaum, über wen ihr sprecht.« Ehe auch er seinen Kopf gegen etwas hämmerte, blickte ich zu Meras Eltern.

»Ich helfe bei der Menge«, sagte Theo. »Ich klappere die Bauernhöfe ab und frage in den Schenken herum. Aber ihr drei seid meine ersten adeligen Kontakte.«

Seda drückte ihre Schulter gegen seine. »Mir geht es doch genauso. Ich komme mit dir und überzeuge all die, die es wagen, dir nicht zu zuhören.«

»Das ist gut!«, erwiderte ich überschwänglich.

»Ja, die Quantität ist ebenso wichtig wie die Qualität«, sagte Célian. Als Mera und Seda ihn scharf ansahen, hielt er inne. »Natürlich meine ich damit nicht, dass unterschiedlicher Stand unterschiedliche Menschenqualität –«

Mera winkte ab. »Wieso hast du mich nicht gefragt? Ich kenne auch einige Persönlichkeiten.«

»Mera, nein! Du kannst dich bei der Menge beteiligen, aber –«

»Ich kann?« Sie baute sich auf. »Du entscheidest nicht, was ich für mein Zuhause unternehme!«

»Hör auf! Erst riskierst du deinen Kopf, um mich aus meinem Zimmer zu befreien, und jetzt setzt du alles wieder aufs Spiel?« Er warf sein Tuch auf den Küchenblock. Ich legte eine Hand an seinen Arm, doch er schien es gar nicht zu spüren. »Nein, ich mache das nicht noch einmal mit!«

Theo drehte sich mit nassen Fingern um. »Emmi, was meint er damit?«

»Meine Mutter hat gedroht, sie für Hochstapelei anzuzeigen!«, sagte Célian.

»Petze!«, zischte Mera und er funkelte sie an.

»Na, wunderbar.« Seda reichte mir mit zusammengezogenen Brauen ein Blech.

»Ich beteilige mich ebenfalls bei der Menge«, warf ich schnell ein.

»Willst du etwa auch ins Dorf gehen?«, fragte Célian. »Du kennst hier doch niemanden. Und du weißt gar nicht, wie sich Menschen untereinander verhalten.«

»Bitte? Nur weil ich nicht rausgehe, kann ich mich nicht unterhalten?«

Liliette kicherte wieder. »Du bist verstockt, Alix, hat dir das niemand gesagt?«

»Ich habe es öfter versucht«, murmelte Marti und sie grinste. Er war verdammt gut darin, meine Geschwister für sich zu gewinnen. Eine Familie aufzubauen.

Mein Herz wurde leichter und ich versuchte mich gar nicht erst an einem bösen Blick, sondern reichte Mera das Blech. »Dann schleiche ich mich eben nach Hause. Die Bediensteten kennen Mera. Sie wollen ihr sicher helfen.«

»Aber ob sie dir helfen wollen?« Marti musterte mich. »Ich komme besser mit.«

»Nein!« Heftig schüttelte ich den Kopf. Er durfte nicht zurück in Mutters Reichweite. »Ich muss es allein machen, mich entschuldigen. Dafür, wie ich sie behandelt habe und dass ich über Nacht verschwunden bin.«

Theo klopfte auf meine Schulter. »Gut gesprochen, mein Junge. Ich sehe, du hast dein Herz am rechten Fleck. Du wirst das schaffen.«

Unter seiner Hand erstarrte ich.

Unter seinen Worten.

Theo zog seine tropfenden Finger zurück und lachte. »Entschuldige, jetzt ist dein Hemd ganz nass.«

»Schon in Ordnung.« Meine Stimme erklang wie aus weiter Ferne. Ich wusste, dass die anderen weitersprachen, doch ich spürte nur die nasse Stelle an meiner Schulter. Und Célians Blick auf mir.

82 Célian Cadieux

Die weichen Decken vibrierten unter Meras Schritten. Während ich auf dem Boden lag, lief sie auf und ab wie ein Marder in der Falle.

»Ich sollte doch schon gehen.« Alix setzte sich auf und seine geflochtenen Zöpfe fielen auf seine Brust.

»Nein!«, sagten wir alle. Selbst Mera.

Marti drückte ihn zurück gegen die Sofalehne. »Du wärst zu keinem klaren Gedanken mehr zu gebrauchen.«

»Das bist du ja jetzt schon nicht mehr.« Liliette saß zwischen Marti und Alix auf den Decken und spielte im Schoß ihres Nachtkleides mit einem schwarzen Stein. Alix kniff sie ins Ohr und sie grinste nur.

»Weiter im Text.« Mera presste eine Faust an ihre Stirn. »Célian läuft zu

Barbier. Ich gehe mit ihm, weil Komtess Falkenberg dort in der Nähe wohnt und –«

»Mera, du kommst nicht mit!« Ich packte ihren Fußknöchel. »Die Falkenberg könnte dich den Kopf kosten!«

Sie fuhr herum. »Yeter! Ich diskutiere nicht mit dir!«, presste sie hervor. Wären ihre Eltern nicht schon im Bett und die anderen nicht anwesend, hätte sie sicher geschrien.

Mit zusammengebissenen Zähnen ließ ich sie los. Schön, kein Streit. Aber wenn es sein musste, würde ich sie morgen früh ans Sofa ketten.

»Wo war ich?« Sie marschierte weiter. »Moment, wie kommt Liliette zu den Steins?«

»Ich gehe mit ihr ins Dorf und wir verkaufen ihren Schmuck.« Marti flocht Liliette die fünfte Frisur. Diesmal abstehende Zöpfchen, die wie müde Sonnenstrahlen um ihr Gesicht fielen. »Davon bezahlen wir ihr eine Kutsche.«

»Ach ja«, sagte Mera. »Warte … Marti, wieso gehst du ins Dorf?«

»Irgendetwas muss ich doch tun. Und für zweihundert Unterschriften brauchen wir mehr als einen Barbier, eine Stein und eine Falkenberg.«

»Aber …« Alix und ich sahen auf. Dankenswerterweise sprach er weiter. »Marti, du kannst nicht schreiben.«

»Habt ihr euch deshalb nichts für mich überlegt? Und ich dachte, ihr hättet mich vergessen.«

»Ich habe dich nicht vergessen«, flötete Liliette. »Ich dachte wirklich, du wärst keine Hilfe.«

Er strich über ihr Haar. »Deshalb mag ich dich so.«

»Marti«, sagte Alix zerknirscht.

Er schüttelte den Kopf. »Mera, hättest du mal ein Papier?«

Sie blieb tatsächlich stehen und nickte stirnrunzelnd zu einem Beistelltisch. Marti nahm ein Brett mit einem Blatt und öffnete ein Tintenfass. Seine Hand war verkrampft und die Feder kratzte scharf über das Papier.

Aber er schrieb.

Regungslos sahen wir zu. Es dauerte ein paar Atemzüge, bis Marti absetzte und meinem Bruder das Brett gab.

»Das …« Alix sah vom Blatt zu Marti. »Das ist mein Name! Du kannst meinen Namen lesen *und* schreiben!« Ihm entwich ein fassungsloses Lachen.

»Ich will auch sehen.« Liliette konnte ihm das Brett abluchsen und kniff die Augen zusammen.

Alix nahm Martis Gesicht in seine Hände und drückte einen Schmatzer auf seine Wange. »Du bist ein Wunder! Wie hast du das so schnell gelernt?«

Marti lächelte, entzog sich ihm aber. »Nach deinem Zettel musste ich mir ja helfen. Bruno hat mich mit Engelsgeduld unterrichtet.« Er nahm Liliette das Brett ab, ehe ich es mir schnappen konnte. »Mit dem Bleistift schreibe ich leserlicher. Und schneller.«

»Und auch andere Namen außer *Alexandre Cadieux*?«, fragte ich vorsichtig.

Sein Blick schmälerte sich. »Ich kann auch schon *Schlaumeier* schreiben.«

Während Liliette kicherte, verdrehte ich die Augen.

»Güzel, çok güzel!« Mera nickte und setzte sich natürlich wieder in Bewegung.

Stöhnend rappelte ich mich auf. »Legt euch schon schlafen, ich gehe noch kurz mit Mera spazieren.«

Sie sah mich an. »Ich bin kein Hund, den du Gassi führen musst!«

»Dann hör auf, deinem eigenen Schwanz nachzujagen.« Ich schenkte ihr ein Lächeln, steuerte sie auf die Hintertür zu und Liliette kicherte erneut.

»Célian!« Mera sträubte sich, sodass ich sie geradezu hinausschob. »Wir haben noch nicht alles besprochen! Ich muss –«

»Durchatmen! Du musst mal durchatmen.« Uns empfingen Dunkelheit und sanfter Nachtwind und die Tür klappte hinter uns zu. Mit den Händen auf ihren Schultern schob ich sie auf die Wiese. »Wir sind es mehrfach durchgegangen. Mit deinen Eltern und seit einer Stunde auch ohne. Du drehst dich im Kreis, chérie.«

Langsam lockerten sich ihre Schultern. Ich verringerte meinen Druck und sie blieb mitten auf der Wiese stehen. »Meinst du wirklich?«

Wortlos strich ich ihr Haar zu einer Seite und drückte behutsam meine Daumen in die verspannten Muskelstränge ihrer Schulter. Leise seufzte sie. Meine Hände wanderten von ihrem Nacken nach außen und unter meinen Fingern wich ihre Anspannung.

Ihre Hand legte sich auf meine. »Du weißt, dass ich morgen zu Falkenberg gehen werde. Dass ich zu ihr gehen muss.«

Ich hielt inne, presste die Lippen zusammen. Aber ich konnte meine Worte nicht schlucken. »Du weißt, dass ich dich aufhalten muss.«

Sie drehte sich sanft um. »Das ist weder dein Recht noch deine Pflicht.« Ihre Finger strichen so vertraut die Strähnen aus meinem Gesicht, dass ich mir nicht vorstellen konnte, jemals ohne dieses Gefühl gelebt zu haben. »Ich muss für mich und das, was mir wichtig ist, einstehen. Daran darfst du mich nicht hindern. Du solltest nur für mich da sein. Wenn du es willst.«

Mein Hals brannte, dabei hatte ich doch sie beruhigen wollen. »Ich weiß nicht, ob ich das kann«, flüsterte ich. »Ich weiß nicht, ob ich zusehen kann, wie du dich immer wieder in Gefahr begibst. Ich weiß nicht, ob ich dich … verlieren kann.«

Ihre Hände rutschten hinab auf meine Brust. Das silberne Licht des fast perfekten Halbmondes verfing sich in ihrem Haar und schimmerte an ihrem freigelegten Hals.

Ich hätte ein Leben ohne sie. Ohne ihre schnippischen Antworten, ihren störrischen Hitzkopf und ihre Besserwisserei.

Aber ich wollte kein Leben ohne sie.

Meine Hände legten sich auf ihre. »Tu sais que je t'aime?«

Ihr Blick öffnete sich und sie atmete auf. Abrupt trat sie zurück.

»Sag das nicht. Nein, sag das doch nicht.« Sie schüttelte den Kopf. »Nicht jetzt. Nicht, wenn ich ohnehin schon die Nerven verliere.«

Meine Arme sanken. »Fühlst du nicht das Gleiche?«

Sie sah auf. Mit einem Mal war sie bei mir und presste ihre Lippen auf meine.

»Doch, natürlich«, flüsterte sie. »Seni seviyorum. Ama korkuyorum.«

Flach atmete ich ihre Worte ein. Mein Herz flatterte, unentschlossen, ob es aufblühen oder versteinern sollte.

Mera löste sich ein wenig und schaute nur auf mein Hemd. »Ich liebe dich. Aber ich habe Angst«, erklärte sie. »Ebenso viel wie du. Falls wir das morgen nicht schaffen, verliere ich meine ganze Vergangenheit. Wir hätten zwar etwas Geld von dem Verkauf, doch wir säßen auf der Straße. Und wenn du dann nach Hause gehst und erkennst, dass das nur ein kleines Abenteuer war, verliere ich vielleicht auch meine Zukunft.«

Meine angehaltene Luft entwich. »Du bist ein Narr«, stieß ich hervor und nahm ihr Gesicht in meine Hände. »Du bist ein gewaltiger Narr!«

Sie lachte auf. »Célian!«

»Ich sage dir, dass ich dich liebe, und du denkst, ich lasse dich im Stich, wenn alles schiefläuft!« Meine Finger strichen durch ihr Haar. »Mera, du hast schon viele absurde Sachen gesagt, aber das übertrifft alles!«

Sie schnaubte, schlang ihre Arme um meinen Hals und zog sich auf die Zehenspitzen. »Fällt dir nichts Besseres ein, als mich zu beleidigen, nachdem ich sage, dass ich dich auch liebe?«

Schief lächelte ich. »C'est vrai, n'est-ce pas? Das war kein Versehen?«

Schmunzelnd glitten ihre Lippen über meine. »Célian Cadieux, ich liebe dich.«

Ich küsste sie und zerschmolz. Sie schmeckte nach der Zukunft, von der sie gesprochen hatte. Nach unserer Zukunft.

»Und ich liebe –«

Sie legte einen Finger an meinen Mund. »Sag meinen vollen Namen.«
Ich küsste ihren Finger. »Und ich liebe dich, Esmeray Weiß.«

83 Esmeray Weiß

Die Blätter der Trauerweide baumelten in silbrig-weißem Licht auf uns herab. Ich lag rücklings im weichen Gras, Kopf an Kopf mit Célian. Mein Scheitel berührte seine Schulter und er musste hin und wieder über sein Ohr reiben, wenn mein Haar ihn kitzelte. Er war still geworden. Im Gegensatz zur zynischen Liliette schien er bisher alle schlechten Gedanken verdrängt zu haben. Sie kamen nur mächtiger zurück.

»Vermisst du deine Mutter?«, fragte ich zaghaft.

Es dauerte, bis er antwortete. »Mehr, als ich zugeben werde.«

Ich verzog den Mund. »Und deinen ... Vater?«

Seine Schulter spannte sich an, aber er rückte nicht fort. »Kann man jemanden vermissen, den man hasst?«, erwiderte er leise.

Meine Kehle verengte sich. Nur sein Atem und das Zirpen der Grillen klang durch die Nacht.

»Ich wünschte, er wäre tot«, flüsterte er. »So richtig tot, weißt du? In meinem Kopf ist er noch ganz und gar lebendig.«

Angestrengt betrachtete ich die blinkenden Sterne und versuchte, meinen Herzschlag zu beruhigen.

»Ich habe ihn gesehen«, murmelte er.

Ich räusperte mich. »Als ... Geist?«

»Nein, als Baron Ruther.« Er schüttelte leicht den Kopf und seine Stimme wurde noch leiser. »Ich dachte, er wäre ... mein Vater. Ich dachte, mein Vater stünde wieder vor mir. Und da war nur diese ... diese ...«

»Wut?«

»Unsicherheit.« Seine Schulter hob sich. »Im Nachhinein glaube ich, es war Unsicherheit. Ich fühlte mich so ungenügend. So bedroht. Gut, dass du mich nicht gesehen hast, ich war kurz davor, mich zwischen ihn und Liliette zu werfen. Dabei hatte er überhaupt nichts getan.«

Ich drückte meine Schläfe an seinen Hals. »Mein Kämpfer. Du hattest sicher allen Grund, euch verteidigen zu wollen.«

Er stockte. »Was hast du gesagt?«

»Du hattest sicher –«

»Nein, das andere.«

»Mein Kämpfer?«

Seine Muskeln entspannten sich. »*Mon cad*. Das hat Mutter früher zu mir gesagt. Zu uns allen.«

»*Cad* wie in *Cadieux*?«

Er nickte. »Es ist ein altfranzösisches Wort und bedeutet *kleiner Kämpfer*.«

Ich nagte an meiner Lippe. »Musstest du das – kämpfen?«

Leise seufzte er. »Nicht mehr als andere Kinder. Ich hatte es nur mit meinem Vater zu tun. Manche müssen sich gegen die ganze Welt wehren.«

»Célian, er hätte dir nicht all diese schlimmen Dinge einreden dürfen, das weißt du, oder? Er hätte wirklich für dich da sein sollen.«

»Mag sein.« Er sagte es so dahin, doch sein Kopf sank tiefer ins Gras. »Jedenfalls konnte er es nicht. Manchmal rede ich mir ein, dass es an seiner Krankheit lag. Er hatte einen Blutsturz, weißt du? Vielleicht von einem Magengeschwür, schon ewig hatte er Schmerzen. Als er starb, hustete er Blut. So unendlich viel Blut.«

Ein Schauder rann von seiner Schulter über meinen Rücken. Ich drückte meine Hände in die Wiese.

»Liliette war erst ein paar Monate alt. Ich hatte sie auf dem Arm und sie weinte schrecklich. Als Vater zu husten begann, drehte Alix ihn auf die Seite, damit er atmen konnte, und wischte das Blut weg. Er war erst zehn. Ich habe geschrien, dass er etwas tun soll. Aber Mutter hat ihn von Vater weggezerrt und gerufen, dass nichts mehr hilft. Sie hat auch mich gepackt und wir haben zugesehen, wie er an seinem Blut erstickt ist.«

Wolken verschleierten die Sterne. Ein Tropfen rollte über meine Schläfe. Es war wohl doch ein Schleier aus meinen Tränen.

Wir sahen in den Himmel und ich verfluchte alle, die sich die Geschichte für Célians Kindheit ausgedacht hatten. Ich hatte keinen Schimmer, was ich sagen sollte. Alles erschien so ungenügend.

Tut mir leid, dass dein Vater ein Dreckskerl war?

Tut mir leid, dass du seinen Tod miterlebt hast?

Tut mir leid, dass es mir nicht leidtut, dass er tot ist?

Ich drehte mich auf den Bauch und stützte meine Unterarme neben Célians Kopf auf. Vorsichtig strich ich sein Haar aus seiner Stirn. »Es ist furchtbar«, war das Einzige, das sich richtig anfühlte.

Célian sah an mir vorbei in die Trauerweide. »Ich hoffe, ich habe dich nicht verschreckt«, murmelte er.

»Nicht doch.« Ich gab ihm einen Kuss auf die Wange. »Meinen Sturkopf kannst du nicht verschrecken.«

Sachte lächelte er.
»Glaub mir, ich bin dankbar, dass du das mit mir geteilt hast«, sagte ich.
Seine Stirn glättete sich.
»Möchtest du noch mehr erzählen?«, fragte ich leise.
Er schüttelte den Kopf. »Ein andermal, ja?«
Ich küsste noch einmal seine Wange. »Wann immer du möchtest.« Während ich über seinen Kopf strich, schloss er die Lider. Sein Ring war an der Kette aus meinem Dekolleté gefallen und lehnte an seinem Haar. *Unser* Ring.
Irgendwann wanderte seine Hand in meinen Nacken, er zog mich sanft hinab und küsste mich auf die Lippen. Warm und so vertraut. »War das genug Ablenkung, damit du jetzt für ein paar Stunden die Augen schließen kannst?«
Ich gab ihm noch einen Kuss. Und noch einen.
»Mera.«
Tief seufzte ich und setzte mich auf. Mühsam kamen wir auf die Beine und schleppten uns Arm in Arm zurück zum Haus. Seine Geschichte legte sich wie eine Kette um uns. Sie war kalt, doch sie zog uns so eng zusammen, dass wir uns gegenseitig wärmten.
Als wir die Tür öffneten, drang uns Geklapper entgegen. Das Sofa stand leer in der Dunkelheit. Durch den Spalt der Küchentür fiel Licht ins Esszimmer.
»Was zum …« Ich zog Célian in die Küche.
Alix sah auf, in der Hand ein Nussknacker. Auf dem Küchenblock lagen halbe Walnüsse, die Marti von ihrer Schale befreite.
»Wir wollten wirklich schlafen«, sagte Alix.
An der Kochstelle drehte Vater sich um. »Im Gegensatz zu deiner Mutter, Emmi.« Lächelnd hob er einen Kessel vom Herd. »Möchtet ihr auch einen Tee? Entspannenden Kamillentee natürlich und keinen Çay.«
»Ähm … Klar«, sagte Célian. »Wo ist Liliette?«
Marti presste einen Finger an seinen Mund, nein, eher eine Walnuss. »Sag ihren Namen nicht zu laut. Sie hat gerade erst aufgehört, wirres Zeug zu brabbeln.«
Wir folgten seinem Blick zur Küchenablage, auf der sie vorhin noch gesessen hatte. In eine Decke eingewickelt und mit dem Kopf auf einem Kissen hatte sie sich zwischen Schüsseln, Pfannenwendern und Schneidebrettern eingerollt.
Ich schnaubte. »Was soll das? Und wo ist Mutter?«
»Na, hier«, ertönte ihre Stimme hinter dem Küchenblock.
Stirnrunzelnd schob ich mich an Alix und Marti vorbei und Célian folgte mir. Mutter kniete auf dem Boden, die Hände in einer Schüssel mit Teig vergraben. Sie rieb mit dem Ärmel über ihre Wange und hinterließ eine Mehlspur.

»Schnappt euch eine Schürze.« Ihre Augen leuchteten. »Wir müssen ein paar Bleche füllen.«

Staunend schüttelte Célian den Kopf. »Ihr seht euch gerade unheimlich ähnlich.«

Ich funkelte ihn an. Und unterließ es, als Mutter das gleiche tat.

»Ach«, sagte Vater und deutete auf vier glänzende Metallstücke, die zu Liliettes Füßen aufgereiht waren. »Das könnte morgen noch wichtig werden.«

DER TAG

Donnerstag, 07. Juli 1768

84 Alexandre Cadieux

Walnüsse, Honig, knuspriger Teig.

Seda war genial. Niemand konnte nach ihrer Baklava noch unparteiisch sein.

Als ich von Baum zu Baum huschte, brachen sanfte Sonnenstrahlen durch das Blätterdach. Zwischen den Stämmen zeichneten sich bereits die Wände des Pferdestalls ab. Weiter entfernt stand Martis verlassene Hütte.

Ich biss die Zähne zusammen und konzentrierte mich auf das abgedeckte Tablett in meinen Händen. Es trug bereits eine Süßspeise weniger, wofür jedoch die Stimme von Karl, meiner Mitfahrgelegenheit, auf meinem Papier thronte. Während ich das Brett mit dem Papier und das Tablett balancierte, zog ich aus meiner dafür vorgesehenen Hosentasche Theos glänzende Uhr.

Kurz nach zehn. Gegen Mittag würde Karl mit seinem Karren zurückkehren und mich mitnehmen. Ich steckte die Uhr ein und schlich zum Waldrand. Ich brauchte eine Person, die alle Bediensteten nacheinander zu mir brachte. Würde ich einfach über die Felder spazieren, wäre das Risiko zu groß, dass mich jemand verriet. Mein Blick glitt von Martis Hütte zum leeren Hof. Nur bei den Hühnern klapperten Werkzeuge.

Tief atmete ich ein und huschte aus den Büschen zu der breiten Schiebetür des Pferdestalls. Sie war viel zu einsehbar, aber meine einzige Möglichkeit, um jemanden hinter verschlossenen Türen abzugreifen. Wenigstens trug ich Martis beigefarbenes Hemd und eine braune Hose anstatt eines glänzenden Gehrocks. Auch die Stiefel knirschten in der Erde leiser als harte Absätze. Ich schob die schwere Tür auf und auf meiner Hand wackelten Brett und Tablett. Sobald mich die Pferde mit gemächlichem Malmen begrüßten, atmete ich auf.

Doch da war noch ein anderes, schmatzendes Geräusch. Ich schloss die Tür und lugte in den Gang mit den Futterkisten.

»O Gott!« Jäh wandte ich mich ab. Das Tablett fiel scheppernd zu Boden und katapultierte Baklava in die Luft. Mein Brett mit dem Papier schlitterte daran vorbei.

In der Dunkelheit auf einer hohen Futterkiste saß Aenlin – ihre Arme um Feits Nacken, der sie innig küsste.

Er fluchte leise. »Wer ist da?«

Aenlins Schritte tönten über den Steinboden. »Bitte verrat uns nicht, wir haben es noch niemandem – Graf?«

»Tut mir leid.« Ich wandte mich ihnen zu. Rote Flecken hatten sich auf Aenlins Gesicht ausgebreitet und Feit wurde blass. »Ich muss mit euch reden.«

Abrupt packte der Hüne meinen Arm und zerrte mich den Gang hinauf.

»Nein, *hier*«, erklärte ich überrumpelt. »Es ist wichtig!«

»Feit, hör auf!« Aenlin zerrte an ihm. »Er ist dein Vorgesetzter!«

Der Junge schleifte mich weiter. Er riss eine leere Pferdebox auf und bugsierte mich hinein.

»Feit«, sagte ich gezwungen ruhig. »Überleg es dir gut. Du erhebst deine Hand gegen einen Höhergestellten.«

Sein Gesicht war wie in Stein gemeißelt. Ohne mich loszulassen, schnappte er sich einen Strick.

»Feit!«, riefen wir.

Ich ruckte an seinen Armen. »Überleg es dir. Das willst du nicht. Überleg es dir!«

Unnachgiebig drehte er meine Hände auf den Rücken und schnürte sie zusammen. Ehe ich mich rühren konnte, war er auf den Gang getreten und verschloss die Box. Ich presste meine Brust an die Tür, ragte nur mit dem Kinn darüber. Er zog Aenlin zum Ausgang.

»Feit.« Wenn ich schrie, würde alles noch schlimmer werden. »Ich bin hergekommen, um mich zu entschuldigen. Niemand wird erfahren, dass ich mit dir geredet habe. Das ist deine letzte Chance, mich laufen zu lassen!«

Unaufhaltsam ging Feit weiter.

85 Martiño Civantos

Bis jetzt stand auf meinem Papier genau eine Unterschrift – meine eigene.

Ich drückte mich an die Mauer des Marktplatzes und schützte das bedeckte Tablett vor den umhereilenden Leuten. Buden und Auslagen reihten sich auf dem Pflasterstein aneinander und zwischen einigen Bäumen hingen Leinen mit alten Fähnchen, die im Dröhnen der Marktschreier flatterten.

Ich nagte an meiner Lippe. Das Ausbürsten von Liliettes Hose und das Aufstecken ihres Haars hatten sich hingezogen. Auf dem Markt war sie zwar eine knallharte Händlerin gewesen, aber niemand hatte all ihren Schmuck auf einmal kaufen wollen. Zudem reichte der endgültige Ertrag nur für ihre Hinfahrt.

Aber Liliette hatte gesagt, sie käme zurecht. Und ich würde das auch.

Mit gestrafften Schultern wagte ich einen Schritt und ließ mich von der vorbeiziehenden Menge mitnehmen. Ich würde mir einen guten Platz suchen. Irgendwo, wo es sonnig war und ich möglichst freundlich aussah.

Neben mir hob jemand die Hände. »*Frische Möhren!*«

Die Lautstärke drang mir bis ins Mark und ich zuckte zurück. Meine Finger klammerten sich um das Tablett und das Brett mit dem Papier. Wenigstens hatte ich nichts fallen gelassen.

»He, Junge!«, rief mir der Marktschreier nach. »Habe ich dir ins Ohr gebrüllt?«

Ich konnte ihm nur ein gepresstes Lächeln zuwerfen, ehe die Masse mich weiterschob. Mein Herz bebte. Die Stände endeten in der Nähe eines leeren Holzpodestes und ich atmete tief die Luft der freieren Fläche ein. Auf einem hüfthohen Stein stellte ich die Süßspeise ab, als hinter mir ein einzelner Schlag der Kirchglocke ertönte.

Viertel nach zehn.

Mit steifen Schultern nahm ich das Tuch vom Tablett und legte es darunter aus. Das Brett in der Hand und ein Lächeln auf den Lippen winkte ich hinter meinem Ständchen einer kleinen Dame zu. »Hättet Ihr einen Moment?«

86 Célian Cadieux

Ich betete zu allen Mächten des Nazar-Amuletts.

Da Seda nach Liliettes Frisur nichts anderes geblieben war, hielt eine einzige Nadel Meras eingedrehtes Haar zusammen. Am oberen Ende prangte ein blauer Nazar-Stein mit einem weißen, hellblauen und schwarzen Kreis.

Als Mera ihr Tablett auf meines legte, blinzelte ich. Sie kramte in der Tasche ihrer Schürze und ich lief neben ihr über die Walnussbaumallee. Die Sonne erleuchtete den durchschimmernden Stein in ihrem Haar. Seda hatte mir erklärt, dass dieses *blaue Auge* Unheil fernhielt. Und das musste es.

»Zwanzig nach zehn!« Mera steckte Sedas funkelnde Uhr in ihre Tasche zurück. »Verflucht, wir müssen uns beeilen.«

Ich blieb stehen, stellte alles auf der gepflasterten Straße ab und zog sie an der Taille heran. »Willst du das wirklich tun? Nach Barbier kann auch ich Falkenberg überzeugen. Oder ich finde bei ihm noch andere herausragende Persönlichkeiten.«

Ihre Augen weiteten sich. »Das musst du! War das nicht klar? Du, Liliette und ich müssen je eine Unterschrift beschaffen – und irgendwer noch zwei weitere.«

»Trotzdem kann ich zu Barbier *und* zu Falkenberg gehen. Sicher hat jemand auch Besuch. Oder ich suche die benachbarten Villen auf.« Ich drückte meine Hände in ihren Rücken. »Aber du –«

»Ich muss wissen, dass ich alles versucht habe.« Ihre Finger strichen über meine Wangen. »Für den Fall, dass es schiefgeht.«

Mein Kiefer arbeitete.

Du solltest nur für mich da sein, hatte sie gesagt. *Wenn du es willst.*

Seufzend beugte ich mich zu ihr hinab und legte meine Lippen auf ihre. Sie erwiderte den Kuss überraschend innig. Als wollte sie meine Sorgen verschwinden lassen. Oder vielleicht ihre eigenen.

Ich lehnte meine Stirn an ihre. »Verlier nicht deinen Kopf. Weder im übertragenen noch im wörtlichen Sinne.«

Ihr Atem strich über mein Kinn. Sie gab mir noch einen flüchtigen Kuss, ehe sie sich löste. Mit ihrem Tablett und Brett lief sie die Allee hinab. Regungslos sah ich zu, wie ihr Baumwollkleid um sie wogte.

Mitten auf der leeren Pflasterstraße blieb sie stehen. Drehte sich um. Unsere Blicke trafen sich und ich holte Luft. Aber sie sandte mir nur ein letztes Lächeln, bevor sie davonlief.

Ich atmete aus. Natürlich kehrte sie nicht zurück, das wäre nicht meine Mera gewesen. Ehe ich ihr noch nacheilte, nahm ich ebenfalls meine Sachen und schritt zu Graf Barbiers Villa. Heute öffnete nur der größere der zwei Diener – Thur. Er erklärte, die Grafschaften wären im Salon. Als er nicht weitersprach, brauchte es all meine Überredungskunst, damit er mich einließ. Es war wohl von Vorteil, dass ich nicht nur ein Hemd, sondern Alix' hellgelben Gehrock trug. Meine Absätze versanken im Teppich, der in der Eingangshalle auf den Stufen auslag. Thur führte mich die offene Treppe über die Breitseite hinauf. In einem langen Gang öffnete er zaghaft eine Tür und tiefe Stimmen drangen heraus. Sowie eine herbe Rauchwolke.

»Graf Barbier.« Der Diener trat so in den Spalt, dass ich nur Bücherregale und schwere Wandteppiche erblickte. »Hier ist ein Gast.«

»Haben wir etwa jemanden vergessen?« Ein Stuhl knarrte und Gelächter ertönte. Thur wich zurück und die Tür öffnete sich.

»Graf Barbier.« Tiefer als üblich senkte ich den Kopf.

»Ihr?« Der Mann mit dem gigantischen Schnäuzer begutachtete mich und mein Tablett. »Ihr seid wohl für ein Friedensangebot hier, was?«

»Nun –«

»Ach, macht Euch nicht in den Gehrock.« Kräftig lachte er auf und ich unterdrückte ein Zucken. An der Schulter zog er mich hinein. »Eure Mutter schrieb bereits etwas von schweren Zeiten. Und Eure Schwester ist einfach noch ein junges Ding, nicht wahr?«

Ich holte Luft, doch der Qualm nahm mir den Atem. Gnadenlos schloss Thur hinter uns die Tür. Mit tränenden Augen unterdrückte ich meinen Hustenreiz.

»Sprecht Ihr von dieser Cadieux?«, fragte jemand.

Die hohen Bücherregale umringten einen runden Tisch. Durch die wenigen Fenster fielen Sonnenstrahlen herein, die sich in dem Tabakdunst verloren und die sitzenden Personen in ein weltfremdes Dämmerlicht hüllten.

»Das Mäuschen, das Ihnen davongelaufen ist?« Die Stimme gehörte Graf Seebald, ich sah die Kuhle in seinem hervorstehenden Kinn.

»Sie ist mir nicht davongelaufen!« Barbier führte mich näher heran. »Vielmehr habe ich mich –«

»Als unausschlagbare Partie präsentiert.« Seebald paffte an seiner Pfeife. »Und doch hat sie Euch abgewiesen. Ihr hättet sie mir überlassen sollen, Barbier.«

Obwohl ich es besser wissen müsste, schnappte ich nach der rauchigen Luft. Tränen verschwammen den Tisch und ich musste endgültig husten.

Barbier klopfte auf meinen Rücken. »Faselt nicht, rückt lieber für den armen Jungen.«

Ich wurde auf einen Stuhl gedrückt. Jemand tauschte Tablett und Brett gegen ein Glas aus. Nachdem ich ein paar Schlucke Wasser getrunken hatte, konnte ich die Tränen fortblinzeln.

»Danke«, brachte ich heraus.

Erst jetzt schälte sich aus dem diesigen Licht eine junge Frau mit einem tiefen Dekolleté und einem vermutlich dunkelroten Halsband. Sie lehnte sich etwas von Seebald fort, doch ihr düsterer Blick galt mir.

Ich runzelte die Stirn, aber sobald Barbier sich neben mich setzte, wandte ich mich ihm zu. »Graf, leider habe ich nicht viel Zeit.«

»Nicht?« Er nippte an seinem Metkrug – Met um halb elf? »Ich dachte, Ihr kommt für eine meiner Pharo-Runden.«

»Wieso sonst schlägt man an einem Donnerstagmorgen bei Barbier auf?« Ein Mann zu meiner Rechten schnaubte. Graf Witterstein, natürlich.

»Eine wunderbare Frage. Ich habe Ihnen etwas mitgebracht.« Ich erhob mich, aber Barbier zog mich zurück auf den Stuhl.

»Nicht doch, wofür habe ich denn Personal?« Er sprach um die Pfeife zwischen seinen Lippen herum. »Otto, zeig uns das Mitbringsel. Und, Dirk, verteil die Karten neu.«

Aus den nebligen Schatten der Bücherregale kam ein Diener hervor und sammelte mit faltigen Händen die kaum angerührten Karten ein. Ungeduldig schaute ich zu, wie Witterstein sein Blatt entnervt auf den Tisch warf, während von der anderen Seite ein Junge herantrat. Er nahm das Tuch vom Tablett und präsentierte Barbier die Süßspeise.

»Es heißt Baklava.« Mein Lächeln überspielte meine kratzige Stimme. »Bitte probiert. Die Bäckerin ist eine Freundin und ich durfte sogar mithelfen.«

Seebald schnaubte. »Habt Ihr etwa Kochunterricht genommen?«

Ich überging ihn. »Es ist ein türkisches Rezept und eben darum geht es –«

»Ich hasse klebrige Karten.« Naserümpfend nahm Witterstein sein Blatt auf. »Dieser Nachtisch muss warten.«

»Ich bitte Euch, nur ein kurzer Moment und schon seid Ihr mich los.« Mit meinem charmantesten Lächeln schaute ich in die Runde.

Die Frau besah das Tablett, doch als sie meinen Blick bemerkte, zogen sich ihre Brauen zusammen. »Ich bin Wittersteins Meinung. Spielt Ihr nun, oder nicht?«

Seebalds Mund verzog sich mit seiner Pfeife zu einem Schmunzeln. »Wie wäre es damit – wir plaudern, sobald Ihr gewinnt, Cadieux.«

»Barbier«, flehte ich.

Dieser seufzte und schickte Otto fort. »Ihr habt die Runde gehört.« Er paffte und schob mir unter dem herben Qualm einen Beutel mit Münzen zu. »Spielt so gut wie das letzte Mal. Zu meinem und Ihrem Besten.«

87 Esmeray Weiß

Dunkle Gemälde zierten eine hellbraune Tapete im Salon von Komtess Falkenberg. Sie saß auf einem samtigen Sofa, neben sich ein Buch. Beim Geräusch meiner Schritte drehte sie sich zu mir und Kissenabdrücke zeichneten ihre Wange.

»Hochgeboren.« Hinter dem Rücken des zweiten Sofas knickste ich so tief, wie ich es mit dem Tablett wagte. »Ich danke vielmals, dass Ihr mich anhört.«

»Anhört? Das klingt ja sehr wichtig.« Sie winkte mich heran, doch als ich mich aufrichtete, erstarrte sie. »Komtess Schwarz? Wurdet Ihr überfallen? Wo ist Ihre Robe?« Sie erhob sich und ihr legeres hellgraues Kleid drückte gegen den Sofahocker.

Mein Herz klopfte bis in meinen Hals. »Es tut mir leid, Hochgeboren, i-ich habe Ihnen etwas vorgespielt. Die Komtess, die Ihr kennt, gibt es nicht.«

Falkenberg holte Luft, aber ihr entwichen keine Worte.

»Ich bitte um Verzeihung.« Mein Mund war so trocken, dass ich mich räuspern musste. »Es war nie meine Absicht oder die Absicht einer anderen Person, jemanden böswillig hinters Licht zu führen. Es ging nur darum, einer Freundin beizustehen.«

Ihr Mund schloss sich. Scharf musterten mich ihre dunkelblauen Augen. Ich wusste, dass ich die übrigen Beteiligten andeutete, aber das konnte sie sich auch selbst ausrechnen.

»Die Täuschung hat funktioniert.« Sie hob ihr Kinn und sah unter ihren langen Wimpern auf mich herab. »Wieso bist du hier?«

»In erster Linie, damit ich Euch um Verzeihung –«

»Raus mit der Sprache!«

Ich schluckte. Zögerlich trat ich neben ihr zu einem verschnörkelten Konsoltisch. Ihr Blick brannte auf mir, während ich das Tablett abstellte, das Brett unter meinen Arm steckte und das Tuch zurückschlug.

Nussige Süße stieg empor und Falkenberg atmete ein. »Gehört das noch zur Entschuldigung?«

Leicht lächelte ich. »Wie Ihr mögt. Es gehört auch zu meinem Anliegen. Denn ich brauche Ihre Hilfe.«

Sie sah mich an, und als ich ihren Blick erwiderte, lachte sie auf. »Du hast vielleicht Schneid. Erzählst, dass du eine Hochstaplerin bist und bittest um einen Gefallen.«

Ich senkte den Kopf. »Ich weiß, ich verlange viel. Aber was Ihr auf die Schnelle beeinflussen könntet, bedeutet mir die Welt.«

»Offensichtlich.« Sie rieb über ihre verknitterte Wange. »Es muss dir dein Leben bedeuten, denn das riskierst du gerade.«

Ich presste die Lippen aufeinander. Célian wäre umgekippt, wenn er das gehört hätte. »Es geht um meine Familie«, wisperte ich. »Unser Pächter erhöht die Pacht, damit wir sie nicht mehr zahlen können. Heute um vier Uhr müssen wir ihm namhafte Unterschriften vorweisen oder wir verlieren alles.«

»Unterschriften? Wofür?«

»Wogegen, Hochgeboren. Gegen die Vertreibung von als ausländisch empfundenen Personen. Unser Pächter vertreibt Menschen, die nicht in sein deutsches Bild passen. In seinem Schaffenskreis sind wir vermutlich die Letzten.«

Sie verschränkte die Arme. »Und was sollen ein paar Unterschriften bringen?«

Hoffnungsvoll schaute ich auf. »Wenn wir seine Vorgabe erfüllen, erhöht er die Pacht nur um ein Zehntel des geplanten Betrages. Denn die Unterschriften spiegeln die Volksmeinung wider.«

Ihr Blick schmälerte sich. »Es wäre eine Drohung.«

Vorsichtig nickte ich, wusste nicht, ob ihre Worte Ablehnung oder Anerkennung ausdrückten. Während sie mich betrachtete, zog ich den Kopf ein und entdeckte zwischen den Sofas eine goldverzierte Uhr.

Schlag elf. Falls sie korrekt lief.

Kühl nickte Falkenberg zu dem Brett unter meinem Arm. »Wie viele Unterschriften brauchst du denn?«

»Ihre, Hochgeboren.« Hektisch zog ich es hervor und kramte den Bleistift aus meiner Schürze. »Und zwei weitere. Oder drei.« Wenn Célian es nicht schaffen sollte. »Oder vier.« Falls es auch Liliette nicht gelang.

Sie schnaubte und sah von mir zum Tablett. Widerwillig seufzte sie. Mit spitzen Fingern schob sie sich ein Stück Baklava in den Mund und nuschelte etwas, das sich nach »Wieso bin ich so?« anhörte.

Zur Sicherheit, und weil mir das absolut nichts sagte, fragte ich: »Wie bitte?«

»Himmel, ist das gut.« Sie leckte sich die Finger und trat an mir vorbei zur Tür. »Komm, du musst aus diesen Lumpen raus. Wie heißt du eigentlich wirklich? Ach, sag es mir besser nicht, sonst verplappere ich mich noch.« Sie öffnete die Tür und lief in den Flur. »Gerda? Du musst ein Kleid heraussuchen für Komtess Schwarz!«

88 Liliette Cadieux

Beim ersten Schlag einer entfernten Kirchglocke hatte ich geklopft. Jetzt tönte schon der sechste. Jede verstreichende Sekunde schmälerte meine winzige Chance, später in dieser fremden Gegend den Rückweg zu finden. Mein Leben lang war ich immer und überall mit der Kutsche hingebracht worden. Mera war mit dreizehn sicher schon ganz allein durch Wälder spaziert.

Als der elfte Schlag verklang, hob ich erneut die Hand. Doch die Tür öffnete sich bereits.

»Guten Tag … Fräulein?« Traute sah an mir hinab.

Mein Herz rutschte in meine undamenhafte Hose. Ich hielt mich an dem Tablett und dem Brett mit dem Papier fest und stammelte ein paar Worte. Sie musste mich verstanden haben, denn sie geleitete mich durch die Eingangshalle in den Salon und hinaus auf die Terrasse. Wie an jenem fernen Sonntag saß Gräfin Stein auf der Wiese am Tisch und las unter dem Sonnenschirm eine Zeitung.

»Liliette!« Ihr erfreuter Ausruf gab mir die Kraft für ein Lächeln. Neben ihrer Teetasse lag ein aufgerissener Brief mit Feder und Papier.

Hinter mir ertönten Schritte. Die Zwillinge eilten aus dem Haus.

»Du bist weggelaufen!«, war das Erste, das Anniek rief.

»Du trägst ja tatsächlich Hosen!«, war das Erste, das Anno rief.

Mein Lächeln verkrampfte.

Die Gräfin schaute an mir hinab und stöhnte auf. »Nicht du auch noch! War der Hochzeitskram so schlimm? Anniek hatte ihre Hosenphase, als ihr Vater sie –«

»Mutter!« Annieks hellblaue Augen fokussierten mich. »Lass dir ja nicht einreden, dass es eine Phase ist. Vielleicht würde ich immer noch Hosen tragen, wenn Mutter nicht genervt hätte.«

Ich räusperte mich. »Ich bin nicht wegen meiner Hosen hier.«

Annos Augen weiteten sich. »Sondern wegen noch einer Hochzeit?«

Hastig schüttelte ich den Kopf.

Anniek stieß ihn in die Seite. »Du Narr, sie wäre dann kaum ohne Familie hier.«

»Wortwahl!«, sagte die Gräfin, während Anno leise aufatmete. »Liliette, setz dich erst einmal.«

»Ich schenke dir Tee ein!« Annieks blassrosafarbenes Kleid rauschte an mir vorbei. Sie schnappte sich die Kanne und Traute durfte gehen.

Meinem trockenen Mund würde ein Getränk sicher guttun. Ich stellte das Tablett auf den Tisch und setzte mich neben die Gräfin. Anno nahm auf meiner anderen Seite Platz. Sobald Anniek mir eine Tasse hinstellte, trank ich einen brennend heißen Schluck.

»Ich habe Gebäck mitgebracht.« Zögerlich nahm ich das Tuch ab.

»Toll!« Die großen Augen der Zwillinge strahlten. Anno griff zu und Anniek rückte einen Stuhl zwischen ihre Mutter und mich. Der Duft von Brombeerpudding ließ mein Herz flattern und ich wünschte, sie säße weiter weg.

Anno seufzte. »Mutter, das musst du probieren.«

Die Gräfin legte ihre Zeitung über den Brief. »Was ist es denn?«

Anniek strich sich eine hellbraune Strähne hinters Ohr und ich sah mühsam auf das Tablett. Das war mein Moment, das durfte ich nicht vermasseln.

»Es ist eine Herzspeise von einer wirklich süßen Frau – äh, eine Süßspeise von einer herzlichen Frau!« Ich schüttelte den Kopf. »Sie ist aus Walnüssen und Mehl und … Also, die Süßspeise, nicht die Frau. Eigentlich ist sie gar nicht wirklich von ihr, ich meine, sie hat sie gebacken, aber das Rezept ist aus der Türkei, wo sie auch herkommt, und das ist das Problem. Nein, nicht *das* ist das Problem, aber –«

Anniek legte eine Hand auf mein wippendes Knie. »Mutter, meinst du, sie hat einen Sonnenstich?«

Hitze schoss in mein Gesicht und die Gräfin schnalzte mit der Zunge. Mit spitzen Fingern legte ich Annieks Hand auf ihr eigenes Bein und rückte von ihr ab. »Tut mir leid, ich beginne besser noch einmal.« In Annos Nähe klang meine Stimme schon ruhiger.

»Bitte, Liebes.« Die Gräfin lächelte geduldig, wohingegen Anniek auf das Tablett starrte, als wollte sie die Baklava zu Eisblöcken gefrieren.

Ich atmete durch. Nach diesem Desaster half nur noch Ehrlichkeit. »Mir ging es am Mittwoch nicht gut. Die Gründe sind unwichtig, aber ich sah nur noch schwarz.« Wortwörtlich. Unter meiner Bettdecke war es sehr schwarz.

Annieks Schultern sanken ein wenig.

»Ich verdanke es unter anderem einer wundervollen Frau, dass es mir wieder besser geht. Sie hat meine Brüder und mich sofort bei sich aufgenommen und uns so liebevoll behandelt, dass …« … ich sie mir als Mutter gewünscht hatte.

Schnell blinzelte ich.

»Dass ich mich wieder erholen konnte«, fügte ich an.

»Wer ist sie?« Anno drückte eine Hand vor seinen Mund. »Entschuldige, du kannst natürlich erst erzählen.«

»Sie ist die Mutter einer Freundin.« Ich schenkte ihm ein Lächeln, und als ich zur Gräfin zurücksah, hatte Anniek die Arme verschränkt. »Und sie ist eine Bürgerliche. Sowie eine Türkin. Das sollte beides sicher unwichtig sein, doch –«

»Diese Freundin ist Mera Schwarz, nicht wahr?«, fragte Anniek das Tablett.

»Nein!«, entfuhr es mir.

Sie schob das Kinn vor. »Deine Stimme ist gerade eine Oktave höher gesprungen.«

Ich räusperte mich, aber die Gräfin kam mir zuvor. »Ich dachte, sie sei die Tochter von Graf und Gräfin Schwarz! Aus Regensburg!«

»E-es tut nichts zur Sache, um wen es geht«, erwiderte ich.

»Liliette.« Unter dem ernsten Blick der Gräfin krallten sich meine Finger in das Brett. »Hast du uns eine Hochstaplerin vorgestellt, ja oder nein?« Sie hob die Hand. »Überleg dir deine Antwort gut. Ich werde sehen, wenn du lügst.«

»Das kann sie wirklich«, murmelte Anno.

Ich schnappte nach Luft. »Gräfin Stein, bitte! Ich brauche Ihre Hilfe. Ein Mann erhöht ihre Pacht so enorm, dass sich das niemand mehr leisten kann!« Ich hielt ihr das Brett hin. »Wir brauchen nur eine Unterschrift. Wenn sich genügend Menschen gegen die Vertreibung von Meras Familie –«

»Also doch!« Die Gräfin lehnte sich zurück. »Was dachtest du dir dabei, eine Lügnerin in mein Haus zu bringen? Ach, sicher hast du dir gar nichts gedacht! Für dich und deinen Bruder war das bloß ein Spaß. Bestimmt war es seine Idee, nicht wahr? Dieser Junge ist nur froh, wenn er anderen auf der Nase herumtanzt.«

»Nein, es war meine Idee!« Mein Brett sank auf den Tisch und ich strich mein aufgestecktes Haar zurück. »Ich wollte doch nur …« … eine Freundin.

Mein Blick glitt zu Anniek, doch die starrte noch immer das Gebäck nieder.

»Ich wollte nichts Böses. Aber jemand will dieser Familie Böses. Bitte, Gräfin Stein, was wäre, wenn jemand Ihre –«

»O nein, Liebes.« Sie schob das Brett von sich. »Du wirst mich nicht manipulieren. Keine Hochstaplerin darf meinen Namen in den Dreck ziehen! Sollen sie sich doch ein neues Haus suchen, dann muss sich jemand anderes mit ihren Machenschaften befassen.«

»Mutter!«, entfuhr es Anno, wohingegen Anniek gar nichts sagte.

»Mein Sohn.« Der Blick der Gräfin schrumpfte ihn zusammen. »Ich beschütze hier auch deinen Familiennamen. Wenn ans Licht kommt, dass wir auf eine Fälschung hereingefallen sind, werden wir zum Gespött der Gesellschaft. Wir haben sie nicht nur auf der Soiree getroffen – sie war einen ganzen Tag lang in unserem Haus! Vielleicht hat sie dir sogar etwas geklaut, du solltest besser nachsehen.«

Ich wollte widersprechen. Aber so abwegig war das nicht.

»Und, Liliette, dich beschütze ich auch«, sagte sie. »Halt dich von Mera fern. Wenn dich jemand mit ihr in Verbindung bringt, ist dein Ruf noch schneller dahin als unserer. Dann hast du keine Chance mehr auf eine gute Partie wie Graf Barbier.«

Anniek schnaubte.

Starr sah ich nur zur Gräfin. »Ich verstehe Euch, doch niemand bringt irgendwen mit irgendwem in Verbindung«, presste ich hervor. »Es geht um eine einzige Unterschrift, die nur ein einziger Mann zu Gesicht bekommt!«

»Nein, du verstehst gar nichts. Und weil du noch ein Kind bist, bin ich dir nicht böse.« Die Gräfin nahm ihre Zeitung. »Es ist nicht nur eine Unterschrift. Es wäre eine Machtausübung. Ich laufe nicht in einem Aufstand mit, deren Anführerin mir ins Gesicht gelogen hat.« Raschelnd schlug sie die Gazette auf. »Komm wieder, wenn du über andere Dinge sprechen willst. Anno, begleite sie zur Tür.«

89 Martiño Civantos

Es war Mittag und ich hatte vier Unterschriften. Ich musste nicht rechnen können, um zu wissen, dass ich es in dieser Geschwindigkeit nicht schaffen würde.

»Guten Tag, die Dame, würdet Ihr gern einer herzlichen Familie helfen?« Meine Mundwinkel schmerzten mittlerweile.

Die Frau, die ihren Korb an mir vorbeischleppte, lachte auf. »Ich muss meiner eigenen Familie helfen.« Schon war sie außer Hörweite.

Hinter meinem Stein hatte ich keine Chance. Ich konnte aber auch schlecht mit dem Tablett herumlaufen und es den Leuten in die Hand drücken, wenn ich schrieb. Ebenso wenig wagte ich es, das Gebäck aus den Augen zu lassen. Ein alter Mann hatte bereits gefragt, ob er für eine weitere Unterschrift ein drittes Stück bekam – ein zweites hatte ich ihm schon so gegeben. Unablässig brannte sein Blick in meinem Nacken.

»Guten Tag, werte Dame, habt Ihr eine Sekunde Zeit? Es geht um …«

Die junge Mutter zog ihre Kinder weiter. Der Anblick ihrer roten Haarschöpfe versetzte mir einen Stich – sicher würde Aenlin mich nicht lange vermissen. Es war absurd zu glauben, ich könnte das Zuhause anderer retten, wo ich doch mein eigenes immer wieder verlor.

»Bei dir läuft es ja gar nicht.« Aus der Menge löste sich ein strahlend blonder Mann.

Ich runzelte die Stirn. Nein, freundlich bleiben. »Gut beobachtet, habt Ihr vielleicht –«

»Weißt du, da liegt schon der Fehler.« Er schlenderte heran und atmete tief ein. »Wie das duftet. Du hättest es so einfach.«

»Verzeihung?«

Er hielt mir eine Hand hin. Zwei Finger waren zusammengewachsen. »Sag einfach Frido. Nachdem ich dich vorhin zu Tode erschreckt habe, ist es das Mindeste.«

Überrumpelt schüttelte ich seine Hand. »Marti. Ach, du bist der Marktschreier?«

Er klopfte sich auf die Brust. »Der bin ich wohl. Und du? Wofür sammelst du Unterschriften?« Sein Blick wanderte zu dem Tablett.

Hastig zog ich das Brett unter meinem Arm heraus. »Für eine wunderbare –«
»Falsch.«
Ich hielt inne. »Wie bitte?«
»Kleiner, ich habe dich eine halbe Stunde von meinem Stand aus beobachtet.«
Ich sah über den Platz. »Da sind doch viel zu viele Menschen dazwischen.«
»Wieder falsch. Sieh mal, das ist dein Fehler.«
»Noch einer?«
Breit grinste er. »Du konzentrierst dich nur auf die Menge – auf die Menge an Unterschriften, die du sammeln musst, und auf die Menge an Menschen, die hier herumlaufen. Dabei übersiehst du die Einzelheiten. Als ich nach den Unterschriften fragte, habe ich das Tablett angesehen. Du hast mir etwas erzählt, von dem ich offensichtlich nichts hören wollte.« Seine Brauen hoben sich. »Alles klar?«
Ich verschränkte die Arme. Trotz seiner vorlauten Art hatte er nicht unrecht, tatsächlich konzentrierte ich mich auf die Fülle, ganz besonders aber auf die Fülle an Problemen. Dabei sollte ich nach Lösungen suchen.
»Ich deute das mal als *Ja*«, sagte er. »Damit wäre meine Schuld wohl beglichen. Viel Erfolg, Marti!« Schmunzelnd wandte er sich ab und ging.
»Baklava!«, rief ich ihm nach.
Er blieb stehen.
Ich räusperte mich. »Hauchzarte Schichten aus knusprig gebackenem Teig. Frisch geknackte Walnüsse. Herrlich zerfließende Süße ...«
Er kehrte zurück und bestätigte damit meine Vermutung. »Schön, schön. Erzähl mir von deiner Liste.«
Diesmal war ich derjenige, der schmunzelte. »Greif zu. Wenn es dir schmeckt, verrate ich mehr.«
Überrascht wanderte sein Blick über mein Gesicht. Schließlich nahm er sich ein Stück. Wie erwartet biss er nur eine Ecke ab und ließ es auf seiner Zunge zergehen. Eine Idee braute sich in mir zusammen.
»Du bist ein Genießer«, sagte ich. »Weißt du, dort, wo das herkommt, gibt es noch mehr.«
Er sah unter seinen blonden Strähnen auf. »Willst du mich entführen?«
Ich verdrehte die Augen. »Nein, ich schlage dir ein Geschäft vor. Du verkaufst Gemüse, schön, aber was hebt dich ab? Vielleicht ein Duft? Eine einzigartige Nachspeise?« Schelmisch lächelte ich. »Ja, es ist so lecker, dass andere es nachmachen werden, doch das kommt dir sogar zugute. Denn die Baklava nach Originalrezept gibt es nur bei Frido.«

Er kniff die Augen zusammen. »Wieso ist dein Blatt leer, wenn du so ein Talent fürs Argumentieren hast?« Er hob eine Hand. »Nein, du brauchst das nicht zu beantworten. Ich habe ja gesehen, wie sehr dich Menschenmengen verängstigen. Sag mir lieber, was ich im Gegenzug für dich tun soll.«

Ich schnalzte mit der Zunge. Er redete so viel auf einmal, dass ich gar nicht wusste, was ich fühlen sollte. »Natürlich wird die Bäckerin in den Handel einbezogen –«

»Für dich, Marti.«

Ich atmete tief aus. »Du leihst mir bis halb vier deine Stimme.«

90 Alexandre Cadieux

Durch die Holzstäbe nibbelte eine gigantische Oberlippe an meiner Wange.

»Ach, Nox, jetzt sind wir beide eingesperrt.« Ich lehnte meine Schläfe an die Stäbe, die meine Box von seiner abtrennten, und meine Fesseln scheuerten an meinen Handgelenken. »Sollte ich je wieder herauskommen, setze ich mich für mehr Weidezeit ein. Wäre das etwas?«

Er nibbelte nur weiter. Schon seit einer Ewigkeit führte ich Selbstgespräche, ohne eine Ahnung, wie lang diese Ewigkeit schon war. Anfangs hatte ich mich mit aller Kraft gegen die Boxentür geworfen und es hatte den Pferden so sehr gefallen wie meiner Schulter. Gebracht hatte es ebenso viel.

»Ich weiß auch nicht, wieso Mutter noch nicht hier ist«, raunte ich ihm zu, obwohl er offensichtlich nicht gefragt hatte. Mit schmerzender Schulter war ich dazu übergegangen, meinen Kopf über die Tür zu strecken, um den Riegel mit dem Mund zurückzuziehen – zwecklos. Ich hatte mir nur den Hals verrenkt.

»Vielleicht will sie mich schmoren lassen«, murmelte ich. Nachdem ich platte Kreise ins Stroh marschiert hatte, war ich sogar mit Anlauf an der Tür hochgesprungen. Und musste völlig lächerlich ausgesehen haben. Die Idee, mich kopfüber hinauszuwerfen, hatte ich mir selbst wieder ausgeredet. Ohne freie Hände hätte ich mir den Schädel aufgeschlagen – und die Fesseln saßen eisern, scheuerten aber wie Stahlbürsten. Besonders, seitdem ich versucht hatte, Theos Uhr aus meiner Hosentasche zu ziehen. Vergeblich.

»Fühlst du dich immer so? Schmorend, wartend?«, fragte ich.

Nox verlagerte das Gewicht auf einen anderen Huf und schnippte mit dem Schweif ein paar Fliegen von seiner Flanke.

»Ein wundervolles Gespräch.« Ich lehnte meine Wange an den warmen Flaum seiner Nüstern.

In dem Moment ruckte sein Kopf zurück. Die Tür zum Hof öffnete sich und kräftige Sonnenstrahlen fielen herein. Gott, es musste schon spät sein. Im Gang erschien jedoch nicht Mutter. Stattdessen schleifte Aenlin Feit hinter sich her.

Mein Atem stockte. Ich sprang zur Tür und krachte haltlos dagegen.

»Graf Cadieux, bitte entschuldigt vielmals die Wartezeit«, sagte Aenlin völlig versteift. »Feit möchte Ihnen etwas sagen.«

»Hochgeboren.« Feit zog den Kopf zwischen die Schultern und sah dadurch nur noch breiter aus. »Ich weiß jetzt, dass ich überreagiert habe. Ich dachte an die Gräfin, aber Ihr seid natürlich mein Herr. Meine Handlung tut mir schrecklich leid, ich hätte Euch anhören sollen. Nur ist meine Familie …« Er räusperte sich und hob etwas in die Höhe. »Es dauerte ein wenig, doch ich bringe Ihnen zur Entschuldigung Ihr Lieblingsessen – französischen Eintopf.«

»Ratatouille«, warf Aenlin ein.

Meine Kinnlade klappte auf. »Ich will doch kein verdammtes Ratatouille!«, rief ich und hämmerte meine Brust gegen die Boxentür. »Holt mich sofort hier raus!«

Sie traten einen Schritt zurück und Feit umklammerte den Porzellanteller. »Ich hätte zu Gräfin Cadieux gehen sollen«, flüsterte er. »Ich hätte –«

»Nein!« Schwer atmend hielt ich inne. Mein Herz schlug mir bis zum Hals. »Bitte, vielleicht haben wir noch eine Chance, aber geht bloß nicht zu ihr.«

Sie starrten mich an und ich holte bebend Luft.

»Es tut mir leid, dass ich die Fassung verloren habe. Es tut mir leid, dass ich schon viel zu oft großspurig und arrogant war und nie auf euch eingegangen bin. Es ist nur …«

Mir wollten die Worte nicht einfallen. Meine Kehle verengte sich.

Nox schnaubte durch die Stäbe und sein Atem streifte meine Schulter wie gestern Theos nasse Hand.

Gut gesprochen, mein Junge. Ich sehe, du hast dein Herz am rechten Fleck. Du wirst das schaffen.

Schwer schluckte ich. »Nach dem Umzug wurde mir klar, dass ich von heute auf morgen … alles verlieren kann. Wie leichtfertig Mutter so manche Leute entlässt, machte es nicht besser. Das … Das ist keine Rechtfertigung, sondern eine Entschuldigung.«

Aenlin verzog den Mund und Feit lockerte die Finger.

»Jetzt kümmere ich mich um die Personen, die ich liebe.« Ich drückte mich an die Boxentür. »Und um die Personen, die diese Personen lieben. Deswegen bin ich hier.«

Aenlin runzelte die Stirn. »Wartet, wegen welcher Person jetzt?«

»Ich glaube, er hat sich verliebt«, raunte Feit.

Ich schüttelte den Kopf. »Ich bin wegen Mera hier!«

»Ihr habt Euch in die Diebin verliebt?«, fragte er. »Ich dachte, Ihr wärt mit –«

Ich stöhnte auf. »Ich will ihr nur helfen! Ihre Eltern werden vertrieben.«

»Sind die nicht tot?«, fragte Aenlin.

»Das war eine Notlüge von ihr. Sie hat ihre Identität verheimlicht, weil ihre Familie deswegen Ausgrenzung erfährt.«

»Und vermutlich, weil sie Euch beklauen wollte«, murmelte er.

»Mensch, Feit, ihretwegen bist du mit Aenlin zusammen! Und Aenlin, ich weiß, wie oft sie nach dir und deinem Bein gesehen hat.«

Widerspruchslos hob sie die Schultern.

Feits Ohren glühten. »Aenlin, wieso ist sie der Grund, dass wir …?«

Auf ihrem Gesicht bildeten sich rote Flecken. »Sagen wir, sie hat mir einen Schubs gegeben, weil sie wusste, dass ich dich …« Sie räusperte sich. »Mera ist wirklich in Ordnung. Und über Graf Cadieux habe ich dir das mit der Matratze für Dörrie erzählt. Obendrein hat auch Marti meistens Gutes berichtet.«

»Ich entschuldige mich dafür, dass ihr meinetwegen sicher Ärger hattet«, sagte ich und verdrängte die kindische Frage, wieso Marti nur meistens Gutes erzählt hatte. »Und dass ich als Gutsverwalter hingeschmissen habe. Aber ich möchte zurückkehren. Marti möchte zurückkehren.«

Aenlins Augen weiteten sich. »Habt Ihr mit ihm gesprochen?«

Diesmal war ich derjenige, der errötete. Sie wusste es wohl doch nicht.

Feit stieß sie an und deutete mit einem vielsagenden Blick auf mich.

»Ist nicht wahr!« Sie packte sich an die Stirn. »Du bist dieser reiche, gut aussehende Kerl, der nicht über Gefühle reden kann?«

Ich schnappte nach Luft. »Das stimmt so nicht.«

Sie lachte auf. »Du hast recht. Gut aussehend würde ich nicht unterschreiben.«

Als auch Feit den Kopf schief legte, schnalzte ich mit der Zunge. »Kann ich fortfahren?«

Aenlin schnaubte. »Du hast ja keinen Schimmer, wie viel ich über dich weiß.« Sie besah mich, als kramte sie innerlich jede Information über mich heraus.

»Solltest du ihn nicht weiter ihrzen?«, raunte Feit.

»Nein, das geht echt nicht mehr«, sagte sie und wandte sich an mich. »Du hast mal einen ganzen Monat nicht mit Marti geredet. Weißt du, wie anstrengend das für mich war?«

»Mera«, stieß ich hervor. »Meras Eltern verlieren heute ihr Haus, wenn wir nicht genügend Unterschriften sammeln. Ich hatte euch die Baklava ihrer Mutter mitgebracht und Papier für die Unterschriften, aber da ihr ja auf der Futterkiste ... Ich schwöre, gleich morgen kehre ich zurück und stelle mich meiner Mutter. Ich höre eure Sorgen an und finde mit euch einen Weg, wie die Arbeit für uns alle funktioniert. Nur helft mir!«

Aenlin trat vor. Durch den Höhenunterschied sah sie direkt in meine Augen. »Du hast Papier, sagst du? Dann ... gib uns deine Worte schriftlich.«

91 Esmeray Weiß

Nichts lief nach Plan. Und das war das Beste, das mir passieren konnte.

Vier adelige Frauen streckten ihre bestrumpften Füße auf Falkenbergs runden Sofahocker. Und meine Füße waren mittendrin.

»Ich hoffe, du denkst nicht, dass wir keine Manieren haben.« Eine junge Frau mit blauen Strümpfen lehnte sich gegen die Sofalehne an der Kaminseite. Komtess Henrietta Rothstrauch. Für mich Henri.

Ihre Sitznachbarin kicherte. »Sie denkt sicher, wir würden das bei einer echten Teegesellschaft auch so machen.« Ihre rüschenbesetzte Kleidung deutete an, dass sie die Jüngste in der Runde war. Gräfin Jeanette Vogel.

»Hör auf!« Eine Frau auf dem gegenüberliegenden Sofa stieß Jeanette mit dem Fuß an. »Das wäre ein Affront gegen die erhabene Etikette!« Komtess Adeltraut Niems grinste so breit, dass ich die Lücke zwischen ihren Schneidezähnen sah, und die anderen lachten.

»*Frauen zeigen ihre Strümpfe*«, titelte neben ihr Komtess Falkenberg. Ihren Vornamen wusste ich noch immer nicht. »*Ist die Emanzipation noch zu stoppen?*«

»Sicher würden sie in der Zeitung kleine Karikaturen von euren Socken abbilden«, sagte ich zaghaft. Die anderen lachten wieder und ich sank aufatmend in meinen gepolsterten Stuhl.

»Sie würden zeichnen, wie unsere Strümpfe die Männer erhängen!«, fügte Henri hinzu.

»Oder wie sie am Gestank ersticken«, rief Adeltraut – kurz Adel.

Sie prusteten los. Henri warf ihren Kopf in den starken Nacken, Jeanette rutschte neben ihr kichernd ins Sofa und auch Falkenberg breitete grinsend ihre Arme hinter dem Kopf aus.

Ich wusste gar nicht, wofür sie mich in eine Robe aus deftigem Orange gekleidet hatte. Der Stimmung nach hätten wir alle in Nachthemden herumalbern können. Nur eine neue Frisur hatte ich ihr ausgeredet, ehe sie für eine Stunde in ihrer Ankleide verschwunden war. In einem cremefarbenen Traum mit goldenen Schleifen war sie herausgekommen und hatte ihren Sohn augenrollend zum Jagen verabschiedet. Im Endeffekt hatte sich das Warten gelohnt. Die Uhr auf dem Kaminsims zeigte Viertel vor eins. Noch mehr als eine Stunde, bis ich zurücklaufen musste. Und Falkenbergs Unterschrift war mir sicher. Wenn ich erst mal mit den anderen warm geworden war, würde ich den Sack zumachen.

»Was Henri sagen wollte«, Adel schmunzelte, »das hier ist unsere Tradition.«

»Und da du einfach hier aufgetaucht bist – dein Pech.«

»Jeanette!«, zischten die anderen.

»Ach, du weißt doch, wie ich das meine.« Die Jüngste grinste mich an. Blonde Locken lugten unter dem Häubchen hervor, das sie als Einzige trug.

Ich lächelte. »Euer Geheimnis ist bei mir sicher.«

Jeanette schnaubte. »Das solltest du meinen Zofen beibringen. Solche Tratschtanten hat die Welt noch nicht gesehen.«

Henri sah in die Ferne. »Wieso gibt es eigentlich das Wort *Tratschonkel* nicht?«

»Vielleicht solltest du selbst etwas weniger lästern«, sagte Falkenberg zu Jeanette, »dann hätten sie nicht so ein gutes Vorbild.«

Adel lachte und kassierte dafür einen Tritt von der Jüngsten.

»Ich lästere nicht! Ich erzähle euch, was in meinem Leben vorgeht.«

»Wieso weiß ich dann mehr über die Leben deiner Zofen?« Henri stieß Jeanette mit der Schulter an. »Wie war das noch mit der Spanierin? Hat sie deinen Gärtner jetzt doch zum Mann genommen?«

»Oh, Fernanda!« Sofort setzte Jeanette sich auf. »Ihr glaubt nicht, worum sie mich letztens gebeten hat. Sie wollte, dass ich ihr vorzeitig das Gehalt bezahle, damit sie ihre Familie nachholen kann.«

»Und hast du es gemacht?«, fragte ich.

»Quatsch! Ich gebe ihr doch kein Geld, das sie noch nicht verdient hat. Außerdem ist das Personal Leopolds Angelegenheit.«

Falkenberg verdrehte die Augen. »Natürlich ist es das.«

»Ach, soll er sich damit befassen. Aber von Fernandas Frage erzähle ich ihm nichts. Vermutlich erfülle ich ihr damit sogar einen Gefallen, er würde sie sicher hinauswerfen.«

Meine Stirn legte sich in Falten. »Wieso würde er das tun?«, erwiderte ich möglichst ruhig.

Jeanette sah mich an, als wäre ich hier die Seltsame. »Er kennt die höchsten Herren bei der Stadtwache. Er weiß, wie viele Raubüberfälle, Diebstähle und dergleichen passieren. Und wer dafür verantwortlich ist.«

Meine Schultern strafften sich. »Ach ja? Wer denn?«

»Hör nicht auf Jeanette«, warf Falkenberg ein. »Sie redet nur Unsinn.«

»Nein, da ist etwas dran«, sagte Adel. »Man liest doch auch in den Zeitungen davon.«

»Und was in den Zeitungen steht, ist immer die Wahrheit?« Ich starrte sie an. »Wir haben eben noch gescherzt, was man über uns Frauen schreiben würde, sollten wir die Schuhe ausziehen.«

Jeanette verschränkte die Arme. »Die Schuhe auszuziehen ist nicht das Gleiche, wie jemanden auszurauben.«

Falkenberg runzelte die Stirn. »Das hat Mera auch gar nicht gesagt.«

»Wieso hast du nicht mit diesem Leopold geredet?«, fragte ich. »Fernanda hat dich offensichtlich im Vertrauen um Hilfe gebeten.«

Jeanette blickte mich an. »*Dieser Leopold* ist mein Ehemann. Und wieso sollte er einer Zofe Geld geben, die damit noch mehr Fremde in unser Land bringt? Wir müssen uns den Hass und den Krieg nicht direkt vor die Haustür holen.«

»Auch wenn du oft absurdes Zeug erzählst, hast du da einen Punkt«, sagte Henri.

Mein Blick sprang zu ihr. Nicht auch noch sie.

Sie hob die muskulösen Schultern. »Nun ja, es ist doch klar, dass Straftaten stattfinden, wenn Menschen aus solchen Verhältnissen zu uns kommen.«

Meine Augen weiteten sich. »Was ist denn mit *solchen Verhältnissen* gemeint? Jeanette hat Fernanda ja nicht einmal nach ihrer Familie gefragt.«

»Das weißt du doch gar nicht«, warf Jeanette ein.

»Hast du?«, fragte Falkenberg.

Die Jüngste biss die Zähne zusammen.

»Zudem«, sagte ich, »sollte unsere Schlussfolgerung nicht eher sein, dass wir den Menschen helfen, anstatt die Tore zu schließen?«

Jeanette lachte auf. »Wie soll das denn funktionieren? Ich gebe Fernanda ihr Gehalt früher und dann füttere ich ihre gesamte Familie durch? Und die meiner anderen Bediensteten auch? Die fressen uns doch das Haar vom Kopf. Nein, die sollen sich schön selbst um ihre Probleme kümmern.«

»Ach, als Mägde und Knechte sind sie gut genug, aber zu wertgeschätzten

Menschen taugen sie nicht?« Ehe ich mich zurückhalten konnte, stand ich auf den Füßen.

92 Liliette Cadieux

»Es tu-hut mir so-ho leid!« Schon viel zu lang konnte ich keine anderen Worte in meine Hände schluchzen.

»Ach, Liliette«, sagte Anno nur noch. Als klar gewesen war, dass ich mich so bald nicht von diesem Cembalohocker erheben würde, hatte er sich einen Stuhl herangezogen und tätschelte meinen heißen Rücken.

Zitternd holte ich Luft. »Es ist a-halles meine Schu-huld.«

Er seufzte. »Soll ich nicht noch einmal mit Mutter –«

Ich weinte noch schlimmer. »Du bi-hist vi-hiel zu ne-hett.« Hier saß ich und ließ mich von dem Jungen trösten, den ich gar nicht mehr heiraten wollte. Den ich vermutlich nie hatte heiraten wollen. Und dessen Schwester mich geküsst hatte. Aber das war jetzt wohl auch vorbei.

»Ach, Unsinn.« Er strich über meinen Rücken. »Ich fand Mera toll. Ist doch egal, welche Kleider sie trägt und wie sie wirklich heißt.«

»Aber die Ho-hochzeit.«

»Ich bin auch nicht böse, weil du Barbier weggelaufen bist, falls du das meinst.«

Ich schüttelte den Kopf in meinen aufgeweichten Händen. »Was we-henn ich dich …« Meine Kehle war zu eng, ich bekam ja kaum genug Luft zum Schluchzen. Ich sollte einfach aufstehen und Mera mein Versagen gestehen.

»Wenn du mich?«, fragte Anno.

Nein, ich schuldete ihm die Wahrheit. Stockend rang ich nach Luft, brachte jedoch nur ein klägliches Wort heraus. »Anni-hiek.«

»Ach, das.« Seine Hand verschwand von meinem Rücken. »Weißt du, wenn sie wütend ist, platzen solche Sachen aus ihr heraus.«

Ich war so irritiert, dass ich aufsah.

Er zupfte ein Stofftuch aus der Innentasche seiner Weste und hielt es mir hin. »Ich meine damit, dass ich es weiß. Und dass ich dir auch deswegen nicht böse bin.«

Mit großen Augen nahm ich das Tuch. »A-haber ich will dich nicht hei-heiraten.«

Er schmunzelte. »Das ist offensichtlich, wenn du meine Schwester küsst.«

Mir wurde noch heißer. »Sie hat mich geküsst«, flüsterte ich.

»Na, sieh mal einer an.« Er kniff in meinen Arm. »Da hat jemand aufgehört zu weinen.«

Sofort schossen die Tränen wieder in meine Augen. Diesmal vergrub ich das Gesicht in seinem Tuch. »Wieso bi-hist du so ne-hett?«

»Nicht doch.« Annos Hand kehrte auf meinen bebenden Rücken zurück.

Eine Tür klackte und ich riss den Kopf hoch. Durch die Terrassentür trat Anniek. Sie stockte und Hitze glühte in meinem Gesicht. Ein Teil von mir wollte sich verstecken, aber der andere wischte mit Annos Tuch unwirsch über mein Gesicht.

Langsam kam sie näher. »Anno, was hast du gemacht?«

Er lachte auf. »Es geht eher darum, was du nicht gemacht hast! Du warst vor Mutter wirklich keine Hilfe.«

Ihre Brauen zogen sich zusammen. »Du hast doch auch nichts gesagt!«

»Aber wenigstens tröste ich sie, während du nur in der Sonne sitzt!«

»Woher soll ich denn wissen, dass sie noch hier ist?«

Ich erhob mich in das Blickgefecht der Zwillinge. »Vielen Dank für gar nichts«, sagte ich zu Anniek und war froh, dass meine Stimme hielt. Ich sah zu Anno. »Und dir ... für alles andere.« Zwischen ihnen trat ich hindurch und mein Blick fiel auf eine Uhr. Beinahe Viertel nach eins. Wenn ich mich nicht verlief, würde ich noch rechtzeitig kommen. Das nützte ohne Unterschrift aber niemandem.

Eine Hand legte sich auf meinen Arm. »Warte«, sagte Anniek.

Ich wollte mich losreißen. Doch mein Arm gehorchte mir nicht.

»Anno, kannst du mal ...«, sagte sie.

»Ach, erst schnauzt du mich an und jetzt –«

»Anno!«

Brummend stand er auf und trollte sich in Richtung Eingangshalle. Mit dem Rücken zu Anniek sah ich ihm nach. Langsam ließ sie mich los. Ich hätte weggehen können, doch auch meine Beine wollten nicht auf mich hören.

»Ich habe ihm gesagt, dass ich ihn nicht heiraten will«, sagte ich zu der Uhr. Mir war schleierhaft, wieso genau diese Worte herauskamen.

Anniek antwortete nicht darauf. Stattdessen murmelte sie: »Ich hätte Mera nicht verraten dürfen.«

Heftig fuhr ich herum. »Wieso hast du es dann?«

Sie baute sich vor mir auf und musste trotzdem zu mir hochsehen. »Wieso hast du meine Hand weggeschoben? Wieso hast du dich näher zu Anno gesetzt? Wieso hast du mich seit Tagen nicht besucht?«

Ich starrte sie an. Ihre Worte strichen wie ein Windhauch über meine erhitzte Haut. Meine Gedanken waren wie leer gefegt.

Anstelle einer Antwort beugte ich mich vor und drückte einen Kuss auf ihre Lippen. Ich war ungestümer, als sie es getan hatte. Das gleiche Kribbeln schoss meinen Nacken hinauf.

Wir machten beide einen Schritt zurück. Atemlos sah ich sie an, befürchtete, dass ich wie Falkenberg Junior zu weit gegangen war. Aber ihre Augen leuchteten hellblau wie ein See in warmen Sonnenstrahlen.

Im nächsten Moment drehte sie sich um und stolperte davon. Als die Terrassentür hinter ihr zuschlug, blieb auf meinen Lippen nur der Geschmack von süßen Walnüssen.

93 Célian Cadieux

Pharo war meine Hölle. Ich enttäuschte meine Landsleute, die dieses Spiel erfunden hatten, auf ganzer Linie – und verfluchte sie.

»Ihr müsst setzen, Cadieux.« Seebalds Grinsen verspannte meine Schultern. Ich legte den Mindesteinsatz von drei Reichstalern auf meine Herz 7.

»Ach, setzt doch endlich mehr als nur den *Point*«, sagte die Fremde.

Barbier schnalzte mit der Zunge. »Ihr wollt mir das Geld aus der Tasche ziehen, Fräulein Violetta. Bleibt ruhig bei der *Carte favorite*, Junge.«

Ich schwieg. Der dicke Qualm in der Luft verklebte meine Sinne. Ich hatte nicht einmal gewusst, dass die Herz 7 in dieser Runde die erfolgreichste Karte war.

»Nun gut.« Seebald, der *Bankier*, zog zwei Karten vom Stapel. Die erste war sein Gewinn, die zweite unserer. Er deckte so langsam auf, dass ich die Luft anhielt. »Herz 7! Und die Karo 10.«

Maudite France!

»Jawohl.« Barbier tippte auf seine Karo 10. »Zahlt mich aus, Bankier.«

Ich atmete durch, doch in meiner Lunge stand die Luft. Bemüht ruhig nahm ich mein verlorenes Geld auf. Mera hätte sicher gedacht, hier überhitzte mein männliches Ego. Dabei ging es um sie, die ich mit meinem Versagen im Stich ließ.

»Ich gebe auf.« Fest setzte ich die Münzen vor Seebald ab. »Die Glücksfee ist mir heute nicht gewogen. Ich wende mich lieber dem zu, weshalb ich hergekommen bin. Otto, bring mir bitte das Tablett.«

Mittlerweile hatte ich im Nebel auch eine junge Zofe ausgemacht, neben der Otto einen Schritt vortrat.

»Seid kein schlechter Verlierer, Cadieux.« Seebald zahlte Barbier aus. »Haltet Euch an die Abmachung.«

Otto zögerte.

»Werter Graf, ich hatte keinesfalls zugestimmt«, sagte ich gefasst, während sich meine Hände verkrampften. »Wenn Ihr mir nicht zuhören wollt, bitte ich Graf Barbier, mir kurz auf den Flur zu folgen.«

»Na, redet schon.« Witterstein rieb seine platte Nase. »Aber bleibt mir mit dem schmierigen Nachtisch vom Leib.«

Ich unterdrückte ein Stöhnen. »Dann nur das Brett, Otto.«

Als er es herbeigeschafft hatte, erzählte ich. Von einer Familie, die mir und meinen Geschwistern so viel Gutes getan hatte. Von ihrem wunderbaren Haus. Und ihrem üblen Pächter.

»Ihr wollt also Eure Bäckerin nicht verlieren?« Seebald runzelte die Stirn. »Ach, sie hat ein Töchterchen, nicht wahr?«

Ich starrte ihn an. »Nach dieser Geschichte ist das Ihre Frage?«

»Da ist also eine Tochter.« Er lehnte sich zu Violetta. »Seht, wie rot er wird.«

Sie zeigte keinerlei Regung und ich entkrampfte mein Gesicht. Ich konnte ruhig bleiben. Ich blieb immer ruhig. »Diese Unterschriften bekämpfen eine Ungerechtigkeit. Eine simple Handbewegung hilft einer Familie.«

Seebald lachte. »Wir spielen doch nicht Samariter, nur weil Ihr mit einer Bürgerlichen in die Kiste springt. Wie viele Unterschriften müsste man für meine Eskapaden leisten?«

»*Ich bin nicht* –« Mühsam atmete ich durch. »Graf Barbier, Ihr würdet mir einen großen Gefallen tun.«

»Einen zu großen«, warf Seebald ein. »Cadieux, diese Göre hat Ihren Verstand vernebelt. Ihr hetzt hart arbeitende Männer gegeneinander auf für was? Liebe?«

»Gerechtigkeit!«, entfuhr es mir.

»Unsinn, Ihre Urteilskraft ist Ihnen zu tief in die Hose gerutscht. Ihr zettelt einen Aufstand gegen einen Mann an, der sich um seine Untergebenen kümmert und mit der Pacht seine Familie ernähren muss. Wovon soll er leben, wenn niemand ihn bezahlt? Von den paar Baklava Eurer Dirne?«

»Hier geht es nicht um eine akzeptable Preiserhöhung!«, presste ich hervor. »Allein, dass er diesem Gesuch zugestimmt hat, zeigt seine Absichten – er vertreibt bestimmte Personengruppen, aber nicht, wenn der Gegendruck zu hoch ist.«

»Jetzt sprecht Ihr selbst von Druck«, sagte Witterstein. »Ich unterschreibe nichts, bei dem ich die Folgen nicht kenne. Und diese Familie kenne ich auch nicht.«

Mein Blick flog zu Barbier, der zwischen den Beteiligten umhersah. »Graf, bitte! Ihr wisst, dass ich gute Absichten habe!«

»Auch gute Absichten können Katastrophen bewirken«, erwiderte Seebald.

Barbier hob die Schultern. »Es ist wahr, Cadieux. Ich vertraue Ihnen, aber Ihr durchlebt gerade eine harte Zeit.«

Seebald schnaubte. »Was offensichtlich ist, wenn ein bürgerlicher Mischling ihn so fest im Griff hat.«

Jäh sprang ich auf und knallte das Brett auf die Karten. »Es reicht!«, brüllte ich und die Reichstaler flohen klimpernd zu allen Seiten. »Es reicht mit Ihren widerlichen Anspielungen auf meine Schwester und alle anderen! Ein Ekel seid Ihr und mehr nicht! Ihr werdet alle sofort unterschreiben *oder ich vergesse ich mich!*«

In brennender Stille hallte meine Stimme in meinen Ohren nach. Alle waren im Flimmern des Pfeifenqualms zurückgerückt. Seebald schob sein Kinn weit vor und in seinen kleinen Augen brodelte es. Violetta hatte nur eine Braue gehoben, Witterstein war noch weißer geworden.

Allein Barbier blickte an mir vorbei. Aus dem Nichts packte jemand meine Arme und zerrte mich an meinem umgestürzten Stuhl vorbei.

»Nein!« Ich ruckte zum Grafen, doch Dirks faltige Hände waren ungeheuer stark. »Ich brauche die Unterschriften! Barbier! Es ist wichtig!«

»Ihr solltet Euch beruhigen«, erwiderte dieser. »Kehrt heute nicht hierher zurück. Am besten vergesst Ihr die Kleine.«

Die Tür fiel hinter mir zu.

»Nein! Graf Barbier! Die Unterschrift!«

Es blieb still, während Dirk mich die Treppe hinabzerrte. Er schleifte mich bis zur Haustür und stieß mich hinaus. Ich fuhr herum, aber die Tür knallte vor meiner Nase ins Schloss. Meine Fäuste hoben sich – und sanken kraftlos gegen das Holz.

»Je suis désolé«, wisperte ich. »Ma chérie, je suis terriblement désolé.«

Ich hatte alles verspielt.

Meine Stirn presste sich an die dunkle Tür. Sie war warm von der hochstehenden Sonne, die nun in meinen Nacken schien. Wir hatten mindestens schon ein Uhr. Sicher schon später. Um zwei Uhr hätte ich mich auf den Weg machen sollen. Mit den Unterschriften.

Ich war doch derjenige gewesen, der Mera gesagt hatte, sie sollte nicht den Kopf verlieren. Ich biss die Zähne zusammen. Vielleicht war sie schon von Wachen abgeführt worden und ich wusste es nicht einmal.

Die Haustür schwang nach innen und ich stolperte hinein.

94 Martiño Civantos

Ich hatte den besten Krampf meines Lebens.

»Sekunde, es geht gleich wieder.« Keuchend schüttelte ich die Hand mit dem Bleistift aus. »Buchstabiert es bitte noch einmal. B-E-R-?«

»T-H-A«, nuschelte die Frau mit vollem Mund. »Nachname: M-E-R-C-K-H-E-I-M.«

Mit stechenden Fingern schrieb ich mit und konnte es kaum noch entziffern. Wieso hießen die Menschen nicht nur Jo Jost? Oder nur Jo. Oder nur J.

»*Kostenlose Süßspeise! Rettet eine Familie!*«, brüllte Frido ein paar Schritte neben mir. »*Nachtisch aus dem Osmanischen Reich! Wehrt euch gegen die Vertreibung!*«

Mit der Zeit war seine Stimme zu einem Hintergrundrauschen geworden.

»Hab's.« Ich reichte ihr den Stift. »Hier das Kreuz. Vielen Dank, verehrte Dame.«

»Bertha«, sagte sie und setzte ihr Kreuz. »Dank' auch. Ich hoff, ihr schafft's. Meine beste Freundin Gianna musste auch vor'n paar Monaten gehen. Bin immer noch nicht drüber hinweg.«

Ich verzog den Mund. »Bitte nehmt Euch noch ein Stück.«

Sie winkte ab und zog Kaspar mit, den ich zuvor aufgeschrieben hatte.

»Hör auf, allen Leuten zwei anzubieten!«, zischte Frido. »Es sind ohnehin nur noch zwei da, obwohl wir alle halbiert haben. *Türkische Baklava!*«

Diesmal zuckte ich doch zusammen. Zwei Männer kamen mit neugierigen Blicken heran und fragten mich aus. Ihre Namen konnten sie nicht buchstabieren, aber *Hannes Müller* und *Fred Langenfeld* schaute ich mir aus den bereits geschriebenen Namen ab. Damit waren die letzten Stücke verteilt.

»Meinst du, das reicht?« Frido kam zu mir und sah auf die Liste.

Ich hob die Schultern. Für mich waren es nur zwei Blätter voller Namen und

Kreuze. Manche hatten auch selbst unterschrieben, weshalb die Wortgrößen stark variierten.

»Es ist bestimmt noch zu wenig.« Stöhnend klemmte ich das Brett unter meinen Arm und massierte meine pochende Hand. »Wir müssen weitermachen, bis es nicht mehr geht.« Ich schaute zur Kirchturmuhr. Halb zwei. Noch knapp zwei Stunden, bis ich zurücklaufen musste.

»Na, schreiben scheint bei dir bereits jetzt nicht mehr zu gehen«, erwiderte er.

Ich schüttelte meine Hand aus. »Das kriege ich schon hin.«

»Und was soll ich schreien? *Keine Süßspeise, aber bitte eine Unterschrift*? Die Leute kamen, weil du Essen hattest.«

Mein Kopf ruckte zu ihm. »Das ist es! Dein Gemüsestand! Wo ist er?«

Frido lachte auf. »Ich verschwende bereits meine freie Zeit auf dich. Du wirst nicht noch mein Gemüse verschenken.«

»Ich verschenke nichts, ich mache dir einen Namen!« Mit Tablett und Brett rannte ich in die Richtung, in der ich seinen Stand wähnte.

»Wofür denn?«, rief er und eilte mir nach.

»Du wirst sehen, das wird gigantisch!« Sobald ich seine Auslage gefunden hatte, drückte ich ihm meine Sachen in die Hand. Schon wanderten meine Finger über die duftenden Tomaten und legten die reifsten auf das Tablett.

»He! Was macht Ihr da?« Ein Mann hinter dem Stand starrte von mir zu Frido.

Dieser schüttelte den Kopf. »Lass ihn, Hugo, ich glaube, er hat einen Geistesblitz.«

Hugo kratzte sich am Kopf, während ich durch die Auslage streifte. Knoblauch, Kartoffeln und Zwiebeln legte ich ebenfalls auf das leicht klebrige Tablett.

»So sollte es gehen. Jetzt brauchen wir noch eine Pfanne und einen Topf.«

Frido hob die Brauen. »Wie bitte?«

»Wenn es keine Pfanne gibt, dann nur einen Topf. Das kriege ich schon hin«, sagte ich. »Und etwas Holz, das ihr nicht mehr braucht, ein Brett und ein Messer.«

Frido schickte stirnrunzelnd Hugo auf die Suche. Dieser tauchte hinter der Auslage ab und kam mit einem Topf voller Holz und einem Messer wieder hoch.

»Ein Brett haben wir nicht«, grummelte er und reichte mir die Sachen. »Oder soll ich hier eins rausreißen?«

Auch wenn die Frage nicht an mich gerichtet war, schüttelte ich den Kopf.

»Passt schon, ich benutze einfach das Tablett.« Mit dem Topf in den Händen wandte ich mich an Frido. »Du schreist – und ich koche Patatas Bravas.«

95 Alexandre Cadieux

Das Gemalme der Pferde hätte mich schläfrig gemacht, würde ich nicht unaufhörlich auf dem Boden der Box vor- und zurückschaukeln. Ich kratzte über mein juckendes Handgelenk – und ließ es zischend sein. Selbst ohne die Fesseln leuchtete meine Haut noch rot.

»Feit, weißt du, wie viel Uhr wir haben?« Ich pustete auf meine Gelenke und wippte weiter im Stroh.

»Soll ich das wirklich zum hundertsten Mal beantworten?«

Über der hohen Tür sah ich nur den Stiel von Feits Mistgabel, während er die gegenüberliegende Box ausmistete. Seufzend zog ich abermals Theos Uhr heraus und fuhr über das gesprungene Glas. Halb elf – sicher nicht. Meine Fluchtversuche hatten die Uhr ermordet.

»Wenn ich morgen wiederkomme, schenke ich dir eine Uhr«, sagte ich zu Feit. Und Theo ebenso.

»Ich kann schreiben, also sollte ich auch die Zeit vom Stand der Sonne ablesen können. Danke, aber bare Münze wäre besser.«

Ein Schnauben entfuhr mir. Nach dem Lösen meiner Fesseln hatte Aenlin mir diktiert, was ich ihnen zuvor versprochen hatte. Ich hatte mitgeschrieben – zumindest das meiste, sie war ein listiges Mädchen – und hatte große Augen gemacht, als Feit mir den Text abgenommen und überprüft hatte.

Ein Knarzen schreckte mich auf. »Ist das Frieda?«

»Nein, das war ich«, erwiderte er gemütlich.

Stöhnend presste ich die Stirn auf meine Knie. »*Ich* hätte das machen sollen! Wieso hat Aenlin mich nicht gehen lassen? Wieso habe ich auf sie gehört? Was ist, wenn niemand auf Frieda hört?«

»Ich glaube, dass ihr mehr Menschen zuhören als …« Hinter der Tür räusperte Feit sich. »Zudem ist sie flink wie ein Wiesel. Und sie versteht die Gefahr der Situation. Obendrein hat sie Mera sehr gern und –«

»Schon gut!« Ich legte den Kopf in den Nacken und wippte weiter. »Ich war ja bei Aenlins Argumentation dabei.«

»Sie kann überzeugend sein, nicht wahr?«

Ich starrte an die Decke. »Hör auf zu schmunzeln. Wir haben alle verstanden, dass du liebestoll bist.«

Eine Weile ertönte nur das Rascheln des Heus. Als er die Mistgabel klirrend abstellte, klang er keineswegs beleidigt. »Ich bringe die Karre hinaus. Das Ratatouille kann ich dazutun, oder nicht?«

Abrupt war ich auf den Beinen. »Nein, gib es mir ruhig.«

Amüsiert reichte er mir den Teller über die schulterhohe Boxentür.

»Danke.« Ich nahm eine Gabel von dem in Scheiben geschnittenen Gemüse und blickte ihm nach. Es war seltsam, im Stall diesen Hünen zu sehen. Keinen Jungen, der einen Fingerbreit kleiner war als ich, mit schwarzen Locken und sehnigen Armen. Ich stellte den Teller auf die Tür und aß das Ratatouille auf, das so kalt wie die zugehörigen Erinnerungen war. Als Feit zurückkehrte, lag der leere Teller neben mir im Stroh und ich schaute zu, wie er sich mit seinem hartnäckigen Schmunzeln an die nächste Box machte.

Die Stalltür zum Hof sprang auf.

»Fertig!« Frieda stürmte in den Gang.

Dicht auf ihren Fersen war Aenlin. »Ich habe sie durch die Fenster beobachtet, als ich die Zimmer gemacht habe – die Kleine ist flink wie ein Wiesel!«

Mein Herz stolperte, während sich Feits Mundwinkel weiter hoben.

»Du bist ein Engel, Frieda, tausend Dank!« Ich nahm das Brett entgegen. »Hast du sie alle überreden können?«

Sie knickste. »Ja, Hochgeboren. Die meisten wollten von sich aus für Mera oder die Sache unterschreiben. Diese haben dann mit mir die anderen überzeugt. Unauffällig natürlich!«

Ich atmete auf und warf ihr überschwänglich einen Handkuss zu. »Ich werde ihr erzählen, was du für sie getan hast! Und bitte nenn mich Alix.«

Sie verzog den Mund zu einem unsicheren Lächeln. »Ist das jetzt in Mode?«, raunte sie Aenlin zu. »Mera hat das auch schon gemacht.«

»Ja, aber sie war gar keine richtige Gelehrte«, sagte Aenlin.

Ich drückte gegen die Boxentür – und stockte. »Wieso bin ich noch eingesperrt?«

»Nur zur Wahrung des Scheins.« Feit griff zum Riegel.

Aber Aenlin hielt seine Hand fest. »Erst lässt er uns ein Pfand da.«

»Wie bitte?« Ich runzelte die Stirn. »Dir ist schon klar, dass ich die Tür jetzt selbst öffnen kann?«

»Aber das wirst du nicht«, entgegnete sie streng. »Du wirst uns etwas geben, das dir viel bedeutet. Damit die Chance größer ist, dass du wiederkommst.«

Feits Hand wanderte auf ihre Schulter. »Eine gute Idee. Sollte das Pfand verschwinden, könnte man dafür drei unabhängige Personen zur Rechenschaft ziehen.«

»Unabhängige?« Ich sah auf seine Hand.

Räuspernd strich er damit über seinen kurzgeschorenen Kopf.

»Schön, doch ich habe überhaupt nichts dabei«, sagte ich.

Aenlin hob das Kinn. »Ich will die Kette.«

Ich starrte sie an.

»Welche?«, fragte Frieda.

»Nein!« Heftig schüttelte ich den Kopf. »Nein, das geht nicht.«

Aenlin nickte. »Genau deshalb will ich sie.«

Meine Finger tasteten nach dem schweren Medaillon unter meinem Hemd. Die Kette war vermutlich aus meinem Kragen hervorgeblitzt. Fest umschlang ich den Anhänger.

Meine Sorge war grundlos. Ich würde es zurückbekommen. Zudem war es nur ein Gegenstand. Mit einem winzigen Stück Papier darin. Das mir mehr bedeutete als mein gesamtes Hab und Gut.

Nein, mir war nur die Stimme wichtig, an die mich das Geschriebene erinnerte.

Quälend langsam streifte ich die Kette ab und bedeutete Aenlin, näherzutreten. Das im Medaillon eingravierte C und die drei Blüten der Gladiole glänzten, als ich die Kette über ihren Kopf strich.

»Toll«, hauchte Frieda. »Darf ich es aufmachen?«

»Nein.« Ich sah von ihr zu Aenlin. »Ich vertraue dir.«

Diese schnaubte. »Ein paar Geheimnisse muss ich dir ja noch lassen.« Damit zog sie den Riegel zurück und öffnete die Tür.

Aufatmend trat ich hinaus. »Wie viel Uhr haben wir?«

»Viertel vor zwei«, verkündete Frieda.

»Maudit!« Ich schlug eine Hand vor meine Stirn. »Oh, merde!«

»Alexandre?«

Die Stimme vor dem Stall versteinerte uns.

»Alexandre Cadieux!«

Das Blut sackte aus meinem Kopf. »Ihr müsst hier weg!«, zischte ich. »Mutter darf euch nicht mit mir sehen!«

Die Stalltür zum Hof öffnete sich bereits. Ohne zu zögern, schubste ich Feit, Aenlin und Frieda in die Box. Aenlin riss alle mit ins Stroh.

Mit wackeligen Schritten trat Mutter um Nox' Boxenseite herum. »Du bist es wirklich«, stieß sie hervor.

Ich richtete mich auf. »Mutter, dir wird hier draußen noch schwindelig!«

»Wo warst du?« Ohne Halt stand sie im Flur. »Ich dachte … Ich dachte, ich sehe euch nie wieder.«

Meine Schultern verkrampften wie sonst ihre. In meinen Ohren rauschte das Meer, das ich seit Ewigkeiten hinter der Tür in meinem Innern zurückhielt.

»Bitte geh in die Villa zurück«, presste ich hervor.

Zitternd straffte sie ihre Schultern und ihre Miene verdunkelte sich. »Wo warst du?«, wiederholte sie.

Ihre graublauen Augen zerrten den kleinen Jungen in mir hervor, der in ihrem Blick immerzu ertrunken war. Meine Zähne bissen aufeinander.

Sie trat einen Schritt vor. »Alexandre, sag mir auf der Stelle, was du hier hinter meinem Rücken planst!«

Ich riss die Tür auf und die Welle brach über mich herein. »Ich stehe für meine Werte ein! Ich mache all das, was ich mich jahrelang nicht getraut habe, weil ich dachte, das Schicksal nimmt mir alles wieder weg. Du nimmst mir alles weg!«

Ihr Gesicht wurde so blass, dass es scharf mit ihrem dunklen Haar kontrastierte. Mein pulsierendes Herz kämpfte gegen die eisige Welle an. Seit einer Ewigkeit hatte ich nicht mehr so mit ihr geredet. Hatte es aufgegeben.

»Ich habe immer nur getan, was das Beste für dich ist«, stieß sie hervor.

»Das Beste für mich war, dass du meine Liebe auf die Straße setzt? Und mich einsperrst, um mich an eine Fremde zu verheiraten?« Mit jedem meiner Worte kämpfte ich mich zurück an die Oberfläche. »Dass ich von dir nichts als Kälte bekomme?«

Stockend schüttelte sie den Kopf. »Verstehst du denn nicht, dass ich nichts anderes für dich habe? Früher bin ich wie du meinen Werten nachgelaufen. Aber ich konnte euch nie beschützen … vor ihm. Das Einzige, was ich dir geben kann, ist Sicherheit.«

»Ich will deine verfluchte Sicherheit nicht! Mein Leben lang wollte ich nur, dass du für mich da bist!« Die Worte brachen aus mir heraus wie ich aus dem Wasser. »Wenn du das nicht willst, dann steh mir wenigstens nicht im Weg.«

96 Célian Cadieux

Die Seite der fremden Kutsche tarnte mich nur für fünf Schritte. Schon ewig wanderte ich an ihr auf und ab, bemüht, nicht in die Sichtweite von Barbiers Villa zu gelangen.

»Es tut mir leid, Hochgeboren, ich weiß wirklich nicht –«

»Bitte entschuldigt Euch nicht noch einmal!« Ich raufte mein Haar.

Die Magd, die auf den Tritt des Gefährts ihres Herrn gesunken war, zog den Kopf ein.

Ich schüttelte die Hände aus. »Tut mir leid, ich wollte nicht unhöflich sein.«

Zaghaft lächelte sie dem Brett zu, das mit meinem Papier auf ihren Knien lag. »Nun habt Ihr Euch entschuldigt«, wisperte sie.

Leise lachte ich. Ich streckte meine Arme über meinen Kopf. Aber die Bewegungen halfen nicht. Stöhnend wandte ich mich um und schritt zur Front der Kutsche, die mich nicht mal zu Meras Zuhause fahren würde. Das zugehörige Pferd graste neben dem Fahrer auf einer Wiese.

»Seit meinem Wutausbruch habt Ihr sicher Angst vor mir«, murmelte ich.

Die Magd hob die Schultern. »Ein bisschen vielleicht.«

Während ich zum Ende des Wagens zurückging, rieb ich über meine Stirn. »Das tut mir ebenfalls leid. In so vielerlei Hinsicht.«

Sie schwieg, bis ich den Kutschbock wieder erreichte. »Trotzdem hätte ich Ihnen die Unterschrift gegeben. Wenn ich könnte.«

»Das könnt Ihr! Es zählt jede Stimme, nicht nur die der … *Grafen.*« Dieses Wort spuckte ich aus. »Tut mir leid, wenn ich so über Ihren Herrn spreche.«

Ihr Blick klebte bereits auf dem Papier. »Würde meine Unterschrift wirklich dieser Familie helfen?«

»Natürlich.« Ich trat näher. »Wir brauchen zweihundert Stück, egal aus welchem Stand. Wenn nur eine fehlt, könnte alles dahin sein.«

Ihre Augen leuchteten. Aber ihr Mund verzog sich. »Ich kann nicht schreiben.«

»Buchstabiert es mir«, sagte ich und nahm das Brett entgegen.

Ihre Mundwinkel wanderten weiter nach unten. »Das kann ich auch nicht.«

»Kein Problem«, erwiderte ich eilig. »Nennt mir einfach Euren Namen.«

»Elisabeth Zabel«, flüsterte sie.

Ich lächelte. »Das kriege ich schon hin.« Ich schrieb es auf und reichte ihr das Brett mit dem Bleistift. »Bitte ein Kreuz, Madame Zabel.«

Ihre Pausbäckchen strahlten, während sie ganz langsam zwei Striche überkreuzte, als kostete sie es vollkommen aus. »Danke schön«, flüsterte sie.

»Ihr seid meine erste Unterschrift«, erwiderte ich. »Ich habe zu danken.«

»Führt es ein andermal fort.«

Mein Kopf ruckte hoch. Um den Kutschbock herum trat Violetta.

Elisabeth sprang auf und knickste.

»Warte auf der anderen Seite der Kutsche«, sagte die Frau und das Mädchen flüchtete an ihr vorbei.

Ich schalt mich, sie sofort den Grafen zugeordnet zu haben. Da Violetta ihre Hand nicht ausstreckte, verbeugte ich mich nur.

»Wie es scheint, hat Betti Euch noch rechtzeitig erwischt«, sagte sie und ihre Stimme klang hier draußen viel dunkler.

»Ja, sie riss die Tür auf, an der ich lehnte«, antwortete ich langsam. »Ich habe sie beinahe zu Boden gerissen.«

»Schön, dass Ihr meiner Zofe ihr Leben gelassen habt.« Ihre silbergrauen Augen beobachteten mich auf gleicher Höhe.

»Wieso habt Ihr sie geschickt?«, erwiderte ich. »Wieso ließt Ihr mich warten?«

Sie hob ihr schmales Kinn. »Weil Ihr mich nicht gefragt habt.«

»Wie bitte?«

»Ihr habt mich nicht nach meiner Unterschrift gefragt.«

Meine Brauen schossen in die Höhe. »Bitte verzeiht, ich dachte nicht, dass Ihr ... Die Grafen nannten Euch Fräulein, obwohl ...« ... sie nicht in Liliettes Alter war.

Ein zynisches Lächeln breitete sich auf ihren Lippen aus, als ich verstand.

»Ihr seid unverheiratet«, flüsterte ich.

»Was nichts an meinem Rang ändert.« Unwillig strich sie über ihre Schulter. »Selbst der Begriff *Fräulein* bezeichnet im ursprünglichen Sinne eine weibliche Person aus hohem Stand. Dennoch habt Ihr mir keine einzige Ansprache gewidmet.«

Ich verzog den Mund. »Darf ich fragen, wie Ihr Name ist?«

Sie begutachtete mich einen Moment. Schließlich reichte sie mir gütig die Hand. »Komtess Derra.«

Ich deutete einen Handkuss an. »Ich bitte um Verzeihung, Komtess. Hättet Ihr unterschrieben, wenn ich Euch dort oben gefragt hätte?«

Sie schnaubte. »Natürlich nicht.«

»Na, wunderbar.« Tief atmete ich aus. »Ich bereue mein ignorantes Verhalten. Aber jetzt muss ich gehen.«

Violetta schwieg und ich wandte mich ab.

Am Kutschende musste ich noch einmal zurücksehen. »Ich dachte zudem, Ihr könntet mich nicht ausstehen.«

Ein feines Lächeln huschte über ihre Lippen. »Ich habe mir diese wöchentlichen Pharo-Runden hart erkämpft, wisst Ihr?«

Mein Stirnrunzeln vertiefte sich. »Aber wieso? Ihr saht nicht aus, als hättet Ihr Freude.«

»Es geht nicht immer um Freude.« Sie strich über ihr Halsband, das tatsächlich dunkelrot leuchtete. »Es hat mir Jahre und eine Affäre abverlangt, um an diesem Tisch zu sitzen. Und dann steht Ihr mit einem Tablett vor der Tür und werdet hereingezerrt. Ein ungezogener Bengel, dem nicht einmal seine Kleider passen.«

»Verstehe.« Langsam nickte ich. »Ich hätte mich auch gehasst.«

Widerspruchslos hob sie die Schultern.

»Erlaubt mir eine Frage«, setzte ich an.

Sie rollte die Augen. »Nein, meine Affäre ist nicht Seebald. Er hätte mich nie an seinen Männertisch geholt. Nicht eine Frau, die er bereits *hatte*.«

Ich schluckte und presste die Lippen aufeinander.

»Witterstein jedoch schon«, sagte sie. »Zudem kann er sich überraschend gut gegen die anderen erwehren. Man sieht es ihm nicht an, aber in ihm steckt ein Diktator.«

Ich schüttelte den Kopf und verbannte alle Gedanken an einen König Witterstein, der sich vermutlich sogar vor seinem eigenen Thron ekeln würde. »Wieso verratet Ihr mir das?«, brachte ich heraus. »Habt Ihr keine Angst, dass ich es weitererzähle?«

Mit einem Schritt war sie bei mir. »Wagt es«, raunte sie.

Mein Atem stockte. »Werde ich nicht, werde ich nicht.«

»Schön.« Als wäre nichts passiert, trat sie zurück und zeigte auf das Brett, das Elisabeth auf den Tritt gelegt hatte. »Ist das die Liste? Reicht sie mir, ich muss wieder hinauf, ehe die Grafen noch vergessen, dass ich existiere.«

Ich erstarrte. »Aber ihr sagtet doch –«

»Dass ich *dort oben* nicht unterschrieben hätte.«

Meine Augen weiteten sich. Hastig reichte ich ihr den Stift und hielt das Brett mit dem Papier für sie fest.

»Wisst Ihr, ich spiele zwar mit diesen Männern Karten und erdulde ihre Witze«, schwungvoll schrieb sie ihren Namen, »doch das mache ich nur für ein Wörtchen namens *Einfluss*. Es versteckt sich in unserer Welt nun einmal hinter Geld und Männern.« Sie gab mir den Stift zurück. »Und manchmal hinter einer Unterschrift.«

Mit erhobenen Brauen blickte ich sie an. Auf dem Absatz machte sie kehrt und verschwand hinter ihrer Kutsche. Weitere Schritte trippelten ihr nach.

Wie benebelt schüttelte ich den Kopf. Ein Schmunzeln zupfte an meinen Mundwinkeln. Ich wandte mich in die andere Richtung – und lief los.

Eine Unterschrift von fünf war uns sicher. Es blieb mir nur zu hoffen, dass Liliette und Mera ihre ebenfalls erreicht hatten. Und wie durch ein Wunder zwei weitere, denn dabei hatte ich versagt.

Im Gehen zog ich die Uhr von Theos Großeltern aus meiner Hosentasche. Fünf nach zwei. Als am vereinbarten Walnussbaum keine Spur von Mera war, eilte ich weiter. Ich war fünf Minuten zu spät, deshalb war sie sicher schon vorgegangen. Doch ich hatte noch eine Chance.

97 Liliette Cadieux

Dampf stieg vor mir auf und Traute schob den Teller noch näher. »Fräulein Liliette, Ihr müsst doch eine Kleinigkeit essen. Oder wollt Ihr etwas trinken?«

Ich zwang meine Mundwinkel in die Höhe und nahm ihr die Gabel ab. Sobald ich auf die Kartoffel pustete, wandte Traute sich wieder der Küchenablage zu. Orangene Sonnenstrahlen verfingen sich im Dampf. Es war sicher schon spät. Vielleicht schon nach vier Uhr? Ich aß einen Bissen. Es war die gleiche Würzung, die ich in Annieks Gästebett gegessen hatte. Doch es schmeckte ... weniger.

»Was macht sie denn hier?«, fragte eine Stimme in weiter Ferne, während ich die zweite Kartoffel aufspießte. Womöglich hatte Mera ihr Heim schon verloren.

»Ich fand sie so im Salon und dachte, sie könnte etwas zu essen vertragen.«

»Das könnte ich auch.«

Mera würde ihr Zuhause noch mehr vermissen als ich mein erstes. Ich erinnerte mich ja nicht einmal daran, aber ich hatte wohl die Gefühle meiner Familie aufgesaugt. Immer wenn jemand über Frankreich sprach, hatten Célian, Alix und Mutter diesen wehmütigen Ausdruck in den Augen.

Jemand setzte sich neben mich auf die Bank. Ein zweiter Teller wurde abgestellt und vor mir tauchte ein Glas Wasser auf. Kein verdünnter Wein.

»Du siehst nicht aus, als hättest du dich mit meiner Schwester vertragen«, sagte Anno mampfend.

Ich verzog den Mund und spießte eine neue Kartoffel auf, nur um zu beobachten, wie sie im Sonnenlicht glänzte. »Wieso bist du nicht böse auf mich?«

Er hob die Schultern. »Bisher hat sich niemand so um meine Schwester gekümmert wie du. Wenn sie von Panik überrollt wurde, waren immer Mutter oder ich für sie da. Anniek hat zwar Freundinnen, aber mit denen lacht sie nur und spricht nicht viel.« Meine Kartoffel sank, während er schnaubte. »Und ich habe keine Lust, dass sie irgendeinen herzlosen Baron heiratet und ich sie deshalb nur noch einmal im Jahr sehe. Obwohl sie manchmal ziemlich nervt. Eigentlich immer.« Stirnrunzelnd aß er weiter.

»Panik?«, brachte ich heraus.

Er warf mir einen kurzen Blick zu. »Du weißt schon. Wie auf der Soiree, als du zu ihr unters Buffet gekrochen bist. Seit Vater weg ist, kam das zum Glück länger nicht vor. Da hatte sie nur einen Wutausbruch oder eine Streichlaune, aber das haben sicher alle Kinder. Außer das Streichen, das habe ich noch nie gemacht, du vielleicht?«

Ich schüttelte den Kopf. »Wenn du die schwarze Farbe auf ihren Möbeln meinst, nein.« In allem anderen waren Anniek und ich uns aber ähnlicher, als ich gedacht hatte, denn die Wut und besonders die Panik kannte ich nur zu gut. Es war seltsam, wie viel leichter das Gewicht auf den eigenen Schultern lastete, sobald man wusste, dass jemand anderes es ebenfalls trug.

»Traute! Traute!« Anniek stürmte herein.

Meine Gabel fiel auf den Teller. Hastig stoppte ich das Klappern.

»Oh, Liliette, du bist noch da!« Annieks Augen leuchteten noch immer.

Ich schluckte, als wäre in meinem Hals noch eine Kartoffel. »Ja …?«

Sie eilte an unseren Tisch. »Ihr glaubt es nicht! Mutter hat mir ewig nicht zugehört, nur etwas auf ein Papier geschrieben. Da habe ich mir den Brief geschnappt, den sie unter ihrer Zeitung hatte –«

»Ich dachte mir schon, dass sie ihn vor uns versteckt hat!«, warf Anno ein und ich bemerkte, dass der Hang zum Redeschwall wohl in der Familie lag.

»Ja, und weißt du was?«, fuhr sie fort. »Vater kommt dieses Jahr gar nicht mehr nach Hause, erst im Januar! Falls er da noch lebt.«

Anno wurde blass. Tapfer nickte er. »Besser so.«

Zaghaft legte ich eine Hand auf seine Schulter.

»Als sie mir jedenfalls den Brief wegreißen wollte, hatte ich ihre Aufmerksamkeit – und habe gedroht, mir das Haar abzuschneiden!« Anniek kicherte und Traute schnappte nach Luft. »Da sagte sie, wir sollten reden. Also erklärte ich, Vater sei so weit weg, dass er nichts von der Mera-Sache mitbekommen würde, falls doch etwas passiere, und – tada!« Strahlend klatschte sie ein Brett auf den Tisch, sodass die Gläser klirrten.

Mein Brett.

Mit einer entnervten Unterschrift.

Jäh war ich auf den Beinen. »Wie viel Uhr ist es?«

Alle sahen zu mir.

»Wie viel Uhr ist es?«, rief ich und zerrte mit zitternden Fingern meine Uhr aus meiner Hosentasche. Das einzige Schmuckstück, das ich nicht verkauft hatte. »Viertel nach zwei!«

Ich atmete auf. Noch nicht vier Uhr. Und doch schon viel zu spät.

Hastig packte ich Annieks Arm. »Morgen besuche ich dich wieder, auch zu Fuß, wenn nötig, aber jetzt – wie schnell ist eure Kutsche fertig?«

98 Esmeray Weiß

Über den Esstisch hinweg beobachtete ich den Zeiger einer verschnörkelten Uhr. Jede Minute klang in meinen Ohren wie ein Knall. Hob ich den Blick, starrten mich aus einem der Wandspiegel meine eigenen großen Augen an.

Ich betete, dass Célian nicht auf mich wartete. Dass er vielleicht sogar alle fünf Unterschriften hatte. Oder womöglich Liliette. Denn seitdem Falkenberg gescherzt hatte, wir sollten essen, da ich wohl an einer Unterzuckerung litte, konnte ich das Gespräch nicht mehr lenken.

»Reich mir mal die Trauben, Liebes.« Henri stupste mich am Arm an.

Noch während ich sie ihr gab, schüttelte Adel den Kopf.

»Passt dir etwas nicht?«, fragte Henri.

»Entschuldige, ich dachte nur daran, wer mich letztens so genannt hat.« Adel verdunkelte ihre Stimme. »*Graf Mir-liegt-die-Welt-zu-Füßen-und-tut-sie-es-nicht-zwinge-ich-sie-nieder-Seebald.*«

An der rechten Kopfseite schnaubte Falkenberg. Sie spießte eine Erdbeere auf, als sei es Seebalds Herz. »*Liebes, Ihr seht hinreißend aus. Herzchen, lasst mich Ihnen helfen. Schätzchen, keine Sorge wegen Ihres Kleides, notfalls halte ich Ihnen den Busen.*«

»Das hat er gesagt?«, entfuhr es mir.

Sie zuckte die Schultern. »Anderes noch. Auf der Soiree war es besonders nervig.«

»Aber wir schlucken es hinunter, der politischen Chancen wegen«, fügte Adel an.

»Ich jetzt nicht mehr.« Falkenberg biss in die Erdbeere. »Ich bin es leid, sein *Herzchen* zu sein. Die Runde fand ohnehin sofort eine andere. Komtess Derra hält es wohl besser aus.«

»Hoffentlich nicht«, sagte Henri. »Der hat keine Frau in seinem Leben verdient.«

Ich nickte. »Mich hat er gefragt, wo ich *wirklich* herkomme.«

Falkenberg verdrehte die Augen.

»Tatsächlich?« Jeanette sah auf. »Wo kommst du denn wirklich her?«

Ich starrte sie an. Adel stieß sie in die Seite, doch als sie sich ein Stück Himbeertorte aufschaufelte, schmunzelte sie.

»Du bist unmöglich, Jeanette.« Henris Worte waren ein schwacher Trost.

Mein Blick glitt wieder zur Uhr. Zwanzig nach zwei. Ich sollte endlich aufgeben.

»Ach, ich ertrage es nicht, wie anstrengend ihr seid.« Theatralisch strich Jeanette eine blonde Locke aus ihrer Stirn. »Dabei habe ich mich heute schon durch den Hausputz gequält. Jede halbe Stunde musste ich den Raum wechseln.«

»Wieso? Weil es so dreckig war?«, fragte Falkenberg.

»Weil ständig jemand im Zimmer war!« Jeanette sprach immerzu so, als müsste sie uns die einfachsten Dinge erklären. »Es war so unangenehm.«

Unwillkürlich lachte ich auf. »Es war dir unangenehm, dass deine Bediensteten die Arbeit machen, für die du sie bezahlst?«

Henri grinste.

Jeanette funkelte mich an. »Weißt du, dass du –«

»Nein, Jeanette, ich weiß nicht, was du jetzt wieder von dir geben willst.« Meine Hände ballten sich unter dem Tisch. Aber ich durfte nicht die Nerven verlieren, nicht jetzt. Tief atmete ich aus und meine Fäuste lockerten sich. »Ehrlich gesagt habe ich genug von deinen Vorurteilen. Weißt *du* was? Ich erzähle euch jetzt eine Geschichte.«

»Rosa!«, rief Jeanette.

So hieß Falkenberg also.

»Deine Rosa kann dir da auch nicht weiterhelfen. Glaub mir, es tut nicht weh.« Ich setzte mich auf, während Falkenberg schwieg. »Eigentlich hatte ich eine Nachspeise mitgebracht, aber fragt mich nicht, wo die sich gerade befindet.«

»Henri! Adel!«, zischte Jeanette. »Sagt doch etwas!«

Henri schnalzte nur mit der Zunge und Adel hob die Schultern.

»Stellt euch vor«, sagte ich, »ein junger Mann macht mit seiner adeligen Familie eine Reise durch Deutschland. Er lernt eine junge Frau kennen, die in einem wohlhabenden Zuhause aufwächst mit einem Vater, der sie fördert. Sie darf seine Bücher lesen und erhält ebenso wie ihre Brüder Unterricht.«

Henri hob bekennend die Brauen. »Ziemlich modern.«

»So einen Vater hätte ich auch gern«, sagte Adel.

»Nicht wahr?« Ich sprach über Jeanettes fassungsloses Gesicht hinweg.

»Die junge Frau lernt die üblichen Themen, darf sich auch in ihrem geliebten Teppichknüpfen weiterbilden und studiert einige Sprachen. Der Mann fühlt sich sofort von ihrem Intellekt angezogen und sie ist hingerissen von seiner lebensfrohen Natur. Sie verlieben sich.«

Ein seliges Seufzen erklang.

»Adel!«, zischte Jeanette.

»Seine Familie reist bald weiter und über Jahre hinweg können sie sich nur Briefe schreiben. Sie wissen, dass beide Familien schon andere Pläne für sie haben. Aber obwohl ihre Körper getrennt sind, sind ihre Geister schon verbunden.«

»Was soll diese schwülstige Liebesgeschichte?«, fragte Jeanette.

»Pst.« Lächelnd legte ich einen Finger an meine Lippen. »Als sie immer mehr Verehrer ablehnt, findet ihre Mutter einige Briefe und die Frau kann gerade noch vor ihrer erzürnten Familie fliehen. Sie taucht unter und knüpft Teppiche, um zu überleben. Auch der Mann plant seine Flucht und nach einem Jahr treffen sie sich in der Mitte.«

»Das klingt nach einem tragischen Ende«, murmelte Henri.

Adel stützte ihr Kinn in ihre Hände. »Bitte lass sie nicht sterben.«

»Erst reisen sie durch Europa. Sie heiraten und bekommen ein Kind. Der Mann wird sentimental und schreibt nach jahrelanger Stille seinen Eltern einen Brief. Kurz bevor das Paar weiterreisen will, kommt eine Antwort.«

Adel atmete auf.

Jeanette verschränkte die Arme. »Führt die Geschichte auch irgendwohin?«

»Zurück nach Deutschland. Seine Eltern schreiben, dass sie ihm die Flucht verzeihen und ihr Enkelkind sehen wollen. Ein paar Monate sind den Alten mit dem Kind vergönnt, bis sie sterben und der jungen Familie ein Grundstück mit einem Haus vermachen. Allerdings nur zum Teil.«

»Und wem gehört der andere Teil?«, fragte Falkenberg.

Interessant, dass sie sich gerade jetzt zu Wort meldete. »Theoretisch gehört alles ihnen. Aber sie müssen Pacht bezahlen. Anfangs ist es nicht viel, sie wohnen weit außerhalb und sind gerade wohlhabend genug, das Land nicht bestellen zu müssen. Doch der Pächter stirbt. Und der neue Pächter betreibt Wucher, denn er will sie aus dem Haus vertreiben.«

»Wieso?«, fragte Henri.

»Weil ihm ihr Anblick nicht passt.«

Jeanette verdrehte die Augen. »Na, klasse. Er ist ein schlechter Mensch. Hast du uns deshalb die Geschichte erzählt?«

Wachsam sah ich sie an. Hitze brodelte in mir, aber ich hielt sie in Schach.

»Würdest du das auch sagen, wenn sich das Paar nicht in Deutschland getroffen hätte? Wenn der junge Mann mit seiner Familie durch die Türkei reiste und die junge Frau eine Türkin ist?«

Henri holte Luft.

Jeanette hingegen erstarrte.

»Und was wäre, wenn beide auch nur Bürgerliche sind?« Mein Stuhl rauschte über den Teppich, als ich mich erhob. Ich zog die Haarnadel mit dem Nazar-Amulett heraus und meine Locken ergossen sich über meinen Rücken. »Und wenn ich ihre Tochter bin?«

Jetzt schnappten alle nach Luft. Nur Falkenberg legte seufzend die Schläfe in ihre Hand.

»Rosa!« Die Jüngste stemmte sich auf die Tischdecke. »Wusstest du das? Und du lässt sie so mit mir reden? Die ganze Zeit?«

»Gib endlich Ruhe, Jeanette!« Falkenberg setzte sich auf. »Du gehst uns allen auf die Nerven.«

»Wie bitte?«

»Fahr fort, Mera«, sagte die Hausherrin.

Ich räusperte mich. »Mein voller Name ist Esmeray Weiß, ich bin halb Deutsche, halb Türkin, und in anderthalb Stunden müssen meine Eltern ihr Haus verkaufen, es sei denn, ihr schließt euch unserem Gesuch mit einer Unterschrift an.«

»Wieso lasst ihr dieses Gör weiterreden?« Jeanette sprang auf. »Habt ihr nicht zugehört? Sie ist eine Hochstaplerin! Eine Bürgerliche! Ein Mischling!«

Die Hitze explodierte in mir. Ich rammte die Haarnadel so fest in den Tisch, dass sie stecken blieb. Quer über die Erdbeeren hinweg donnerte ich: »Eine Frau ist eine Frau!«

Stille.

Mit bebendem Herzen strich ich über mein Kleid und zog die Nadel wieder heraus. Im Deckchen blieb ein winziges Loch zurück.

»Egal aus welchem Stand«, brachte ich heraus. »Egal mit welcher Herkunft. Eine Frau ist eine Frau, und wenn ihr das nicht verstanden habt, dann solltet ihr aufhören, Reden über schlimme Männer zu schwingen, denn ihr wärt nicht viel besser als sie.«

Falkenberg regte sich als Erste. Sie erhob sich und verließ wortlos den Raum.

Nur Jeanette und ich starrten ihr nach. Adel stand ebenfalls auf und schüttelte den Kopf. Aber sie fragte: »Wo kann ich unterschreiben?«

Neben mir schlug Henri auf den Tisch. »Verflucht, ja!«

Adel grinste und mein Mund klappte auf.

»Was?« Jeanette starrte ihre Freundinnen an.

In dem Moment kehrte Falkenberg zurück. Sie warf mein Brett neben mein Silberbesteck, sodass es klirrte. »Mein Name steht. Wer unterschreibt als Nächste?«

Jeanette und ich schauten gleichermaßen entgeistert zu, wie erst Henri und dann Adel in Windeseile ihre Namen niederschrieben. Alle sahen zu der Jüngsten. Gemeinsam seufzten sie und Adel reichte mir das Brett.

»Danke«, krächzte ich mit brennender Kehle. Mein Blick flog zur Uhr. Halb drei. Eine Kutsche wäre nicht rechtzeitig fertig und ich würde keine zwei Stunden Weg in etwas mehr als einer Stunde laufen können.

Aber ich würde es versuchen.

»Ich muss gehen«, stieß ich hervor und stolperte rückwärts. »Tut mir leid, das Kleid bringe ich zurück!« Auf dem Absatz machte ich kehrt und stürzte hinaus.

»Lauf!«, rief Henri.

»Und rette deine Familie!«, setzte Adel nach.

Die letzte Stimme war Falkenbergs. »Danach reden wir!«

99 Martiño Civantos

Es roch nach süßen Tomaten, frischem Knoblauch und deftigen Kartoffeln. Es roch nach einem Stück Zuhause.

»*So lecker schmeckt Fridos Gemüse! Spanisches Rezept!*«

Mittlerweile war sein Gebrüll Musik in meinen Ohren. Unter dem breiten Kochtopf leckte das Feuer an den letzten Holzscheiten und wärmte die Reste der Patatas Bravas.

»*Einfache Gerichte zum Nachkochen! Rettet eine Familie!*«

»Du musst nichts mehr für Mera schreien«, raunte ich. »Die Papiere sind voll.«

Frido blickte zu mir. »Brauchst du neue?«

»Du verstehst nicht – Vorder- und Rückseite! Wenn Seda mir nur diese Blätter gegeben hat, dann muss es ausreichen.«

Ein Grinsen breitete sich auf seinen Lippen aus.

»Bin ich dann auch fertig?«

Wir sahen zu dem schmächtigen Jungen, der mir kaum bis zum Nabel reichte. Er strich seine bleiverschmierten Finger an der Hose ab.

»Natürlich, Thorben.« Frido klopfte auf seine Schulter. »Nimm dir noch ein paar Kartoffeln. Und such Mutter. Sie und Erna wollen sicher auch etwas.«

Thorben stach mit Fridos geschnitzten Holzspießen in die Kartoffelecken und trottete durch die Marktreihen.

»Meine Frau bringt mich um, wenn sie sieht, was ich veranstaltet habe.« Frido lachte leise.

»Vielleicht heitert das Baklava-Geschäft sie auf«, sagte ich.

»Baklava? Nein, mein Freund, du wirst …«

Seine Worte versickerten in meinen Ohren, als hinter ihm eine Kutsche vor einem Haus anfuhr. »Meintest du nicht, dort wohnt dieser von Berger?«

Stirnrunzelnd folgte Frido meinem Blick. Sein Kopf ruckte zu einem Punkt hinter mir. »Marti, es ist Viertel vor vier!«

Ich erstarrte.

Frido packte meinen Arm und zerrte mich in Richtung des Markteingangs. Im Laufen presste er etwas an meine Brust. »Du musst rennen, Marti! Los, benutz deine Beine!«

Mein Herz tat einen heftigen Schlag. Meine Muskeln spannten sich an und meine Füße trommelten über den gepflasterten Platz. An meiner Brust fühlte ich das Brett mit den Papieren, packte es.

»Das schaffe ich nicht!«, stieß ich hervor.

Die Leute drehten ihre Köpfe nach uns um.

»Das schaffe ich nicht! Von Berger wäre lange vor mir da!«

»Du musst!«, rief Frido.

Der Torbogen des Marktes erhob sich einige Meter vor uns. Von der Seite ertönten Hufschläge. Die Kutsche des Pächters hielt wie wir auf den Bogen zu. Und sie war schneller als wir.

Meine Muskeln kribbelten. Ich rüttelte an Fridos Händen, die mich noch immer mitzogen, als liefe ich nicht schon von selbst.

»Es ist in Ordnung!«, sagte ich. »Ich weiß, was ich mache!«

Das Gefährt holperte an uns vorbei. Frido ließ mich los, fiel zurück.

»Danke!«, rief ich. »Verteil den Rest an die Bedürftigen!«

Mit mächtigen Schritten jagte ich der beschleunigenden Kutsche nach. An ihrer Rückseite prangte ein breiter Reisekoffer. Und ein Tritt.

Ich rannte unter dem Bogen hindurch. Die letzten Pflastersteine verschwanden unter meinen Schuhen. Ich sprang ab. Für einen Augenblick schwebte ich in der Luft. Die Kutsche raste weiter.

Doch ich landete auf dem Tritt. Tief ging ich in die Hocke, um mein Gewicht abzufedern. Es knarrte.

Aber das tat es auch beim nächsten Hubbel und der Wagen fuhr gemächlich weiter. Ich packte die Gurte, die man um den Koffer geschlungen hatte, und blickte zurück. Im Torbogen stand Frido und ich hörte noch sein Lachen, als ich ihm mit meinem Brett grinsend zuwinkte.

100 Célian Cadieux

Erst nachdem die Kutsche gänzlich an mir vorbeigefahren war, sah ich Marti auf dem hinteren Tritt. Ohne nachzudenken, lief ich los.

Martis Augen weiteten sich. »Schneller!«, flüsterte er und rückte auf die Seite. Die Achse quietschte. »Schneller, Célian, schneller!«

Ich keuchte. Mein Papier flatterte im Wind. Er streckte die Hand aus, aber ich berührte nur seine Fingerspitzen.

»Na, los!«, wisperte er.

Ich trieb meine Beine an. Er packte meinen Unterarm und ich sauste durch die Luft. Meine Hüfte stieß gegen den Koffer, mein Fuß rutschte vom Tritt – Martis Bein stützte mich. Unter meinem Gewicht knarzte das Holz, doch das Holpern des Wagens übertönte es.

»Wieso bist du auf dieser Kutsche?«, stieß ich hervor. »Und warum so früh?«

»Früh? Wir haben fast vier Uhr! Wie ist es gelaufen? Hast du die Unterschriften?«

Schnaubend klammerte ich mich an den Gurten fest, sodass Marti sein Bein zurückziehen konnte. »Eine einzige *herausragende*, ja, und die eines hilfsbereiten Mädchens. Bist du an noch jemandem von uns vorbeigekommen?«

Er schüttelte den Kopf.

»Dann sind sie hoffentlich schon da. Wie lief es bei dir?«

Seine Augen leuchteten auf. »Ich habe gekocht! Vor allen Leuten!«

Meine Stirn legte sich in Falten. »Das ist toll. Aber Marti, ich meinte die Unterschriften. Du hast doch Unterschriften gesammelt, oder?«

Er stieß gegen meine Schulter. Als ich den Griff verlor, hielt er mich fest. »Sag ich ja, immer dieses Unterschätzen.« Er gab mir sein Brett. »Zufrieden?«

Mit großen Augen blätterte ich durch die Papiere, die von Buchstaben nahezu trieften. »Oh, ich könnte dich küssen!«

»Halt dich lieber zurück. Alix hackt uns die Köpfe ab.«

Leise lachte ich. »Hast du das etwa alles selbst geschrieben?«

»Nicht alles, aber die ersten zwei Seiten. Den Rest hat ein Junge übernommen.«

Ich strahlte ihn an. Sicher waren die anderen ebenso erfolgreich gewesen. Sicher hatte ich als Einziger die Fassung verloren. Und sicher musste nur ich von Marti mit einer fremden Kutsche aufgegabelt werden.

Als diese langsamer wurde, sahen wir auf. Ehe sie anhielt, sprangen wir ab und ich stolperte einen Schritt. Der Tag in diesem verrauchten Zimmer hatte mich zittrig gemacht und der zweistündige Marsch hatte nichts verbessert. Marti zog mich zum Haus. Im Gartentor stand Seda, und sobald sie uns entdeckte, hoben sich ihre Brauen. Neben ihr runzelte Theo die Stirn, doch beide schwiegen.

Aus der offenen Wagentür trat ein breit gebauter Mann.

»Herr von Berger.« Seda knickste und Theo verbeugte sich.

»Lasst nur die Höflichkeiten.« Der Mann strich über die Lockenbahnen seiner Perücke, deren restliches Haar zu einem spitz zusammenlaufenden Zopf geflochten war. »Leonard, der Vertrag.«

Neben ihm stand ein Junge, der selbst mich überragte, aber nur die Hälfte meiner schmalen Figur ausmachte. Auf Kommando ließ er das Ende einer Schriftrolle fallen, die sich wispernd entrollte.

»Noch nicht!« Mit einem Schritt stand ich neben Seda. »Ausgemacht war vier Uhr!«

Von Bergers grünblaue Iriden fokussierten mich. »Und wer seid Ihr?«

Seda legte eine Hand auf meine Schulter. »Ich danke dir, Célian, doch das hier ist unser Kampf.«

»So, Ihr seht das als Kampf an?«, fragte von Berger.

»Der Junge hat recht«, warf Theo ein. »Vier Uhr war ausgemacht. Ihr wollt Euch doch an Eure eigenen Regeln halten?«

Schnaubend zog der Pächter aus der Innentasche seines ockergelben Gehrocks eine Uhr. »Noch fünf Minuten!« Sobald er sich abwandte und an die Kutsche lehnte, rollte Leonard hastig wieder den Vertrag ein.

Marti und ich schoben uns vor Seda und Theo.

»Was ist passiert? Wo sind die anderen?« Wir stellten alle die gleichen Fragen.

Seda schüttelte den Kopf. »Als wir vor ein paar Minuten zurückkamen, war niemand hier.«

Der Boden schwankte. Mera war aus einem anderen Grund nicht am Treffpunkt gewesen. Vielleicht aus einem tödlichen.

»Wir haben eine Menge Unterschriften bekommen«, flüsterte Theo. »Seda schätzt, dass es sechsundfünfzig sind!«

»Ich schätze das nicht, ich habe es mehrmals gezählt. Wie sieht es bei euch aus?«

Während ich Seda mein Brett reichte, spannte ich die Finger an, damit sie ihr Beben nicht sah. Ich konnte ihr nicht von Mera erzählen. Seda brauchte gerade jetzt all ihre Nerven. Und von den herausragenden Persönlichkeiten hatte ich nur eine überzeugt.

»Sehr gut, eine Komtess! Und mit Elisabeth haben wir siebenundfünfzig Leute!«

Ich zwang mich zu einem Lächeln. Als Marti seine Blätter vorzeigte, schnappten Meras Eltern nach Luft.

»Das sind – das muss ich sofort zählen!« Seda verfiel in leises Gemurmel.

Ein weit entferntes Knarren ertönte und mein Kopf ruckte über meine Schulter.

Auch Marti drehte sich um. »Ist das eine Kutsche?«

Theo sah auf. »Nein, das ist Karl!«

»Mit Alix!« Marti lief an von Bergers hohem Schimmel vorbei, dicht gefolgt von Theo und mir.

Aber der vollbärtige Karl schüttelte schon am Waldrand den Kopf. Sein stämmiger Kaltblüter hielt neben uns. »Der Junge ist nicht bei mir aufgetaucht. Tut mir leid, Theo, du weißt, dass ich nicht warten konnte. Ein paar Minuten, mehr ging nicht.«

Martis Schultern sackten herab. »Nein«, keuchte er. »Nein, nein, nein.«

»Er ist sicher nur zu Hause.« Ich drückte seinen Arm. »Mit Mutter wird er schon fertig. Und die Unterschriften hast du vermutlich für ihn mitgesammelt.«

»Einhundertunddreißig!«

Wir fuhren zu Seda herum, sogar Herr von Berger. Aber Martis Wunder reichte nicht. Mit Sedas und Theos Stimmen fehlten noch dreizehn weitere. Und Karl schüttelte entschuldigend seinen dunklen Bart. Eine Bleibe für die Zukunft bot er Meras Eltern noch an, und nachdem Theo sich bedankt hatte, zockelte sein Karren an von Bergers Kutsche vorbei.

»Oh, es war alles umsonst!« Marti sank vor dem Gartenzaun ins Gras. »Und ich dachte, ich hätte helfen können!«

»Marti.« Ich wollte mich zu ihm knien, als erneut Hufe über den Pfad trabten. Dort, wo Karl hergekommen war, erschien ein Pferd mit geflochtener Mähne. Und diesmal zog es eine Kutsche. Sofort war Marti wieder auf den Beinen.

»Wer kommt denn noch alles?«, brummte von Berger hinter uns.

»Das ist ein heller Wagen«, bemerkte ich. »Das kann nicht Alix sein.«

»Das sehe ich selbst«, entfuhr es Marti. »Aber vielleicht konnte er sich eine Mitfahrt kaufen!«

»Guten Tag«, sagte der junge Kutscher. Noch bevor er vom Bock klettern konnte, öffnete sich die Tür.

Heraus sprang Liliette, ihr Brett vorgestreckt. »Bin ich noch rechtzeitig?« Ihre Augen strahlten, doch ihre Lippen waren übel abgekaut. Auf ihrem Papier thronte eine große Unterschrift.

»Du hast es geschafft!« Aufatmend zog ich sie in meine Arme. »Du kleines Wunder!«

»Ich bin früh genug?« Ein fassungsloses Lächeln prangte auf ihrem Gesicht.

»Bist du.« Ich wuschelte über ihre Frisur, aus der die Nadeln schon halb herausfielen. Nun fehlten noch drei adelige Unterschriften und dreizehn weitere.

Theo bedankte sich bei dem Kutscher. Dieser wendete, indem er halb über die gegenüberliegende Wiese fuhr, und lenkte das Pferd zurück in den Wald.

»Oh, canım benim! Güzel kızım!« Seda lief herbei und nahm Liliettes Gesicht in die Hände. »Çok teşekkür ederim!« Sie schmatzte ihr auf beide Wangen und Liliette quietschte vergnügt, ohne irgendetwas zu verstehen.

Von Berger schnalzte mit der Zunge. »Freut Euch nicht zu früh. Noch eine Minute, dann müsst Ihr verkaufen oder die nächste Pacht setzt euch auf die Straße.«

Liliette schaute zu mir, aber Seda strich über ihre Arme. »Keine Sorge. Es wird alles gut.«

Es nahm eine Last von meinen Schultern, dass Liliette an Seda lehnte und Theo dem haareraufenden Marti den Rücken tätschelte. Im Moment konnte ich nicht mehr als meine eigenen Knochen festhalten.

»Seht!« Diesmal entdeckte Liliette das weiß-braun gescheckte Pferd, das aus dem Wald trabte. Doch es zog keine Kutsche. Es trug einen Reiter.

»Alix!« Wild winkend trat Marti ihm entgegen.

»Bin ich noch rechtzeitig?«, rief Alix wie Liliette zuvor und alle johlten.

Meine Schultern lockerten sich, aber es währte nicht lange. Immer wieder sah ich an von Bergers Kutsche vorbei zur anderen Pfadseite. Dorthin, wo ich heute Morgen mit Mera in den Wald gegangen war. Wo sie jede Sekunde herausstürmen musste.

Alix sprang ab und Liliette rüttelte aufgekratzt an seinem Arm. »Hast du die Unterschriften?«

Er zuckte zurück. »Auf dem Pferd habe ich mich ständig verzählt. Genügt das?«, fragte er und reichte Seda sein Brett, während Marti Macula übernahm.

Seda lachte auf. »Das ist ja vollgeschrieben! Oh, ihr Kinder seid wahre Schätze! Jetzt fehlen nur noch drei herausragende Persönlichkeiten.«

»Die Zeit ist abgelaufen«, verkündete von Berger.

»Nein!«, stieß ich hervor. Hektisch kramte ich meine Uhr heraus. »Hier, wir haben noch zwei Minuten!«

»Du nimmst mich auf den Arm!« Der Pächter kam näher, gefolgt von Leonard. Doch meine Uhr zeigte es tatsächlich an, vermutlich lief sie nicht rund.

»Bei mir sind es noch drei Minuten!« Auch Liliette streckte ihm ihre Taschenuhr entgegen.

»Es reicht!«, donnerte von Berger. »Leonard, was zeigt deine Uhr?«

Leonard wurde bleich. »I-ich habe keine, Herr von Berger.«

Der Pächter ballte die Fäuste. »Na schön, noch zwei Minuten!«

Liliette baute sich auf. »Aber –«

»Kein Aber! Oder ihr müsst sehen, an wen ihr dieses Haus verscherbelt!«

Seda zog Liliette fest an sich, sagte jedoch keinen Ton. Von Berger fuchtelte zornig mit der Hand, wie um unsere Blicke wegzuwischen, und schritt neben seinem Pferd auf und ab. Der Schimmel zuckte nervös mit den Ohren.

»Alles wird gut«, wiederholte Theo Sedas Worte. Er legte ihr eine Hand auf den Rücken. »Es wird, wie es wird. Und wir werden alle weiterhin zusammen sein.«

Vielleicht nicht. Bilder von Mera in Ketten drängten sich vor mein inneres Auge. Am Pranger. Bei der Steinigung. Vor dem Galgen.

»Wir sollten ihr entgegenreiten«, entfuhr es mir. »Mon Dieu, wieso habe ich nicht eher daran gedacht?«

Marti, der Macula locker an den Gartenzaun band, sah auf. »Wir hatten bisher kein Pferd.«

»Und wir wissen nicht, aus welcher Richtung sie kommt«, sagte Theo.

»Doch, natürlich!«, erwiderte ich. »Heute Morgen sind wir genau dort in den Wald –«

»Es gibt Hunderte Abkürzungen. Kaum zu finden, fast zugewachsen.« Theo schüttelte den Kopf. »Der Waldweg war der einfachste. Aber der schnellste war er nicht.«

Ich vereiste. »Mera könnte also überall sein?«

Seda nickte. »Sie muss sich unterwegs spontan entscheiden, je nachdem, welcher Pfad noch begehbar ist. Wolltet ihr nicht zusammen kommen?«

Meine Kehle brannte. »Sie war nicht am Treffpunkt, ich … Ich dachte, sie wäre schon vorgegangen …«

Alix legte eine Hand auf meine Schulter. Anscheinend wechselten wir uns mit dem Trösten reihum ab. »Ich hätte genauso entschieden.«

»Was ist mit deinem Handgelenk?« Erschrocken schlug Marti die Ärmel meines Bruders auf.

»Nichts, nichts. Es tut kaum noch weh.« Alix winkte ab, doch wir blickten auf die roten Striemen.

»War das Mutter?«, stieß ich hervor.

»Nein!« Heftig schüttelte Alix den Kopf. »Gott, nein, Cèl. Das war Feit. Aber es war nur ein Missverständnis.«

»Feit?« Marti baute sich auf.

»Reg dich ab, wir haben das geklärt.« Sanft entzog Alix ihm den Arm und klappte den Stoff hinunter. »Cèl, ich wollte sagen, mach dir keine Vorwürfe. Es hätte nicht geholfen, wenn Mera jetzt hier wäre und du irgendwo auf sie warten würdest.«

»Aber vielleicht ist ihr etwas zugestoßen!«, rief ich aus. »Vielleicht hat die Komtess sie angezeigt, vielleicht war Mera nicht beim Treffpunkt, weil sie verhaftet wurde, vielleicht ist sie schon –«

»Hör auf!« Seda hob die Hand. »Ich will nichts davon hören!«

»Die Zeit ist ohnehin um.« Mit festen Schritten kehrte von Berger zurück. »Leonard, öffne den Kaufvertrag – ein letztes Mal!«

»Nein, nein, nein«, wisperte ich und blickte zum Waldrand. Überall standen nur regungslose Bäume, die sich höchstens im seichten Windhauch bewegten.

»Das könnt Ihr nicht tun!«, sagte Alix. »Wenn Mera die Unterschriften hat und Ihr diese Familie trotzdem vertreibt, wird das für Euch –«

»Noch ein Wort«, grollte von Berger. »Noch ein Wort von irgendwem und diese Familie darf nicht einmal den Kaufvertrag unterschreiben.«

Es wurde totenstill.

Nur das Flüstern in den Bäumen beugte sich nicht.

Mit einem grimmigen Lächeln schnipste der Pächter nach Leonard und dieser entrollte sofort das Papier. Der Junge schien daran zu verzweifeln, auch noch Feder und Tintenfass zu halten, und ich flehte innerlich, dass er alles fallen ließ. Stattdessen konnte er das Fass mit einer Hand aufschrauben und hielt es Theo mitsamt Feder hin. Natürlich nicht Seda. Theo nahm die Feder entgegen. Trotz seiner eben noch ruhigen Worte bebte sie in seinen Fingern.

Meine Hand presste sich auf meinen Mund. Hätte ich doch nur nicht die Kontrolle verloren.

Als Liliettes Atem sich beschleunigte, sank Alix auf ein Knie und nahm sie in den Arm. Martis Finger krallten sich in seine Schulter. Unaufhaltsam senkte sich die Federspitze in die dunkle Flüssigkeit und sog die Tinte auf. Sedas Lippen bewegten sich, doch es kam kein Ton heraus. Sicher betete sie. Mir fielen nicht einmal die Worte dafür ein. Mein Blick sprang von der Feder, die Theo langsam abstreifte, zurück zu den Bäumen. Kein Laut deutete auf einen Menschen hin. Darauf, dass Mera überhaupt noch lebte.

Tränen rannen über Liliettes Gesicht, während Theo die Schriftrolle anhob und seine Handkante aufsetzte. Seda legte eines unserer Bretter unter das Papier. Selbst das taten sie gemeinsam.

Etwas knackte.

Erneut.

Dumpfe Rufe ertönten.

»Nehmt Ihr jetzt die Hand weg, ist der Vertrag hinfällig!«, keifte von Berger. »Ein Zucken und Ihr könnt Euer Haus mitsamt dem Geld vergessen!«

Theos Handkante presste sich auf das Blatt. Seda drückte von unten das Brett dagegen.

Es musste Mera sein. Mein Blick flog zu Alix. Er erwiderte ihn, aber wagte kein Wort.

»Ich habe sie!«

Eine Gestalt in einer orangefarbenen Robe stürzte aus den Büschen. Das war nicht Meras Baumwollkleid. Doch es war ihr dichtes Haar, das über ihre Schultern wehte. Sie reckte etwas Weißes in die Höhe.

»Ich habe drei Unterschriften!«

Augenblicklich zog Theo zurück.

Seda packte die Schriftrolle und zerriss sie.

101 Esmeray Weiß

Célian wirbelte mich durch die Luft. Das Grün der Bäume verschwamm mit seinem sonnengelben Gehrock. Ich lachte und weinte und lachte. Wenn er mich so herumwirbelte, musste das heißen, dass ich noch rechtzeitig gekommen war. Dass ich meine Vergangenheit nicht verlor. Und meine Zukunft mich fest in die Arme schloss.

Sobald er verlangsamte und meine Füße zu Boden sanken, schlug das Gras unter mir Wellen. Ich war anderthalb Stunden gerannt, gestolpert, hingefallen und weitergerannt. In meinen Muskeln glühte kaum noch ein Fünkchen Leben.

Nur unverständlich drang die Stimme des Pächters zu mir durch. Sowie die von Alix, der heftig widersprach. Erst als eine Tür zuknallte, spürte ich, wie Célian mich auf die Wange küsste.

»Du hast es geschafft! Du hast es geschafft!« In seiner Umarmung führte er mich mit sich. Ich krallte mich an seinen Gehrock und blinzelte. Viel zu schnell flog die Erde unter meinen Schritten hinweg. Ein Schimmel zog eine breite Kutsche an uns vorbei und verschwand aus meinem Sichtfeld. Vor einer grasenden Macula kniete Alix, der Liliette an sich drückte, und Marti hielt beide fest.

Am Törchen lagen sich Mutter und Vater in den Armen.

Aus weiter Ferne hörte ich mich schluchzen. Sonst war Vater derjenige, der hemmungslos weinte, aber diesmal liefen die Tränen still über seine Wangen und lächelnd wiegte er Mutter. Ich gelangte in ihre Umarmung hinein, wusste nicht, ob ich gezogen oder geschoben wurde. Célians Wärme verschwand bis auf seine Hand auf meinem Rücken.

»Wir bleiben«, schluchzte Mutter in mein Haar.

»Wir bleiben«, flüsterte Vater und umklammerte uns.

»Ihr seid meine Geschenke.« Unter Tränen lächelnd sah sie Vater und mich an. »Du und du.« Sie schaute hinter mich. »Und du auch! Ihr alle!«

Verheultes Lachen erklang. Stofftücher wurden herumgereicht. Ich wischte damit über meine Gesicht und Célian trocknete seine Wangen mit seinen Ärmeln.

»Wisst ihr, was wir jetzt machen?«, fragte Mutter.

Liliette atmete stockend ein. »Baklava?«

Alle lachten und Alix kniff ihr mit glänzenden Augen in die Wange.

Nur Célian sah zum Wald hinüber. »Seht ihr auch die Kutsche dort?«, fragte er zögerlich.

Blinzelnd folgte ich seinem Blick. Tatsächlich stand unter den Bäumen ein Gefährt.

»Wusste ich's doch.« Alix rappelte sich auf. »Während ich hergeritten bin, kam ich mir beobachtet vor, habe aber nur kurz eine Kutsche gesehen. Genau diese, ich erkenne das goldene Dach.«

Das rotbraune Pferd setzte sich in Bewegung und zog den Wagen langsam heran. Alix ging rückwärts zum Zaun und schob Liliette hinter sich. Auch Célian trat zurück, als die Kutsche mit dem glänzenden Dach vor uns anhielt.

»Was sucht Ihr hier?«, fragte Alix den schmächtigen Fahrer.

Schon öffnete sich die Tür. Aus dem Innern schob sich eine Frau im schwarzen Kleid auf den Tritt.

»Mutter! Nicht!« Alix machte einen Satz vor. »Du wirst zusammenbrechen!«

Ein schwarzer Sonnenhut schirmte das Gesicht von Gräfin Cadieux ab. Sie musste nur eine behandschuhte Hand heben, damit Alix stehen blieb. Ihre Finger zitterten.

»Es ist schon in Ordnung«, keuchte sie. »Ich habe es geübt.«

Mein Atem stockte. Célians Schultern spannten sich an.

Die Gräfin stützte sich am Türrahmen ab und trat wankend auf den Pfad. »Ich bin hier, um euch zu sagen«, stieß sie hervor, »es tut mir leid.«

Mit einem erstickten Geräusch schoss Liliette hinter Alix hervor. Die Gräfin sank in ihrem Kleid auf die Knie. Ich wusste nicht, ob sie zusammensackte oder es für Liliette tat. Sie öffnete ihre Arme und ihre Tochter warf sich hinein.

»Es tut mir leid. Meine kleine Jette. Es tut mir so schrecklich leid.«

Liliette schluchzte und ihre Mutter hielt sie fest, wiegte sie von Seite zu Seite.

Célians Schultern hoben sich. Er machte einen Schritt zurück, als wollte er ins Haus laufen. Stattdessen stürzte er zu ihnen und ging ebenfalls in die Knie. Seine Mutter zog auch ihren viel zu großen Sohn in ihre Arme und Célian machte sich ganz klein.

»Es tut mir so leid«, flüsterte sie immerzu, rau und brüchig. »Es tut mir leid.«

»Du kannst nicht hier draußen sein«, wisperte Célian unter Tränen. »Du bist doch nie draußen, du kannst nicht hier draußen sein.«

Sie wiegte ihre Kinder nur weiter.

Erst als Mutter mich fest in den Arm nahm, spürte ich, dass ich wieder weinte und mir eine Hand vor den Mund presste.

Nur Alix stand verloren auf dem Pfad. Wie ein Fremder starrte er auf seine Familie. Marti nahm sanft seine Hand und hielt sie einfach fest.

Alix warf ihm einen Blick zu, drückte die Lippen aufeinander. Und zog Marti mit zu seiner Mutter. Marti folgte ihm. Ohne ihn loszulassen, ging Alix auf ein Knie. Eine Hand seiner Mutter lag auf Liliettes Rücken. Alix legte nur seine darauf.

Doch seine Mutter drehte seine Hand um und drückte sie.

»Mes enfants«, flüsterte sie. »Mes cads.«

EPILOG

Samstag, 03. September 1768

Esmeray Weiß

Meine Finger glitten über die blau schimmernde Tapete, während ich durch den Salon schritt, der seit heute keiner mehr war. Meine andere Hand wanderte über die Tischchen, die wir hintereinander aufgereiht hatten. Es war seltsam, dass ein Stuhl dort auf dem Teppich stand, wo ich Aenlins Blut herausgewaschen hatte.

»Wieso passiert das immer auf den letzten Drücker?«

Eine Tür knallte zu und ich lief auf den Flur.

»Schimpf nicht, hilf mir lieber.« Vater trug drei Geigenkoffer auf einmal an mir vorbei. »Emmi, ist bei dir alles in Ordnung?«

Als sich Mutter zeternd an ihm vorbeischob, hob ich die Brauen. »Die Frage ist eher, ob bei euch alles in Ordnung ist.«

»Pah!« Mutter nahm ihm eine Violine ab und lief um die Ecke. »Alles in bester Ordnung. Nur eben nicht im Zeitplan!«

»Es ist doch gerade mal der erste Tag«, sagte Vater.

»Theo! Deshalb ja!« Obwohl sie den Koffer trug, rang sie die Hände. »Tövbe, tövbe!«

Vater seufzte. Grinsend folgte ich ihnen an den Steinbögen der Eingangshalle vorbei in den Nordostflügel. Die anderthalbstündige Fahrt mit Karls Karren von zu Hause bis hierher zehrte in den letzten Tagen an unseren Nerven.

Am Ende des langen Flurs öffnete Mutter die Tür zu einem ehemaligen Gästezimmer und hielt sie für Vater auf. Er stellte die Violinen ordentlich zu den anderen Instrumentenkoffern. In der Mitte des hohen Raumes mit den bodenlangen Fenstern glänzte die goldene Harfe. Dieses Zimmer würde Liliette erst einmal nicht betreten.

»Komm her, Liebes.« Vater legte auch Mutters Geigenkoffer ab und zog sie an den Händen zu sich. »Lass dir einen Kuss geben.«

»O Gott!« Ich wandte mich ab – und machte einen Satz zurück.

Vor mir ragte eine Dame in die Höhe. »Herr und Frau Weiß, ich muss doch sehr bitten«, sagte die höflichste Stimme, die es wohl auf dieser Erde gab. »Dies soll ein Umfeld für Kinder werden.« Mit der Eleganz einer noblen Giraffe drehte sie sich um und schritt den Flur hinab.

Mutter tauchte neben mir auf. »Wir hatten uns auf eine aufklärerische Richtung geeinigt«, rief sie ihr nach. »Und auf Vornamen, Vreda!«

Am Ende des Ganges drehte sich die Lehrerin um. »Und auf Ruhe, Seda.« Mit einem Neigen ihres Kopfes verschwand sie im ehemaligen Blauen Salon.

Mutter verdrehte die Augen. »Hast du jetzt alles beisammen, Theo?«

Vater trat neben sie. »Den Kuss habe ich noch nicht.«

»Ah!« Ich presste die Hände auf meine Ohren und lief zum Steinbogen, der in die Eingangshalle führte. »Nachdem von Berger die Unterschriften überprüft hatte, hättet ihr Frido zum Baklava-Verkauf überreden sollen. Dann wärt ihr nicht ständig hier.«

»Ich bin aber keine Bäckerin. Zumindest nicht nur.« Mutters Stimme drang trotzdem an meine Ohren, während sie mir folgten. »Ich hoffe lediglich, dass du deinen Gemüsegarten nicht zu sehr vermisst«, sagte sie zu Vater.

»Ach, es entschädigt mich, wie Fridos Gärtner von meinen Bohnen und Tomaten schwärmt«, erwiderte er. Bei der ersten Begegnung hatte er dem Mann jedes einzelne Detail seiner Pflanzen präsentiert. »Und wenn sich der erste Stress gelegt hat, spiele ich dir im Garten wieder etwas auf der Saz vor«, fügte er an und nahm Mutters Hand.

Resigniert ließ ich die Arme sinken und öffnete die Haustür zur Steinterrasse. »Wenigstens bin ich euch in ein paar Minuten los.«

»Nur bis zur Pause.« Mutter kniff in meine Wange. »Aber jetzt muss ich erst meinen Çay holen.«

»Du hast also auch noch nicht alles beisammen?«, erwiderte Vater.

Am Ende der Terrasse blieb ich stehen, während sie über den Hof liefen und Mutter sich amüsiert bei ihm einhakte. Unfreiwillig schmunzelnd lehnte ich mich an eine Steinsäule. Sie spazierten zum Stall, bei dem ein Segeltuch ein langes Buffet vor der Sonne schützte. In ihren kräftigen Strahlen leuchtete Mutters simpel aufgestecktes Haar.

Hinter mir klappte die Haustür auf.

»Nein, Feit, geh zu jemand anderem! Ich kann dir nicht mehr zuhören!«

»Aber es hieß, dass wir immer ein offenes Ohr finden würden.«

»Ja, immer!«, sagte Alix. »Doch nicht mehr heute!«

»Geh schon, Feit«, mischte sich Martis Stimme ein. »Ich komme später noch einmal zu dir, um deine freien Tage zusammenzulegen.«

»Mit Aenlins«, fügte Feit an, aber dann schritt er mit hochroten Ohren an mir vorbei zu den Stallungen. Darüber würde ich Aenlin auf jeden Fall aushorchen.

»Sag schon, was ist los?«, fragte Marti.

Alix stöhnte auf. »Ich kann das nicht! Ständig will jemand etwas von mir und ich komme nicht mehr raus aus dem Papierkram! Ich will meine Hände in die Erde graben. Ich will schuften und abends meine Muskeln spüren.«

Ich unterdrückte ein Schnauben. Papier war mir der liebste Kram.

»Weißt du, was ich dachte?«, fragte Marti. »Wie wäre es, wenn wir tauschen?«

Stille folgte. Es juckte mich in den Fingern, mich umzudrehen und an meiner Säule vorbeizulugen. Aber ich wollte mich ihnen nicht aufdrängen.

»Überleg doch«, sagte Marti. »Ich könnte mich den ganzen Tag mit Aenlin, Bruno und all den anderen unterhalten – und du könntest buddeln gehen.«

Ich schmunzelte und auch Alix lachte auf. »Bei dir klingt das, als wollte ich einen Knochen vergraben. Wie schön das auch klingt, Marti, du kannst nicht rechnen.«

Er schnalzte mit der Zunge. »Und du kannst nicht groß denken. Wie schnell habe ich das Schreiben gelernt? Am Anfang müssen wir uns eben gegenseitig helfen. Du wusstest schließlich auch nicht, wie man eine Erdbeere pflanzt, nicht wahr?«

Belustigt schnaubte Alix. »Ich war noch einmal dort, habe ich das erzählt? Sie wächst und gedeiht. Vielleicht können wir sie bald ernten.«

Stirnrunzelnd versuchte ich, dem Gespräch zu folgen.

»Du warst ohne mich dort?«, fragte Marti.

»Na, du konntest nicht. Du hattest einen deiner Kochkurse.«

Allein bei dem Gedanken an Martis Essen lief mir das Wasser im Mund zusammen. Immer wenn er mit Frido im Hof der Villa kochte, war ich unter den Schaulustigen und betete, ein Tellerchen abzubekommen.

»Und die Reste müssen in Köln an die Bedürftigen verteilt werden«, sagte Alix. »Deswegen können wir auch nicht tauschen.«

»Das ist doch nur an einem Abend in der Woche … aber hast du gesehen, wie ihre Augen bei den Pimientos geleuchtet haben?«

Meine leuchteten sicher noch jetzt.

»Du bist eben ein umwerfender Koch«, sagte Alix.

Marti lachte leise. »Nicht ich. Die Pimientos de Padrón sind umwerfend.«

»Und umwerfend teuer war es, die Peperoni anzuschaffen.«

»Was du nicht alles für mich tust.« Etwas klimperte leise. »Weißt du, ich mag es, dass du das Medaillon jetzt immer trägst.«

»Und ich mag dich«, flüsterte Alix. »Komm, wir schauen, wann wir Feit und Aenlin gemeinsame Freizeit geben können.«

Die Tür klappte auf.

»Nirgendwann!«, sagte Marti und die Tür fiel ins Schloss.

Grinsend schüttelte ich den Kopf.

»Emmi, willst du mitkommen und dir Mutters *Raum* ansehen?« Vater und Mutter liefen zu dem Durchgang zwischen dem Personalgebäude und der Villa.

Ich winkte ab. Für heute hatte ich genug davon, Pärchen zu belauschen. Arm in Arm verschwanden sie auf den Wegen. Auf der anderen Seite der Villa marschierte eine Frau mit einem hellen Sonnenhut auf den Hof.

»Und das Segeltuch ist nicht festgezurrt.« Ihre Stimme klang wie ein Augenrollen. »Bruno, steh nicht einfach herum! Und wieso sind da so wenige Kekse? Frieda, sag Irmgard, sie soll gleich noch mehr backen. Kinder müssen essen.«

»Ja, Gräfin Cadieux«, sagten sie im Chor.

Während sich Bruno vom Stall abstieß und gemächlich an den Gurten hantierte, sauste Frieda davon. Rasch verdrückte ich mich in den Schatten der Säule. Die Schultern der Gräfin waren wie immer versteift, doch ihre Hände steckten unmanierlich in den Taschen ihres kaum ausgestellten Kleides. Nur wenn ich genau hinsah, merkte ich, wie ihre Unterarme zitterten.

Anweisungen verteilend überquerte sie den Hof und Gertrud folgte ihr. Erst nachdem sie hinter dem Personalgebäude verschwunden waren, kam ich wieder hervor.

»Gräfin Vogel!«

Ich zuckte zusammen. Die Stimme der Hausherrin klang bis zu mir.

»Zieht Euch doch bitte Schuhe an.«

Meine Muskeln lockerten sich und ich schmunzelte. Für einen Moment lehnte ich den Kopf an die Steinsäule und schloss die Lider. Meine Finger zogen die Silberkette unter meinem Baumwollkleid hervor und drehten den Ring mit dem Rubin.

»Erwischt.« Hände zogen mich an meiner Taille um die Säule herum.

Ich schnappte nach Luft.

»Du hast an mich gedacht«, raunte Célians warme Stimme. Im Schatten leuchtete sein Schmunzeln, als er mich gegen die Säule drückte.

Ich zog an seinem offenen Haar. »Und du hast mich erschreckt!« Dank seiner weichen Stiefel hörte ich ihn noch seltener.

Grinsend strich er meine widerspenstige Locke aus meiner Stirn, von der Mutter inzwischen das verbrannte Ende abgeschnitten hatte. »Verrätst du mir, was genau du gedacht hast? Wenn es um mich ging, kann es ja nur wunderbar gewesen sein.«

»Ach, ich habe nur überlegt, ob du meiner Mutter ihre Picknickdecken und Sonnenschirme vorbereitet hast.«

»Na, na, Madame Weiß.« Er küsste meine Wange und sein bloßes Hemd schmiegte sich an meinen Körper. »Ich kann Ihnen das Lügen ansehen.«

Leise lachte ich und meine Finger glitten über seinen Nacken in sein Haar. Dass es nur zur Hälfte zu einem Dutt gebunden war, löste regelmäßige Wellen der Empörung aus.

»Vielleicht dachte ich aber auch hieran«, flüsterte ich und zog ihn zu mir herab.

»Comte. Mademoiselle.« Die Stimme war ruhig, dennoch schreckte Célian zurück und ich knallte meinen Kopf gegen die Säule. Vreda stand in der Mitte der Steinterrasse. »Ich habe es gerade erst Ihren Eltern erklärt, Fräulein Weiß. Jeden Augenblick kommen – oh, da sind schon die Ersten! Ferdinand, schnell!«

Murrend rieb ich über meinen Hinterkopf und Célian begutachtete ihn. Diesmal hörte ich, wie die Haustür klackte.

Ein Mann, etwa einen halben Kopf kleiner als Vreda, eilte heraus. »Das wird wunderbar, mein Schatz«, flüsterte er und drückte ihr einen Kuss auf die Wange. Sie lächelte. Célian hatte gute Arbeit geleistet als nordische Wanengöttin Freya.

»Und dieses Turteln ist erlaubt?«, brummte ich.

»Wenn überhaupt heißt es außerdem *Frau* oder *Madame*, das hatten wir doch ausgemacht, Vreda.« Célian strich über meinen Hinterkopf. »Alles heile. Kein Blut.«

»Na, das wäre heute auch gar nicht gut.« Ich zog seinen Arm um meine Taille und er schnaubte nur.

Die Tür sprang wieder auf.

»Sind sie schon da?« Liliette stürzte zu uns in beigefarbenen Hosen und einem hellen Hemd mit grünen Rüschen. »O Gott, sie sind schon da!«

»Ganz ruhig.« Célian zog mich zu ihr und legte einen Arm auf ihre Schulter. »All diese Kinder werden dich schon bald in ihr Herz schließen. Und wenn nicht, werfen wir sie einfach wieder hinaus.«

Ich stieß ihn in die Seite. Seine Augen funkelten passend zu seiner hellblauen Hose mit den grünen Knöpfen.

Zwischen den symmetrischen Büschen strömten Eltern, Geschwister und die Erzieherinnen vom Waisenhaus mit den Kindern auf den Hof. Bruno erhob sich und begrüßte sie. Er klopfte an die Stallwand und auch Feit hastete heraus. Von den Seiten der Villa liefen Aenlin und Frieda herbei. Dörrie, Augusta, Birte, Gertrud, Milena und all die anderen eilten aus dem Personalgebäude. Sie verteilten dampfenden Çay und Kamillentee. Aus dem Seiteneingang der Villa humpelte sogar Irmgard heraus und lächelte stolz. Auch Vater und Mutter kamen zurück und stellten sich vor. Gräfin Cadieux war die Einzige, die nicht auftauchte.

Sobald die ersten Eltern bei Vreda und Ferdinand ankamen, eröffneten die Verlobten eine Führung durch das Erdgeschoss der Villa. Liliette schüttelte Célians Arm von ihrer Schulter, blieb aber dicht an seiner Seite. Vreda stellte den Blauen Salon als ihren Raum vor, das Musikzimmer als Vaters Gebiet und weitere Klassenzimmer für zukünftige Lehrkräfte. Die Kinder sprangen herum, schmissen versehentlich Stühle um und verteilten Kekskrümel. Aber Vreda führte die Gruppe gelassen zurück in die Eingangshalle.

Auf den Stufen der Doppeltreppe hieß uns Komtess Falkenberg willkommen. Neben ihr standen Henri Rothstrauch und Adel Niems mit geröteten Wangen. Jeanette Vogel tippelte von einem Schuh auf den anderen und sah angestrengt nur Vreda an. Célian drückte sanft meine Seite und lockerte damit meine angespannten Hände.

Vreda stellte die Frauen als leitende Vertreterinnen vor und sie knicksten. Falkenberg verbeugte sich sogar und warf mir ein Lächeln zu. Während die Komtess erzählte, fiel mein Blick auf die grüne Flügeltür am oberen Ende der Treppe. Sie stand einen Spaltbreit offen. Gerade weit genug, dass Gräfin Cadieux doch über ihr Zuhause wachen konnte.

Nachdem Vreda die Gesellschaft zurück auf den Hof geführt hatte, schlug sie einen der kleinen Pfade ein und brachte die gesamte Bande mitsamt den rügenden, tröstenden oder völlig überforderten Eltern hinter die Villa bis zu der hohen Eiche. Darunter lagen Decken an Decken. Dutzende Sonnenschirmchen spannten sich zwischen ihnen auf und spendeten ein paar Schattenflecken, wo die Blätter der Eiche nicht hinreichten.

»Wo ist Liliette?«, fragte ich Célian, als Mutter vortrat und dies als ihren primären *Klassenraum* vorstellte.

Célian sah an seine leere Seite und schaute sich mit mir um. Überall waren Kinder. Manche trugen Hosen, andere Kleider, manche hatten das Haar aufgesteckt, andere einen Wuschelkopf.

»Und hier werden wir heute unsere erste Stunde haben«, verkündete Mutter.

Ein verhaltenes Murmeln kam von den Kindern. Einige verdrückten sich hinter die Beine ihrer Eltern, andere standen ungerührt mitten auf der Wiese. Zwei grinsten sogar von Brunos breiten Schultern herab und er strahlte, als würde er selbst eingeschult.

Mutter lachte. »Na, sucht euch erst einmal einen Platz. Keine Sorge, eure Lieben können zuschauen, solange sie Zeit haben.«

Ein paar Begleitpersonen waren zwar bereits gegangen, doch manche folgten Aenlin und den anderen zu Stühlen. Dabei humpelte Aenlin kaum noch und ihre Sommersprossen leuchteten mit der Sonne um die Wette.

»Oh, wie schön«, sagte Célian und ich folgte seinem Blick zu einer Dame mit einem schmalen Kinn und einem tiefen Dekolleté. An ihrer Seite strahlte ein pausbäckiges Mädchen.

»Das ist nicht Liliette«, sagte ich.

»Ach nein?« Er kniff mich in die Seite und ich schnaubte. Erleichtert wies er zu einer Decke. »Aber da!«

Ich hielt eine Hand über meine Augen. Liliette saß in der Mitte der Kinderschar, ich erkannte die grünen Schleifchen in ihrer blonden Hochsteckfrisur. An ihrer linken Seite hatte ein Junge mit abstehenden Ohren Platz genommen. Rechts ein Mädchen mit einem violetten Kleid und hellbraunem Haar, das nur bis zu ihrem Kinn reichte.

»Ach, die Zwillinge«, sagte ich und zog Célian näher zu den Kindern.

Er rümpfte die Nase. »Die bei jedem Besuch meinen Pudding klauen.«

»Und Milena mit ihren Frisurwünschen beglücken«, erwiderte ich.

Liliette zog etwas aus ihrer Hosentasche und schob es neben Annieks Knie. Ein flacher Stein, der im Sonnenlicht schwarz schimmerte. Anniek lächelte. Sie legte ihre Hand neben den Stein. So nah, dass sie Liliettes Finger berührte.

Célian schmunzelte. »Komm, ich glaube, sie braucht uns erst mal nicht mehr.«

Leichtfüßig lief ich mit ihm weiter über den Weg. Mutters kindgerechter Vortrag über die Emanzipation verklang.

Ich drückte Célians Hand. »Wir haben etwas Gutes geschaffen.«

Die Hecken um uns herum dämpften das Stimmengewirr. Er erwiderte den Druck und öffnete den Mund, hielt aber inne. Etwas knisterte leise. Stirnrunzelnd umrundeten wir ein paar Büsche und am Wegesrand eröffnete sich eine Wiese.

Aus einer Schale stiegen Flammen empor.

»Was machst du denn da?«, stieß Célian aus.

Neben dem Feuer fuhr seine Mutter herum.

»Entschuldige«, sagte er, »ich wollte dich nicht erschrecken.«

Sie blinzelte, als kehrte sie aus einem anderen Leben zurück. Hinter ihr legte Gertrud ein Holzscheit nach.

»Ich mache ein Feuer, Célian«, sagte seine Mutter. »Was habe ich dir über offensichtliche Fragen beigebracht?«

Das Tadeln würde sie wohl niemals lassen. In den Flammen erhaschte ich noch einen Blick auf ein verglühendes Büchlein. Eng beschriebene Seiten, die zu Asche zerfielen.

Mein Herz verkrampfte. Zum Glück sah Célian nichts.

»Ich meinte, wieso du wieder hier draußen bist«, entgegnete er unbeeindruckt.

Sie schnalzte mit der Zunge. »Erzählt lieber, wie Liliette sich schlägt. Sollte ich vielleicht doch zu ihr gehen?«

Célians Hand verspannte sich in meiner.

»Nein!« Hastig schüttelte ich den Kopf. Wenn die Gräfin sich erneut in die Öffentlichkeit begab, würde Mutter ihr wieder wochenlang Suppe ans Bett bringen müssen wie nach dem Zusammenbruch vor unserem Gemüsegarten. »Deiner Tochter geht es wunderbar, Mina.«

»Na schön«, sagte sie. »Dann sehen wir uns zum Abendessen. Ich habe von Gräfin Steins Magd das Rezept für Liliettes Lieblingskartoffeln bekommen. Und womöglich habe ich Irmgard um eine große Schüssel Nachtisch gebeten.«

Célians Schmunzeln wärmte mich. »Wir werden absolut pünktlich sein, Maman.«

Ich wusste nicht, ob er bemerkte, wie ihre Augen bei diesem Wörtchen in weichem Blau aufleuchteten. Wir gingen weiter und ich warf Mina noch ein Lächeln zu, ehe sie hinter den Hecken verschwand.

Célian drückte sanft meine Hand. »Das hast du gut gemacht.«

Ich schnaubte. »Es ist so seltsam, sie mit dem Vornamen anzusprechen. Manchmal denke ich, sie könnte mich noch immer hinauswerfen.«

Leise lachte er. »Ich denke auch ständig, sie würde mich doch noch verheiraten. Aber die Gespräche mit Seda helfen ihr anscheinend. Auch wenn ich nicht weiß, worüber sie den ganzen Tag reden.«

Ich umschlang seinen Arm und beobachtete das Lichtspiel in den sattgrünen Hecken. Als Mutter vor einigen Wochen völlig aufgewühlt in der Küche mit Vater gesprochen hatte, war es mir unmöglich gewesen, in meinem Lesesessel nicht zu lauschen. Ich hatte Wortfetzen erhascht.

Fehlgeburten. Schläge. Mätressen. Sein Tagebuch, das sie immerzu gelesen hatte.

Sicher wusste Célian schon viel zu viel davon. Bisher hatte ich es noch nicht über mich gebracht, ihm auch das noch zu erzählen.

Er legte seine Wange an mein Haar und nach einigen Schritten wanden sich vor uns die Streben seines Pavillons in den Himmel. Die Blüten der Waldrebe hingen wie goldene Wölkchen herab.

Auf dem Steintisch entdeckte ich eine gefaltete Zeitung und schaute zu ihm. »Wolltest du mir etwa den neuesten Artikel zeigen?«

»Den hast du doch sicher schon hundertmal gelesen.« Er lehnte sich an den Steinblock und zog mich an sich. »Nein, ich wollte dir eine Idee vorschlagen.«

Ich musterte ihn. »So?«

»Wir wissen beide, dass die Arbeit mit der Eröffnung erst anfängt. Eindeutig zu viele Eltern misstrauen uns und verweigern ihren Kindern die Bildung, besonders den Mädchen.« Er strich mein Haar über meine Schulter. »Da du schon Komtess Falkenberg überzeugt hast, dachte ich, wir organisieren unter einem Vorbehalt ein Treffen mit Baronen und Gräfinnen. Damit du sie in Grund und Boden argumentieren kannst.«

Schmunzelnd lehnte ich mich an ihn. »Ich liebe deine listigen Pläne. Aber du solltest mitkommen, um die Anwesenden zuerst mit deinem Lächeln zu erweichen.«

Amüsiert schnaubte er. Der sanfte Wind strich durch sein dunkles Haar und säuselte über ihm in den goldenen Blütenwolken.

»Übrigens hatte ich auch eine Idee und dafür brauche ich deinen scharfen Verstand.« Meine Finger wanderten über seinen Hemdkragen. »Wir sollten nicht nur in die Salons, sondern auch auf die Marktplätze gehen. Gemeinsam mit den Leuten müssen wir uns Wege überlegen, wie sie ihre Kinder von der Feld- und Hausarbeit erlösen können. Damit sie stattdessen bei uns lernen dürfen.«

Er legte den Kopf schief und sah verträumt in die Ferne. »Sicher würde mein Charme auch da die Gemüter entspannen.«

Ich musste grinsen. Ständig brachte er mich dazu. Ich legte meine Arme um seinen Nacken und zog mich zu ihm hinauf.

Sanft küsste er mich. »Weißt du, was ich denke, wenn du bei mir bist?«

»Was denn?«

»Dass ich etwas bewirken kann«, murmelte er an meinen Lippen. »Dass die Zukunft in unseren Händen liegt, Esmeray Weiß.«

XX.

GAZETTE DE COLOGNE

SANS PRIVILÈGE DE SA MAJESTÉ IMPÉRIALE

SAMSTAG, 03. SEPTEMBER 1768

Aus dem Kurfürstentum Köln

Im Hause der halbfranzösischen Adelsfamilie Cadieux entsteht die erste Schule der Deutschen Nation, die für Kinder aller Stände zugänglich ist.

Sogar für Mädchen.

Aber nicht nur das löst Empörung bei der feinen Gesellschaft aus: Die Kinder erhalten in gemeinsamen Klassenräumen die gleiche Bildung. Überdies folgt der Unterricht dem Gedankengut der aufklärerischen und der emanzipatorischen Bewegung, auch wenn sich beide Gruppen oft uneins sind. Diese Ausrichtung sollte jedoch niemanden wundern, denn unter den führenden Lehrkräften befindet sich die Verfasserin des Manifestes – die deutsch-osmanische Gelehrtentochter Seda Weiß.

Von der südpazifischen Insel Tahiti

Die [redacted]

NACHWORT

Dieses Buch hat mich mehr gelehrt, als ich je vermutet hätte. Nicht nur habe ich über historische Kriege, Etikette und Adelstitel recherchiert – auch meine eigene Vergangenheit ist mir immer gegenwärtiger geworden.

Da diese Geschichte wichtige Themen häufig auf humorvolle Art anspricht, aber insbesondere Sarkasmus Raum für Interpretation zulässt, möchte ich sie nur kommentiert in die Welt entlassen. Vor allem das Wort *exotisch*, das Mera und Marti verwenden.

Im 17. Jahrhundert wurde es aus dem Lateinischen und Griechischen entlehnt und bedeutet laut Duden »fremdartig und dabei einen gewissen Zauber ausstrahlend« oder »ausgefallen, ungewöhnlich«. Oft wird es im scheinbar positiven Sinne verwendet und so auch mir gegenüber.

Als ich früher so bezeichnet wurde, fühlte ich mich ganz und gar besonders. *I am not like other girls*, dachte ich damals, *denn ich bin exotisch*. Jedoch liegen dem Wort rassistische und kolonialistische Strukturen zugrunde. Es versah mich, wie der Duden es ausdrücken würde, mit einem »Zauber«. Dieser schmeichelte mir, bis ich verstand, dass er mich als anders kennzeichnete. Ich wurde zur Abweichung von einer Norm.

Wenn also Mera (Kapitel 1, S. 11) und Marti (Kapitel 75, S. 264) das Wort *exotisch* verwenden, sprechen sie damit in vollstem Sarkasmus rassistische Strukturen an und machen aufmerksam auf sogenannte Mikroaggressionen – subtile, alltägliche Demütigungen. Dafür ist Graf Seebald ein perfektes Negativbeispiel. Unter anderem als er Mera fragt, wo sie *wirklich* herkommt und sie damit als fremdartig abstempelt.

Mera und ihre Lieben rufen dazu auf, mehr über Mikroaggressionen zu lernen. Gegenüber People of Color und allen weiteren marginalisierten Gesellschaftsgruppen. Und ich bemühe mich jeden Tag, diesem Aufruf zu folgen.

EIN JAHR FÜR EIN BUCH

Ihr habt so unbeirrbar an Mera, Célian, Liliette, Alix, Marti und mich geglaubt, dass ihr nun unsere Geschichte in den Händen halten könnt. Wir sehen jedes Herzchen, jedes Wort und jedes aufmunternde Lächeln. Danke an so unglaublich viele von euch, die hier gar nicht genügend Platz finden.

Besonders dir, Xenia. Deine Worte geben mir so viel Kraft, dass ich noch über *Freiheitsflüstern* hinaus von ihnen zehren werde, und meine Charaktere haben dich mindestens so sehr ins Herz geschlossen wie du sie.

Emily, danke, dass du durch so viele Nachrichten mit mir die Idee zu diesem Cover gefunden und meinem Titel sowie der Gazette Leben eingehaucht hast.

Patty, für deine so fleißige Arbeit trotz Zeitmangel und Kapselriss, und für deine freundlichen Erklärungen zu allen sprachlichen Kniffen, durch die wir uns beide wie Nerds gefühlt haben.

Und Karo, dafür, dass du Mera und ihre Welt so mit Farbe gemalt hast, wie ich es mit Worten tat, schöner, als sie und ich es glauben können.

Vielen Dank auch dir, Christine, für die Erschaffung eines kleinen Heims, von dem ich lange nicht wusste, dass ich es brauche – die Romanwerkstatt.

Ebenso der guten Seele davon, Verena, für deine präzisen Rotstift-Kommentare, die rar gesäten Herzchen und all die Sommerabend-Schreibtreffs in deinem Gärtchen, die mir mehr gegeben haben, als ich damals zu Papier bringen konnte.

Milena, dafür, dass du das erste Seminarsemester in deiner dunklen *Zoom*-Kachel an meiner Seite warst, mir so viele unterstützende Memos gesendet hast und ein ebenso großes Fangirl meiner Geschichten bist, wie ich es von deinen bin. In meinem Leben spielst du eine noch größere Rolle als bereits in diesem Buch.

Anna, für deine ausführlichen Erklärungen, die kleinen Fazits, deine Übersetzungen von Martis Muttersprache und deine Liebe für Célian – er weiß es mehr zu schätzen, als du dir vorstellen kannst.

Lilli, für deine trockene, so direkte Kritik, all unsere Knoblauchbrot-Schreibnächte auf meinem Balkon und deinen wundervollen Kommentar: »War gay, weiter so.«

Auch an den Rest meiner Expert:innengruppe: Danke, Rose, dass du mich bei Sensitivity-Fragen unterstützt und mit Célian nach frauenfeindlichen Zitaten gesucht hast. Und Ran, dass du Aenlins aufgeschnittenen Strumpf als Stumpf interpretiert und alle blutigen Szenen geliebt hast.

Auch an dich, Riley, danke, dass du mir mit Célian das Geigenspiel beigebracht hast, und dir, Leonhard, für die Auffrischung von Meras Erinnerungen an den Siebenjährigen Krieg.

Und Selin, danke, dass du meine Texte mit so viel Freundlichkeit und sprachlichem Feingefühl auseinandergenommen hast – du warst eine wundervolle studentische Agentin.

Ein gigantisches Danke auch an dich, Anna von Schloss Augustusburg, für deine unheimlich liebe Reaktion auf mein Gestammel nach einer deiner grandiosen Führungen und für die spannenden Geschichten über deinen Arbeitsplatz. Das Buch nimmt überglücklich seine weite Reise bis zu dir nach Japan auf.

Zum Schluss: Danke an all meine Mädels, meine Bonnies, meine beste Freundin und meine Familie. Besonders an dich, Mama. Für alles.

Erfahre mehr – von meinen Büchern über Goodies bis hin zu Lesungen:

Instagram
leylajagca_autorin

QUELLENVERZEICHNIS

Kapitel 14, S. 51: Martin Luther, *Von der Ehe*,
zit. nach Gesamtausgabe von Johann Georg Walch, Halle 1734.

Kapitel 14, S. 52: Aristoteles, *Politik*,
übers. von Julius Hermann von Kirchmann, Leipzig 1880.

Nachwort: »exotisch« auf *Duden online*.
URL: https://www.duden.de/node/138557/revision/1446470 (Abrufdatum: 10.11.2022).

CONTENT NOTE

Ihr Lieben,
dieses Buch enthält Themen, die für manche Menschen belastend sein können. Falls ihr euch vorab darüber informieren möchtet, findet ihr hier eine Aufzählung.

Achtung – Spoilerwarnung!

Der Roman beinhaltet die Themen:
Sexismus, Rassismus, Xenophobie, Homophobie, Panikattacken, psychische Belastung, Blut, physische Gewalt, Verlust, Tod, Fehlgeburt.
Diese Liste stellt ungefähr in absteigender Reihenfolge dar, wie explizit die Themen behandelt werden.

Ich wünsche euch das bestmögliche Leseerlebnis.
Eure Leyla